KB152956

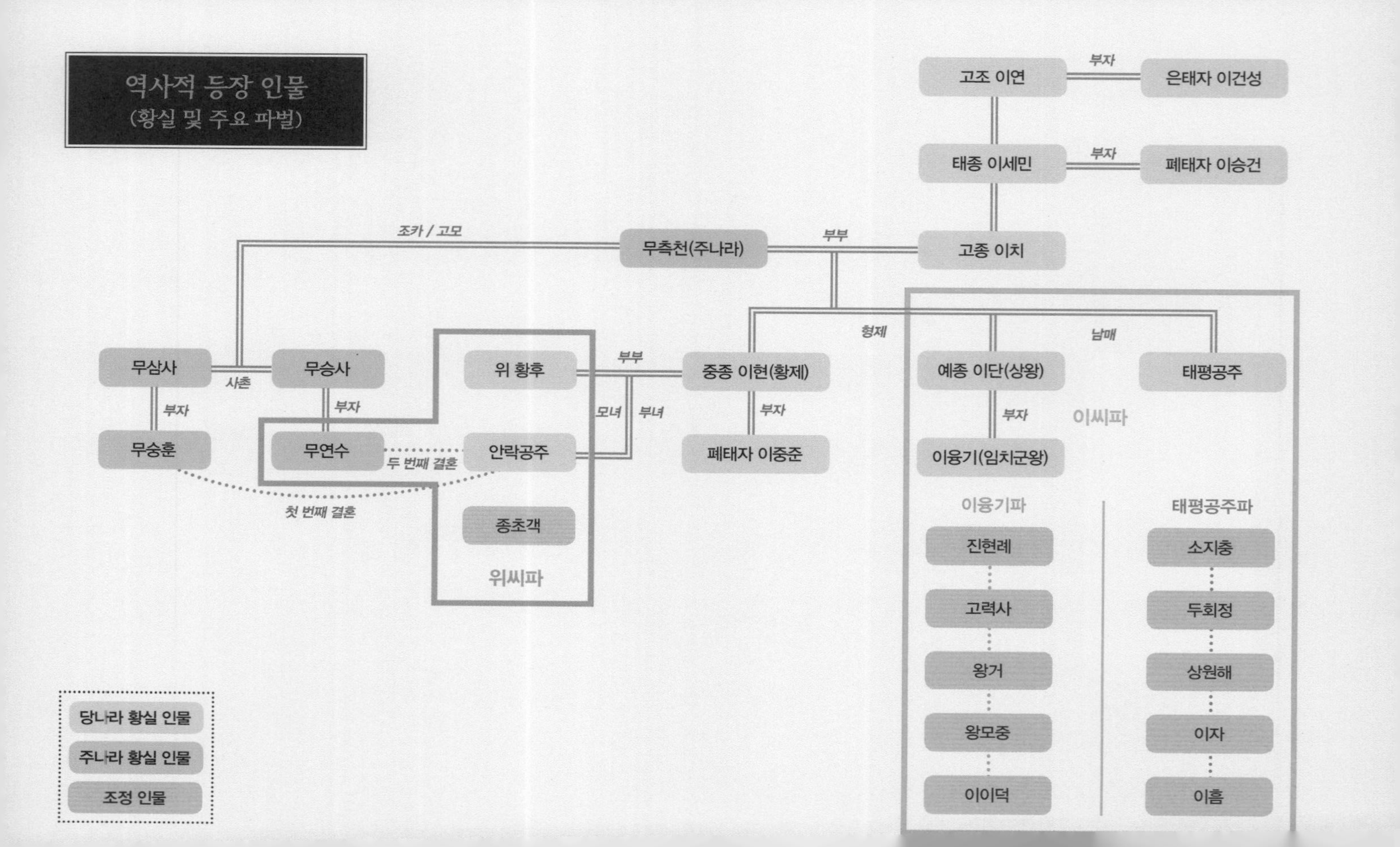
역사적 등장 인물
(황실 및 주요 파벌)
고조 이연
부자
은태자 이건성
태종 이세민
부자
폐태자 이승건
조카 / 고모
무측천(주나라)
부부
고종 이치
형제
남매
무삼사
사촌
무승사
부자
부자
무승훈
무연수
두 번째 결혼
첫 번째 결혼
위 황후
안락공주
종초객
위씨파
부부
모녀
부녀
중종 이현(황제)
부자
폐태자 이중준
예종 이단(상왕)
부자
이융기(임치군왕)
태평공주
이씨파
이융기파
진현례
고력사
왕거
왕모중
이이덕
태평공주파
소지충
두회정
상원해
이자
이흠
당나라 황실 인물
주나라 황실 인물
조정 인물

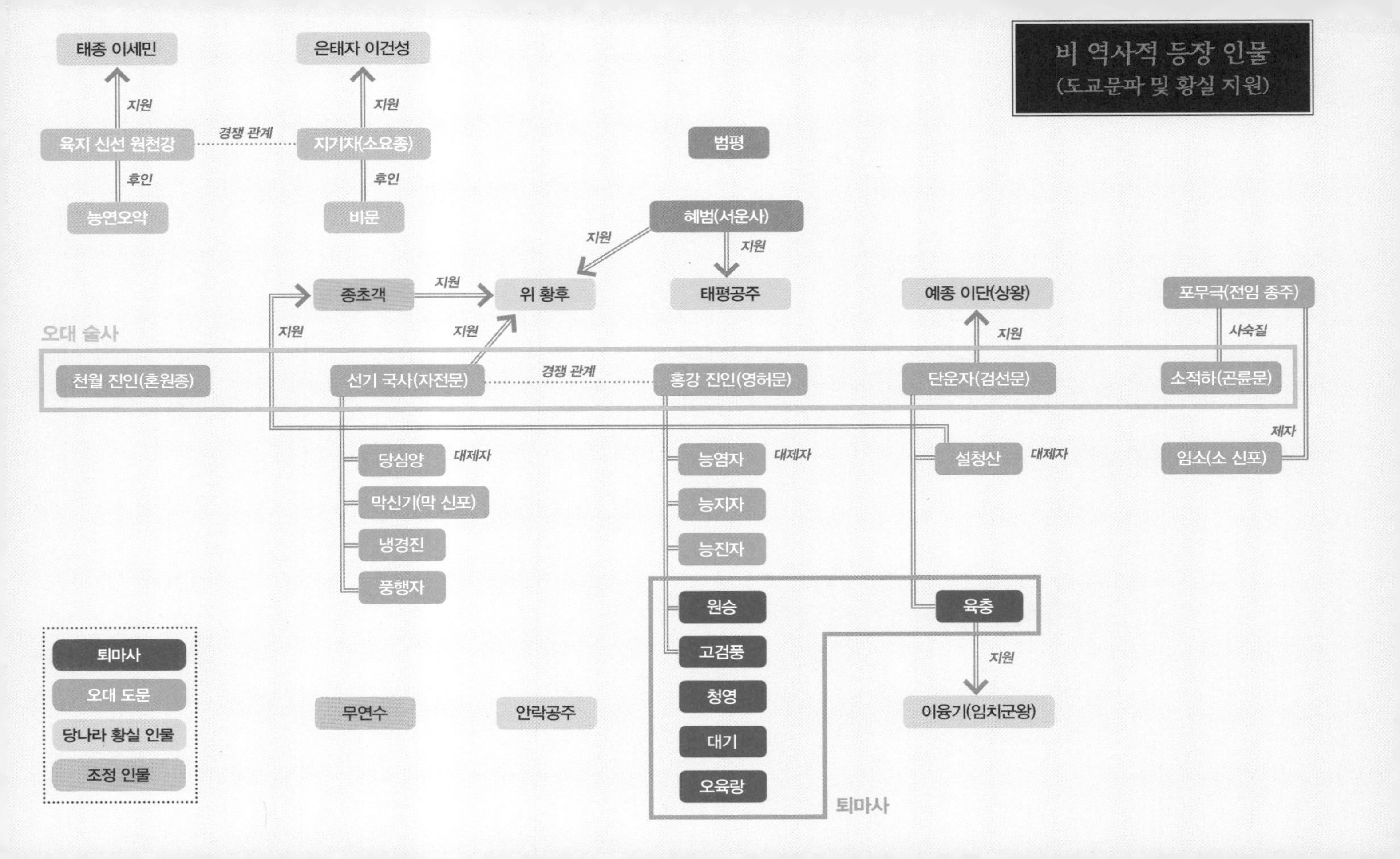
비 역사적 등장 인물
(도교문파 및 황실 지원)
태종 이세민
지원
육지 신선 원천강
경쟁 관계
후인
능연오악
은태자 이건성
지원
지기자(소요종)
후인
비문
범평
혜범(서운사)
지원
지원
태평공주
종초객
지원
위 황후
지원
지원
오대 술사
천월 진인(혼원종)
선기 국사(자전문)
경쟁 관계
홍강 진인(영허문)
단운자(검선문)
지원
예종 이단(상왕)
포무극(전임 종주)
사숙질
소적하(곤륜문)
제자
임소(소 신포)
당심양
대제자
막신기(막 신포)
냉경진
풍행자
능염자
대제자
능지자
능진자
설청산
대제자
원승
고검풍
청영
대기
오육랑
육충
지원
이융기(임치군왕)
퇴마사
무연수
안락공주
퇴마사
오대 도문
당나라 황실 인물
조정 인물

당나라 퇴마사

I

당나라 퇴마사

장안의 변고

왕칭촨 지음 | 전정은 옮김

마시멜로

차례

상

꿈속의 몸

하

꼭두각시놀이

꿈속의 몸

1장

용을 그리다

달빛은 어두웠다. 대당나라 국도 장안성 밖 황량한 숲은 어두침침한 밤빛에 잠겨 있었다. 희끄무레한 빛을 발하는 등롱 하나가 먹물을 쏟은 듯한 교외 들판을 이리저리 지나 컴컴한 사당 안으로 쑥 들어갔다. 버려진 지 오래된 용신묘였다.

등롱을 든 젊은이는 사방에서 밤바람이 새어드는 낡은 대전의 맨 안쪽까지 곧장 걸어가 벽에 그려진 그림을 넋 놓고 응시했다. 오래된 벽화 한가운데에는 푸른 용 한 마리가 그려져 있었다. 칠이 거의 벗겨졌지만 여전히 위풍당당했고 일렁이는 불빛을 받자 벽을 뚫고 튀어나올 것만 같았다.

젊은이는 흠뻑 취한 듯 그림을 바라보다가, 금빛이 자르르 흐르는 황모필을 꺼내 용의 몸을 따라 그리기 시작했다.

"다 무너져가는 벽에 그려진 용 따위, 무슨 볼거리가 있소?"

별안간 어두운 구석에서 심드렁한 코웃음이 흘러나왔다.

"이 그림은 정관 연간에 활동하던 전도현의 유작이오. 절세의 화가라 하여 화절(畵絶)이라 불리던 그의 작품은 이제 거의 남아 있지 않소."

젊은이는 놀라지도 않고 대답했다. 사당 안에 누군가 있다는 것을 이미 눈치챈 까닭이었다. 그제야 고개를 돌려 살펴보니, 대전 서쪽 구석에 흰옷을 입은 사람이 무릎을 세우고 앉아 있었다. 삿갓을 푹 눌러써서 얼굴은 잘 보이지 않았다.

젊은이는 고상하게 두 손을 맞잡아 올리며 말했다.

"소생은 장안 사람 원승(袁昇)이라 하오만, 귀하의 존성대명은 어찌 되시오?"

원승이라는 이 젊은이는 남색 앞여밈 평복을 걸치고 머리에는 소요건(逍遙巾, 상투를 감싸 묶은 끈을 뒤로 늘어뜨리는 두건으로, 주로 서민이 사용함)을 쓰고 있었다. 그가 고개를 돌리자 비로소 청수한 미목과 정기 고운 풍채가 드러나면서 등불 아래 곧게 선 모습에 멋스러움을 더했다.

"나는 하간 사람 육충(陸衝)이오!"

흰옷 입은 사람도 삿갓을 벗어 준수한 얼굴을 드러냈다. 짙은 눈썹에 호랑이 눈을 한 그는 비록 나이는 많아 보이지 않으나 벌써 턱수염이 나 있었다.

"덕분에 이 벽화가 제법 볼 만하다는 것을 알게 됐군. 참, 방금 보니 붓으로 저 용의 머리를 따라 그리던데, 어째서 눈알에는 손을 대지 않는 거요? 화룡점정이라는 말을 모르오?"

"화룡점정이라…… 사실 화룡점정은 양나라 장승요로부터 전해진 도술이라오."

원승은 빙긋 웃으며 말하다 말고 입을 다물었다.

"도술? 당신도 할 수 있소?"

육충은 꼬치꼬치 캐묻기 좋아하는 성품이 분명했다.

"그랬다가는 저 벽화를 망가뜨릴지도 모르오."

원승은 한숨을 쉬고 돌아서서 계속해 그림을 본떴다.

"절세의 걸작은 귀신이 질투하기 때문에 세상에 오래 전해지기 어렵소. 몇 차례 더 비가 내리면 이 벽화는 더욱더 알아볼 수 없게 될 것이오."

그가 항상 몸에 지니고 다니는 안료를 꺼내 바르자, 반짝이는 등불에 비친 용의 몸에 붉은색이 번지며 살아 있는 듯 생생해졌다.

"나는 그림을 모르오." 육충은 눈을 가늘게 뜨고 기상이 철철 흘러넘치는 용을 바라봤다. "하지만 이 그림은 좀 이상한 느낌이 드는군. 마치 꿈같다고나 할까, 괴상하고 무시무시한…… 그렇지, 악몽!"

"악몽?" 원승은 깊이 한숨을 쉬었다. "육 형의 비유가 꼭 맞소. 한마디로 화절 전도현의 심오한 화법을 짚어내다니. 그것이 내가 이 그림에 끌리는 이유요. 이곳을 찾아올 때마다 마치 신비한 꿈을 좇는 기분이니 말이오."

무슨 까닭인지 여기까지 이야기한 그는 문득 정신이 몽롱해졌다. 외지고 쓸쓸한 이 사당에서 화절의 걸작을 찾아낸 이래 두어 달간, 그는 종종 이곳에 와서 넋 나간 듯이 벽화를 살펴보곤 했다. 그런데 매번 몰입해서 그림을 본뜰 때마다 기괴하고 몽롱한 기분에 빠져들었다.

육충이 무의식중에 '악몽'이라는 말을 꺼내자, 원승은 순간적으로 그 몽롱함이 한층 짙어짐을 느꼈다. 색이 바래 얼룩덜룩한 벽화가 흐릿해지는가 싶더니 곧이어 그림 속 구름이 느릿느릿 흐르고 물보라가 출렁출렁 일어났다. 반면에 용은 점점 옅어지면서 용솟음치는 물보라 속으로 모습을 감출 것만 같았다.

원승은 머리가 묵직해지는 것을 느끼고 눈을 비볐다. 다시 시선을 모아 그림을 봤을 때 벽화 속의 용은 정말로 사라지고 없었다. 그 순간, 그는 꿈을 꾸는구나 싶었다. 하지만 등롱이 아직도 망가진 벽 한쪽에 걸려 있고, 누런 불꽃 역시 벽 위에서 팔딱이고 있었다. 몸 주위로 여전히 서늘하고 축축한 밤바람이 휘도는 것을 보면 이 모든 것은 분명 현실이었다.

오직 용만 감쪽같이 사라졌을 뿐. 용이 웅크리고 있던 곳에는 무엇인가 허연 것이 남겨져 있었다. 놀랍게도 해골이었다. 해골은 죽기 전에 필사적으로 발버둥이라도 쳤는지 몸을 웅크리고 무릎을 감싸 안은 몹시 해괴한 자세였다.

'설마 이 그림에 귀신이 붙었나?'

원승은 몸이 오싹해졌다.

'아니면 육충이 내게 요술을 부린 것일까?'

다행히 제때 상황을 깨달은 그는 황급히 정신을 다잡았다.

"원 공자, 조심하시오!"

육충의 낮고 묵직한 외침이 귓가에 울리자, 원승은 벼락이라도 맞은 듯 화들짝 깨어났다. 그는 여전히 낯익고 외진 사당 안에 서 있었고, 눈앞에는 여전히 낯익은 벽화가 펼쳐져 있었다. 다만 신비한 해골은 사라지고 없었다.

"누군가 술법을 펼치고 기습했소. 우린 매복을 당한 거요." 육충이 나지막이 욕지거리를 내뱉었다. "젠장, 비열하고 저질스런 놈들!"

그제야 뒤를 돌아본 원승은 언제 들어왔는지 모를 검은 그림자를 발견했다. 해괴하게도 그림자만 있고 사람은 없었다. 그림자는 하나둘 늘어나기 시작해 마지막에는 여덟 개가 됐다. 사람의 형상을 했지만 몸 하나에 팔이 네 개인 놈들은 음산하게 이리저리 흔들리며 느릿느릿 두 사람에게 접근했다.

"영매술?"

원승은 흠칫했다. 영매술은 실전되다시피 한 악랄한 무술(巫術)로, 살아 있는 사람을 이용하는 술법이었다. 술법이 성공하면 그림자를 부려 사람을 해치므로 막을 수 없을 뿐 아니라 상대의 정신을 홀리기도 했다. 방금 그의 정신이 흐트러진 것은 영매술의 영향이 클 듯했다. 그는 고개를 들어 문밖을 바라봤다.

"이 몸은 영허문(靈虛門)의 원승이라 하오. 어디서 오신 고인이기에 이토록 음기 강한 무술을 쓰시오?"

영허관은 국도 장안에서 가장 유명한 도관 중 하나로, 이곳에서 일어난 영허문은 현 사대 도가 명문으로 꼽혔다. 관주인 홍강(鴻罡) 진인은 한때 세 국사(國師)의 수장으로서 측정할 수 없는 도력을 지니고 있었다.

원승이 신분을 밝히자, 텁석부리 육충은 저도 모르게 속으로 탄식했다.

'역시, 저 공자는 홍문제일인이라 불리는 영허관의 유명한 도사였군! 이름깨나 날린 인물인데 방금은 어쩌다가 술법에 홀렸지? 아무래도 실력이 명성을 따르지는 못하는 모양이야.'

문밖에서 코웃음 치는 소리가 들려왔다.

"영허문 원 공자야 명성이 자자해서 함부로 건드리지 말아야 할 분이지만, 육가와 얽혔으니 어쩌겠소? 재수가 없었다고 생각하시오."

바늘처럼 가늘면서 뾰족하고 얼음처럼 차디찬 웃음소리였다. 곧 무시무시한 일이 일어났다. 검은 그림자가 스쳐간 바닥의 흙과 먼지가 독액에 닿은 것처럼 '지지직' 소리를 내는가 싶더니, 흙 아래 잿빛 벽돌이 쩍쩍 갈라져 시커먼 틈을 드러내고 돌 부스러기가 후두두 떨어졌다.

육충은 눈을 치켜뜨고 버럭 고함을 질렀다.

"청양자, 철두타! 이 육충은 종상부(宗相府)의 잡일 따위에는 신경을 쓰고 싶지 않아 은거하기로 단단히 마음먹었다. 여기서 시원하게 끝장을 보자 약속해놓고 암암리에 음험한 무술을 쓰다니, 비열하기 짝이 없구나!"

바깥은 고요하기만 할 뿐 대답하는 이가 없었다. 그런데 개미 수만 마리가 갉아대기라도 하는 양 '사각사각' 소리가 들리더니 문 한 짝이 가루가 되어 스르르 내려앉았다. 부옇게 흩날리는 먼지 속에서 키 크고 마른 도사와 장발을 늘어뜨린 두타(頭陀, 이곳저곳 떠돌며 수행하는 승려)의 기괴한 모습이 나타났다.

장발의 두타가 마른기침을 두어 번 한 다음 느긋하게 입을 열었다.

"종상부가 네놈이 오고 싶으면 오고 가고 싶으면 가는 곳인 줄 아느냐? 청양자 도형이 수련 중인 영매술에 강건한 원신(元神, 육체를 벗어나 사람에게 별도로 존재하는 어떤 물질을 의미하며, 도교에서는 수련을 통해 이를 제어할 수 있다고 함)이 부족했는데, 네놈이 딱 맞겠구나."

두타는 비대한 몸집과 달리 여자같이 가느다란 목소리로 몹시 기괴한 느낌을 줬다.

"종상이라면, 종초객 대인 아니오?" 원승이 눈살을 찌푸리며 물었다. "조정의 재상이면 더욱더 국법을 지켜야 하건만, 어찌 무술로 사람을 해치고 원신을 빼앗으려는 것이오?"

"종상부의 규칙이야말로 최고의 법이다. 억울하거든 지옥에 가서 염라대왕에게나 법이 어쩌고 하며 하소연해보시지."

바늘처럼 날카로운 웃음소리와 함께 두타의 넓적한 손이 빠르게 춤을 췄다. 검은 그림자의 움직임이 급작스럽게 빨라졌고, 그림자가 닿은 곳은 벽돌이 더욱 크게 쩍쩍 갈라졌다. 그림자는 떼 지어 꿈틀거리는 뱀처럼 으스스한 지옥의 숨결을 품고서 육충과 원승에게서 고작 한 장 떨어진 곳까지 몰려왔다.

"잠깐!" 육충이 외쳤다. "좋다, 며칠이나마 알고 지낸 교분을 생각해서 함께 돌아가지. 그러니 여기서 멈추자, 어떠냐?"

청양자와 철두타는 몹시 기뻐했다. 명성 높은 검선문(劍仙門) 출신이 저리도 볼품없는 무골충일 줄이야! 그런데 고분고분해지도록 따끔하게 으름장을 놓으려는 순간, 육충의 손에서 느닷없이 새하얀 빛 한 줄기가 튀어나왔다. 하얀빛이 번개같이 허공을 가르자 그 서늘한 검기에 바닥에 늘어진 그림자마저 희미해졌다.

이는 바로 사대 도가 명문 중 하나인 검선문에서 가장 위력적인 어검술이었다. 어검술로 명성을 떨친 검선문이지만, 수많은 제자 가운데 제대로 어검술을 연성한 사람은 가뭄에 콩 나듯이 적었다. 이런 까닭에 누구든 이 비검(飛劍)을 연성했다 하면 곧바로 강호에 이름을 날리곤 했다.

날아오른 검광은 눈이 부시기는커녕 다소 희미했지만, 벼락같은 위세와 서늘함을 담고 있었다. 미처 방비하지 못한 철두타는 그 번갯불에 가슴을 꿰뚫려 참혹한 비명을 지르며 쓰러졌다.

"간악한 놈, 기습을 하다니 규칙도 모르느냐!"

청양자가 욕설을 퍼부었다. 듣던 대로 어검술은 날카롭기 짝이 없었다. 그도 똑똑히 봤다시피 육충의 비검은 날아오르자마자 철두타의 가슴을 관통했고, 막거나 피할 기회조차 주지 않았다.

육충이 냉소를 터뜨렸다.

"이 육충은 본래 규칙 따위는 모른다. 게다가 너희도 이 어르신을 포위 공격해놓고 무슨 낯으로 규칙을 운운하느냐?"

하얀 번갯불이 우르릉 소리를 내며 철두타 뒤에 선 청양자를 향해 빠르게 날아들었다.

"멈추시오!" 갑자기 원승이 소리를 질렀다. "애꿎은 사람이 다치겠소!"

어디서 나타났는지, 청양자가 분홍빛 옷을 입은 여자를 앞세워 가로막고 있었다. 콧대가 높고 눈매가 또렷한 이민족 여인인데, 등불이 희미해 생김새는 확실히 볼 수 없었다. 청양자의 손에 꽉 붙들린 여자가 무력하게 비명을 질러댔다.

"얏!"

육충이 황급히 소리를 질러 검을 거뒀다. 검은 이민족 여인의 목에서 겨우 한 치 떨어진 곳에 아슬아슬하게 멈췄고, 살기도 허공에 붙박였다. 사람들은 그제야 희미한 등불에 비친 거무스름한 철검을 볼 수 있었다. 날이 넓은 철검에는 천하를 집어삼킬 듯한 기개가 실려 있었다. 그때 널찍한 검신 위로 보랏빛이 섞인 허연 빛 무리가 몽실몽실 맺히기 시작했다.

이민족 여인은 자지러지게 비명을 질렀다.

"야, 수염쟁이! 이 못된 검 당장 치우지 못해! 그리고 땡도사, 당신도 어서 이 마나님을 내려놔!"

여인의 목소리는 또랑또랑하고, 장안 말씨도 제법 유창했다. 육충은 울어야 할지 웃어야 할지 몰랐다. 지금 그는 전력을 다해 날린 검을 갑작스레 거두는 통에 그 반동을 고스란히 받아 입가에 피를 주르륵 흘렸고, 대답할 힘조차 없었다.

"이 방패가 어떠냐?"

청양자는 히죽거리며 이민족 여인을 들어올렸다.

"오는 길에 페르시아의 환술극단을 지나는데 이 여자가 혼자 있기에 데려왔지. 일을 마치고 이국의 풍미를 즐겨볼까 했는데 네놈의 자화열검(紫火烈劍)을 막는 데 쓰게 될 줄은 몰랐구나!"

키 크고 마른 그가 오른손 손가락을 까딱이자 멈춰 있던 그림자가 다시금 날렵하게 움직이기 시작했다. 개중 서너 개는 벽을 타고 지붕으로 올라가 네 팔을 춤추듯 흔들며 뛰어내리려 했다. 그림자가 지나간 벽은 금이 가다가 곧 쩍쩍 갈라졌고, 마침내 버텨내지 못한 단단한 벽돌에서 돌 부스러기가 쏟아져 내렸다. 시커먼 그림자들은 무섭고도 잔혹한 힘이라도 가졌는지 무엇이든 닥치는 대로 썩히고 집어삼켰다.

"역시 착한 사람 노릇은 못해먹겠군!"

육충이 투덜거리는 사이 그림자는 몇 자 앞까지 잠식해 들어왔다. 그는 황급히 왼팔에 공력을 운용해 검선문의 또 다른 절학인 현병술(玄兵術)을 쓸 준비를 했다.

그때 어두컴컴한 대전 안에 묵직한 탄식이 울리더니 마침내 원승이 붓으로 용의 눈알을 살짝 찍었다.

화룡점정.

붓이 눈알에 닿는 순간, 하늘에서 번개가 번쩍였다. 대번에 이변이 일어났다. 낡아빠진 벽을 뚫고 무시무시한 창룡이 튀어나오고, 삽시간에 천둥소리가 하늘을 뒤덮고 장대 같은 폭우가 쏟아졌다.

창룡이 몰고 온 비는 그 속에 기괴한 열기를 머금었는지, 바닥에 있던 검은 그림자들은 끓는 물을 퍼부은 잔설처럼 '솨르르' 소리를 내며 순식간에 사라졌다.

청양자가 익힌 것은 한랭한 강기(罡氣)였기 때문에 작열하는 열기에 닿자 견딜 수가 없었다. 느닷없이 손아귀가 허전해 돌아보니, 이민족 여인이 검은 밧줄에 휘감겨 거꾸로 날아오르고 있었다.

"아얏, 조심해! 이 마나님을 떨어뜨리지 말라고!"

여인은 소리소리 지르더니 까무룩 혼절하고 말았다. 검은 밧줄은 육충의 왼 소매 속에서 솟아난 것으로, 이는 검선문의 절기인 현병술이었다. 그 짧은 순간 현병술이 만든 밧줄이 이민족 여인을 구해 낸 것이다.

보랏빛 광채가 번쩍이는가 싶더니 육충의 철검이 번개같이 허공을 가르며 떨어져 내렸다. 청양자는 대경실색해 허둥지둥 손가락을 퉁겼고, 바닥에 늘어진 검은 그림자 몇 개가 훽훽 뛰어올라 연거푸 허공에 강시 같은 그림자를 그리면서 검광을 덮쳤다. 서늘한 검광이 까만 번갯불처럼 허공을 가로지르자 강시 그림자는 금세 산산조각 났다.

청양자는 시뻘건 피를 울컥 토했다. 길게 울부짖으며 허공을 선회하는 창룡을 보자 그는 자신이 수련한 음산한 기운이 완전히 제압당했음을 깨닫고 허겁지겁 달아났다. 그의 몸은 연기처럼 사당을 빠져나갔으나, 까맣게 빛을 발하며 날아간 육충의 비검에 결국 어깨를 찔리고 말았다. 청양자는 참담한 비명만 남긴 채 나는 듯이 사라졌다.

"이 어르신의 비검을 맞고도 달아나다니, 솜씨가 제법이군!"

육충이 되돌아온 검을 받으며 강기를 끌어올리자 검은 손바닥만

한 은빛으로 변해 그의 등 뒤로 쑥 들어갔다. 벽을 뚫고 나온 창룡은 사당 안을 한번 휘휘 돌고는 창을 통해 저 멀리 구름 속으로 사라졌다. 신룡이 모습을 감추자 폭우는 언제 그랬냐 싶게 기세가 약해져 부슬비로 변했다.

"고맙소, 원 공자. 저게 바로 그 화룡점정이라는 술법이군. 덕분에 견문을 넓혔소!"

육충이 외쳤다.

"우리 영허문의 비전인 화룡몽공(畫龍夢功)이오. 부끄럽구려."

원승의 목소리는 약간 씁쓸했다. 그는 바닥을 더듬어 등롱을 주워 들고 다시 켰다. 태반이나 무너진 벽화를 보자 절로 울적해졌지만, 그는 곧 뭔가를 떠올리고 무너진 벽 안쪽을 자세히 살폈다. 안에는 깨진 벽돌 가루만 가득했다.

다행히 해골 같은 것은 없었다. 그렇다면 조금 전에 본 해골은 대체 어떻게 된 것일까? 너무도 선명해서 도저히 환영이라고는 생각할 수 없었다. 원승은 여전히 의문이 가시지 않았다.

"화룡, 용을 그린다?" 참으로 끈질긴 육충이었다. "그건 알겠는데…… 몽공은 또 뭐요?"

잠시 넋을 놓았던 원승은 해괴한 해골의 환영을 머릿속에서 지우려 애쓰며 중얼거렸다.

"꿈속의 몸, 그림 속의 용, 환상 속의 실체…… 눈에 보이는 것은 꿈과 같으니 환상을 빌려 실체를 만드는 것이오."

"무슨 말인지, 원." 육충이 입을 삐죽이며 투덜댔다. "그런 허망한 수련법은 익히기만 까다롭고 적을 해칠 수도 없는데 뭣 하러 익히는 거요?"

"천하의 도술에는 정신, 기운, 법진, 부적 네 유형이 있는데 몽공은 그중 정신 수련법에 속하오. 이를 연성하면 원신이 튼튼해져 다른 술법을 익히기가 손바닥 뒤집듯 쉬워지오."

"꽤 신묘하게 들리는군." 육충의 눈동자가 반짝 빛을 발했다. "급히 길을 떠나야 할 처지만 아니라면 한바탕 토론하고 싶을 정도요."

육충은 검선문의 기재로, 몇 해 전 추천을 받아 종상부에 들어갔다. '종상'이란 바로 현 조정의 권신인 종초객이었다. 황후 위 씨의 심복으로서 조야에 권력을 휘두르는 그는, 야심만만한 황후의 사주를 받아 훗날 큰일에 써먹기 위한 협객과 기인을 긁어모으고 있었다. 그러나 육충은 종상부에 들어간 지 얼마 안 되어 손꼽는 고수 중 하나인 청양자와 척을 지게 된 데다 자유로운 성품 탓에 금세 훌쩍 떠나고 말았다. 뜻밖에도 작별 인사조차 하지 않은 그의 태도가 종상부의 심기를 건드렸고, 결국 끈질기게 추격해온 청양자와 이곳에서 결판을 내기로 했던 것이다.

"그나저나 저 여자는 어째야겠소?"

육충의 말에, 원승은 그제야 바닥에 쓰러진 페르시아 여인을 급히 부축해 일으켰다. 어른거리는 등불 아래 비친 여인은 무척 젊고 평범한 용모였다. 죽었는지 살았는지 두 눈을 꼭 감은 상태였다.

"청양자 놈이 무슨 수작을 부렸는지 모르지만, 잠시 놀랐을 뿐 큰 문제 없었으면 좋겠군. 원 공자는 마음씨도 좋고 영허관의 고수라 의술에도 정통하니 그 여자는 원 공자에게 맡기겠소."

육충은 그렇게 말하고는 장포를 벗어 상반신을 드러낸 채 대충대충 빗물을 짜냈다.

원승은 하는 수 없다는 얼굴로 쓴웃음을 지으며 말했다.

"그렇다면 잠시 헤어져야겠구려. 육 형, 몸조심하시오!"

그는 혼절한 페르시아 여인을 업고 돌아섰다.

"헤어지는 마당에 한마디 하겠소. 좀 즐겁게 사시오!"

육충이 불쑥 외쳤다.

"응?"

원승이 고개를 돌렸다.

"즐겁게 살라고! 알겠소? 잠깐 본 사이지만, 공자의 눈빛은 꼭 버림받은 여자처럼 울적하단 말이오. 보아하니 사는 것이 하나도 즐겁지 않은 모양인데, 사람이 살면 얼마나 산다고, 순식간에 지나갈 인생 그리 우울하게 보낼 까닭이 어디 있소? 그러니 좀 즐겁게 살라는 말이오!"

원승은 억지로 미소를 지어 보였다.

이것이 대당 경룡 2년 늦은 봄, 원승이 처음으로 육충을 만난 날의 일이었다. 몇 년이 지난 후에도 그는 육충이 느긋하게 젖은 옷을 걸치면서 히죽히죽 웃으며 던진 그 말을 똑똑히 기억했다.

"좀 즐겁게 사시오!"

그래, 즐겁지 못할 까닭이 무엇인가?

어느덧 밤비가 그친 마당에는 목욕을 마친 둥근 달이 뽀얗고 투명하게 빛나고 있었다. 하지만 그 순간 그의 눈에는 밝디밝은 달조차 그리 즐거워 보이지 않았다.

"꿈속의 몸, 환상 속의 실체. 이 세상에 진실한 즐거움이 얼마나 될까?"

2장

환술

삼 년 전, 천하에 큰 변이 일어났다. 수십 년간 천하를 통치한 주나라 여제 무측천이 재상 장간지를 비롯한 대신들의 압박을 받아 퇴위하고, 태자 이현이 복위해 연호를 신룡으로 바꿨다. 그가 바로 당중종이다. 무 씨 주나라의 천하는 다시금 대당나라로 바뀌었다. 하지만 유약한 이현이 다시 황위에 오른 후 부인 위 황후를 지극히 아끼고 신임하면서 조정은 급격히 혼란해졌다. 조정의 세력은 여러 갈래로 나뉘어 끊임없이 다퉜고, 보이지 않는 곳에서는 불온한 움직임이 일렁이고 있었다.

어젯밤 내린 비로 장안의 아침은 다소 음울했다. 남북으로 뻗은 주작대가 양쪽에 늘어선 푸르른 버드나무와 높이 자란 홰나무에는 수정 같은 물방울이 맺혀 파릇파릇 빛을 뿌렸다. 남은 봄빛이 스러지고 초여름이 다가들기 전, 대당나라 국도 곳곳은 농익은 초록으로 물들어 마치 청록빛깔 꿈속에 잠긴 듯했다.

이곳은 세상에서 가장 큰 성시로, 종횡으로 뻗은 여남은 개의 큰 길이 성안을 백팔 개 방(坊, 당나라 때 장안성의 구획 단위. 구역마다 출입문인 방문이 있어 야간에는 문을 닫아 통행을 금지했음)으로 가지런히 나누어 바둑판 모양을 했다. 인구는 백만에 가까웠고, 면적은 한나라 때 장안성의 두 배 반으로, 동시대 비잔틴제국의 국도인 콘스탄티노플과 비교하면 족히 일곱 배는 됐다. 이 때문에 원승이 아침 일찍 수련 별원에서 장안현 금오위(金吳衛, 고대 중국에서 황성 수비를 맡은 군대)의 임시 뇌옥까지 가는 데에도 제법 시간이 걸렸다.

그로서는 가지 않을 수 없었다. 금오위 중랑장으로 있는 아버지 원회옥(袁懷玉)의 부름인데, 요 몇 년간 아버지가 일 때문에 그를 부른 것은 이번이 처음이었다. 금오위 중랑장은 정사품 관직으로, 이곳 국도에서 아주 높은 직위라 할 수는 없지만 장안성의 치안을 책임지는 만큼 실권을 쥔 중요한 관직 중 하나였다.

당나라 경룡 연간은 훗날 당나라의 전성기 때처럼 좌우 금오위가 치안을 맡고 경조윤이 민사를 다루고 어사대 좌우 순사가 감찰하는 삼권분립형 치안 정책이 도입되기 전이므로, 국도의 순찰과 경비, 도적 체포 같은 치안권은 모두 금오위 소관이었다. 좌우 금오위를 통솔하는 대장군과 장군은 명목상의 지위로, 공적을 세운 중신이나 황실의 친인척이 겸직하는 것이 보통이었다.

금오위에도 후세 현종 때의 좌우 금오위 순가사(巡街使)가 아직 설립되지 않아, 장안성 거리에서 벌어지는 도적 체포나 거리 순찰, 질서 유지 등 잡다하고 세세한 일을 원회옥 홀로 도맡고 있었다(역사적으로 당나라 국도 장안은 주작대가를 경계로 동쪽의 만년현은 좌가구, 서쪽의 장안현은 우가구로 구분했고, 금오위 역시 좌우의 담당 기구를 설치해 질서 유지와 순찰을 나눠 맡았다. 이 책에서는 독자가 읽기 쉽도록 금오위를 좌우로 세분하지 않고 좌가구와 우가구에서 일어나는 사건을 거의 원회옥이 담당하는 것으로 했다. 순전히 소설의 설정이니 전문적으로 따질 필요는 없다 – 작가 주).

다행히 원회옥이 살얼음판을 건너듯 신중하게 일처리를 해온 덕에 수년 동안 큰 문제는 일어나지 않았다. 그런데 며칠 전 괴이한 사건이 벌어졌다. 감금 중이던 주요 죄인 하나가 금오위가 지키는 뇌옥에서 탈출한 것이다.

금오위 내부에는 가장 높은 무관과 가장 낮은 암탐을 비롯해 중심 역할을 하는 작은 경위가 있으며, 도적과 용의자를 체포해야 하므로 자체 임시 뇌옥을 마련해놓고 있었다. 임시라고는 하지만 깊고 튼튼하며, 경비도 삼엄했다.

놀랍게도 그 죄인은 몹시 특이한 방식으로 탈옥했다. 헐레벌떡 달려와 보고한 옥졸에 따르면, 한밤중에 그 죄인이 갑자기 미친 듯이 상의와 바지를 벗더니 돌돌 말아서 밧줄처럼 만든 뒤 허공으로 던졌는데, 놀랍게도 밧줄이 허공에 얼어붙은 듯 꼼짝도 않더라는 것이다. 죄인은 속옷 차림으로 밧줄을 타고 기어올라 들보를 지난 후 천천히 지붕을 뚫고 들어가 순식간에 모습을 감췄다.

보고를 받은 원회옥은 미치고 팔짝 뛸 지경이었다. 유학자 출신답게 귀신이니 요술이니 하는 허망한 이야기를 믿지 않는 그는 절대로 바깥에 소식을 흘리지 말라 엄명을 내렸고, 뇌옥을 담당하는 금오위들조차 말 한마디 묻지 못하게 했다. 도 닦는 일에 몰두하는 아들의 행동을 무척 못마땅해하던 원회옥이지만, 이 괴상한 사건 앞에서는 속수무책이라 도술에 정통한 아들을 부를 수밖에 없었다.

따지고 보면 대당나라의 조정은 도술이나 선술과 꽤 인연이 깊었다. 수나라 말 군웅이 할거할 때, 누관도(樓觀道, 초창기 도교 교파 중 하나)의 종사 기휘가 훗날 당나라 고조가 되는 이연이 천자가 되리라 자신 있게 예언한 것이 그 시작이었다.

황제로 등극한 이연은 여러 도사의 건의를 받아들여, 도교의 시조인 노자가 이 씨라는 이유를 들어 아예 스스로 태상노군(太上老君, 도교의 신이자 신격화된 노자)의 후예라 칭했고, 도교를 국교로 삼았다. 이리하여 도를 닦아 신선이 되는 것은 당시 가장 전도유망한 직업이었고, 수도자나 도사가 관직에 오르는 일도 흔해서 '관직으로 가는 지름길은 도관'이라는 우스개도 생겨났다.

윗사람이 따르면 아랫사람도 따르듯, 당나라 백성들 역시 도술을 우러러봤다. 여기에다 골목골목 이야기꾼들의 과장까지 더해지자 많은 백성이 후미진 골목이나 심산유곡에서 숱한 요마가 출몰하고 도사나 법사가 그 요마들을 물리쳐준다고 굳게 믿게 됐다. 이 때문에 영허관의 기재 원승이 몸소 찾아온다는 소식에 수많은 경위와 뇌옥의 심부름꾼이 구경하러 몰려들었다.

모두가 알다시피, 원승의 스승인 영허관주 홍강 진인은 당금의 삼대 국사 가운데 한 명으로, 땅 위의 신선, 즉 육지 신선이라 불리던 원천강 다음가는 절정의 도술 고수였다. 비록 이 년 전 기우제 대결에서 선기(宣机) 국사에게 패배하고, 창생을 구하기 위해 머리 아홉 달린 천마를 제압하는 데 평생 닦은 공력의 반을 쏟아부어 힘이 크게 꺾이기는 했으나, 도가에서의 덕망과 명성은 여전해 여러 조정 대신도 스승으로 모실 정도였다. 갓 약관이 된 원승은 영허관주가 가장 아끼는 제자일 뿐 아니라 놀라운 술법을 지녀 '홍문제일인'이라 불렸다.

원회옥은 금오위에서 일어난 괴이한 사건이 소문나는 것이 싫어, 친히 나서서 구경하러 온 부하들을 물리고 사건 당사자 몇몇만 남겨 원승과 이야기를 나누게 했다.

"……그렇게 된 겁니다요. 그놈은 자기가 만든 밧줄을 타고 그렇게 도망쳐버렸습니다요."

옥졸이 원승 앞에서 수다스럽게 사건의 경위에 관한 진술을 마쳤다. 그 내용은 원회옥에게 보고한 것과 별반 다르지 않았다. 이야기를 마친 옥졸은 마지막에 이렇게 한마디 덧붙였다.

"참, 그놈은 페르시아 사람이고 이름은 모디로라고 합니다요."

원승은 죄인이 있던 옥방에 서서 가만히 사방을 둘러봤다. 더도 덜도 없는 평범한 옥방이었다. 천고가 높지 않고 복도 한쪽에는 쇠로 만든 굵직한 난간이 서 있으며 지붕에도 구멍 같은 것은 없었다. 그런데 하루 전날, 그 죄인은 밧줄을 타고 기어올라 전설에나 나오는 벽 뚫기 술법이라도 쓴 양 지붕을 뚫고 사라졌다. 그 괴이한 사건을 증명하는 것은 오직 대들보에 대롱대롱 매달린 밧줄뿐이었다. 죄인이 입었던 죄수복을 찢어 둘둘 말아 만든 밧줄이었다.

"본 사람이 몇 명인가?"

원승이 그 밧줄을 잡아당기며 마침내 입을 열었다.

"세 명입니다요!" 옥졸이 대답했다. "그날 밤 소인과 허사가 당직을 섰는데, 육뢰자가 마구 소리를 지르기에 무슨 일인가 하고 달려갔습지요."

그와 허사는 뇌옥을 지키던 옥졸이고, 육뢰자는 달아난 죄인과 같은 옥방에 있던 죄인이었다.

"육뢰자가 그 죄인이 기괴한 술법으로 밧줄을 타고 오르는 것을 맨 처음 발견해 소리를 질렀고, 자네와 허사는 그 소리를 듣고 달려갔다가 난간 너머로 그 광경을 봤다는 말인가?"

방금 진술을 마친 옥졸 오춘과 허사가 고개를 끄덕이자 원승이

다시 물었다.

"자네들이 달려갔을 때 그 죄인은 어디까지 올라가 있었지?"

"밧줄 중간쯤이었습니다. 저희도 보자마자 큰 소리로 호통을 쳤지만 모디로란 놈이 어느새 들보를 넘어 계속 올라가지 뭡니까요!"

원승이 또 물었다.

"자네들이 나타난 뒤에도 육뢰자는 계속 소리를 질렀겠지?"

"암요, 그렇고말고요. 소인들이 아무리 소리를 지른들 모디로가 들은 체나 했겠습니까요? 허겁지겁 자물쇠를 열고 안으로 들어갔을 때는 그놈이 벌써 지붕 밖으로 머리를 들이민 뒤였습지요. 그런 다음 몇 번 폴짝거리더니 그대로 지붕을 뚫고 사라졌습니다요. 사람이 아니라 그냥…… 그림자 같았다니까요."

원승은 줄곧 말이 없는 아버지를 향해 말했다.

"아버님께서는 세심하시니 필시 지붕과 들보를 샅샅이 살펴보셨겠지요. 소자의 추측이 틀리지 않았다면, 지붕에는 구멍 하나 없고 들보에도 발자국이나 손자국이 전혀 없었을 겁니다."

"네 말이 맞다. 어찌 알았느냐?"

그러잖아도 이상하게 생각하고 있던 원회옥은 그 이야기가 나오자 참지 못하고 한숨을 푹 쉬었다.

"근간에 괴이한 일이 빈번히 일어나 조정에서도 요괴를 물리치는 퇴마사를 세우려 한다는 말을 듣기는 했다마는 공연한 짓이라 생각했다. 한데 지금 보니…… 허, 실로 요괴의 짓이로구나!"

"이 나라에서 퇴마사를 세우려 한단 말씀입니까? 재밌군요!"

원승의 눈동자가 반짝 빛났다. 하지만 유교 성현들의 글만 읽은 아버지가 이른바 귀신이니 요물이니 하는 불가사의한 것을 상대하는 관청에 악감정을 가졌으리란 것을 뻔히 알기에 자세히 묻지 않고 본래의 화제로 돌아갔다.

"세상 사람들은 도술을 많이 오해하고 있습니다. 천하의 도술은 정신과 기운, 법진, 부적 네 종류밖에 없습니다. 갑마술, 축지술, 또는 평보청운 같은 신행술(神行術)은 정신과 부적에 속하는데, 단순히 속도를 매우 빠르게 해줄 뿐입니다. 기실 사람의 몸은 결코 그림자나 빛으로 변할 수 없지요. 승천하여 신선이 되는 경지에 오르거나 원천강같이 땅 위의 신선이 되지 않는다면 말입니다. 그런 사람이라면 어찌 일개 아역에게 붙잡혔겠습니까? 제 추측이 틀리지 않았다면 그 죄인은 페르시아의 환술 중 하나인 줄타기에 정통한 사람일 것입니다."

"환술?"

원회옥이 당혹스런 목소리로 물었다.

"미혼술의 일종입니다. 페르시아의 환술이라고 해도 도술에서 말하는 정신술에서 벗어나지 않지요. 구름을 타고 하늘을 나는 등 기괴한 행동으로 보는 사람을 놀래고 흥분하게 만드는 것도 실제로는 미혼술의 기법입니다. 미혼술에 걸리면 술법을 펼치는 사람의 설명에 따라 각종 환각을 일으키게 됩니다. 모디로는 먼저 육뢰자를 홀려 자신이 밧줄을 타고 올라가는 것으로 여기게 했고, 이어 육뢰자가 큰 소리로 외치면서 두 옥졸을 홀린 것입니다."

원회옥은 그제야 알 것 같았다.

"평강방에서 페르시아 배우가 환술을 펼치는 걸 본 적이 있다. 그자가 복숭아씨 하나를 땅에 묻고 뭐라고 중얼거리자 씨가 순식간에 복숭아나무로 변해 열매가 주렁주렁 달리더구나. 그자는 복숭아를 따서 구경꾼에게 팔기도 했다. 그 또한 미혼술이라는 말이냐?"

"그렇습니다. 복숭아씨도 진짜고, 복숭아나무와 복숭아 역시 진짜입니다. 술법을 펼친 자가 미리 준비해둔 것인데 눈속임을 써서 가려뒀다가 구경꾼들이 환각을 일으킨 다음 드러내 마치 씨에서 자라난 것처럼 보이게 한 것입니다."

원승은 옥방 입구의 눈에 띄지 않는 구석을 손으로 가리키며 말을 이었다.

"모디로는 문 옆에서 대기하다가 옥졸들이 문을 열고 안으로 뛰어들자 유유히 떠난 것이지요."

"그놈이 몸을 숨기고 있었다굽쇼? 한데 왜 소인들은 그자를 보지 못했을까요?"

옥졸 오춘이 이해가 가지 않는 얼굴로 물었다.

"미혼술의 농간으로 자네들이 저 밧줄에만 정신이 팔렸기 때문이네. 훌륭한 눈속임 도구지."

원승이 다가가서 밧줄을 잡아당기며 싱긋 웃었다.

"죄수복으로 만든 밧줄로는 성인 한 사람의 무게를 견딜 수가 없소."

원회옥도 퍼뜩 정신이 들어 아역 한 명을 불러 시험해보라 명했다. 아역이 밧줄을 잡고 힘을 주는 순간 탁 끊어져버렸다. 괴이한 탈옥 사건의 수수께끼가 이렇게 원승의 웃음 섞인 설명과 함께 풀리자 원회옥은 절로 마음이 놓였다.

"이상한 일이 하나 더 있습니다요."

오춘이 울상을 지으며 주저주저 말을 꺼내자 원승이 빙그레 웃었다.

"말해보게."

"그 죄인이 밧줄을 타고 탈옥한 것은 한밤중의 일이었습지요. 참 해괴한 일입니다만, 소인이 그날 저녁에 요상한 꿈을 꿨습니다요."

오춘은 머리를 긁적이며 말을 이었다.

"그날 저녁 탁자 앞에서 꾸벅꾸벅 졸다가 꿈을 꿨는데, 꿈속에서 모디로가 밧줄을 잡고 지붕으로 사라지는 장면을 똑똑히 봤습니다요. 그러다가 육뢰자가 소리를 지르는 바람에 놀라서 깨어났는데, 꿈에서 본 것과 똑같은 일이 벌어지고 있을 줄이야……."

허사도 더듬더듬 말했다.

"소, 소인도 한밤중이 되기 전에 그런 꿈을 꿨고, 육뢰자도 그랬다고 합니다요. 참말로 이상한 일입니다요. 졸다 깨어나 몽롱한 상태인지라 소인들은 계속 꿈을 꾸나보다 했습지요."

앞서 꿈에서 본 일이 현실에서 일어나 여전히 꿈을 꾸는 줄 알았다? 처음으로 원승의 안색이 진지하게 굳었다. 그는 고개를 돌려 경위들을 둘러보며 가라앉은 목소리로 물었다.

"이런 예지몽 같은 꿈을 꾼 사람이 또 있나?"

나머지 옥졸과 경위는 하나같이 고개를 저었다. 원회옥은 자신을 향하는 아들의 시선을 느끼고 엄숙하게 말했다.

"어찌 나를 보느냐? 내 어찌 그런 괴이한 꿈을 꾸겠느냐?"

"설마…… 엽주(魘呪)?"

원승이 나지막이 중얼거리자 원회옥이 의아해하며 물었다.

"뭐라 했느냐?"

"서역과 페르시아 등지에 퍼진 엽주는 주문에 걸린 사람의 의식을 몽롱하게 만들어 꿈과 생시를 구분하지 못하게 한다는 이야기가 있습니다. 현문(玄門, 도교 또는 도교 문파를 의미) 사람들은 이 사악한 주문에 우아한 이름을 붙여줬지요. 바로 꿈속의 몸, '몽중신(夢中身)' 입니다."

이렇게 말하던 원승은 흠칫하며 속으로 생각했다.

'이상하군. 내가 수련한 화룡몽공의 구결에도 몽중신이라는 글자가 있는데.'

그는 곧 정신을 차리고 차분하게 말을 이었다.

"하지만 자네들이 엽주에 당한 것은 아닌 듯하네. 별반 기괴한 일도 아니지. 자네들은 애당초 그런 꿈 같은 것은 꾸지 않았네. 필시 한밤중에 모디로의 미혼술에 당한 다음 생겨난 환각이겠지."

다른 사람들도 일리 있는 말이라고 생각했다. 원승이 기괴한 일을 해석해준 덕분에 모두 처음처럼 불안에 떨지는 않았다. 원승은 그들을 내버려두고 아버지만 한쪽으로 모신 뒤 조용히 말했다.

"모디로는 무슨 일로 붙잡혔습니까?"

아버지는 곧 어두운 표정이 되어 나지막하게 대답했다.

"안락공주부에 있던 보물, 칠보일월등을 훔쳤다는구나!"

'안락공주'라는 말을 듣는 순간, 원승의 얼굴은 금세 딱딱하게 굳었다. 그러나 원회옥은 아들의 변화를 감지하지 못하고 계속 말했다.

"너도 알다시피 칠보일월등은 '탈등연(脫燈宴)'을 촉발한 바로 그 보물이다. 그날은 안락공주의 생신이었고 축하하러 온 관원도 무척 많았지. 공주부의 악단 외에 서시(西市, 당나라 때 장안성의 상업 중심지 중 하나. 다른 하나는 동쪽에 있어 동시라 불림)에서 특별히 청해온 환술배우들도 있었는데 모디로도 그중 하나였고, 공주의 하인이 등을 도둑맞은 것을 알아차렸을 때 다른 배우들은 모두 남아 있었지만 모디로만 행방이 묘연했다. 한데 어젯밤 서시의 어느 술집에서 술에 취했다가 붙잡혀온 것이다. 취기가 과해 심문할 도리가 없기에 잠시 이곳에 가둬놓았건만…….”

물론 원승도 아버지가 말한 탈등연과 칠보일월등을 잘 알고 있었다.

일 년 전 황제는 곤명지에 행차해 신하들과 연회를 즐겼다. 술이 얼근히 취하자 문득 흥이 솟구친 황제는 신하들에게 시부를 짓게 하고 우수한 사람에게 희귀한 공물인 칠보일월등을 상으로 내리겠다고 선포했다. 황제의 사랑을 듬뿍 받는 안락공주가 진작에 탐을 내어 부황에게 응석을 부려 얻어내려 했지만 뜻을 이루지 못한 등이었다.

먼저 태평공주가 웃으며 일어나 휘하의 문인인 심전기가 지은 시를 낭송했는데, ‘쌍쌍이 별(견우성과 직녀성을 의미) 낡은 바위를 떠나고 외로운 달 남은 잿더미에 숨다’라는 아름다운 구절이 포함되어 있었다. 황제는 크게 기뻐하며 당장에 태평공주에게 등을 내리려 했다.

그런데 안락공주가 잠시 기다려달라고 청한 뒤, 황급히 휘하의 명사 송지문에게 시를 쓰게 했다. 송지문은 곧바로 시를 지어 올렸는데, ‘배는 석경(石鯨, 곤명지에 있는 고래 석상)을 건너고 뗏목이 두우(斗牛, 북두성과 견우성)를 돌아 나오다’라는 구절에 찬탄이 끊이지 않았다.

두 사람은 당금 천하에서 가장 권력이 큰 공주들이었다. 태평공주는 황제의 친여동생으로, 황제가 복위한 신룡정변(神龍政變)에서 큰 힘이 되어줬다. 안락공주는 황제와 위 황후가 가장 사랑하는 딸로, 천하에 따를 자 없는 미모를 지녔으며 부황 앞에서도 하고 싶은 대로 하는 사람이었다. 그렇기에 등 하나를 놓고 고모와 조카딸이 다툰 그 사건 뒤에는 더욱 깊고 넓은 정치적 문제가 얽혀 있었다.

당시 황제는 통 결정을 내리지 못하다가 총명하기 이를 데 없는 소용(昭容, 여자 관직) 상관완아에게 시를 품평하라고 골칫거리를 떠넘겼다. 상관완아는 이렇게 평했다.

"두 수의 시가 막상막하이오나, 심전기의 시는 '미천한 신은 썩은 나무와 같으니 훌륭한 재목 앞에 부끄럽다'는 마지막 구절에서 기세가 꺾이는 반면, 송지문의 시는 '밝은 달 스러진들 어떠랴, 야명주가 있으니'로 끝나 여전히 예봉이 날카롭사옵니다."

대신들은 입을 모아 칭찬했고, 심전기 또한 기꺼이 패배를 인정했다. 이렇게 해서 태평공주의 것이 될 뻔한 등은 결국 안락공주의 손에 들어갔다. 이 일 때문에 사람들은 그날 곤명지의 시부 대회를 '탈등연'이라 불렀다. 안락공주에게 그 등이 얼마나 소중한지 알 수 있는 사건이었다.

"아직 그 등을 찾아내지 못한 모양이군요."

원승은 아버지가 걱정스러워 침울하게 말했다.

"모디로는 호인(胡人)이니 응당 그들이 모이는 서시의 환술극단으로 돌아갔을 것입니다. 그곳에 있어야만 시선을 끌지 않을 테니까요. 수완 좋은 암탐 몇 명을 보내 그곳을 샅샅이 수색하십시오."

'줄타기'의 진상을 파헤친 원승은 더는 머물 필요가 없어 예의를 갖춰 아버지에게 작별 인사를 했다.

그런데 수다스런 오춘이 갑자기 권했다.

"원 공자, 페르시아의 환술은 눈속임에 불과하다고 하셨는데, 그렇다면 이 세상에 도술이라는 것이 있기는 합니까요? 대관절 도술이 무엇인지 저희에게 좀 보여주십시오!"

남아 있던 금오위 옥졸 두세 명이 옳다구나 하고 맞장구쳤다.

원승이 빙그레 웃으며 말했다.

"도에 관한 학문은 도(道)와 법(法), 술(術)로 구분하는데, 그중에서 대도(大道)를 가장 높이 치고, 술법은 곁가지일 뿐이네. 내가 도를 닦는 일에 평생을 바친 까닭은 대도를 이루기 위한 것일 뿐, 이런 소소한 술법 정도는……."

그가 손을 살짝 휘두르자 끊겨서 바닥에 떨어졌던 밧줄이 두둥실 떠올라 허공에서 빙글빙글 돌기 시작했고, 옥방 안에 조그마한 회오리를 일으켰다.

"용이다, 용!"

사람들이 마구 소리를 질렀다.

말 그대로 용 두 마리였다. 잿빛에 길이는 고작 몇 자밖에 되지 않았지만, 날카로운 이빨과 발톱을 지녔고 위세도 등등했다. 옥졸들의 놀란 외침 속에 옥방을 휘돌던 두 마리 용은 별안간 서로 뒤엉켜 빙그르르 돌더니 다시금 하나의 밧줄이 되어 들보를 휘감았다. 사람들은 감탄을 연발했지만 원승의 안색은 다소 어두웠다. 용 두 마리가 창밖으로 날아가지 못하고 이렇게 빨리 본모습으로 돌아온 것은 그의 마음이 안정되지 못한 탓이었다.

무엇 때문에 이토록 마음이 흔들릴까? 그녀의 이름을 들었기 때문일까?

3장

벽화 살인 사건

금오위의 뇌옥을 나온 뒤에야 원승은 문득 생각이 났다.

"페르시아 인과 환술? 대기(黛綺)에게 물어보면 되겠군."

대기는 바로 낡은 사당에서 구해준 페르시아 여인이었다. 공교롭게도 그녀 역시 페르시아 환술극단 사람이었다. 그녀가 속한 극단이 장안성 교외에 있어 야간 통금 제도에서 자유로웠기에 그녀는 그날 밤 홀로 나왔다가 청양자를 만났다.

청양자는 색을 몹시 밝히는 사람이었다. 외모는 평범하지만 나긋나긋한 몸매가 무척 매혹적인 대기를 보자, 그는 육충의 비검을 막는 방패로 이용한 뒤 육충이 쓰러지고 나면 이국의 여인을 마음껏 즐겨볼 심산으로 그녀를 붙잡았다. 그런데 뜻밖에도 사당에서 마주친 원승이 무고한 사람을 해치려는 청양자의 행위에 의분을 참지 못하고 화룡술을 펼쳐 그녀를 구했다.

'홍문제일인'인 원승은 지위가 매우 높아서, 평소 영허관에 머무는 대신 장안성 밖 조용한 곳에 초려를 마련해 홀로 수련했다. 그는 대기를 수련 별원 서쪽 곁채에 묵게 했고, 그의 뛰어난 치료를 받은 대기는 반나절 만에 쾌유했다. 하지만 상처가 깊지 않았는데도 그녀는 이상하리만큼 잠을 많이 잤다. 이 때문에 원승은 그녀가 청양자의 영매술에 감염된 것이 아닐까 싶어 이틀이 되도록 돌려보내지 못했다.

잠들지 않을 때면 대기는 그와 이야기를 나누기도 했다. 활발하고 사랑스런 이 페르시아 여인은 예상외로 장안 말씨를 아주 잘 썼다. 그녀는 자신의 고향이 무척 멀며, 장안에 오려면 큰 배를 타고 거친 바다를 건너 광주에 내려야 한다고 했다. 여행길에 들은 재미난 소문이나 페르시아의 환술 이야기가 나올 때면 그녀의 얼굴은 늘 환하게 빛나서, 평범한 외모인데도 생동감이 넘쳐흘렀다.

수련 별원에 도착해보니 대기는 방금 낮잠을 자다 깬 모습이었다. 원승은 때를 놓치지 않고 재빨리 물었다.

"페르시아 배우들 사이에 '줄타기' 기술이 있다고 하지 않았소?"

"줄타기라면 페르시아에서는 가장 기묘한 환술이죠. 최고로 뛰어난 환술사는 줄 하나로 구름까지 올라갈 수 있다고 해요."

"줄타기를 할 줄 아는 사람을 아시오? 서시에서 줄타기에 가장 능한 사람이 누구요?"

"몰라요." 갑자기 대기가 능글맞게 미소를 지었다. "우리네 규칙이에요. 당신네 당나라 사람에게 동족을 팔아넘길 수는 없다고요."

원승이 얼굴을 굳혔다.

"그자가 큰 죄를 지었어도 말이오?"

"당연하죠. 규칙이 그런데 어쩌겠어요? 우리 페르시아 인에게는 괴상한 규칙이 아주 많아요. 예를 들면 내 얼굴은 변장한 거예요. 진짜 얼굴을 보고 싶죠?"

그 반짝이는 눈동자를 들여다보며 원승은 저도 모르게 피식 웃었다.

"아름답소?"

도술에 정통한 그는 아주 평범한 그녀의 얼굴이 괴상한 역용술(易容術)로 만들어진 것임을 진작 알고 있었다. 단지 아는 척하지 않았을 뿐인데 그녀가 직접 털어놓다니 뜻밖이었다.

"아마 놀라 죽을걸요."

"그럼 관둡시다."

그의 얼굴에 다시금 수심이 번졌다. 당신이 아무리 아름다운들 어떻다는 말인가. 세상에서 가장 아름답고 가장 매혹적인 얼굴을 내 이미 봤건만.

"이봐요, 어째서 그렇게 온종일 기분이 안 좋은 거예요?" 갑자기 그녀가 진지하게 물었다. "혹시…… 마음에 든 여자에게 차였어요?"

"차여?" 원승은 입에 머금은 차를 뿜을 뻔했지만 얼른 숨기고 빙긋 웃어 보였다. "어찌 그리 잘 아시오? 당신도 누군가를 찬 적이 있나보군."

"물론 이 마나님은 그런 적이 없죠. 하지만 여자에게 차인 우리 페르시아 남자들이 꼭 지금 당신처럼 풀이 죽어 있는 것을 자주 봤어요."

대기는 페르시아 술집의 괄괄한 이국 가희들처럼 허리에 손을 얹고 깔깔 웃었다. 당나라 여인들도 호방한 편이지만 '남자를 차다' 같은 말을 쓰는 것은 본 적이 없었다. 하지만 시원시원하고 활달한 페르시아의 젊은 여인들 사이에서는 일찍부터 쓰이는 단어인지도 몰랐다. 그녀가 보란 듯이 서시의 이국 가희 흉내를 내자 원승은 웃음을 참지 못했다.

"마나님이라는 말은 거친 단어요. 자칭할 때는 '소녀'라고 해야 하오."

"소녀는 어감이 안 좋아요. 여자는 왜 '소' 자를 써야 하죠? 마나님도 별로이긴 마찬가지지만. '아가씨'라는 말도 있긴 한데…… 됐어요, 그냥 '나'라고 할래요. 사실…… 줄타기는 익히기가 무척 힘들어서 정신력과 체력이 매우 강해야 해요."

대기는 원승이 캐물으면 입을 꽉 다물다가도 묻지 않으면 신나게 이야기를 풀어놓곤 했는데 이번에도 그랬다.

"당신이 방금 말한 그…… 모디로라는 사람, 실은 나도 알아요. 그자가 보물을 훔치고 뇌옥에서 달아났다니 도저히 믿을 수가 없네요. 그자는 둘째가라면 서러울 겁쟁이에다 취미라고는 도박밖에 없어요. 환술 실력도 그저 그렇고요. 당신 말처럼 세 사람을 홀리려면 실력이 여간 아니어야 하는데, 모디로는 그렇지 못해요."

원승은 당황스러웠지만 다시 물었다.

"어쩌면 본실력을 숨기고 있었는지도 모르지. 그자는 평소 어디에 있소?"

"그 사람이 실력을 숨겨요?" 여인은 그럴 리 없다는 듯 고개를 저었다. "그 사람은 말이죠, 서시의 환술극단 말고는 사찰, 그 어디더라…… 맞아, 서시에 있는 서운사를 자주 찾아요. 그 사찰의 돈 많은 호승(胡僧), 그러니까 이민족 승려와 잘 아는 사이라 종종 찾아가서 돈을 빌리거든요."

"서운사?"

원승은 또다시 당황했다. 그 사찰은 그에게도 낯설지 않은 곳이었다. 그곳에 있는 아주 오래된 벽화 때문이었다. 〈지옥변(地獄變)〉이라는 이름의.

불교를 소재로 한 그 벽화는 지옥의 수많은 고통을 묘사함으로써 사람들에게 선을 행하고 부처를 믿으라는 가르침을 주기 위한 것이었다. 작가는 바로 '화치(畵痴)'라 불리던 정관 시기의 화가 손나한이었다. 손나한은 별명처럼 그림을 미칠 듯이 좋아했고, 나한이라는 이름에 걸맞게 불교의 벽화에 특히 능했다.

〈지옥변〉은 그가 달포 동안 심혈을 기울여 그린 걸작이었다. 정관 연간에 이 그림을 구경하러 사찰을 찾는 사람이 끊이지 않았는데, 그림에 나타난 흉악한 귀왕이며 끔찍한 형벌을 보노라면 그 많은 사람이 한여름에도 식은땀을 흘렸다고 했다.

서운사는 본시 장안성 서쪽에 자리한 오래된 사찰이었다. 당나라 초, 도교가 융성할 때 도관으로 개조될 뻔하자 사찰 승려들이 힘껏 대항해 지켰으나 이러저러한 끝에 결국 배화교(拜火教, 조로아스터교) 손에 들어갔다. 배화교는 페르시아에서 당나라로 전해진 이래 불교의 이론을 교리로 받아들였기 때문에 순수 불교 색채를 띤 벽화를 크게 꺼리지 않았다. 원승도 몇 차례 찾아가 이 그림을 구경했는데, 그 품격에 감탄을 금치 못했다.

사찰 주지는 비록 배화교의 호승이기는 하나 당나라의 관습에 따라 방장이라 불렸다. 서운사의 방장은 몇 년 전 갑작스럽게 혜범(慧范)이라는 이름의 비밀에 싸인 호승으로 바뀌었다.

혜범은 경제면에서 두뇌가 비상한 호승으로, 이국 상인들과의 잦은 왕래를 이용해 방채(放債, 돈을 빌려주고 이자를 받는 것) 및 궤방(柜坊, 당나라 때의 금융업으로, 후세의 은행이나 보험과 비슷함 – 작가 주)으로 억만금을 벌었다. 그 규모가 무척 컸기 때문에 태평공주마저 그와 빈번히 거래할 정도였다.

원승은 벽화를 감상하려고 종종 서운사를 찾았기 때문에 혜범과 그럭저럭 가까운 편이었다. 원승이 본 혜범은 계산이 빠른 타고난 장사꾼이었다. 〈지옥변〉이 유명 작품이라는 것을 알자 아예 원승에게 벽화를 팔려고 했을 정도였다. 원승의 주머니 사정과 매매 과정의 복잡함 때문에 결국에는 손을 뗐지만.

그런데 모디로가 그곳에 숨어 있을 줄이야.

아들 입에서 서운사라는 이름을 듣자 원회옥은 곧바로 얼굴을 굳히며 차갑게 콧방귀를 뀌었다.

"우리 대당나라의 국력이 강해져 서방의 나라들이 입조하고 있거늘, 조정에서는 아직도 이교도 호인들에게 너무 관대한 것이 문제다. 오냐, 모디로를 찾아내지 못하더라도 한 번쯤 호상과 호승을 엄히 단속하는 것도 좋겠지."

그 말에 원승은 움찔했다. 그도 알다시피 유학자 출신인 아버지는 평생 불교나 도교의 가르침을 무시해왔으니 배화교 같은 이교는 말할 것도 없었다.

"제가 그곳의 방장 혜범과 잘 압니다. 제가 사람들을 데리고 가서 살펴보면 어떻겠습니까?"

원회옥은 그 자리에서 승낙했다. 원승은 아버지에게 수완 좋은 금오위 암탐 한 사람을 딸려주되, 남들이 놀라지 않도록 평상복을 입게 해달라고 청했다.

오육랑(吳六郞)이라고 하는 암탐은 서른 살가량으로, 눈치 빠르고 경험도 풍부했다. 가는 길에 그가 말을 꺼냈다.

"공자, 소인이 듣자니 서운사에는 귀, 귀신이 붙은 벽화가 있다고 하던데요!"

"〈지옥변〉 말이군. 그 그림은 정관 때의 뛰어난 화가 손나한의 대작이네. 귀신이나 염라지옥의 모습이 살아 있는 듯 생생해서 당시에도 성 전체가 떠들썩했지만, 귀신이 붙었다는 말은 결코 사실이 아닐세."

"글쎄, 진짜라니까요. 최근에 듣자니 그 벽화에 있던 귀졸들이 세월이 흐르면서 요괴로 변했는지 진짜 움직이기도 한답니다."

원승은 그럴 리 없다는 듯 빙그레 웃었다.

"정말 그렇다면 귀신 잡는 도사인 내가 가는 게 안성맞춤이겠군."

걸음을 서둘렀지만 서운사 앞에 도착했을 때는 이미 날이 저물고 통금을 알리는 경고(更鼓)가 울린 지도 한참이 지난 뒤였다. 그런데 맞은편 길에서 포졸들이 급히 달려오는 것이 보였다.

"서두르게, 서둘러! 사람이 죽었다지 않나!"

대장인 듯한 수염쟁이 포졸이 법석을 떨었다.

"설 포졸, 무슨 일인가?"

오육랑은 그 수염쟁이 포졸을 잘 알고 있었다. 바로 장안현의 포졸 두령 노설이었다.

본래 당나라 국도인 장안은 주작대가를 기준으로 동성이라 불리는 동쪽은 만년현에, 서성이라 불리는 서쪽은 장안현에 속해 있었다. '좌가만년, 우가장안'이라는 말도 여기서 생겨났다.

장안현의 포졸들은 사찰 밖에서 처참하게 죽은 시신을 발견했다는 서운사 승려의 신고를 받고 달려온 참이었다. 이런 사건이 벌어졌는데 금오위가 모른 척할 수도 없는 노릇이라, 원승은 오육랑을 앞세워 사건 현장으로 달려갔다.

사찰 밖의 담벼락 아래 쓰러져 있는 시신은 들은 대로 차마 눈 뜨고 볼 수 없을 정도로 참혹한 모습이었다. 배가 갈라져 내장이 흘러나오고 얼굴은 흉악하게 일그러져 그 참상은 말로 표현할 수 없었다.

원승도 두어 번 훑어본 후 재빨리 고개를 돌렸다. 자칫하면 구역질이 나올 것 같았다. 비록 도를 닦은 몸이나 오랜 기간 도술 수련에만 고심하느라 이토록 참혹한 사건 현장을 직접 보는 일은 거의 없었다.

"과연 신고한 대로야!" 수염쟁이 설 포졸이 외쳤다. "악귀…… 악귀 짓이야."

"악귀라니? 무슨 말인가?"

원승은 억지로 정신을 가다듬었다. 금오위는 장안현보다 지위가 현격히 높았기 때문에 설 포졸은 금오위 암탐과 동행한 데다 기세가 비범한 원승을 보자 재빨리 대답했다.

"이 서운사는 호승 사찰인데, 저 안에 악귀가 잔뜩 그려진 벽화가 있습니다. 그 벽화에서 악귀가 튀어나와 사람을 죽인다는 소문이 항간에 짜합니다. 이리 끔찍하게 죽은 것을 보니 필시 그 악귀의……."

"허튼소리! 요사한 말로 백성을 현혹하면 경을 치겠네!"

원승은 호통을 쳐 설 포졸의 말을 끊은 다음, 오육랑에게 사찰 문을 열라고 명했다.

방장 혜범이 총총히 달려나왔다. 그는 쉰 살 남짓의 호승으로, 체격이 좋고 얼굴은 하얀 데다 눈동자에는 거간꾼같이 교활한 빛이 가득했다. 원승을 발견한 혜범은 냉큼 두 손을 모아 "아이고, 원 대랑(大郎, 집안의 큰아들을 부르는 말)" 하고 부르며 쪼르르 다가왔다.

"원 대랑은 소승과 잘 아는 사이니 이번 일이 우리 사찰과는 하등의 관계도 없다는 것을 잘 아시겠지요. 어허, 어쩌자고 우리 사찰의 승려가 신고했을꼬? 이 눈치라곤 없는 자 같으니라고."

원승이 소리 죽여 말했다.

"사찰 밖에서 사람이 죽었으니 사찰과 전혀 무관하다 할 수는 없소. 아는 사람일지 모르니 가까이 가서 살펴보시오."

혜범은 죽을상을 한 채 시자 둘을 데리고 다가갔지만, 시신을 보자마자 비명을 지르고 돌아서서 더는 살펴볼 용기를 내지 못했다.

설 포졸이 다급히 캐물었다.

"이 사찰에 있는 벽화에서 악귀가 뛰쳐나와 사람을 죽인다는 소문이 돌고 있소. 어찌 된 일이오?"

혜범은 필사적으로 고개를 저으면서 "절대 그런 일은 없소, 절대"라며 연신 부인했다.

오육랑이 나섰다.

"그 벽화가 대관절 어떤 것인지 살펴봐야겠으니, 방장께서 우리를 그 벽화가 있는 곳으로 안내해주시오!"

혜범은 더욱더 얼굴을 일그러뜨리며 도움을 청하듯 원승을 바라봤다. 원승이 말했다.

"우선 보여주시오. 나중에 결백을 밝혀주겠소!"

혜범은 별수 없이 사람들을 사찰 안으로 안내했다. 그 이름난 벽화는 후원에 있었는데, 불교 사찰일 때는 염라전이 있던 곳이었다. 벽화가 그려진 벽은 두툼한 천이 이중삼중으로 덮여 가려져 있었다. 두꺼운 천을 걷어내자 기세 높고 무시무시한 거대 벽화가 모습을 드러냈다. 위엄 넘치고 음침한 염라대왕과 흉악한 귀왕, 이리저리 날뛰는 각양각색의 귀졸을 비롯해 보기만 해도 소름 끼치는 지옥의 형틀과 벌을 받는 죄인들이 벽화 곳곳에 가득했다. 촛불에 비친 그 모습은 하나하나가 생생하고도 자세해서 당장이라도 튀어나올 것 같았다.

이 벽화를 여러 번 본 원승도 그 순간에는 간이 오그라드는 것 같았다. 불현듯 그는 몸을 부르르 떨며 벽화의 좌측 아래편으로 시선을 모았다. 그곳에는 귀졸이 죄인의 배를 가르는 광경이 그려져 있었는데, 환히 비치는 촛불 아래로 죄인의 몸이 시뻘겋게 물들어서 단박에 눈에 띄었다. 마치 배에서 시뻘건 피가 뚝뚝 떨어지는 듯했다.

"귀졸이 어디로 갔지?"

원승이 소리쳤다. 그는 이 벽화의 세밀한 부분까지 마음에 새기고 있었다. 저 죄인 옆에는 귀졸 둘이 서서 하나는 죄인을 붙잡아 누르고, 다른 하나는 죄인의 배에 손을 집어넣던 것이 똑똑히 기억났다. 그런데 지금은 죄인을 누르는 귀졸뿐, 괴기스럽게 배를 파헤치던 귀졸은 온데간데없었다.

"어이쿠, 배를 갈라 오장육부를 꺼내다니, 사찰 밖에 죽어 있는 시신과 똑같잖아!"

오육랑이 놀란 목소리로 외쳤다. 판에 박은 듯 똑같은 참상. 다른 점이 있다면, 하나는 상상에 의한 벽화요, 다른 하나는 피비린내 나는 사실이라는 것뿐이었다. 사찰 안은 쥐죽은 듯 고요했다.

한참 후, 혜범이 부들부들 떨며 해명하기 시작했다. 이 벽화에 영기가 있기는 하나 결코 귀신으로 변해 사람을 해칠 수는 없다는 주장이었다. 사라진 귀졸도 원승이 잘못 기억한 것이지, 그 부분은 본래 텅 비어 있었고 안료도 거의 벗겨졌다고 딱 잘라 말했다.

"죽은 사람 조사를 마쳤습니다."

부하에게 보고를 받은 설 포졸이 달려와 말했다.

"서시에서 방채를 하던 절름발이 한 씨로, 나이는 쉰쯤 됐고 서시에서는 알아주는 자린고비였지요. 사흘 전에 빚을 받는답시고 열네 살짜리 낭자를 억지로 처로 맞아들이려 했는데, 시집가는 것을 싫어한 낭자가 강에 몸을 던져 자결했다고 합니다."

호승 중 한 명이 그 말을 듣고 화들짝 놀라 중얼거렸다.

"절름발이 한 씨는 재물로 사람을 해쳤으니 지옥에 떨어졌을 때 배를 가르는 형벌을 받아야 합니다. 본 사찰의 《보환경》에 기록된 것과 쏙 빼닮았군요. 아아, 죄업이구나, 죄업이야."

배화교는 본디 광명신을 숭배하나 당나라에 전해진 뒤로 꾸준히 불교의 이론을 흡수했고, 머리가 비상한 혜범은 이를 놓치지 않고 불교의 설법을 혼합한 《보환경》이라는 경전을 써서 장안의 호상과 백성들에게 크게 환영을 받았다.

현실에서 일어난 일과 전설에 기록된 내용이 딱 맞아떨어지자, 모인 사람들은 절로 소름이 돋아 몸을 부르르 떨었다.

원승이 나지막이 꾸짖었다.

"속히 장안현 검시관을 불러 시신을 살펴보게 하시오. 무슨 일이 있어도 벽화의 귀졸이 사람을 해친다는 소문이 퍼져서는 안 되오."

설 포졸이 명을 수행하러 달려나가자, 원승은 그제야 혜범을 한쪽 구석으로 데려가 속삭였다.

"모디로라는 페르시아 환술배우를 아시오? 최근에 그를 만난 적이 있소?"

"그자 말입니까? 그자는 반년 전 우리 사찰에 의탁한 단풍(檀豐) 대사와 오래 알고 지낸 사이인데, 두 달 전쯤 툭하면 찾아와 돈을 빌렸습니다. 하지만 최근에는 한동안 보이지 않더군요."

혜범은 그렇게 말하며 단풍을 불렀다. 단풍은 서른 살가량의 호승인데, 당나라 말을 곧잘 해서 충분히 의사소통할 수 있었다. 그 역시 열흘 동안 모디로를 만나지 못했다고 했다. 혜범은 안도의 숨을 쉬며 자신과 단풍이 하는 말이 구구절절 사실이라고 맹세한 뒤, 이 사찰은 왕공대신들과도 거래를 트고 있고 태평공주의 궤방도 자신이 관리하고 있다는 말을 나지막이 꺼냈다. 이 주변에서는 첫손 꼽는 부자인 혜범은 평소 권세가들과 교분을 맺고 있어서 비적과 결탁할 까닭이 없었다.

상대방이 태평공주를 들먹이자 원승은 저도 모르게 눈을 찡그렸다. 보물을 잃어버린 사람은 안락공주인데, 태평공주의 궤방 관리자가 혜범이고, 보물을 훔친 모디로는 혜범의 사찰에 자주 출입했다. 그렇다면 태평공주가 사람을 시켜 안락공주의 보물을 훔친 것은 아닐까?

무슨 일이건 남의 뒤에 서기를 싫어하는 태평공주의 성품으로 볼 때 탈등연에서 우쭐댈 기회를 조카딸 안락공주에게 빼앗겼으니 당연히 그런 일을 저지를 만도 했다. 원승은 생각하면 할수록 심장이 떨렸다.

얼마 지나지 않아 원회옥이 황급히 달려왔다. 검시관이 시신을 살피는 동안 부자는 선방에 들어가 신중하게 상황을 분석했다.

태평공주는 황제의 친누이동생이며, 무측천을 쓰러뜨리고 황제 이현을 등극시킨 정변에서도 큰 공을 세웠다. 안락공주는 황제가 가장 아끼는 막내딸로, 대당 제일 미녀라는 이름답게 둘째가라면 서러워할 미모에 사치스럽기 짝이 없었다. 현 조정에서 위 황후를 제외하면 그 두 사람이야말로 최고의 권세를 지닌 여인이었다.

두 공주는 친고모와 조카 사이인데도 줄곧 암투를 벌여왔다. 그들의 암투는 실로 미묘했다. 젊고 아름다운 안락공주는 부황의 총애를 듬뿍 받고 모후라는 든든한 버팀목이 있었기 때문에, 반년 전 태자 이중준이 난을 일으켜 피살된 뒤로 그녀가 '황태녀'가 되어 제위를 이으리라는 추측이 끊이지 않았다.

태평공주는 조카딸과의 싸움에서 불리한 위치에 있는 듯 보여도 지략이 뛰어나 무측천 시대에도 정권을 장악한 적이 있었다. 더욱이 지금은 오라버니인 황제의 두터운 신임을 받고 있으며, 태평공주부 출신 대신도 많아서 조정에 미치는 영향력이 무척 컸다. 탈등연 때 두 공주는 공식적으로 한차례 예봉을 다퉜는데, 하필이면 안락공주의 승리의 상징이던 칠보일월등이 사라졌다.

원회옥은 한숨을 푹 쉬었다. 안락공주가 잃어버린 등을 미처 찾지도 못했는데 또다시 끔찍한 악귀 살인 사건이 벌어졌으니, 이 금오위 장관 나리의 머리는 터져버리기 직전이었다. 통금 경고가 울린 뒤에 죽은 사람이 발견된 것이 다행이라면 그나마 다행이었다. 당나라의 야간 통금 제도 덕에 당시 길을 가던 행인은 몇 되지 않았고, 사건을 목격한 사람도 거의 없을 터였다.

원회옥은 금오위를 바짝 단속해, 귀신이 벽화를 뚫고 나와 사람을 죽였다는 소문으로 민심이 동요되지 않도록 엄히 통제했다. 부자는 결국 길을 나눠, 아버지는 안락공주가 잃어버린 등을 찾는 한

편 사람을 보내 모디로의 행방을 수소문하기로 하고, 아들은 벽화의 악귀 살인 사건을 조사하기로 했다.

원승은 아버지에게 청해 오육랑을 조력자로 삼은 뒤 변장하고 서운사에 머물게 했다. 이윽고 금오위와 포졸이 흩어지자 방장 혜범은 원승에게 온갖 좋은 말을 늘어놓은 뒤 사라졌고, 원승은 곁채에서 조용히 휴식을 취했다.

인적 드문 깊은 밤, 그는 침상에 누워 골똘히 대책을 강구했다. 홀연 톡톡톡 하고 창살 두드리는 소리가 세 번 나더니 방문이 살짝 열리고 누군가 들어왔다. 머리를 연과건 복두(軟裹巾 幞頭, 복두는 고대 남자들이 쓰던 두건으로, 형태 고정 여부에 따라 경과와 연과로 나뉨)로 싸매고 엽전 무늬가 그려진, 둥근 깃에 소매가 좁은 옷을 대충 걸친 사람인데, 비록 평범한 장사치 차림이지만 서늘한 검기를 품고 있었다. 놀랍게도 그는 황폐한 사당에서 만난 검객 육충이었다.

"날이 어둑어둑해질 때쯤 공자가 이리로 오는 것을 봤소. 원숭이처럼 허둥거리고 노새처럼 서두르기에 차마 방해하지 못하고 한밤중이 되길 기다렸다가 이렇게 찾아온 거요."

육충은 느긋하게 자리에 앉으며 특유의 농담으로 인사를 건넸다. 그러고는 허리춤에 찬 호리병을 꺼내 벌컥벌컥 술을 마셨다. 본래 육충은 황폐한 사당에서 무사히 빠져나가놓고도 여태 장안을 떠나지 않고 장사치로 변장해 며칠간 이곳 이민족 사찰에 숨어 있었다.

그의 말에 따르면 종상부 눈 밖에 난 일은 이만저만한 골칫거리가 아니었다. 종상부의 고수들은 대부분 도가의 기인이었다. 그들이 장안성 바깥의 주요 통로마다 천라지망을 펼쳤음이 분명하므로, 차라리 참배객으로 위장해 성안의 이민족 사찰에 숨어드는 편이 들킬 염려가 적었다.

"귀졸이 벽화에서 뛰쳐나와 사람을 죽여?"

황혼녘에 사찰에서 벌어진 일을 목격한 육충은 별일 아닌 양 고개를 저었다.

"뭐, 희귀한 일도 아니지. 공자도 그 사당에서 화룡점정으로 벽화에 있던 신룡을 불러내지 않았소?"

"용을 그려내는 화룡술일 뿐이지, 실제 용이 있는 것은 아니오."

육충의 솔직한 성품을 아는 원승은 그와 이 기이한 사건에 관해 이야기를 나누고 싶어졌다.

"천하의 도술은 정신, 기운, 법진, 부적 넷뿐이오! 내가 익힌 화룡몽공은 정신과 부적 사이에 있소. '영기가 조금만 있어도 부적'이라는 말처럼, 그 용은 내 원신과 부적의 힘으로 만든 것이고 내 원기로 조종할 수 있소. 그날도 뜨거운 비를 내리느라 공력을 적잖이 소모했지만, 그 기세 덕분에 청양자를 놀래 달아나게 할 수 있었소."

"흠, 그러니까 벽화에 있는 것이 귀졸이건 신룡이건 그 형태는 배우가 입은 옷이나 매한가지고, 실제로 효력을 낼 수 있는 것은 술법을 펼치는 사람이란 말이군?"

"그렇소. 벽화에 그려진 귀졸이나 요마가 제아무리 살아 있는 듯 생생해도 결국 안료일 뿐, 사람을 죽일 수는 없소. 적어도 나는 그런 요술이 있다는 말은 들어보지 못했소."

육충은 신이 나서 무릎을 탁 쳤다.

"요 기괴한 살인 사건이 이 검객 어르신의 호기심을 자극하는군. 어이, 공자, 내 도울 준비가 됐소."

원승이 눈을 빛냈다.

"그렇다면 부탁하겠소. 골칫거리 대부분은 필시 이 기괴한 사찰과 연관되어 있을 것이오. 돌아가거든 여전히 참배하러 온 장사치인 척하고 이곳에 숨어 조사를 좀 도와주시오."

육충이 히죽 웃으며 대답했다.

"진범이 이 사찰 안에 있으리라 생각하는군. 가장 의심스런 사람이 누구요?"

"그야 종적을 감춘 모디로 아니겠소? 지금 금오위가 장안성에 쫙 퍼져 그자를 추적하고 있소. 설령 이 사찰에 숨지 않았더라도 이곳은 그자와 여러 가지로 얽혀 있소. 안락공주부에서 사라진 칠보일월등 역시 틀림없이 그자와 관계있을 것이오."

"안락공주부의 칠보일월등이라고?"

육충은 대수롭지 않게 손을 펼쳐 둥그렇게 크기를 가늠하며 말했다.

"들은 바는 없지만 본래 그런 손바닥만 한 등이야 쉽게 잃어버리는 거잖소?"

원승의 눈썹이 꿈틀했다. 마음속에 짚이는 것이 있지만 그는 아무 말도 하지 않았다.

육충이 그의 어깨를 툭툭 치며 싱긋 웃었다.

"호호, 사실 이 검객 어르신께서는 쓸데없는 일에 나서는 걸 가장 싫어하지만, 공자에게는 진 빚이 있으니 이번엔 돕기로 하지."

두 사람은 승려들의 의심을 받지 않도록 등불조차 켜지 않고 조용조용 이야기를 나눴고, 이야기가 끝나자 육충은 표표히 모습을 감췄다.

4장

오래된 사찰의 수수께끼

뜻밖에도 상황은 빠르게 악화됐다. 바로 다음 날, 두 번째 시신이 나타났다.

오육랑이 묵는 곁채는 사찰 담장에 면해 있는데, 자정이 지난 뒤 바깥에서 으스스한 웃음소리가 들려왔다. 몹시 괴상해서 도무지 사람 소리 같지 않았다. 오육랑이 황급히 달려가보니 사찰 밖 담장 아래에 한 사람이 쓰러져 있었다.

죽은 사람의 복장은 독특했다. 서시에서 기예를 파는 페르시아 배우들이 즐겨 입는 과장된 이국 복식이었다. 시신은 얼굴을 바닥으로 향한 채 뻣뻣하게 굳어 쓰러져 있었다. 무엇보다 끔찍한 것은, 몸이 톱질로 두 동강 나 바닥 여기저기에 살점이 흩어져 있는 것이었다. 하지만 핏자국은 거의 없었다.

소식을 들은 원승은 혜범과 함께 황급히 그곳으로 달려갔다. 참상을 본 혜범은 고개를 돌리고 웩웩 구역질을 했다. 원승도 머리가 어질어질해서 재빨리 담장을 짚어 몸을 가눴다.

"뒤집어보게. 죽은 이가 누군가?"

원승의 물음에 오육랑이 용기를 내어 다가가 시신의 얼굴을 돌렸다. 놀랍게도 주름투성이 페르시아 사람이었다.

혜범을 따라온 시자 가운데 한 명이 식겁해 외쳤다.

"저…… 저 사람, 모디로 아닙니까?"

혜범도 흠칫하며 돌아보더니 놀란 목소리로 외쳤다.

"앗, 정말 그자로구나. 모디로야!"

원승은 가슴이 철렁 내려앉았다.

모디로. 안락공주부에서 보물을 훔치고, 금오위 뇌옥에서 사슬을 펼쳐 달아난 자. 서운사의 벽화 살인 사건이 벌어진 뒤로 원승이 맨 처음 의심한 것은 바로 이 사찰과 모디로의 관계였다. 그런데 이제, 가장 중요한 용의자가 허리를 잘린 채 이곳에 쓰러져 있었다. 사건은 한층 미궁에 빠졌다.

원승은 천천히 몸을 숙이고 모디로를 자세히 살폈다. 그의 얼굴은 놀람과 공포, 두려움에 물들어 있었다. 이상하게도 죽기 전의 표정이 얼굴에 고스란히 박제되어, 희끄무레한 등불을 비추자 더욱 무시무시했다.

오육랑도 허리를 숙이고 시신을 살피며 중얼거렸다.

"거 참 이상하군요. 소인이 이 바닥에서 일한 지 십 년이나 되는데 죽은 사람의 표정이 이런 것은 처음 봅니다."

그는 손을 뻗어 모디로의 얼굴을 살짝 만져보고 화들짝 놀랐다.

"이상해. 마르고 딱딱한 것이 꼭 피를 다 빨린 것 같잖아."

"흡혈 악령……." 시자 중 한 명이 놀라 중얼거렸다. "앗, 우리 사찰의 경전에 그런 기록이 있습니다. 서방에는 사람의 생피만 빨아먹는 '흡혈귀'라는 악령이 있다고요."

혜범이 그의 말을 막으려 재빨리 헛기침했지만, 시자는 눈치도 없이 계속 떠들어댔다.

"모디로는 도박을 좋아해서 거듭거듭 단풍 대사께 돈을 꾸러 왔지요. 세상에, 도박과 재물을 좋아하면 지옥에 가서 허리를 잘린다고 하더니…… 사찰에 있는《보환경》에 적힌 그대로군요!"

혜범이 가장 두려워하는 것이 바로 이 사건이 사찰의 전설과 연결되는 일인지라, 황급히 시자의 말을 끊었다.

"닥치지 못하겠느냐? 원 대랑께서 오셨으니 판결은 그분이 하실 터, 쓸데없이 끼어들지 마라."

"지옥변?"

원승은 퍼뜩 정신이 들었다.

"벽화를 보러 갑시다."

몇 사람이 황망히 염라전으로 달려갔다. 불그스름한 등불에 비친 벽화 속에서, 원승은 도박을 좋아하던 죄인이 귀졸의 톱에 허리가 잘린 채 몸을 뒤틀며 참혹하게 비명을 지르는 장면을 대번에 찾아냈다. 음산하고 비통한 모습이었다.

"귀졸이 또 하나 줄었다!"

오육랑이 소리를 질렀다.

원승도 알고 있었다. 톱을 든 귀졸은 둘이었는데 지금은 등지고 선 귀졸 하나만 남아 있었다. 그는 어찌할 바를 모르고 덜덜 떠는 혜범을 돌아보며 차갑게 말했다.

"이제는 발뺌하지 못하겠군. 톱으로 허리를 자르려면 반드시 귀졸 둘이 집행해야 하오. 그중 하나는 어디로 갔소?"

혜범은 얼굴이 하얗게 질려 아무 말도 하지 못했다. 모든 사람이 침묵에 잠겼고, 겁이 나서 두 다리를 후들후들 떠는 사람도 있었다.

벽화에서 귀졸 하나가 사라졌고 세상에는 시신이 하나 늘어났으며, 죽은 이의 참상은 〈지옥변〉에 묘사된 모습과 똑같았다. 이 얼마나 무시무시하고 기괴한 사건이란 말인가!

고민에 잠긴 원승은 습관적으로 허리에 찬 황모필을 꺼내 귀졸이 사라진 빈 곳을 툭 찍었다. 그가 쓰는 황모필은 일반적인 붓보다 털이 굵으며, 한쪽 끝은 붓이지만 다른 쪽 끝에는 날카로운 검이 달려 있고, 붓 전체가 도금한 정동(精銅)이었다. 보기 드문 도가의 법기로, 이름은 춘추필(春秋筆)이었다.

"염라…… 염라대왕이 현령하셨다!"

시자 한 명이 소리치고는 넙죽 엎드려 쿵쿵 소리를 내며 벽화를 향해 머리를 조아렸다. 이어서 또 한 사람이 엎드리는가 싶더니 잠깐 사이 혜범 곁에 있던 호승 너덧 명도 모조리 꿇어 엎드렸다.

황모필에 남아 있던 물기가 벽화 위로 서서히 번졌다. 원승은 재빨리 마음을 바꾸고 이를 악물며 외쳤다.

"염라대왕이 현령한 것이 아니라 요술이오! 모두 일어나시오! 방장, 이곳 승려를 모두 부르고, 이곳에 묵는 참배객도 빠짐없이 불러 모아주시오. 내가 그들 앞에서 이 요술을 깨뜨리고 요망한 자를 붙잡겠소."

혜범은 반신반의했지만, 원승이 절묘한 재주를 지닌 것을 잘 알기에 재빨리 시키는 대로 했다. 얼마 지나지 않아 사찰의 호승 백여 명이 분주히 모여들었고, 참배하러 온 스무 명 남짓한 호상들도 나타났다. 대전에 모인 사람들이 저마다 이 말 저 말 떠들어댔다.

"여러분, 최근에 누군가 벽화의 악귀가 사람을 죽이게 하는 요술을 펼친 탓에 귀 사찰에 악령이 침범했습니다. 이 원승이 비록 재주는 없으나 그 요술을 깨뜨리고 이 자리에서 그 요망한 자를 붙잡고

자 합니다. 다만, 그러자면 여러분의 도움이 필요합니다."

원승의 말에, 혜범이 황망히 두 손을 맞잡아 올리며 말했다.

"부탁드리겠습니다, 원 대랑. 어찌하면 되는지 말씀만 하시면 저희는 그대로 따르겠습니다."

"방장 외의 모든 분은 제가 붓으로 술법을 펼치는 동안 계속 벽화를 향해 절을 하십시오. 성심껏 빌면 자연스레 귀졸이 모습을 드러낼 것입니다."

원승의 말에, 혜범은 그 의도를 알 수 없었지만 그래도 고개를 끄덕였다.

"이 벽화는 우리 사찰에 대대로 내려온 보물입니다. 절을 하는 것은 당연한 도리지요."

다른 사람들도 저마다 고개를 끄덕였다.

원승은 맑은 물 한 대접을 가져오게 한 뒤 외쳤다.

"그럼 부탁드리겠습니다. 제가 '됐다'라고 외치면 절을 멈춰도 됩니다."

말을 마친 그는 커다란 붓을 물에 흠뻑 적셔 벽 위로 빠르게 휘둘렀다. 방장 혜범 외에 모든 사람이 일제히 절하기 시작했다.

"원 대랑."

귀졸이 사라진 곳에 물을 찍어 바르기만 하는 원승을 보던 혜범이 갑자기 깨달았다는 표정으로 말했다.

"누군가 안료를 덧칠해 벽화에 있던 귀졸을 지웠다고 여기시는군요. 지금은 물로 안료를 씻어내려는 것이고요?"

원승은 대답 없이 붓질만 계속했다. 찍어 바르는 물은 점점 많아졌지만 벽화의 빈 부분은 그대로였고 귀졸은 나타날 기미가 없었다. 승려들은 잔뜩 의혹어린 표정이었지만 여전히 시킨 대로 절을 올렸다.

그때 원승이 큰 소리로 외쳤다.

"됐다!"

사람들이 고개를 번쩍 들었지만 사라진 두 귀졸이 있던 곳은 여전히 텅 비어 있었다. 귀졸은 언제 나타나는 것일까? 원승의 속을 알지 못하는 사람들은 어리둥절했다.

잠시 후 원승이 또다시 외쳤다.

"나타나라!"

그러자 기괴하게도 벽화의 빈 부분에서 흉악한 귀졸의 모습이 서서히 나타났다. 하나는 죄인의 심장을 움키고, 다른 하나는 죄인의 허리를 톱질하는 모습으로 으스스하기 짝이 없었다. 무엇보다 괴이쩍은 것은 두 귀졸의 얼굴이 피로 그린 것처럼 새빨갛다는 것과 마치 정말 법술로 불러낸 것처럼 갑작스레 모습을 드러냈다는 사실이었다.

"역시 원 공자야! 듣던 대로 신통하시구나!"

사람들은 입을 모아 탄성을 터뜨리며 앞다퉈 벽화를 향해 머리를 조아렸다.

"귀졸이 나타났는데 진짜 흉수는 어디 있느냐?"

원승이 다시 외쳤다.

"그야 쉽지!"

사람들 틈에서 육충이 휙 튀어나와 누군가를 잡아서 바닥에 패대기쳤다. 그자는 호승의 복장을 하고 있었지만 몸을 잔뜩 웅크려 생김새는 볼 수 없었다.

"여러분." 원승이 냉소를 지으며 말했다. "저자의 본모습을 보십시오!"

일찌감치 달려간 오육랑이 호승을 일으켜 세웠다. 주름 가득한 페르시아 사람의 얼굴에는 경악과 당혹감, 그리고 악독한 원한이 떠올라 있었다.

"저 사람은……."

몇몇 호승이 귀신이라도 본 양 비명을 질렀다.

"으악, 모디로?"

확실히 귀신은 귀신이었다. 그들 모두 조금 전 사찰 밖에서 몸이 두 동강 난 모디로의 시신을 봤으니까. 한데 지금은 그 모디로가 다시 살아났을 뿐 아니라 이 염라전에 몰래 숨어 있었다. 모디로의 악독한 눈빛을 보자 가까이 있던 사람들은 오싹 소름이 돋아 일제히 비명을 질렀다.

모두가 놀라 허둥거리는 사이, 모디로가 눈에서 날카로운 빛을 쏟아내더니 두 팔을 와락 휘둘러 자신을 붙잡고 있던 오육랑을 고꾸라뜨렸다. 모디로가 발을 구르자 그의 몸은 연기처럼 솟구쳐 올라 간이 떨어질 만큼 놀란 혜범을 덮쳤다.

그자의 솜씨는 결코 육충보다 못하지 않았다. 방금은 경계를 풀고 있다가 육충에게 붙잡힌 바람에 내내 약한 척한 것뿐이었다. 지금 이 갑작스런 움직임은 방장을 인질 삼아 달아날 길을 찾으려는 것이 분명했다. 그의 움직임은 귀신처럼 빨라서 도저히 보통 사람의 몸놀림이라고 할 수 없었다.

하지만 그보다 빠른 사람이 둘이나 있었다. 눈부신 빛 두 가닥이 비스듬히 찔러왔다. 육충이 현병술을 펼치자 왼 소매에서 튀어나온 쌍검이 빙글빙글 빛 무리를 뿌리며 모디로의 정면을 위협했고, 원승은 와락 고함을 지르며 황모필을 휘둘렀다.

"박귀!"

모디로는 눈앞이 어른어른했다. 몽롱한 와중에 다시 벽화에 나타난 시뻘건 얼굴의 귀졸 둘이 그림에서 뛰쳐나와 그에게 덤벼들었다. 모디로는 가슴을 두드려 맞은 것처럼 심장에 극심한 통증을 느꼈고, 허리는 날카로운 칼에 싹둑 잘린 것처럼 지독하게 아팠다.

"영허관의 박귀결(縛鬼訣)!"

그가 놀란 목소리로 외치며 다시금 바닥에 나동그라졌다. 온몸에서 힘이 쭉 빠졌다. 원승이 한 걸음 다가가 그를 잡아 일으킨 뒤 얼굴에서 얇은 가면을 벗겨냈다. 창백한 페르시아 사람의 얼굴이 드러났다. 나이도 많지 않아서 겨우 서른 정도로 보이는 젊은이인데, 그 얼굴은 포악함과 악랄함으로 짙게 물들어 있었다.

"너, 너는……." 방장 혜범이 기겁해 외쳤다. "단풍?"

"그렇소. 흉수는 바로 방장 휘하에 있는 호승 단풍이었소. 그는 도박을 몹시 좋아하는 모디로에게 돈을 빌려주겠다며 유인하고, 때가 무르익자 모디로를 죽인 다음 그로 변장해 안락공주부에 있던 칠보일월등을 훔쳤으며, 술에 취했다가 붙잡힌 뒤에도 환술을 사용해 금오위 뇌옥에서 달아났소. 그 후 이곳에 숨어서 벽화 악귀 살인이라는 끔찍한 사건까지 일으킨 것이오."

원승의 말에 혜범은 버럭 화를 냈다.

"천벌 받을 놈 같으니라고! 왜 이런 짓을 했느냐?"

단풍은 입을 꾹 다물고 아무 말도 하지 않았다. 원승이 그의 얼굴을 슬쩍 훔치자 단풍은 또다시 모디로로 변했다. 그는 픽 웃었다.

"페르시아의 역용술은 과연 대단하군. 조금 전에 붙잡혔을 때 단풍의 얼굴을 하고 억울하다 소리쳤더라면 우리도 설명하기가 힘들었을 것이오. 한데 당신은 잔꾀를 부려 모디로의 얼굴을 하고 나왔소. 우리가 놀라고 당황한 틈을 타 달아날 속셈이었겠지만, 도리어 자백하는 모양이 되고 말았소."

갑자기 단풍이 두 눈을 크게 뜨고 눈동자에서 도깨비불같이 무시무시한 빛을 번득이며 음침하게 말했다.

"원승! 이놈, 원승! 오냐, 잘했다, 잘했어. 흐흐흐!"

음산하고 길게 늘어지는 목소리가 마치 기괴한 주문을 외우는 것만 같았다. 대로한 오육랑이 달려들어 두 번이나 단풍의 따귀를 올려붙였다. 하지만 단풍은 전혀 기죽지 않고 계속해서 도깨비불 같은 눈빛으로 원승을 노려봤다.

그가 입을 다물자, 오육랑은 그제야 육충을 향해 두 손 모아 예를 차렸다.

"도와주셔서 감사합니다. 진짜 흉수가 저놈인 것을 어떻게 아셨습니까?"

육충은 원승을 턱짓하며 말했다.

"난 그저 시키는 대로 했을 뿐이오. 모두 다 원 공자의 공로지."

어찌 된 일인지 원승은 단풍의 냉소에 마음이 착 가라앉아 길게 설명할 기분이 아니었다.

"육랑, 우선 저자를 금오위 뇌옥에 가두게. 절대 다시 달아나지 못하게 잘 지켜야 하네!"

"원 대랑, 잠시 이야기 좀 하시지요."

혜범은 황급히 원승을 밀실로 데려가 두 손을 모으고 연신 좋은 말을 늘어놓았다. 그에게 단풍이 흉수인지 아닌지는 중요하지 않았다. 오직 금오위가 더는 깊이 파고들지 않고 여기서 마무리하기만 바랄 뿐이었다.

원승은 건성으로 대답하면서, 조정의 비사(秘事)에는 가능한 한 끼어들지 않는 편이 좋으니 아버지도 속히 몸을 빼라 말씀드려야겠다고 속으로 생각했다.

아무튼 끔찍하고 소름 끼치는 벽화 살인 사건과 모디로의 보물 도난 사건이 해결됐으니 원승도 겨우 숨을 돌렸다.

"고맙소!"

일이 모두 끝났을 때는 벌써 날이 환히 밝아 있었다. 원승이 자신의 수련 별원으로 돌아가 맨 먼저 한 일은 바로 대기에게 감사 인사를 하는 것이었다.

"모디로가 서운사에 간 적이 있다는 당신 귀띔 덕에 그 실마리를 따라 흉수 단풍을 잡을 수 있었지요!"

원승에게 사건의 자초지종을 간략히 전해 듣는 동안, 대기의 표정은 점점 이상해졌다.

"왜 그러시오?" 원승이 웃으며 물었다. "설마 끔찍한 사건 이야기에 겁이 난 거요?"

"그럴 리가요." 대기가 굳어진 눈빛으로 천천히 대답했다. "요즘 내가 자꾸만 잠에 빠지고 괴상한 꿈을 꾸잖아요. 어젯밤에도 아주 이상한 꿈을 꿨거든요. 당신이 어느 커다란 사찰로 들어가서 그 안에 있는 큼직한 벽화를 베끼는……."

그녀는 말하다 말고 억지로 생긋 웃어 보였다.

"아니에요, 그만하죠. 당신이 대체 무슨 수로 그자를 잡았는지 궁금해요. 단풍이 모디로로 변장하고 악행을 저질렀다는 것을 진작 알고 있었어요?"

여인의 이상한 표정은 마치 보일락 말락 하는 먹구름 같아서 원승은 살짝 눈을 찡그렸다.

5장

꿈속의 몸

대기가 상세한 내막을 묻자 원승은 내심 기분이 좋아져 고개를 가로저으며 웃었다.

"내게 무슨 선견지명 같은 것이 있겠소. 벽화에서 악귀가 튀어나와 사람을 죽인 것은 끔찍하고 소름 끼치는 사건이었소. 무엇보다 괴이쩍은 점은 피해자가 나타날 때마다 벽화의 귀졸이 하나씩 사라졌다는 것이오. 놀라운 일이기는 하나 허점도 적지 않았지. 나는 누군가 신기한 안료를 써서 벽화에 그려진 귀졸을 덮어씌웠으리라 확신했소. 그렇다면 사건 주모자는 언제든지 벽화에 손댈 수 있는 사찰의 승려일 수밖에 없으니, 시신을 봤을 때부터 단풍을 의심했소. 시신이 발견된 곳에 피가 별로 없고 시신의 얼굴을 모종의 약물로 손본 것으로 미뤄 모디로는 오래전에 죽은 것이 분명했소. 그는 죽기 전 줄곧 단풍과 접촉했고 시신 역시 서운사 밖에서 발견됐으니, 단풍은 혐의를 피할 수 없었소. 다만 그자를 붙잡으려면 제법 공을 들여야 했소. 술법을 베푸는 동안, 나는 물로 안료를 씻어내는 척했으나 사실은 흉내만 냈을 뿐이오. 대신 남몰래 육충에게 일러 주위를 관찰하면서 허투루 절하는 사람을 찾아보라 했소. 그자는 필시 남들이 열정적으로 절하는 동안 내내 벽화를 힐끔거렸을 것이오."

영리한 대기는 금방 그 말을 알아듣고 손뼉을 치며 웃었다.

"좋은 방법이군요. 사찰에 있는 사람 수가 백이 넘으니 찾아내기가 쉽지 않았을 텐데, 성실한 호승들이 정성을 다해 절을 올리는 동안 그자는 건성으로 흉내만 냈으니 금세 눈에 띄었을 거예요."

원승은 고개를 끄덕였다.

"더구나 물만으로는 그 안료를 지울 수 없다는 사실은 흉수만이 알고 있소. 하니 그는 절만 대충했을 뿐 아니라 가소롭다는 듯이 냉소를 짓고 있었을 것이오."

"아하, 그렇게 해서 육충 선생이 흉수를 찾아냈군요. 하지만 마지막에는 그 벽화에 다시 귀졸들이 나타났다면서요. 그건 어떻게 한 거예요?"

"물로 윤곽선을 따라 그리다가 마지막에 공력을 써서 소리를 지르며 화룡술을 펼쳤을 뿐이오. 덕분에 물로 그린 윤곽선이 선홍색이 됐소. 보통 사람이면 그 상황을 보고 기적이 일어난 양 열심히 절을 올리겠지만, 흉수는 오히려 놀라 당황할 것이오. 예상대로 모두가 절할 때 단풍만 그 자리에 멍하니 서 있었지."

대기의 반짝이는 눈동자가 격찬의 빛으로 물들었다.

"그나저나 단풍은 왜 그런 천인공노할 짓을 했을까요?"

그녀가 묻자 원승도 표정을 어둡게 하며 쓴웃음을 지었다.

"천인공노할 짓은 겉모습에 불과할 뿐, 그 속에는 더욱 무시무시한 내막이 있소."

단풍이 모디로로 변장해 살인을 저지른 까닭은 설명하기가 어렵지 않았다. 모디로는 겁 많은 페르시아 배우이고 친구가 없었다. 모디로로 위장하면 사건을 조사하더라도 그 자신을 찾아내지는 못할 터였다.

이상한 점은, 단풍이 무엇 때문에 안락공주부에 잠입해 보물을 훔치고 금오위 뇌옥에서 탈옥하는 등 세상이 깜짝 놀랄 일을 저지른 뒤 서운사 벽화 살인 사건까지 일으켰느냐는 것이었다. 단순히 사람들의 이목을 서운사로 집중시키기 위해서?

이 참혹한 일련의 사건 뒤에 태평공주와 안락공주의 암투가 도사리고 있다고 생각하자, 원승의 심장은 더욱더 바짝 죄어들었다.

"단풍이 무엇 때문에 그런 짓을 했느냐고? 딱 내가 낭자에게 묻고 싶은 질문이야!"

냉소 소리와 함께 육충이 방으로 성큼 들어왔다.

"아니……." 대기는 깜짝 놀란 얼굴로 머리를 흔들었다. "그걸 내가 어떻게 알아요?"

"몸은 다 나았을 텐데 왜 여태 원 공자 곁에 남아 있는 거요?"

자리에 앉은 육충이 품을 뒤져 호리병을 꺼낸 다음 술을 한 모금 마시고는 날카롭게 몰아붙였다.

"당신이 무슨 상관이죠?" 대기가 허리에 손을 척 올리고 주루의 이민족 가희처럼 쌀쌀맞게 웃었다. "이 마나님은 내킬 때까지 쭉 이곳에 있을 거예요."

육충이 차갑게 코웃음 쳤다.

"처음부터 이상하다고 생각했소. 내가 청양자와 결투를 하기로 한 곳에, 당신은 하필이면 그 숯검댕이 도사 손에 잡혀왔고, 또 하필이면 모디로가 서운사에 있다는 것을 알고 있었지."

"그게 왜요? 이 마나님이 당신 털끝 하나라도 건드린 적 있나요?

내 덕분에 서운사에서 진범을 잡기도 했잖아요?"

대기가 쏘아붙이자 육충은 말문이 막혔다.

별수 없이 원승이 웃으며 중재에 나섰다.

"대기 낭자가 도움이 많이 됐소. 그리고 영매술에 당해 기면증이 생겼기 때문에 어쩔 수 없이 이곳에 며칠 머무른 것이오."

"확실히 도움이야 되겠지. 이를테면 역용술 같은 것! 내 알기로 페르시아 배우가 모두 가짜 얼굴 가죽을 쓰는 건 아니오. 가짜 얼굴을 쓰는 건 딱 한 부류, 영혜여인(靈慧旅人)뿐이지!"

육충은 대기를 똑바로 응시하며 한 자 한 자 힘줘 말했다.

"영혜여인은 페르시아 배우 중에서도 가장 신비한 부류요. 나면서부터 남다른 재주를 지녔고 정신 조종 같은 비술에 뛰어난 자들이지. 대기 낭자는 역용술이 보통 아니니 아마 영혜여인일 테지?"

대기는 눈빛이 살짝 어두워졌으나 곧 코웃음을 쳤다.

"영혜여인이라뇨? 들어본 적도 없어요. 흥, 그러는 육충 당신이야말로 정신 똑바로 차려요. 그 땡도사 말로는 종상부에서 도망쳐 나왔다던데, 종상부 제일 고수 설청산(薛青山)의 명성은 우리 페르시아 사람들도 익히 안다고요. 그자가 찾아와 비루먹은 개 끌듯이 당신을 끌고 갈지도 몰라요."

육충은 얼굴이 벌게져 탁자를 쾅 내리쳤다.

"이 어르신께서 그깟 설청산 놈을 두려워할까봐? 좋소, 원 공자! 이 별원에 방이 많으니 한 칸만 빌려주시오. 이 어르신께서 설청산을 청해 한바탕 겨룰 테니 누가 비루먹은 개가 되는지 두고 보시지!"

두 사람이 날카롭게 대립하자 원승은 하는 수 없이 동자를 불러 방을 준비하게 했다. 육충은 여전히 마음에 들지 않는 눈초리로 대기를 쏘아봤지만, 몇 마디 주고받은 뒤 제 말솜씨로는 대기의 상대가 되지 못함을 깨닫고 분통을 터뜨리며 일어섰다.

"남아 대장부는 여자와 싸우지 않소. 어제 요마를 잡느라 밤새 부산을 떨었으니 이 어르신은 이만 자러 가겠소."

말을 마친 그는 콧방귀를 뀌며 동자를 따라 나갔다.

방 안이 조용해지자 대기가 쿡쿡 웃었다.

"원 공자, 당신 친구 참 성질이 고약하군요. 하지만 날 의심할 만도 해요. 때로는 나 자신도 내가 어떤 사람인지 모르겠거든요."

그녀의 웃는 얼굴이 어쩐지 무력해 보였다. 원승은 문득 이 여인의 두 눈동자가 무척 매력적이라고 생각했다.

"참, 아무래도 말이죠." 대기가 잠시 망설이다가 느릿느릿 말을 이었다. "서운사 사건, 너무 순조롭게 해결된 것 같아요."

"너무 순조롭다니?"

"글쎄, 딱 무엇이 잘못됐다고 말할 수는 없지만요." 여인은 가볍게 한숨을 쉬었다. "역시 어젯밤 꿈 때문인가봐요. 어젯밤 꿈에 당신이 커다란 사찰로 들어가서 큼직한 벽화를 봤고, 그 벽화에서 귀졸들이 튀어나와 사람을 죽였어요. 하지만 당신이 결국 나쁜 사람을 잡았고요. 그거잖아요, 당신이 한 일을 내가 미리 꿈에서 본 거. 대체 어떻게 된 거죠?"

원승은 당황한 얼굴로 쓴웃음을 지었다.

"당신 꿈 이야기는 우리 당나라에서 '장주의 나비꿈'으로 알려진 이야기와 비슷하구려. 장주가 꿈에서 나비가 되어 이리저리 자유롭게 날아다녔는데, 꿈에서 깨자 자신이 꿈에서 나비가 된 것인지, 나비가 꿈에서 자신이 된 것인지 알 수 없었다고 하는 이야기요."

"그거 재미있네요!" 대기의 눈동자가 더욱 환하게 빛났다. "하지만 난 당신이 한 일을 꿈에서 본 거예요. 이건 '장주의 나비꿈'보다 더 복잡하다고요. 대체 어떻게 된 걸까요? 우리 페르시아에는 '꿈요괴'의 전설이 있어요. 이름대로 꿈에 나타나는 요괴인데 사람을 잡아먹어 꿈속으로 데려가죠. 설마 당신이 내내 내 꿈속에 있었던 것은 아니겠죠?"

어찌 된 노릇인지 반짝반짝 빛나는 대기의 눈동자를 바라보노라니 원승의 심장은 무겁게 가라앉았다. 확실히 이상야릇한 일이었다. 대기가 꿈에서 그가 할 일을 미리 본 것일까, 아니면 그가 대기의 꿈속에 들어간 것일까? 이것도 '몽중신' 같은 주술이라면 대기는 언제 그 주술에 당했을까?

그가 입을 열려는 순간, 누군가 후다닥 문을 열고 뛰어 들어왔다. 오육랑이었다.

"원 공자, 큰일 났습니다. 모디로…… 아, 아니지, 단풍이라는 자가 백주대낮에 또 감쪽같이 사라졌습니다."

"어찌 된 일이오?" 원승이 놀란 목소리로 물었다. "그자는 내 박귀술에 당해 일흔두 시진(한 시진은 두 시간) 안에는 요술을 부릴 수 없을 텐데."

"그냥 사라졌습니다. 한낮에 뇌옥에서 싹 사라졌다니까요." 오육랑의 얼굴은 하얗게 질려 있었다. "꼭 귀신처럼요."

오육랑을 따라 바삐 금오위 뇌옥으로 달려간 원승은 허탈한 얼굴을 한 아버지와 마주쳤다. 그가 급히 물었다.

"대체 어찌 된 일입니까?"

원회옥은 침통하게 한숨을 내쉬며, 어젯밤 당직을 선 옥졸 오춘과 허사를 불렀다.

"소인과 허사가 당직을 섰는데, 육뢰자가 마구 소리를 지르기에 무슨 일인가 하고 달려갔습지요. ……그렇게 된 겁니다요. 그놈은 자기가 만든 밧줄을 타고 그렇게 도망쳐버렸습니다요."

오춘의 입에서 나온 정황을 듣자 원승은 머리가 터질 것 같았다. 또 줄타기 환술이라니. 게다가 당직 옥졸과 같은 옥방을 쓴 육뢰자라는 죄인까지 첫 번째 사건과 완전히 똑같았다.

일행은 단풍이 탈옥한 옥방으로 향했다. 역시 같은 옥방이었고, 대들보에는 밧줄이 걸려 있었다. 죄수복을 찢어 만든 밧줄이었다. 원승은 순간 이상야릇한 현기증이 엄습해왔다.

원승은 잠시 침묵을 지키다가 이윽고 입을 열었다.

"자네들이 달려갔을 때 그 죄인은 어디까지 올라가 있었지?"

"밧줄 중간쯤이었습니다. 저희도 보자마자 큰 소리로 호통을 쳤지만, 모디로란 놈이 어느새 들보를 넘어 계속 올라가지 뭡니까요!"

"자네들이 나타난 뒤에도 육뢰자는 계속 소리를 질렀겠지?"

"암요, 그렇고말고요. 소인들이 아무리 소리를 지른들 모디로가 들은 체나 했겠습니까요? 허겁지겁 자물쇠를 열고 안으로 들어갔을 때는 그놈이 벌써 지붕 밖으로 머리를 들이민 뒤였습지요. 그런 다음 몇 번 폴짝거리더니 그대로 지붕을 뚫고 사라졌습니다요. 사람이 아니라 그냥…… 그림자 같았다니까요."

원승은 대들보를 올려다보며 낭랑하게 말했다.

"아버지, 소자의 추측이 틀리지 않았다면 지붕에는 구멍 하나 없고 들보에도 발자국이나 손자국이 전혀 없었을 겁니다. 그 죄인은 페르시아의 환술 중 하나인 줄타기에 정통한 사람일 것입니다. 그자는 먼저 육뢰자를 홀리고 이어서 달려온 두 옥졸까지 홀린 다음 옥졸들이 문을 열고 안으로 뛰어들자 유유히 떠난 것이지요."

'잠깐, 뭔가 이상한데?'

별안간 원승은 뼛속까지 차갑게 얼어붙는 듯한 한기를 느꼈다. 그랬다. 그가 한 말, 들은 말, 본 장면은 고스란히 한번 겪은 것이었다. 지금 눈앞에 펼쳐진 것은 며칠 전 그가 모디로의 환술 탈옥 사건을 분석한 것과 토씨 하나 다르지 않고 똑같았다.

어떻게 된 것일까? 꿈이라도 꾸는 것일까?

이어서 그는 아버지가 손짓으로 아역을 불러 밧줄을 시험해보는 모습을 목격했다. 아역이 살짝 힘을 주자 밧줄은 툭 끊겼다.

"오육랑!"

원승은 더 참지 못하고 큰 소리로 외쳤다. 허둥지둥 달려온 오육랑은 어리벙벙한 표정이었다. 원승이 그의 얼굴을 뚫어져라 응시하며 무거운 목소리로 물었다.

"단풍은 벌써 두 번째 잡힌 몸이네. 지난번 모디로를 가장했을 때도 밧줄을 타고 달아났는데, 어찌하여 이번에도 똑같은 수법으로 달아나도록 내버려뒀나?"

"공자, 무슨 농담이십니까?" 오육랑이 놀란 표정으로 대답했다. "환술을 써서 탈옥한 사건은 이번이 처음입니다."

"허튼소리!" 원승이 버럭 소리를 질렀다. "지난번 붙잡힌 모디로가 바로 이런 식으로 달아났네. 속히 가서 사건 기록을 살펴보게."

"기록을 볼 필요가 뭐 있습니까? 정말 처음인 것을요."

옥졸과 금오위들이 큰 소리로 웃음을 터뜨렸다.

"공자, 꿈이라도 꾸셨습니까?"

원회옥도 헛기침하며 나섰다.

"승아, 어찌 이러느냐? 귀신이라도 씌었느냐?"

관심어린 아버지의 눈을 대하자 원승은 더욱더 머리가 터질 것 같았다.

'설마 내가 정말 꿈을 꾼 건가? 설마 줄곧 꿈과 현실이 뒤바뀌어 있었던가?'

원승이 쓴웃음을 지으며 말했다.

"조금 피로해 그런 모양입니다, 아버지. 잠시 물러가 있겠습니다."

그가 비틀비틀 밖으로 나가는데 옥졸 오춘이 외쳤다.

"원 공자, 대관절 도술이 무엇인지 저희에게 좀 보여주십시오!"

옥졸과 포졸들이 너도나도 보여달라고 소리를 쳤다. 원승은 무의식적으로 반 토막 난 밧줄을 주워 들고 화룡술을 펼쳐 던지려다가 퍼뜩 정신이 들었다. 이 상황 또한 지난번과 완전히 똑같았다.

넋이 나간 그는 밧줄을 든 채로 망연히 금오위 뇌옥을 나섰다. 난데없이 음산하게 웃던 단풍의 얼굴이 스멀스멀 머릿속에 떠올랐다. 이어서 자신의 꿈속에 들어온 것이 아니냐고 묻던 대기의 목소리도 귓가에 울렸다.

'설마 내가 줄곧 꿈속에 있었던가?'

대기는 꿈에서 그가 서운사에서 한 일을 모두 봤다고 했다. 혹시 내내 꿈을 꾸고 있었던 것일까? 아니면, 대기의 꿈속에 떨어졌던 것일까? 단풍, 대기, 육충, 모디로, 서운사에서 벌어진 벽화 살인 사건과 계략을 꾸며 진범을 잡은 일. 그 모든 사람, 그 모든 일 가운데 진실은 어느 것이고 꿈은 또 어느 것일까?

큰길은 인파로 북적거렸으나 그 광경은 기괴하리만큼 모호하게 느껴졌다. 마치 모든 것이 꿈같았다.

6장

홍문의 변고

정오 즈음의 거리는 몹시 붐비고, 곳곳에서 시끄럽게 웃고 떠드는 소리로 가득했다. 하지만 원승에게는 그 소리가 진짜 같지 않고 마치 악몽에 빠진 이의 아득한 잠꼬대 같았다. 그는 인파를 헤치며 나는 듯이 대현원관(大玄元觀)으로 달려갔다. 지금 그를 구할 사람은 오로지 존사인 홍강 진인뿐이었다.

길 저 앞쪽에 기세 웅장한 도관이 모습을 드러냈다. 편액에 황제의 필치로 '칙명으로 세운 대현원관'이라는 큼직한 금색 글자가 쓰여 있었다.

당고종 때 노자를 '태상현원황제'로 봉하고 그를 모시는 사당을 만들었는데, 그때 국도 장안에도 유명한 대현원관이 세워졌다. 그 후 당나라를 없애고 주나라를 세운 무측천은 불교의 힘을 빌릴 수밖에 없었다. 그녀는 자신이 불교 정광천녀의 환생이며 부처의 예언을 받아 여자의 몸으로 천하의 주인이 됐다고 자칭했고, 그 후 온 힘을 다해 불교를 추앙하고 도교를 억압했다. 대현원관 역시 그렇게 황폐해졌다.

그리고 삼 년 전, 신룡정변이 일어나 이현이 복위했다. 황제 이현은 당나라가 여전히 이 씨의 시조가 창시한 도교를 숭상한다는 사실을 세상에 알리고자, 즉각 경성에 있던 도관의 기초 위에 대규모 대현원관을 세우게 했다. 그 공사는 막바지에 이르렀고, 이제 곧 성대한 개관식을 치를 예정이었다.

대현원관 대문 안으로 발을 들이자 원승은 정신이 훨씬 맑아지는 듯했다. 도관 안에서는 둥둥 울리는 북소리 속에 도력 높은 도사 여든한 명이 영허문의 기복개광법진을 연습 중이었다. 며칠 뒤 거행되는 개관식은 실로 성대한 행사였다. 황실 종친과 귀족이 친히 방문해 태상현원황제에게 제를 올릴 것이며, 예식의 주재자는 황태녀로 책봉될 것이라고 소문이 난 안락공주라는 이야기가 떠돌고, 심지어 당금의 이성(二聖, 당나라 초기 황제와 황후를 함께 부르는 말. 무측천이 황후 시절 황제와 평등한 위치를 강조하기 위해 황제를 천황, 황후를 천후로 부르고 둘을 합쳐 이성이라고 칭한 데서 유래, 훗날 현종 즉위부터 폐지됨) 중 한 사람인 위 황후가 올 수도 있다고 했다. 이러니 도사들이 얼마나 열심히 고되게 연습하는지 알 만했다.

원승은 높은 단상에 단정히 앉은 홍강 진인을 한눈에 발견했다. 존사인 홍강 진인은 지난번 선기 국사와의 술법 대결에서 패하고, 머리 아홉 달린 악령을 제압하느라 수십 년간 쌓은 도력을 소모한 이래 사람을 만나지 않고 폐관에 들어가기 일쑤였다. 이렇게 찾아오자마자 만날 수 있는 상황은 흔치 않았다.

홍강 진인은 춘추 칠순에 가까웠으나 중년의 외모에 머리칼과 수염이 새까매 꼭 신선 같았다. 그는 조용히 앉아 있었지만 눈으로 장내를 두루 살피고 있었기에 비틀비틀 들어오는 원승을 진작 발견했다.

"존사님!"

원승은 그에게 다가가 털썩 엎드렸다. 바로 그 순간, 허상을 보는 듯한 느낌이 한결 줄어든 것 같았다. 정말로 그 모든 것이 한낱 백일몽이었을까?

크고 힘 있는 두 손이 그를 붙잡아 일으켰다. 존사의 양대 시자 중 한 명인 둘째 사형 능지자였다.

"네 줄곧 꿈을 꾸고 있었다고 생각하느냐?"

정갈하고 고아한 단방(丹房, 도사들이 수련하는 방)에서 제자의 이야기를 들은 홍강 진인이 자연스레 미소를 지으며 말했다.

"화룡몽공의 구결을 기억하느냐? 꿈속의 몸, 그림 속의 용, 겉 속의 알맹이…… 기실 세상 사람이란 전부 꿈속의 몸이거늘, 꿈속에서 살지 않는 자가 몇이나 되겠느냐? 네 눈앞에 펼쳐진 현상의 차이는 네 심마(心魔)에서 비롯된 것이며, 그 뿌리는 네가 당한 서역의 엽주니라!"

"엽주라고요?"

원승은 흠칫 놀랐다.

"서역의 비술 중에는 엽주라고 하는 사악한 술법이 있느니, 그 술법에 당하면 흡사 꿈속에 빠진 듯 몽롱한 상태가 된다. 하나 엽주는 외적인 요인일 뿐, 내적 요인은 곧 네 심마인 게야. 네가 익힌 화룡술은 본시 몽공으로, 원기를 붓 삼아 보이는 것을 꿈처럼 여기게 하고 부적과 주술로 그 움직임을 촉구하는 것이다. 이를 수련할 때 꿈을 꾸는 것과 무슨 차이가 있더냐? 너는 반년 가까이 연공에 깊이 빠진 탓에 너 스스로 미혼술을 펼친 것과 다름이 없으니, 심마가 수작을 부려 주화입마된 것이니라."

"정말로 그 모든 것이 심마에 의한 주화입마 때문입니까?"

원승은 온몸에서 식은땀을 흘리며 황급히 머리를 조아렸다.

"부디 도와주십시오, 존사님."

"서역의 사술인 엽주는 자못 음험해 이 사부도 자신할 수 없구나."

홍강 진인은 잠시 생각에 잠겼다가, 마침내 메마른 손으로 제자의 머리를 살며시 어루만지며 천천히 읊었다.

"눈 감고 마음을 가라앉히면 마음은 고인 물과 같이 맑고 투명해지리니……."

이 두 구절에 기묘한 운율이 담겨 있기라도 한 듯 원승의 정신은 별안간 신비한 이계로 들어온 것처럼 부옇게 흐려졌다. 어둑어둑한 이 세계에서는 모든 것이 희끄무레해 보였다.

둥둥. 법고가 울리자 원승의 눈에 도사 수십 명이 낯익은 법진을 연습하는 광경이 보였다. 그들을 이끄는 사람은 키가 훤칠한 도사였다. 느릿느릿 돌아서는 그 도사는 놀랍게도 원승 자신이었다. 원승은 화들짝 놀랐다. 개관식에서 펼치는 호국기복법진은 대대로 가장 지위 높은 사람이 이끌었고, 영허문에서는 국사로 봉해진 존사만이 그 자격이 있었다.

때마침 존사의 목소리가 귀에 박혀들었다.

"갖가지 기괴한 일이 보일 것이니라. 어떤 것은 모두 허상이요, 어떤 것은 앞날의 모습일 터. 엽주는 반드시 먼저 그 씨앗을 뿌려야 하며, 그 씨앗은 탐욕일 수도 있고, 미색일 수도 있고, 공포일 수도 있다. 그 씨앗이 자라고 자라 진실 같으면서도 거짓 같은 사악한 꿈이 되는 것이니라. 명심하여라. 세상 사람은 모두 꿈속의 몸이요, 세상만사 또한 돌아보면 곧 꿈같을지니!"

원승은 더욱더 이상했다. 호국기복법진을 펼치는 일은 며칠 후인데, 어째서 그 자신이 법진을 이끌고 있을까? 이는 앞날의 모습일까, 아니면 허상일까?

그런 생각을 하는데 홀연 처량하기 짝이 없는 울음소리가 들려왔다. 소리 나는 쪽을 돌아보니 머리칼이 곱슬곱슬한 페르시아 노인이 목에 차꼬를 차고 막막한 듯 울고 있었다. 놀랍게도 그 노인은 단풍에게 허리를 잘려 죽은 모디로였다.

"모디로, 당신이 어떻게 이곳에?"

제 마음이 그려낸 허상인 것을 알면서도 원승은 멍하니 그쪽으로 다가갔다. 초췌하게 마른 얼굴의 노인 모디로는 아무 대답이 없었다. 대신 그 뒤에서 거대한 그림자가 솟아오르기 시작했다. 무시무시한 모습을 한 머리 둘 달린 악귀였다. 악귀가 뾰족한 발톱을 내밀어 느릿느릿 노인의 머리를 움켜쥐었다.

"항마(降魔)! 꼼짝 마라!"

원승은 얼떨떨한 상태에서 황급히 항마인을 펼쳐 모디로를 도우려고 했다. 악귀 머리 중 하나는 움찔 멈췄지만, 다른 머리는 흉악한 표정을 지으며 킬킬 웃어댔다.

"어리석은 놈, 내가 누구인지 잘 봐라!"

무시무시한 커다란 머리가 휘청휘청 흔들리더니 목에서 또 다른 머리 일곱 개가 솟아났다. 머리 아홉 개는 제각각 울고 웃고 화내고 소리를 지르며 소름 끼치면서도 기괴한 모습을 연출했다.

"대천마(大天魔)…… 머리 아홉 달린 악귀!"

원승은 놀라 소리를 질렀다. 존사가 선기 국사와의 술법 대결에서 패한 뒤 또 한차례 큰 싸움을 벌인 일은 그도 똑똑히 기억했다.

존사는 천하 창생을 구원하기 위해 머리 아홉 달린 악귀를 제압하는 데 반평생의 도력을 쏟아부었다. 뜻밖에도 그 무시무시한 대천마가 그의 원신세계에 등장한 것이다. 악귀의 머리 아홉 개가 일제히 기괴한 웃음을 흘리며 연달아 뾰족한 발톱을 휙휙 휘둘렀다.

"멈춰라!"

원승은 허리에서 검을 뽑아 힘껏 휘둘렀다. 악귀의 아홉 개 머리가 동시에 처참한 비명을 질렀다.

순간, 귓가에 천둥 같은 외침이 쩌렁쩌렁 울렸다.

"심마를 없애라!"

그 외침과 함께 악귀도, 모디로도 모습을 감췄다. 원승은 그제야 자신이 여전히 조용한 단방에 있다는 사실을 깨달았다. 하지만 손에는 진짜 검이 들려 있고, 그 검은 누군가의 가슴을 찌르고 있었다. 찔린 사람은 다름 아닌 존사 홍강 진인이었다. 뜨뜻한 피가 튄 손바닥은 온통 끈적끈적했다. 소스라치게 놀란 원승은 곧 깨달았다. 자신이 검을 휘둘러 존사에게 중상을 입혔다는 사실을.

삽시간에 주변의 모든 것이 희미해지기 시작했다. 설마 아직도 그 세계에서 빠져나오지 못한 것일까?

"어째서 이런 겁니까?"

그가 큰 소리로 외쳤다.

"방금 꿈에서 악귀를 봤느냐?"

홍강 진인의 음성은 여느 때처럼 차분했다.

"이제 알았겠지. 악귀는 벽화에만 있는 것이 아니라 우리 모두의 마음속에 숨어 있는 것이니라. 탐욕과 질투, 두려움, 원한, 분노……이 모든 것이 씨앗이요, 씨앗이 뿌리내리고 새싹이 움트면 악귀가 되는 게다."

원승은 넋이 나간 듯 중얼거렸다.

"기실…… 그 모든 것이 우리의 심마이니…… 그 심마를 없애야 한다는 말씀입니까?"

"바로 그것이다."

홍강 진인의 얼굴은 종잇장처럼 창백했지만 두 눈동자만은 생생하게 번쩍였다.

"명심하여라. 우리가 할 일은 곧 자신의 마음속에 있는 악귀를 제거하는 것이니라!"

우당탕하고 단방의 문이 열리더니 둘째 사형 능지자가 허둥지둥 뛰어들었다. 방 안의 상황을 본 그가 놀란 목소리로 외쳤다.

"존사님, 어찌 되신 겁니까? 열일곱째, 무슨 짓이냐?"

"내…… 내가 대체 무슨 짓을?"

마음속에서 쿵 하는 굉음이 들리는가 싶더니 원승은 혼절하고 말았다.

다시 깨어났을 때 원승은 깨끗한 단방에 누워 있었다.

"존사, 존사께서는 어디에?"

그는 황급히 소리치며 일어났다. 존사의 도움을 청하러 현원관에 왔다가 무시무시한 심마에 빠져 존사를 해칠 뻔한 일이 생각났다.

방문이 '끼익' 소리를 내며 열리고 까만 수염을 기른 도사가 숙연한 얼굴로 들어왔다. 도사는 가볍게 한숨을 쉬며 말했다.

"열일곱째야, 드디어 깨어났구나."

바로 영허문의 대제자인 능염자였다. 새하얀 도포를 걸치고 흰

두건을 쓴 대사형을 보자 원승은 당황해 떨리는 목소리로 물었다.

"대사형, 무슨 일이 생겼습니까?"

"존사께서 우화등선하셨다!"

도사가 세상을 떠나는 것을 사람들은 우화등선이라 불렀다. 원승은 묵직한 돌로 머리를 한 대 맞은 기분이었다.

"뭐라고요?"

그가 흥분해 소리치자 대사형은 가볍게 한숨을 쉬더니 차분한 목소리로 상황을 설명했다. 홍강 진인은 원승을 치료한 뒤 지병이 발작해 갑작스레 세상을 떴다는 것이다.

원승은 도저히 믿을 수가 없었다. 몽롱한 상태로 대사형을 따라 대전으로 나가 딱딱하게 굳은 채 관에 누운 홍강 진인의 시신을 보고서야 존사가 정말로 세상을 떠났다는 사실이 뼈저리게 와닿았다.

"그럴 리 없어. 분명히 꿈을 꾸고 있는 거야. 이건 사악한 술법이라고!"

원승은 고통스럽게 울음을 터뜨리다 미친 듯이 소리를 질렀다.

"도술에 통달하신 존사께서 어떻게 이리 갑작스레 우화등선하실 수 있습니까?"

"너도 알다시피 존사께서는 선기 국사와 대결을 치르고 머리 아홉 달린 천마를 제압하느라 원기가 크게 상하셨다. 벌써 석 달 전에 당신께서 우화등선할 것을 예언하셨지!"

대사형의 말에 원승은 두 눈을 휘둥그레 떴다. 능염자가 탄식하며 말했다.

"너는 별원에서 수련하던 중이라 존사께서 네게는 알리지 말라 하신 것이지. 존사께서는 떠나시기 전에 특별히 두 가지를 당부하셨다. 그 첫 번째는 이 어리석은 사형더러 영허문을 맡아달라는 것이고……."

대사형은 일부러 여기서 잠시 멈췄다가 원승이 고개를 끄덕이는 것을 보고서야 말을 이었다.

"두 번째는 너더러 대현원관의 관주에 오르라는 것이다!"

"예?"

이 소식에 원승은 더욱 경악했다. 영허문은 사대 도교 명문 중 하나이며, 대현원관은 영허문이 감독하는 장안 최대 규모의 도관으로, 삼대 국사같이 높은 지위에 있는 사람만이 그 관주 자리에 오를 수 있다 해도 과언이 아니었다. 이렇게 칙명을 받아 세워진 도관은 대대로 전임 관주가 후임 관주를 지목해왔다.

비록 원승이 영허문에서 제일가는 재주를 지녔다는 말을 듣고 있지만, 아직은 젊은 제자의 신분이라 장문인이 될 수 없는 처지였다. 하지만 존사는 대현원관이라는, 칙명으로 지어진 이 커다란 도관의 관주라는 영광된 자리에 그를 앉히겠다고 했다.

"존사께서는 우화등선하시기 전에 종정시에 올릴 추천서도 쓰셨다. 그 추천서에는 네가 현원관주 자리를 이은 뒤, 며칠 후 거행될 호국기복법진 또한 네가 주재할 것이라고 쓰여 있다!"

종정시는 당나라 조정에서 황실 종친의 업무를 맡아보던 기구로, 도사들 또한 이곳에서 관리했다. 이는 도사를 이 씨 황실의 종친으로 여긴다는 의미였다. 관례에 따라 홍강 진인의 유서나 다름없는 추천서가 종정시에 전해지면 조정에서는 두말없이 승인할 터였다.

원승의 머리는 삽시간에 혼란 상태에 빠져들었다.

"다, 당치도 않습니다. 저는 자질이 미천하여……."

"홍문제일인이라 불리는 네 선재(仙才)는 사형인 나도 인정하는 바이고, 이곳 경사에서도 명성이 자자하다."

이런 위로와 격려를 듣고도 원승은 여전히 믿을 수가 없어 대뜸 그 말을 끊으며 물었다.

"대사형, 존사께서 어떻게 떠나셨는지 알려주시겠습니까?"

능염자는 비통한 표정으로 원승의 어깨를 힘껏 두드리더니 천천히 말했다.

"쓸데없는 생각은 마라. 존사께서는 술법 대결에서 이미 중상을 입으셨고, 미처 낫지 않은 몸으로 대천마를 물리치느라 도력을 거의 소모하셨다. 더욱이 근자에 천하에서 가장 웅장한 이 대현원관 증축을 감독하면서 많이 지치신 데다 너를 치료하기까지 하셨으니 마침내 힘이 다한 것이지. 하나 절대 자책하지 마라. 조사께서 떠나시기 전에 도를 닦는 이에게는 수명의 길고 짧음은 중요치 않다고 하셨다. 그리고 네게 이 말을 전해달라 하시더구나. '세상 사람은 모두 꿈속의 몸이요, 세상만사 또한 돌아보면 곧 꿈같을지니!'"

세상 사람 모두 꿈속의 몸이요, 세상만사도 돌아보면 곧 꿈과 같다고?

원승은 이내 존사가 자신을 치료하면서 했던 말을 떠올렸다.

"명심하여라. 우리가 할 일은 곧 자신의 마음속에 있는 악귀를 제거하는 것이니라!"

마음속에 굉음이 울리고 끔찍한 황홀감이 다시금 엄습해왔다. 슬픔과 고통, 자책, 당혹감 등 갖가지 감정이 동시에 솟아올라 그는 또다시 정신을 잃었다.

다시 정신을 차리니 누르스름한 벽이 눈에 들어왔다. 바다같이 무겁게 가라앉은 밤빛 속에 콩알만 한 등불이 반짝였고, 함께 있던 대사형은 어디로 갔는지 보이지 않았다. 대현원관의 밤은 깊디깊은 꿈처럼 고요했다. 원승은 느릿느릿 몸을 일으켜 산송장처럼 흐느적흐느적 대전으로 건너갔다. 그곳에는 존사의 유체가 놓여 있었다.

복을 기원하고 경을 읽는 제도 의식은 일찌감치 끝난 모양인지, 지금은 중년 도사 한 명이 도력 높은 도사 열여섯을 이끌고 나지막이 경을 외우고 있었다. 홍강 진인의 죽음은 너무도 급작스러워 천하에 두루 퍼져 있는 제자들은 아직 소식을 듣지 못했다. 아마도 내일 아침이면 국도에 있는 도사들이 대거 조문하러 올 것이다.

원승은 중년 도사 앞으로 다가가 나지막이 한숨 쉬며 말했다.

"둘째 사형, 잠시 쉬시지요. 저 혼자 존사 곁에 있고 싶습니다."

둘째 사형 능지자는 영허문 뭇 제자 가운데 순서는 두 번째지만 다소 민망한 입장이었다. 자질이나 경력을 따지면 대사형 능염자와 비할 바가 아니었고, 지혜와 타고난 능력을 따지면 원승과 막내 사제인 소십구에 미치지 못했다. 이런 어정쩡한 위치 때문에 그는 무슨 일이건 조심하고 신중하게 행동했다. 따라서 원승이 비범한 지위에 올랐음을 알게 된 지금도 다소 의아해하면서도 그의 눈 밖에 나지 않으려고 좋은 말로 위로를 건넨 뒤 도사들을 이끌고 천천히 물러갔다.

대전은 순식간에 적막에 잠겼다. 원승은 가만히 존사의 유체를 응시하다가 별안간 큰 소리로 울음을 터뜨렸다. 한참을 목 놓아 운 그는 비로소 기운을 차리고 존사의 오른손을 살며시 매만졌다. 따스하던 손은 벌써 차갑게 식었지만, 친밀한 느낌은 아직 남아 있었다.

그때 존사의 손바닥에 희미하게 나타난 검은색 기괴한 도안이 눈에 들어왔다. 그에게는 무척 낯익은 도안이었다. 바로 영허문에 전해지는 비전의 부적 '천마'였으니까.

천마의 부적. 존사가 머리 아홉 달린 천마를 물리쳤을 때 사용했다는 바로 그 부적. 어째서 지금 존사의 손바닥에 천마의 부적 도안이 나타났을까?

그는 혼란에 빠졌다가 불쑥 대담한 행동을 했다. 일어나서 존사의 의관을 가다듬은 다음 학창의 옷깃을 살짝 걷은 것이다. 팔락팔락 흔들리는 촛불 아래로 존사의 가슴팍에 찍힌 참혹한 혈흔이 드러났다. 새로 난 상처였다.

순간, 원승은 그대로 쓰러질 뻔했다. 무의식적으로 학창의를 다시 덮으며 그는 속으로 외쳤다.

'설마 정말 내가 한 짓일까? 정말 내가 존사님을 죽인 걸까?'

세상천지가 빙글빙글 돌고 두 눈에 벌겋게 핏발이 섰다. 그는 비틀거리며 대전을 떠났다. 대현원관 안은 경 읽는 소리로 가득했다. 모든 도사가 잠들지 않고 중정에 시립하거나 작은 방 안에 정좌해 늙은 관주를 제도하고자 경을 읽고 있었다.

원승은 멍한 상태로 바삐 걸음을 옮기다가 후원으로 들어갔다. 저 앞에 무수히 자란 푸른 대나무가 바람에 이리저리 흔들리고 있었다.

바로 그때 맞은편에서 검은 그림자가 번득이더니 대사형 능염자의 묵직한 목소리가 들려왔다.

"열일곱째, 이곳까지 오다니 어찌 그리 정신이 없느냐? 이곳은 존사께서 폐관하시던 곳이고, 저 뒤는 본 관의 금지구역인 쇄마원이다."

"아……."

원승은 그제야 생각났다. 쇄마원에는 진원정이라는 우물이 있고, 그곳에 존사가 지고무상한 신통력으로 제압한 머리 아홉 달린 천마가 갇혀 있었다. 꿈인지 생시인지 모를 세계에서 본 악귀가 떠오르자 절로 몸이 오싹해진 원승은 방향을 확인하고 잰걸음으로 도관 대문을 향해 달려갔다. 뒤에서 대사형이 소리쳐 불렀지만, 그는 아랑곳하지 않고 나는 듯이 대현원관을 나와 수련 별원으로 돌아갔다.

7장

마음의 문

수련 별원 안은 고요하고 쓸쓸했다. 페르시아의 여인은 떠났는지 또는 일찍 잠들었는지 등불 하나 켜져 있지 않았다. 원승은 다급히 서재로 달려가 곧장 사다리를 타고 올라 서가 맨 위 칸에서 오래된 책 세 권을 꺼냈다. 지난날 존사가 화룡술을 전수할 때 하사한 진본 비급이었다.

홍강 진인의 말처럼 몽공 수련에는 첩첩이 난관이 많아서 연성한 사람이 드물었다. 영허문의 몽공 수련법이 담긴 비급 세 권은 모두 그에게 전해졌다. 하지만 원승도 수련만 했을 뿐 방대하고 심오한 내용이 담긴 비급을 펼쳐보는 일은 거의 없었고, 지금에야 꼼꼼하게 살폈다.

사위가 쥐죽은 듯 고요해서 사락사락 책장을 넘기는 소리조차 귀에 몹시 거슬리고, 또다시 악몽에 빠진 듯한 느낌이 슬금슬금 솟구쳤다. 요 며칠 원승은 내내 꿈속에 있는 것만 같았다. 깨어나기도 어렵고, 갈수록 깊숙이 빠져드는 악몽 속에.

팔락팔락 책장 넘기는 소리가 뚝 그쳤다. 과연 간담이 서늘한 내용이 눈에 들어왔다.

서역의 엽주술은 사악한 술법이다. 시술자가 괴상한 주술로 사람을 홀리면, 피술자는 괴상한 꿈에 빠진 것처럼 주야가 전도되거나 현실과 환상을 구분하지 못하며, 나아가 시술자의 말대로 움직이게 된다. 피술자를 치료하기란 지극히 어렵다. 맑고 깨끗한 본심으로 지고무상의 진언(眞言)을 유지하며…….

원승은 등골이 서늘했다. 주야가 전도되고 허실을 구분하지 못하게 하는 술법이 분명히 존재할 뿐 아니라 그 술법에 당하면 구하기가 지극히 어렵다니. 존사가 그의 실수로 목숨을 잃은 것도 이상한 일이 아니었다.

마음이 실타래처럼 어지러웠으나 그는 온 힘을 다해 겨우 진정하면서, 오래된 비급에 적힌 진언 몇 줄을 뚫어지게 응시하며 열심히 속으로 읊었다. 그와 함께 정신을 집중해 좌정하려 애써봤지만 아무리 해도 뜻대로 되지 않았다.

사위는 더욱더 흐려져, 흡사 희부연 안개가 너울너울 방 안에 퍼지는 것 같았다. 옅은 안개 속에서 하얀 그림자 하나가 느린 걸음으로 다가왔다. 육충일까? 어딘지 낯익은 모습이었다.

눈처럼 하얗고 아리따운 그림자가 가까워졌을 때에야 원승은 그 사람이 대기라는 것을 알았다. 그는 온 힘을 다해 혀를 깨물었다. 심장까지 아릿한 아픔이 전해지면서 희부연 안개가 차츰차츰 흩어지자, 마침내 그는 자신이 꿈을 꾸는 것이 아님을 확신했다.

"당신이었군!" 그는 이제야 알 것 같았다. "대관절 나에게 무슨 짓을 했소?"

대기의 대답은 매우 뜻밖이었다.

"당신은 내내 깨어 있었지만 또 내내 꿈속에 있기도 했어요. 당신의 뇌신이 누군가에게 조종당했기 때문이죠. 시술자는 바로 육충이에요."

"뇌신?"

원승은 어리둥절했다.

"우리 페르시아 환술에서 쓰는 말이에요. 당신네 도가의 원신이나 심신과 비슷해요."

"그가 왜 그런 짓을 했소?"

"아직도 모르겠어요? 영허문은 우러름을 받는 곳이지만, 곤륜문이나 검선문 같은 문파와는 늘 남몰래 힘겨룸을 하고 있었어요. 근래에 당신은 폐허가 된 용신묘 같은 곳을 자주 들락거리며 벽화를 감상하고 화룡술을 수련했으니 그들 역시 진작 당신의 행적을 파악했죠. 육충과 당신의 만남은 그들이 공들여 계획한 거예요."

원승은 심장이 덜컹했다. 그가 나지막이 한숨을 쉬며 말했다.

"나와 육충의 만남이 계획된 거라면 나와 당신의 만남은 어떻소?"

"난 그냥 지나가던 사람이었어요." 대기도 가만히 한숨을 내쉬었다. "그러다가 그 못된 도사에게 붙잡혔고 당신이 전력을 다해 구해줬죠. 당나라 사람은 은혜를 반드시 갚는다죠? 우리 페르시아 사람도 그래요. 마침 우리 페르시아의 환술 중에 환각술이라는 게 있는데 나도 한때 환술극단에서 열심히 배웠어요. 원한다면 내가 당신을 치료해볼게요."

그녀의 목소리는 몹시 부드럽고 다정해서, 달콤한 꿈결처럼 듣는 사람을 유혹했다.

"하지만 당신네 당나라 도술은 워낙 오묘해서 틀림없이 힘이 많이 들 거예요. 당신도 조심해야 해요."

"그럼, 부탁하오!" 원승은 남몰래 이를 악물며 천천히 고개를 끄덕였다. "명심하시오. 반드시 내게 마음의 문을 활짝 열어줘야 하오."

그가 저도 모르게 얼굴을 살짝 붉히며 뭐라고 말하려 했으나, 대기는 어느새 열 손가락을 천천히 들어올려 괴상한 수인을 맺으며 허리를 살며시 흔들기 시작했다. 매력 철철 넘치는 그 동작에 따라 그녀 자신도 요염하게 변해갔다.

그녀가 조용히 주문을 외웠다. 마치 이국적인 분위기가 물씬 나는 페르시아의 악곡처럼 기묘한 운율을 띠는 주문이었다. 아름답고도 오묘한 주문 소리 속에서 그녀가 갑자기 쓰고 있던 가면을 스르르 벗었다. 꽃송이 바깥을 덮은 거친 꽃잎을 벗어던지듯 '낯가죽'을 벗겨내자 비할 데 없이 아름다운 얼굴이 드러났다.

"이…… 이게 당신의 본모습이오?"

원승은 넋을 잃고 멍하니 중얼거렸다.

"그래요."

눈부시게 아름다운 얼굴이 자세히 보란 듯이 가까이 다가왔다.

"나는 여태 환술극단에 있었지만 속물들이 내 얼굴을 보는 것이 싫어서 가짜 얼굴을 쓰고 다녔어요. 하지만 지금은 우리 둘 다 마음의 문을 활짝 열어야 하니 가면을 쓰고 있을 순 없잖아요."

페르시아 미녀의 웃음 띤 얼굴은 타오르는 듯 농염했다. 그 아름다움은 중원 여인들의 아름다움과는 딴판이어서 마치 불꽃처럼 사람의 혼을 쏙 빼놓을 것 같았다.

"이건…… 꿈이오?"

원승이 중얼거렸다.

"이게 진짜 나예요. 하지만 꿈이라고 생각해도 돼요."

꿈결처럼 아름다운 눈동자가 그의 영혼을 움켜쥐었다. 문득 그녀가 가볍게 물었다.

"날 사랑해요?"

원승의 얼굴은 더욱더 붉게 달아올랐다.

"사랑하오."

그는 생각조차 하지 않고 대답했지만 마음 한편에서는 다소 이상한 느낌이 들었다. 사랑. 낯선 단어였다. 타국인들이 당나라 말을 바꿔 쓰며 생긴 단어 같은데, 그래서인지 훨씬 생동감이 넘쳤다.

"처음부터요?"

"아니오. 처음엔 그저 가엾게 여겼소. 그 후 함께 지내면서……."

"어쩌면 처음부터 사랑했을지도 몰라요. 당신이 느끼지 못한 것뿐이죠. 하지만 난 알아요!"

두 사람의 대화는 낯 뜨거우리만큼 직접적이었다. 어쩌면 꿈속이어서 위선도, 또 가장도 죄다 벗어던질 수 있기 때문인지도 몰랐다. 감정이 북받친 원승은 그녀를 와락 끌어안았다. 허상이 아닌 진짜 몸은 부드럽고, 따뜻하고, 또 향기로웠다. 대기도 불꽃같이 새빨개진 얼굴로 번쩍 고개를 들더니 그에게 입을 맞췄다. 새빨간 입술은 꽃꿀을 머금은 듯 달콤했다.

하지만 원승은 그녀의 눈만 빤히 들여다봤다. 그 눈이 여인의 마음속으로 들어갈 수 있는 문이라도 되는 것처럼. 두 사람의 입술이 뒤엉키는 순간, 여인은 부끄러운 듯 살며시 두 눈을 감았고 그 문은 금세 닫혀버렸다. 지금이 그에게 주어진 단 한 번의 기회였다. 마음속 깊은 곳에서 조금 전에 읽었던 진언이 빠르게 솟아올랐다.

쾅!

다음 순간, 마음의 문이 열리고 그는 그 안으로 돌진했다. 문 안쪽에는 그녀의 마음속 세상이 펼쳐져 있었다. 기이하고 아름다운 그 세상에는 곳곳에 아름다운 꽃들이 만개하고, 저 멀리 파도가 출렁이는 푸르른 바다가 보였다. 해변에는 기괴하게 생긴 건축물이 서 있었다. 앞서 말한 것처럼, 그녀는 이미 그에게 마음의 문을 활짝 열어 보였다. 원승은 또 하나의 문을 밀어 열고 다음 세상으로 들어갔다.

크고 높은 배 한 척과 끊임없이 이어지는 상단이 보였다. 여인의 곁에는 그녀와 무척 가까이 지내는 노인이 있었다. 상단의 지도자로 보이는 그 노인은 배에 오르기에 앞서 진지한 얼굴로 여인에게 뭔가 당부를 했다. 아름다운 여인은 어쩔 수 없이 가면을 썼다.

바다에 파도가 넘실거렸다. 상단은 머나먼 여정 끝에 대당나라 광주에 도착한 후 다시 웅장한 성시 장안으로 향했다. 익숙한 골목, 이국의 풍취가 가득한 평강방, 환호하는 경사의 관중들…….

그는 자세히 살펴볼 겨를도 없이 또 하나의 마음의 문을 열었고, 그곳에서 여인을 보호하던 노인이 붙잡힌 것을 봤다. 애처로이 울음 짓던 노인이 고개를 들었다. 놀랍게도 그는…… 모디로였다.

원승은 소스라치게 놀랐다. 서운사 밖에서 단풍에게 허리를 잘린 페르시아의 배우 모디로가 대기와 밀접한 관계가 있는 걸까? 돌이켜보면, 존사가 그의 병을 치료할 때 꿈에서 본 머리 아홉 달린 천마가 괴롭히던 페르시아의 노인도 모디로였다.

한순간 갖가지 의혹이 뭉게뭉게 피어올라 머리가 어지러웠다. 노인을 붙잡은 사람은 희뿌연 안개에 휩싸여 모습이 흐릿했다. 원승은 최대한 정신을 집중해 자세히 그 모습을 살필 수밖에 없었다.

별안간 시꺼먼 그림자가 드리우더니, 모디로를 붙잡은 사람이 느닷없이 안개를 뚫고 튀어나왔다. 두 눈이 번개처럼 날카롭게 번뜩였다. 원승은 그 창백한 페르시아 사람을 알아봤다. 단풍이었다. 단풍의 눈동자가 검날처럼 예리하게 번쩍이며 곧장 그를 향해 날아들었다. 원승의 심장이 확 죄어들었다.

이제 보니 이곳이 바로 모든 일의 뿌리였다. 그는 마음의 문을 하나하나 열고서 마침내 대기의 속마음을 찾아냈다. 하지만 그녀의 마음속 깊은 곳에 단풍이라는 고수의 원신이 숨겨져 있을 줄은 전혀 예상 못한 일이었다.

상황이 어그러졌으니 달아나야 했다. 원승의 원신은 빠른 속도로 그곳에서 물러났다. 그가 달아날 마음을 품기 무섭게 단풍의 눈동자는 그것을 알아챈 양 더욱더 날카로워졌다. 원승은 전력을 다해 달아났다. 의식의 움직임이란 본디 무척 쉽고 빠른데, 주위의 공간이 비뚜름히 일그러지고 끈적끈적하게 변하는 통에 걸음을 떼기가 몹시 힘들었다.

자칫 실수라도 하면, 그의 원신은 대기의 마음속에 영원히 갇힐 수 있었다. 그렇게 되면 현실의 원승은 아무것도 모르고 아무것도 느끼지 못하는 산송장이 될 터였다. 하나, 또 하나, 안간힘을 써서 마음의 문을 열어젖힌 뒤 그는 있는 힘을 다해 밖으로 나갔다.

갑자기 단풍이 무시무시한 소리를 질렀다. 분노한 마왕의 울부짖음 같았다. 삽시간에 천지사방이 칠흑처럼 어두워지고 주위의 모든 것이 바뀌었다. 이제 이곳은 더 이상 대기의 마음속 세상이 아니었다. 이곳은…… 지옥변이었다.

벽화 〈지옥변〉이 단풍의 눈동자에서 두루마리처럼 펼쳐졌다. 그림이지만 현실보다 더 진짜 같았다. 번쩍이는 불빛 아래로 귀졸들이 단풍의 눈, 그 안에 펼쳐진 벽화 속에서 차례차례 튀어나와 미친 듯이 날뛰었다. 놈들은 흉악한 웃음을 흘리고, 미친 듯이 소리 지르고, 꺼이꺼이 울면서 죄인들을 하나하나 심판했다. 죄인들은 고통스런 얼굴로 끊임없이 애처로운 울음을 울었다.

원승은 귀졸들이 괴롭히는 죄인이 전부 자신이라는 것을 알아차렸다. 수없이 많은 자신이 각양각색의 고통스런 표정을 짓고 있었다. 대기의 마음의 문은 더는 보이지 않았고, 그의 원신은 음습하고 차가운 안개에 꽁꽁 휩싸였다. 싸늘한 한기가 뼛속까지 전해져 저도 모르게 몸이 부르르 떨렸다.

이제 보니 이는 무시무시한 함정이었다. 단풍이 그가 대기의 마음속 세상으로 들어올 것을 진작 예상하고 이토록 무시무시한 함정을 파놓은 것이다. 위험천만한 순간, 어둠 속 깊은 곳에서 예고도 없이 뜨거운 불길이 치솟았다. 사방에 펼쳐진 지옥의 참상이 그 환한 불길에 희미하게 흐려졌다.

삽시간에 정신이 환하게 갠 원승은 귀졸 중에서도 가장 큰 마왕을 향해 맹렬하게 달려들었다. 마왕에게 부딪힌 순간, 놀랍게도 그는 그 거대한 몸을 관통했다. 그곳이 바로 대기의 마음의 문이었다.

쾅 하는 굉음과 함께 마침내 그는 밖으로 빠져나왔다. 나오는 순간 뒤를 돌아보니 솟아오른 불길이 두 눈동자로 변하는 것이었다. 비할 데 없이 아름답고 혼을 쏙 빼놓을 것 같은 눈동자, 바로 대기의 눈동자였다.

무슨 이유인지, 대기의 아름다운 눈에서는 눈물이 흐르고 있었다. 불길이 점점 사그라지면서 눈물 흘리는 눈동자도 서서히 흐려졌다. 너무도 기묘한 장면이었다. 마지막 순간에 대체 무슨 일이 있었던 걸까?

지옥, 귀졸, 꽃, 상단, 눈동자…… 모든 것이 일제히 사라졌다. 어느덧 그는 자신의 서재에 가부좌를 틀고 앉아 땀을 뻘뻘 흘리고 있었다. 사위는 이상하리만큼 고요했고 헐떡이는 그의 숨소리만 크게 울렸다. 설마 또 꿈이었나?

"내가 당신을 과소평가했군요. 당신은 몽공에 정통해서 도리어 내 정신을 제압했어요."

뒤에서 꿈결처럼 부드럽고 따스한 한숨이 전해지더니 새하얗고 가녀린 손이 그의 어깨에 놓였다. 그가 홱 돌아보니 대기는 아직 가면을 쓰지 않아 아름다운 얼굴을 드러낸 상태였다. 입가에 피가 흘렀지만 오히려 그 모습이 유혹적이었다.

원승은 나지막이 한숨을 쉬었다.

"육충 말이 옳았군. 여태 당신이 사악한 술법으로 날 제압하고 있었던 것이오, 그렇지 않소? 당신의 마음 깊은 곳에 있던 자는 단풍이었소. 그가 어째서 당신을 조종하는 것이오?"

대기는 대답이 없었지만 눈동자 위로 복잡한 심경이 떠올랐다. 놀람과 낙담, 그리고 그보다 훨씬 짙은 슬픔.

"도대체 무엇 때문에 이런 일을 했소?" 원승이 목소리를 높였다. "존사님을 죽이기 위해서였소?"

"당신은 몰라요. 모른다고요."

여인은 결국 내뱉듯이 탄식하고는 돌아섰다.

"요녀, 그래도 달아날 생각이냐!"

싸늘한 호통과 함께 백의를 걸친 육충이 난데없이 나타나 입구를 가로막았다. 서늘한 검기가 허공을 가르며 날아와 대기의 몸을 빈틈없이 포위했다.

대기는 핏기 하나 없는 고운 얼굴로 원승을 돌아봤다.

"날 어쩔 작정이죠?"

육충이 냉소를 터뜨렸다.

"간단해. 원흉을 알아낸 다음 단칼에 죽이는 거지."

"보내주게. 비록 여러 차례 나를 속이긴 했지만……."

원승은 울적한 얼굴로 대기를 바라보며 무거운 목소리로 말했다.

"아름다운 꿈을 꾸게 해줘 고맙소. 비록 꿈이었지만 어쨌거나 그 순간만큼은 무척 즐거웠소."

그는 잠시 머뭇거리다가 한숨을 쉬며 말을 이었다.

"참으로 오랜만이오, 이렇게 즐거웠던 적은."

문득 한가롭게 대기와 이야기를 나누던 나날이 떠올랐다. 그녀의 맑은 웃음소리가 귓가에 울리는 것 같았다.

"좀 더 즐겁게 살아봐요. 그러면 안 될 게 뭐 있어요?"

갑자기 대기가 입을 열었다.

"당신은 내 마음속을 봤고, 나도 당신 마음속을 봤어요. 그 여자, 정말 아름답더군요. 하지만 그래도 난 당신이 좀 더 즐겁게 살았으면 해요."

순간, 원승의 몸이 부르르 떨리고 뜨거운 눈물 두 줄기가 뺨을 타고 흘러내렸다. 그는 황급히 뒤돌아섰다.

"날 괴롭히지 않아서 고마워요. 안녕!"

대기는 가만히 한숨을 쉬고는 돌아서서 사라졌다. 사뿐사뿐 멀어져가는 대기의 모습을 보던 육충이 참지 못하고 분통을 터뜨렸다.

"원승, 정말 저 요녀를 놓아줄 셈이야? 도술의 천재라 불린다더니 이제 보니 멍청이 중의 멍청이로세."

원승이 천천히 대답했다.

"붙잡아둔들 소용없네. 그녀는 아무것도 모르는 졸자일 뿐이야."

육충은 그래도 좀처럼 화가 풀리지 않았다.

"잡아두면 최소한 실마리라도 얻어 주모자를 찾을 수 있지 않겠나!"

원승은 말없이 서 있다가 한참만에야 쓸쓸히 웃으며 말했다.

"그녀의 정신은 이미 어느 무시무시한 자의 엽주에 제압됐네. 붙잡아봐야 그자가 누군지 털어놓지 않을 거야. 다행히 내가 이미 그자를 봤네."

"누구? 단풍인가?"

"지금은 말할 때가 아니야."

원승은 고개를 저었다.

"육 형, 골칫거리가 한둘이 아닌데 그래도 계속 흥미가 있나?"

육충이 눈을 홉뜨며 대답했다.

"당연하지. 이 어르신께서는 아주 제대로 흥이 났다고. 이대로 멈출 수야 없지."

8장

응어리

이튿날 아침, 길을 나눠 움직이자는 육충과의 약속대로 원승은 서둘러 대현원관으로 돌아갔다. 밤새 고심해보니 옛 현원관 터에 증축한 이 거대한 도관은 수수께끼투성이였다.

도력이 깊고 평소 강녕하던 존사가 요 몇 년 사이 크게 쇠약해진 주요 원인은 대현원관 공사를 감독하는 데 심혈을 기울인 탓이었다. 존사는 대현원관에서 먹고 자며 공사를 살폈다고 하니, 혹시 거처에 이상한 게 있었거나 음식에 독이 있었을지도 모른다. 이것이 수수께끼 중 하나였다.

또 하나는 원승 자신이 정신을 잃은 동안 존사의 단방에 드나든 사람이 누구인가였다. 그리고 존사가 경사를 위협하던 머리 아홉 달린 악령을 물리치고 그 악령을 쇄마원의 진원정에 가둔 일도 지금 생각해보면 괴이쩍었다. 칙령을 받아 새로 짓는 도관 안에 구태여 금지구역을 만들 이유가 무엇이었을까?

가장 중요한 수수께끼는 어째서 존사의 손바닥에 이상한 부적이 나타났느냐는 것이었다.

대현원관의 도사들은 모두 상복을 입었고, 대사형 능염자는 빈소를 마련하고 후사를 처리하느라 눈코 뜰 새 없이 바빴다. 원승은 여전히 비몽사몽 상태인 데다 오랫동안 수련에 전념하느라 일상 일을 잘 알지 못해 큰 도움이 되지 못했다. 그는 멍한 상태에서 어린 도사 둘의 도움을 받아 상복으로 갈아입고 다시 존사의 관 앞을 지켰다. 전임 제일 국사인 홍강 진인의 급서 소식이 퍼지자 이날 하루만 해도 각 도관의 고인들이 속속 조문을 왔기에, 원승은 대사형을 도와 조문객을 접대하지 않을 수 없었다.

분주하던 반나절이 지나고 해가 서쪽으로 기울 즈음에야 잠시 쉴 틈이 났다. 황혼녘 대현원관 후원은 몹시 쓸쓸했다. 대나무 숲이 저녁 바람을 맞아 쏴 하고 서글피 우는 소리를 들으며 느릿느릿 거닐던 원승은 저도 모르는 사이 신비한 금지구역에 당도했다.

사그라지기 직전의 석양빛 한 줄기가 '쇄마원'이라는 큼직한 글자를 붉게 비춰 음산함을 더했다. 글자 위에서 살금살금 춤을 추는 낙조는 마치 교활한 눈동자가 힐끔힐끔 엿보는 것 같았다.

이 문 뒤에는 입에 담는 것마저 금지된 머리 아홉 달린 천마가 있었다. 불교에서는 천마를 마왕 또는 천자마라 불렀다. 도교에서는 마귀를 귀마, 음마, 양마 등 열 종류로 나누는데, 그중 마력이 가장 높은 것이 천마지만 그 해석은 각양각색이었다.

견문이 넓은 원승도 여태 천마를 본 적이 없어 그저 또 다른 세상의 악령으로서 온갖 모습으로 변할 수 있다고만 여겼다. 특히 머리 아홉 달린 악령은 신비롭고 기괴해, 사대 종주같이 신분 높은 고인들만 대략 알 뿐이었다.

저 안에는 대체 어떤 비밀이 숨겨져 있을까? 이 문을 열어야만 존사의 손바닥에 나타난 천마 부적의 비밀을 알 수 있을까?

석양 아래 우두커니 선 원승의 마음속에 수많은 의혹이 치솟았다. 별안간 밤바람이 불어닥쳐 대나무 잎들이 어지러이 흔들리자, 마치 무수한 그림자가 허둥지둥 몸을 숨기는 것 같았다.

"누구냐?"

인기척을 느낀 그가 뒤를 돌아보자, 대나무 그림자 사이로 둘째 사형 능지자의 희고 민망해하는 얼굴이 보였다. 발각된 능지자는 천천히 걸어나와 헛기침을 했다.

"열일곱째야, 네가 멍하니 걷는 것을 보고 사고라도 날까 걱정되어 따라왔다."

그는 낮은 소리로 말했다.

"저 앞은 본 문의 금지구역인데 어쩌려고 이곳을 맴도는 게냐?"

원승은 그에게 쌀쌀한 눈길을 던졌다. 그가 슬그머니 자신의 뒤를 밟은 지 꽤 오래된 것 같았다. 밤빛에 비친 둘째 사형의 얼굴이 유달리 가식적으로 보였다. 지위로 따지면 대현원관 신임 관주인 원승은 둘째 사형보다 훨씬 높은 자리에 있었다. 원승은 쓸데없이 상투적인 인사를 주고받는 것조차 귀찮아 대뜸 본론을 꺼냈다.

"둘째 사형, 한 가지 가르침을 청할 일이 있습니다. 존사님께서는 생전에 항상 둘째 사형을 곁에 두셨지요. 근래 존사님의 차반에 이상이 있지는 않았습니까?"

능지자는 다소 이상한 표정을 지었으나 곧 차분하게 고개를 끄덕여 보였다.

"존사님께서 늘 담백한 음식을 드셨다는 것은 너도 잘 알 게다. 근래에도 마찬가지였다. 변화가 있다면 드시는 양이 점점 줄어 거의 벽곡(辟谷)하다시피 하셨지."

"벽곡이요?"

원승은 깜짝 놀랐다. 벽곡은 도교의 수련법 중 하나이며, 심지어 고명한 도사들은 며칠 동안 음식을 입에 대지 않을 때도 있었다. 그렇지만 대현원관 건축에 심혈을 쏟고 있던 존사가 벽곡을 하다니, 실로 이상한 일이었다.

원승은 탄식하고 다시 물었다.

"제가 혼절하기 전에 둘째 사형이 가장 먼저 단방에 들어오셨지요. 둘째 사형이 존사님의 임종을 지킨 유일한 사람이겠군요?"

능지자는 얼굴을 굳히며 무겁게 말했다.

"문밖에 있다가 이상한 소리를 듣고 안으로 들어갔는데, 네가 바로 혼절하더구나. 하나 대사형께서도 곧바로 따라 들어오셨고, 대사형과 내가 함께 존사님의 임종을 지켰다."

원승은 말이 없었다. 능지자의 말투는 차분했고, 대사형 능염자가 한 말과도 일치했다.

"걱정하지 마라. 존사님께서는 천수를 다해 우화등선하셨고, 편안히 떠나셨다."

능지자는 그렇게 말하며 원승의 어깨를 다독였다. 밤빛 아래 반짝 빛을 발하는 그의 눈동자에는 어딘지 이상한 빛이 떠올라 있었다. 그 눈동자를 마주하는 순간, 원승은 정신이 혼미해지는 듯했다. 능지자가 두 눈동자를 번쩍이며 나지막이 말했다.

"이상한 생각은 마라. 이제 마음 편히 잠을 자면 된다. 한 번 더 아름다운 꿈을 꾸는 것이 가장 좋겠지."

깃털처럼 가볍고 부드러운 목소리에 원승은 몸이 사르르 녹는 것 같았다. 존사의 죽음 이후로 몸과 마음이 지칠 대로 지친 그는 쉽사리 잠을 이룰 수 없었고, 잠이 들어도 편히 쉬지 못했다.

"거짓말이다!"

돌연 대나무 숲에서 노여운 외침이 터지며 커다란 그림자가 훌쩍 튀어나왔다. 네모진 얼굴에 눈썹이 짙고 얼굴이 거무스름한 다섯째 사형 능진자였다.

그 목소리에 화들짝 놀란 원승은 겨우 정신을 차리고 날카롭게 능지자를 노려봤다.

'둘째 사형이 아무래도 수상해. 어째서 내게 사악한 미혼술을 쓰려고 했지? 그래, 둘째 사형도 몽공을 수련한 적이 있었어. 대체 뭘 하려던 걸까?'

하지만 아직은 공공연히 둘째 사형과 얼굴을 붉힐 때가 아니었다. 그는 고개를 돌리고 능진자를 바라보며 차분하게 물었다.

"다섯째 사형, 무슨 말씀이십니까?"

능진자는 능지자를 노려보며 노한 소리로 말했다.

"둘째 사형이 거짓말을 하고 있다. 존사님은 결코 천수를 다하신 것이 아니다."

대장장이 출신에 성품이 강직한 능진자는 화가 나자 눈동자에 핏발이 가득 섰다. 능지자는 깜짝 놀라 차갑게 코웃음을 치며 대답했다.

"다섯째, 또 술 취했느냐? 그런 허무맹랑한 말을 하다니!"

한때 쇠나 두드리던 다섯째 사제 앞에서는 능지자도 제법 둘째 사형답게 위세를 부렸다.

능진자는 화난 눈으로 다시 고함을 쳤다.

"거짓말하지 마십시오. 그때 나도 대사형과 함께 단방에 들어갔습니다. 우리가 들어갔을 때 열일곱째는 혼절했고 존사님께서는 겨우 숨이 붙은 상태였지요. 그 방에는 둘째 사형 당신뿐이었어요."

"그렇다. 네 말대로 존사님은 겨우 숨이 붙어 있었고 돌아가시진 않았지. 그리고 우화등선하시기 전에 대사형께 조목조목 후사를 부탁하시지 않았더냐."

어찌 된 셈인지 능진자는 둘째 사형에게 적의를 불태우며 벌게진 눈으로 노려보면서 계속 몰아붙였다.

"아무튼 당신은 거짓말을 했습니다. 중요한 것은 열일곱째가 혼절한 후 당신이 존사님께 무슨 짓을 했느냐는 겁니다."

"닥쳐라!"

능지자는 몹시 노여워하며 불이 활활 타오르는 눈길로 능진자를 마주 쏘아봤다.

"긴박한 순간이라 마음이 어지러워 너와 대사형이 함께 들어온 것을 기억하지 못했을 뿐이다. 흥, 당연한 일이지. 네까짓 것이 뭐라고 반드시 기억해야 하겠느냐? 겨우 그것 때문에 존사님께서 천수를 다하지 못했다고 하는 것이냐?"

두 사람의 눈에서 불꽃이 튀는 것 같았다. 능지자의 눈빛은 더욱 더 날카로웠다.

'둘째 사형이 다섯째 사형에게 사술을 쓰려는 건 아니겠지?'

흠칫한 원승은 재빨리 다섯째 사형 앞을 막아서며 부드럽게 위로했다.

세심한 능지자는 이런 때 동문끼리 싸움을 벌여서는 안 된다는 것을 알고 힘차게 소매를 떨치며 돌아섰다. 하지만 떠나기 전에 모질게 한마디를 던졌다.

"다섯째, 너는 존사님의 유골이 식기도 전에 하극상을 벌이는구나. 내 대사형께 말씀드릴 테니 문규대로 처벌받을 줄 알거라."

능진자는 네모진 얼굴을 팽팽하게 굳혔지만, 씩씩거리면서 떠나는 능지자의 뒷모습을 바라볼 뿐 아무 말도 하지 않았다. 핏발이 서 벌겋게 물든 능진자의 눈동자를 본 원승은 그가 간밤에 한숨도 자지 못했다는 것을 알아차리고 한숨을 쉬었다.

"다섯째 사형, 어쩌자고 둘째 사형께 이러십니까?"

"난 저자가 밉다. 존사님께서 쓰신 상주문도 바로 저자가 종정시에 보내지 않았느냐."

능진자가 한 자 한 자 힘줘 말했다.

"무슨 상주문 말입니까?"

원승이 의아한 듯 묻자, 능진자는 갈라진 목소리로 대답했다.

"무슨 상주문이냐니, 존사님을 평생 수치스럽게 만든 그 상주문 말이다. 안락공주를 황태녀로 삼으라 청했던."

그는 제 머리를 힘껏 때리며 낙담한 목소리로 말을 이었다.

"존사님께서는 결코 천수를 다하신 것이 아니다. 다, 다 나 때문이야!"

마지막 한마디는 더욱 놀라운 내용이었다. 원승이 자세히 묻기도 전에 능진자는 머리카락을 쥐어뜯으며 구슬프게 외쳤다.

"바로 그 상주문 때문이란 말이다! 존사님께서는 며칠 전에 상주문을 올려 천문을 핑계로 안락공주를 황태녀로 삼으라 황제 폐하께 청하셨다. 이 내 마음속에 존사님은 우뚝 솟은 높은 산과 같은 분이었다. 한데 영허문 전체를 수치스럽게 하는 상주문 때문에 그 산은 힘없이 무너지고 박살이 났지. 해서 며칠 전에 나는 그분과 한바탕 말다툼을 벌였고, 존사님께서는 노여움을 참지 못해 피를 토하셨다."

원승은 이내 그 뜻을 알아들었다.

황제 이현에게는 본디 태자가 있었다. 그러나 태자 이중준은 위 황후가 낳은 적자가 아니었고, 이 때문에 황제와 위 황후의 사랑을 받지 못했다. 심지어 위 황후 소생인 안락공주에게도 늘 배척을 당하곤 했다. 물러설 곳이 없어진 태자 이중준은 심복 삼백여 명을 모아 변란을 일으켰고, 무 씨 집안의 무삼사와 무승훈 부자 및 그 도당을 참살했다. 또 황궁으로 쳐들어가 위 황후와 안락공주마저 죽이려 했으나 병사를 이끌고 온 종초객에게 가로막혀 성공을 눈앞에 둔 채 부하에게 살해됐다.

이렇게 해서 당금 당나라 황실에 태자가 없어지자 안락공주는 더욱 야심을 품게 됐고, 위 황후 역시 그 야심을 부채질했다. '황태녀' 이야기가 퍼지자마자 줄을 잘 서서 정치판에서 지름길을 가려는 투기꾼들이 기세를 올리기 시작했다. 하지만 얼마 전까지 무측천이라는 여황제가 조정을 다스린 예가 있음에도, 수천 년간 이어져온 중화 문화의 남존여비 사상 때문에 황태녀가 되려는 안락공주의 꿈이 실현될 가망은 없었다.

이런 복잡한 상황에서 이전 조정의 제일 국사였던 홍강 진인이 불쑥 상소를 올려 천문을 들먹이며 안락공주를 황태녀로 삼으라 적극적으로 추천한 것이다. 홍강 진인은 덕망 높은 도교의 고인으로, 그 신도가 조야에 무수히 퍼져 있었다. 그의 이런 행동은 몹시 의외였기 때문에 놀라는 사람, 의심하는 사람, 어리둥절한 사람도 있었지만, 대다수는 크게 경멸을 표했다. 심지어 홍강 진인이 아끼는 제자들마저 동감하지 못했고, 강직한 능진자는 씩씩거리며 존사를 찾아가 크게 말다툼을 벌이기까지 했다.

다섯째 사형이 뼈저리게 자책하는 모습을 보며 원승은 쓴웃음이 났다.

"그 말다툼 때문에 사형께서 존사님을 해쳤다고 생각하시는 겁니까?"

능진자는 고개를 가로젓다가 다시 힘껏 끄덕이며 떨리는 목소리로 말했다.

"최소한, 최소한 존사님의 급서와 얼마간 관계는 있을 것이다. 내가 뜻을 거스르자 분노해서 피를 토하셨으니까."

원승은 저도 모르게 한숨을 쉬며 좋은 말로 위로했다. 하지만 능진자는 길게 이야기할 마음이 없는지 고개를 설레설레 젓고 혼잣말을 중얼거리며 떠나갔다.

"내가 존사님을 해쳤어. 모두 내 탓이다."

멀어지는 다섯째 사형의 모습을 바라보던 원승은 그제야 사문에도 이상한 점이 많다는 것을 깨달았다.

존사는 대관절 무슨 이유로 돌아가셨을까? 정말 원승 자신이 꿈을 꾸다 실수로 존사를 죽였을까? 어째서 다른 사람이 아니라 자신이었을까? 어째서 고집스런 다섯째 사형이 아니었을까? 어째서 수상한 행동을 하는 둘째 사형이 아니었을까?

또다시 머리가 아파지고 예의 비몽사몽 몽롱함이 모락모락 피어올랐다.

육충은 일찌감치 서시에 당도했다. 서시는 장안성에서 가장 번화한 곳이었다. 장안성 방 두 개를 몽땅 차지한 이곳에는 세상에서 구할 수 있는 상품이 모두 있다 해도 과언이 아닐 정도였고, 상점 수만 이백스무 곳이 넘어 당시 동방과 서방을 통틀어 가장 큰 시장이었다. 이곳에는 각양각색의 이국 상인들이 있고, 페르시아 식 저택도 빗살처럼 빽빽이 들어서 있었다. 멀리 로마 인들까지 이곳을 찾아와 비단과 도자기를 샀으며, 이곳에서 팔린 상품들은 멀리 유럽과 아프리카까지 퍼졌다.

육충은 서시 북쪽 큰길을 돌아 장가루 식료품점과 왕회사점을 통과해 이국 가희들이 있는 술집으로 들어갔다. 푸른 눈에 풍만한 몸집의 여인과 한바탕 농담을 하면서 정보를 얻은 육충은 통금을 알리는 경고가 울리기 전에 어느 곡예단으로 들어갔다.

서시에 이토록 사람이 몰리는 까닭은 눈길을 끄는 줄줄이 늘어선 상품 때문이기도 하지만, 세상에서 가장 화려한 곡예단 덕이 더 컸다. 당나라는 야간 통금 제도에 따라 경고가 울리면 방문을 닫기 때문에 다른 방을 드나들 수 없지만, 서시에 남은 장안의 한량들은 그 안에서 밤새도록 술판을 벌일 수 있었다. 다만 아직은 통금 시간 전이라 서시 곡예단이 가장 흥청거릴 때는 아니었다.

'자곤륜'이라는 이름의 곡예단 앞에 선 육충은 잠시 망설였지만 결국 마음을 굳게 먹고 안으로 들어갔다.

"어머나, 육 검객 어르신 아니신가요? 술이 거나하게 취하셨나, 아니면 약을 잘못 잡수셨나, 어쩐 일로 이 소녀를 찾아왔을까?"

이렇게 말한 사람은 맵시 좋은 여인이었다. 스물서너 살 정도로 보이는 그녀는 이목구비가 오밀조밀한 미녀지만 그려놓은 듯 아름다운 눈썹 사이로 호방한 기색이 묻어났다. 마침 그녀는 동경을 보며 눈썹을 그리고 있었기 때문에 육충이 본 것은 그녀의 아리따운 뒷모습뿐이었다.

"청영(青瑛), 아주 괴상한 일이 있어. 아마 천하를 통틀어 이 일을 꿰뚫어볼 사람은 당신밖에 없을 거야."

이 여인과 입씨름했다가는 좋은 꼴을 보지 못한다는 것을 잘 아는 육충은 낯가죽 두껍게 아부를 떨었다.

"혹시 사람을 꿈속에 살게 만드는 술법이 있어?"

"꿈속에 산다고?"

청영이라 불린 여인은 과연 육충의 간단한 한마디에 호기심을 보였다. 그녀는 고개를 돌리고 육충을 매섭게 흘겨봤다. 이 남자는 한때 그녀와 연정을 주고받았고, 그녀가 자신의 홍안지기(紅顏知己)라 말하기도 했다. 그렇지만 인연이 아니었는지 함께 있는 동안 자주 말다툼을 벌인 끝에 육충은 결국 휑하니 떠나고 말았다. 분한 것 같기도 하고 원망하는 것 같기도 한 여인의 눈빛을 보자 육충은 마음이 편안해졌다. 그녀가 힘을 보태리라는 것을 알았기 때문이다.

그는 미운 정 고운 정 다 든 이 여인의 능력을 믿었다. 이 아름다운 여인은 역용술과 신행술, 추적술에 정통했고, 가족의 복수를 위해 가능한 한 빨리 재주를 익히고자 역용하고서 각 문파의 장서각에 숨어들어 수많은 술법을 달달 외워 돌아오기도 했다. 비록 문파마다 술법이 달라 모두 익히지는 못했지만, 어쨌든 이러저러하다가 당나라에서 가장 뛰어난 '술법 분석가'가 됐다.

다만 이 홍안지기는 가족의 원수 때문에 자신의 신세에 관해서는 입을 꼭 다물었고, 신분이 다른 출신 가희나 이민족 여인 등 신비한 미녀들을 규합해 여러 곡예단과 어울리느라 종일 바빴다. 그 때문에 육충은 그녀의 마음이 자신과 같지 않다고 느껴 적지 않은 다툼을 벌였다.

육충이 꿈을 꾸는 듯한 원승의 상태를 설명하자 청영 역시 고개를 갸웃했다.

"거대한 수수께끼군." 여인이 무겁게 입을 열었다. "모디로라는 자가 두 번이나 똑같은 줄타기를 통해 탈옥한 것이 꿈이었다는 걸 어떻게 설명하지? 어째서 같이 있던 금오위 사람들은 물론이고 원승의 아버지까지 첫 번째 탈옥을 전혀 기억하지 못하는 거야?"

"그러니까. 지금까지도 그의 아버지는 원승이 꿈을 꾼다고 생각하고 있어." 육충이 눈을 크게 뜨고 말을 이었다. "하지만 나조차도 원승이 본 게 꿈이 아니라고 증명할 방법이 없어. 모디로의 첫 번째 탈옥은 내가 직접 본 게 아니니까."

청영은 말없이 생각에 잠겼다가 다시 입을 열었다.

"원승의 정신에 무슨 문제가 생겼건 아니건, 그 사람과 금오위는 원신 미혼술에 정통한 고수를 만난 게 분명해."

육충이 대번에 소리쳤다.

"분명 그 페르시아 요녀 대기 짓이야! 원승 그 녀석, 그런 여자를 놓아주다니 완전히 실성을 했다니까!"

청영이 화난 소리로 대답했다.

"그런 사람을 정 많고 의롭다고 하는 거야. 다들 당신 같은 줄 알아? 흥, 당신과 내가 원승과 대기였다면 당신은 분명히 나를 붙잡아 관아에 넘겼을걸, 안 그래?"

육충은 움찔 놀랐다. 이런 일로 입씨름하고 싶지 않아 그는 황급히 둘러댔다.

"무슨 그런 생각을 해? 그 여자는 내력이 불분명한 요녀고, 당신은 이 내 마음속에서 더할 나위 없이 총명하고 아름다운 미녀 암탐인데 비교가 되겠어? 설령 당신이 안락공주의 일월등을 훔쳤더라도 난 모른 척하고 껄껄 웃어넘겼을 거야."

그는 헤헤거리며 얼른 화제를 돌렸다.

"다행히 이 검객 어르신께서 그 요녀에게 신아주(神雅呪)를 썼으니 대강 행방은 찾아낼 수 있을 거야."

그는 청영에게 붉은 주사를 조금 가져오게 한 뒤, 술에 섞어 탁자에 장안성의 거리를 대략 그렸다. 그런 다음 품에서 호리병을 꺼내 엄지손가락만 한 새 모양의 빨간 돌을 꺼냈다. 이 조그만 빨간 새는 도술로 만들어낸 주사 원석으로, 육충이 주문을 외우자 진짜 새가 되어 탁자에 그려진 주사 지도 위로 날아올랐다. 잠시 후, 빨간 새가 어딘가에 내려앉았다.

"대기가 이 서시 부근에 있다니, 그럴 리가?" 육충은 의심스러워하며 그곳을 손짓했다. "이쪽이라면…… 의심스런 곳은 딱 한 군데뿐이야. 호승 혜범이 있는 서운사."

"서운사?" 청영이 되묻고는 고개를 끄덕였다. "좋아. 하지만 그 배화교 사찰은 일단 함부로 건드리지 않는 것이 좋겠어. 내가 호희 몇 명을 보내 참배하는 척하고 때를 보다가 조사하도록 할게."

그녀가 갑자기 눈을 빛내며 말을 이었다.

"호희 이야기가 나와서 말이지만, 당신들은 한 가지를 놓치고 있어. 대기와 단풍이 위장한 모디로는 페르시아 사람인데, 대기가 있던 페르시아 곡예단은 여태 살펴보지 않았지?"

육충이 코웃음을 쳤다.

"설마 이 검객 어르신께서 그걸 모르겠어? 바빠서 찾아가볼 시간이 없던 거지."

"시간이 많았다면 나를 찾아오지도 않았겠지, 안 그래?"

청영은 눈을 흘기며 화난 목소리로 말하고는, 서시 곡예단을 손바닥 들여다보듯 하는 호희 몇 명을 불러 소식을 물었다. 호희들은 여기저기 모여 수다를 떨기 때문에 적잖은 정보를 알고 있었다.

이제 보니 대기가 있던 '검은 낙타' 극단은 서시에서 꽤 이름이 난 곳으로, 이 극단의 장기는 바로 환술공연이었다. 하지만 최근 그곳에서 사소한 문제가 발생했다. 반수(班首, 극단의 우두머리)가 갑작스레 자취를 감춘 것이다. 극단은 곧 혼란에 빠졌고, 부반수가 온 힘을 다해 겨우 이끌어가는 중이라고 했다.

"반수가 실종됐다고?" 청영이 눈동자를 굴리며 물었다. "사소한 문제가 아니군. 누가 그 극단에 들어가서 자세히 알아봐."

얼굴이 동그란 호희가 생글거리며 대답했다.

"별로 어려운 일도 아니죠. 반수가 실종되기 전에 어느 권세가의 집에서 환술공연을 해달라는 요청을 받았고, 부반수는 그 공연을 준비하느라 요 며칠 몹시 바빠요. 환술공연을 잘 아는 무희가 부족해 사방에서 모집 중이거든요."

"아주 잘됐네." 청영은 매우 기뻐하며 얼굴이 동그란 소녀에게 말했다. "애려, 날 그곳에 추천할 방법을 생각해봐. 참, 공연할 고관대작의 집은 어디지? 날짜는 언제야?"

애려가 웃으며 대답했다.

"부반수는 제 추종자 중 하나니까 추천하는 것이야 어렵지 않아요. 그리고 그 고관대작의 집은 보통이 아니에요. 재상인 종초객의 종상부거든요. 듣자니 종 대인 어머니의 탄신을 축하하기 위해 준비한 연회인데 조정의 온갖 귀한 사람이 다 온대요. 날짜는 바로 내일 저녁이고요!"

"내일 저녁 종상부!" 육충이 놀란 목소리로 외쳤다. "뜻밖인걸. 이 검객 어르신의 원수 집이라니."

용신묘에서 싸우기로 했던 청양자 등의 고수를 떠올리자 육 검객 어르신은 절로 눈살을 찌푸렸다.

"아주 시끌시끌하겠군!" 청영이 눈동자를 반짝이며 웃었다. "애려, 넌 눈치가 빠르니 나와 함께 가자."

육충은 모질게 마음을 먹고 외쳤다.

"이번 일은 꽤 위험하니 나도 함께 가겠어!"

청영이 의아한 얼굴로 되물었다.

"귀가 먹었어? 극단에서 필요한 것은 환술공연을 잘 아는 미녀라잖아. 당신이 환술공연을 알아? 아니면 미녀야?"

육충이 헛기침을 하고 대답했다.

"당신이 역용의 명수니 날 잘 변장시켜주면…… 첫, 좀 어렵겠군. 참, 아주 뛰어난 솜씨는 아니지만 은신술도 좀 할 줄 알잖아?"

9장

진원정

끝 간 데 없는 어두운 밤이 마침내 내려앉았다. 원승은 묵묵히 빈소에 앉아 있었고, 둘째 사형 능지자가 도사 열여섯 명을 이끌고 그의 뒤에서 경을 읽는 중이었다.

존사의 유해 앞에 앉은 원승은 울적했다. 오늘 밤이 지나면 존사의 유해를 입관해야 하고, 그러면 다시는 존사를 볼 수 없었다. 그 목소리도, 웃는 얼굴도 오직 기억 속에서만 꺼내볼 수 있게 된다.

그는 다시 한 번 학창의에 가려진 존사의 오른손에 시선을 줬다. 순간, 가슴이 철렁했다. 그는 혹시 잘못 봤나 싶어 허리를 숙여 자세히 살폈다. 분명했다. 존사의 오른손에 있던 부적이 사라졌다. 원승은 벌떡 일어나 촛불을 비추며 꼼꼼히 살펴봤지만, 천마의 부적은 흔적도 없이 사라지고 없었다.

두렵고 놀란 마음에 그는 경을 읽는 둘째 사형을 황급히 손짓해 불렀다. 능지자는 곧바로 조심스레 다가왔다. 원승이 부적 이야기를 하자 능지자는 도무지 이해가 가지 않는다는 얼굴로 그를 빤히 보며 말했다.

"열일곱째, 무슨 말이냐? 존사님의 손바닥에 부적이라니? 그럴 리가 없다. 그런 것이 있었다면 내가 왜 보지 못했겠느냐?"

싸늘한 한기가 밀려오는 것을 느끼며 원승이 다급히 말했다.

"그럴 리 없습니다. 어제 제 눈으로 똑똑히 봤습니다. 분명 천마의 부적이었는데 잘못 봤을 리가 있습니까?"

높아진 그의 목소리에 뒤에 있던 도사들마저 놀라 경 읽기를 멈추고 멍하니 그들을 바라봤다.

"존사님 영전에서 소란을 일으키지 마라!"

나지막한 꾸짖음과 함께 대사형 능염자가 천천히 걸어왔다. 그는 손을 내저어 도사들에게 계속 경을 읽게 한 뒤, 원승과 능지자를 곁으로 불러 무슨 일인지 물었다.

"천마의 부적이라니! 나와 네 둘째 사형이 친히 존사님의 옷을 갈아입혔는데, 그런 게 있었다면 우리가 보지 못했을 리 있느냐?"

능염자는 그렇게 말하며 눈을 찡그렸다.

"열일곱째, 아직도 괴상한 꿈을 꾸고 있는 것이냐?"

의심 가득한 대사형의 시선을 받자 원승은 심장이 서늘해졌다. 그는 황망히 고개를 저었다.

"아닙니다. 그것이…… 어쩌면 너무 피곤해선가봅니다."

능염자가 한숨을 내쉬었다.

"하긴, 경황이 없어 지칠 대로 지쳤을 테니 가서 좀 쉬어라. 네가 신임 관주라는 것을 명심하도록 해라. 현원신제 개관식은 네가 직접 주재해야 한다."

그는 원승의 어깨를 두드리며 격려했다.

"어서 단방으로 돌아가 눈 좀 붙여라."

원승은 더 말할 기분이 아니었다. 그는 의심스런 눈초리로 마지막으로 존사의 오른손을 흘끔 바라보고는 말없이 빈소에서 나갔다.

신임 관주가 된 덕에 대현원관에는 그의 방이 하나 생겼다. 확실히 몸과 마음이 피로했기 때문인지, 방으로 들어간 지 얼마 안 되어 그는 곧 깊은 잠에 빠졌다. 몽롱한 의식 속에서 허연 안개가 퍼져나갔는데 현실 속의 안개인지 꿈속인지 확신할 수는 없었다.

"일어나라! 열일곱째, 어서 일어나!"

귓속을 파고드는 부름 소리에 깜짝 놀란 원승은 벌떡 몸을 일으키고 헉헉 숨을 내쉬었다. 노란 불빛이 어른거리고, 그 불빛 아래 초조하고 초췌한 다섯째 사형의 넓적한 얼굴이 보였다. 그는 기뻐해 마지않으며 외쳤다.

"다섯째 사형, 역시 사형이셨군요. 괜찮으십니까?"

능진자가 눈을 찡그리며 물었다.

"괜찮으냐니, 내게 무슨 일이 있겠느냐? 너야말로 식은땀을 뻘뻘 흘리는데, 무슨 악몽이라도 꿨느냐?"

"아무 일 없으시다니 다행입니다. 정말 다행이에요!"

원승이 나지막이 중얼거렸다.

확실히, 그는 악몽을 꿨다. 꿈속에서 그와 다섯째 사형은 어리석게도 쇄마원의 진원정을 몰래 살피러 갔고, 그 음산하고 괴이한 우물 속에서 막 봉인을 깨고 나온 머리 아홉 달린 천마를 발견했다. 놀라고 두려운 마음에 정신없이 싸우는데, 느닷없이 다섯째 사형이 머리 아홉 달린 천마 모습으로 변했고 원승은 실수로 다섯째 사형의 배에 검을 찔러 넣고 말았다. 그가 악몽 속에서 발버둥 치며 괴로워할 때 마침 능진자가 달려와 그를 흔들어 깨운 것이다.

꿈이라니 천만다행이었다!

원승은 속으로 무척 기뻤지만 더 이상 그 무시무시한 꿈을 떠올리기 싫어 곧 화제를 돌렸다.

"다섯째 사형, 어찌 이리 오셨습니까?"

"잠이 오지 않아 생각나는 것이 있어 찾아왔다."

다섯째 사형은 희미한 등불 속에서 잠깐 원승을 바라보더니 불쑥 입을 열었다.

"어쩌면 우리 두 사람은 같은 생각을 했을지도 모르지. 쇄마원이 어딘가 이상하다는 생각!"

그의 입에서 쇄마원이라는 말이 나오자 원승은 온몸이 부르르 떨렸다.

"어쩌시려는 겁니까?"

"존사님께서 급작스럽게 우화등선하신 까닭이 그곳과 밀접한 관계가 있을지도 모른다고 생각해본 적 없느냐? 어쩌면 천마가 부활하려 하는지도 모른다!"

능진자는 시뻘건 눈으로 원승을 뚫어지게 보며 말을 이었다.

"정말 그렇다면 이 당나라 경사에서 수많은 사람이 죽어 나갈 것이다. 존사님의 죽음은 시작에 불과해."

원승은 경악했다. 다섯째 사형의 말에도 사뭇 일리는 있었지만, 아무래도 어딘지 심상치 않은 기분이 들었다. 꿈을 꿀 때의 이상한 기분과 비슷한 느낌이었다.

"너 또한 나처럼 그곳을 의심하고 있지 않았느냐. 그러니 함께 가보자."

능진자가 힘줘 권하자 결국 원승도 고개를 끄덕였다.

"좋습니다!"

어찌 되었건 존사의 손바닥에 나타났던 부적은 천마와 관계가 있었다. 그 수수께끼를 밝혀내지 않고서는 편히 잠들 수 없을 것 같았다. 원승의 두 눈은 시뻘겋게 달아올랐고, 다섯째 사형의 눈 또한 불길처럼 벌게져 있었다. 두 사람은 핏발이 가득 선 눈으로 서로를 보며 고개를 끄덕였다.

쇄마원 앞에는 여전히 대나무가 서 있었지만, 낮과는 달리 어두컴컴한 그림자 때문에 다소 음산했다. 달빛 한 줌이 '쇄마원'이라는 글자 위로 사뿐히 내려앉아 유난히 처량하게 느껴졌다.

그 달빛을 바라보는 순간 원승은 또다시 꿈속에 빠져드는 것 같아 황급히 입술을 꽉 깨물었다. 뜨끔한 통증이 그를 현실로 끌어냈다. 결단력이 있는 능진자는 망설임 없이 성큼성큼 걸음을 옮기며 그를 잡아당겼다. 두 사람은 순찰자가 없는 것을 확인한 뒤 나란히 담을 넘었다.

쇄마원은 넓지 않았다. 안에 있는 것이라곤 팔각 처마를 얹은 구리 정자 하나가 전부였다. 정자 안은 달빛조차 새어 들어가지 못하는지 어두컴컴했고, 신비한 진원정은 그 정자 안에서도 가장 어두운 한가운데에 위치해 흡사 까마귀의 새까만 눈동자 같았다. 정자 전체에는 주슬문이 새겨져 있고, 특히 반질반질한 우물 둔덕에는 부적이 빽빽이 붙어 있었다. 주문은 단 한 글자, 진압할 '진(鎭)'이었다!

팔각 구리 정자의 여덟 모서리는 팔괘를 의미하는데, 이 정자는 기둥마저 여덟 개였다. 정자에 붙인 부적은 크기가 제각각이지만 들쭉날쭉한 것이 나름대로 정취가 있어서 특정 진법에 따라 배치했음을 알 수 있었다.

능진자는 나지막이 한숨을 쉬었다.

"팔각으로 팔괘를 나타내고, 여덟 기둥으로 여덟 방향의 바람을 억눌렀구나. 또, 부적의 글자를 합치면 모두 구백구십구 개다. 바깥의 쇄마원은 물론이고, 이 정자 하나로도 각종 요마를 제압하기에 충분하다."

그제야 원승은 다섯째 사형이 정신과 기운, 법진, 부적이라는 네 종류 도술 가운데 법진에 가장 정통하다는 사실을 떠올렸다. 그런 그의 해석을 들으니 다소 마음이 놓였다. 팔각 구리 정자의 배치가 그토록 정묘하고 빈틈이 없다면 이곳에는 문제가 없을 터였다.

그런데 우물에 다가가자 예상과 달리 말로 설명할 수 없는 음울한 기운이 전해져왔다. 어렴풋하게나마 우물 안에서 기묘한 부름 소리와 비통한 울음이 들려오는 것 같았다. 슬쩍 우물 안을 들여다봤더니 갑자기 하늘과 땅이 빙글빙글 돌기 시작해, 원승은 황급히 시선을 거두고 전력을 다해 정신을 가다듬었다.

별안간 능진자가 눈물을 쏟으며 목멘 소리로 말했다.

"열일곱째야, 비밀을 하나 알려주마. 모든 것이 다 그 상주문 때문이란 말이다! 존사님께서는 며칠 전에 상주문을 올려 천문을 핑계로 안락공주를 황태녀로 삼으라 황제 폐하께 청하셨다. 이 내 마음속에 존사님은 우뚝 솟은 높은 산과 같은 분이었다. 한데 영허문 전체를 수치스럽게 하는 상주문 때문에 그 산은 힘없이 무너지고 박살이 났지. 해서 며칠 전에 나는 그분과 한바탕 말다툼을 벌였고, 존사님께서는 노여움을 참지 못해 피를 토하셨다."

그는 말을 하면 할수록 고통스러운지 머리카락까지 쥐어뜯었다.

그 모습을 보는 원승은 모골이 송연했다.

"다섯째 사형, 그 말씀은 바로 얼마 전에 제게 하셨습니다."

능진자가 울음을 뚝 그치고는 의심스런 목소리로 중얼거렸다.

"내가 말했다고? 그럴 리가?"

"거의…… 토씨 하나 틀리지 않았습니다." 원승이 고개를 번쩍 들었다. "다섯째 사형, 돌아가시지요. 아주 불길한 예감이 듭니다."

"안 된다!" 능진자는 우물 안을 굽어보며 천천히, 하지만 단호하게 고개를 저었다. "나도 불길한 예감이 든다만, 반드시 내려가야 한다. 설령 저 안에서 죽는다 해도……."

"그만하십시오!" 원승이 황급히 그의 말을 끊었다. "도를 닦는 사람은 '죽는다'는 말을 함부로 입에 담아서는 안 됩니다. 몹시 나쁜 징조입니다."

다섯째 사형이 껄껄 웃었다.

"징조? 사실 너를 찾아오기 전에 꿈을 꿨는데 꿈속에서 내가 너를 죽였다. 바로 저 진원정 안에서 말이다."

능진자는 자신의 꿈 이야기를 들려줬다. 이야기를 들을수록 원승은 등골이 서늘해졌다. 다섯째 사형의 꿈은 조금 전 그가 꾼 꿈과 판에 박은 듯 똑같았다. 그의 꿈속에서는 그가 다섯째 사형을 죽였고, 다섯째 사형의 꿈에서는 다섯째 사형이 그를 죽였다. 그 위치는 쇄마원의 진원정이었고 세부 상황도 똑같았다.

어떻게 된 일일까? 두 사람이 각각 서로의 꿈속에 들어갔던 것일까? 세상에 그런 괴상한 일이 있다고?

다시 괴이한 우물을 바라본 원승은 갑자기 이 음산하고도 깊은 우물과 관계가 있다는 느낌을 받았다.

능진자가 불쑥 말했다.

"그래도 나는 내려가봐야겠다. 차라리 그 천마를 찾아내면 좋겠구나. 존사님의 공력을 소모하게 한 원흉이 아니냐."

"좋습니다!"

원승은 어쩔 수 없다는 듯 한숨을 쉬고, 다시 한 번 바닥을 알 수 없는 깊숙한 우물을 바라봤다.

"제 추측이 틀리지 않았다면 존사님께서 이 우물 안팎에 겹겹이 법진을 펼쳐놓으셨을 겁니다. 게다가 어디서 왔는지 모르는 머리 아홉 달린 천마는 어쩌면 이미 우물 속 세상을 바꿔 자기만의 규칙이 통하게 해뒀을지도 모릅니다. 그런데도 꼭 가셔야겠습니까?"

"물론이다! 천마 때문에 존사님께서 급작스레 우화등선하셨음을 확인해야겠다. 내 탓이 아니라는 것을 확인해야 해!"

능진자의 목소리는 다소 쉬어 있었다.

"좋습니다, 가십시오! 하지만 저는 여기서 진을 펼쳐 사형을 돕겠습니다."

원승은 어쩔 수 없이 대답했다. 그는 속마음을 밝히지 않았다. 사실은 두 사람이 함께 가지만 않는다면 꿈속의 징조가 아무리 선명하더라도 절대 일어날 리 없다고 생각했다. 부디 그러기를 바랐다.

다섯째 사형은 그를 한번 바라본 다음 의연하게 진원정 안으로 들어갔다. 칠흑 같은 밤은 바다처럼 고요했다. 능진자는 까만 연기처럼 천천히 우물로 떨어져 내렸다. 이상하게도 그가 들어간 뒤에도 우물 속은 쥐죽은 듯 고요했다. 마치 깊이를 모르는 심연에 돌멩이를 던진 것처럼 아무런 반응도 없었다.

원승은 저도 모르게 이상한 생각이 들기 시작했다. 진원정이 살아 있는 생물처럼 다섯째 사형을 꿀꺽 집어삼킨 것만 같았다. 이제 남은 것은 길고 긴 기다림이었다. 이토록 괴이쩍은 느낌은 처음이었다. 어느새 한밤이 홀딱 지나간 것 같기도 하고, 고작 차 한잔 마신 시간밖에 지나지 않은 것 같기도 했다. 그의 예상대로 진원정 부근에는 독특한 자연의 법칙이 적용되어 시간의 흐름조차 달랐다.

결국 기다리다 지친 원승은 우물가에서 몸을 내밀고 전음을 써서 외쳤다.

"다섯째 사형, 어디 계십니까? 어서 돌아오십시오!"

하지만 목이 터져라 여러 번 외쳐도 우물 안은 여전히 고요했다. 원승 자신의 목소리마저 우물에 삼켜져 메아리조차 퍼지지 않는 것 같았다.

마침내 원승은 결심을 하고 조심조심 우물 안으로 들어갔다. 이는 기묘하기 짝이 없는 경험이었다. 그가 머리를 우물에 들이미는 순간부터 몸 전체가 깊고 짙은 어둠에 삼켜지는 듯했다. 곧이어 아래쪽에서 억눌린 비명이 들려왔다. 마치 혀를 뽑힌 수많은 악귀가 처절한 형벌을 당하면서 울부짖고 비명을 지르는 것 같았다. 그 소리에는 끝 모를 고통, 그리고 끝 모를 절망이 담겨 있었다.

원승에게 가장 먼저 든 생각은 이곳을 벗어나서 돌아가자는 것이었다. 하지만 다섯째 사형이 떠올라 마음을 다잡고 우물 벽을 따라 계속 내려갔다. 우물 벽은 벽돌로 만든 것이 아닌지 끈적끈적하고 감촉이 이상했다.

내려갈수록 억눌린 비명은 점점 더 또렷해졌다. 몸 아래쪽에서 들리던 비명이 귓가에서 울리기 시작하더니 이제는 심장 깊숙이 스며들었다. 혀를 뽑힌 악귀들이 질러대는 소리에 미쳐버릴 것 같았다. 원승은 신비막측한 〈지옥변〉 벽화를 떠올렸다. 혹시 이곳이 불교의 전설에 나오는 혀를 뽑는 지옥일까?

우물은 바닥이 없는 듯 그의 몸은 계속해서 아래로 아래로 향했다. 주위의 어둠은 밀도가 더욱 짙어져 숫제 몸에 쩍쩍 달라붙는 것 같았다. 어렵게 익힌 야안(夜眼)을 돋워도 제대로 보이지 않아서 그는 별수 없이 사문에서 특별히 제조한 만년촉에 불을 붙였다.

촛불을 밝힌 순간, 갑자기 발이 뭔가에 닿았다. 바닥이었다. 과연 우물 안에는 물 한 방울 없었다. 원승은 그제야 이 우물 벽이 이상한 까닭을 알아차렸다. 바짝 마른 우물이지만 벽은 습기를 머금어 끈적거리는 데다 보일 듯 말 듯 꿈틀대고 있었다.

만년촉을 높이 들어올려 먼 곳을 비췄지만 벽 한쪽 끝이 보이지 않았다. 진원정 바닥에서는 뜻밖에도 깊숙한 길이 이어져 있었다. 예상대로 신비함을 감춘 곳이었다.

저 길은 대체 어디로 이어질까? 머리 아홉 달린 천마는 대체 어디에 갇혀 있을까?

다섯째 사형은 아직도 종적이 묘연했다. 그는 이를 악물고 계속해서 앞으로 나아갔다. 마치 괴물의 뱃속을 걷는 기분이었다. 느릿느릿 꿈틀거리는 우물 벽 틈으로 괴이하고 음울한 눈동자 한 쌍이 지켜보는 것 같기도 했다.

더욱 이상한 것은 그가 걸음을 멈추고 먼 곳을 살펴보는 순간에는 처참한 비명이 뚝 그친다는 사실이었다. 그럴 때마다 우물 안은 쥐죽은 듯 고요해져 마치 천지가 열리기 전 생명이 살지 않던 시대로 돌아간 것 같았다. 원승이 소리를 질러도 그 소리는 영원히 벽 끝에 닿지 못하는 것처럼 희미해지기만 했다. 하지만 걸음을 옮기기만 하면 다시 비명이 터졌다. 그것도 더욱더 강렬한 기세로.

원승은 무슨 생각이 들었는지 별안간 속도를 올려 달리기 시작했다. 속도가 빨라지면서 비명은 길게 꼬리를 이으며 늘어졌지만, 대신 더욱 처참하고 악독한 소리로 변했다. 더군다나 우물 벽도 거대한 괴물이 이물질을 소화하기 위해 장운동을 하듯 늘어났다 죄어들었다 하며 움직이기 시작했다. 설마 다섯째 사형이 괴물의 뱃속에서 완전히 소화된 것일까?

원승은 머리를 쥐어짜봤으나 이토록 괴상한 법진을 펼칠 수 있는 문파가 어디인지 전혀 짐작이 가지 않았다. 그가 할 수 있는 일은 그저 죽을힘을 다해 달리는 것뿐이었다. 괴물이 자신마저 소화하기 전에 이 괴상한 곳을 뚫고 나갈 수 있기를 기도하면서. 다행히도 영허문의 만년촉은 삭풍을 이겨낼 수 있었기에 나는 듯이 달리는 동안에도 꺼지지 않았다.

그런데 느닷없이 양팔이 찢어지듯이 아프더니 도포 밖으로 시뻘건 피가 뿜어져 나왔다. 워낙 빨리 달리고 있었기 때문에 상처가 자꾸 벌어지고 피도 철철 흘렀다. 원승은 대경실색했다. 이 괴상한 곳은 그의 몸을 마음대로 조종해 까닭 없이 상처를 입힐 수도 있는 것일까? 통증이 느껴지는 팔을 내려다보니 놀랍게도 피부에서 비늘이 촘촘하게 자라나고 있었다.

대관절 어떻게 된 노릇일까? 원승은 자기가 미치지 않았나 생각하며, 있는 힘을 다해 금광주니 복마주니 태을신주니 하는 온갖 호신 주문을 외워댔다. 하지만 소용없었다. 그의 팔에는 계속해서 비늘이 솟아나고 있었다. 무의식적으로 얼굴을 만져본 그는 가슴이 철렁했다. 얼굴에는 비늘이 없었지만 쭈글쭈글 주름이 생기고 턱에도 수염이 길게 자라 있었다. 마치 그 짧은 순간 수십 살은 더 먹은 것 같았다.

바로 그때 시꺼먼 그림자가 확 날아들었다. 사전에 일말의 기척도 없었기에 원승은 그 그림자에 부딪혀 쓰러질 듯 비틀비틀했지만 온몸이 조각조각 나는 듯한 고통에도 악착같이 중심을 잡았다. 시꺼먼 그림자는 휘청거리며 물러났다가 다시 빠른 속도로 기어왔다.

저건…… 거대한 용? 아니면 악어? 산예(狻猊, 사자같이 생긴 중국 고대 전설의 동물)?

촛불 밑으로 다가왔을 때에야 그 그림자가 거대한 도마뱀이라는 것을 알 수 있었다. 도마뱀의 등과 네 다리는 피가 철철 흐르고 찢어진 뱃속에서는 내장이 쏟아져 나왔다. 빽빽한 비늘로 덮인 몸은 구더기로 가득했는데 악착같이 도마뱀을 물어뜯고 있었다.

영문은 알 수 없지만 원승은 자신을 보는 도마뱀의 눈에 적의가 없다는 것을 느꼈다. 그 속에는 오로지 애원과 절망, 슬픔과 연민뿐이었다. 두려움에 진저리를 쳐야 할 일이지만 원승은 그 순간 고통과 두려움을 까맣게 잊었다. 자신의 팔에 돋아나고 있는 비늘을 떠올리자 별안간 이상한 생각이 머릿속을 채웠다. 저 도마뱀은 바로 다섯째 사형이었다. 이 괴상한 우물이 다섯째 사형을 도마뱀으로 바꿔놓은 것이다. 그렇다면 다음 차례는 그 자신이 아닐까?

"다섯째 사형, 사형이십니까?"

그의 목소리는 바르르 떨리고 힘이 없었다. 도마뱀은 그를 향해 고개를 끄덕이며 더욱 애처롭고 고통스런 눈빛을 짓더니 별안간 몸을 획 돌려 앞으로 달리기 시작했다. 원승은 반사적으로 그 뒤를 쫓았다.

다시 달리기 시작하자 더욱더 처량한 비명이 귀를 때렸다. 높낮이가 제멋대로 바뀌는 억눌린 포효 속에서 원승의 등과 가슴도 피부가 갈라지고 핏방울이 튀었다. 갈라진 곳에서는 비늘이 빠른 속도로 자라났고, 맨 처음 비늘이 난 팔은 금세 두툼하고 단단해졌다.

그제야 원승은 꿈틀거리는 우물 벽이 온통 비늘로 덮여 있다는 것을 알아차렸다. 또다시 이상한 생각이 머리를 채웠다. 절망적인 비명을 지르는 저들은 어쩌면 그와 똑같은 살아 있는 사람이었으리라. 이 괴상한 우물 때문에 비늘 덮인 도마뱀이 되고, 그 후에는 점차 우물과 동화되어 그 '벽'이 된 것뿐!

자신도 결국에는 우물 벽을 이루는 꿈틀거리는 비늘이 되고 말리라는 생각이 들자 그는 깊디깊은 절망에 빠졌다. 이 진원정은 역시 금지구역으로 삼을 만한 곳이었다. 살아생전 존사가 아무도 접근 못하게 한 것은 당연한 일이었다. 그런데 하늘 높은 줄 모르고 제 발로 들어왔으니…….

도마뱀은 온 힘을 다해 달려가며 시뻘건 피를 뚝뚝 흘렸다. 원승은 그저 맹목적으로 뒤를 쫓을 따름이었다.

별안간 눈앞이 확 밝아지는 통에 그는 우뚝 걸음을 멈췄다.

"이럴 수가!"

마침내 그 괴물을 보게 된 원승은 놀란 나머지 온몸을 부들부들 떨며 저도 모르게 비명을 질렀다.

괴물은 사람의 몸을 가졌지만 머리는 아홉 개이고 얼굴과 팔다리, 몸통은 빽빽한 비늘로 덮여 있었다. 괴상하게 생긴 머리 아홉 개도 똑같이 비늘투성이였다. 뜻밖에도 그 머리에는 사람 같은 눈 코 입이 달렸는데, 사나운 얼굴, 추악한 얼굴, 준수한 얼굴, 머리칼을 길게 늘어뜨린 여자같이 아리따운 얼굴 등 생김새가 다양했다. 머리들은 하나같이 살짝 고개를 숙이고 두 눈을 꼭 감은 채였다.

괴물의 몸에는 얇은 막이 덧입혀 있는데, 그 막에서 지옥 밑바닥 천년 한빙에서나 느껴질 것 같은 뼈 시린 냉기가 스멀스멀 흘러나왔다. 주위를 환히 밝힌 눈부신 빛은 그 막에서 흘러나오는 것인지, 괴물이 스스로 발산하는 것인지 알 수가 없었다.

저 눈부신 빛, 그리고 가만히 서 있는 저 거대한 괴물. 혼이 쏙 빠져나갈 정도로 요염한 아름다움이 느껴지는 광경이었다.

머리 아홉 달린 천마!

원승은 속으로 가슴을 쓸어내렸다. 천마는 천년 한빙 같은 얇은 막 속에 얼어붙어 있었다. 저 막이 바로 존사가 남긴 봉인일 것이다. 그런데 그가 안도의 숨을 마저 내쉬기도 전에 이변이 일어났다. 한빙 안이 훤히 밝아지면서 괴물의 가운데 머리가 눈을 반짝 떴다. 차디찬 눈동자가 강력한 빛을 뿜어내 박막을 뚫고 원승에게까지 쏟아졌다.

지독히 냉혹하고 악독한 그 눈빛에 원승은 온몸이 덜덜 떨렸다. 곧이어 또 다른 머리가 눈을 떴다. 세 번째, 그리고 네 번째…… 머리가 하나씩 눈을 뜰 때마다 천마의 몸을 덮은 막은 격렬하게 떨리기 시작했고, 여기저기 작고 가느다란 균열이 생겨나 점점 커졌다. 예상대로 천마가 봉인을 깨뜨리려는 것이다.

그가 이런 생각을 하는 순간, 마지막 머리가 눈을 떴다. 이어 아홉 개의 머리가 일제히 입을 벌리고 미친 듯이 웃어대거나 엉엉 울거나 소리를 지르거나 신음을 흘렸다. 그 강력한 음파에 막은 고통스럽게 울부짖었고 균열도 점점 늘어났다.

원승 역시 괴물이 내지르는 소리에 고막이 찢어질 것 같았다. 하지만 그는 지금이 몹시도 위험한 상황임을 알고 있었다. 머리 아홉 달린 천마는 금세 봉인을 깨뜨릴 터였다.

원승은 대갈을 터뜨리며 검술을 펼쳤다. 거꾸로 든 춘추필 끝에서 날카로운 검날이 튀어나왔다. '엄일(掩日)'이라는 이름을 가진 이 검은 지난날 월왕 구천이 만든 곤오의 여덟 신검 중 하나로, 길이는 길지 않지만 무척 예리했다.

신검 엄일검은 눈부신 광채를 뿌리며 가운데 머리를 향해 날아갔다. 하지만 검광이 번뜩이는 순간, 도마뱀이 펄쩍 튀어올랐다. 도마뱀은 원승의 검법을 훤히 꿰뚫고 있는 듯 곧장 그 앞을 가로막았다. 퍽 하는 소리와 함께 검이 거대한 도마뱀의 복부를 꿰뚫었다. 원승은 너무 놀라 안색마저 싹 변했지만 검을 뽑을 수는 없었다. 검을 뽑는 순간 도마뱀은 즉시 배가 터져 죽을 게 분명했다. 그는 어쩔 수 없이 멍하니 팔을 내렸다.

도마뱀은 검에 찔린 채 또다시 뛰어올라 미친 듯이 천마에게 달려들었다. 쾅 하는 굉음이 터지고 얇은 막 속에 있던 머리 아홉 달린 천마는 놀라고 괴로운 표정으로 얼굴을 일그러뜨렸다. 곧이어 두 번째 굉음이 울리자 천마는 온몸을 부르르 떨었다. 아홉 쌍의 눈동자가 동시에 번쩍이며 무력하고 원망스런 표정을 떠올렸다.

원승이 놀라 멍해 있는 사이, 도마뱀은 고개를 들고 억눌린 외침을 질러대더니 세 번째로 몸을 날렸다. 귀청이 찢어질 듯이 날카로운 울부짖음과 함께 마침내 냉기를 풍기던 막이 무너진 빙산처럼 쩍 갈라졌다. 이상하게도 막이 박살 나는 순간, 안에 있던 천마는 봉인을 깨뜨리고 나오기는커녕 처참하고 당황한 비명을 질러댔고 그 모습은 빠른 속도로 흐려졌다. 아홉 개의 머리는 포기하지 않고 계속 몸부림쳤지만 그 눈은 하나둘 힘없이 감겼다.

마지막 눈이 하나 남은 등불이 꺼지듯 툭 감겼을 때 머리 아홉 달린 천마의 비명도 멈췄다. 천마의 모습은 결국 폭죽처럼 터져 흔적도 없이 사라졌다.

"알겠느냐?"

거대한 도마뱀은 고통스런 듯 바닥에 엎드려 있었지만 놀랍게도 사람 말을 했다.

"결코 그 막에 손을 대면 안 되는 것이다. 그 막이야말로…… 진짜 기관이야!"

도마뱀의 거대한 몸이 마구 실룩거리더니 온몸에 돋았던 비늘이 후두두 떨어져 나가고 순식간에 사람 모습이 됐다.

"다섯째 사형, 역시 사형이셨군요!"

원승은 바로 저 도마뱀, 다섯째 사형이 자신을 구했다는 것을 퍼뜩 깨달았다. 이제 보니 가장 무서운 것은 봉인된 천마가 아니었다. 천마는 위장에 불과했다. 진짜 기관은 천마를 둘러싸고 뼈저리게 서늘한 냉기를 뿜는 막이었다. 거대한 도마뱀이 필사적으로 그의 검을 가로막은 것은 그가 막을 건드리지 못하게 하기 위함이었다.

그렇지 않았다면 어떻게 됐을까? 그 역시 다섯째 사형과 마찬가지로 괴물이 됐을 것이다. 하지만 앞뒤 가리지 않고 막을 깨뜨린 능진자는 막심한 대가를 치러야 했다. 그의 몸은 상처투성이였고 배는 엄일검에 꿰뚫려 안이 훤히 들여다보였다.

"어서 가라!" 능진자가 힘없이 외쳤다. "그 막이…… 복구되고 있다. 어서, 어서 저 틈으로 빠져나가!"

과연 갈가리 찢어진 막이 가느다란 실을 수없이 만들어내면서 균열과 틈을 하나둘 메우고 있었다. 한가운데 생긴 거대한 구멍에서는 더욱더 많은 실이 생겨나, 뚫린 부분이 빠른 속도로 줄어들고 있었다. 우물 속의 이 신비한 세계는 언제든지 자신의 상처를 치료할 수 있는 모양이었다.

"함께 가시지요!"

원승이 소리치며 능진자를 부축해 일으켰다.

"시간이 없으니 나는 신경 쓰지 마라. 그렇지 않으면 너까지 이 세계에서 빠져나가지 못해."

능진자는 그를 뿌리치려 했으나 도무지 힘이 없었다. 원승은 아랑곳없이 그를 둘러메고 크게 기합을 터뜨리며 구멍을 향해 몸을 날렸다. 괴이한 굉음과 함께 그의 몸이 막에 부딪혔다.

다음 순간, 숨 가쁘게 헐떡이던 원승은 정자 한가운데 서 있는 자신을 발견했다. 쇄마원의 어두컴컴한 정자, 달빛조차 새어들지 못하는 팔각 구리 정자였다. 신비한 진원정은 정자에서 가장 어두운 중심부에 도사리고 앉아 까마귀의 새까만 눈동자처럼 흉악하게 그를 바라보고 있었다.

"천마 때문에 존사님께서 급작스레 우화등선하셨음을 확인해야겠다. 내 탓이 아니라는 것을 확인해야 해!"

다섯째 사형 능진자가 우물가에 서서 고집스레 그를 바라봤다.

원승은 한숨을 쉬었다.

"좋습니다, 가십시오! 하지만 저는 여기서 진을……."

그는 채 말을 끝내지 못하고 입을 다물었다. 등골 서늘한 한기가 느껴졌다.

어떻게 된 것일까? 어째서 같은 상황을 되풀이하는 것일까?

다섯째 사형이 진원정으로 내려가는 것을 똑똑히 봤고, 그 자신도 따라 내려가 우물 속에서 온갖 괴상한 장면을 목격했다. 그런데 지금은 어째서 다시 우물가에 돌아와 있는 것일까? 이 괴상한 진원정은 시간도 거꾸로 돌릴 수 있는 것일까? 아니면 또다시 이상한 꿈에 빠져 꿈속에서 현실을 되풀이하고 있는 것일까?

다섯째 사형은 그를 한번 바라본 다음 의연하게 진원정 안으로 들어갔다. 칠흑 같은 밤, 바다처럼 고요한 밤 속에서 원승은 몸을 부르르 떨며 능진자가 검은 연기처럼 천천히 우물 속으로 들어가는 것을 지켜봤다. 정말로 시간이 거꾸로 돌아간 것 같았다. 이번에도 다섯째 사형이 내려가도록 내버려둬야 할 것인가?

"아니야!"

그는 번쩍 고개를 들고 입술을 힘껏 깨물었다. 심장이 저릴 만큼 짜릿한 고통이 엄습했다. 정신이 맑아진 그가 남에게 들으라는 듯이 큰 소리로 외쳤다.

"이건 꿈도 아니고 시간이 거꾸로 돌아간 것도 아니야! 이건…… 환상이야!"

환상!

그 말이 떨어지기 무섭게 어두컴컴한 구리 정자는 사라지고 까마귀 눈 같은 진원정도 사라졌다. 한 발 한 발 내려가던 다섯째 사형도 의심과 원망을 담은 눈동자로 그를 노려보더니 마침내 옅은 안개처럼 사라졌다.

부드러운 달빛이 머리 위를 비췄다. 원승은 차가운 길바닥에 쓰러져 있었다. 시원한 바람이 물처럼 살랑거리고 휘영청 뜬 달은 거울처럼 맑았다. 부드럽고 순한 버드나무 잎이 주위를 감도는 밤바람에 그의 머리를 살며시 쓰다듬었다. 평온하고도 아름다운 순간이었다. 원승은 이곳이 서시 부근이라는 것을 깨달았다.

"다섯째 사형!"

황급히 고개를 숙여보니 다섯째 사형 능진자는 그의 곁에 있었지만 겨우 숨만 붙은 상태였다. 내장이 쏟아지고 엄일검에 찔린 배에서 흘러나온 피가 바닥에 흥건했다.

"알았느냐?" 능진자는 힘없이 웃었다. "어쩌면 이번 일은 커다란 함정인지도 모르겠구나. 그래도 존사님께서 나 때문에 돌아가신 게 아니라는 것을 알게 되어 다행이다. 나는…… 존사님을 저버리지 않았어!"

웃음은 창백해진 그의 네모난 얼굴에서 금세 딱딱하게 굳어갔다.

"다섯째 사형!"

원승은 비통함을 이기지 못하고 소리를 질렀다. 하지만 다섯째 사형 능진자가 죽은 것은 분명했다. 이 모든 것은 그가 꿈속에서 본 것과 매우 비슷했다. 그는 꿈이기를 바라며 또다시 입술을 꽉 깨물었지만 무정하게도 뜨끔한 통증이 이것이 현실임을 깨우쳤다.

갑자기 느긋한 종소리가 들려와 원승은 망연하게 고개를 들었다. 빽빽한 버드나무 가지 사이로 뾰족 튀어나온 처마가 보였다. 몽롱한 상태였지만 그는 당나라와 서양의 양식이 결합한 그 신비한 건물을 알아볼 수 있었다. 바로 서운사였다.

10장

재상 댁의 생신 연회

종초객. 세 번이나 당나라 재상을 지낸 그는 성품이 탐욕스러우나 꽤 재주가 있어 시문을 잘 짓고, 계략도 제법 꾸밀 줄 아는 데다 담력도 있었다. 태자 이중준이 변란을 일으켜 황궁에 쳐들어왔을 때에도 종초객은 결연히 병사를 이끌고 태극전을 사수했고, 결과적으로 이중준을 섬멸하는 데 으뜸가는 공을 세웠다. 덕분에 그는 위황후와 황제 이현에게 크게 신임을 받았다.

권력을 틀어쥔 이 풍운아가 노모의 여든 번째 생신을 맞아 큰 연회를 베풀자, 하례하러 온 빈객 중에는 당연하게도 조정의 세도가가 다량 섞여 있었다. 당시 규범대로 생신 연회는 며칠 일찍 시작됐기 때문에 귀한 손님은 벌써 다녀갔고, 생신날인 오늘은 종 씨 가문의 측근과 친지만 후원 대청에 두루 모여 앉았다. 무엇보다 눈에 띄는 것은 오늘 찾아온 두 빈객이었다. 태평공주와 안락공주, 조야의 이목을 독차지하는 두 공주가 뜻밖에도 같은 날 축하하러 종상부를 방문한 것이다.

저녁 어스름이 내려앉을 즈음, 종상부 후원의 꽃밭은 각양각색의 꽃으로 오색찬란했고, 공들여 가꾼 별종 모란이 수많은 고급 궁등 아래에서 화려한 빛을 덧입었다. 대청에는 빨간 초가 활활 타오르고 단지에는 질 좋은 술이 가득했다. 아직 정정하고 기품이 넘치는 종 노부인은 두 공주 사이에 앉았고, 종초객과 그 아우 종진경, 그리고 위씨파의 세도가와 측근이 좌우로 나뉘어 자리를 잡았다.

후원 대청 양편 회랑 사이에는 종상부에 있는 미모의 가희들이 늘어섰다. 맞은편의 졸졸 흐르는 연못에 높고 커다란 누대를 세워, 가희들은 그 위에서 번갈아 노래하고 춤추며 기예를 선보였다. 하지만 이 자리에 있는 고관대작과 귀부인들에게 화려한 가무는 이미 질릴 대로 질린 놀이였다. 다행히도 종상부의 대총관이 진작 이럴 줄 알고 특별히 서시의 값비싼 페르시아 환술극단을 불러들였다.

검은 낙타 환술극단의 부반수는 눈코 뜰 새 없이 바빴다. 며칠 전 반수가 실종되어 생사를 모르는 상태이고 간판 배우 세 명 중 하나인 대기마저 얼마 전에 사라졌지만, 오늘 이 공연은 그 어느 때보다 중요했다. 극단의 명예는 말할 것도 없고 극단의 존망까지 달려 있었기에 부반수로서는 젖 먹던 힘까지 쏟아 준비할 수밖에 없었다.

다행히 처음으로 무대에 오른 노련한 환술사는 크게 박수갈채를 받았다. 그가 준비한 것은 '복숭아 기르기'라는 환술이었다. 환술사는 먼저 서역의 유술을 선보인 뒤, 큼직한 화분을 가져왔다. 흙만 들어 있는 화분이었다. 그다음에는 소매에서 복숭아 하나를 꺼내 사람들에게 보여주고는 화분에 심는 척했다.

"틔워라, 틔워라, 틔워라, 싹을 틔워라!"

환술사가 당나라 말로 높이 소리를 질렀다. 우렁차고 여운이 길게 남는 목소리는 사람을 바짝 끌어당기는 힘이 있었다. 과연 화분에서 초록색 잎사귀가 솟아나기 시작했다.

"가지가 되어라, 어서 가지가 되어라……."

노랫소리 같은 환술사의 주문에, 화분의 새싹은 금세 튼튼한 복숭아나무로 자라나 꽃을 피우고 열매까지 맺었다. 구경하던 귀부인들이 탄성을 질렀다.

누대 한쪽 구석에는 청영과 애려가 나란히 서 있었다. 검은 낙타에서 특별히 만든 아름다운 호복으로 갈아입은 두 사람은 회랑에서 차례를 기다리는 중이었다.

"과연 페르시아의 환술은 재미있어. 하지만 내 보기에 저 화분 속에 뭔가 손을 써뒀을 거야."

몹시도 낮은 목소리가 청영의 귓가에 들려왔지만 이상하게도 그렇게 말하는 사람의 모습은 전혀 보이지 않았다. 그 사람은 조금 전 청영에게 은신부적을 빌린 육충이었다.

청영이 코웃음을 쳤다.

"아무렴, 저런 방문좌도들이야 당연히 육 검객 어르신을 속일 수 없지. 어쨌거나 내 은신술은 시원찮으니 가능하면 입을 다물고 있는 게 좋을걸. 신발 조심해."

청영은 여러 문파에 숨어들어 다양한 도술 서적을 훔쳐본 덕에 잡다하게 익힌 것이 많았지만 대부분 정통하지 못했다. 은신술도 오랫동안 익혔지만 겨우 부적 일고여덟 장 만들어낸 것이 고작이었고, 효력마저 뛰어나지 않아 몸을 완전히 숨기지 못했다. 이번에도 부적은 육충의 신발을 덩그러니 남겨뒀고, 별수 없이 옷가지와 도구가 잔뜩 든 조그만 수레를 가져와 '혼자 움직이는 신발'을 가려야 했다.

"답답해 죽겠군. 참을 수가 없어."

육충은 기회를 틈타 여인의 귓가에 속삭였다.

"맞혀볼래? 안락공주와 태평공주 같은 사람이 무엇 하러 종초객의 노모 생일을 축하하러 왔을까?"

청영이 있는 자리에서는 두 공주의 귀하신 얼굴을 똑똑히 볼 수 있었다. 묘령의 나이인 안락공주는 소문대로 천하절색이었다. 낙화유수금이라는 고급 비단으로 지은 진보랏빛 모란 적삼은 같은 빛깔의 모란 주름치마와 잘 어울렸고, 옷에 감싸인 그녀는 마치 활짝 피어난 꽃이라도 된 양 누구보다 아름답고 눈이 부셨다.

안락공주의 고모인 태평공주는 마흔이 넘은 나이지만, 젊은 시절의 아리따운 자태가 남아 있었고 넓은 이마에는 주름 하나 보이지 않았다. 보양을 잘한 덕택에 서른 살가량으로밖에 보이지 않는 데다 특히 아름다운 눈동자가 맑고도 깊었다. 그녀는 그 나이에 조카딸과 미모를 겨룰 수 없다는 것을 잘 아는지, 연노랑 산화금 채색 치마를 입어 국화같이 우아하고 기품 있는 차림을 했다.

"잘난 척하지 마. 당신이 종상부의 속사정을 뻔히 안다는 걸 누가 몰라?"

청영이 코웃음 치며 퉁을 주자, 육충이 대답했다.

"종초객도 권세가이기는 하지만 저 사람의 어머니는 더 명성이 높아. 종 노부인은 전 여황제 무측천보다 반년 빨리 태어난 사촌 언니고, 아들 종진객과 종초객이 모두 당나라 재상이 됐거든. 종진객은 십여 년 전 조정에 풍파가 일었을 때 유배지에서 죽긴 했지만."

육충은 한숨을 푹 쉬었다.

"하긴, 저 할머니는 무측천의 언니니까 태평공주에게는 이모가 되는군. 항렬이 그러니 공주들이 저리 예의를 갖추는 것도 당연해."

그는 코를 만지작거리며 킁킁댔다.

"끔찍하군. 종상부에 며칠 머물기는 했지만 후원에는 와본 적이 없는데 이렇게 잡다한 꽃이 많을 줄이야."

"분위기라곤 쥐꼬리만큼도 모르는 남자 같으니! 이렇게 향기로운데 뭐가 불만이야."

청영이 화를 냈다.

"저 꽃들은 별종 모란이야. 한 그루 값이 적어도 중간쯤 되는 가구 열 곳의 조세 정도는 될걸. 잘 봐. 저 꽃밭에 있는 모란이 몇 그루야? 할머니 앞에 있는 두 그루는 자은사에서 옮겨온 자모란인데, 한 그루에 꽃을 이백 송이나 피운대. 아마 값은 성 하나에 맞먹을걸." (당나라 때는 황궁에서 민간에 이르기까지 각종 모란을 키우는 것이 유행했다. 천금을 주고도 살 수 없는 모란도 있어서 '왕후 귀족도 모란에 빠지면 가난뱅이 된다', '나라 전체가 모란에 사족을 못 쓴다'는 말이 생겨날 정도였다 – 작가 주)

육충이 둘러보니 들은 대로 희귀한 자모란 외에 분홍, 하양, 노랑 등 가지각색의 꽃들이 울긋불긋했다. 이미 늦봄이라 모란이 활짝 필 시기는 지났지만, 이곳의 꽃들은 서로 아름다움을 다투듯 흐드러지게 피어 있었다. 가장 아름다운 것은 회랑 아래쪽에 심은 진홍색 모란인데, 등불이 비치면 땅 위로 붉은 노을이 퍼져나가는 것 같아 절로 탄식이 나올 정도였다.

"바로 그 꽃향기가 문제야. 너무 짙어서 어르신네의 코가 견딜 수가 있어야지. 재채기가 나올 것 같다니까."

육충이 투덜거렸다.

"종초객은 쌓아둘 곳이 없을 만큼 돈이 많다더니 사실이었어."

청영은 그제야 육충의 코가 좋지 않다는 것을 떠올리고 걱정스레 발을 동동 굴렀다.

"소매로 코를 막아. 제발 조심해. 종상부에는 선기 국사 말고도 대검객인 설청산과 당신의 철천지원수인 청양자까지 있잖아. 재채기를 했다가는 우리는 끝장이야."

"자라나라, 자라나라, 어서 빨리 자라나라!"

환술사의 노랫소리에 복숭아가 주렁주렁 달렸다.

육충이 또 참지 못하고 끼어들었다.

"복숭아는 진짜고 나무도 진짜야. 하지만 없던 것이 생겨나거나 작았던 게 커진 것이 아니라 눈속임일 뿐이지. 속임수는 바로 저 환술사의 큼직한 소매와 등 뒤의 장막에 있어. 어지럽게 춤을 추면서 교묘하게 바꿔치기한 거라고. 그런데 이상하군, 페르시아의 환술이 고작 저런 속임수일 뿐이라면 술법이라고 할 수도 없잖아?"

"당신이 말한 서역의 술법 말이야, 대기라는 그 여자라면 할 수 있을 거야. 영혜여인들은 정신을 조종하는 데 능하다고 들었어."

그렇게 대답하던 청영이 다급히 목소리를 낮췄다.

"조심해. 선기 국사가 저기 앉아 있어!"

과연 종초객 옆 탁자에 중년의 도사 한 명이 단정히 앉아 있었다. 도사는 머리칼과 수염이 노랗고 두 눈썹도 희미하게 노란빛을 띤 특이한 외모로, 눈을 감고 있지만 이따금 눈을 뜰 때면 번개같이 날카로운 빛이 번쩍였다. 저 신비한 외모는 다름 아닌 당금 제일 국사인 선기 진인의 독특한 표식이었다.

"늙다리 선기까지 왔군. 헤헤, 저 할머니 체면이 제법 서겠는걸."

육충이 선기 진인에게 시선을 던지는 순간, 선기 진인 역시 뭔가를 느꼈는지 그가 있는 쪽을 바라봤다. 그 번개 같은 눈빛과 마주치자, 육충은 온몸이 바짝 긴장되어 은신부적으로 가리고 있는데도 무의식적으로 슬그머니 몸을 돌려 기둥 뒤로 숨었다. 선기 진인이 차분한 표정으로 고개를 숙인 뒤에야 겨우 안심이 됐다.

"괴상한 놈 같으니, 어르신네의 은신이 들킨 줄 알았잖아?"

"저쪽에 있는 나이 지긋한 호승은…… 혜범이잖아!"

청영이 눈을 가늘게 뜨며 말했다.

"저 늙은 호승은 참 대단하다니까. 이런 곳에도 올 수 있다니."

과연 서운사 방장 혜범이 안락공주 다른 쪽 옆 탁자에 앉아 장사치처럼 끊임없이 우스개를 늘어놓고 있었다.

육충은 한숨을 푹 쉬었다.

"앉은 자리를 보니 선기 국사 못지않은 지위로군."

그사이 혜범이 무슨 이야기를 했는지 안락공주와 태평공주가 깔깔 웃음을 터뜨렸다. 제대로 듣지 못한 종 노부인이 그쪽으로 귀를 기울였다가 자세히 듣고는 역시 큰 소리로 웃었다. 곁에 있던 귀부인들도 마찬가지였다. 두 공주 앞에서 양쪽 모두에게 빈틈없이 처신하는 것을 보면 말주변 좋은 저 호승은 과연 재주가 남달랐다.

"신선의 복숭아가 다 자랐습니다. 장수를 기원하는 복숭아를 바칩니다!"

마침내 환술사가 목소리를 높여 외치자, 아름다운 이국 여인들이 사뿐사뿐 걸어나가 복숭아를 따서 귀부인들에게 바쳤다. 청영은 극단에서 가장 아름다운 무희였기 때문에 마지막으로 나가 가장 큰 복숭아를 종 노부인에게 바칠 예정이었다.

"조심해."

그녀는 육충에게 나지막이 당부한 후 사뿐사뿐 걸어나갔다. 화려하게 치장한 그녀는 커다란 복숭아를 들고 바람처럼 대청으로 들어가 보기 좋게 공중제비를 돌아 선녀처럼 사뿐히 종 노부인 앞에 내려섰다. 그리고 예의 바르게 복숭아를 내밀며 생긋 웃어 보였다.

"노부인, 만수무강하시고 천년만년 복 받으십시오!"

노부인은 싱글벙글 기뻐하며 칭찬을 했다.

"기예가 훌륭하구나. 아주 좋아! 상을 내려라!"

평소 기인이사에 관심이 많은 태평공주도 끼어들었다.

"너는 페르시아 환술극단에 있는데도 한인이구나. 이름이 무엇이냐?"

공주 앞에서는 청영도 눈을 내리깔고 고분고분하게 대답했다.

"소녀 청영이라고 합니다."

"고개를 들고 얼굴을 보이거라. 음, 곱구나."

사람 보는 눈이 있는 태평공주는 단번에 그녀의 아름다움에 숨겨진 호방함을 알아보고는 무척 마음에 들어 했다.

"내 저택에서 지내겠느냐?"

청영은 가슴이 철렁했다. 태평공주를 몇 차례인가 만났지만 늘 먼발치에서 봤을 뿐 가까이에서 이야기를 나눈 적이 없어서, 이 차갑고 아름다운 귀부인의 목소리를 들은 것은 처음이었다. 바로 그녀가 애타게 찾아다니던 목소리였다.

청영의 집안이 난리를 당했을 때 그녀는 아직 어렸다. 운 좋게 살겁은 피했지만 원수의 얼굴을 정확히 보지는 못했고 그 원수들 가운데 하나인 여자의 목소리를 들은 것이 전부였다. 잊으려야 잊을 수 없는 목소리였다. 낮고 온화해 천군만마가 내닫는 전쟁터에서도 한 올 흐트러짐 없고, 피가 강이 되어 흐르는 것을 봐도 눈 하나 깜짝하지 않을 냉혹함이 담긴 저 목소리.

"공주 전하의 아낌을 받을 수 있다니 감격스러울 따름입니다!"

청영은 재빨리 놀란 눈빛을 숨기고 허리를 숙여 예를 갖췄다. 마음속 동요가 얼굴까지 전해졌지만 그것은 잠시뿐이었다. 그런데도 태평공주는 예민하게 뭔가를 느끼고 아미를 살짝 찡그리며 아무 말도 하지 않았다.

옆에 있던 안락공주가 웃으며 말했다.

"고모는 정말이지 영재를 보는 눈이 있으시군요. 저 아름다운 여자는 움직임이 가볍고 민첩한 데다 자태도 고와서 저마저도 탐나는 걸요."

태평공주는 생각에 잠겼다.

'청영이라는 저 아이가 출신은 미천하지만 그리 문제 될 일은 아니다. 한데 방금은 어찌하여 그토록 이상한 눈빛을 띠었을까?'

한번 의심이 일자 그녀는 안락공주의 말을 기회 삼아 마음을 바꿨다.

"알았다, 알았어. 그리 마음에 들거든 네게 주마!"

안락공주는 다소 뜻밖이었지만 태평공주의 사람 보는 눈을 믿었고, 음으로 양으로 싸워온 고모가 눈독 들인 보물을 빼앗고 싶은 마음도 앞섰다. 칠보일월등이 그랬고, 눈앞의 고운 여인도 그랬다.

"청영, 내 저택이 고모님 저택만은 못하지만 내게 오지 않겠니?"

안락공주가 웃으며 묻자 청영은 몹시 실망했으나, 태평공주의 의심스런 시선을 느끼고 생긋 웃으며 받아들였다.

"농담이 과하십니다, 공주 전하. 어느 분의 저택에서 시중을 들든 소녀에게는 평생 다시없을 복이지요."

안락공주가 쿡쿡 웃었다.

"혀가 제법 영민하구나. 내 뒤에 서렴."

청영은 예를 갖춰 인사한 뒤 솟아오르는 실망을 감춘 채 매우 기쁜 얼굴로 안락공주 뒤에 섰다. 그제야 태평공주도 평온하게 미소를 지었다.

국화 같은 노란 비단옷을 눈앞에 둔 청영은 눈동자에 살기를 번뜩였지만 손쓸 방법이 없었다. 비록 이쪽으로 눈길도 주지 않았지만 멀지 않은 곳에 앉은 노란 수염의 선기 진인이 어마어마한 위압감을 발휘하고 있기 때문이었다. 대종사가 풍기는 위압감 속에서는 손쓸 기회조차 없었다.

육충은 줄곧 청영에게만 시선을 집중하고 있었다. 너무 넋을 놓고 보느라 열대여섯 살쯤 되는 통통한 이국 여인이 코앞까지 왔을 때에야 겨우 정신을 차렸다. 그 통통한 여인이 입을 떡 벌리고 자신의 발을 뚫어지게 보자 그는 속으로 투덜거렸다.

'보긴 뭘 봐? 이렇게 예쁜 신발 처음 봐?'

그가 가진 은신부적으로는 발까지 숨기지 못해 옷이 가득 찬 손수레로 신발을 가리고 있었는데, 조금 전 선기 진인의 시선을 피하느라 기둥 뒤로 자리를 옮기면서 신발이 드러난 것이다.

이국 여인은 이상한 느낌이 들어 신발을 요리조리 살폈지만 도무지 짐작이 가지 않아 이번에는 힘을 줘 꾹 밟아봤다. 육충은 몹시 괴로우면서도 이를 악물고 소리 내거나 움직이지 않았다. 자근자근 밟아도 신발이 납작해질 기미가 없자, 이국 여인은 짜증이 났는지 냅다 발길질을 했다. 육충은 그녀가 이 이상한 신발을 수레 밑으로 넣으려는 것을 알고 속으로 비명을 질렀지만 겉으로는 꾹 참았다.

"이상도 해라. 신발에 풀칠이라도 했나?"

통통한 이국 여인이 그렇게 중얼거리며 또다시 신발을 꾹꾹 밟아대는 통에 육충은 눈물이 찔끔거릴 지경이었다. 여인은 곧 좋은 생각이 났는지 손수레를 끌어와 신발을 가리려고 했다. 육충은 수레가 다리에 부딪혀 들통날 것이 염려되어 황급히 자리를 옮기려는데, 다행히 애려가 이 광경을 보고 가타부타 말없이 그 여인을 끌고 사라졌다.

태평공주는 탁자에 놓인 복숭아를 흘끔 보더니 웃으며 말을 꺼냈다.

"페르시아 환술이라면 내 친구인 이 호승도 제법 하오. 혜범, 노부인께 한 수 보여드리지 않겠소?"

혜범은 아무래도 귀부인들과 자주 어울리는지 자연스럽게 연회를 즐기다가 그 말에 허허 웃으며 대답했다.

"공주 전하, 저들은 먹고살기 위해 전문적으로 환술을 하는 사람입니다. 하물며 선기 국사께서 계시는데 얕은 재주를 보인들 공자 앞에서 문자 쓰는 격이 아니겠습니까?"

'공자 앞에서 문자 쓰는 격'이라는 너스레에 귀부인들이 까르르 웃음을 터뜨렸다. 태평공주도 손가락질하며 웃었다.

"그대도 참, 어찌 그리 혀가 매끄럽소? 농은 그만하고 어서 보여주오."

"예예, 좋습니다." 혜범이 싱글싱글 웃으며 일어났다. "종상부에 와서 모란의 아름다움을 알게 됐습니다! 이 후원에 향기로운 모란이 가득하니 대자은사도 비할 바가 못 되는군요. 하나 모란이 아무리 아름다워도 속세의 꽃일 뿐, 빈승이 천상의 꽃을 몇 송이 빌려와 노부인께 축수를 드리겠습니다!"

"천상의 꽃?" 안락공주가 신기해하며 물었다. "흰소리는 아니겠지? 천상의 꽃이 떨어지지 않으면 내 서운사가 다시는 궤방 장사를 못하게 하겠소."

혜범은 개의치 않고 두 손을 모아 올리며 대답했다.

"이 늙은이를 겁주지 마십시오, 공주 전하. 천인께서 꽃을 내려주지 않으려 할까 걱정이지, 다른 것은 걱정할 게 전혀 없습니다."

그는 너스레를 떨면서 사방을 향해 읍하고 우스꽝스런 태도를 보이며 또다시 귀부인들을 웃겼다.

"저 꽃을 보세요! 정말 크군요!"

눈썰미 있는 귀부인 한 명이 가장 먼저 소리를 쳤다. 그제야 사람들은 하늘에서 둥실둥실 내려오는 기괴한 꽃 한 송이를 발견했다. 그 꽃은 세숫대야만 해서 세상에서 볼 수 있는 그 어떤 꽃보다 컸고, 모양은 모란과 비슷하지만 꽃잎은 훨씬 무성했다. 오색찬란한 빛깔을 띤 커다란 꽃은 허공에 둥실 뜬 채 나풀나풀 내려왔다.

사람들이 넋이 나간 채 쳐다보는데 누군가 큰 소리로 외쳤다.

"또 있습니다, 또 있어요. 세 송이…… 네 송이……."

여기저기서 탄성이 터지고, 마음을 편안하게 만드는 짙은 꽃향기가 대청을 가득 채우면서 크고 향기로운 꽃송이가 수없이 떨어져 내렸다. 꽃송이는 작은 것은 세숫대야만 하고 큰 것은 마차 바퀴만 한 데다 색은 오색찬란해서, 대청을 훤히 밝힌 등불 빛을 받아 일곱 가지 색깔로 눈부시게 빛을 발했다.

귀부인들과 신하들은 하나같이 넋이 나가 감탄을 금치 못했고, 견식이 넓은 종초객마저 탁자를 치며 신기해했다. 선기 진인 역시 생각에 잠긴 듯 노란 눈썹을 찌푸리며 하늘에서 나풀나풀 떨어지는 기이한 꽃을 응시하고 있었다.

사람들이 감탄을 아끼지 않는 지금, 가장 괴로운 사람은 바로 은신하고 있는 육충이었다. 회랑 뒤에 웅크려 아픈 발을 매만지고 있는 것도 괴로운데, 밉살맞은 꽃향기가 밀려들자 코가 간지러워 죽을 지경이었다.

그때 안락공주가 놀라고 감탄해 저도 모르게 외쳤다.

"아아, 혜범 이 늙은 여우 같으니라고. 오랫동안 알고 지냈지만 그대가 이런 절학을 숨기고 있는 줄은 몰랐소. 돌아가거든 이천 관을 그대의 궤방에 보내 맡기겠소."

혜범은 기뻐서 연신 읍하며 허허 웃었다.

"감사합니다, 공주 전하. 전하께서 그리 말씀해주시니 빈승도 사실대로 고백해야겠군요. 실은 저 천상의 꽃은 남의 것을 빌린 것입니다!"

그 말이 떨어지자마자 둥실둥실 떠 있던 꽃들이 우수수 바닥으로 떨어졌다. 호기심 많은 시동과 계집아이들이 쪼르르 달려가 그 보물을 주워 탁자로 옮기자, 눈치 빠르고 수다스런 종초객의 첩 한 명이 재빨리 훑어보고 말했다.

"어머나, 이제 보니 이 천상의 꽃은 여러 꽃송이를 모아 만든 것이군요. 어쩐지 이렇게 크더라니! 어머, 나리, 이건 우리 후원에 있는 자모란이에요. 이건 심천홍, 그리고 이건 화백단……."

그러자 사람들도 마치 바퀴만 한 꽃이 사실은 모란을 여러 송이

묶어 만든 것임을 알 수 있었다. 다시 고개를 돌려보니 회랑과 처마 밑에 있던 꽃밭이 텅 비고 자은사에서 옮겨온 자모란 두 그루도 가지만 덩그러니 남아 있었다.

태평공주가 가장 먼저 웃음을 터뜨렸다.

"혜범, 이 늙은 여우 같으니!"

곧이어 귀부인들, 그리고 종 노부인까지도 큰 소리로 웃었다.

머리 회전이 빠른 종초객도 껄껄 웃으며 말했다.

"실로 대단한 솜씨요. 육정육갑의 신술이 아니라면 눈 깜짝할 사이에 이 많은 꽃을 만들어내지는 못했겠지. 자, 혜범 대사께 한잔 올려라."

종초객은 혜범이 태평공주 같은 귀부인들과 깊은 교분을 맺고 있음을 잘 알기에 귀한 모란 꽃밭이 망가져 화가 치미는데도 꾹 참고 웃음을 지어 보인 것이다.

청영은 안락공주 뒤에서 냉정하게 이 광경을 지켜보고 있었다. 각종 도술과 신술을 연구한 그녀는 페르시아를 비롯한 서역의 환술도 두루 알고 있었기에 혜범의 환술을 보고 이상한 생각이 들었다. 어딘지 낯이 익고 서역 환술 같지 않은데 도무지 무엇인지 생각이 나지 않았다.

그녀는 의심스런 눈길로 혜범을 가만히 응시했다. 득의양양하게 사방을 향해 두 손 모아 인사하느라 여념이 없던 혜범이 선기 진인의 의혹어린 눈초리를 마주하는 순간 어찌 된 셈인지 딱딱하게 표정을 굳히는 게 보였다. 귀빈들에게 웃으며 인사하던 그가 뜻밖에도 선기 진인을 볼 때는 잠시 멈칫했다가 아무 일 없던 것처럼 고개를 돌린 것이다.

저 호승은 선기 진인을 인정하기 싫은 모양이었다. 그 광경을 본 청영이 의아하게 여기는데, 앞에 앉아 있던 안락공주가 헛기침을 하고 일어나 회랑 뒤로 돌아갔다.

대청 한가운데에 있던 혜범이 웃으며 말했다.

"격려해주셔서 감사합니다, 여러분. 힘을 많이 썼더니 허열이 오르는 듯해서 옷을 갈아입고 와야겠군요. 실례하겠습니다."

그는 귀부인들의 야유에도 아랑곳하지 않고 천천히 회랑 뒤로 돌아갔다. 더럭 의심이 든 청영은 고분고분한 태도로 시녀들을 따라 안락공주의 뒤를 좇았다. 왼쪽 회랑 뒤에는 화려하게 꾸며놓은 화장실(당시 화장실은 용변을 볼 뿐 아니라 옷도 갈아입을 수 있도록 넓었으며, 옷을 갈아입는다는 말은 용변을 본다는 뜻도 있었음)이 있었는데, 이곳을 방문한 세도가의 귀부인들이 편히 사용할 수 있도록 침향과 사향 같은 귀중한 향료를 뿌려놓았다.

"너희는 따라올 것 없다. 여기서 기다려라."

안락공주는 뒤를 돌아보지도 않은 채 툭 던지듯이 시녀들을 물리쳤다. 청영도 그들과 함께 걸음을 멈췄다. 회랑 오른쪽에서 누군가 모퉁이를 돌아 들어왔는데, 소맷자락만 봐도 호승 차림의 혜범임을 알 수 있었다. 청영은 마음을 굳게 먹고 품에서 은신부적을 꺼내 주문을 외워 모습을 감춘 뒤 살그머니 뒤를 좇았다.

고요한 회랑에는 아리따운 안락공주 혼자 느긋하게 걷고 있었다.

"아이쿠, 공주 전하 아니십니까? 이런 곳에서 마주치는군요."

때맞춰 맞은편에서 돌아 나온 혜범이 나지막이 웃으며 아는 척을 했다. 안락공주는 그를 흘끔 볼 뿐 아무 대답 없이 계속 사뿐사뿐 걷기만 했다. 혜범은 눈치껏 반걸음 뒤에서 따랐다.

"천상의 꽃 공연은 훌륭했소."

안락공주는 돌아보지 않고 한마디 칭찬을 툭 던졌다.

혜범이 황망히 대답했다.

"빈승은 언제까지나 순천익성황후께 충성을 다할 것입니다. 태평공주 쪽이야 겉으로만 순종하는 척하며 감시하고 있을 뿐이니, 공주 전하와 황후께서는 부디 마음 푹 놓으십시오."

은신술을 펼쳐 멀리서 뒤를 따르던 청영은 깜짝 놀랐다. 혜범이 말한 '순천익성황후'는 위 황후에게 새롭게 내려진 봉호였다. 저 호승이 실제로는 위 황후의 측근이란 말인가?

괴상한 호승 혜범이 무슨 기척이라도 느낀 듯 홱 돌아보자 청영은 움찔했다. 자신이 만든 은신부적이 완벽하지 않아 언제나 들통이 난다는 것은 알고 있었지만, 다른 사람이 확인하고 알려주지 않으면 스스로는 어느 부분이 드러나 있는지 알 도리가 없었다. 그래서 모험을 하지 않고 재빨리 기둥 뒤로 몸을 숨겼다. 혜범의 눈동자가 뭔가를 본 듯 반짝 빛났다.

바로 그때 안락공주가 조용히 말했다.

"모레가 바로 대현원관의 개관식이오. 모후께서 그대도 와서 구경하라 하셨소!"

별 뜻 없이 꺼낸 말 같았지만 혜범은 흠칫 놀라 탐색하던 시선을 거두고 나지막하게 말했다.

"예, 명을 따르겠습니다."

안락공주는 더는 그를 상대하지 않고 돌아서서 사자 모양 구리 향로가 타오르는 화려한 화장실로 향했다. 혜범은 어쩔 수 없는 듯 한숨을 쉬었으나 소란을 일으키기 싫은지 말없이 자리로 돌아갔다.

푸른 옷을 입은 시녀 두 명이 화장실 문 앞에서 향로를 들고 기다리고 있었는데, 안락공주가 나타나자 왼쪽의 시녀가 허리를 숙여 인사했지만 오른쪽의 시녀는 귀신이라도 본 양 안락공주 뒤쪽을 바라보며 입술을 덜덜 떨기만 했다.

독특한 모양의 허리띠가 허공에 팔랑거리며 보였다 사라졌다 하는 모습을 목격한 탓이었다. 다행스럽게도 오만하기 짝이 없어 시녀들을 꿔다놓은 보릿자루로도 보지 않는 안락공주였기에 이상함을 눈치채지 못하고 화장실로 들어갔다.

왼쪽에 있던 시녀가 알아차리고 소리 죽여 꾸짖었다.

"소홍, 귀신이라도 봤니? 뭐 하는 거야!"

소홍이 바들바들 떨며 말했다.

"진짜, 진짜…… 귀신이었어. 요대 하나가 허공에 둥둥…… 떠 있었단 말이야."

한편, 혜범이 솜씨를 부려 박수갈채를 받자 정식으로 공연을 하던 검은 낙타 극단은 더욱더 힘을 쏟았다. 이번에 무대에 오른 사람은 극단에서 가장 솜씨가 좋은 미녀 환술사였다. 서른 살가량의 아름다운 이국 여인인데, 공교롭게도 장기는 혜범이 펼친 '천상의 꽃'과 유사한 '하늘의 향기'였다.

여인은 먼저 유술을 선보였다. 공중제비를 돌 때는 마치 뼈가 하나도 없는 것처럼 나긋나긋했다. 이어서 커다란 부채 하나가 튀어나왔는데 귀한 향을 쏘였기 때문에 펼치자마자 짙은 향기가 퍼져나갔다. 그녀가 왼손으로 부채를 팔랑팔랑 휘두르자 이번에는 오른손에서 연꽃이 톡 튀어나왔다. 연꽃은 얼음으로 조각한 것처럼 투명하고 매끈매끈한 데다 뒤에서 비치는 등불 덕분에 일곱 가지 빛으로 찬란하게 반짝였다. 무척 신비한 기예였지만 혜범이 앞서 펼쳤기 때문에 귀부인들도 그리 놀라지 않았다.

종초객이 재빨리 웃으며 분위기를 띄웠다.

"이 늦봄에 얼음꽃이라니, 정말로 하늘에서 온 것은 아니겠지? 상을 내려라!"

이국 여인이 손을 휘두르자 얼음 연꽃은 대청 앞에 있는 연못에 툭 떨어졌다가 흔들흔들 종 노부인 곁으로 흘러갔다. 이어 여인의 부채질에 따라 점점 더 큰 연꽃이 나타났다. 비록 혜범의 공연처럼 시선을 확 끌 정도는 아니었지만 뛰어난 절기임에는 분명했기에 귀부인들도 손뼉을 치며 칭찬했다.

방금 시녀의 놀란 목소리를 듣고 은신술이 들통난 것을 알아차린 청영은 안락공주 일행과 합류할 자신이 없어 가산(假山) 뒤에 숨었다가 바짝 엎드린 채 살금살금 움직여 누대로 돌아가 육충과 합류했다. 공연 중인 이국 여인이 만들어내는 얼음 연꽃이 점점 많아지고, 누대 바깥에서 들려오는 박수 소리도 점점 커졌지만, 육충은 아랑곳하지 않고 청영에게 투덜거렸다.

"저것도 완전히 속임수야. 일찌감치 얼음 연꽃을 만들어뒀다가 커다란 부채로 이목을 가리고 몰래 꺼낸 거지."

청영은 그를 상대할 기분이 아니었다. 안락공주와 혜범의 대화를 곰곰이 곱씹어보면 수상쩍은 말 속에 깊은 뜻이 숨겨진 것 같았다.

아홉 송이 얼음 연꽃은 연못에 둥둥 뜬 채 각양각색의 등불을 받아 눈부신 보광을 뿌리면서 만수무강을 기원했다. 아름다운 이국 여인은 관객들의 박수갈채를 받으며 천천히 무대에서 내려갔다.

조금 전 휘하에 있는 혜범을 시켜 절기를 뽐내게 했던 태평공주는 아직도 으쓱했는지 말 한마디 없이 앉아 있는 선기 진인을 흘끗 보며 웃음 섞인 목소리로 말을 꺼냈다.

"선기 국사, 조금 전에는 호승 혜범이 서역의 환술을 펼쳤고 저 이국의 가희도 재주를 선보였는데, 우리 중화의 도술이 페르시아 환술보다 못한 모양이오?"

화장실에서 막 돌아온 안락공주는 화려한 볼거리를 좋아했기 때문에 그 말을 듣자 코웃음을 치며 말했다.

"고모님, 이번만큼은 잘못 보셨어요. 저런 보잘것없는 눈속임은 선기 국사의 눈에는 차지도 않을 거예요. 어때요, 국사께서도 한 수 보여주시지요?"

선기 진인은 잠시 망설이다가 빙그레 웃었다.

"오늘은 노부인의 생신이고 두 공주께서도 그리 말씀하시니 빈도가 한번 흥을 돋워보지요."

이 자리에 있는 세도가들은 모두 눈치가 빨라 고모와 조카딸이 또다시 싸움을 시작했음을 알아차렸다. 태평공주는 중화와 서역을 비교했지만, 혜범은 그녀의 사람이고 누구나 알다시피 선기 진인은 위 황후 및 안락공주와 가까운 사이였다. 선기 진인의 도술이 혜범이 보여준 '천상의 꽃'만 못하면 안락공주는 태평공주에게 패배하는 수밖에 없었다.

태평공주는 차분하게 자리에서 일어나는 선기 진인을 보며 황급히 말했다.

"국사, 혜범은 천상의 꽃을 보여줬고 이국 가희는 얼음 연꽃 아홉 송이를 불러왔는데, 국사께서는 무엇을 보여주실 참이오?"

선기 진인은 고개를 들고 휘영청 밝은 달을 올려다보며 말했다.

"오늘은 종 노부인의 생신이니, 빈도가 월궁항아를 불러 노부인께 가무를 바치도록 하면 어떻겠습니까?"

무척이나 색다른 술법이었지만, 눈치 빠른 관객들은 태평공주의 안색을 살피느라 누구 하나 함부로 찬탄을 보내지 못했다.

과연 태평공주는 고개를 가로저으며 말했다.

"아니, 아니오. 천상의 꽃과 천상의 향기는 결국 하늘에서 온 것이오. 하늘의 물건은 많이 봤으니 새롭지 않구려. 국사께서 정말로 솜씨가 있다면 내가 고른 평범한 물건을 가져와 보여줄 수도 있지 않겠소?"

선기 진인은 노란 눈썹을 살짝 찡그렸지만 여전히 웃으며 대답했다.

"부디 시제를 내려주십시오. 빈도가 한번 해보겠습니다."

"좋소. 그렇다면 며칠 전에 안락공주가 잃어버린 칠보일월등을 보여주시오. 어떻소?"

모여 있던 사람들은 하나같이 놀라 눈을 휘둥그레 떴다. 당나라 황족의 대표인 태평공주가 위 황후 휘하 유명한 세외고인인 선기 국사를 도발할 줄이야. 예상대로 이번 생신 연회에서 치열한 암투가 벌어진 것이다. 위씨파의 수장인 종초객 역시 자연스레 눈을 찌푸렸지만 나서서 막을 처지가 아니었다. 혜범만이 안락공주의 싸늘한 눈빛을 모른 척한 채 손뼉을 치며 히죽히죽 웃었다.

"딱 알맞은 시제로군요, 딱 좋습니다. 하늘에 올라 용을 잡아오라는 것도 아니고, 바다에 들어가 진주를 따오라는 것도 아니잖습니까? 칠보일월등은 아주 중요한 물건이지만 평범한 등잔일 뿐이니 선기 진인께서 곤란하실 일은 없을 겁니다!"

선기 진인은 안색 하나 바꾸지 않고 말했다.

"어려운 일은 아닙니다. 다만, 천상의 것을 가져오려면 귀신에게 부탁하면 그뿐이나 속세의 것을 가져오려면 귀신을 속세로 불러 훔치게 해야 합니다. 그러니 빈도가 술법을 펼치는 동안에는 무슨 일이 있어도 방해해서는 안 됩니다."

"그쯤이야 어렵지 않소." 태평공주가 빙그레 웃으며 말했다. "국사께서 술법을 펼칠 때 감히 방해하는 자가 있으면 내 반드시 죄를 묻겠소."

"그렇다면 부끄럽지만 한번 해보지요!"

선기 진인은 일어나서 대청 한가운데로 나가 한 손으로 수결을 짚고 중얼중얼 주문을 외웠다. 그러다가 갑자기 허공을 가리키며 버럭 외쳤다.

"육정육갑, 밧줄!"

별안간 대청 앞 허공에 굵직한 밧줄 하나가 축 늘어졌고 얼마 후 또 하나가 나타났다. 두 밧줄은 허공을 둥둥 떠다니며 한 몸에 달린 팔처럼 서로 얽혔다가 떨어지기를 반복했다.

"줄타기!"

육충은 저도 모르게 나지막이 소리를 질렀다. 그 말이 떨어지기 무섭게 두 밧줄 사이에 환한 등이 하나 나타났다. 휘황찬란하게 반짝이는 등의 윗면에는 갖가지 빛깔의 보석이 박혀 있고, 수정과 유리 같은 것을 엮어 만든 다섯 자 길이의 수술은 마치 화려한 봉황의 꼬리 같았다. 누가 봐도 안락공주가 보물처럼 아끼던 진짜 칠보일월등이었다.

"어떻게 된 거지?" 육충이 중얼거렸다. "정말 안락공주의 등을 되찾아온 건가?"

"그럴 리 없어!" 청영은 천천히 고개를 저었다. "이국 가희가 보여준 얼음 연꽃은 미리 만들어둔 진짜이고, 혜범이 펼친 천상의 꽃도 환상이 다소 섞이기는 했지만 진짜 모란으로 만든 것이었어. 선기 진인이 저 등을 훔친 범인이 아니라면 저건 순수한 환술이야! 더구나 저 환술은 단풍이 보여준 줄타기와도 일맥상통해!"

육충은 소스라치게 놀랐다.

"단풍? 금오위에서 두 번이나 밧줄 타고 탈옥한 그 호승 말이야?"

굵은 밧줄 두 개는 커다란 손처럼 등 주위를 표표히 맴돌고 있었다. 안락공주는 믿을 수가 없어 두 눈을 비비며 자세히 봤지만 잃어버린 귀한 등이 분명했다. 그녀는 참지 못하고 시녀에게 명했다.

"어서, 어서 저택에 가서 확인해봐라. 정말로 선기 진인이 술법으로 내 등을 옮겨온 것인지."

명을 받은 시녀가 나는 듯이 달려갔다. 밧줄에 매달린 칠보일월등은 바닥에서 세 장 높이의 허공에 둥둥 뜬 채 눈부신 광채를 흩뿌리며 후원을 환히 밝히고 있었다. 종초객은 세상을 뒤집어놓을 뻔했던 저 등이 자기 집에서 무슨 문제라도 생길까 두려워 황망히 시동을 불러 안전히 받아오게 했다.

바로 그때 기이한 일이 벌어졌다. 느릿느릿 내려오던 등이 별안간 휙 날아오른 것이다. 사람들은 깜짝 놀라 비명을 질렀다.

"방해자가 있군!"

선기 진인이 노한 목소리로 외쳤다.

"누가 나의 신묘한 술법을 방해하느냐?"

그의 일갈과 함께 화려하고 아름답던 등이 펑 터졌다. 관객들이 비명을 지르는 가운데 허공에서 수없는 파편이 떨어져 내렸다.

청영이 냉소를 지었다.

"꿍꿍이를 부리는 것을 보니 역시 환술이었군. 가짜를 진짜처럼 만들 수는 없으니 탄로날까봐 미리 술법을 멈춘 거야. 흥, 무슨 수로 마무리를 지을지 이 마나님이 똑똑히 봐주지."

하지만 선기 진인이 일찌감치 마무리할 방법을 마련해뒀을 줄은 그녀도 전혀 알지 못했다. 당금 조정 제일 국사인 선기 진인은 별안간 육충이 있는 곳을 가리키며 외쳤다.

"저곳에 자객이 있다! 은신부적으로 몸을 숨기고 암살을 하러 왔구나! 육정육갑, 자물쇠!"

그가 무슨 술법을 펼쳤는지 육충은 갑자기 한 걸음도 움직일 수 없었다. 게다가 끔찍하게도 은신부적으로 숨기고 있던 몸이 점점 드러나면서 두 발부터 시작해 다리, 허리까지 서서히 사람들 눈에 보이기 시작했다.

빈객과 시녀, 시동이 일제히 그쪽을 바라보며 손가락질했다.

"나타났다, 나타났어! 이걸 어째, 둘이야! 남자 하나 여자 하나!"

육충은 어렵사리 움직였지만 몸이 천근만근 무거웠다. 자신의 몸이 드러나고 있다는 사실은 몰랐지만, 곁에서 똑같은 은신부적으로 몸을 숨긴 청영이 발끝에서부터 허리까지 차차 드러나는 것을 보자 자신의 '참혹한 상태'를 짐작할 수 있었다. 괴상하면서도 우스꽝스런 상황이지만 비할 데 없이 위험한 순간이기도 했다.

어느새 육충과 청영은 가슴까지 드러났다. 당장 본모습이 밝혀질

판국인데 하필이면 선기 진인의 주문에 걸려 한 걸음 한 걸음 옮기기가 무척이나 힘들었다. 위기일발의 순간, 청영이 기지를 발휘해 육충을 잡아당기면서 크게 외쳤다.

"모디로, 어쩌자고 가만히 있어? 어서 달아나!"

'모디로'라는 한마디가 주효했는지 선기 진인은 화들짝 놀라 정신이 흐트러졌고, 그 순간 두 사람의 발을 묶은 주문이 느슨해졌다. 몸이 가벼워지자 청영은 재빨리 육충을 붙잡고 몸을 날렸다. 머리 없는 괴인 둘이 손을 잡고 기다란 회랑을 내달리는 모습은 몹시도 기괴한 광경이라 빈객들과 귀부인들은 놀라 소리소리 질러댔다.

종초객이 버럭 화를 냈다.

"청양자는 어디 있느냐?"

하지만 이번 연회에는 노모와 공주 등 귀부인들이 주로 참석했기 때문에 시중드는 하녀들만 있을 뿐 청양자 같은 고수는 모두 후원 밖에서 경계를 서고 있었다. 그가 소리 높여 부르자 청양자 등이 소식을 듣고 부산하게 달려왔다.

청영은 더욱 속도를 높여 달리며 품에서 은신부적 두 장을 꺼내 각자의 몸에 붙이고 구결을 외웠다. 회랑 두 곳을 지나자 두 사람의 모습이 또다시 쑥 사라졌다. 이번에는 제대로 썼는지 드러난 부분도 그리 눈에 띄지 않았다. 뒤에서 쫓아오던 하인들은 눈앞에서 두 사람의 종적을 놓치자 어쩔 줄 몰라 허둥지둥했다.

선기 진인은 수결을 짚고 두 사람이 달려간 쪽을 바라봤지만 무슨 생각에 잠긴 듯 끝내 자물쇠를 채우는 주문은 외우지 않았다. 두 사람의 모습이 완전히 사라질 때쯤에야 그는 실망한 듯 시선을 거두고 오른쪽을 돌아봤다. 오른쪽 탁자 끝에서는 호승 혜범이 영리한 여우 같은 얼굴로 그를 바라보며 싱글싱글 웃고 있었다. 그와 함께 느껴질락 말락 하던 힘이 흔적도 없이 사라졌다. 순간, 선기 진인은 마음이 무겁게 가라앉았다.

'역시 저 늙은 호승의 짓이구나. 저자는 어째서 항상 나와 대립하는 것인가?'

11장

암류

날씨가 흐려 정오가 지났는데도 해가 보이지 않았지만 고요한 수련 별원은 눈부시도록 환했다. 방 안에는 봉황 한 쌍이 춤추는 형태를 한 독특한 촛대 두 개가 우뚝하니 놓여 있었다. 활짝 편 날개와 꼬리, 그리고 머리 부분에 받침이 있고, 그 위에서 짙은 향기를 풍기는 빨간 초가 찬란한 붉은빛을 뿌려대고 있었다.

봉황 촛대 한 쌍은 순금으로 만들어졌는데 만듦새도 천하에 손꼽을 만큼 정교했다. 촛대와 어우러진 탁자와 병풍, 궤짝 등도 화려함과 우아함의 극치인 데다, 반쯤 열린 창문 밖으로 보이는 진초록빛 정원의 수석과 가산, 회랑, 누대마저 하나같이 정교하고 화려하기 그지없었다.

이곳이 바로 안락공주부, 천하에서 가장 아름답고 가장 권세 높은 여인의 보금자리였다. 안락공주는 삼면에 꽃무늬를 새긴 긴 의자에 나른하게 기대어 생글생글 웃으며 맑은 눈망울로 맞은편의 원승을 바라보고 있었다.

어젯밤 진원정에서 탈출한 원승은 곧 육충 및 청영과 합류했고, 두 사람이 목격한 종상부 연회에서 벌어진 일을 듣고 생각에 잠겼다. 다섯째 사형이 죽었지만 허락 없이 사문의 금지구역인 쇄마원에 들어간 일은 자랑이 아니었기에, 그는 대사형에게 다섯째 사형의 죽음을 알릴 때에도 가능한 한 사실을 숨겼다.

소식을 들은 영허문의 도사들이 놀라고 비통해한 것은 당연했다. 때마침 둘째 사형 능지자가 나서서, 최근 들어 능진자가 정신이 혼미하고 이따금 발작을 일으켰다고 증언하면서 이번에도 광증이 발작해 실수로 자신을 해쳤으리라 주장했다. 원승은 고통과 죄책감에 시달리면서도 그 순간에는 둘째 사형의 주장에 힘껏 동조할 수밖에 없었다. 능지자가 입심 좋게 요목조목 설명하자 영허문 사람들도 별 의심 없이 그 주장을 받아들였다.

원승의 마음은 부끄러움과 양심의 가책으로 가득했다. 하지만 지금은 슬퍼하고 후회할 때가 아니었다. 그의 눈앞에는 끔찍한 어둠의 그림자가 밀려들고 있었고, 그 그림자는 어마어마하게 크고 상상할 수 없을 만큼 기괴했다. 그런 연유로 그는 결국 안락공주를 찾아가기로 결심했다.

공주는 항상 늦게 일어나기 때문에 오전에 찾아가는 것은 적당하지 않았다. 더욱이 그 역시 아침 일찍부터 대사형 능염자를 따라 기복대전의 예식들을 빠짐없이 훈련해야 했다. 모레가 바로 개관식을 치르는 날이기 때문이었다. 도교의 기복대전에 대해서는 원승도 훤히 알고 있기에 대사형과 한번 연습하자 금세 숙달됐다.

마침내 오매불망 그리던 아리따운 여인을 마주하게 된 원승은 심장이 터질 듯이 펄떡거렸다. 원승과 안락공주가 서로 알게 된 것은 안락공주가 위험천만한 대격변에서 구사일생으로 살아났을 때였다.

위 황후의 친아들이 아닌 당시 태자 이중준은 안락공주와 위 황후의 모진 핍박에 막다른 골목까지 몰려 어쩔 수 없이 병사를 일으켰다. 비록 성공을 눈앞에 두고 현무문에서 배신한 부하의 손에 죽음을 당했지만, 현무문을 뚫기 전에 그가 무삼사와 무숭훈 부자를 죽였다. 무숭훈은 바로 안락공주의 부군이고, 안락공주 자신도 현무문 앞에서 생사의 관문을 넘을 뻔했다.

그 후 그녀는 지독한 수면 장애에 시달렸는데 제아무리 유명한 의원들도 속수무책이라 결국 소문난 도사인 원승이 초청을 받았다. 영허문에서 첫손꼽는 제자인 그가 도교의 술법을 펼치고 나서야 마침내 안락공주의 고질병도 호전됐다.

두 사람의 만남은 뜻하지 않은 우연이었지만, 그의 마음속에는 세상에서 가장 아름다운 그림자가 드리워졌다. 그녀를 마음에서 쫓아낼 수도 없고 그녀에게 가까이 다가갈 수도 없었기에, 그는 그저 그녀를 마음속 깊이 묻어 영원한 아픔으로 간직할 수밖에 없었다. 솔직하고 시원시원한 공주는 그가 아무 때나 공주부로 문병 오기를 바랐지만 결국 원승이 선택한 것은 도피였다.

하지만 오늘은 이렇게 찾아올 수밖에 없었다. 최고의 권세를 가진 이 공주를 통해서만이 거대한 어둠의 그림자에 대한 정보를 조금이나마 알아낼 수 있기 때문이었다.

"공주 전하의 안색이 아주 좋으신 것을 보니 한기가 누적되고 대맥(帶脈)이 답답하던 증상이 많이 호전된 것 같습니다. 육합안신환을 며칠 더 드시지요. 추동잎을 곁들이시면 됩니다."

안락공주가 쿡쿡 웃었다.

"알았어요, 알았어. 그렇게 꼬장꼬장하게 잔소리를 하다니, 당신이 정말 나잇살깨나 잡수신 태의라도 되는 줄 아나봐요? 허연 수염이 없어서 안됐군요."

원승도 웃음을 감추지 못했다. 함께 있으면 그녀의 이런 명랑함과 상냥함이 몹시도 즐거웠다. 아무런 구속도 받지 않는 은방울 같은 고운 웃음소리를 들을 때마다 그는 마음속 깊이 켜켜이 쌓아놓은 덮개를 모조리 벗어던질 수 있었다.

"당신은 이렇게 한참만에야 찾아왔지만 나는 늘 당신 걱정을 했어요."

안락공주는 그에게 잔뜩 눈을 흘기고는 한숨을 내쉬었다.

"듣자니 요즘 귀신에 씌어 늘 꿈을 꾼다죠? 어쩜, 당신 병이나 내 병이나 별다를 게 없어요. 나는 늘 잠을 못 이루고, 당신은 늘 잠을 자니까요."

"저는 병이 난 것이 아니라 수련을 하다 주화입마된 것뿐입니다. 제가 꾸는 꿈은 이상할뿐더러, 하나같이 앞날을 보여주는 듯한 악몽입니다. 꿈에서 겪은 일이 늘 현실에서 반복되는 식이지요."

이렇게 말하는 동안 원승은 정이 담뿍 느껴지는 눈동자를 차마 직시하지 못하고 살짝 고개를 숙였다. 당나라 제일 미녀라 불리는 맞은편 절세의 여인은 원승 같은 도술의 천재에게도 남들과 다름없이 치명적인 매력을 발휘했다.

"앞날을 보여주는 듯한 악몽이라고요? 참 신기하네요."

안락공주는 침상에 기댄 가녀린 허리를 펴며 눈동자를 반짝였다.

"어떤 장면을 미리 봤죠? 꿈에서 나의 앞날을 봤나요? 내가 황태녀가 되던가요?"

원승은 고개를 들어 중생을 혼란에 빠뜨릴 만큼 아름다운 눈을 똑바로 들여다봤고, 거짓말이 아니라는 사실을 깨달았다. 안락공주는 거짓을 꾸며내는 데 능숙한 사람이 아니었다. 알고 있는 내용이라면 결코 저렇게 놀란 기색을 꾸며낼 수 없었다.

그는 한숨을 쉬며 말했다.

"솔직히 말씀드리는 것을 용서하십시오. 황태녀 책봉은 몹시 어려운 문제이고 예로부터 단 한 번도 일어난 적이 없습니다. 부디 천명에 순응하시고 억지로 이루려 하지 마십시오."

"흥, 기어코 하고야 말겠어요."

여인은 화가 났는지 원망스러운지 고운 눈썹을 살짝 찌푸렸다.

"과아(裹兒), 가능성이 얼마나 될지 생각해보셨습니까?"

보다 못한 원승이 물었다.

안락공주는 당중종 이현이 어려울 때 태어났다. 사성 원년, 몇 년간 꼭두각시 황제 노릇을 하던 이현은 모후인 무측천의 손에 폐위되고 여릉왕이 되어 균주로 갔다가 다시 방릉으로 옮겨야 했다. 퇴위한 황제는 언제 어느 때고 살해당할 위험이 있었기에 이현은 내내 안절부절못했고, 서로 의지하고 지내온 부인 위 씨는 도중에 진통이 찾아와 딸을 조산했다. 이현은 자신의 옷을 벗어 딸을 감쌌고, 감쌀 '과' 자를 써서 과아라는 이름을 지어줬다. 당시 세 식구가 함께 어려움을 겪으며 쌓아올린 정 때문에 이현과 위 씨는 이과아를 몹시 아끼고 사랑했다.

이런 까닭으로, 이루 말할 수 없는 아름다움을 지닌 이과아는 오만방자한 성품으로 자라났다. 대당나라의 사랑스런 안락공주로서, 그녀는 독선적이고, 하고 싶은 대로 하고, 원하는 것은 반드시 손에 넣곤 했다. 그래서 물처럼 고요하면서도 빼어난 재주를 지닌 원승을 처음 봤을 때 심장이 쿵쿵 뛸 만큼 흥분한 그녀는 그에게 '과아' 라고 이름을 불러달라는 당돌한 요구까지 했다.

물론 원승은 그러지 못했다. 단둘이 있는 자리에서 그녀가 집요하게 매달릴 때에나 얼굴을 붉히며 몇 번 부른 것이 전부였다. 그때 그녀는 빨개진 그의 얼굴을 보며 한참을 깔깔 웃었고, 그의 얼굴은 그 웃음소리와 함께 더욱더 빨갛게 달아올랐다.

그런데 지금, 마음이 급해지자 저도 모르게 '과아'라고 부르고 만 것이다. 그 호칭을 듣자 안락공주의 눈동자가 반짝 빛났다.

"가능성이야 무척 크죠. 당신이 상상도 못할 만큼!"

원승은 심장이 부르르 떨렸다. 어째서 저렇게 말하는 것일까? 저런 어마어마한 자신감은 어디서 나오는 것일까?

"여기 머물면서 날 도와요! 우리 함께 대당나라의 앞날을 만들어 가요."

안락공주는 보드랍고 향기로운 의자를 살며시 쓰다듬으며 부드러운 목소리로 요구했다.

"자, 어디 말해봐요. 꿈에서 어떤 앞날을 봤죠?"

원승은 다시 고개를 숙이고는 한숨을 섞어 말했다.

"제 꿈은 앞날을 점쳐주는 신묘한 것이 아닙니다. 꿈속에서 늘 사람을 죽였으니 불길한 꿈이지요."

안락공주는 다소 실망한 듯 손을 내저었다.

"그런 것은 무시해요. 나도 늘 불길한 꿈을 꿔요. 항상 발이 미끄러져 깊은 연못에 빠지는 꿈이죠. 하지만 한 번도 깊이 생각해본 적 없어요. 호랑이 굴에 들어가도 정신만 바짝 차리면 산다잖아요."

원승은 하릴없이 미소를 지었다.

"그렇군요. 요즘 변고가 자주 일어나니 이곳 경사도 호랑이 굴이라면 굴이겠지요."

두 사람은 최근에 일어난 사건들에 관해 이야기를 나눴다. 홍강진인의 급서와 서운사의 벽화 살인, 그리고 종상부 연회에 머리 없는 자객 둘이 나타났다 사라진 사건까지…….

안락공주는 저도 모르게 가만히 한숨을 쉬었다.

"그거 알아요? 그 괴상한 사건들은 사실 내 저택에서 사라진 칠보일월등에서 비롯된 일이에요!"

원승은 가슴이 철렁해 번쩍 고개를 들었다. 병풍 위에 걸린 등이 눈에 확 들어왔다. 그 등에는 일곱 가지 진귀한 보석이 박혀 있고, 등잔대 아래로 늘어진 다섯 자 길이의 술은 수정이나 유리, 주옥을 꿰어 만들어 아름다움을 뽐내는 봉황처럼 화려하기 짝이 없었다.

"이것이 바로 그 등 아닙니까? 그런데 잃어버리셨다니요?"

그가 의아해하며 묻자, 안락공주는 한숨을 쉬었다.

"이 등의 이름은 칠보일월등인데, 지금 당신이 보고 있는 것은 겉에 있는 '일정등'이에요. 그 안에 조그맣고 더 정교하게 만들어진 '월화잔'이 있었죠. 안타깝게도 그 머리 없는 도적은 바로 그 월화잔을 훔쳐갔어요."

"그랬군요."

원승은 그제야 깨달았다.

"일정등은 크기 때문에 제아무리 뛰어난 도둑이라도 들고 나가기가 어려웠을 겁니다. 그 때문에 작은 월화잔만 훔쳐갔겠군요. 안심하십시오. 소생의 부친께서 명을 받아 힘껏 수색 중이고 소생 또한 전력을 다해 돕고 있으니 반드시 찾아낼 것입니다."

그는 일어나 작별 인사를 한 뒤 조심스레 가장 중요한 이야기를 꺼냈다.

"소생은 모레 대현원관에서 기복대전을 주재하게 됩니다. 공주께서도 왕림하시어 자리를 빛내주시겠습니까?"

안락공주가 생긋 웃었다.

"당신에게 그런 경사가 있다면 당연히 가겠어요. 어때요, 뜻밖의 기쁨이죠?"

두 사람의 시선이 마주치는 순간, 여인의 눈동자는 빛을 담뿍 머금은 듯 반짝여 눈부시도록 아름다웠다. 그녀는 자신의 이 매혹적인 눈빛을 몹시 마음에 들어 했다.

어째서일까? 어째서 그녀는 번번이 그를 손바닥에 올려놓고 실컷 가지고 노는 것 같을까?

원승은 속으로 한숨을 쉬면서도 겉으로는 고개를 끄덕이며 웃어 보였다.

"말씀대로 과분한 총애에 놀랄 따름입니다!"

"한 가지 더 놀라게 해줄게요. 황후께서도 가실 거예요! 어때요, 놀랄 일이 자꾸자꾸 생기니 어쩌면……."

여인의 눈동자는 더욱더 찬란하게 반짝였다.

"더욱 큰 놀라움이 기다리고 있을지도 몰라요!"

더욱 큰 놀라움? 원승은 눈에 보이지 않는 번갯불이라도 맞은 양 온몸이 뻣뻣해졌다.

"자, 어떻게 내게 감사하겠어요?"

여인의 아리따운 웃음이 그의 정신을 깨웠다. 원승은 그제야 억지로 웃음을 지으며 대답했다.

"소생, 감격하여 몸 둘 바를 모르겠습니다."

밤이 깊이 내려앉았다. 대현원관 안, 관주의 방에는 눈처럼 새하얀 도포를 걸친 원승이 울적한 얼굴로 앉아 있었다. 육충은 뒷짐을 지고 그의 앞을 왔다 갔다 하는 중이고, 청영은 원승 맞은편에 무릎을 껴안고 앉아 있었는데 희미한 미소를 띤 고운 얼굴은 언제고 안절부절못하는 육충에게 한마디 톡 쏘아붙일 것 같은 표정이었다.

사실 조금 전만 해도 두 사람은 한바탕 말다툼을 했다. 육충이 원승 앞에서 아주 진지하게 청영을 '내 마누라'라고 소개했고, 부끄럽고 화가 난 청영이 불평을 쏟아낸 것이다. 낯가죽 두꺼운 육충은 히죽거리며 아무 말도 하지 않았다. 생각해보면 이상한 일이지만 청영 역시 화를 내면서도 속마음은 하늘로 날아오를 듯이 기뻤다.

종상부와 진원정에서 각자가 겪은 사건을 상세히 나눈 그들은 예상치 못한 이 해괴하면서도 긴박한 사건에 대책을 세우는 데 골몰했다.

"청영 낭자, 낭자의 생각은 어떻습니까?"

마침내 원승이 빙그레 웃으며 청영을 바라봤다. 비록 처음 만난 여인이지만 육충이 입이 닳도록 이야기해준 덕에 가깝게 느껴지는 데다 직접 만나보니 절로 신뢰가 생겨났다. 참으로 이상한 느낌이었다. 수년간 밤낮없이 함께한 동문 사형제들도 이따금 멀게 느껴질 때가 있는 반면, 겨우 몇 번 본 사이인데도 단박에 신뢰가 가는 사람도 있었다.

"가장 의심스런 곳은 바로 서운사예요!"

벌써 생각해둔 청영이 주저하지 않고 입을 열었다.

"육충이 신아주를 붙인 대기는 서운사 부근에서 종적을 감췄고, 단풍 역시 서운사 출신이에요. 어젯밤 종상부 연회에서 보니, 태평공주 사람으로 알려진 서운사 방장 혜범이 사실은 위 황후에게 충성을 바치고 있더군요. 그 충성이 진실이든 거짓이든 충분히 놀랄 일이에요."

육충이 툴툴거렸다.

"알 만해. 혜범 그 늙다리 중이 내로라하는 것이 춘약(春藥)이니, 태평공주와 위 황후 마음에 쏙 들었겠지. 흥, 대당나라의 귀부인, 황후, 공주가 하나같이 방탕하게 풍류나 즐기느라 바쁘군. 제대로 된 사람이 없다니까."

"제발 아무렇게나 화제를 돌리지 마." 청영이 짜증을 냈다. "내 말은, 우리가 여태 사람 좋게 히죽거리는 그 늙은 중을 놓치고 있었다는 거야."

육충이 씩 웃었다.

"너희 두 사람은 너무 신중해서 문제야. 내 생각에는 말이지, 원승이 아버지에게 알리고 금오위를 끌고 가서 그 늙다리 중부터 잡아 가둬야 해. 따끔한 맛을 보여주면서 심문하면 술술 뱉을 거야."

원승은 고개를 저었다.

"혜범은 태평공주 사람이라 아버지 힘만으로는 함부로 건드릴 수 없네. 더욱이 아버지께서는 내가 몽유병을 앓고 있다 여기시니 내 말을 믿어주지 않을 거야. 그보다는 혜범의 환술이 아무래도 의심스럽군. 혜범과는 제법 오래 알고 지냈지만 그런 솜씨가 있는 줄은 몰랐는데……."

원승은 갑자기 심장 밑바닥에서부터 서늘한 기운이 솟구쳤다.

"생각해보게. 종종 가까이서 이야기를 나누고, 내가 그림 그리는 것을 지켜보며 아무런 해도 끼치지 않을 것처럼 싱글벙글 웃기만 하는 사람이 있네. 그런데 그 사람의 도술이 어떤지, 심지어 도술을 아는지 모르는지조차 파악하지 못했다면 그 까닭이 무엇이겠나? 딱 하나, 그 도술이 나보다 훨씬 높다는 것일세."

육충과 청영은 당황해 서로를 바라봤다. 경악을 금치 못할 일이었다. 영허문의 천재를 속일 정도라면 그 늙은 호승은 결코 여간내기가 아니었다.

"청영 낭자, 혜범의 환술은 어느 유파인 것 같았습니까?"

원승은 벌써 두 번째나 이 질문을 했다.

청영은 주저하며 입을 열었다.

"조금 전에도 말했듯이, 그자가 보여준 '천상의 꽃'은 서역의 환술 같지만 당나라 어떤 문파의 도술과도 닮은 데가 있어요. 하지만 고명한 데가 있는가 하면 서툰 데도 있는 등 수법이 너무 괴이해서 정확히 어느 문파인지는 도저히 알아낼 수가 없어요."

"위장술일 겁니다. 본래는 고명한 수법을 지녔지만 이를 숨기려고 일부러 서툰 척한 것이지요."

원승은 어두워진 얼굴로 생각에 잠기더니 더는 그 화제를 꺼내지 않았다. 얼마 후 그가 무겁게 말했다.

"서운사 이야기가 나왔으니 말이지만 한 가지 중요한 것이 더 있습니다. 진원정 속 법진의 출구가 서운사에서 멀지 않은 곳에 있었다는 것이지요. 다섯째 사형께서 돌아가시기 전에 잠시 의식을 되찾고 어쩌면 이번 일은 커다란 함정인지도 모르겠다고 하셨는데, 도대체 무슨 뜻인지 모르겠군요. 내가 너무 경솔했습니다. 한밤중에 진원정으로 가는 게 아니었는데…… 그 때문에 다섯째 사형이 목숨을 잃었으니!"

"자책할 필요 없어요!"

청영이 눈을 빛내며 말했다.

"생각을 바꿔보는 게 어때요? 진원정은 본래가 죽음의 함정이에요. 그 함정을 펼친 사람은 그를 죽일 생각이었지요. 결과가 그러니 어떤 일이 벌어지건 당신 사형은 반드시 죽을 수밖에 없었던 거예요!"

순간 방 안이 조용해졌다. 육충은 깜짝 놀라 입을 떡 벌렸다. '원승의 사형이 무슨 죄를 지었기에 반드시 죽어야 한다는 거야?'라고 묻고 싶었지만 원승의 반응이 그의 시선을 확 잡아끌었다. 몸을 부들부들 떨고 얼굴이 백지장처럼 하얗게 질린 원승을 보자 그는 놀라 물었다.

"이봐, 왜 그래?"

"아닐세……."

원승은 길게 한숨을 내쉬고는 말을 이었다.

"청영 낭자, 참으로 신묘한 생각이군요. 예, 생각을 바꿔 지금껏 일어난 모든 일을 한데 꿰어봐야겠습니다. 존사님의 손바닥에 나타났던 천마의 부적이나 진원정 출구, 위 황후에게 의탁했을지 모를 서운사 방장 혜범, 호승 단풍과 선기 국사의 비슷한 환술, 그리고 모레 있을 기복대전도……."

원승의 말이 뚝 끊겼다. 아름답기 짝이 없는 안락공주의 눈동자가 떠올라 별안간 마음 한쪽이 까맣게 어두워졌다.

"이제 물러날 곳이 없으니 필사적으로 싸우는 수밖에 없겠군."

원승은 창밖의 짙디짙은 어둠을 바라보며 말했다.

"그렇지 않으면 자네와 나, 그리고 수많은 사람이 죽어도 묻힐 곳이 없는 신세가 될 거야!"

"이봐, 원승, 무슨 선문답을 하는 거야? 알아들을 수가 없잖아!"

육충이 투덜거렸다. 청영 역시 고운 눈썹을 살짝 추키며 의아한 표정을 지어 보였다. 영특한 그녀는 신임 대현원관주가 뭔가 꿰뚫어봤지만 말하고 싶지 않거나 일부러 숨기려 한다는 것을 알아차리고는 구태여 묻지 않았다. 하지만 그 마지막 한마디는 실로 충격적이었다.

육충이 의아한 목소리로 캐물었다.

"자네마저 이렇게 겁을 내게 만들다니, 대체 무슨 일이야?"

하지만 원승은 고개를 저었다.

"청영 낭자, 육 형, 우리가 전력을 다해 싸워도 승산은 만분의 일도 되지 않을 것이오. 그래도 싸워보겠소?"

육충과 청영은 서로 마주 봤다. 청영이 먼저 웃으며 말했다.

"원 관주, 비록 재주도 없고 관주가 말하는 위험이 어떤 것인지도 모르지만, 나라는 사람은 여태껏 늘 위험 속에서 살아왔어요. 게다가 원 관주의 말대로 이미 물러날 곳이 없다면 한번 싸워보기는 해야겠군요."

육충도 가슴을 쿵쿵 두드리며 말했다.

"종상부에 죄를 지었지만 원 형 덕분에 살아난 나야. 이제 와서 무얼 두려워하겠어?"

"좋아." 원승은 소매 속에 손을 넣어 은침 하나를 느릿느릿 꺼내 들었다. "도술을 익히는 사람은 누구나 자신의 도력을 깨뜨리는 운명의 주문을 가지고 있네. 이 은침이 바로 내 운명의 주문으로 만든 것인데, 서른여섯 시간 동안 유효하네. 이 은침을 던진 다음 내가 운명의 주문을 외우지 못하면 난 이 침에 죽게 되네."

그는 청영에게 은침을 건네며 엄숙하고 심각하게 말했다.

"내일모레 개관식이 시작되면 상황을 봐서 사용하십시오. 내 목숨이 낭자의 손에 달렸습니다."

청영과 육충은 까무러칠 듯 놀랐다. 참다못한 육충이 소리쳤다.

"대체 왜 이러는 거야? 모레는 이 새 도관에서 현원황제 태상노군의 기복대전을 거행하는 날인데 무슨 변고가 있겠어? 설마하니 선기 그 늙다리가 겁도 없이 그곳에서 무슨 짓이라도 할까봐?"

"지금은 말할 수 없네. 내 예측이 틀리기를 바랄 뿐일세."

원승은 고통스럽게 고개를 저었다. 머리가 지끈지끈하더니 꿈을 꾸듯 흐리멍덩한 기분이 다시 덮쳐왔다. 그렇다. 깨어 있는 것 같으면서도 꿈을 꾸는 것 같은 상태. 요 며칠 그는 줄곧 이 괴이한 상태에 빠져 있었다. 다섯째 사형의 죽음이라는 마지막 사건이 벌어질 때까지. 그는 꿈에서 다섯째 사형의 죽음을 목격했고, 실제로 다섯째 사형은 그 꿈처럼 그의 검에 맞아 죽었다.

정말 엽주 때문일까? 엽주가 그의 몸을 친친 감아 영원히 벗어나지 못하게 된 것일까?

그는 고통스럽게 고개를 들고 묵직하게 가라앉은 창밖의 밤 풍경을 내다봤다. 문득 대기가 떠올랐다. 시원시원하고 활발하던 그 페르시아 미녀는 어떻게 됐을까? 머릿속에 떠오른 그녀의 맑은 눈동자는 칠흑 같은 한밤중에 반짝반짝 빛나는 환한 별처럼 그를 깊이 빠져들게 했다.

12장

성대한 개관식

이틀 후, 일찍부터 정해졌던 대길일이 찾아오자 조야의 관심은 대현원관 개관식 기복대전에 집중됐다. 장안성 여러 도관의 종주나 걸출한 인물들은 물론이고 수많은 조정 중신이 몸소 대현원관을 찾아왔다.

무엇보다 개관식에 참가하는 황친 귀족들이 놀라웠다. 이틀 전 위 황후가 방문할 것이라는 풍문이 떠돌았는데, 바로 어제 대현원관에 밀지가 내려 황제 이현이 현원황제 태상노군에게 성의를 보이기 위해 병든 몸을 이끌고 왕림해 제를 올리기로 했다는 것이다.

이 경천동지할 밀지를 받은 대현원관의 도사들은 기쁨보다는 긴장이 앞섰다. 원승은 사형들을 이끌고 황제를 배알하는 예식을 열심히 연습했다. 황제를 호위하는 일은 '만기'라 불리는 황제 친위대 우림군의 직무였으나 금오위 역시 일찍부터 찾아왔고, 원회옥은 유능한 암탐과 심복 몇을 데리고 분주하게 도관 주위를 돌아다녔다.

길시가 반 시진 정도 남았을 무렵 황제가 도착했다. 성대한 의장 아래 앉은 황제 이현의 쇠약해진 얼굴은 공들여 가꾼 덕에 매끈매끈 윤이 났다. 그의 옆에는 아직도 고운 자태를 간직한 위 황후가 앉아 있었다. 품위와 화려함을 갖춘 위 황후를 보자 원승은 남몰래 탄식을 지었다. 고종과 무 황후 시절에 그랬듯이 또다시 당나라의 '이성(二聖)' 시대가 다가오고 있었다.

만승지존의 왕림 덕택에 개관식은 여태껏 누리지 못한 영광의 자리에 올라섰다. 이는 마침내 도교가 대당나라의 국교 지위를 되찾았다는 선포이기도 했다.

대사형을 비롯해 공력 높은 도사들을 이끌고 공손하게 황제와 황후를 배알하고 나자, 원승은 심장이 끊임없이 두근두근 방망이질을 쳤다. 마음 같아서는 보고 싶지 않았지만, 그의 눈은 자꾸만 위 황후 뒤에 있는 아리따운 그림자를 흘끔거렸다.

안락공주. 대당나라 제일 미녀이자 대당나라에서 가장 큰 권력을 지닌 여인 중 하나. 피하려는 원승의 시선과는 달리 안락공주의 아름다운 눈동자는 끈질기게 그를 쫓았다. 그녀는 당나라에서 첫손꼽는 아름다운 여인이고, 그 누구보다 겁 없고 호방한 공주였다.

결국 두 사람의 시선이 마주쳤다. 타오르는 불꽃 같은 안락공주의 뜨거운 시선을 받는 순간 원승은 재빨리 고개를 숙였다. 도포 자락이 파르르 물결치고 가슴속에서는 고통스런 파문이 번져나갔다. 저 아름답기 짝이 없는 얼굴이 이 무시무시한 음모에 얽혀들지 않기만을 얼마나 바랐는가.

며칠 동안 그의 심사는 엉망이었다. 눈만 감으면 별의별 이상한 꿈을 꿨고, 꿈속에서 늘 검을 휘둘러 사람을 죽였다. 엽주의 힘이 완전히 사라지지 않아 언제든지 발작할 수 있다는 것을 그도 알았다.

다행히 때마침 힘찬 법고 소리가 울려 퍼져 도사들이 북두칠성의 방위를 밟으며 기복법진을 만들기 시작했다. 도교의 개관 의식이었다. 첫째로 현원황제 태상노군의 신상을 개안하고, 두 번째로 황제의 복과 장수를 비는데, 의식이 복잡하기 짝이 없었다.

관주인 원승이 직접 도사들을 이끌고 의식을 치렀다. 그의 인솔 아래 기복법진은 질서정연하게 빙글빙글 돌기 시작했고, 다양한 법기와 등잔이 어우러져 평온하면서도 우아한 아름다움을 자아냈다. 황제는 물론이고 수행한 관원들까지 모두 넋을 잃고 그 모습을 바라봤다.

그런데 까닭 모르게 원승의 마음이 혼란스러워지기 시작했다. 주변의 풍경이 흐릿하게 뭉그러지고 그 끔찍한 하얀 안개가 또다시 펴져나갔다. 원승에게 이 안개는 곧 꿈과 현실의 경계를 의미했다. 그는 자신이 다시 꿈속에 빠지려 한다는 것을 깨달았다. 꿈속에 빠지면 엽주의 조종을 받게 될 것이 분명했다.

과연 새하얀 안개 속에서 예리한 눈동자 한 쌍이 불쑥 나타났다. 단풍의 눈이었다. 단풍은 본시 대기의 마음속 깊은 곳에 숨어 있었지만 원승이 대기의 마음의 문을 하나하나 열고 들어가 그를 풀어줬고 결국 그의 술법에 당하고 만 것이다.

원승은 복숭아 나뭇가지로 만든 의식용 목검을 힘껏 움켜쥐었다. 겉으로는 예식에 따라 복을 비는 것처럼 보이지만 사실은 남몰래 그 눈동자를 쫓아내기 위해, 그 예리한 눈동자를 가로막기 위해 검을 휘두르고 있었다.

'저것은 분명히 나의 심마다. 반드시 저 마음속 악귀를 물리쳐야 한다!'

그때쯤 서운사는 이상하리만큼 고요했다. 끔찍하고 괴상한 사건을 두 번이나 겪었으니 제아무리 신실한 이국 상인들도 찾아오기를 꺼렸기 때문이다.

염라전에 그려진 무시무시한 벽화 〈지옥변〉 앞에는 희미한 연기가 모락모락 피어오르고, 그 연기 속에 야윈 그림자 하나가 정신을 집중하고 앉아 있었다. 그자의 얼굴은 종잇장처럼 창백하지만 두 눈동자는 번갯불처럼 번쩍거렸다. 그는 바로 뇌옥에서 탈출한 후 지금껏 종적이 묘연하던 호승 단풍이었다.

단풍은 몹시 득의양양해 있었다. 온 세상이 깜짝 놀랄 이번 일이 성공하면 그는 최고의 공을 세운 사람 중 하나가 될 것이다. 이제 대사는 시작됐고, 원승에게 손쓸 일도 모두 끝났다. 그렇지만 그는 한 번 더 술법을 베풀어 그 일을 더 빠르고, 더 안전하게 끝내고 싶었다. 이런 일은 안전할수록 좋은 법이었다.

바로 그때 싸늘한 기운이 질풍같이 날아들었다. 검의 기운이었다. 식은땀이 흐를 만큼 무시무시한 살기를 실은. 별안간 단풍의 눈빛도 더욱 날카로워졌다. 도깨비불처럼 번뜩이는 눈동자가 막 전각 안으로 들어선 굳센 그림자를 홱 돌아봤고, 동시에 그의 몸을 휘감은 안개는 한층 더 짙어졌다.

"그만 튀어나오시지. 이 어르신께서는 그림 따위는 감상할 줄도 모르고 네놈의 엽주에 당하고 싶지도 않거든!"

육충은 무관심하게 벽화를 흘끗 보고는 끈적끈적할 정도로 짙어진 안개 속에 시선을 꽂았다.

"원승이 모험을 걸어봤는데 역시 걸려들었군. 말해라, 대기를 어디에 숨겼지?"

안개가 서서히 흩어지고 단풍의 야윈 얼굴이 또렷하게 나타났다.

그는 잠시 망설이더니 냉소를 흘리며 말했다.

"원승이라는 놈이 제법 솜씨가 있군. 내 원신 앞에서 달아난 것도 놀라운데 이제는 대기의 정신을 통해 나를 찾아내다니."

"너는 빌어먹을 단풍도 아니고 썩어질 모디로도 아니야."

육충이 가슴 앞에 손을 펼치자 손바닥에 놓인 커다란 검이 천천히 모습을 갖춰가기 시작했다.

"종상부의 연회에서 선기가 태평공주의 도발에 넘어가 줄타기 환술을 펼치지 않았더라면 아마 머리가 쪼개질 때까지 고민해도 네놈이 누군지 짐작조차 못했을 거야. 안 그래, 풍행자? 대당나라 국사인 선기 진인의 막내 제자."

육충이 코웃음을 치며 말했다.

"지난번 서운사에서는 겁 없이 굴다가 내 손에 잡혔지."

'풍행자'라는 이름을 듣자 단풍도 다소 놀란 표정이었지만 곧 태연하게 껄껄 웃었다.

"그때는 내가 누군지 밝힐 수 없었을 뿐이야. 잡힌들 또 어떻지? 금오위 따위가 나를 붙잡아둘 수 있을 것 같아? 보다시피 자유롭게 그곳에서 나왔고 원승에게 엽주까지 걸었는데."

"그랬지. 그것도 두 번이나!"

육충은 한숨을 내쉬었다.

"너는 모디로로 변장하고 두 번이나 줄타기를 펼쳐 탈옥했지. 그 중 어느 것이 사실이고 어느 것이 원승의 꿈속에서 벌어진 일일까? 어르신께서 골치가 아파 죽을 지경이었지만 내 마누라가 수수께끼를 풀어주더군. 네놈의 첫 번째 탈출은 괴이하기 짝이 없었어. 원승의 아버지인 원회옥은 '공자는 귀신 이야기를 입에 담지 않는다'고

믿어 의심치 않는 고지식한 유생이라 그 소문이 밖으로 새어나가지 못하도록 단단히 단속했고, 그 때문에 옥졸 오춘과 당사자 몇 명만 그 일을 알고 있었지."

단풍은 자랑스러우면서도 호기심어린 눈초리로 말했다.

"계속 말해봐."

"너는 정말 두 번이나 탈옥했어!"

육충이 힘줘 외쳤다.

"다만 두 번째로 붙잡혔을 때는 교묘하게 옥방을 바꿔 중죄인을 가두는 천자방에서 용의자들을 잠시 억류할 때 쓰는 인자방으로 숨어든 거야. 그런 다음 일부러 똑같이 줄타기를 써서 탈옥하고, 더욱 수준 높은 미혼술로 당직을 서던 오춘과 허사, 그리고 같은 방에 있던 육뢰자의 기억을 모조리 지워버렸지. 원승의 아버지 원회옥에게는 아마 두 번째 심문을 할 때 술수를 부렸을 것이고. 이 어르신의 추측이 틀렸어?"

"사소한 것 하나를 놓쳤군. 두 번째로 잡힌 것은 나 스스로 원한 일이었지."

단풍은 의기양양하게 웃음을 터뜨렸다.

"목적은 당연히 심문을 받기 위해서였어. 그때 나는 원회옥뿐 아니라 그 자리에 있던 모든 사람을 홀렸어. 그쯤이야 별반 어려운 일도 아니거든."

"집단 미혼술이라, 과연 선기 국사와 일맥상통하는군."

육충은 한숨을 쉬었다.

"하지만 원승을 미혹시킨 것은 대기였어. 그 여자는 일부러 원승에게 페르시아의 '꿈 요괴' 전설을 들려줬지. 그 미혼술은 적당한 시기에 발작하게 되어 있었는데, 다름 아닌 금오위의 옥방에서 그 자리에 있던 모두가 '죄인이 밧줄을 타고 탈옥한 사건은 여태껏 한 번도 없었다'며 입을 모아 말하는 순간 발작했지. 원승을 제외하고 모두 똑같은 기억을 가지고 있었기 때문에 원승은 자신이 꿈을 꾸고 있다고 생각했어."

육충은 그렇게 말하며 고개를 설레설레 저었다.

"당당한 선기 국사의 막내 제자가 페르시아 인이라니 누가 생각이나 했을까! 네놈이 페르시아 배우로 변장해 안락공주부에 숨어들고 서운사에서 벽화 살인 사건을 저지른 것은 태평공주에게 화를 전가하기 위해서지?"

단풍은 냉소를 지었다.

"너는 종상부에서도 냉대 받던 들개에 불과한 놈이야. 존사님의 대명을 알고서도 감히 이 일에 끼어들겠다?"

육충은 또다시 한숨을 푹 쉬었다.

"별수 있나. 이 몸은 말이지, 쓸데없는 일에 끼어드는 고질병이 있거……."

말이 끝나기도 전에 그는 눈빛을 싸늘하게 식히더니 번개같이 손목을 움직여 검을 날렸다. 규칙 따위는 신경 써본 적이 없다고 자랑스레 말하는 육 검객 어르신이 아니던가. 더군다나 선기 국사의 막내 제자를 이기기 위해서는 수단과 방법을 가리지 말아야 했다.

오른손에 있던 검이 채 손아귀에서 벗어나기도 전에 왼손이 허공을 휘저었고, 생김새 독특한 오구검이 소매 속에서 쑥 튀어나갔다. 육충의 또 하나의 절기이자 강호에서 보기 드문 술법인 현병술이었다. 현병술을 펼치면 소매 속에서 끊임없이 무기가 솟아나와 온갖 형태로 변하고 마음먹은 대로 부릴 수 있었다.

팔을 뻗어 휘두르자 오구검의 날이 몇 갈래로 갈라지더니 찬 빛을 쏟아내며 허공을 가로질렀다. 새하얀 빛이 번뜩이더니 오구검이 단풍의 가슴을 푹 찔러 들어갔다.

"아차, 미리 말하지 못해 미안하군. 이 몸은 규칙이고 명성이고 따지지 않는 고질병이 있어서 말이야."

이때만 해도 육 검객 어르신은 몹시 득의양양했다. 상대는 선기국사의 막내 제자이니 비범한 도술과 무공을 지녔음은 말할 것도 없었다. 이 때문에 현병술로 적을 어지럽혀놓고 때를 봐서 자랑하는 어검술로 제압할 생각이었는데, 한번 던져본 오구검이 단박에 상대의 가슴을 꿰뚫었으니 기분이 좋을 만도 했다.

'원승 이 친구는 걱정이 과하단 말씀이야. 이 검객 어르신께서 나서면 상황 종료지!'

하지만 그의 미소는 곧 딱딱하게 굳고 말았다. 오구검에 찔린 단풍이 쓰러질 기미조차 없었기 때문이다. 단풍은 그 자리에 꼿꼿이 서서 빙그레 미소를 지었다.

"육충, 네 현병술과 어검술은 어린아이 장난일 뿐이야."

단풍의 가슴은 날카로운 검에 찔려 큼직한 구멍이 났고 그 구멍을 통해 쌩쌩거리며 맴도는 오구검이 훤히 보일 정도지만 당사자는 태연자약하게 웃고 있었다. 몹시 괴기스런 장면이었다.

"불사의 몸?"

육충은 가슴이 덜컥 내려앉았다. 그가 높이 소리를 지르자 검기가 허공을 이리저리 가르고 날카로운 검 십여 자루가 단풍의 등과 가슴을 마구 난자했다. 눈 깜짝할 사이 페르시아 인의 몸이 조각조각 잘려나갔지만 피는 거의 흐르지 않았다. 더욱 이상한 것은 근육과 뼈가 뭉텅뭉텅 잘려나간 살덩이가 여전히 서로 엉겨붙어 사람 모양을 이루고 있다는 사실이었다.

"보잘것없는 재주로군."

단풍의 얼굴에는 예의 비웃음이 가득했다.

육충은 아연실색해 움직임을 우뚝 멈췄다. 마치 기괴하고 으스스한 꿈을 꾸는 것만 같았다.

"진정한 선기 문하의 도술이 무엇인지 보여주마!"

조각조각 잘리고도 완전한 사람 모습을 한 단풍이 불쑥 주먹을 내질러 육충의 미간을 때렸다. 육충은 황급히 도끼를 휘둘러 가로막았다. 도끼가 단풍의 손목을 썩둑 베었는데도 단풍의 주먹은 아랑곳없이 앞으로 날아들어 육충의 어깨를 힘껏 내리쳤다. 그 힘이 어찌나 센지 어깨뼈가 부러질 것처럼 아팠다. 단풍이 싱글거리며 팔을 거두는 자세를 취하자 허공에 떠 있던 주먹이 느릿느릿 돌아와 잘려나간 손목에 턱 붙었다.

그 뒤로 이어진 격전은 훨씬 어렵고 기묘해져, 육충의 신묘한 어검술과 현병술도 아무런 효험이 없었다. 단풍의 손발이 빠짐없이 잘려나갔지만 떨어져 나온 손이나 잘린 발가락은 여전히 육충을 공격한 뒤 다시 단풍에게로 돌아가기를 반복했다. 몇 초가 지나자 육충은 완전히 수세에 몰려 독문 신법(身法)을 펼쳐 요리조리 피하며 근근이 버텨내는 것이 고작이었다.

"지옥으로 보내줄 시간이 됐군."

싸늘한 웃음소리와 함께 단풍의 눈동자가 기묘하게 번쩍이기 시작했다. 순간, 허공에서 수많은 빗줄이 우수수 떨어지더니 거대한 이무기처럼 육충에게 날아들었다. 곧 괴상한 울음소리가 이어지면서 무시무시한 악귀들이 소리소리 지르며 밧줄을 타고 내려와 육충에게 달려들었다.

대현원관에서는 능염자가 원승의 목검이 어지러워진 것을 알아차리고 몹시 초조해하고 있었다.

'아무래도 열일곱째가 너무 젊은 탓이겠지.'

하지만 법진이 발동한 상태에서는 반드시 진형을 맞춰야 하기 때문에 원승의 뒤에 선 능염자가 앞으로 돌아가 그를 일깨워줄 수도 없었다.

그때 원승은 마침내 정신세계에 나타난 눈동자를 제압했다. 눈동자는 지독한 원한을 담고 음산하게 번쩍였다. 원승의 목검이 차차 안정을 되찾아 그 눈동자를 똑바로 겨눴다.

법진의 북소리가 점점 격렬해지기 시작했다. 원승의 뒤에 있는 도사들은 몰랐으나 법진을 마주하고 있는 군신들과 관객들은 하나같이 깜짝 놀랐다. 뜻밖에도 젊디젊은 관주가 저 멀리서 목검으로 당금 황제를 똑바로 겨누고 있었던 것이다.

대부분 사람들은 이 또한 기복법진의 의례 중 하나인가보다 생각했다. 그렇지 않고서야 아무리 목검이고 까마득히 멀리 있다고 해도 황제를 겨누는 행위 자체만으로도 대역무도한 죄이기 때문이었다. 황제도 살짝 눈을 찌푸렸다. 오직 위 황후만이 흥분으로 발갛게 상기된 얼굴로 눈빛을 반짝일 뿐이었다.

정신세계에 빠져 있던 원승은 바로 그때 눈앞에서 시꺼먼 그림자가 어른거리는 것을 느꼈다. 단풍의 눈동자에서 하나둘 악귀가 튀어나와 마구잡이로 덤벼드는 것 같았다. 이제는 공격할 수밖에 없다는 것을 그도 잘 알았다. 비검을 날려 저 눈동자를 베어야만 마음속의 악귀, 심마를 없앨 수 있었다!

원승이 재빨리 손목을 떨치자 목검이 그의 손아귀에서 벗어났다. 홍문제일인이 날린 비검이니 고작 나무로 깎은 검일지라도 날카로운 검기를 쏟아내며 빠른 속도로 황제를 향해 날아갔다. 북소리가 뚝 그쳤고, 현원관 도사들은 놀란 나머지 비명을 지르는 것조차 잊었다.

현원관에는 수많은 도사가 있었는데, 법진을 펼치는 사람과 북을 치는 사람 외에 아직 수련이 부족한 어린 도사들은 양쪽에 늘어서 있었다. 청영은 원승의 도움으로 어린 도사로 변장해 그 대열 속에서 있었다. 뜻밖의 상황에 청영 역시 비명을 지를 뻔했지만 겨우 참고 소매 속에 감춘 은침을 힘껏 움켜쥐었다. 이 순간에 와서야 원승이 한 말의 진의를 알 수 있었다.

'내 목숨이 낭자의 손에 달렸습니다.'

원승은 이미 이런 장면이 벌어질 것을 예상하고 있었다. 그래서 청영에게 부득이한 순간 자신의 운명과 이어져 있는 은침으로 자신을 죽여달라고 부탁한 것이다. 차라리 죽을망정 황제를 암살하고 싶지는 않아서였다. 하지만 지금, 그의 검은 이미 황제에게 날아가고 있었다.

황제 곁은 여러 고수가 지키고 있었고, 그중 가장 유명한 사람이 국사인 선기 진인이었다. 하지만 이 대현원관은 그의 숙적인 홍강 진인이 심혈을 기울여 만든 곳이었기에 선기 진인은 이번 행차를 수행하지 않았다. 물론 황제 곁에는 선기 국사 말고도 신통한 솜씨를 지닌 고수들이 있었다. 하지만 어찌 된 영문인지 그 고수들은 번개같이 날아드는 목검을 보고도 나서서 막으려 하지 않았다. 천지가 쥐죽은 듯 고요한 침묵에 푹 잠겼다.

청영은 눈을 동그랗게 뜨고 상황을 지켜봤다. 원승은 더 이상 자신의 몸을 제어하지 못하는 것이 분명했다. 이는 구족이 몰살당할 중죄요, 심지어 영허문까지 화를 입을 수 있었다. 청영은 어제 은침을 건네주던 원승의 모습을 떠올렸다. 그때 그의 눈동자는 가장 어두운 순간의 밤빛처럼 몹시도 어둡고 까맸다.

더는 망설일 수 없었다. 여인은 재빨리 손가락을 퉁겨 은침을 날렸다. 이 은침은 원승의 운명과 연결되어, 던진 후에 원승이 운명의 주문을 외우지 않으면 침에 찔려 죽게 되어 있었다. 그리고 지금, 엽주에 홀린 원승은 은침을 막기는커녕 피할 수조차 없었다.

은침, 그리고 죽음. 그것이 원승의 숙명이었다. 여인은 원승이 죽은 뒤 그가 부리던 비검도 바닥에 떨어지기를 간절히 빌었다. 은침은 허공에 가느다란 빛줄기를 그리더니 곧바로 모습을 감췄다. 겨울날 어스름이 질 무렵 흩날리는 얼음 조각처럼.

아무도 그 가느다란 빛에 신경 쓰지 않았다. 심지어 청영조차 던지자마자 은침이 사라지는 것을 보고 깜짝 놀랐다. 침은 어디로 날아갔을까?

같은 시각, 서운사의 육충도 똑같이 막다른 골목에 몰려 있었다. 하늘에서 내려온 악귀들이 그를 꽁꽁 에워싸 아무리 해도 달아날 길이 없었다. 주위를 둘러싼 악귀를 살펴보던 육충은 악귀의 수는 많지만 모습이 비슷비슷하다는 것을 깨달았다. 대략 둘로 나눌 수 있는데 둘 다 눈에 익은 모습이었다.

그랬다. 바로 〈지옥변〉에서 한번 사라졌던 그 귀졸들이었다. 얼마 전만 해도 귀졸들이 벽화에서 튀어나왔으며, 그럴 때마다 장안성 백성 한 명이 〈지옥변〉에 그려진 것과 똑같은 모습으로 살해당한다는 소문이 퍼져 있었다.

그 후 원승이 서운사에서 사건을 해결하고 원흉인 단풍을 붙잡았다. 벽화 살인 사건은 호승 단풍의 짓이었지만, 단풍이 대관절 무슨 목적으로 이토록 잔인한 일을 저질렀는지는 아무도 알지 못했다. 더욱이 금오위 뇌옥에 갇혔던 단풍은 제대로 심문을 받기도 전에 또다시 환술을 펼쳐 달아나고 말았다.

천장을 까맣게 뒤덮으며 내려오는 두 귀졸의 모습을 보고서야 육충은 어렴풋이 깨달았다. 혹시 저 단풍이라는 놈은 사악한 술법을 써서 자신의 원신세계 속에 있는 살인 인형을 벽화에 그려진 귀졸의 모습으로 빚어낸 것이 아닐까?

귀졸이 겨우 두 종류밖에 되지 않아 참으로 다행이었다. 벽화에 그려진 귀왕이나 악귀가 모조리 뛰쳐나오면 얼마나 끔찍할까? 하지만 지금은 그런 생각을 할 여유가 없었다. 두 종류라고는 해도 수는 백이 넘었고 사방팔방에서 그에게 달려들고 있었다.

위험천만한 순간, 육충은 현병술을 최고로 끌어올려 왼 소매에서 팔괘개천월이나 봉두금촬부 같은 기문병기를 끊임없이 뽑아냈다. 눈이 어질어질할 만큼 다양한 병기들이 빠른 속도로 그의 몸 앞에 '무기로 만든 목책'을 세워, 마구 소리를 질러대는 귀졸들이 석 자 안으로는 다가오지 못하도록 잠시나마 가로막아줬다.

애석하게도, 몸집이 큰 귀졸들은 막을 수 있었지만 허공에서 떨어지는 굵직한 밧줄은 막을 수가 없었다. 이무기 같은 밧줄이 끊임없이 날아와 육충의 얼굴과 팔다리를 마구 휘감았다. 육충은 어깨와 엉덩이, 등에 연거푸 밧줄을 맞았다. 특히 엉덩이는 부끄럽고 민망한 부분인데 바지에 큼직한 구멍이 생겨 찬바람이 숭숭 들어오는 통에 낭패하기 짝이 없었다.

그런데도 육충은 비검을 날리지 않았다. 단풍의 진짜 몸이 어디에 있는지 짐작조차 가지 않았기 때문이다. 조금 전 그가 가슴팍에 구멍을 뻥 뚫은 자는 단풍이 아니었고, 진짜 단풍은 필시 이 부근에 숨어 있을 터였다. 어쩌면 하늘에서 떨어지는 귀졸 무리에 몸을 숨기고 있을지도 몰랐다.

어느 것이 진짜 단풍일까?

검을 움켜쥔 육충의 오른손에는 땀이 흥건했다. 하필 그때 왼 소매에서 튀어나오던 기문병기들도 수를 다했다. 어떤 도술이든 끝은 있는 법이고, 그의 소매 속 현병술 또한 끊임없이 계속될 수는 없었다.

육충은 이를 악물고 소매 속에서 마지막 무기를 퉁겨냈다. 바로 정교하게 만들어진 황금 북이었다.

명천고!

육충이 사문을 떠나올 때 스승이 하사한 세 법보 중 하나였다. 여태 함부로 쓴 적이 없지만 지금은 귀가 찢어질 듯 비명을 질러대는 귀졸들 때문에 정신이 없어 앞뒤 가리지 않고 힘껏 두드렸다.

우르릉 쾅, 땅이 갈라지기라도 할 것 같은 굉음이 사방에서 들려오는 악귀의 비명을 완전히 집어삼켰다. 그 우렁찬 북소리에 육충의 정신도 훨씬 맑아졌다. 그는 계속 북을 쳤다. 끊임없이 이어지는 북소리가 성난 파도처럼 출렁출렁 사위로 퍼져나갔다.

주위를 빽빽이 둘러싼 귀졸들의 비명 사이로 '퍽' 하는 답답한 소리가 들려왔다. 육충 자신도 미친 듯이 북을 두드린 것이 이런 뜻밖의 효과를 불러올 줄은 전혀 예상 못했다. 본디 사람의 눈과 코, 귀, 입, 몸, 정신은 서로 이어져 있는데, 단풍의 환술은 눈을 사용한 것이었다. 귀를 사용한 명천고는 사방으로 퍼져나갈 수 있고 밤낮을 가리지 않으니, 어떤 면에서는 눈보다 우위에 있다고 볼 수 있었다. 육충이 용맹하게 명천고를 울린 행동이 귀의 환술로 눈의 환술을 깨뜨려 상황을 뒤집어놓은 것이다.

물론 그렇다고는 해도 최악의 상황을 피한 것뿐이었다. 육충은 아직도 귀졸과 밧줄에 포위되어 있었고, 진짜 단풍이 어디에 있는지 알지 못했다. 그저 한숨 돌릴 시간을 얻은 정도에 불과했다.

바로 그때 또 다른 이변이 일어났다. 어두컴컴한 염라전 안에 갑자기 빛이 환하게 밝혀진 것이다.

"칠보일월등!"

갑자기 단풍이 소스라치게 놀라 소리를 지르며 환한 등불을 뚫어지게 바라봤다. 그 등불은 밖에서 새어들고 있었다. 반쯤 열린 염라전의 창문에 언제부터인가 정교하게 만들어진 조그마한 등이 걸려 있었던 것이다. 등잔에는 일곱 가지 보석이 빽빽이 박혀 휘황찬란한 빛을 발했고, 등 안에 켜진 환한 불은 눈부실 만큼 아름답게 반짝이고 있었다.

육충은 기회를 놓치지 않고 버럭 외쳤다.

"단풍, 이 대담한 도적놈! 역시 네놈이 안락공주의 칠보일월등을 훔쳤군! 대당나라 공주의 등마저 훔쳤으니 이제 네놈이 뭐라 하건 결코 죽음을 피하지 못할걸!"

"아니야!"

육충의 북소리에 정신이 흐트러진 단풍은 온 힘을 다해 귀졸 환술을 유지하느라 그러잖아도 힘에 부쳤는데 느닷없이 칠보일월등이 나타나자 더욱 혼란에 빠져 저도 모르게 소리를 질렀다.

"어…… 어떻게 이럴 수가?"

육충이 껄껄 웃었다.

"공주의 등을 훔친 것도 대죄인데 이 어르신께서 저 등을 망가뜨리면 네 죄가 더욱 가중되겠지! 조정에서 알면 분명 네놈을 갈가리 찢어발기고 뼈를 부숴 가루로 만들 거야."

육충이 시원스레 웃으며 소매를 떨치자 천지를 집어삼킬 듯 위세를 뽐내는 철검이 마침내 그의 손에서 날아올랐다. 철검은 거무스름한 빛을 번뜩이며 등을 향해 곧장 날아갔다.

등은 무척 정교했으며 색다른 아름다움을 지녔는데, 일곱 빛깔로 반짝이는 보석들이 촛불 빛을 받아 황홀한 빛 무리를 자아내 절세가인이 정인을 볼 때 짓는 아름답고 가냘픈 눈빛을 연상시켰다. 그에 비해 철검은 튼튼하고 거칠었으며, 검에서 흘러나오는 시꺼먼 빛은 모든 것을 집어삼키는 죽음과도 같았다. 조금 있으면 앵두처럼 곱고 앙증맞은 절세가인은 모든 것을 집어삼키는 죽음의 검에 철저히 망가질 것이었다.

"안 돼!"

억눌린 노성과 함께 그림자 하나가 번개처럼 등으로 날아갔다. 단풍의 움직임은 절대 느리지 않았지만 움직이는 순간 눈앞이 까매졌다. 절세가인의 눈빛같이 아리따운 등불이 툭 꺼져버린 것이다.

'내가 한 발 늦었나?'

단풍은 속이 미어질 듯 고통스러웠다. 하지만 곧이어 진짜 고통이 밀려왔다. 어깻죽지에 검, 칠흑같이 시꺼먼 검이 박혀 있었다. 육충의 비검이 언제 방향을 돌렸는지 무지개처럼 빙그르르 호를 그리며 단풍의 어깨를 찌른 것이다.

이번에는 조금 전과는 딴판으로 시뻘건 피가 솟구쳤다. 단풍은 처절한 비명을 지르며 몸을 웅크리고 이리저리 피했지만, 비검은 물러서지 않고 그의 살점을 베어내고 어깨와 등을 마구 찔렀다. 마치 종이나 풀을 베는 것처럼 인정사정없었다. 핏방울이 사방으로 튀고 단풍의 몸은 조각조각 났다. 이번에는 그 피투성이 살점들도 더는 사람의 모습을 유지하지 못하고 바닥에 이리저리 흩어지고 말았다.

"등, 등이 어떻게…… 어떻게?"

단풍의 어깨 위에 놓였던 머리가 굴러 떨어지는 순간, 그의 입술은 힘없이 내뱉은 한마디를 끝으로 완전히 멈췄다.

하지만 원승의 비검은 여전히 허공에 떠 있었다. 그의 검은 육충의 어검술처럼 빠르지 못했지만 여전히 대당나라의 만승지존을 향해 똑바로 날아드는 중이었다.

다섯 자, 넉 자, 석 자…… 모든 이의 시선이 그 검에 쏠렸다. 검은 어느새 황제 앞에서 두 자 정도 되는 곳까지 다가갔다. 바로 그때였다. 별안간 검이 허공에서 팽팽하게 위로 솟구쳤다가 툭 떨어지고, 다시 솟구쳤다가 툭 떨어지는 것이 아닌가. 그 모습은 마치 황제에게 절을 올리는 것 같았다.

원승은 우보(禹步, 도교에서 제를 올릴 때 취하던 보법)를 밟으며 날아가 검을 붙잡았다. 관중 사이에서 탄성과 박수 소리가 터져나왔다. 세상을 깜짝 놀라게 할 만큼 훌륭한 이 비검술에 모든 이가 찬탄을 금치 못했다. 짧은 순간, 원승의 눈동자는 본래의 맑은 눈빛을 되찾았고 태도 역시 평소처럼 차분해졌다.

도술을 잘 알지 못하는 황제 이현은 비검을 움직여 허공에서 삼배를 하는 젊은 관주의 새로운 술법에 마음을 빼앗겼고, 이 또한 기예 같은 놀이로 여겨 몹시 기뻐하며 손뼉을 치고 미소를 지었다. 황제가 좋다고 하니 다른 사람들도 뒤질세라 따라서 박수갈채를 보냈다. 위 황후 역시 고운 손으로 손뼉을 쳤지만 눈동자에는 실망한 기색이 역력했다. 그에 비해 안락공주는 벌떡 일어나 생글생글 웃으며 신나게 손뼉을 쳤다.

지켜보던 청영은 놀라면서도 기뻤지만, 순간 등 뒤로 식은땀이 주르륵 흘렀다. 원승의 운명의 침을 던진 일이 퍼뜩 떠오른 것이다. 원승을 겨냥하고 던진 은침이지만 마치 한여름에 밖에 내놓은 얼음 조각처럼 눈 깜짝할 사이에 흔적도 없이 사라졌다. 다행스럽게도 던질 때 정신을 바짝 차렸기에 은침이 사라진 방향은 알고 있었다.

그 은침은 마치 뭔가를 아는 것처럼 개관식을 구경하러 온 세도가와 명사들 틈으로 들어갔다가 곧바로 사라졌다. 은침이 모습을 감춘 순간, 청영의 마음속에는 핏발이 잔뜩 선 예리하고 무시무시한 눈동자가 떠올랐다. 악마의 외눈 같은 눈동자였지만 날카로운 것에 찔린 듯 끈적거리는 피를 흘리고 있었다.

그 괴상한 생각은 잠시 떠올랐다가 사라졌다. 청영이 그 눈동자에 당황하는 사이, 맞은편에 있는 명사들 사이에서 조그만 소동이 벌어졌지만 곧 가라앉았다. 명사 가운데 누군가가 잠시 몸이 불편했으나 큰 문제는 아닌 모양이었다.

청영은 부쩍 의심이 들어 눈을 잔뜩 찡그리고 샅샅이 살폈지만 이상한 점은 찾아볼 수 없었다. 그제야 다시 원승을 바라보니 그의 하얀 얼굴은 온통 땀투성이였지만 조금 전처럼 창백하지 않고 발그레 혈색이 돌고 있었다.

"서병을 올리시오!"

도관을 관리하는 종정시의 수장 종정시경도 겨우 안도의 숨을 쉬고 규칙대로 길게 소리를 빼며 외쳤다.

원승은 순금으로 만든 병을 두 손으로 받쳐 들고 허리를 숙인 채 황제 앞으로 다가갔다. '서병을 올림'이란 곧 황제에게 천하와 황제 자신의 앞날을 점치는 제비를 뽑게 하는 일로, 병에는 도교의 제비가 들어 있었다. 물론 병 안의 제비는 모두 '대길 중의 대길'로 둔갑했고, 가장 나쁜 것이라야 일반적인 '대길'이었기 때문에 황제가 무엇을 뽑든 기분 좋은 덕담을 들을 수 있었다.

황제 이현은 경건하고 진지한 태도로 태상노군의 신상 앞에 손을 모으고 축수를 올린 다음, 병에 손을 집어넣어 제비 하나를 뽑았다. 그런데 제비를 펼치는 순간 황제의 얼굴이 딱딱하게 굳었다. 고개를 들어 원승을 바라보는 그의 표정은 실로 경악 그 자체였다. 원승 역시 깜짝 놀랐다.

하지만 이현은 금세 평소의 차분한 표정으로 돌아가 제비를 병 안에 던져 넣으며 빙그레 웃었다.

"대길이다!"

종정시경이 재빨리 높은 소리로 외쳤다.

"현원신제 태상노군께서 대길을 내려주셨노라!"

장내에 환호성이 터지고 '만세'를 외치는 소리가 천둥처럼 울려 퍼졌다.

땀방울이 쪼르르 입술 사이로 흘러들어 짭짤했다. 원승도 이것이 꿈이 아니라는 것을 알았다. 조금 전 검을 날린 순간, 마음속에 있던 눈동자가 환하게 빛을 내더니 맑고 아름다운 눈동자로 변했다. 그것은 악귀의 눈이 아니라 대기의 눈이었다. 손가락을 한 번 퉁기는 것을 예순 찰나라고 하는데 원승은 짧디짧은 한 찰나에 번쩍 정신이 들었다.

"콜록콜록!"

지친 기침 소리와 함께 가녀린 몸 하나가 벽화 뒤 무너진 벽 안에서 굴러나왔다. 대기였다. 그녀의 아름다운 얼굴은 피로에 찌들고 새하얀 앞섶은 피로 빨갛게 물들어 있었다.

페르시아 여인을 발견한 육충은 놀라고 기뻐 웃으며 말했다.

"어이쿠, 이게 누구야? 마나님 아니신가?"

대기는 이 얄미운 천적과 말다툼할 여력조차 없어 입가에 묻은 피를 닦고 대전 한구석에 놓인 낡고 괴상한 신상을 가리키며 말했다.

"이봐요, 수염쟁이, 어서, 어서 저 신상을 깨뜨려요! 조심해요, 단풍 저 못된 도적놈이 이 마나님의 아버지를 저 속에 가뒀으니까요."

그 신상은 배화교에서 모시는 신으로, 배가 불룩하고 몹시 괴상한 형상을 하고 있었다. 육충은 슬쩍 소름이 돋았지만, 결국 그녀의 말대로 검을 휘둘렀다. 검선문 기재의 검기가 조심조심 움직이자 비검은 질풍같이 날아가 진흙으로 빚은 신상의 배를 갈랐다. 진흙이 먼지를 일으키며 부서지고 누군가가 굴러 떨어졌다. 금발에 주름이 자글자글한 페르시아 노인이었다.

"당신은?"

육충은 그 얼굴을 가만히 바라보다가 놀라 외쳤다.

"모디로!"

노인의 얼굴은 전혀 낯설지 않았다. 바로 단풍에게 허리를 잘려 서운사 밖에 쓰러져 있던 페르시아의 배우 모디로였다. 그날 육충이 서운사에서 단풍을 붙잡았을 때 단풍은 바로 이 얼굴로 변장하고 있었다.

이치대로라면 이 페르시아 노인은 벌써 죽어 저승으로 갔어야 하는 몸인데, 하필이면 이럴 때 이렇게 이상한 방식으로 모습을 드러낸 것이다. 육충은 어리둥절했다.

"빌어먹을, 이제는 이 어르신이 꿈을 꾸고 있는 건가?"

13장

수수께끼 뒤의 수수께끼

이틀 후 새벽, 원승은 유유히 서운사를 찾아갔다. 호승 혜범의 초청을 받아 방문하는 길이었다.

대현원관 개관식에서 사소한 파란이 있었지만, 마지막에는 황제가 기뻐했으니 원만하게 마무리된 셈이었다. 또한 육충은 원흉인 단풍을 처치하고 페르시아 여인 대기를 구했을 뿐 아니라, 안락공주가 잃어버린 등까지 찾아냈다. 덕분에 원승의 아버지 원회옥도 안심하고 상부에 보고할 수 있었다.

모두가 만족하는 가운데 다소 귀찮게 된 쪽은 서운사뿐이었다. 온갖 악행을 저지른 단풍이 서운사 출신이기 때문이었다. 다행히 여기서 방장 혜범의 비범한 재주가 효과를 봤다. 소매가 길면 춤을 잘 춘다더니 이 늙은 호승은 오랫동안 의탁해온 태평공주를 내세워 구명하게 했고, 무슨 수를 썼는지 몰라도 위 황후마저 그를 위해 나서줬다. 당나라에서 가장 세도가 강한 사람들이 편을 든 데다, 멀리 이국에서 온 단풍이 실제로 서운사와는 아무런 관계가 없었기에 조정에서도 사나흘 건성건성 심문만 하고 물러났다. 덕분에 혜범과 서운사는 무사히 난관을 넘길 수 있었다.

서운사 방장 혜범은 일찌감치 호승들을 이끌고 문밖으로 마중을 나와 있었다. 이제 원승은 그림을 좋아하는 평범한 도사가 아니라 대당나라 현원신제 기복대전을 주재한 현원관의 신임 관주니 예전과는 지위가 달랐다. 물론 혜범도 태평공주의 휘하에서 뜨는 샛별이었으나 대현원관의 관주에게는 경의를 표하는 수밖에 없었다.

다행히 원승의 태도는 달라진 데가 없었다. 지금 그의 지위라면 줄줄이 호위를 달고 성대하게 행차할 수도 있었지만, 그는 여느 때처럼 혼자 조용히 찾아왔다. 눈처럼 하얀 도포를 걸치고, 청수한 얼굴에는 예의 다소 우울해 보이는 미소를 지은 채.

"원 관주께서 일로 분주하실 때인지라 잠시나마 분주함을 잊도록 빈승이 특별히 좋은 차를 준비했습니다."

혜범은 싱글거리며 원승을 사찰 안으로 안내한 뒤 사람들을 물리고 둘이 이런저런 이야기를 나눴다.

"이번에 원 대랑께서 큰 공을 세우셨지요. 더불어 우리 사찰의 해악도 제거해주셨으니 감격할 따름입니다."

몇 마디 나눈 뒤 혜범은 훨씬 친근한 '대랑'으로 슬그머니 호칭을 바꿨다.

"한데…… 대랑의 미간에는 아직 근심이 남아 있는 것 같군요. 무슨 문제라도 있습니까?"

원승은 무겁게 한숨을 내쉬며 대답했다.

"아직 큰일이 마무리되지 않았소. 존사님의 복수 말이오!"

"홍강 진인 말씀입니까?" 혜범의 안색이 변했다. "영사께서는 갑작스런 병환으로 돌아가셨다고 들었는데…… 다른 속사정이 있었나요?"

"물론이오. 다만 언제쯤 명확히 밝혀질지 모르겠소."

원승은 아득하니 먼 곳을 바라보며 말했다.

"나를 급히 청한 것을 보면 아마도 긴히 상의할 일이 있는 모양이오만."

"역시 대랑은 못 속이겠군요."

혜범은 그를 염라전 앞으로 데려가더니 낮게 한숨을 내쉬며 말했다.

"바로 이 〈지옥변〉 때문입니다. 온갖 사악한 일이 이 벽화 때문에 벌어졌으니 없앨까 하는데, 마침 대랑께서 그림을 무척 좋아하셔서 이 벽화에 푹 빠지신 게 생각나 다시 한 번 구경하시라고 특별히 청했지요."

"절세 명화의 마지막이라."

원승의 얼굴에 의미심장한 웃음이 떠올랐다.

고요한 염라전 안은 이미 깨끗이 치워놓아 악인 단풍의 핏자국은 전혀 남아 있지 않았다. 거대한 벽화 앞에는 환한 촛불이 타고 있는데 희미하게 반짝이는 불빛 덕에 그림 속 귀졸들이 일렁일렁 춤을 추는 듯했다.

원승은 천천히 의자에 앉아 말없이 거대한 벽화를 바라봤다. 이 명작을 응시할 때마다 마치 자신이 귀졸들 속에 들어앉은 것처럼 얼떨떨한 기분이 들곤 했다.

혜범은 원승의 맞은편 의자에 단정하게 앉았다. 기다란 탁자에 놓인 도금한 순은 다기에는 몽정차(서천 몽정산에서 나는 유명한 녹차)로 만든 차병(茶餅)이 들어 있고, 찻주전자에서는 보글보글 물 끓는 소리가 났다. 청옥빛 찻잔에는 김이 모락모락 나는 찻물이 연녹색으로 반짝이고 있었다.

"그러니까, 모디로가 대기 낭자의 아버지라고요?"

원승이 이번 사건의 결말을 알려주자 혜범도 흥미가 생기는지 다시금 도자기 잔에 차를 가득 따랐다.

"그렇다고 할 수도 있고 아닐 수도 있소."

원승은 공손히 찻잔을 들었다.

"진짜 모디로는 두 사람으로 사실은 쌍둥이 형제였소. 형인 큰 모디로는 페르시아 검은 낙타 환술극단의 반수이자 대기 낭자의 아버지고, 아우인 작은 모디로는 빈둥거리기를 좋아하는 한량이었소. 몇 년 전 작은 모디로는 형과 사이가 틀어져 검은 낙타를 떠났고, 서시에 있는 여러 극단을 떠돌며 밥벌이를 했소. 그는 소심하고 게으른 데다 도박을 좋아했는데, 이를 본 단풍이 큰돈을 주고 끌어들인 다음 그를 죽이고 그 모습을 이용해 악행을 벌였소. 큰 모디로 역시 한 달 전에 단풍에게 붙잡혔고, 단풍은 그를 인질로 대기 낭자를 협박해 나에게 미혼술을 펼치게 한 것이오."

"그리된 일이로군요!"

혜범은 하늘을 올려다보며 가만히 생각에 잠겼다가 말했다.

"빈승은 서역 출신이라 서역의 환술과 경사의 유명한 도술을 조금은 압니다. 덕분에 원 대랑께서 최근 겪으신 일이 대강 짐작이 가는군요."

"원흉은 단풍이고, 그는 바로 선기 국사의 제자 가운데 가장 비밀에 싸인 풍행자였소. 선기 국사에게 페르시아 인 제자가 있는 줄은 아무도 몰랐소. 단풍은 일찍이 작은 모디로를 끌어들여 죽이고, 모디로의 모습으로 안락공주의 생일 축하연에 참석해 공주의 보물인 칠보일월등을 훔쳤소."

"그자가 그리한 까닭은 태평공주께 죄를 씌우기 위해서겠지요. 칠보일월등을 훔친 것은 시작에 불과했던 겁니다. 그자는 일부러 금오위에 붙잡혔다가 괴이한 환술로 탈옥해 대랑을 끌어들였고, 그 다음에는 이 〈지옥변〉을 이용해 벽화 살인 사건을 연출해 빈승의 궤방 장사를 망쳤을 뿐 아니라 경사의 모든 이목을 이 서운사에 집중시켰지요. 하긴, 빈승이 관리하는 돈은 대부분 태평공주의 것이니 공주 전하께서 매우 난처해지실 수밖에요."

그는 잠시 멈췄다가 다시 말했다.

"대랑의 말씀대로 대랑과 대기 낭자의 만남은 그들의 계획이었겠군요. 생각해보면 육충을 쫓아온 청양자 뒤에는 종상부가 있고, 종 나리는 선기 국사와 마찬가지로 위 황후의 심복입니다. 이로 미뤄볼 때 단풍은 꼭두각시일 뿐 그 배후자는 역시 위 황후겠지요."

원승은 깊이 한숨을 내쉬었다. 단풍은 선기 국사의 제자이고 선기 국사는 존사인 홍강 진인의 최대 경쟁자로 위 황후의 신임을 듬뿍 받고 있었다. 더욱이 위 황후가 '제2의 무측천'이 되려는 야심을 품고 있다는 것은 길 가는 사람도 알았다.

혜범도 따라 한숨을 쉬었다.

"단풍의 계획에서 가장 중요한 부분은 바로 대랑께 손을 쓰는 것이었지요. 그자는 대기 낭자의 아버지 모디로를 인질로 삼아 염주에 능통한 대기 낭자가 대랑께 미혼술을 쓰도록 했습니다. 미혼술에 당한 대랑은 차츰차츰 현실과 꿈이 뒤바뀌어 눈앞에 벌어지는 것이 꿈인지 생시인지 판단할 수 없게 됐지요. 대랑께서 처음 금오위 뇌옥을 찾아 '줄타기' 탈옥 사건을 해결한 일은 진짜였을 겁니다. 그 후 대기 낭자에게 모디로의 행방을 물었을 때 미혼술에 당한 것이지요. 다행히도 그때는 깊이 빠지지 않았기 때문에, 우리 사찰에 오셔서 피살된 절름발이 한 씨와 허리가 잘린 작은 모디로를 목격하고, 절묘한 계책으로 단풍을 붙잡을 수 있었지요."

혜범은 계속 말을 이었다.

"모두 해결됐다고 생각했지만, 작은 모디로의 죽음은 사실 단풍이 대기 낭자에게 전하는 명령이었습니다. 아버지와 똑같이 생긴 숙부의 죽음은 곧 아버지가 몹시 위험하다는 의미였으니까요. 대기 낭자는 어쩔 수 없이 단풍이 시킨 대로 대랑께 미혼술을 써야 했지요. 그래서 대랑과 이야기를 나누는 동안 대랑의 약점을 이용해 술법을 썼습니다. 바로 대랑께서 그녀의 눈동자가 참 아름답다고 생각한 그때 말이지요. 그때부터 대랑은 주화입마되어 꿈과 현실을 분간하지 못하게 된 겁니다. 그리고 혼미한 상태에서 실수로 영사를 찌르기까지 하셨지요. 그 후로 온갖 일이 벌어졌고, 대기 낭자와 단풍의 음모는 점점 더 위험해졌습니다. 그들은 엽주를 통해 대랑을 조종해 기복대전을 망치려고 했지요!"

원승의 몸이 부르르 떨렸다. 대현원관에서 황제에게 비검을 날리던 자신을 떠올리면 아직도 온몸에 전율이 일었다.

"다행히 대랑께서는 사문의 비법으로 대기 낭자를 제압했습니다. 그런데……."

혜범은 의심에 찬 눈을 크게 뜨며 말했다.

"마지막 기복대전 때 대체 어떻게 심마를 극복하셨기에 황제 폐하께 검으로 절을 올리신 겁니까?"

원승은 신음을 하고는 천천히 말했다.

"알다가도 모르는 것이 사람 마음이라 했소! 내가 불현듯 깨어난 것은 개관식 때가 아니라 대기 낭자의 마음의 문 안으로 들어갔을 때요."

그는 혜범의 시선을 똑바로 마주했다.

"아버지가 붙잡히자 그녀는 부득이하게 단풍이 시키는 대로 할 수밖에 없었소. 하지만 내게 약속한 대로 마음의 문을 활짝 열어 보였고 나는 많은 것을 알게 됐소. 그 밖의 일은 우리가 다 알고 있는 대로요."

"대기 낭자가 대랑께 마음의 문을 열어줬다고요?"

혜범은 활활 타오르는 원승의 눈빛을 교묘하게 피하며 사람 좋게 웃어 보였다.

"고작 며칠 알고 지낸 사이인데 그렇게까지 할 줄이야…… 더욱이 단풍은 대랑을 전혀 모르는데도 대랑의 정신을 조종하려 했으니, 실로 세상에서 가장 알기 어려운 것이 사람의 마음이군요."

혜범은 멀리 맞은편의 벽화를 가리키며 말을 이었다.

"저 힘차고 웅장한 벽화도 마찬가지지요. 지난날 대화가인 손나한이 심혈을 쏟아부어 저 벽화를 그렸을 때 참혹한 일이 있었다는 사실을 아는 사람은 극소수지요. 그 이야기를 들으면 사람 마음이란 예측하기 힘들다는 것을 알 수 있습니다. 들어보시겠습니까?"

"궁금하구려."

원승의 눈이 반짝였다.

"당시 손나한은 '화치'로 알려져 있었습니다. 하지만 정관 연간에는 아직 당나라 화단에 갓 입문한 화가에 불과했지요. 그의 위로는 재상 방현령이 친히 '대당나라 화절'로 추앙한 전도현이 있었습니다. 전도현은 손나한과 마찬가지로 불교와 도교의 신상에 전념

했고, 당시에는 화단의 종주로서 태종 황제의 총애를 받아 빈번하게 황궁의 화원을 드나들었지요. 하지만 운명의 장난인지 두 사람은 차례로 벽화를 그리는 중임을 맡게 됐습니다. 손나한은 서운사 염라전에 〈지옥변〉을 그리기로 했고, 서운사와 겨우 길 하나를 사이에 둔 도교의 자운관에서는 전도현에게 〈지부유명사(地府幽冥司)〉 벽화를 그려달라 청했지요. 두 벽화는 거의 동시에 시작됐고, 소재나 내용도 비슷했지요. 이렇게 해서 화치 손나한과 화절 전도현은 경사의 화단에서 공공연히 겨루게 됐습니다."

혜범은 흥미진진하게 이야기를 계속했다.

"손나한은 그 별호처럼 진정한 화치였기 때문에 세상물정은 전혀 몰랐지요. 그는 전도현보다 며칠 늦게 요청을 받았지만 시작은 조금 빨랐습니다. 그리고 한번 그리기 시작하자 밤을 꼬박 새우며 침식을 잊고 달려들어 진도도 무척 빨랐지요. 어느 날 저녁, 화절 전도현은 서운사 방장의 초청을 받아 서운사에 왔다가 손나한의 작품을 보게 됐습니다. 당시 전도현은 손나한의 작품을 두고 한마디도 하지 않고 촛불을 비춰 꼼꼼히 들여다보며 한참 동안 자리를 뜨지 않았지요. 자운관으로 돌아간 뒤 그는 곧바로 붓을 팽개치고 작업을 중단해버렸습니다."

원승은 서둘러야 할 일이 있었지만 워낙 그림을 좋아한 까닭에 혜범의 이야기에 푹 빠져 한숨을 쉬며 추임새를 붙였다.

"후배인 화치의 벽화가 자신을 뛰어넘을까봐 두려웠구려!"

"그럴 수도요."

혜범은 전에 없이 아득한 눈빛으로 말했다.

"선도현은 장장 닷새 동안이나 붓을 잡지 않았습니다. 엿새째 되는 날 그는 손나한이 실종됐다는 소식을 들었지요. 실종된 까닭은 밝혀지지 않았지만 손나한이 작품에 너무 깊이 빠진 바람에 정신이 오락가락해져 어디론가 사라졌다는 소문이 무성했습니다. 하나 사정이야 어떻건 전도현은 기력을 회복해 다시 자운관의 벽화를 그리기 시작했지요."

"설마 화절 전도현이 사람을 시켜 손나한을 죽였다는 말이오?"

이렇게 말하는 원승의 마음은 무겁게 가라앉았다. 전도현의 유작을 본 적이 있고, 정관 연간에 화절이라 불린 명화가의 작품을 무척 좋아했는데, 그런 인품을 지닌 사람인 줄은 생각지도 못했다.

혜범은 이것도 저것도 아닌 애매한 웃음을 보였다.

"정설은 아닙니다. 그 후로도 괴상한 일이 더 많이 일어났으니까요. 이레 후 실종됐다고 알려진 손나한이 뜻밖에도 서운사로 돌아와 그림을 계속 그리기 시작한 겁니다. 하지만 차림새는 다소 이상했지요. 그는 커다란 삿갓을 써서 얼굴을 태반이나 가리고 몸에는 온통 시커먼 장포만 걸치고 있었습니다. 게다가 사찰의 사람들과는 거의 말을 하지 않았고 오로지 저녁에만 그림을 그렸지요. 밤새 그림을 그리다가 날이 밝고 닭이 울기 전에 떠나곤 했습니다."

아스라한 혜범의 말투를 듣고 있자니 원승은 으스스 한기가 들었다. 마치 시커먼 그림자가 커다란 삿갓을 쓰고 심오한 눈빛만 드러낸 채 희미한 촛불 아래 서서 미친 듯이 벽에 붓질하고 색칠하는 모습이 눈앞에 보이는 듯했다.

수십 년 전, 그 고독하고 신비한 그림자는 다소 음산한 이 전각 안에서 미친 듯이 그림을 그렸을 것이다. 전각 안에는 촛불이, 전각 밖에는 달이 환히 비쳤고, 달빛이 사라질 즈음 그림자 역시 스르르 사라졌다.

혜범의 웃는 얼굴은 어딘가 신비했다.

"서운사의 승려들은 하나같이 이상하게 여겼지만 차마 묻지 못했습니다. 그렇게 장장 한 달이 지나 이 웅장한 작품이 마침내 완성됐지요. 이 유명한 벽화 덕분에 서운사에는 참배객의 발길이 끊길 새가 없었습니다. 심지어 한동안은 벽화를 구경한 푸주한이나 생선 장수들이 겁을 먹고 살생을 피하려는 바람에 장안성의 고깃값과 생선값이 폭등하기도 했지요."

손나한의 명작은 완성된 후 장안성을 발칵 뒤집어놓을 정도로 유명해져, 원승 역시 그 고사를 들어 알고 있었지만 화치라는 명화가에게 더욱 관심이 생겨 참지 못하고 물었다.

"그렇다면 손나한은 죽지 않았소?"

"아니지요! 〈지옥변〉이 장안 화단을 뒤흔든 뒤 천하에 이름을 날리게 된 화치 손나한은 완전히 실종되어 다시는 모습을 드러내지 않았습니다. 그 때문에 사람들은 그가 처음으로 실종된 후 밤마다 서운사에 와서 그림을 그린 것은 손나한의 귀혼일 뿐이라고들 떠들었지요! 집념이 너무 강해 죽은 뒤에도 그 정신은 여전히 자신의 작품을 완성하고자 고집을 피웠고, 그리하여 귀혼이 그림을 그리러 왔던 것입니다."

"귀혼이 그림을 그렸다고?" 원승은 두 눈을 잔뜩 찌푸렸다. "불가능한 일이오! 사람이 죽으면 유명이 달라지니 아무리 집념이 강해도 다시 돌아와 그림을 그릴 수는 없소. 육신이 없는 혼백만으로는 붓을 들 수도 없지 않소!"

"옳은 말씀입니다!" 혜범이 찬탄했다. "그보다 불가사의한 일은 그 뒤에 일어났습니다. 손나한의 대작이 완성된 뒤에야 사람들은 화절 전도현을 떠올렸고, 그제야 그에게도 괴상한 일이 일어났다는 것을 알았지요. 손나한이 실종되고 얼마 지나지 않아 기력을 회복하고 자운관의 벽화를 그리던 전도현은 큰 병을 앓았습니다. 병이 조금 나은 후 그림을 계속 그렸지만 진도는 훨씬 느렸고 기운도 없었지요. 손나한의 걸작이 완성된 그날, 전도현은 완전히 붓을 놓아 버렸습니다. 그리고 병 때문에 더 진행할 수 없다 선언하고 다시는 그림을 그리지 않았지요."

혜범은 잠시 멈췄다가 다시 말했다.

"또다시 며칠이 지나자 전도현은 다시 병이 나 혼미한 상태로 울며 헛소리를 해댔지요. 마치 귀신이라도 붙은 사람처럼 말입니다. 무엇보다 놀라운 것은, 사실 이 서운사의 〈지옥변〉은 화절 자신이 손나한을 가장해 완성한 것이라고 외쳐댔다는 것입니다. 며칠 후 전도현도 세상을 떠났습니다. 소문에는 그가 임종 전에 비밀을 풀 유언을 남겼다고 하더군요. 어느 인적 드문 용신묘의 신상 아래에 손나한의 시신을 묻었다는 것이었지요."

'용신묘'라는 말에 원승의 눈동자에서 정광이 번뜩였다. 하지만 그는 아무 말도 하지 않았다.

"그 소식은 금세 퍼져나갔고, 호사가들이 앞다퉈 그 용신묘로 달려가 예상대로 아직 썩지 않은 손나한의 시신을 파냈습니다. 이 일이 관청에 알려져 검시관이 시신을 살펴봤는데, 놀랍게도 손나한은 벌써 두 달 전에 죽은 몸이었습니다."

원승은 신음했다.

"손나한이 두 달 전에 죽었다면 〈지옥변〉은 그가 완성한 것이 아니구려. 설마…… 설마 정말 전도현이…… 그가 무슨 까닭으로 그런 일을 했단 말이오?"

"불가의 수련법 중에 '탈사법'이라는 것이 있습니다. 원신을 다른 육체에 넣어 마치 남의 집을 차지하듯 그 육체를 조종하는 것이지요. 전도현은 죽기 전에 거의 그런 상태였습니다. 손나한은 전도현의 손에 죽었지만 강한 집념 때문에 그 원신이 전도현의 몸으로 들어가 원수의 몸을 부려 그와 함께 이 호장한 〈지옥변〉을 완성한 것이지요."

"함께?"

원승은 더욱더 놀랐다.

"빈승의 추측대로라면 전도현의 원신은 손나한에게 제압당한 후 지옥을 다녀왔을 것입니다. 직접 지옥 구경을 했기 때문에 이렇게 생생하고 직접적인 걸작을 그려낼 수 있었던 것이지요. 예, 이 웅장한 벽화는 화절과 화치 두 사람의 원신이 합쳐져 만들어낸 것입니다. 두 원신 중 하나는 크나큰 포부를 펼치지 못해 억울해하고 있었고, 또 하나는 중죄를 지어 직접 지옥을 겪었지요. 두 원신이 모두 고통을 받고 있었으니, 비록 몸은 인간 세상에 있지만 지옥 같은 괴로움에 시달렸던 것입니다."

원승의 마음속에서 말로는 표현할 수 없는 아찔한 한기가 스멀스멀 솟아올랐다. 다시금 벽화에 시선을 던지자 정신이 얼떨떨해지면서 눈앞의 그림이 벽화가 아니라 창문이고, 창문 너머로 지옥이 펼쳐진 것 같은 착각이 들었다. 고통으로 가득한 그 지옥은 온갖 고통을 계속 만들어내고 있었다.

순간 거대한 벽화의 악귀들이 슬금슬금 움직이는 듯하더니 염라전 전체가 희미하게 어두워졌다. 원승은 오싹 소름이 끼쳤다. 거리감이 사라지고 눈앞이 어질어질 희미해지는 이 감각은 너무나도 익숙했다. 바로 도교의 법진이었다.

그는 정신을 가다듬고 눈앞의 혜범을 바라봤다. 늙은 호승의 모습은 또렷했다. 웃는 얼굴은 여전히 교활하고 온화했으며, 차를 따르는 자세 또한 부드럽고 공손했다. 하지만 벌써 한참 동안 똑같은 자세로 차를 따르고 있는 데다 찻잔은 깊이가 얼마나 되는지 넘칠 기미조차 없었다. 늙은 호승의 손은 차분해 털끝 하나 떨리지 않았고, 찻주전자에 든 찻물도 화수분처럼 끝없이 솟아나 졸졸 찻잔으로 떨어지고 있었다.

"이 거대한 벽화, 나아가 염라전 전체가 모두 당신이 펼친 법진이었군."

원승이 가만히 한숨을 내쉬며 말했다.

"이상하고 슬픈 그 이야기는 언제든지 발동할 수 있도록 내 마음속에 뿌린 미혼술의 씨앗이었고."

"미혼술의 씨앗이라니요?"

마침내 혜범이 차를 따르던 것을 멈추고 두 눈을 가늘게 떴다.

"그렇소. 꿈과 현실이 뒤바뀌던 날을 돌아보면 대기 낭자를 만났을 때가 아니라 이 〈지옥변〉을 봤을 때부터였소."

원승의 눈빛이 예리하게 다듬어졌다.

"맨 처음 내게 미혼술을 펼친 사람은 바로 당신이었소. 아니오?"

"농이 지나치시군요. 빈승에게 그런 능력이 어디 있겠습니까?"

"평범한 호승이라면 그럴 것이오. 하지만 당신은 다르오."

원승은 애써 말투를 부드럽게 했다.

"조금 전 내가 존사님의 복수를 입에 담은 것을 기억하시오? 존사께서 급서하신 까닭은 이미 밝혀냈소. 모두 당신 때문이었소!"

"더욱 모를 말씀만 하시는군요. 빈승이 할 줄 아는 것이라고는 장부를 정리하고 푼돈을 벌어들이는 것뿐입니다. 빈승 같은 사람이 무슨 수로 신통력을 지닌 영사를 죽이겠습니까?"

원승은 한 자 한 자 힘줘 말했다.

"당신이 바로 존사이신 홍강 진인이기 때문이오. 하지만 본래의 외양과 신분을 바꿔 이제부터는 늙은 호승의 모습으로만 나타나야 하겠지. 그러니 당신이 나의 존사님을 죽인 것이나 진배없소!"

혜범의 얼굴에 편액처럼 걸려 있던 미소가 서서히 말라붙고 눈빛도 몹시 복잡해졌다. 염라전은 바늘 떨어지는 소리 하나 없이 고요했다. 한참을 침묵하던 혜범이 이윽고 고개를 끄덕이며 말했다.

"이 늙은이가 너를 과소평가했구나."

그는 구부정하던 허리를 천천히 똑바로 폈다.

"아직도 이 늙은이의 본모습을 보고 싶으냐?"

마지막 한마디는 침착하고 당당한 홍강 진인의 목소리였다. 이 짧디짧은 한마디를 하는 동안 그의 노쇠한 얼굴은 계속해서 바뀌었다. 주름진 곳이 매끈하게 펴지고 창백하던 안색도 건강한 혈색으로 돌아왔다. 얼굴 자체도 변화가 있었는데 세세한 부분 부분이 잠깐 사이 빠르게 천변만화하는 것 같았다.

"아닙니다." 원승은 우울하게 눈을 감았다. "목소리를 바꾸지 않으셔도 됩니다. 그 목소리와 웃는 얼굴은 제 마음속에 남아 있게 해 주십시오."

그의 목소리는 괴로움과 슬픔에 잔뜩 젖어 있었다. 조금 전까지만 해도 그는 자신의 추측이 틀렸기를 몹시 바랐다.

혜범이 미소를 지었다.

"도대체 어디서 눈치를 챘더냐?"

"존사께서는 너무나도 갑자기 우화등선하셨습니다."

원승은 깊고 무겁게 한숨을 내쉬었다.

"도력이 깊으시니 애당초 제 손에 상처를 입을 리도 없고, 검에 찔려 돌아가신다는 것은 결코 일어날 수 없는 일이었습니다. 특히 이상했던 것은 존사님의 유언이지요. 저는 본디 현원관주가 될 자질이 아니었고 당시에는 심마를 제압하지 못한 상태였습니다. 그런데도 저를 관주 자리에 앉히고 개관식을 주재하라는 유언을 남기셨으니 상식적으로는 도저히 이해할 수 없었습니다. 뭔가 숨겨진 이유가 있었겠지요. 그래서 의심이 들었고, 일상적이고 평범한 일들조차 점점 이상하게 느껴졌습니다. 하지만 정확히 간파한 것은 한밤중에 다섯째 사형과 함께 대현원관의 금지구역인 쇄마원에 갔을 때였습니다. 진원정 안에는 존사님께서 공력을 쏟아부어 붙잡은 머리 아홉 달린 천마가 갇혀 있다고 했지요. 하나 사실 그곳에는 존사님께서 펼치신 강력한 법진이 있었습니다. 그 안으로 들어가보면 법진이 서시에서 멀지 않은 어느 책방으로 이어진 비밀 통로라는 것을 알 수 있지요. 책방의 뒷문은 놀랍게도 서운사의 쪽문과 바로 마주하고 있었습니다. 존사님께서는 최근 들어 자주 폐관을 하셨으나 실은 그때마다 서운사에 가셨던 것입니다."

"역시 너와 다섯째가 결국 진원정으로 들어갔구나!"

혜범의 눈동자에서 날카로운 빛이 쏟아져 나왔다.

"이미 예측하신 일이겠지요. 아닙니까? 존사님께서는 진작 다섯째 사형을 죽이기로 하셨습니다."

원승은 울적하게 말했다.

"성품이 강직한 다섯째 사형이 황태녀 책봉 일로 존사님과 다퉜기 때문이지요. 쇄마원으로 가던 날 다섯째 사형은 약간 정신이 나가 있었습니다. 사형 역시 미혼술의 씨앗에 당한 것인데, 사형에게 미혼술을 펼친 사람은 아마도 존사님이셨을 겁니다."

혜범의 얼굴에 신비한 미소가 피어올랐다.

"다섯째는 스승을 거역했으니 주멸해 마땅하다. 진원정을 없애지 않은 까닭은 다섯째를 가둬 죽이기 위함이었고, 내 유체에 남긴 천마의 부적 또한 다섯째에게 보여주기 위한 것이었느니라. 한데 뜻밖에도 네가 그 놀음에 끼어들어 이렇게 비밀을 파헤쳐낼 줄은 생각도 못했구나."

원승은 차갑게 코웃음을 쳤다.

"돈과 재물을 탐하는 서운사의 늙은 승려 혜범이 사실은 대당나라 삼대 국사 중 하나인 홍강 진인이라니, 그 누가 믿겠습니까? 믿기는커녕 상상조차 못할 일이지요. 하지만 저는 일찍부터 의심스러웠고 이미 여러 군데 허점을 찾아냈습니다. 예를 들면 앉는 자세 같은 것이지요!"

혜범은 움찔하며 살짝 고개를 숙였다. 서운사에서 쓰는 외국식 의자는 아직 유행하기 전이라 당나라 사람들은 여전히 바닥에 꿇어앉는 것에 익숙했다. 옷매무시를 가다듬고 단정하게 앉는 것은 꿇어앉을 때의 자세였다. 그런데 이민족인 혜범은 당나라 사람들이 앉는 자세로 의자에 앉아 있었다.

원승은 쓴웃음을 지으며 말을 계속했다.

"우리 당나라 사람들의 자세를 배웠을 수도 있으나 항상 그렇게 똑같은 자세로 앉을 수는 없습니다. 그 지방의 법도를 따르기 위해 신경 쓴 것이 아니라 어려서부터 몸에 뱄기 때문에 가능한 것이지요. 그러니 당신은 결코 이민족 승려가 아닙니다. 앉는 자세 말고도 평범치 않은 부분이 많았습니다. 혜범과 함께 있을 때면 늘 익숙하고 부드러운 느낌을 받았지요. 제가 비록 도력은 얕으나 관 속에 누운 존사의 유체를 봤을 때 눈속임이 아닌가 하는 의심이 들었고, 종상부에서 '천상의 꽃' 공연을 하셨을 때에는 일부러 도력이 낮은 척 위장했지만 이야기를 듣자마자 영허문에서 수련하는 몽공이라는 것을 알아차렸습니다. 그래서 호승 혜범을 의심하기 시작했지요. 도저히 알 수 없는 것은 대체 무엇 때문에 이런 일을 하셨는가 하는 것이었습니다."

원승은 무력하게 한숨을 내쉬었다.

"다섯째 사형이 눈을 감기 전에 저를 일깨워주셨지요. 다섯째 사형은 황제 폐하께 천기를 핑계로 안락공주를 황태녀로 책봉하라는 상주문을 올린 일로 존사님과 크게 다퉜다고 했습니다. 그 말을 듣고서야 최근에 존사님께서 자주 한숨 지으신 일이 떠올랐지요. 존사님께서는 분명 그 혼탁한 물에 몸 담그기를 원치 않아 깊이 고민하고 망설이셨습니다. 종상부의 연회에서 제 친구들이 소란을 일으키고 돌아와 그때의 상황을 자세히 설명해줬는데, 존사님께서 변장한 호승 혜범은 선기 국사에게 은근히 호승심을 드러냈다고 하더군요. 저는 그 말을 듣고 곧 깨달았습니다. 그것이 바로 존사님께서 그 위험한 길을 가기로 결심한 이유였지요. 혜범은 태평공주의 재산을 관리하지만 실은 일찌감치 위 황후에게 의탁하고 있었으니까요."

혜범의 얼굴이 딱딱해지더니 결국 실망스런 웃음을 지었다.

"그렇구나, 호승심! 선기를 보기만 하면 호승심이 솟는구나. 육충의 그 서투른 은신술 따위로 선기의 추격에서 달아날 수 있다 생각하느냐? 허허, 이럴 줄 알았더라면 남몰래 손을 써서 육충을 달아나게 해주지 않았을 터인데, 스스로 발등을 찍은 격이구나."

"압니다. 존사님께서는 본디 삼대 국사 중 으뜸이셨고 주나라 측천황제의 첫 번째 심복이셨지요. 그 후 신룡정변이 일어나 금상께서 등극하셨는데, 폐하께서는 존사님을 존중하면서도 황후의 말에 더 귀를 기울이셨지요. 존사님께서 태평공주의 재산을 관리한 것은 만일에 대비해 길을 여럿 마련하고자 하는 계략이었을 뿐, 정말로 원하신 것은 위 황후의 총신이 되는 것이었습니다. 하나 안타깝게도 이 년 전 존사님은 위 황후의 총애를 받는 선기 국사와 기우제로 대결을 벌였고, 그에 실패해 원기를 크게 상하고 명성마저 한 수 밀려나셨지요. 그 일에 승복할 수 없어 다시 돌려놓겠다고 결심한 존사님께서는 평생 쌓은 명예조차 아까워하지 않고 안락공주의 나팔수 노릇을 하신 것입니다. 그 상주문 한 장에 조야가 크게 시끄러워졌지만 결국 아무런 소득은 없었고 도교에서 존사님의 명성만 급락했습니다. 위 황후는 두 번째 명령을 내렸지만 존사님께서는 도저히 그 임무를 수행할 수 없었지요. 그 임무는 바로…… 황제를 암살하는 것이었습니다!"

황제 암살.

느릿느릿 그의 입에서 흘러나온 이 한마디에 시종 흔들림이 없던 혜범의 얼굴에도 마침내 파문이 일었다. 혜범이 싸늘하게 내뱉었다.

"계속 말해보아라."

"존사님께서는 이미 몸을 빼낼 계책을 마련해두셨습니다. 존사님께서 선기 국사와의 대결에서 진 뒤로 장안성에는 신비막측한 호승 혜범 대사가 나타났지요. 사람들은 그 호승이 장사에 능할 뿐 아니라 심지어 방중술에도 정통하다고 알고 있었지만, 그 호승이 바로 한때 삼대 국사의 으뜸이던 홍강 진인임은 그 누구도 알지 못했습니다. 존사님께서는 대낮에도 종종 폐관하셨는데, 사실은 서운사로 가서 재산을 관리하고 계셨던 것이지요."

원승은 계속 말했다.

"위 황후가 두 번째 명령을 내렸을 때, 존사님께서는 반드시 몸을 빼야겠다 결심하셨지요. 예, 존사님께서 바로 위 황후가 꾸민 이 대역무도한 사건의 진정한 책사였고, 이 모든 것은 존사님께서 계획하신 겁니다. 선기 국사도 위 황후의 체면 때문에 도울 수밖에 없었고, 결국 남들에게 알려지지 않은 페르시아 인 제자 단풍을 추천했습니다. 하지만 단풍은 존사님의 바둑돌이자 앞잡이에 불과했지요. 벽화 살인 사건은 해결됐지만, 그 주모자는 내력이 불분명한 호승 단풍이고 이미 죽었습니다. 존사님과 선기 국사는 아무런 손해도 입지 않았지요. 존사님께서 말씀하신 것처럼 엽주를 쓰기 위해서는 먼저 그 씨앗을 뿌려야 합니다. 존사님께서는 제 취향과 도술 수준을 손바닥 들여다보듯 훤히 알고 계시니 쉽사리 미혼술의 씨앗을 심을 수 있었지요. 첫 번째 씨앗은 제게 화룡술을 전수하고 화룡몽공을 수련하게 한 것이었습니다. 몽공을 연성하면 원신이 크게 자라나지만 착오가 생기기도 쉽지요. 그다음에는 저를 서운사로 보내 〈지옥변〉을 감상하게 하고, 또 성 밖의 폐허가 된 용신묘에서 전도현의 유작을 감상하게 하셨습니다. 생각해보면 제가 용신묘에 가는 것을 아는 사람은 아무도 없었습니다. 오로지 존사님만 아셨지요. 조금 전 존사님께서 해주신 이야기에서 손나한의 시신이 묻힌 곳이 바로 그 용신묘가 아닙니까?"

"그렇다."

혜범은 반짝이는 촛불 빛 속에서 유유히 미소를 지었다.

"그 용신묘의 벽화는 전도현이 젊을 때 그린 작품이니라. 화절은 도술을 몰랐으나 자신의 화의(畫意)로 손나한의 원혼을 제압할 수 있다 여겨 그를 그곳에 묻은 것이다. 그러니 서운사와 용신묘의 화의는 본시 하나다. 너는 자질이 너무 뛰어나 네게 미혼술의 씨앗을 뿌리려면 몹시 신경을 써야 했지!"

"용신묘에서 벽화를 감상할 때마다 정신이 멍해지고 비틀린 백골을 본 것도 당연한 일입니다. 화치의 유골이 묻혀 있던 곳인 만큼 원한이 깊이 쌓여 법진을 펼치고 미혼술을 쓰기에는 더할 나위 없이 좋은 장소였겠지요. 존사님께서는 참 깊이 고심하셨군요!"

원승은 결국 쓴웃음을 지었다.

"두 번째 씨앗을 뿌린 것은 존사님께서 친히 저를 치료해주셨을 때입니다. 가장 중요한 순간이었지요. 존사님께서는 우선 미혼술을 펼쳐 제 손으로 존사님을 해치게 했습니다. 덕분에 홍강 진인은 계획대로 순조롭게 몸을 빼냈고, 저는 더욱 깊이 중독되어 북소리를 들으면 살인 충동이 일었습니다. 게다가 무의식중에 스승을 살해했다는 죄책감을 씻을 길이 없어 정신도 거의 무너졌지요."

혜범은 고개를 저으며 탄식했다.

"그렇다. 천의무봉한 계책이었지. 단풍을 방패로 세우고 대기를 호신부로 삼았건만, 뜻밖에도 너는 기복법진 안에서 갑자기 정신이 들어 미혼술을 이겨냈다. 참으로 이상한 일이구나."

"예, 존사님께서는 가엾은 대기 낭자를 호신부로 삼으셨지요. 아버지가 단풍에게 인질로 잡혔기 때문에 그녀는 시키는 대로 제게 서역의 환술을 펼쳤습니다."

원승은 무겁게 한숨을 쉬었다.

"저도 처음에는 그녀를 의심했습니다. 제 손으로 존사님을 살해했다고 생각했을 때에는 몽공을 사용해 그녀와 결전을 벌이려 했지요. 그런데 뜻밖에도 그녀는 제게 마음의 문을 활짝 열어줬고 빛을 주입해줬습니다. 대기 낭자는 천부적인 재능을 가지고 태어나 원신의 영력이 강했기 때문에 마지막 순간에 몸이 상해 피를 토하면서까지 단풍이 자신의 마음속에 심어둔 사술을 깨뜨린 것이지요. 덕분에 저는 그곳에서 탈출했고 그녀의 도움으로 몽공의 심마를 돌파할 수 있었습니다."

혜범은 눈을 가늘게 뜨고 한숨을 쉬었다.

"그리된 일이로구나. 그 계집아이는 술법은 보잘것없지만 자질이 몹시 뛰어나 천부적인 영력을 지녔느니라. 마지막 순간에 자신을 해치면서까지 너를 도운 것을 보니 네게 정이 깊은 모양이다. 본문은 천사도(天師道)에 뿌리를 두어 혼사를 금하지 않느니라. 네 나이 또한 적지 않건만 그 정에 보답할 생각이 있더냐?"

그때 혜범은 여전히 호승의 얼굴이지만 말투는 지난날 온화하고 자상하던 홍강 진인으로 돌아가 있었다. 원승은 얼굴을 살짝 붉혔지만 속은 찢어질 듯 괴로웠다. 그가 쓴웃음을 지으며 말했다.

"그런 사소한 일은 존사님께서 마음 쓰지 않으셔도 됩니다. 존사님께서 마음 쓰셔야 하는 것은 나라의 대사입니다. 반년 전 태자 전하께서 반역을 꾸미다가 주살되셨고, 그 후 위 황후와 안락공주, 태평공주 같은 권세가들이 격렬하게 싸움을 벌이는데 폐하의 용체는 나날이 나빠지고 있습니다. 물론 존사님께서는 미리 준비해 위 황후 쪽에 기반을 마련하고 다시금 선기 국사를 억누르셨지요. 하지만 황제 폐하를 암살하는 중죄는 아무래도 감당할 수 없는 일이니, 저같이 심마에 빠진 제자의 손을 빌리는 것이 가장 좋았지요. 또한, 그전에 존사님께서는 기력이 다해 우화등선함으로써 연루되는 것을 피하셨습니다. 훗날 관아에서 조사하더라도 내력이 불분명한 단풍과 페르시아의 요녀 대기 낭자가 방패가 되어줬을 것입니다. 물론 결과가 어떠하든 그 두 사람은 반드시 죽여 없애셨겠지요."

원승은 단숨에 앞뒤 사정을 모두 털어놓았다. 그의 말이 끝나자 염라전은 다시 한 번 정적에 휩싸였다.

한참 후 혜범이 갑자기 껄껄 웃음을 터뜨렸다.

"시원하구나, 시원해! 내 과연 너를 잘못 보지 않았구나. 너는 이 사건의 전후 사정을 모두 파악해냈을 뿐 아니라 대담하게도 네 운명의 은침을 사용해 목숨 걸고 나와 싸우려 했다. 그날 개관식에는 나 또한 명을 받고 참석했느니라. 상황을 보고 남몰래 힘을 보태 단숨에 일을 마무리 지을 생각이었건만 뜻밖에도 네가 운명의 은침으로 나를 기습하더구나. 목숨으로 만든 은침이니 네 도력이 전부 실려 있었고, 당시 나는 귀족들 속에 몸을 숨겨 술법을 펼칠 수 없는 터라 네가 계획을 망가뜨리는 모습을 속절없이 보고만 있을 수밖에 없었다. 뻔히 보고도 당할 수밖에 없었지! 영허문에서 자질이 가장 뛰어난 아이는 막내 제자인 열아홉째지만, 열일곱째 제자인 너야말로 진정한 천재로다. 스승으로서 참으로 흐뭇하구나. 하나 이 스승이 그런 일을 한 데에는 실로 부득이한 이유가 있었느니라."

그가 갑자기 웃음을 싹 지우고 한숨을 쉬었다.

"이 세상에 신선이 있더냐? 장안의 백성들 눈에 나는 살아 있는 신선 중 하나였느니라. 하나 신선들의 싸움은 더욱 참혹하고 더욱 무시무시한 법, 한 걸음만 잘못 내디뎌도 돌이킬 수 없는 지경에 빠지게 된다. 당금의 삼대 국사와 사대 도문에는 각기 그들만의 묘술이 있고 그들만의 의지처가 있다. 지난 기우제에서 이 스승이 도력을 크게 소모해 영허문은 몹시 위험한 처지가 되었느니라. 그런 순간에 내 어찌 위 황후의 명을 거역할 수 있었겠느냐?"

혜범은 쓴웃음을 두어 번 흘리고 말을 이었다.

"이상하지 않으냐? 선기의 심복인 단풍이 무슨 연유로 안락공주부에서 도적질을 하고 서운사에서 흉악한 사건을 저질렀겠느냐?"

원승은 신음하듯 말했다.

"저도 줄곧 궁금했습니다. 안락공주부에서 보물을 훔친 자는 태평공주와 긴밀한 관계가 있는 서운사의 호승이었지요. 답은 하나, 단풍은 존사인 선기 국사의 지시를 받은 것입니다. 선기 국사는 태평공주와 관계를 맺은 서운사를 일찍부터 눈여겨보고 있었던 것이지요."

"실은 이 모든 것이 시기의 씨앗이다! 이것이 내가 말하고자 한 사람의 마음이니라. 알겠느냐? 시기의 씨앗 말이다!"

혜범은 가만히 탄식했다.

"선기는 평생 두 사람을 시기했다. 그가 지금 시기하는 대상은 혜범이니라. 혜범의 신분을 간파한 것은 아닐 터나, 서운사가 장사로 이윤을 챙기는 것을 줄곧 시기해왔지. 또한 그전에는 이 스승을 시기했다. 당시 나는 그보다 높은 홍강 진인이었고 주나라 때 유일한 국사였느니, 선후배가 뒤바뀌었을 뿐 화절 전도현이 화치 손나한을 시기한 것과 비슷한 일이지. 하여 선기는 서운사를 모함해 무너뜨리기 위해 단풍에게 도적질을 시킨 뒤 서운사로 들어가게 한 것이다."

원승이 의아한 듯 물었다.

"단풍은 선기 국사가 위 황후의 명을 받아 존사님을 돕기 위해 보낸 사람이 아닙니까? 어째서 거듭 방해만 했습니까?"

"위 황후는 본래부터 내가 이 사찰을 운영하는 것을 알고 있었느니라. 하여 사찰의 궤방으로 태평공주를 끌어들여 나를 통해 태평공주를 감시했다."

혜범은 이렇게 말하며 고개를 설레설레 저었다.

"단풍은 겉으로는 도우러 온 자이나 실제로는 감시자였지. 위 황후가 그를 시켜 벽화 살인 사건을 일으키고 서운사를 끌어들인 것은 내게 위협을 가하기 위해서였다. 내가 계속 시간만 끌고 움직이지 않으면 그들은 필시 나를 돌이킬 수 없는 만겁의 구렁텅이로 밀어 떨어뜨렸을 것이니라."

그는 손가락으로 삼라만상을 그려놓은 벽화를 가리키면서 한숨을 쉬었다.

"사람의 마음이란…… 만물은 마음에서 나타나는 것이요, 진정한 지옥은 곧 사람 마음속에 있는 것이다. 세상에 다시없을 저 훌륭한 그림은 화절과 화치가 힘을 합쳐 그려낸 고통스런 사람의 마음이니…… 살과 뼈가 얼어 터지고 갈라지는 저 팔한지옥과, 영원히 꺼지지 않는 불꽃이 활활 타오르는 팔열지옥을 보아라. 특히 저 동주지옥에서 불타는 기둥을 끌어안은 죄인들은 오히려 웃음을 짓고 있지 않으냐. 절망의 웃음이지. 전도현이 몸소 지옥을 경험했기에 저렇게 뼛속 깊이 스며드는 절망과 다양한 사람의 마음을 그려낼 수 있었느니라. 애석하구나. 이토록 훌륭한 작품이 다시는 세상에 남아 있지 못하게 되다니……."

그의 나지막한 목소리와 함께 거대한 벽화에 그려진 악귀들이 스멀스멀 움직이기 시작했다. 흉악한 귀왕과 음산한 귀졸들이 날카롭고 처량한 비명을 질러댔다. 원승은 정신이 몽롱해지면서 주위를 감쌌던 전각이 사라지고 무시무시한 지옥의 귀졸들 속에 와 있는 기분이 들었다.

"이것이 바로 저를 부른 진정한 이유로군요."

원승은 온몸을 부르르 떨며 재빨리 호신강기를 불러일으켰다.

"도교의 법진을 펼쳐서라도 대적하는 자를 뿌리째 뽑아 후환을 없앨 생각이십니까?"

혜범은 매우 진지한 표정으로 그를 바라보며 한숨을 내쉬었다.

"나도 이러고 싶지 않았다만 네가 너무나 총명하니 어찌하겠느냐. 하나 너는 이제 당당한 대현원관 관주이니 보란 듯이 해칠 수는 없을 터. 하물며 사제 간의 정이 있으니 단순히 미친 사람으로만 만들어주겠다. 그래, 개관식을 치르느라 애를 많이 썼고 꿈과 현실을 제대로 구분하지 못하고 있었으니, 갑자기 미쳐버린다 해도 이상하지 않겠지."

그의 부드러운 탄식 속에 오래된 벽화에서 연기가 모락모락 피어오르고 주변에 있던 것들이 점점 멀어져갔다. 곧이어 그림 한쪽

구석에 있던 날쌘 꼬마 귀졸이 천천히 발을 떼어 벽화에서 튀어나오려 했다. 끔찍하리만큼 괴이하고 끔찍하리만큼 사실적이었다. 꿈을 꿀 때마다 느끼던, 꿈인지 현실인지 분간할 수조차 없던 사실감.

마침내 꼬마 귀졸이 벽에서 완전히 튀어나왔다. 귀졸은 원승을 향해 이를 드러내며 득의양양하게 웃더니 폴짝 뛰어 그에게 날아들었다. 원승은 안색조차 변하지 않은 채 천천히 소매에서 춘추필을 꺼내 들었다. 춘추필의 움직임을 따라 염라전의 청석 위로 부적 하나가 나타났다. 원승의 붓이 힘차게 허공을 쓸자 부적들이 눈송이처럼 착착 나타나 그의 앞에 둥그렇게 복마권을 그렸다.

바로 그 순간, 벽화에서 빛이 번뜩이고 흉악한 악귀들이 소리소리 지르며 튀어나와 사방팔방에서 원승을 덮쳤다. 날카로운 이를 드러낸 꼬마 귀졸이 가장 먼저 복마권에 부딪혀왔다가 처량하게 울부짖으며 허둥지둥 물러났다. 이상한 일이지만 금빛찬란한 광채를 쏟아내며 아무리 때려도 무너지지 않을 것처럼 튼튼해 보이는 복마권이 꼬마 귀졸의 충돌에 격렬하게 흔들렸다. 그 안에 있던 원승마저 온몸이 부르르 떨릴 지경이었다.

"박귀결!"

혜범이 빙그레 웃었다.

"평범한 술법이나 지극히 정순하게 익혔구나. 하나 박귀결은 이 세상의 악귀는 붙잡을 수 있을망정 네 마음속의 악귀는 붙잡지 못하느니라. 너도 잘 알겠지만 네 마음속에는 안락공주라는 풀어내기 힘든 매듭이 있고 이는 쉽사리 용서받을 수 없는 불경죄다. 공주 역시 네게 마음이 있는 것 같다마는 황제 폐하께서 아시는 날에는 필시 요참형을 피하지 못하겠지."

기울어가던 해는 서산 너머로 완전히 사라졌고, 마침내 스승과 제자 사이에 놓였던 마지막 꺼풀마저 찢어지고 말았다. 최후의 결전이었다.

혜범의 목소리는 여전히 온화하고 차분했지만, 그의 말은 거대한 도끼처럼 원승의 마음속에서 가장 여린 부분을 사정없이 찍어댔다. 원승은 예리하기 짝이 없는 검에 심장을 찔린 것처럼 몹시 아팠다. 별안간 공포의 지옥과 처량하게 울어대는 혼백, 비명을 질러대는 죄인들이 차츰차츰 또렷해지고 점점 커지기 시작했다.

"이 악귀들은 네 마음과 이어져 있다. 악귀들은 영원히 네게 달라붙어 네가 완전히 미쳐 쓰러질 때까지 물어뜯을 것이니라. 그렇다, 네가 바로 저 벽화에서 뜨거운 불기둥을 끌어안은 죄인인 것이다. 사특하고 음란한 죄를 저지른 자는 지옥에 떨어진 뒤 활활 타오르는 불기둥을 절세미인으로 착각하고 미친 듯이 달려들어 그 기둥을 끌어안는다. 처음에는 만족스럽게 미소를 짓지만 곧 고통스런 불길을 느끼게 되나니……."

반면, 혜범의 모습은 서서히 흐려졌고 그의 목소리만 느리지도 빠르지도 않게 원승의 귓속을 파고들었다. 그의 입에서 나오는 한 마디 한 마디는 날카로운 검이 되어 원승의 심장을 잘게 잘게 쪼갰다. 무엇보다 두려운 것은 복마권에 부딪히는 악귀들이 벌써 수십 마리에 이른다는 것이었다. 충돌이 일 때마다 원승의 경맥은 큰 충격을 받은 것처럼 마구 뒤집히고 복마권이 뿜어내는 광채는 점점 어두워져 당장이라도 무너질 듯 위태로웠다.

원승은 현기증이 이는 머리를 매만지다가 갑자기 소리를 질렀다.

"설마 위 황후가 존사님께 내린 명령이 단지 황제 폐하를 암살하는 것뿐이었을까요?"

"어떻게……."

혜범의 눈동자가 번쩍하더니 희미해지던 그의 모습이 순식간에 선명해졌다.

"선기 국사와의 대결에서 패배한 뒤 존사님은 분명 깊은 상처를 입으셨습니다. 그 후 존사님께서는 영허문에 싫증나고 나아가 도교 전체에 싫증이 나셨지요. 존사님께서 말씀하신 대로 시기와 분노와 탐욕의 씨앗이 뿌리를 내린 것입니다. 존사님은 내내 그 무시무시한 꿈을 꾸셨고, 결국 완전히 다른 사람으로 변신한 것입니다. 호승 혜범이라는!"

무엇 때문인지 원승의 목소리는 전에 없이 차가워졌다.

"도교의 조사인 태상노군은 대당나라 황실로부터 이 씨의 시조로 봉헌됐고, 고종 폐하는 한 발 더 나아가 태상노군을 '태상현원황제'로 봉하고 각지에 제를 올릴 현원관을 건립하게 하셨습니다. 이 때문에 무측천은 주나라를 세워 황위에 오르기 전, 도교의 드높은 지위를 깎아내리기 위해 끊임없이 명령을 내려 '현원황제'라는 존호를 없애고 불교를 도교보다 높은 자리에 올렸습니다. 삼 년 전 신룡정변이 일어나 천하가 다시 이 씨의 당나라에 돌아가자 태상노군도 존호를 되찾았지요. 하나 도교가 여전히 국교로 남는다면 위 황후가 무슨 수로 무측천처럼 황제가 될 것이며, 안락공주가 무슨 수로 황태녀가 될 수 있겠습니까?"

그는 고개를 번쩍 들고 큰 소리로 외쳤다.

"도교를 완전히 무너뜨리는 것이야말로 위 황후가 존사님께 내린 밀명이었지요! 그 밀명은 선기 국사조차 알지 못했을 것입니다.

경성에서 가장 큰 현원관 개관식에서 신임 관주가 황제를 암살하면 영허문은 물론이고 도교 전체가 큰 재앙을 당하겠지요. 존사님께서 일찍부터 호승 혜범 노릇을 한 까닭은 바로 그 때문이며, 이는 선기 국사에게 복수할 최후의 수단이기도 했습니다."

악귀들마저 비명을 멈춘 듯 염라전 안이 조용해졌다. 혜범이 길게 한숨을 내쉬었다.

"영허문의 제자 수백 가운데 내 의발을 이어받은 사람은 열아홉 명이다. 도력을 논하자면 너는 첫째에 미치지 못하고, 신실함을 논하자면 둘째에 미치지 못하고, 자질을 논하자면 열아홉째에 미치지 못한다. 하나 지혜로만 봤을 때 너는 분명코 본문의 제일인자다!"

그의 목소리가 음침하게 변했다.

"애석하게도 너무 총명하니 장수할 상은 아니로구나."

마지막 한마디와 함께 수십 마리 악귀가 일제히 꽥꽥 비명을 질러대며 미친 듯이 복마권에 부딪혀왔다. 부적은 금세 빛을 잃고 하얗게 바래 거미줄처럼 가늘고 옅어졌다. 복마권이 무너지는 것은 시간문제였다.

바로 그때 전각 밖에서 커다란 외침이 들려왔다.

"원승, 안에 있나?"

우레 같은 육충의 외침과 함께 하늘을 찌를 듯한 묵직한 검기가 들이닥쳤다. 그러나 원승은 대답할 틈이 없었다. 기계적으로 춘추필을 흔들어 부적을 그려내며 무너질락 말락 하는 복마권을 보수하느라 바빠서였다.

육충은 전각 밖에 도착했지만 뚫고 들어올 수가 없었다. 염라전이 바로 한 장 앞인데, 달리고 또 달려도 그 문은 언제까지나 한 장

앞에 우뚝 서 있었다. 반쯤 열린 창문을 통해 뿌옇게 흐려진 전각 안의 모습이 보였는데, 원승은 멍한 표정으로 앉아 있고, 호승 혜범은 그의 괴로움을 즐기는 듯 히죽히죽 웃고 있었다.

육충은 마구 소리를 질러댔지만 원승의 대답은 들리지 않았다. 심지어 전각 안에서 나는 그 어떤 소리도 들을 수가 없었다. 몇 차례 전각문으로 달려들었다가 어떤 고수가 염라전 전체에 결계를 쳐 자신의 힘으로는 도저히 돌파할 수 없다는 것을 깨달았다. 상황을 보니 전각 안의 원승은 위험한 상태 같아 더 기다릴 수가 없었다.

육충은 천천히 검을 가슴 앞에 세운 뒤 검 끝으로 혜범의 미간을 겨눴다. 검선문에서 기예를 익힌 이래 그는 이 백발백중의 어검술 하나로 강호를 종횡하며 단 한 번도 실수한 적이 없었다. 청양자 같은 종상부의 절정 고수 앞에서도 호통을 치며 자유분방하게 굴던 그가 아닌가.

그런데 어찌 된 셈인지 저 늙은 호승 앞에서는 무시무시한 위압감이 느껴졌다. 창을 통해 보이는 것은 호승의 옆모습뿐이지만 지독한 기운이 엄습해왔다. 선기 국사같이 거의 반은 신선이라 할 인물에게서나 느낄 수 있는 위압감이었다. 그렇지만 좌절할수록 강해지는 성품인 육충은 적의 도력이 깊이를 알 수 없다는 것을 알면서도 망설이지 않고 힘을 끌어올렸다. 육충의 강기를 받은 철검이 넓적한 검신에서 시꺼먼 빛을 쏘아내기 시작했다. 죽음의 숨결이었다.

바로 그때 창 안에 있던 호승이 눈치를 챈 듯 고개를 돌리더니 육충을 향해 씩 웃었다. 그 의미심장한 웃음은 도발하는 것도, 깔보는 것도 아니었다. 그저 모든 것을 쓸어버릴 수 있는 육충의 비검이 아무 가치도 없다고 여기는 듯한 무관심에서 비롯된 웃음이었다.

"얏!"

육충은 대갈을 터뜨리며 전력을 다해 어검술을 펼쳤다. 칠흑 같은 철검이 눈부신 암홍색으로 빛나며 혜범을 향해 똑바로 날아갔다. 마침내 비검이 전각문 앞의 결계를 뚫고 어둡고 시린 암홍색 광채를 반짝이며 안으로 들어갔다. 검이 창을 통과하는 순간, 육충의 귓가에 슬픔에 찬 무수한 비명이 들려왔다. 검이 꿰뚫고 지나간 것이 텅텅 빈 창문이 아니라 어느 귀신의 몸이라도 되는 것 같았다.

검이 창문으로 들어가자, 호승의 얼굴에 떠올랐던 신비한 웃음은 씻은 듯이 사라졌다. 육충은 불쑥 불길한 예감이 들어 황급히 소리를 질러 검을 거뒀다. 그의 어검술은 마치 손가락을 움직이듯 검을 마음대로 자유롭게 부릴 수 있는 수준이지만 어찌 된 셈인지 지금은 아무리 해도 말을 듣지 않았다. 눈앞의 어두컴컴한 창문과 뿌옇게 흐려진 문이 살아 있는 생물이라도 된 양 백발백중의 비검을 집어삼킨 것 같았다.

그와 동시에 전각 안의 원승이 고통스럽게 신음했다. 육충이 퍼뜩 돌아보니 원승의 어깨 한쪽으로 검날이 삐죽이 나와 있었다. 혜범을 향해 날린 검이 원승의 등 뒤 어깨뼈 아래쪽을 찔러 들어가 어깨로 튀어나온 것이었다. 원승은 전신의 경맥에 큰 충격을 받아 입에서 시뻘건 피를 한 움큼 토했다.

"까마득히 어린 것이 하늘 높은 줄 모르는구나!"

혜범이 느긋하게 한숨을 쉬며 말했다. 원승을 비웃는 것일까, 아니면 육충을 비웃는 것일까?

비검에 찔리는 순간, 원승의 앞을 가로막은 복마권도 우수수 무너져 내리고 말았다. 그 위험천만한 상황에서 원승은 별안간 정신이 번쩍 들었다.

"천마! 이것들이 바로 천마였군요! 벽화가 아무리 사실적이라 해도 악귀로 변할 수는 없는 법, 당신이 이곳에 천마를 풀어놓은 것입니다! 혜범! 당신은 벌써 사악한 길로 들어섰군요!"

혜범이 웃는 얼굴을 살짝 굳히며 말했다.

"그렇다. 내 이미 돌이킬 수 없는 길을 건넜다. 천마를 불러들이는 것은 실로 흉험하기 짝이 없는 일이다. 조금만 실수해도 원신이 천마에 동화하고 말지. 신임 대현원관주인 너처럼 말이다. 원신이 천마에 흡수되면 너는 곧 그림 속 사람이 되고 네 육신은 의식 없이 걸어다니는 시체가 될 것이다. 네가 바라던 것이 아니냐? 이 그림을 그토록 마음에 들어 했으니, 이제 그 속에 녹아 들어가 그림 속에서 가장 고통 받는 얼굴이 되도록 해라."

원승의 얼굴 근육이 마구 실룩였다. 혜범의 말은 채찍처럼 그의 심장을 호되게 갈겨댔고, 그의 심장은 찢어지고 갈라져 만신창이가 됐다. 홀연 그의 눈앞에서 흉악한 악귀들이 홱 사라지더니 그 수백 마리의 악귀가 안락공주로 바뀌었다.

백여 명의 안락공주가 그를 에워싸고 깔깔거리며 웃거나, 정을 담뿍 담고 바라보거나, 온화하게 차를 마시거나, 교태롭게 술을 홀짝이거나, 나풀나풀 춤을 추거나, 나른하게 옷을 갈아입거나, 잔혹한 형벌이라도 당하는 양 몸을 뒤틀며 고통스럽게 울부짖었다. 그 수많은 모습은 살아 있는 듯 생생하고, 향기롭고, 매혹적이었다.

원승은 완전히 넋이 나가 멍하니 그 모습을 바라봤다. 문득 이런 생각이 들었다. 이것이 천마가 만들어낸 세상이라면 영원히 이 세상에 남고 싶다고. 영원히 그녀와 함께할 수 있다면 그것도 나쁘지 않은 일이라고.

그 생각을 하는 순간, 마음속 깊은 곳에서 맑디맑은 빛 한 줄기가 높이 솟아올랐다. 그 빛은 맑고 깨끗한 눈동자였다. 외로움과 슬픔, 그리고 깊은 정을 담은 그 눈동자는 그의 마음속을 순식간에 환히 비추는 것 같았다.

그는 깊이 숨을 들이쉰 뒤 천천히 말했다.

"심마가 없다면 천마를 불러들일 수도 없겠지요! 당신의 마음속에도 똑같은 고통이 숨겨져 있습니다. 나보다 훨씬 크나큰 고통 말입니다. 아닙니까?"

혜범은 안색이 어두워진 채 아무 말도 하지 않았다.

"당신은 무측천 시대 도교의 제일인자였고 천하제일의 국사였습니다. 그런데 지금은 어떤 모습입니까? 정묘한 술법으로 외양을 바꾸고 완전히 딴사람이 될 수는 있겠지만 그 마음은 어떻습니까? 당신의 마음까지 약삭빠르고 계산적인 늙은 호승으로 완전히 바뀌었을까요?"

혜범은 망연히 중얼거렸다.

"도는 하나를 낳고, 하나는 둘을 낳고, 둘은 셋을 낳고, 셋은 만물을 낳는 법. 노자는 기운 하나만으로 수천수만의 화신을 만들었는데, 이 또한 수련술의 하나다. 수천의 화신으로 수천의 마음을 경험하는 것은 대도(大道)를 깨우치는 묘책이지."

"아직도 '도'라는 단어를 입에 담는 겁니까?"

원승이 폭소를 터뜨렸다.

"잊은 모양인데, 살아생전 홍강 진인은 천하의 도교를 통일해 세상에 못할 일이 없는 사람이었으나, 당신이 홍강 진인의 이름으로 마지막으로 한 일은 도교를 멸망시키려는 것이었습니다! 어른을 기만하고 사문을 멸하려는 것보다 더한 죄가 어디 있단 말입니까!"

혜범은 눈 한 번 깜빡이지 않고 그를 뚫어지게 노려봤다. 얼굴 근육이 부들부들 떨리기 시작했다.

"더 가소로운 것이 무엇인지 아십니까? 당신은 교활하고 우스꽝스런 호승이 되어 장부나 정리하고 세도가들에게 양기를 돋우는 약물이나 바치고 있지요. 참, 원래의 신분을 숨기기 위해 그 약물에는 페르시아와 서역의 약재를 많이 섞었겠군요. 제자로서 생각만 해도 부끄럽고 민망합니다!"

혜범도 더는 견딜 수 없는지 '푹' 하고 입에서 피를 토했다. 그래도 그는 한사코 발버둥을 치며 버텼다.

"닥쳐라! 선기를 쓰러뜨리기만 한다면 내 다시 국사의 자리에 오르지 못하란 법도 없다!"

"아니, 그럴 수 없다는 것은 당신도 잘 알 겁니다! 영원히 그럴 수 없지요!"

원승의 목소리는 다소 약해져 있었지만 그 한마디가 떨어지자 혜범의 얼굴은 순식간에 창백해졌다. 그의 주위로 사람 그림자가 하나둘 나타났다. 선기 국사와 황제 이현, 위 황후, 안락공주, 태평공주, 능진자 같은 이들이었다. 그들은 사방에서 혜범의 팔다리를 잡아당겼고, 심지어 어떤 이는 발작하듯 그의 얼굴을 물어뜯기까지 했다.

그에게도 심마가 일어난 것이다. 혜범이 불러들인 천마는 수가 더 많았고 더욱 미친 듯이 날뛰었다. 하얗고 매끈매끈하던 혜범의 얼굴은 선기 국사와 위 황후 등의 모습을 한 천마에게 아작아작 씹혀 눈 깜짝할 사이 핏빛으로 얼룩졌다.

원승은 저도 모르게 한숨을 쉬었다.

"뜻밖이오. 내 심마는 안락공주 한 사람뿐이지만 당신의 심마는 그렇게도 많다니……."

원승 역시 편안한 상태는 아니었다. 겉보기에는 아리따운 여인에게 둘러싸여 편안한 듯하지만, 안락공주의 모습을 한 천마는 그의 옷을 찢거나 목과 팔을 쓰다듬는 것은 물론이고, 앵두 같은 입술을 벌려 우아하고 부드럽게 그의 얼굴을 깨물기도 했다. 안락공주의 동작은 우아하고 부드러웠지만 새빨간 입술과 가지런한 치아가 열렸다 닫힐 때마다 그의 얼굴 역시 한 움큼씩 뜯겨나갔다.

중상을 입은 원승은 몹시 피로했으나 심장을 에는 격심한 고통을 이기지 못해 남은 힘을 쥐어짜내 싸우려 했다. 그런데 맞은편에 있는 혜범은 여전히 단정하게 앉아 천마가 마구 물어뜯고 잡아당겨도 꿈쩍하지 않았다.

이를 본 원승은 곧 눈치를 챘다. 그는 재빨리 공력을 끌어모아 심맥을 보호하면서, 달려드는 천마를 못 본 척하고 그들이 괴롭히건 말건 전혀 반격하지 않았다. 이상하게도 그렇게 모든 것을 내려놓았더니 살점이 뜯기는 고통은 그대로지만 정신이 맑게 깨고 마음이 차분하게 가라앉는 것이었다. 눈앞의 안락공주는 교태를 부리거나 잔혹하게 굴었지만 원승은 마치 환영을 보듯 태연자약했다.

"과연 깨우침이 남다르구나!"

혜범은 선기 국사 둘에게 양쪽 귀를 물어뜯기고 황제 이현에게 목을 세게 졸리면서도 차분한 목소리로 말했다.

원승이 냉소를 지었다.

"이 천마들은 미치광이처럼 악독하지만 반격하면 도리어 그들에게 융화되어 그림 속의 사람이 될 뿐이지요. 지나가는 바람처럼 대해야만 대나무가 바람에 흔들리듯 피해를 보지 않습니다."

이렇게 말하며 원승은 남아 있는 강기를 끌어올려 어깨를 찌른 시커먼 철검을 힘껏 뽑아냈다.

"우리 두 사람 다 돌이킬 수 없는 과거를 가지고 있군요. 다시 과거로 돌아갈 수 있다면 어떤 길을 선택하시겠습니까?"

"과거로 돌아간다…… 과거 어느 때로 말이냐? 무측천의 퇴위를 내 힘으로 막을 수 있겠느냐? 천하가 주나라에서 당나라로 바뀌고 금상이 등극하는 것을 내 힘으로 막을 수 있겠느냐? 금상이 등극한 이상 위 황후가 권세를 쥐는 것은 당연한 흐름이고, 그 뒤에 일어나는 일들도 그 흐름에 따르게 될 것이다. 알겠느냐? 내게는 이 길 외에 다른 선택이 없다."

혜범이 중얼거렸다.

"인생은 참으로 한바탕 꿈같은 것이다. 하나 아름다운 꿈보다는 악몽을 꿀 때가 많은 법, 엽주에 당한 것처럼 끔찍하기 짝이 없는 일이지."

혜범의 늙수그레한 눈동자에 파문이 일기 시작했다. 그는 쓴웃음을 지으며 말을 이었다.

"인간 세상의 수많은 일은 깨어나기 힘든 악몽 같은 것이다. 그 악몽 속에서 인간은 그저 필사적으로 달릴 뿐, 뒤를 돌아보거나 주위를 둘러볼 기회 같은 것은 존재하지 않는다! 바로 너처럼. 어떠냐, 원승? 너는 돌아볼 수 있겠느냐?"

원승은 천천히 고개를 들어 혜범의 눈동자를 지그시 들여다봤다. 그들 곁에는 안락공주와 위 황후의 모습을 한 셀 수 없이 많은 천마가 어지러이 춤추고 있었고, 그들의 몸에는 핏자국이 낭자한 데다 물어뜯긴 뺨은 허연 뼈가 드러날 정도지만 눈빛만은 여전히 굳건했다. 수많은 천마를 못 본 척하자 육신의 고통은 여전했지만 정신은 오히려 차분해졌다.

마침내 원승이 무겁게 한숨을 쉬며 말했다.

"내가 온 길은 존사님께서 정해놓은 길이니 돌이킬 수 없을 겁니다. 하지만."

그의 눈동자가 환하게 빛났다.

"나는 인생이 악몽이라고 생각하지 않습니다. 마지막에는 나 자신으로 돌아갈 테니까요."

원승이 갑자기 목소리를 높였다.

"아시겠습니까? 세상이 어떻게 변하든 나는 결코 내 마음을 배신하지 않고 나 자신으로서 살아갈 겁니다!"

돌연 새까만 광채가 원승의 손에서 날아올랐다. 그 광채는 바로 조금 전 육충이 날린 철검이었다. 육충은 어검술로 강호를 종횡하며 거의 적수를 만나지 못했는데 이는 남들보다 뛰어난 재능 덕일 뿐 아니라 겉보기에는 평범하기 짝이 없는 이 철검이 사실은 출중한 법기이기 때문이었다.

자화열검. 이 검은 부리기가 몹시 어려워 육충이 손에 익히기 전까지 대략 오십 년 동안 아무도 쓰지 못했다. 그러나 육충이 연성한 후로 강력한 위력을 발휘해 귀신이든 마귀든 베지 못하는 것이 없었다. 조종하기가 극히 어렵기는 하지만 지금은 원승의 피를 흠뻑 머금은 탓에 '피의 제사'라고 하는 수련법에 따라 원승이 한참 동안 정신을 집중하자 그의 생각대로 움직일 수 있게 된 것이다.

이 검은 바로 원승의 강기를 남김없이 밀어 넣은, 그야말로 최후의 일격이었다. 자화열검이 노리는 것은 혜범이 아니었다. 검은 날카로운 기세를 흩뿌리며 벽화를 향해 돌진했다. 검기가 닿는 곳마다 대전의 삼면을 가득 채운 거대한 벽화에서는 신음이 끊임없이 흘러나오고 여기저기 쩍쩍 갈라졌다.

"안 돼!"

혜범이 억눌린 목소리로 외쳤다. 온 힘을 다해 천마에 대항하는 사이 뜻밖에도 원승이 위험한 승부수를 던진 것이다. 혜범의 부르짖음이 끝나기도 전에 세상을 놀라게 했던 명작 〈지옥변〉은 둔탁한 소리를 내며 산산조각 나 먼지를 일으키면서 부스러졌다. 대전을 받친 기둥 여덟 개가 없었다면 천장마저 우르르 무너졌을 터였다.

전각 안을 뿌옇게 채운 가루와 먼지 속에서 고막을 찢을 듯이 날카롭고 놀란 비명이 터져나왔다. 어두운 안색의 황제 이현과 오만한 표정의 위 황후, 봄꽃같이 찬란한 안락공주, 돌처럼 무뚝뚝한 선기 국사 등은 조금 전까지만 해도 미친 듯이 두 사람을 할퀴고 물어뜯었지만, 다음 순간 일제히 비명을 지르며 빠른 속도로 흐려져갔다. 그리고 유성처럼 하얀빛이 되어 전각 안을 빙글 돌다가 마침내 창문을 통해 아득하게 펼쳐진 하늘 저편으로 사라졌다.

하나, 둘…… 도합 아홉 개의 빛줄기가 차례차례 빠져나가고, 그와 동시에 원승과 혜범의 몸에서 빛이 번쩍이더니 피투성이 몸도 언제 그랬느냐는 듯 빠르게 본래 모습으로 돌아갔다.

"아홉…… 아홉 개의 천마라…… 저것이 바로 존사님께서 말씀하신 머리 아홉 달린 천마였군요!"

원승은 가볍게 한숨을 쉬었다.

"천마는 사라졌고 법진도 깨어졌습니다. 이런데도 저를 죽여 증거를 없애려 하시겠습니까?"

"기실 진정한 머리 아홉 달린 천마는 네 상상보다 훨씬 복잡하고 위험한 것이다."

혜범은 천천히 고개를 저었다. 그의 눈에서 기이하고도 희미한 빛이 어른거렸다.

"그것이야말로 더없이 크나큰 비밀이지! 하나 지금은 말해줄 수 없다."

머리 아홉 달린 천마가 크나큰 비밀이라니? 원승은 더욱더 마음이 무거워졌지만 아무 대답도 하지 않았다. 혜범의 표정이 빠른 속도로 변하더니 어느새 혼란스러우면서도 온화한 눈빛으로 돌아갔다. 그는 원승을 바라보며 허허 웃었다.

"심마를 제거하다니 도술이 크게 정진했구나. 이 스승도 이제는 너를 어찌할 수 없다. 그래, 잊고 있었군. 영존께서 금오위의 수장이니 네 이 요망한 호승을 관청으로 끌고 갈 생각이냐?"

"잘 아시다시피 저 역시 존사님을 어찌할 수 없습니다."

원승의 표정이 살짝 어두워졌다.

"영허문의 제자인 제가 어찌 존사님을 포박할 수 있겠습니까? 존사님의 명으로 현원관주가 됐으니 온 힘을 다해 영허문을 지키는 것이 마땅하겠지요. 제가 할 수 있는 일은 단지 존사님을 모르는 척하는 것뿐입니다."

혜범은 교활한 페르시아 상인 같은 웃음을 띠며 말했다.

"그래, 참으로 좋은 대답이 아니냐? 현원관이 군주를 시해하려던 일은 애당초 일어나지도 않았다. 너와 나 말고는 아무도 모르고, 관리와 백성은 너의 신통력과 담력을 입에 침이 마르도록 떠들어대고 있다. 세상을 놀라게 한 이 벽화 살인 사건도 네가 해결했고, 페르시아의 요승 단풍은 참살됐으니 천하가 모두 기뻐할 것이다."

'그래, 이것이야말로 모두에게 좋은 결말이겠지.'

원승은 속으로 무력하게 한숨을 내쉬었다. 아버지 역시 이런 결말을 마음에 들어 할 것이다. 신비한 사건이 마무리되고 원흉은 죽었으니 어느 공주에게도 미움 살 일은 없었다.

심지어 모든 사람의 이목이 쏠렸던 칠보일월등도 신비하게 모습을 드러냈다. 어쩌면 이 모든 것이 혜범, 즉 존사의 예측대로인지도 모를 일이다. 혜범, 한때 그의 존사였던 홍강 진인은 이 모든 것을 획책하고 이 모든 것을 조종했다. 하지만 그와 동시에 이 모든 결말까지 헤아려둔 것이다. 비록 그의 간계를 파헤쳤지만 원승으로서는 아무것도 할 수 없었다.

"그러면 마지막으로 한마디만 올리겠습니다. 내려놓으십시오!"

원승의 눈빛은 다소 피곤해 보였다.

"지난날 존사님께서 제게 내려주신 가르침입니다. 세상에서 일어나는 일들을 꿈이나 환영처럼 여겨야만 진정으로 내려놓을 수 있다 하셨지요. 재물도, 권력도, 명성도, 그리고 정욕도, 그 어떤 것이든 분에 넘치게 집착하면 커다란 고통을 가져올 뿐입니다. 집착이 강해질수록 고통도 커지겠지요. 저도 이제야 깨달았습니다. 분에 넘치는 집착 그 자체가 바로 진짜 악몽이지요. 그러니 내려놓으십시오, 존사님! 당신을 존사라 부르는 것은 이게 마지막입니다!"

혜범은 말이 없었지만 가볍게 실룩이는 얼굴을 보면 격렬하게 동요하고 있는 것이 분명했다.

"원승! 하하하, 좋은 사람은 오래 못 가지만 재앙 덩어리는 천년을 간다더니 과연 아직 살아 있었군!"

시원스레 웃으면서 날아든 사람은 바로 육충이었다. 〈지옥변〉 벽화가 망가지고 그 속에 기생하던 천마가 흩어지자 염라전 밖의 법진도 자연스레 사라져 육충이 들어올 수 있었던 것이다. 그가 손을 휘두르자 벽화를 무너뜨린 자화열검이 순순히 그의 손으로 돌아왔다. 원승이 상처를 입었지만 아직 버틸 만한 것을 보자 육충은 안심하고 큰 소리로 물었다.

"저 늙다리 중놈은 어쩔 생각인가? 괴상한 짓을 골라 하는 것을 보면 간악한 자가 분명해!"

원승은 고개를 젓고 혜범을 가만히 응시한 채 무겁게 말했다.

"내려놔야 하오. 고통을 잊을 수 없다면 차라리 깨끗하게 내려놓고 못 본 척 무시하시오."

그 한마디에 담긴 두 가지 의미는 혜범에게 주는 대답이었다. 두 사람 마음속의 고통을 못 본 척하겠다는 것은 혜범의 내력도 모른 척하겠다는 뜻이었다. 혜범도 알아들었다는 듯 빙그레 웃었다.

"못 본 척하는 것이 정답이지요. 조정 일이든 도술 수행이든 모두 마찬가지입니다."

두 사람의 대화를 육충은 도무지 알아들을 수 없었다. 그러나 그들의 눈동자에 어린 의미심장한 빛을 보자 재미가 있는지 입을 다물고 가만히 지켜보기만 했다. 능글맞은 이 늙은 호승은 뭔지 모를 위압감을 지녔는데 뜻밖에도 원승이 그런 그와 대등한 위치에서 신비한 약속을 한 것이다.

"대랑, 떠나시기 전에 빈승이 준비한 선물이 있으니 한번 보시지요."

혜범은 품에서 뭔가를 꺼내 열어 보였다. 별로 크지 않은 족자였다. 수당 시대의 책은 대부분 두루마리 형태에 종이가 두꺼워, 이른바 '말아 묶으면 느슨해지고 가만히 두면 말리는' 식이었다. 혜범이 꺼낸 것은 공들여 표구한 족자로, 표구용 축은 당시에는 무척 진귀한 빨간 유리였다.

책을 목숨처럼 좋아하는 원승은 혜범이 꺼내 든 족자를 보자 저도 모르게 걸음을 멈추고 물었다.

"무슨 책이오?"

"천서입니다!"

혜범이 여유롭게 웃으며 족자를 펼치자, 맨 앞에는 기이한 형태의 물건이 그려져 있었다. 다행히 도사 출신인 원승은 이 낯설지 않은 물건이 단약을 굽는 연단로라는 것을 알아보고 깜짝 놀랐다.

'설마 도교의 비급인가?'

"이 연단로가 바로 이 모든 것의 시작입니다. 다만 아직 때가 되지 않아 알아보지는 못하실 겁니다."

혜범은 계속 족자를 펼치며 말을 이었다.

"뒤에 있는 이 그림도 아시겠지요?"

두 번째 장에 그려진 그림을 보자 원승의 얼굴은 순식간에 얼어붙었다. 그 그림은 바로 〈지옥변〉이었다. 다만 〈지옥변〉 위에서 흉악한 신룡이 빙글빙글 돌아 내려가며 음울한 지옥 속으로 스며들고 있었다. 이런 순간에 이 신비막측한 호승이 기괴한 〈지옥변〉을 펼쳐 보인 것은 대체 무슨 의미일까?

원승과 육충은 서로 마주 보며 가만히 경계를 돋웠다.

"빈승에게 필요한 것은 증인입니다. 원 대랑이야말로 최고의 선택이지요."

혜범은 또다시 이상한 말을 하며 족자에서 〈지옥변〉이 그려진 종이를 떼어내 촛불로 가져갔다. 불이 순식간에 종이로 옮겨 붙어 높이 타올랐다.

"이것은 대체…… 무슨 뜻이오?"

원승이 눈을 찡그리며 낮게 물었다.

"지금은 아실 필요 없습니다."

혜범의 눈동자가 번쩍번쩍 빛을 발했다.

"하나 대랑은 이 천서의 증인이니 언젠가는 아시게 될 것입니다."

원승은 차갑게 코웃음을 쳤지만 불길 속에서 재가 되어가는 그림을 바라보자 불길한 예감이 솟았다. 그는 이 늙은 여우 앞에서 잠시도 머물고 싶지 않아 힘없이 육충에게 손짓한 뒤 그의 부축을 받아 성큼성큼 걸음을 옮겼다. 전각문 앞에 이르렀을 때 문득 그가 뒤를 돌아보며 말했다.

"참, 대현원관에 아직 첩자가 있는 것 같더군. 앞으로 내 앞에서는 좀 더 착실하게 굴어야 할 것이오. 마지막 순간에 황제 폐하께서 뽑으신 제비는 누군가가 바꿔치기한 것이었소. 이 또한 당신이 꾸며놓은 걸작이겠지?"

제비를 뽑는 순간, 원승은 황제의 얼굴이 딱딱하게 굳는 것을 똑똑히 봤다. 그 후 황제는 억지웃음을 지으며 제비를 다시 병에 집어넣으면서 큰 소리로 "대길이다" 하고 외쳤다. 원승은 그 제비를 잘 봐뒀다가 의식이 끝난 후 확인했는데, 놀랍게도 최악의 점괘였다.

"황제 폐하께서도 연기가 참으로 능숙하시더군요. 하나……."

혜범은 그림을 천천히 말면서 입을 열었다. 첫 장의 연단로 그림까지 모두 만 다음에야 그는 족자를 흔들며 말을 이었다.

"미혼술이 그렇듯 씨앗은 이미 천서에 뿌리를 내렸습니다. 폐하의 운명은 이미 정해졌지요."

"천서라, 설마 그 책이……."

원승은 가슴이 철렁했다. 알 수 없는 시커먼 비구름이 심장을 뒤덮는 것 같았다.

"당신을 모른 척해주겠다고 했으나 그것은 지금뿐이오. 이 또한 존사이신 홍강 진인의 낯을 봐준 것이니 호승 혜범으로서 부디 자중하시오. 이후 또다시 불측한 일을 저지른다면 반드시 당신을 포박해 국법대로 처벌을 받게 할 것이오."

"국법대로 처벌하시겠다고요?"

혜범이 의아한 듯 되물었다.

"당신은 도사이지 포졸이 아닙니다. 금오위는 더더욱 아니지요!"

"그렇소, 하지만 나는 하산하고 당나라의 퇴마사가 될 것이오! 그러니 알아서 살길을 도모하시오!"

"하산? 당나라 퇴마사?"

혜범은 몹시 당황한 듯 어리둥절한 표정을 지었다. 원승은 더 말하지 않고 깊이 읍한 뒤 의문이 가득한 혜범의 시선을 뒤로한 채 육충과 나란히 전각문을 나섰다.

종장

여전히 고요하기 짝이 없는 수련 별원 안 탁자에는 '이화소' 한 단지가 놓여 있었다. 최근에야 서역에서 전해진 소주인데 당시 사람들이 즐겨 마시던 곡식으로 빚은 술보다 훨씬 독했다. 원승과 육충은 도력이 높지만, 입에 넣기 무섭게 화끈화끈해지는 소주를 잔뜩 마시자 자연히 취기가 오를 수밖에 없었다.

"아무래도 그 페르시아 미녀는 자네를 정말 좋아하나봐. 다리 놔줄 사람이 필요하면 말만 해!"

육충이 껄껄 웃으며 이어 말했다.

"여자 이야기가 나와서 말이지만, 자네가 오매불망 그리는 안락공주는 어떻게 꼬드겼나?"

"꼬드긴 적 없네. 한 번 본 뒤로 상사병에 걸린 것뿐이지."

원승은 빙긋 웃으며 두 사람 사이에 있었던 일을 간략히 이야기해줬다. 줄곧 마음속에 묻어둔 채 그 누구에게도 소상하게 털어놓은 적이 없었고, 존사인 홍강 진인에게도 슬며시 고민을 흘린 것이 전부였다. 그러니 생사의 기로를 함께한 벗 육충에게 하는 하소연이 첫 번째 고백인 셈이었다. 문득 지난번 찾아갔을 때 아름답게 반짝이던 그녀의 눈빛이 떠올라 그는 저도 모르게 한숨을 푹 쉬었다.

"그래, 그분은 아름답지. 하지만 내가 좋아하는 것은 그분이 보란 듯이 뽐내는 아름다움이 아닐세. 그런데도 그분은 그것도 모르고 종종 내 앞에서 자신의 매력을 자랑하곤 하지!"

육충은 연신 고개를 저었다.

"자네의 그 마지막 말은 너무 심오해서 도저히 알아들을 수가 없어."

"나는 그분 본연의 아름다움을 좋아하는 것이지, 일부러 지어낸 아름다움을 좋아하는 게 아니라는 말일세!"

육충은 더는 참지 못하고 안타까운 듯이 이를 악물었다.

"솔직하게 말할 테니 용서해줘. 안락공주는 자네를 놀리고 있는 거야. 자네를 바보처럼 가지고 노는 거라고!"

"알고 있네. 하지만, 상관없어!"

원승은 여전히 빙그레 웃어 보였다.

"그걸 아는데도 괜찮다고?"

육충은 아주 펄펄 뛸 기세였다.

"내가 그분을 좋아한다 해서 그분이 나를 좋아해야 할 까닭은 없지. 그분이 나를 이용한다는 것도 아네. 하지만 그런들 어떤가? 그래도 나는 온 힘을 다해 그분을 보호하고, 깊이 모를 심연에 빠지지 않도록 끌어당겨줄 생각일세."

"하지만 그녀에게 자네는 그저 치마폭에 바짝 엎드린 강아지나 마찬가지일지도 몰라. 위험한 순간에 필요하면 눈 하나 깜짝 않고 자네를 죽일 수도 있다고! 어때, 그래도 괜찮나?"

육충은 시비라도 걸듯 물었다.

"물론 마음이 아프겠지. 하지만, 상관없네."

원승은 그래도 담담하게 미소를 지었다.

"나는 그저 할 수 있는 데까지 다른 사람들에게 정성을 다하고 싶을 뿐이야. 그 사람이 나를 어떻게 대하든 전혀 상관없네."

육충은 기가 막혔다. 한참 동안 원승을 미친 사람 보듯 하던 그는 결국 한숨을 푹푹 쉬며 말했다.

"졌다! 원 형은 정말 손꼽는 다정남아로군. 이 육충, 완전히 탄복했어!"

원승은 빙그레 웃었다. 어느새 그의 마음은 반년 전, 초청을 받아 그녀의 병을 치료하던 때로 돌아가 있었다. 그때 그는 그윽한 향기가 가득한 규방으로 들어가 미모로 천하를 좌지우지한다는 공주를 처음 만났다. 우아하고 점잖은 원승이 안락공주 앞에 서자, 푹신한 침상에 비스듬히 기대앉은 미모의 공주는 저도 모르게 두 눈을 환하게 빛냈다. 그가 꼼꼼하게 문진을 하고 천천히 침을 놓고 최면술을 펼치자, 공주는 저도 모르게 그의 손을 잡으며 부드럽게 말했다.

"당신 참 좋은 사람이군요. 당신을 보면 마음이 놓이는 것 같아요. 가지 말아요. 당신을 곁에 두고 싶어요. 여기 남아 내게서 한 걸음도 떨어지지 말아요. 그래야 마음 편히 잠들 수 있어요……."

그녀가 입은 분홍빛 비단옷에는 온갖 꽃들이 아름답게 수놓아져 있었다. 부드러운 곡선을 이루는 아름다운 몸을 감싼 채 침상에 늘어진 옷자락은 마치 활짝 핀 절세의 모란 같았다. 그녀에게 잡힌 손은 부드럽고 나긋나긋한 감촉을 느꼈지만 약간 차가웠다. 그때 그의 심장은 쿵쿵 두방망이질을 해댔다. 아름답기 짝이 없는 눈동자가 스르르 감기고 기다란 눈썹이 차분하게 내려앉고 나서야 원승은 겨우 고개를 들었다. 그때 휘황찬란하게 빛나는 등이 눈에 들어왔다. 그 등은 정교하고, 화려하고, 매혹적인 광휘를 흩뿌리고 있었다.

"등!"

별안간 원승이 깊은 사색에서 깨어나며 외쳤다.

"등이라니?"

육충이 그를 흘끔거리며 피식 웃었다.

"사건은 종결됐지만 칠보일월등을 훔친 자는 아직 잡히지 않았잖아."

육충이 낄낄거리며 말했다.

"자네 많이 취했군. 등을 훔친 자는 단풍이고, 이미 어르신께서 본때를 보여줬잖아."

"그자가 아닐세!" 원승은 웃음기를 거두고 말했다. "그 등을 훔친 자는 바로 자네야!"

"나라고?"

"애초에 자네가 청양자 일행에게 쫓긴 것은 바로 자네 신분 때문이었지."

원승이 한 자 한 자 힘줘 말했다.

"자네는 종초객의 종상부에 잠입한 첩자였네! 자네는 일찍부터 위 황후 일파를 몰래 정탐해왔고, 용신묘에서 위험을 넘기자 서운사에 숨어들어 첩자 노릇을 계속했네. 자네 역시 단풍의 저의를 조사하고 있었으니까. 그런 까닭에 자네는 나를 도와 그 사건을 해결하고 그 자리에서 단풍을 붙잡았네. 내 추측이 틀리지 않았다면 안락공주가 칠보일월등을 잃어버린 것은 필시 자네가 꾸민 짓일세!"

"날 떠보는 건가?"

육충은 술잔을 살짝 흔들며 물었다. 여전히 웃고 있었지만 어딘지 이상하게 느껴지는 웃음이었다.

"하나하나 설명해주지. 첫째, 자네 말대로라면 자네가 단풍과의 싸움에서 위험에 처했을 때 금오위가 끝내 찾아내지 못했던 등이 갑자기 염라전 처마 밑에 나타나 단풍을 깜짝 놀라게 했지. 하지만 기실 그 등은 자네 손에 있었으니 자네가 직접 걸어놨을 거야. 자네가 어렵게 수련한 남명이화 강기라면 등에 불을 붙이는 것은 손바닥 뒤집듯 쉬운 일이었지. 과연 등이 켜지고 협박을 당하자 단풍은 마음이 흔들려 자멸했네. 미리 계획한 것이 아니라면 어째서 그 등이 하필이면 그 순간 그곳에 나타났겠나?"

원승은 육충을 똑바로 보며 말을 이었다.

"둘째, 용신묘에서 위험을 벗어난 뒤 자네는 마땅히 장안을 떠나 멀리 강호로 달아나야 했네. 하지만 자네는 오히려 서운사에 남았지. 더욱 이상한 일은 한가로운 학 같은 자네가 먼저 나를 돕겠다고 찾아온 것일세. 사라졌다가 나타난 칠보일월등 때문에 나는 자네를 의심하기 시작했고, 자네가 첩자라고 생각하게 됐네. 셋째, 이렇게 의심스런 부분을 조합해보면 쉽게 알 수 있지. 칠보일월등이 처음 나타난 것은 황제 폐하의 탈등연 때였네. 일곱 가지 보석으로 장식한 등은 휘황찬란하고 화려하기 짝이 없어 누구나 감탄했지만 그것을 본 사람은 극소수일세. '일월'이라는 이름이 붙은 것은 그 등이 사실은 바깥쪽의 커다란 일정등과 안쪽의 작고 정교한 월화잔 두 개로 이뤄졌기 때문이네. 황제 폐하의 탈등연 때도 그 사실은 알려지지 않았고, 그 후 안락공주의 생신 축하연에서도 등을 전시하지 않았기 때문에 세상 사람들은 그 등이 무척 크다고만 알고 있었네. 극소수만 일정등 속에 작은 월화잔이 숨겨져 있다는 걸 알았지."

여기까지 말한 후 원승은 남몰래 한숨을 쉬었다. 사실 그 역시 그녀의 침실에 들어가 화려한 등을 봤지만 등불 아래의 미인에게 시선을 빼앗긴 탓에 자세히 살피지 못했다. 그는 억지로 정신을 가다듬고 계속 말했다.

"일정등은 크고 화려하니 높이 매달아두면 이목이 쏠려 쉽사리 훔칠 수가 없네. 하지만 월화잔은 공주의 침궁에 있었으니 훔치려면 그것밖에 없지. 공주부는 등을 도난당한 뒤 세세한 사실은 공개하지 않았는데, 자네와 그 이야기를 했을 때 자네는 그 등에 대해서는 전혀 모르는 척했지만 무의식중에 월화잔만 한 크기로 손짓을 하더군. 공주부에서 잃어버린 게 월화잔인 것을 어떻게 알았나?"

육충은 멍한 표정이 됐지만 곧 껄껄 웃음을 터뜨렸다.

"앞으로 자네와 있을 때는 각별히 조심해야겠군. 오줌 누는 자세만 보고도 이 어르신께 여자가 몇이나 있었는지 알아맞히겠어."

그는 너털웃음을 터뜨리며 말을 이었다.

"맞아, 이 어르신께서 종초객의 저택에 들어간 것은 첩자 노릇을 하기 위해서였지."

그는 가슴을 쭉 폈다.

"종상부의 막객 신분 덕택에 안락공주의 생일 축하연에도 쉽게 참석할 수 있었네. 본래부터 떠들썩한 것을 좋아해서 구경하러 간 것뿐인데, 뜻밖에도 페르시아 배우 하나가 수상쩍은 행동을 하는 것을 봤다네. 물론 그때는 그자가 모디로로 변장하고 숨어든 단풍인 줄 몰랐지. 다만 하는 짓이 의심스러워서 무슨 재미있는 일이라도 있나 싶어 뒤를 밟은 거야. 그자는 공물과 다기 같은 것을 훔쳐 갔네만, 이 어르신은 본래 세상이 시끌시끌하지 않으면 속이 시원치 않은 성품이라 아무래도 만족스럽지 않더란 말이지. 해서 불난 집에 부채질이나 할까 싶어 공주의 침실로 숨어들었고, 척 보기에도 값이 꽤 나가 보이는 그 등을 훔쳐 나왔다네. 그 후에 자네와 이야기를 하다가 내가 훔친 것이 명성 쟁쟁한 칠보일월등이라는 것을 알았지. 제대로 사고를 쳤구나 싶은 마음에 신이 나서 손짓 발짓 하며 떠든다는 것이 그만 자네에게 딱 걸리고 말았군."

원승은 여전히 정색하고 물었다.

"그렇다면 육 형이 몸담은 곳은 혹시…… 태평공주 쪽인가?"

"태평공주같이 무지막지한 여자에게 내 목숨을 맡길 것 같아?"

육충은 히죽거리던 것을 멈추고 자랑스럽게 두 손을 모았다.

"사실 처음부터 자네를 속일 생각은 없었어. 내가 모시는 주공은…… 임치왕 이융기일세."

그 말을 듣자 원승 역시 숙연한 표정이 됐다.

이융기의 아버지는 당금 황제의 친동생인 상왕(相王) 이단이었다. 무측천 시절 몇 년간 꼭두각시 황제 노릇을 한 이단은 당금 황제가 등극한 후 황태제로 책봉하려 하자 끝내 고사했다. 이융기는 이단의 셋째아들로, 이제 겨우 스무 살가량밖에 되지 않았으나 재주가 뛰어나고 기개가 범상치 않다고 알려졌다. 그는 장안의 청년 협객들과 사귀는 것을 좋아해 그 곁에는 금군의 젊은 군관이 구름처럼 모여 있었다. 결단력 있고 강인한 임치왕 이융기는 외교술, 그리고 남의 힘을 빌려 상대를 물리치는 데 뛰어나 지금은 엄연히 태평공주와 위 황후, 안락공주를 제외한 제3의 세력이 되어 있었다.

"그분이었군!"

원승은 무거운 짐을 던 것 같아 겨우 웃음을 지었다. 장안성의 뜻

있는 청년들과 마찬가지로, 그 역시 순수 이 씨 황실 혈통인 이융기에게 자못 호감을 갖고 있었다.

"이제 보니 자네도 임치왕께 탄복하고 있군!"

육충은 다시 술잔을 들었지만 곧 내려놓고 목소리를 낮췄다.

"원 형, 원 형과 나는 생사지교이니 사실대로 말하지. 내가 임치왕의 명을 받아 종상부에 잠입한 까닭은 사실 '천사책(天邪策)'이라는 중대한 기밀을 조사하기 위해서야."

"천사책? 그것이 뭔가?"

"알아내지 못했어!"

육충의 눈동자가 스산하게 번뜩였다.

"종초객과 위 황후가 획책하고 있는 중대한 음모라는 것만 알 뿐이야. 처음에는 그 천사책이 위 황후가 제거할 당나라의 충신 명단이라고 들었는데, 나중에 전해진 보고에 따르면 위 황후가 권력을 찬탈하는 상세한 비결을 담은 것이라고 하더군. 안타깝지만 이 검객 어르신께서 종상부에 잠입했는데도 아무 소득이 없었어. 에이, 이게 다 그 요사한 놈들 때문이야!"

그는 술잔을 들어 단숨에 꿀꺽 마셨다.

"임치왕께 듣자니 요즘 경사에 괴이한 일이 자주 벌어져 조정에서 퇴마사를 세우려 한다는데, 그 관아를 이끌 만한 사람을 찾기가 어렵다는군. 자네는 현원관주니 자네만큼 그 자리에 잘 어울리는 사람이 어디 있나? 참, 자네 입으로도 어제 그 호승에게 하산해서 중임을 맡겠다고 했는데, 이제 와서 말을 바꾸진 않겠지!"

원승은 말없이 눈을 감았다. 그날 저녁 안락공주가 푹신한 침상에 누워 그에게 잠꼬대처럼 중얼거리던 모습이 떠올랐다.

"나는 늘 꿈속에서 옥석을 깐 길을 걸어요. 일곱 가지 보석이 박힌 마차를 타고 옥석 길을 나는 듯이 달리죠. 하지만 그 길은 아래로 기울어져 있고 그 앞은 깊디깊은 심연이 펼쳐져 있어요. 마차는 멈출 생각조차 하지 않고……."

그는 문득 이런 생각이 들었다.

'존사님의 말씀이 옳아. 이 세상에 꿈속에 살지 않는 사람이 몇이나 될까? 안락공주는 당나라에서 가장 아름답고 가장 힘 있는 여인이지만, 그녀 역시 꿈속에 사는 가엾은 사람일 뿐이야. 어쩌면 그녀의 마음속에 자리한 악귀를 없애고 마차를 멈춰 세울 수 있는 사람은 나뿐일지도 몰라!'

"당나라 퇴마사라…… 좋아, 하산하지!"

원승은 시원시원하게 일어나서 잔을 싹 비운 뒤 바닥에 던졌다. 술잔은 산산조각이 났다.

꼭두각시놀이

1장

벽운루 괴사건

주렴 안쪽에서 구성진 금 소리가 들려왔다. 원망하는 듯도 한숨을 쉬는 듯도 한, 가늘고 길게 끊어질 듯 말 듯 이어지는 맑은 소리가 이른 봄날 내리는 가랑비처럼 느릿느릿 흘러나오고 있었다. 그러나 주렴 바깥에 마주 앉은 두 남자는 금 소리에는 일절 귀를 기울이지 않는 듯 숙연한 표정이었다.

한참 후, 원승은 이융기의 맥에서 손을 떼고 한숨을 쉬었다.

"삼랑(三郎, 집안의 셋째아들을 부르는 말)은 중독되신 것은 아닙니다만, 오장의 기운이 고르지 못하고 삼초(三焦, 한의학에서 말하는 인체의 특정 부분으로, 상초, 중초, 하초를 모두 포함하는 것)가 모이지 않습니다. 다소 이상한 증상인데, 때에 맞지 않게 혈이 쇠하고 기운이 역류하는 것인지, 사기(邪氣)가 침입한 것인지 확신할 수가 없군요."

"바로 그 때문에 그댈 찾은 거요! 최근에 늘 마음이 흉흉하거나 정신이 흐리멍덩하거나 초조하고 불안해서……."

이융기가 두 눈을 크게 뜨자 벌겋게 핏발이 선 게 보였다.

"게다가 가끔은 마구 사람을 죽이고픈 생각마저 드오! 이런 괴이한 생각이 갑자기 떠올랐다 갑자기 사라지곤 하는데, 곰곰이 생각해봐도 그 근원을 찾을 수가 없더군. 심지어 함정에 빠진 것이 아닌가 하는 생각마저 드오."

"함정이라…… 누군가 삼랑을 해쳤다고 생각하십니까?"

원승이 빙그레 웃으며 물었다.

"우리 퇴마사가 문을 연 지 한 달이 됐는데 여태 사건을 의뢰받지 못했습니다. 삼랑의 일부터 시작하면 되겠군요."

"아니." 이융기는 천천히 고개를 가로저었다. "지금 상황에서는 퇴마사가 나설 수 없소."

이윽고 끈끈하고 쉴 틈 없이 이어지던 금 소리가 완만하게 느려졌다. 주렴 안쪽에서 금을 쓸던 소녀는 절색이라 할 만했는데, 이따금 추파를 가득 담고 성긴 주렴 틈으로 이융기를 바라보곤 했다.

대당나라 경룡 연간, 임치군왕 이융기는 말할 나위 없는 풍운아였다. 상왕 이단의 셋째아들인 그는 어려서부터 재능이 출중하고 기개가 남달라 당나라 황실 젊은이들 가운데 가장 두드러진 인물로 꼽혔다. 그는 의지가 굳고 결단력이 있는 데다 예기가 뛰어나고 의협심 강한 청년들과 어울리는 것을 좋아해 곁에는 금군의 정예들이 구름처럼 모여 있었다.

원승과 이융기의 만남에는 또 하나의 중요한 이유, 원승의 벗인 육충이 이융기에게 충성을 바친 열사라는 이유가 있었다. 육충의 소개로 원승은 수차례 이융기를 만나 즐겁게 이야기를 나눴다. 이융기는 부왕인 이단에게 원승을 적극 추천했고, 이단은 은밀한 천거 활동을 통해 그를 금오위 퇴마사 수장 자리에 앉혔다.

이융기는 평소 큰형인 수춘군왕 이성기를 비롯한 형제들과 오왕자부(五王子府)에서 살았는데, 지금 이곳은 바로 그가 심복들과 밀담을 나누고 호걸들과 교분을 맺는 사저였다. 퇴마사가 설립된 이래 처음으로 이융기는 매우 정중하게 원승을 사저로 초청해 밀담을 나눴다. 그가 보자마자 진맥을 해달라 하고 이런 뜻밖의 말을 내뱉을 줄은 원승은 전혀 예상하지 못했다.

"단순히 나 한 사람을 해치려는 것이 아니오."

이융기가 고개를 저으며 말했다.

"저들이 해치려는 것은 전 조정이오. 그들은 기괴한 함정을 준비하고 있다 하오. 천사책이라는!"

"천사책?"

원승은 심장이 덜컥 내려앉았다. 이 괴이한 단어를 듣는 것은 이번이 두 번째였다. 첫 번째는 육충의 입에서였다.

"천사책은 하늘을 기울게 하는 책략이오."

이융기는 멀리 주렴 안에서 연주에 몰두하는 여인을 흘끗 보더니 목소리를 죽였다.

"천사책의 진정한 목표는 바로 황제 폐하께 손을 쓰는 것이오. 최초의 함정은 대현원관 개관식과 관련 있었으나 그대가 우연히 망가뜨렸다 들었소. 하나 천사책이 이미 발동된 이상, 이번에는 황제 폐하와 친왕들, 종친들에게 일제히 해를 입힐 것이오. 그들은 일단 천사책이 발동하면 여러 함정이 조밀하게 이어져 막을 수 없다 자부하고 있소. 이른바 '천상이 사특하니 천상을 바꿔야 하리'라고 해서 천사책이오!"

"천상이 사특하니 천상을 바꿔야 하리!"

원승은 나지막이 중얼거렸다. 뼈에 사무치는 사늘한 한기가 엄습해 심장이 부르르 떨리는 것 같았다.

"지난번 그들이 엽주를 사용하는 바람에 대현원관에서 위험천만한 일이 벌어질 뻔했지요. 그런데 그 '천사'라는 책략이 뭘 하는 것인지 아십니까?"

"내가 보낸 밀정은 이미 목숨을 잃었소."

이융기는 울적하게 한숨을 내쉬었다.

"그들에게 발각됐지. 다른 밀정을 심으려면 엄청난 노력을 들여야 하오. 더욱 무서운 것이 뭔지 아시오? 우리가 알기로 그들 역시 우리 쪽에 밀정을 대거 심어놨다는 것이오."

전각 안은 조용해지고, 맑고 구성진 금 소리만 가을비처럼 스산하게 쏟아져 내렸다.

대당나라 경룡 연간은 다사다난한 시기였다. 황제 이현은 유약하고 조정은 여러 당파로 갈라져 끊임없이 다퉜다. 그중 가장 큰 두 파벌이 바로 위씨파와 이씨파였다. 위씨파의 수장은 황후 위 씨로, 자신도 시어머니 무측천처럼 위대한 사람이 될 수 있다는 망상에 빠져 있었다. 그녀는 황제 이현 앞에서도 할 말 안 할 말 가리지 않아 조정에서도 그녀와 황제를 나란히 '이성'이라 불렀다. 위 황후 곁에는 황제와 황후의 금지옥엽인 안락공주 외에도 중서령 종초객을 필두로 하는 권신들이 그득했다.

이씨파는 이 씨 황족으로 이뤄진 세력으로, 신룡정변에서 최고의 공을 세운 태평공주와 상황 이단이 그 수장이었다. 그들의 권력은 위 황후나 종초객만 못했으나, 아무래도 정통 황실 핏줄이고, 수뇌부에 지혜롭고 재주 있는 이가 많다는 장점이 있었다. 이융기가 바로 그에 속한 젊은 신예였다.

두 당파가 음으로 양으로 다툰 것은 하루 이틀의 일이 아니나, 원승은 직접 겪은 엽주 사건에서 처음으로 당파 싸움의 두려움을 깨달았다. 오늘, 이융기의 입에서 나온 '천사책'은 그 싸움을 극한으로 몰고 갈 것이 분명했다.

엽주 사건에서 위씨파가 공들여 준비한 끔찍한 음모를 아슬아슬하게 깨뜨린 일로 원승은 별수 없이 이씨파 진영으로 들어가게 됐고, 호방한 성품인 이융기는 아는 것을 숨김없이 말해줬다.

"그 밀정이 마지막으로 전한 소식은 저들이 맨 먼저 부왕께 손을 쓸 계획이라는 것이었소. 주모자는 종 노인네요!"

종 노인네란 곧 종초객이었다. 세 번이나 당나라의 재상을 맡은 기재요, 병부상서를 역임한 뒤 중서령에 올라 군사와 책략에 능한 그는 황제 이현과 위 황후로부터 큰 신임을 받았고, 위씨파의 핵심 지혜 주머니였다.

원승의 마음은 더욱 깊이 가라앉았다.

"다른 소식은 없습니까?"

이융기는 무겁게 고개를 저었다.

"고모인 태평공주께서 급히 알아보고 계시오."

소식이 없다는 것은 최악의 소식이었다. 원승은 고개를 숙였다. 경천동지할 천사책뿐 아니라 이융기의 기괴한 맥상 때문에 머리가 복잡했다. 잠시 고민하던 그는 품에서 옥피리 하나를 꺼내고 탁자 구석에 놓인 지필묵을 들어 악보 한 자락을 써내려갔다.

"삼랑은 음률에 정통하시니 금방 이 〈청심곡〉을 익히실 겁니다. 여기 이 옥피리는 재질이 독특해서 영허문에서 마음을 수양할 때 쓰는 법기지요. 이 피리를 불면 마음을 다스릴 수 있습니다."

이융기는 의아한 표정을 지었다.

"원 형, 그 말은……."

"삼초의 불균형 증상은 단순한 마음의 병일 수도 있고 아니면 무척 성가신 뭔가일 수도 있지요. 애석하게도 아직은 확실히 판단할 수 없습니다. 어찌 되었건 틈이 나실 때마다 이 피리로 〈청심곡〉을 불면 심신 안정에 큰 도움이 될 것입니다."

이융기는 고개를 끄덕이고는 옥피리를 받았다. 윤기가 자르르 흐르는 옥피리를 쓰다듬어본 그는 저도 모르게 찬탄을 터뜨렸다.

"훌륭한 옥이구려. 아주 좋은 피리요!"

악보를 훑으며 시험 삼아 불어봤더니 금세 따라 할 수 있었다.

그때 주렴 안에서 흘러나오는 금 연주는 거의 막바지에 이르러 맑은 소리가 고요하고 차분하면서 아득하게 주위를 맴돌고 있었다. 이융기는 여인을 향해 고개를 끄덕이며 웃어 보였다.

"환아(鬟兒), 연주가 좋구나."

여인은 매혹적인 미소로 대답을 대신했다.

원승이 저도 모르게 미소를 지으며 말했다.

"삼랑께서는 염복이 많으십니다. 어디를 가나 미녀가 있군요!"

이융기가 소리를 낮춰 대답했다.

"나는 예기가 너무 강해 남들의 시기를 사기 십상이라, 어느 고인께서 나더러 재주를 감추고 때를 기다리라 권한 적이 있소. 천사책이 발동한 이상 이 씨 종친 가운데 일찌감치 저들의 목표가 될 몸이니 이렇게라도 해야 몸보신을 할 수 있지 않겠소?"

그가 빙긋 웃더니 하얀 얼굴에 보기 드물게 홍조를 띠며 말했다.

"저 여인은 옥환아라고 하는데, 평강방 취화루의 대표 미녀라오. 한번 만나본 후…… 마음에 쏙 들었소."

그가 손을 흔들자 주렴 안쪽의 미녀가 살며시 일어나 사뿐사뿐

다가왔다. 확실히 절세미녀였다. 안락공주의 눈부신 화려함이나 대기의 불꽃같은 농염함과 달리 이 여인에게는 보기 드문 부드러움이 있었다.

원승의 이름을 듣자 옥환아는 뜻밖인 듯 깜짝 놀란 표정을 지으며 곱게 웃었다.

"명성 자자한 원 장군이셨군요. 장군, 부디 제게 도술을 가르쳐주세요. 삼랑이 저 한 사람만 좋아하게 만들고 싶어요."

여인에게서 느껴지는 이 아름다움은 억지로 꾸며낸 것이 아니라 마치 심산유곡에서 샘물이 졸졸 흐르듯 몸짓 하나하나에서 자연스레 흘러나오는 것이었다.

이융기는 웃음을 터뜨렸다.

"환아, 그 무슨 말이냐? 내가 좋아하는 사람은 지금도 너 하나뿐이지 않으냐."

"거짓말." 옥환아는 원망스런 듯 그를 흘겨봤다. "하지만 언젠가는 그렇게 만들고 말겠어요. 반드시 저 한 사람만 좋아하게 될 거예요!"

원승도 알다시피 이융기는 친구들을 만날 때 진짜 목적을 감추려고 일부러 자유분방하게 행동하며 항상 절세미녀들을 동반했다. 그래서 그를 청해 밀담을 나누는 오늘도 평소 습관대로 옥환아를 불러 금을 타게 한 것이다.

그제야 원승은 그의 마음이 이해가 갔다. 이융기가 이토록 신중하게 움직이는 까닭은 그의 곁에 위 황후나 종초객이 심어놓은 밀정이 있기 때문이 아닐까?

깊은 생각에 잠긴 그를 보자 이융기는 수도사 출신인 그가 미녀를 다소 불편하게 여겨 그러리라 지레짐작하고 빙그레 웃으며 화제를 돌렸다.

"원 형, 원 형이 알려준 〈청심곡〉은 아주 훌륭하오. 돌아가거든 열심히 익혀보겠소. 참, 조금 있다가 평강방 벽운루에서 작은 연회가 있는데 급한 일이 없으면 원 형도 함께 가지 않겠소?"

평강방은 장안성에서 유명한 풍류 구역으로, 청루가 모여 있고 명기들이 즐비한 곳이었다. 이 때문에 원승은 그 말을 듣자마자 황망히 손을 내저으며 거절했다.

때는 이미 7월로 접어들어 중원절까지 겨우 열흘도 남지 않았다. 예로부터 백성들은 7월을 '귀신의 달'로 여겼다. 이달에는 저승의 문이 활짝 열리고 온갖 귀신들이 명계에서 인간계로 건너와 제사를 받거나 자손들을 찾는다고 알려져 있었다. 그 7월의 보름을 도교에서는 '중원절'이라 불렀고, 불교에서는 '백중날'이라 불렀는데, 이는 조상에게 제사를 올리는 민간의 풍습과 뒤섞여 '귀절(鬼節)'이라는 성대한 명절로 변모했다.

'귀신의 달'을 맞이한 국도 장안은 음울한 분위기에 뒤덮인 듯했다. 그 음울한 거리를 걷는 원승은 은근히 불길한 예감이 들었다.

'가끔은 마구 사람을 죽이고픈 생각마저 드오!'

그의 뇌리에 자꾸만 떠오르는 것은 핏발이 가득 선 이융기의 어두운 눈동자였다. 그것은 결코 정상적인 사람의 눈이 아니었다.

불길한 예감은 틀리지 않았는지 이튿날 이융기의 사고 소식이 들려왔다. 오후가 되자 원승은 아버지 원회옥의 급한 전갈을 받고 금오위 관아의 대청으로 불려갔다.

"큰일이 벌어졌다."

원회옥의 얼굴은 우중충한 날씨보다 훨씬 더 어두웠다. 그는 낙담한 듯 한숨을 쉬고 무력하게 책상머리 앞에 앉으며 말을 이었다.

"평강방 벽운루에서 '염라대왕 판관 선발'이라는 괴이한 사건이 벌어졌구나. 골치 아프게도 임치군왕 이융기가 연루됐다. 허, 어찌 이리 괴이한 일이 있을 수 있단 말이냐!"

아버지에게서 상세한 소식을 들은 원승은 심장이 싸늘하게 식는 기분이었다. 이융기가 그 사건에 휘말린 것은 원승이 그의 사저를 떠난 뒤 그가 옥환아를 데리고 평강방의 연회에 갔을 때였다.

평강방은 동쪽으로 동시에 접해 있고, 그 안에는 진주원(進奏院, 당나라 때 지방관들이 국도에서 업무를 보던 곳)이 열다섯 곳이나 있었다. 명사들이 모여드는 데다 청루가 즐비해 밤낮없이 번화한 곳이라 사람들은 이 골목을 '풍류의 늪'이라 불렀다. 원회옥이 말한 '괴이한 사건'은 평강방에서 가장 유명한 삼대 주루 중 하나인 벽운루에서 발생했다.

벽운루는 삼층짜리 건물인데, 장사를 하는 곳은 주로 일층과 이층이고, 꼭대기에 자리한 삼층은 순전히 남들에게 뽐내기 위해 만든 높고 정교한 소형 누각이었다. 이 작은 누각에는 열 명이 안 되는 사람밖에 들어갈 수 없지만, 사방에 창을 달아 먼 곳까지 조망할 수 있어 풍경이 매우 아름답기 때문에 '고급 별실'로 인기를 얻고 있었다.

사건 당일, 이융기는 미리 사람을 보내 사방에 창이 있고 계단으로만 오르내릴 수 있는 이 꼭대기 층 누각을 예약했다. 그와 옥환아

외에 준수한 청년 시인 등자운과 관임해가 손님으로 왔다. 이들은 최근 당나라 문단에서 손꼽는 신예들로, 등자운의 〈출새곡구수〉는 경성에서 칭송을 받고 있었고, 관임해 역시 〈장안회고〉로 사람들을 깜짝 놀라게 했다. 두 시인은 사이가 좋기 때문에 사람들은 이들을 합쳐 '등운관해'라 불렀다.

어젯밤 주루 점원들이 금오위에 진술한 바에 따르면, 네 사람은 권커니 잣거니 하며 술잔을 주고받아 무척 화기애애한 분위기였다고 한다. 아름다운 미녀가 비파를 타고 노래를 부르며 흥을 돋웠고, 준수한 두 시인도 이따금 시를 읊고 함께 노래를 불렀다.

네 사람은 오랫동안 술을 마셨고, 그동안 이층 계단에서 점원 두 명이 시중을 들었다. 점원은 두 번이나 술을 더 가지고 들어갔지만 이상한 점은 발견하지 못했다. 그러나 세 번째로 술을 가지고 들어간 한 점원이 한참이 지나도 나올 생각을 않자, 다른 점원은 동료가 귀빈에게 실수라도 했을까봐 황급히 도우러 갔다가 삼층에 오르는 순간 까무러칠 듯 놀라고 말았다.

널찍한 누각 안에는 등자운이라는 시인이 죽어 있었는데 그 모습이 참혹하기 짝이 없었다. 식탁 앞에 단정하게 앉은 채 온몸의 일곱 구멍에서 가느다란 실 같은 것을 줄줄 흘리며 죽어 있었다. 그랬다. 그가 흘리는 것은 피가 아니라 기괴한 살구색 거미줄이었다.

미녀 옥환아는 혼절해 있었는데 그 모습도 몹시 이상했다. 양팔이 뒤로 묶인 채 누각 대들보에 거꾸로 대롱대롱 매달려 있는데, 그녀를 묶은 것 또한 예의 기괴한 살구색 거미줄이었다.

또 한 명의 시인 관임해는 행방이 묘연했다. 그보다 놀라운 일은 임치군왕 이융기가 완전히 종적을 감췄다는 것이다. 술을 가지고 올라갔던 첫 번째 점원은 속옷만 입고 발가벗겨진 채 바닥에 쓰러져 백치처럼 무슨 말인가를 중얼거리고 있었다. 나중에 올라간 두 번째 점원이 이 괴상한 참상을 목격하고 얼마나 놀랐을지는 충분히 상상할 수 있는 일이었다.

시신을 확인한 검시관은 등자운이 괴이한 독에 당했다고 했으나, 삼십 년이나 검시관 노릇을 해온 그조차 대관절 무슨 독인지, 저 기괴한 거미줄은 또 무엇인지 전혀 판별하지 못했고 그 사실을 시인했다.

혼절한 옥환아는 어젯밤에 정신을 차렸다. 열여덟 살 절세미인은 이 놀라운 사건에서 받은 크나큰 충격으로 정신이 오락가락해서 당시 상황을 대략적으로밖에 설명하지 못했다.

옥환아의 진술에 따르면, 술이 거나하게 취하자 등자운과 관임해가 갑자기 말다툼을 벌였다는 것이다. 아마도 시문 때문에 다툼이 시작된 모양이었다. 남자란 본디 미녀 앞에서 싸울 때 쉽사리 흥분하는 경향이 있었다. 그러다가 언변에 능하지 못한 관임해가 홧김에 등자운의 빰을 후려갈겼는데 그때 이변이 일어났다. 빰을 맞은 등자운이 흐느적흐느적 자리에 앉더니 온몸을 뒤틀며 경련을 일으켰고, 곧이어 그의 얼굴 일곱 구멍에서 기괴한 실이 흘러나오기 시작했다. 옥환아는 대경실색해 혼절할 뻔했지만 그 후 더욱 무시무시한 일이 벌어졌다. 관임해가 입에서 거미줄을 토해내더니 강시처럼 딱딱하고 어색하게 옥환아에게 다가와 어린 닭 잡듯 그녀를 낚아챘다. 옥환아는 몸이 그 이상한 거미줄에 대롱대롱 매달려 점점 높이 올라가는 것을 느꼈고 곧 완전히 정신을 잃었다.

누각으로 불려 올라간 첫 번째 점원은 충격을 받아 거의 제정신이 아니었다. 두서없이 횡설수설하는 그의 진술을 정리해보면, 그가 누각으로 올라갔을 때 등자운은 앉은 자세로 일곱 구멍에서 실을 쏟으며 죽어 있었고, 그 모습을 자세히 보기도 전에 관임해가 부자연스런 자세로 그에게 다가와 이렇게 중얼거렸다는 것이다.

"두려워 마라, 염라대왕에게 판관이 부족해 등자운을 먼저 데려가신 것이니. 나도 곧 갈 것이다……."

그 후 점원은 관임해의 입에서 거미줄이 끊임없이 쏟아지는 것을 봤다. 놀라움에 넋이 나가 있는데, 얼음장 같은 손이 다가와 그의 겉옷을 벗겼다. 관임해의 입에서 염라대왕이라는 말을 들은 그는 배를 가르는 형벌을 당하는 줄 알고 그 자리에서 까무러쳤다. 나중에 누군가 흔들어 깨우자 그는 미친 사람처럼 똑같은 말만 반복했다.

"염라대왕에게 판관이 필요하다, 등자운이 판관이 되었다……."

염라대왕이 판관을 구한다는 이야기도, 시인 한 명이 기괴한 모습으로 죽은 일도 귀신의 달이라는 7월에 꼭 맞는 사건이었다. 무엇보다 이융기가 연루됐고 사건 발생 후에 완전히 모습을 감춘 것이 큰 문제였다.

상세히 조사한 원승 일행은 이 누각에 창문이 많지만 검협 수준의 고수가 아니고서야 결코 뛰어내릴 수 없는 높이라는 사실을 알아냈다. 더구나 여름날 모기가 들어오지 못하도록 창문마다 달아놓은 망사 창이 하나같이 멀쩡해서 실종된 두 사람이 창문을 통해 밖으로 나갔을 가능성은 전혀 없었다.

누각 안의 계단이 이곳을 벗어날 수 있는 유일한 통로였다. 이렇게 꽉 막힌 공간에서 한 사람이 죽고 한 사람은 혼절하고, 나머지 두 사람은 날개가 돋친 듯 사라졌으니 실로 기이한 일이 아닐 수 없었다. 육충 같은 검협이 저지른 일이 아니라면 보통 검객으로서는 시도조차 할 수 없는 일이었다. 원회옥이 아들을 불러낸 것도 당연했다.

원승은 누각 안에 빙 둘러 세운 열여섯 개의 큼직한 초가 이상했다. 당나라 때만 해도 초는 값비싼 사치품이어서 평범한 민가나 가게에서는 주로 등불을 사용했다. 이런 식으로 초를 열여섯 개나 써서 연회석상을 환하게 밝힌 것은 비할 데 없이 사치스런 행위였다.

그 자리에 있던 점원 두 명은 혐의가 있었기에 금오위는 벌써 그들을 뇌옥에 가둬놓았다. 원승이 그들을 불러 꼼꼼하게 다시 심문했지만 원회옥이 전해준 내용과 대동소이했다.

원승은 더욱 어두워진 얼굴로 말했다.

"아버님, 관임해 쪽은 어떻게 되고 있습니까?"

원회옥도 울적한 표정이었다.

"관임해의 혐의가 가장 크니 일찍부터 용모파기를 해 성안을 수색하게 했다만 여태 소식이 없다. 그자는 강남 출신이라 경성에서는 숭화방의 객잔에 머물렀는데, 객잔 점원 말로는 며칠 동안 본 적이 없다는구나. 네 생각에도 그자가 가장 의심스러우냐?"

"아닙니다. 그 사람의 상황이 무척 위험하기 때문입니다."

원승이 고개를 저으며 대답했다.

"제 추측이 틀리지 않았다면 그 사람은 벌써 죽었을 겁니다!"

"죽어?"

원회옥은 제 귀를 의심했다.

누각을 천천히 거닐던 원승이 함께 온 청영에게 불쑥 물었다.

"이곳에서 이상한 점이 느껴지지 않소? 무슨 냄새가 나는 것 같은데……."

청영이 천천히 고개를 끄덕였다.

"이상한 향이군요. 음식 냄새는 절대 아니고 시신 냄새도 아니에요. 희미하지만 산뜻한 것을 보면…… 꽃향기?"

보고 들은 것이 많은 그녀조차 확신할 수 없었는지 약간 망설이는 목소리였다.

원승은 바닥에 웅크려 앉았다. 이 누각은 벽운루 꼭대기에 있고 장식도 몹시 호화로웠다. 손님용 식탁은 화려한 호문(壼門, 불상 밑단이나 일반 가구에 새기는 문양이나 장식)을 새긴 박달나무 탁자였다. 이런 유의 탁자는 보통 속이 빈 것과 속이 찬 것으로 나뉘는데, 벽운루는 요리를 진열하고 식사하는 데 편리하도록 속이 빈 것을 사용했다.

원승이 식탁 한쪽을 잡고 번쩍 들어올리자 탁자 아래 내부가 드러났다. 사방에 아름다운 조각을 새긴 나무 식탁 받침 속에는 놀랍게도 사람 하나가 누워 있었다. 누각 안에 있던 사람들이 입을 모아 비명을 질렀다.

그 사람은 당연히 죽어 있었고 모습도 괴이했다. 부릅뜬 두 눈을 비롯한 일곱 구멍에서 가느다란 거미줄을 쏟아낸 상태였는데, 가늘고 길게 이어진 살굿빛 거미줄은 마치 시신의 얼굴 위로 얇은 막을 덮어씌운 것 같았다.

"그…… 그 사람입니다. 그 시, 시인 말입니다요!"

두 번째 점원이 이를 딱딱 부딪치며 외쳤다.

"과, 관자놀이에 커, 커다란 점이 있어서 바로…… 바로 알아볼 수 있습니다요.”

시신의 얼굴은 거미줄에 희미하게 가려졌지만 이마 주위는 그럭저럭 깨끗한 편이어서 커다란 점이 또렷이 보였다. 점 위에 가느다란 털이 몇 올 나 있어서 확실히 쉽게 잊힐 모습은 아니었다.

“그렇다. 이자가 관임해일 것이다!”

원회옥도 허리를 숙이고 시신을 살피며 말했다.

“이자는 준수한 외양을 가졌으나 이마에 점이 있어 몹시 유감스러워했다고 하더구나.”

누각 안은 쥐죽은 듯 조용해졌다. 안에 있던 사람들 모두 등골이 서늘해졌고, 옆에서 대기하던 벽운루 주인의 얼굴은 더욱더 일그러졌다.

“모두 나가시오!”

초조해진 원회옥은 손을 휘저으며 사람을 시켜 주인과 점원 등 관련 없는 자들을 내보낸 뒤 아들을 똑바로 바라봤다.

“대관절 어찌 된 일인지 알겠느냐?”

“일종의 고술입니다. 이곳에 들어온 순간부터 기이한 냄새가 나더군요. 약초에 정통한 수도사 외에 보통 사람들은 알아차리기 힘든 냄새인데, 바로 이 식탁 속에서 나고 있었습니다.”

“그렇다면 관임해가 죽었다는 것은 어찌 추측하였더냐?”

“맨 먼저 죽은 등자운은 고(蠱)에 중독된 것이 분명합니다. 처음에는 저도 고술을 펼친 자가 관임해라고 생각했으나 목격자들의 진술을 듣고 관임해 역시 고에 중독됐다고 확신했습니다.”

“고술이라니!”

원회옥은 무겁게 한숨을 쉬었다. 유생이긴 해도 그 역시 고술을 모르지는 않았다. 사서에도 한무제의 태자가 무고(巫蠱) 사건을 일으켰다고 기록되어 있는 것은 물론이고(심지어 당태종 이세민의 태자 이승건도 무고죄로 고발당한 적이 있었다-작가 주), 민간에도 각종 신비한 고술로 사람을 해친다는 전설이 전해지기 때문이었다.

"그렇다면 대체 무슨 고술이냐? 이런 고술에 능한 자를 찾아낼 수 있느냐?"

그 말에 원승은 고개를 저었다. 그는 고개를 숙이고 관임해의 얼굴을 덮은 거미줄을 한 올 잡아당겼다.

"독이 있을지 모르니 조심해요!"

청영이 나지막이 경고했다.

"걱정하지 마시오. 이런 하찮은 고술로는 나를 해칠 수 없소."

원승이 손가락을 살짝 비비자 거미줄에서 희미하면서도 이상한 향이 솟아났다.

"청영, 이것이 무슨 고인지 알아보겠소?"

"이런 실 형태의 고라면 내가 알기로 딱 세 가지뿐이에요. 그중에서 진주의 수사고와 상서의 천시고는 이렇게 괴상한 형태는 아니지요. 촉 청성산에 있는 도원에서 《사이비람》이라는 책을 본 적이 있는데, 그 책에 쓰인 극히 드물게 보는 괴상한 고술과 관련이 있을지도 모르겠군요. 그 고술의 이름은 꼭두각시, 즉 괴뢰고예요!"

"괴뢰고!"

원승은 두 눈을 가늘게 뜨며 낮게 탄식했다.

"혼원종의 종주인 천월 진인과 천하의 사술에 관해 이야기를 나눈 적이 있는데 그때 그 이름을 들어봤소. 괴뢰고에 당하면 몸에 실이 달린 꼭두각시가 되어 자신의 의지와 상관없이 움직이고, 길어야 이레밖에 살지 못한다고 하더군. 그 고술은 촉의 설산파에서 만들었고 수십 년간 거의 쓰인 일이 없다고 들었는데……."

"보세요. 여기 글자가 있어요!"

갑자기 청영이 식탁 밑바닥을 가리키며 외쳤다. 사람들이 우르르 다가가 그쪽을 들여다봤다. 커다란 식탁은 원승이 들어낸 뒤 한쪽으로 치워진 상태였는데, 청영의 말을 듣고 살펴보니 그 밑에 반듯반듯하게 세 글자가 쓰여 있었다.

이융기.

새빨간 피로 쓴 것 같은 그 글자는 이미 말라붙어 진홍색을 띠었고, 반듯한 해서체임에도 다소 서두른 필획 때문에 한층 끔찍해 보였다.

아무도 말이 없었다. 죽기 전 누군가의 손에 이끌려 이 식탁 안으로 들어갔을 관임해가 숨이 끊어지기 전에 온 힘을 다해 마지막으로 남긴 글자가 무엇을 의미하는지 말하지 않아도 누구나 알 수 있었다.

원회옥의 안색이 더욱 어두워졌다. 그는 무거운 목소리로 부하들에게 분부했다.

"관임해가 살던 곳을 수색해 시문이나 서신을 모두 가져와서 필적을 대조해보라."

부하 두 명이 명을 받고 나갔다. 누각 안이 조용해지자 원회옥은 청영을 비롯한 나머지 사람들까지 내보낸 다음 낮은 목소리로 아들에게 물었다.

"승아, 이융기는 너를 후히 대했다. 만에 하나 이 사건에 정말 그가 연루됐다면 너는 어찌할 생각이냐?"

원승의 눈빛이 어지러이 흔들렸다. 그는 직접적으로 대답하지 않고 조용히 되물었다.

"등운관해라 불리던 문단의 신예 두 사람과 임치군왕 이융기는 도대체 무슨 관계였을까요?"

원회옥은 속으로 한숨을 푹 쉬었다. 아들은 정이 많고 의리를 중시하는 성품이라 점잖은 유생인 자신처럼 무슨 일이든 공정하게 처리하지 못했다.

"이융기는 다재다능한 사람이다. 뜻이 맞는 군관들을 가까이한 것은 물론이고 다양한 인재나 명사와 교류하기도 했으니 등자운, 관임해 등과 교분을 맺은 것도 당연한 일이지. 하나 어젯밤 그가 두 사람을 청한 데는 또 다른 중대한 이유가 있다. 두 사람이 상왕부의 '준일림'에서 해임됐기 때문이다!"

이융기의 아버지인 상왕 이단은 당금 황제 이현의 친동생으로, 무측천 시대에 잠시 꼭두각시 황제 노릇을 하며 불안한 나날을 보낸 적이 있었다. 신룡정변으로 이현이 제위 탈환에 성공하고 무측천이 퇴위하자, 이단의 입장은 더욱 난처해졌다. 한편으로는 이현의 복위를 전폭적으로 도와 황태제로 봉해질 뻔했지만, 또 한편으로는 한번 제위에 올랐던 사람이다보니 한 하늘에 두 개의 태양이 있을 수 없다 여기는 여러 세력에 시기를 받을 수밖에 없었다.

이씨파 수장 중 한 사람인 이단은, 승부욕이 강하고 적극적으로 각 세력을 포섭하는 친누이동생 태평공주와 달리 가능하면 재능을 감추고 정치판 바깥에서 자유로이 지내려 했다. 왕이라는 사람이 욕심과 야망 없이 한가롭게 살고자 한다는 것을 보여주는 가장 좋은 방법은 바로 책을 편찬하는 것, 특히 도교 서적 같은 것을 펴내는 일이었다.

그리하여 상왕 이단은 준일림을 세워 도교와 글을 잘 아는 명사들을 불러모아 《옥당담현》, 《오진선화》 같은 도교에 관한 서적을 여럿 편찬해냈다. 등운관해 두 시인은 시문뿐 아니라 도학에도 자못 지식이 있어 상왕부의 준일림에 추천을 받았다. 그런데 어찌 된 일인지 며칠 전 두 사람이 갑자기 정중하게 사직 권고를 당했다. 해임 이유는 평범했고, 그들 외에도 서너 명이 함께 해임됐지만 두 사람의 명성이 높다보니 그 사실이 널리 알려졌다.

원회옥은 탄식하며 말했다.

"아무래도 인재를 아끼는 상왕의 명성을 유지할 목적도 있고, 마침 오래 알고 지낸 사이기도 하니 이융기가 친히 연회를 베풀고 두 사람을 초청했을 것이다. 이런 일이 벌어질 줄은 몰랐겠지!"

욕심도 야망도 없는 상왕 전하와 다재다능한 임치군왕, 그리고 하루아침에 명성을 떨치게 된 양대 시인!

원승도 말없이 속으로만 한숨을 쉬었다.

"이융기 뒤에는 의심스런 사람이 또 있다."

원회옥은 사건 분석을 계속했다.

"바로 미녀 옥환이다. 그녀는 취화루에서 새롭게 떠오르는 여인으로, 젊고 아름다운 데다 음률에 정통해 비파와 생황, 퉁소 같은 악기를 모두 다룰 줄 안다. 한데 무슨 까닭인지 끝내 임치군왕 이융기의 행방을 말하려 하지 않는구나. 이융기를 위해 뭔가를 숨기고 있는 것 같다."

"옥환아……."

원승의 눈앞에 아름답고 솔직한 얼굴이 떠올랐고, 곧이어 이융기의 불안한 눈빛과 우울한 목소리가 생각났다.

'가끔은 마구 사람을 죽이고픈 생각마저 드오!'

"아, 한 가지 잊었구나. 옥환아의 몸을 뒤졌더니 늘 지니고 다니는 악기 외에 평범한 향낭 하나가 있었는데, 거기에 이 종이가 들어 있었다."

원회옥은 이렇게 말하며 품에서 별로 크지 않은 종잇조각을 꺼내 건넸다. 책이나 그림첩에서 찢어낸 듯한 종잇조각에는 이렇게 쓰여 있었다.

불러라 눈을, 구태여 깊이 감출 까닭이 무엇인가.

움츠려라 코를, 향기 맡음을 두려워할 까닭이 무엇인가.

시 같기도 하고 아닌 것 같기도 한 구절이었다. 아무렇게나 끼적인 내용 같지만 필체는 무척 차분하고 진지했다. 원승은 종잇조각을 잠시 살피다가 무겁게 말했다.

"그림의 제서(題書)인 것 같군요. 필체가 묵직하고 힘이 있는 것을 보니 결코 여인의 글씨는 아닙니다. 이것이 무엇인지 물어보셨습니까?"

"물론이다. 등자운이 자신을 희롱하려고 준 것이라 하더구나. 별 생각 없이 향낭에 넣었고 언제 일인지는 잊어버렸다고 했다."

"등자운이 써준 것을 어째서 향낭에 넣었을까요?"

원승은 잠시 생각하다가 그 종잇조각을 품에 갈무리했다.

원회옥은 목소리를 완전히 죽이고 말했다.

"이 사건에서 가장 골치 아픈 문제는 임치군왕이다. 네 휘하에 있는 육충을 시켜 탐문해봐라."

"육충 그 친구는……."

원승은 또다시 남몰래 한숨을 쉬었다. 대당나라 퇴마사에 속한 세 사람 중 두 번째 인물인 육충이 요즘 어디서 뭘 하는지, 상관인 그 자신도 전혀 아는 바가 없었다.

"한데 승아, 퇴마사가 설립된 지도 벌써 한 달이 되어가는데 여태 처리한 사건이 없지 않으냐?"

원회옥은 안타까운 듯 아들을 흘끗 바라봤다. 조정에서 퇴마사라는 관청을 세워 괴이한 사건을 도맡게 한다는 소문은 일찍부터 있었다. 원회옥은 그 소문에 코웃음을 치던 사람이었다. 본래부터 설명하기 힘든 불가사의한 일을 두고 어째서 정식으로 관청까지 세워 처리하겠는가?

그런데 예상과는 달리 한차례 풍파가 지난 뒤 퇴마사가 세워졌다. 그것도 그가 있는 금오위에. 이부에서는 규정을 들먹이며, 퇴마라는 뜻을 가진 '벽사'는 집을 지키고 귀신 쫓는 역할을 하는 신령한 짐승인데, 금오위의 주 임무 또한 죄인을 잡아들이고 경성의 거리를 순시하고 문무백관과 백성을 감찰하는 것이니 대당나라의 퇴마사가 되기에 꼭 알맞다고 주장했다. 곧이어 조정에서는 군영인 각 위의 대장군과 중군 낭장의 휘장을 제정하면서 금오위에 그 '벽사'의 휘장을 더하기로 했다는 소문이 돌았다.

원회옥을 더욱 민망하게 한 것은 그 퇴마사를 맡은 사람이 다름 아닌 사랑하는 아들 원승이라는 사실이었다. 부자가 함께 금오위에서 일하게 된 셈인데, 한집안 사람이 같이 일할 수 없다는 당나라의 임관 규정에 어긋나는 일이었다.

그러나 이부는 이번에도 그럴듯한 핑계를 댔다. 당나라의 관제에는 한집안 사람이 같은 관청에 근무할 수 없다는 규정이 있으나, 같은 관청이라도 종속 관계가 없다면 반드시 그 규정을 지키지 않아도 된다는 것이다. 퇴마사는 임시 관청일 뿐 아니라 소속은 금오위지만 실제로는 독립적인 사건 처리 권한을 가지므로 금오위 우금오익부중랑장의 지휘를 받을 필요가 없다는 게 이부의 주장이었다.

아니나 다를까, 며칠 지나지 않아 원승의 관직이 내려왔는데, 정사품하(당나라 관직 등급 9품 30급 중 하나. 정사품부터 종구품까지는 정, 종뿐 아니라 상·하의 구분이 있었으며, 정사품하는 정사품상 다음의 등급)의 중랑장으로 아버지인 원회옥과 거의 동등한 등급이었다. 게다가 원승의 추천인은 듣기만 해도 놀라운 인물들이었다. 상왕부에서 가장 먼저 그의 이름을 거론했고, 곧이어 안락공주가 추천했으며 그 후 태평공주도 질세라 따라서 추천했다. 안락공주와 태평공주 두 호적수가 의견을 같이한 것은 신룡 원년 이후 거의 보기 힘든 일이었다.

금오위 소속의 중랑장은 장군 직함으로, 비록 등급은 정사품하이나 틀림없는 조정의 무장이었다. 원회옥은 아들의 출세에 기뻐했지만, 높은 가지가 부러지기 쉽다는 말이 있듯 걱정이 앞섰다. 그래서 그는 아들을 불러, 관직에서 버티는 비결은 너무 돋보이지 않고 무슨 일이든 조심 또 조심해야 한다고 신신당부했다.

"명심해라. 이번 벽운루 사건은 비록 괴이하지만 퇴마사가 말려들어서는 결코 아니 된다."

원회옥은 곧바로 노련한 관리의 자질을 드러냈다.

"우리 금오위는 거리에서 일어난 사건을 다루는 곳이다. 이번 사건은 주루 안에서 일어났고 금오위는 소란을 듣고 때맞춰 달려갔을 뿐이다. 하니 이 사건은 어사대에서 맡는 것이 옳다."

"아버님, 그건 안 될 말씀입니다."

원승은 고개를 저었다.

"임치군왕이 깊이 연루됐는데 모른 척할 수는 없습니다!"

원회옥은 맑고 결연한 아들의 두 눈을 가만히 들여다보며 무거운 마음에 한숨을 푹 쉬었다.

"그렇다면 조정의 결정을 따라야겠지. 흠, 이상한 일이구나. 평소라면 어사대의 막 신포(神捕)가 벌써 소식을 듣고 달려왔을 터인데 어찌 여태 나타나지 않을꼬?"

2장

기묘한 암살 기도

원승이 퇴마사로 돌아가니 그간 눈이 빠져라 기다린 육충이 와 있었다.

"큰일 났어!" 육충이 초조한 얼굴로 대뜸 외쳤다. "상왕께서 자객을 만나셨다네!"

원승은 이융기가 말한 '천사책'이 퍼뜩 떠올라 심장이 쿵 내려앉았다. 이렇게 빨리 시작되다니!

"대체 무슨 일인가? 상왕께서는 무사하신가? 언제 그런 일이 있었나?"

"어제 오후였어!" 육충의 얼굴은 긴장으로 팽팽해져 있었다. "어사대가 발칵 뒤집혔고 신포 막신기까지 나섰네."

지천명의 나이가 지난 상왕 이단은 최근 들어 편안히 여생을 누리려는 듯, 도교 서적을 편찬하고 금기서화를 즐기는 것 외에도 진귀한 꽃들을 감상하며 시간을 보내고 있었다. 특히 요즘 유행하는 모란을 좋아했다.

육충은 호방하고 거친 검객이지만, 산에서 검을 배울 때 사부의 명으로 밭을 갈거나 후원에 키우는 모란을 직접 돌본 적이 있어 식물에 제법 정통했기에 그런 상왕의 '꽃 친구'로서 종종 불려가 이야기를 나누곤 했다.

이유는 알 수 없지만 요 며칠 상왕의 몸 상태는 썩 좋지 않았다. 자주 현기증이 일어 경성에서 난다 긴다 하는 신의며 궁정 태의들에게 진맥을 맡겨봤지만 여태껏 큰 효과가 없었다.

그런데 어제 기운이 좀 나기에 육충을 불러 서명사에 최근에 들어온 별종 모란을 보러 가기로 했다. 상왕 이단은 온화한 성품이고 신분 고하를 크게 따지지 않아서 육충을 자신의 마차에 태우고 가는 내내 이야기를 나눴다.

화려하고 정교한 마차가 막 왕부의 문을 나섰을 때, 별안간 마차의 끌채가 우지끈 뚝딱 하며 부러졌다. 마차 안에 앉은 이단은 휘청하며 넘어질 뻔했으나 옆에 있던 육충이 급히 부축했다.

바로 그 순간, 육충은 무시무시한 검기가 허공을 가르며 날아드는 것을 느꼈다. 육충의 오른손에서 검이 모습을 드러내고 왼쪽 소매에서는 현병술이 최대한도로 펼쳐졌다.

"자객이다, 전하를 보호하라!"

육충이 노성을 터뜨리는 순간 '퍽' 소리가 나며 창문 달린 마차의 벽에 조그만 구멍이 뻥 뚫렸다. 끌채가 부러지고 상왕이 앉은 마차가 기울어지는 바람에 왕부의 하인들은 이를 수습하느라 여념이 없었다. 육충이 창밖으로 고개를 내밀어 살폈지만 이상한 일은 더 이상 일어나지 않았고, 그가 예상한 것처럼 휙휙 날아드는 자객이나 번쩍거리는 칼부림도 없었다.

"저쪽이다! 저자를 쫓아라!"

육충의 검기가 솟구치더니 거리 모퉁이에서 비틀거리는 그림자 하나를 정확하게 옭아맸다. 왕부의 호위 병사 몇 명이 급히 쫓아가자 그림자는 모퉁이를 돌아 사라졌다. 잠시 후, 호위병들이 한 사람을 둘러싸고 돌아왔다. 붙잡힌 사람의 옷차림으로 미뤄 조금 전에 육충이 검기로 옭아맨 사람이 분명했다.

"홀아비 장 씨잖아!"

왕부의 하인들 가운데 그 사람의 얼굴을 알아본 이가 놀라 소리를 질렀다. 홀아비 장 씨는 왕부의 마부 중 한 사람인데, 성격은 괴팍하지만 성실하고 말을 돌보는 솜씨도 괜찮은 편이었다.

"맞군, 맞아. 저 노인네가 어쩌자고 갑자기 미친 듯이 달아났담!"

수군거리는 소리 속에 호위병들이 축 늘어진 장 씨를 땅바닥에 내팽개쳤다.

"저희 손에 붙잡히자마자 갑자기 다 죽어갑니다."

호위병의 말에 육충이 황급히 다가가 코에 손을 대보더니 놀란 목소리로 말했다.

"자네들 말대로야. 이자는 죽었어."

그 말이 떨어지자 왁자지껄 소란이 일어났다.

"착실하게 살아온 홀아비 장 씨가 자객일 리 있나?"

"어허, 켕기는 데가 없다면 미친 듯이 달아날 까닭이 없지!"

장 씨의 앞섶을 들추고 가슴을 살피던 육충은 순간 오싹 소름이 돋았다. 장 씨의 가슴팍에는 거의 눈에 띄지 않을 정도로 희미한 상처가 하나 있을 뿐이었다. 가슴뼈 하나 부러지지 않고 멀쩡했지만, 육충은 그 상처에서 잡힐 듯 말 듯한 검기를 느낄 수 있었다. 장 씨는 바로 조금 전 누군가에게 살해당한 것이다.

이 사건으로 이단은 두통이 재발해 호위병들의 부축을 받으며 재빨리 왕부로 돌아갔다. 최근 조정 상황은 몹시 어지러웠다. 상왕은 권신인 종초객처럼 공공연히 기인이사들을 끌어들이진 않았으나 남몰래 적잖은 고수들을 모아놓았기 때문에 왕부의 방비는 무척 삼엄해 일대 종사 정도의 고수가 아니면 이곳에 잠입해 암살을 시도하는 것은 거의 불가능에 가까웠다.

"그래서, 마차를 쏜 것은 무엇이었나?"

조용히 육충의 설명을 듣고 있던 원승이 이윽고 천천히 질문을 던졌다.

"복숭아 나뭇가지였어!"

육충은 한 자 한 자 힘줘 말했다.

"상왕께서 타신 마차는 눈에 확 띌 만큼 화려하진 않지만, 육지신선이라 불리던 원천강이 손수 제작했기 때문에 사방에 강력한 부적들이 붙어 있어서 거의 모든 비검, 암기, 도술을 막을 수 있어. 그런데 나뭇가지 하나에 꿰뚫릴 뻔한 거야."

원승은 즉시 이융기가 말한 '천사책'을 떠올리고 저도 모르게 부르르 떨었다.

"그들이 정말 상왕 전하께 손을 썼군!"

"상왕부는 매우 심각한 일이라 판단하고 곧바로 어사대에 알렸어. '경성제일명포'라 불리는 어사대의 막신기도 어영부영하지 못하고 직접 달려와 조사했지."

"막신기라!" 여기까지 듣자 원승은 쓴웃음을 지었다. "어쩐지, 벽운루에서 그 소동이 있었는데도 나타나지 않아 무슨 일인가 했더니 상왕부에 묶여 있었군."

막신기는 갓 마흔이 된 장안성의 유명인이었다. 어사대에서 수년간 순가사를 맡으며 경성제일명포라는 이름을 얻었고, '사람도 귀신도 두려워하는 신기막측 막신기'라 불렸다. 그는 사건 해결에 정통할 뿐 아니라 선기 국사 밑에서 도술을 배운 덕에 도력이 높고 추적신행술과 곤선삭(捆仙索)이라는 체포술에 뛰어났다.

원승이 그를 아는 까닭은 그 자신이 홍강 진인의 제자 가운데 첫째가는 '홍문제일인'이라 불리는 것처럼, 막신기 역시 선기 진인의 제자 가운데 첫째가는 '선문방외제일인'이라 불리기 때문이었다. 비록 속가제자(俗家弟子, 스승을 따라 종교인이 되지 않고 학문만 배우는 제자)라는 의미로 '방외'라는 글자가 붙었지만 신기 진인 문하 속가제자 가운데 으뜸가는 자이므로, 원승도 자연스레 관심을 두게 됐다.

당나라 중종 때만 해도 경조윤과 금오위, 어사대 등 치안을 맡은 세 관청이 삼권분립을 이루기 전이어서, 거리의 치안을 맡은 금오위는 각 방 순찰을 맡은 어사대 순가사들과 마주칠 수밖에 없었다. 다만, 금오위가 사건의 크고 작음을 가리지 않고 직접 처리하는 데 반해, 최고 감찰기구인 어사대는 관리가 연루된 범죄 사건에 좀 더 치중했다.

선기 국사의 첫손꼽는 속가제자가 어사대의 대표 포두인 지금, 전 홍강 국사의 일류 제자인 원승이 금오위에 새로 설치된 퇴마사에 들어갔으니, 양대 국사의 싸움이 다음 세대로 이어졌다고 봐도 무방했다. 설령 당사자인 원승과 막신기가 그런 일에 관심이 없다 하더라도, 경성의 수많은 호사가는 호기심어린 눈초리로 그들을 지켜보고 있었다.

막신기의 이름을 꺼낸 육충은 안색이 눈에 띄게 어두워진 채 툴틀거렸다.

"지독히도 밥맛 떨어지는 놈이야. 온종일 온갖 허세를 부리며 조사하더니, 암살 시도가 아니라 홀아비 장 씨가 실성해서 우연히 소동을 피웠을 뿐이라고 선포하지 뭔가! 빌어먹을 비열한 놈 같으니라고!"

"허, 그거 재미있군!"

원승이 감탄을 터뜨렸다.

"막신기가 그렇게 말했다면 필시 다른 속셈이 있을 걸세. 정말 암살 시도였다면 가장 이상한 부분은 역시 우연히 맞아떨어진 시각이군. 예를 들면 그 값비싼 마차의 끌채가 갑자기 부러진 일이라거나……."

"과연! 제대로 맞혔군!"

육충이 발로 힘껏 바닥을 차며 말했다.

"그 마차에는 육지 신선 원천강의 부적이 설치되어 있으니 천하제일 자객인 기공공이 와도 성공하기 쉽지 않을 거야. 하지만 끌채가 부러지는 순간 마차는 격렬하게 흔들렸고, 잠깐이지만 부적의 효력이 크게 떨어졌어. 암살하기에 딱 좋은 순간이었지. 내가 자세히 살펴봤는데, 예상대로 누군가 끌채에 손을 써놨더군. 잘린 부분에 미세하게 자른 자국이 있었어."

"그렇게 할 수 있는 사람이 누구라고 생각하나?"

육충은 한숨을 쉬었다.

"지금으로서는 아무래도 홀아비 장 씨의 혐의가 가장 커. 그 늙은이는 말을 돌보는 데 꽤 재주가 있었으니 손쓸 기회가 있었겠지. 그렇지만 하필이면 죽어버렸지 뭔가. 검시를 해봤는데 죽은 지 얼마 되지 않은 건 확실해. 막신기 그놈도 그걸 핑계로 암살이 아니라 우연이라고 단정한 거야! 빌어먹을 우연! 설마, 정말 내 육감이 틀린 건가?"

"아니, 틀리지 않았네. 이번 일은 대기라도 손쉽게 해낼 수 있는 단순한 곡예일 뿐이야. 홀아비 장 씨가 둘인 것이지!"

페르시아의 미녀를 떠올리자 원승은 다소 서글퍼졌다.

"둘?" 육충의 눈동자에 이채가 어렸다. "그러니까 자객이 그중 한 사람으로 변장했다는 거야?"

"그렇다네. 자네 검기가 옭아맨 사람은 바로 자객이 변장한 장 씨였네. 자객은 홀아비 장 씨로 변장한 뒤 끌채가 부러지는 순간 상왕 전하를 암살하고 재빨리 모습을 감출 생각이었지. 자네는 장 씨의 뒷모습을 보고 쫓았지만, 자객이 모퉁이를 돌아가자 그 동료가 진짜 장 씨를 그곳에 놓아뒀네. 자객은 골목으로 뛰어든 뒤 쉽게 알아챌 수 없는 내공으로 진짜 장 씨를 죽였고, 왕부의 호위병들이 붙잡은 것은 숨이 끊어지기 직전의 진짜 장 씨였던 거야. 그 자객은 동료의 도움을 받아 새 옷으로 갈아입고 인파에 섞여 교묘하게 빠져나갔겠지."

"그랬군!"

육충은 알겠다는 듯이 소리쳤지만 곧 고개를 갸웃했다.

"잠깐, 그 이야기에는 허점이 하나 있어. 그 후에 마차 주위에 있던 하인들을 자세히 심문했는데, 그중 두 사람이 사건이 일어나기 전부터 장 씨와 함께 있었고, 심지어 웃으며 이야기까지 나눴다는 거야. 그 하인들 말대로라면 그때까지만 해도 장 씨는 아주 정상이었어."

"그들과 이야기를 나눈 사람은 필시 자객이었겠지!"

원승의 얼굴도 굳어지기 시작했다.

"진위를 판별하기 힘들 정도의 역용술에 본래 주인의 모습을 흉내 내 이야기까지 하다니, 만약 그것이 사실이라면 상왕 전하께서는 백 년에 한 번 날까 말까 한 대살수를 만나셨군. 천하제삼살(天下第三殺)!"

"천하제삼살…… 소문이 사실인가보군."

육충의 눈동자가 어둡게 가라앉았다.

"저들이 천사책을 성공시키기 위해 천하제삼살까지 청해왔을 줄이야!"

당금 천하에는 삼대 자객이 있는데, 바로 기공공, 묘진아, 천하제삼살이었다. 이 세 사람은 신룡처럼 행적이 묘연하고 모습을 드러내는 일이 극히 드물었다.

천하제일 자객으로 공인된 기공공은 검선문 출신이라는 소문이 있어 육충의 사숙이라 볼 수 있었다. 검법이 날카롭고 기괴한 그는 스스로 천하제일 '검객'이라 칭했고, 남들이 자신을 천하제일 '자객'으로 여기는 것을 매우 싫어했다.

묘진아는 여자로 알려졌는데, 절세미인이라는 설도 있고 추하고 사나운 여자라는 설도 있었다. 묘진아 자체가 신비한 조직이라는 설도 있어, 자객 가운데에서 가장 수수께끼 같은 인물이었다.

기실 삼대 자객 중에 가장 골치 아픈 자는 천하제삼살이었다. 알려진 것이라면 중년 남자라는 것뿐, 그가 어떻게 생겼는지 아는 사람은 아무도 없었다. 그는 암살할 때마다 치밀하게 계산하고 계획을 세우며, 천하무적의 역용술 덕에 진짜와 똑같은 모습이 될 수 있고 변장 대상의 목소리와 웃음까지 흉내 낼 수 있다고 했다.

소문에 따르면, 천하제삼살은 유명한 암살 사건을 마흔여덟 번이나 일으켰는데 단 한 번도 실패하지 않았다. 심지어 곤륜문 종주인 포무극조차 결코 빈틈을 놓치지 않는다는 그에게 암살당했다. 이 때문에 사람들 사이에서는, 불행하게도 천하제삼살의 암살 대상이 되면 곁에 있는 모든 사람이 자객이 될 수 있다는 말이 떠돌았다. 바꿔 말하면 그 순간부터 세상 전체가 적이 되는 셈이었다. 정말로 원승의 추측이 옳다면 그 불행한 사람이 바로 상왕 이단이었다.

"막신기가 그렇게 무지하지는 않을 걸세."

원승이 눈을 찡그린 채 무겁게 말했다.

"우연한 사고였다고 선포한 것도 어쩌면 천하제삼살이 안심하도록 시간을 끌기 위해서일 수도 있네. 그나저나 상왕 전하께서는 어떠신가?"

"그럭저럭 괜찮으셔. 온갖 풍랑을 겪어와서 이깟 사소한 일쯤은 아무렇지도 않으시다나. 사실 그분을 괴롭히는 건 이 사건보다는 최근 앓기 시작한 두통이야. 다행히 요 이틀간은 새로 온 악 침왕(針王)이 자못 솜씨가 좋은지 침을 몇 번 맞은 후 많이 좋아지셨어."

원승은 고개를 끄덕인 뒤 화제를 바꿨다.

"자네, 마지막으로 임치왕을 본 것이 언제인가?"

"며칠 전쯤일걸. 나더러 자주 상왕부에 가서 전하와 함께 있어달라 하셨어. 그러고 보니 사나흘은 못 뵈었군."

임치왕 이융기는 상왕 이단의 셋째아들이지만 상왕의 아들들은 상왕부에서 살지 않았다. 장남 이성기가 이융기를 비롯한 네 아우를 데리고 융경지 부근의 오왕자부에서 살고 있어, 오늘 꽃구경을 갈 때에도 왕부에 있던 육충만 부르고 군왕으로 봉해져 오왕자부에 있는 다섯 아들은 함께 가지 않았다.

"역시!" 원승은 무겁게 한숨을 내쉬었다. "공교롭기도 하군. 같은 날 한쪽에서는 상왕께서 자객의 습격을 받고, 한쪽에서는 임치왕이 골치 아픈 일에 휘말렸으니!"

원승에게 벽운루의 괴사건을 간략히 전해 들은 육충은 오싹 한기를 느꼈다.

"그러니까 등운관해인가 뭔가 하는 개똥같은 시인 둘이 죽었고, 임치왕께서 최대 용의자가 되셨다는 말이야? 그럴 리가 없어. 이건…… 이건 분명 모함이야!"

"임치왕뿐 아니라 상왕 전하께서도 조정에 수많은 정적을 가지고 계시네. 특히 위씨파는 두 분을 눈엣가시처럼 여기지. 상왕께서 자객을 만난 일은 막신기 손에 우연으로 끝났지만, 벽운루 사건에서는 임치왕이 용의자로 지목되셨네. 우리 금오위도 언제까지나 이 일을 쉬쉬할 수는 없을 거야. 곧 위씨파에서 크게 문제 삼겠지."

"당장 오왕자부로 가서 임치왕 전하를 찾아야겠어!"

육충은 사태의 위급성을 깨닫고 서둘러 밖으로 나갔다.

"미시(未時, 오후 1시~3시) 삼각(일각은 15분)에 상왕부 문 앞에서 만나세."

원승이 그의 등에 대고 한마디 외쳤다. 육충은 간단한 대답만 남기고 금세 모습을 감췄다.

원승은 입을 다물고 창턱에 놓인 기괴한 꽃을 멍하니 바라봤다. 사실 이것은 꽃이 아니라 거미줄 같은 괴물체로, 벽운루에서 채집해

온 괴뢰고였다. 실로 괴상하기 짝이 없는 물체였다. 채집해 화분에 모아놨더니 마구 자라나 부담스러울 정도의 거미줄 화분이 된 것이다.

원승은 또다시 그중 한 올을 뗐다. 손끝에서 비벼보니 끈적거리는 느낌이 점점 줄어들었다. 가늘지만 몹시 질기고 튼튼해서, 풍만한 몸매의 옥환아를 허공에 매달아놓을 만도 했다.

"그가 왔는데 어째서 만나보지 않았소?"

원승은 마치 거미줄 화분에 대고 묻듯 입을 열었다.

"요 며칠 기분이 좋지 않아서 만나기가 귀찮았어요. 안 되나요?"

후원 쪽에서 청영의 목소리가 들려왔다. 대답이 끝남과 동시에 그녀가 대청으로 들어왔다.

"흠, 그런 것은…… 알아서들 하시오. 하지만 두 사람은 동료요."

원승은 하는 수 없는 듯 미소를 짓고는 급히 화제를 돌렸다.

"문득 이런 생각이 드는군. 임치왕 이융기가 주루에서 느닷없이 모습을 감췄다면 혹시 은신부적 같은 것을 사용하지 않았겠소?"

"그렇지는 않을 거예요."

청영은 생긋 웃었다. 술법에 관한 이야기가 나오자 여인은 곧 평소의 명민하고 활달한 모습으로 돌아왔다.

"아는지 모르지만 세상에 알려진 은신술은 딱 세 종류뿐이에요. 그중 둘은 실전된 지 오래고 촉의 나 진인이 세운 나문의 은신술만 겨우 명맥이 이어지고 있어요. 바로 내가 훔쳐 배운 것이지요. 하지만 그 은신부적은 만드는 데 필요한 것이 너무 많아요. 가장 중요한 것이 천라주인데, 나문의 선조를 모신 비선관에 겨우 모아둔 다섯 알을 모두 내가 훔쳐와 써버렸어요."

"나문에서 당신을 뼈에 사무치도록 원망하고 있겠군."

원승은 저도 모르게 피식 웃었다.

"그렇다면 당신이 가진 은신부적이 천하에 유일하고 다른 것은 없단 말이오?"

"있다 한들 아무 소용 없어요. 그런 술법은 반드시 시술자의 원신의 힘을 써야 하고, 도력도 원영(元嬰, 도인이 원기를 응축해 만들어낸 것으로 아기 모습을 하고 있다 함)을 만들 수준은 돼야 해요. 지위 높고 부유한 이융기가 무슨 수로 은신부적을 쓸 수 있겠어요?"

"그렇군. 이융기가 누군가에게 납치됐을 가능성은 적고……."

그는 말을 끝맺지 못했다. 이융기가 납치되지 않았다면 혐의가 더욱 짙어지는 셈이었다.

"잠시 후에 상왕 전하를 뵈러 가야겠소!"

원승은 찡그린 눈을 더욱더 찡그리며 말했다.

"청영에게 급한 일을 하나 맡겨야겠소. 암탐을 총동원해 여기 이 사람들이 장안성의 궤방에 돈을 얼마나 맡겼는지 조사해주시오."

원승은 이융기의 추천으로 상왕 이단을 한 번 만난 적이 있었다. 그 인연 덕택에 금오위 퇴마사 수장인 원승은 별달리 힘들이지 않고 이단을 만날 수 있었다. 왕부의 대문 밖에 이르자 육충이 부리나케 달려와 그와 합류했다.

"예상대로 아주 귀찮게 됐더군!"

육충이 그를 보자마자 말했다.

"오왕자부에 갔더니 그곳 총관은 이틀 동안 임치군왕을 뵌 적이 없다고 했어. 날짜를 셈해보면 임치군왕께서 벽운루의 연회에 가신 뒤부터야. 하지만 임치군왕은 성품이 호방하고 협객들과 어울리기를 좋아하셔서 밤새 돌아오지 않는 날이 종종 있었어. 더구나 벽운루 연회가 극히 은밀하고 사적인 자리였기 때문에 오왕자부에서도 초조해하지만 어찌해야 할지 모르고 있더군. 임치군왕께서 대체 어떻게 되셨는지 모르겠어."

원승은 고개를 들어 시간을 가늠하면서 무거운 목소리로 말했다.

"알겠네. 지체할 일이 아니니 늘 그랬듯이 일을 나누세. 나는 여기서 상왕 전하를 만나뵐 테니 자네는 청영을 찾아 그들이 맡긴 돈의 출처를 샅샅이 알아봐주게."

육충이 두 눈을 빛냈다.

"이거 참, 고마워, 원 장군! 요즘 청영이 무슨 일인지 나만 보면 눈을 흘긴단 말이야. 명을 받았으니 동료의 신분으로 정정당당하게 밀회…… 아, 아니지, 조사하러 가겠네!"

육 검객 어르신이 애증의 연인을 찾아 서둘러 떠나간 뒤, 원승의 이맛살은 더욱 깊게 주름이 잡혔다.

임치군왕 이융기가 정말로 실종된 것일까? 그렇다면 납치됐을까, 아니면 사람이 죽자 멀리 피해버린 것일까?

그가 생각에 잠긴 사이, 상왕부에서 누군가 나왔다. 뜻밖에도 몸소 맞으러 나온 사람은 상왕부의 세자, 수춘군왕 이성기였다. 이융기의 큰형인 그는 무척 소탈한 사람으로, 예전에도 원승과 만난 적이 있었다. 두 사람 모두 시원시원한 성품인 데다 위급한 때이므로 상투적인 인사치레는 짧게 끝낸 뒤 곧바로 안으로 들어가면서 최근 벌어진 이상한 사건들에 대해 상세히 이야기를 나눴다.

"부왕께서는 조금 놀라셨지만 무사하시오. 최근에는 두통이 더

문제라오. 한 달 남짓쯤 됐던가, 어의를 비롯해 경사의 명의란 명의는 모두 청해봤지만 아무 효험이 없었소. 다행히 며칠 전 추천을 받아 침왕이라 불리는 악학년을 청해온 뒤에야 조금씩 호전되고 있소. 물론 아주 조금이지만……."

원승은 옆에 아무도 없는 것을 확인하고 소리 죽여 말했다.

"이번 암살 시도는 결코 우연이 아닙니다!"

세자 이성기도 엄숙한 표정이 되더니 역시 소리를 죽여 말했다.

"우리도 알고 있소! 살수는 필시…… 천하제삼살일 것이오! 그자에 관해서는 일찍이 전해 들은 바가 있소. 그자가 이토록 오랫동안 참고 기다리다가 이제야 손을 쓸 줄은 생각지도 못했소!"

상왕부의 정보가 이렇게 빠를 줄 몰랐던 원승은 움찔 놀랐다. 그는 참지 못하고 물었다.

"누가 그 살수를 청했는지 아십니까?"

이성기의 눈동자에 먹구름이 스쳤다. 그는 잠시 머뭇거리다가 입을 열었다.

"우리도 이번 사건을 철저히 조사했으나 아직은 명확히 말하기 어렵소. 부왕의 안위는 천하의 안정과도 이어져 있으니, 비단 한 사람만의 문제가 아니니만큼 우리도 부득불 전력을 다해 맞설 수밖에 없소. 구담 대사께서도 나서서 도와주기로 약조하셨소."

"천축의…… 구담 대사 말입니까?"

원승 역시 눈을 반짝 빛냈다.

구담 씨는 천축에서 온 신비로운 승려 가문으로, 천축의 천문과 역법, 주술, 점성학 같은 비술(秘術)을 주로 수련했다. 당나라에 들어온 후에는 세속화되어 가족 전승을 이어갔고, 가문의 유명인들이 태사령이나 사천감에 임명되어 황실의 천문기구인 태사각을 관장했다. 역대 가장 유명한 구담 대사는 대산학자인 이순풍(李淳風)과 나란히 불리는 구담달로, 그 가문의 비전인 별자리 주술과 진법은 이순풍조차 탄복할 정도였다.

상왕부가 그런 사람까지 움직였다니 실로 뜻밖이었다. 원승은 길게 한숨을 내쉬었다.

"그분이 도우신다면 상왕 전하께서는 반드시 무탈하실 겁니다."

"낙관할 상황은 아니오. 천하제삼살은 어디든 뚫고 들어갈 수 있기 때문이오."

이성기는 고개를 저으며 탄식했다.

"하지만 부왕께서는 이번 사건이 온전히 나쁘지만은 않다고 하셨소. 최소한 천하제삼살이 소문대로 어디든 뚫고 들어갈 존재라는 것은 알게 됐으니 말이오. 그렇지만 우리 상왕부도 결코 앉아서 당하지만은 않을 것이오!"

그런 이야기를 하는 동안 그들은 후원에 도착했다. 한순간 원승은 정신이 멍하게 흐려지는 것을 느꼈다. 하지만 곧이어 출랑출랑하는 연못, 구불구불한 회랑, 흐릿흐릿한 대나무 숲, 울울창창한 초목들이 시야에 펼쳐지며 시원하고 유쾌한 기분이 솟구쳤다.

그는 맨 처음 느낀 멍한 기분이 무엇인지 즉각 알아차렸다. 이 경치 좋은 후원에는 어떤 고수가 설치한 법진이 펼쳐져 누구든 들어오면 정신을 멍하게 만들었다. 만약 이성기가 몸소 안내하지 않았더라면 법진이 계속 발동해 무시무시한 공격을 퍼부었을 것이다.

"구담 대사께서 친히 설치하신 법진이오." 이성기가 고개를 끄덕이며 차분히 말했다. "우리 모두 자객이 오기를 고대하고 있소. 상왕부의 풀 한 포기, 나무 한 그루까지 모두 그자를 기다리고 있다오."

원승은 마음이 놓였다.

"소생이 찾아온 까닭은 임치군왕의 행방을 찾기 위해서입니다!"

"벽운루 일 때문이오?" 이성기의 안색이 잿빛이 됐다. "그 일이 더욱 염려스럽소. 우리는 셋째가 어디 있는지 정말 모르오!"

그러는 동안 두 사람은 왕부 후원의 꽃밭으로 들어섰다. 앞쪽에 팔각지붕을 얹은 정교한 침향나무 정자가 있는데, 그 안에는 상왕 이단이 박달나무로 만든 접이식 의자에 엎드려 있고, 먹처럼 까만 머리칼을 한 노인이 허리를 숙여 침을 놓는 중이었다. 이단의 등에는 은침이 가득했고, 정수리에도 침 몇 개가 꽂혀 있었다. 그는 비단이불 안에서 허옇게 센 머리를 내밀고 원승을 향해 미소를 지어 보였다. 원승이 찾아온 이유를 밝히자 노인이 대뜸 말했다.

"셋째가 정말 사람을 죽였다면 원승 자네가 직접 그 녀석을 꽁꽁 묶어 법의 처벌을 받게 해주게!"

그리고 길게 잔소리를 늘어놓기 시작했다.

"조정에는 법도가 있네! 왕 노릇을 하는 우리는 더욱더 힘써 그 법도를 지켜야지! 왕법 앞에서는 황친이든 일반 백성이든 모두 평등한 것이야. 황친들이 앞장서서 법도를 수호하고, 따르고, 집행해야 하는 법! 그리해야 우리 당나라가 크게 번창하고 새로이 정관의 치(貞觀의 治, 당나라의 명군인 당태종의 치세 때를 말함)를 맞이할 수 있지 않겠나……."

원승은 머리가 아찔해지면서, 그제야 이 상왕 전하께서 한동안 꼭두각시 황제였다는 사실을 떠올렸다. 상왕 이단은 어머니 무측천의 압박을 받으며 불안에 떨던 황제 시절의 상투적인 말이나 거짓말에 매우 익숙해 있었다. 무측천이 떠밀리듯 퇴위한 후에는 조정의 분위기가 훨씬 좋아졌지만, 이 늙은 왕은 이미 상투적인 말을 입에 담는 것에 인이 박인 뒤였다. 이 때문에 조정에서나 집안 연회에서도 흥이 나면 늘 이렇게 격앙된 말투로 나라를 향한 충성과 사랑이 가득한 설교를 끊임없이 주절거리곤 했다.

원승은 뜨거운 피가 들끓는 그의 훈계를 꾹 참고 들은 뒤, 잠시 말이 끊어진 틈을 타서 재빨리 화제를 돌렸다. 그때쯤 침왕이 침술을 끝내고 스무 개 남짓한 은침 가운데 마지막 하나를 뽑아냈다.

"한결 가뿐하군!"

이단은 머리를 툭툭 치며 또 원승의 말을 끊었다.

"한데 침왕, 본 왕이 솔직히 말하네만 자네의 은침은 말일세, 딱 처음 이틀만 효과가 있었네. 요 이틀 침을 놓는 데 최선을 다해줬네만 처음 같은 효과는 없어. 아무렴, 내 사실을 그대로 말하고 있는 것이야. 사람이 세상에 살면서 사실만 말하기는 쉽지 않지. 하나 이 늙은이로 말할 것 같으면 세상에서 가장 두렵지 않은 일이 바로 사실을 말하는 것이라네. 자네가 더욱 분발하기를 바라기 때문이야. 명심하게, 살면서 곡절이 없을 수는 없지만 좌절을 겪더라도 절대 물러서지 말아야 해!"

침왕은 그저 알겠다고만 대답했다. 그제야 원승이 끼어들었다.

"상왕 전하, 소생도 의술을 조금 아는데 무엄하지만 한번 진맥을 해봐도 되겠습니까?"

이단은 한 번 더 힘껏 머리를 두드리고는 웃으며 말했다.

"그렇지, 현질이 유명한 도가의 고수라는 것을 잊었구먼. 자자, 어서 이리 오게. 무엄하긴 무엇이 무엄하다는 말인가. 젊은이란 말이지, 응당 그렇게 힘차게 나서야 해. 그런 것을 두고 재주 높고 담력이 크면 어려움을 만나도 당당하게 싸운다고 칭송하는 게지……."

이어지는 상왕의 잔소리를 들으며 맥을 짚고 공손하게 안색을 살핀 원승은 저도 모르게 눈을 찌푸리며 생각에 잠겼다. 한참 후, 원승이 살짝 고개를 저으며 말했다.

"전하의 두통은 듣던 대로 기괴하군요. 몸속에 사악하고 이상한 기운이 있는 듯한데, 그 기운이 몹시 이상하게도 스스로 자라나고 바뀌는 것 같습니다."

"사악하고 이상한 기운이 스스로 자라나고 바뀐다?"

이단의 얼굴에 처음으로 진지한 빛이 떠올랐다.

"현질, 다소 종잡을 수 없는 이야기로구먼. 대체 무슨 의미인가?"

"방금 악 침왕이 침을 놓는 것을 봤는데, 그만큼 시원시원하고 정밀한 침술은 처음이라 감탄을 금치 못했습니다. 그러나 침왕의 신비한 의술도 아무런 효과가 없다면 아무래도 단순한 질병은 아닐 것입니다."

'같은 업에 종사하면 원수'라고 했던가? 원승이 이단을 진맥할 때부터 자못 긴장한 악 침왕이지만 그 말을 듣자 속으로 안도의 숨을 내쉬었다. 단순한 질병이 아니라면 '침왕'의 이름이 해를 입을 일은 없을 터였다.

원승은 이성기와 소리 죽여 이야기를 나눈 다음 다시 말했다.

"세자께 듣자니 왕부에서 상왕 전하의 음식을 철저히 검사해 절대 실수할 리 없다 하니, 소생으로서도 당장은 무엇 때문인지 판단할 수 없습니다."

그는 품에서 복숭아나무로 만든 부적 하나를 꺼냈다.

“이것은 소생이 만든 정기부적이니 부디 늘 몸에 지니시기 바랍니다.”

“정기부적?” 이단은 나무 부적을 받으며 의아한 듯 물었다. “본왕이 귀신같이 부정한 것에 씌었다는 말인가?”

“꼭 그렇지는 않습니다. 다만 사악한 기운이 있으니 바른 기운으로 사악한 기운을 없애고자 드린 것입니다. 이는 의술의 원리와도 비슷합니다. 질병의 원인을 판단할 수 없을 때는 그 기반을 튼튼히 함으로써 병의 뿌리를 제거하기도 하지요.”

“알겠네. 지니고 다니면 아무래도 몸에 좋겠지.”

부적을 품에 갈무리한 이단의 얼굴에 또다시 웃음이 떠올랐다. 그는 하인의 손에서 꽃삽을 받아 성큼성큼 꽃밭으로 걸어갔다.

“원승, 육충이 내가 기르는 꽃들에 관해 말해줬겠지? 자자, 이 귀한 모란을 좀 보게.”

침향나무 정자 뒤에는 큼직한 꽃밭이 펼쳐져 있었고, 정면에 선 진노랑 모란 한 그루가 무척 눈에 띄었다. 7월도 중순으로 접어들어 모란이 필 시기는 진작 지났지만, 이 나무에는 아직도 노랗고 아름다운 모란 두 송이가 활짝 피어 있었다.

대충 훑어봤는데도 놀랄 만큼 아름다운 꽃이었다. 모란은 보통 진홍색과 담홍색, 보라색, 흰색 등 다양한데 이 꽃은 황금빛 노란색이었다. 활짝 핀 꽃잎은 어둑어둑해지는 하늘빛에 반짝이는 물방울을 덧입은 듯 환히 웃는 미녀의 보조개처럼 이채를 뿜어냈다.

“압도당했지?”

노인이 득의양양하게 수염을 매만지며 웃었다.

"한 달 전에 어렵사리 구한 별종 모란이라네. 꽃 피는 기간이 길 뿐만 아니라 매일 네 가지 색을 띠는 것이 아주 오묘하지. 새로 얻은《모란화왕경》에 쓰여 있는 것처럼 아침에는 진홍색, 정오에는 진청색, 저녁에는 노란색을 띠다가 밤이 되면 새하얗게 변한다네. 향기를 너무 맡지 말게. 그러다가 푹 빠지는 수가 있어." (매일 네 가지 색으로 바뀌는 모란은 오대십국 왕인유가 쓴《개원천보유사》에 나온다. 개원 연간의 기록에 보면 "처음 모란을 침향나무 정자 앞에 심었더니 별안간 하루에 두 송이가 피어, 아침에는 진홍색, 정오에는 진청색, 저녁에는 노란색을 띠다가 밤이면 새하얗게 변했고 밤낮으로 향기도 달랐다"라고 되어 있다 – 작가 주)

"참으로 아름답기 짝이 없습니다!"

원승은 진심으로 감탄을 터뜨렸다.

"꽃 피는 기간이 이렇게 긴 것도 놀라운데, 매일 네 가지 색으로 바뀐다니 천하에 으뜸가는 모란일 것입니다."

그때쯤 꽃향기가 물씬 풍겨왔다. 가물가물하고 시원한 향기는 처음에는 거의 느껴지지 않았지만, 순식간에 폐 속 깊이 스며들어 상쾌한 느낌을 전해줬다. 꽃만 해도 아름다운데 향기까지 더해지니 숫제 요염하다고 해도 이상하지 않을 정도였다. 하지만 원승은 이 꽃에서 어렴풋이 기괴한 기운을 느꼈다.

시선을 돌려보니 정자에 놓인 책상 머리맡에 글을 쓴 족자가 하나 보였다. 먹을 듬뿍 찍어 쓴 힘찬 필체였다. 원승은 저도 모르게 마지막 한 구절을 읊조렸다.

"'세인들은 화려함을 중시하고 내실은 가벼이 여기니, 군심(君心) 홀로 좋아함이 무엇인지 누가 알련가!' 참으로 좋은 시요, 훌륭한 필체입니다, 전하! 〈모란방〉이라, 과연 모란을 무척 좋아하시는군요. 마지막 구절이 특히 아름답습니다."

"이 〈모란방〉은 옛사람을 추억하는 시일세."

상왕은 그 족자를 응시하며 길게 탄식했다.

"혜아(惠兒)라는 여인이었지. 황궁에서 꼭두각시 노릇을 할 때 유일하게 가까이 지낸 사람이 혜아였네. 하나 모후께서는 내가 모란에 푹 빠져 다른 것을 팽개치게 만든 것이 혜아라 하시며 곤장을 치셨지. 그 일로 혜아는 거의 죽을 뻔했고 몸이 무척 약해졌네. 훗날 출궁하여 상왕부로 돌아갔을 때 혜아는 회임한 지 열 달이 됐지만 몸이 약한 탓에 핏덩이만 낳았다네. 그녀는 몹시 상심하여 오래지 않아 슬퍼하며 세상을 떠났네."

그는 천천히 고개를 가로저었다.

"내 평생 진심을 준 여인은 단둘뿐인데, 공교롭게도 두 사람 다 모란을 좋아했지. 두 여인 중에서도 더욱 죄책감을 느끼는 사람이 바로 혜아일세. 벌써 한참 전의 일인데, 아직도 모란을 볼 때마다 혜아가 떠오른다네."

살짝 젖어드는 상왕의 눈가를 보자 원승도 가슴이 뜨거워졌다. 이 노인은 젊은 시절 어머니가 조종하는 대로 움직였고, 그 덕에 가엾게도 꼭두각시 노릇에 익숙해져 어디에서나 상투적인 말만 늘어놓곤 했다. 그런데 지금, 핏빛 같은 황혼이 그의 몸을 덮고 방금 맞은 침 덕에 두통이 약간 가셔 마음이 편안해진 지금, 갑자기 진심이 담긴 말을 꺼낸 것이다. 이 순간 그는 더 이상 꼭두각시가 아니라 진실을 되찾은 노인이었다.

"하여 나의 군심은 바로 살아남는 것일세!"

스러져가는 노을을 걸친 노인은 느릿느릿 손을 들었다.

"내게는 아들이 다섯 있으니 하나를 잃는다 해도 넷이 남네. 천하제삼살 따위가 무엇인가. 언제든 내 목숨을 앗아갈 수 있었던 모후께 비하면 그자는 모후의 신발에 묻은 진흙에도 미치지 못하네."

어찌 된 일일까, 등이 약간 굽고 다소 나른해 보이던 노인은 가볍게 냉소만 흘리다가 어느 순간 천하를 굽어보는 호방한 기상을 뿜어내기 시작했다.

원승은 대답할 말을 찾지 못했다. 이 별종 모란은 괴이한 데가 있으니 제거하는 게 좋겠다고 말하고 싶었지만, 모란을 바라보는 이단의 아련한 눈빛을 보자 목까지 올라온 말을 바꿀 수밖에 없었다.

"전하, 기억을 더듬어보십시오. 지금 앓으시는 두통과 이 모란을 이식한 시기에 무슨 관계가 있지 않습니까?"

이단은 즉각 그의 말뜻을 알아차리고 시원스레 손을 내저었다.

"시기는 비슷한 것 같네만 분명 두통이 먼저 찾아왔고, 이 모란은 사흘 뒤에나 옮겨왔네."

원승은 속으로 안도의 숨을 쉬면서 두 손을 포개어 들며 예를 갖췄다.

"조심하자는 뜻에서 여쭤봤습니다. 편히 쉬십시오."

후원을 떠나기 전, 그는 다시 시선을 돌려 족자를 바라봤다. 특히 '세인들은 화려함을 중시하고 내실은 가벼이 여기니, 군심 홀로 좋아함이 무엇인지 누가 알련가'라는 마지막 구절을. 필체가 질박하고 노련해서 속에 담긴 호방한 기상을 꾹꾹 눌러 억지로 음울하고 고요한 모습으로 바꿔놓았다. 그 글을 쓴 왕과 똑같이.

이번에도 이성기가 원승을 배웅했다. 꽃밭을 나오자 원승은 마침내 우뚝 서서 나지막이 물었다.

"상왕 전하의 두통에 대해 구담 대사는 무엇이라 하셨습니까?"

이성기는 흠칫 놀라며 무겁게 대답했다.

"구담 대사도 어딘지 의심스럽다고 하셨소. 하지만 그것이 무엇인지 알아낼 수 없어 왕부의 법진을 더욱더 튼튼히 하셨다오."

그는 이렇게 말하며 후원 서쪽 구석에 있는 조그마한 누각을 바라봤다. 이 누각은 아래에 맑은 샘이 흐르고, 뒤에는 가산이, 앞에는 꽃이 둥그렇게 둘러쌌으며, 옆에는 높은 나무가 어우러져 지리적 이점을 한 자리에 갖춘 곳이었다. 누각 위에는 붉은 머리칼의 노승이 창에 기대어 앉아 곰곰이 생각에 잠긴 얼굴을 하고 있었다.

"구담 대사!"

원승은 두 눈을 빛냈다. 시선을 모아 풀과 나무, 돌멩이를 살피며 방위를 헤아려본 뒤 그는 별안간 몸을 훽 날려 누각 쪽으로 달려갔다. 이성기는 그를 불러 세우려다가 입을 다물고 나는 듯 달려가는 원승의 모습을 놀란 눈길로 바라봤다. 원승의 속도는 무척 빨랐다. 좌로 우로 꺾어지고 이리저리 나아갔다 물러섰다 하면서 그의 몸은 잠시도 멈추지 않았다.

마침내 그는 가산의 돌길로 비스듬히 들어서더니 몇 번 오르락내리락한 끝에 꼭대기에 도착했다. 누각 위층에 있는 노승과 어깨를 나란히 할 높이에 올라선 그는 창 안쪽의 노승을 향해 공손하게 허리 숙여 예를 올렸다.

"한 발짝도 틀리지 않고 구름을 꿰뚫으며 곧장 가운데로 날아오는 것을 보니 영허문의 기재는 역시 명불허전이구려!"

붉은 머리카락의 늙은 승려는 고개를 끄덕이며 웃어 보였다. 웃으며 이야기하고 있지만 그의 눈은 여전히 책상머리의 기괴한 산가지를 뚫어지게 바라봤다.

"부끄럽습니다. 소생도 끝내 누각으로 오를 힘이 없어 이 가산의 지세 덕을 볼 수밖에 없었습니다."

"확실히 이 가산은 법진의 허점이지. 이렇게 빨리 그 점을 눈치채다니 놀랍구려! 하나……."

마침내 노승이 주름이 잔뜩 잡힌 거무스름한 얼굴을 들고 원승을 가만히 바라보더니 고개를 끄덕였다.

"빈승이 지금 중요한 부분을 셈하고 있으니 방해하지 말아주게, 젊은이."

문득 원승이 물었다.

"대사께서는 이것이…… 무진(巫陣)이라 여기십니까?"

홀연, 바다같이 깊은 구담 대사의 눈동자가 환하게 빛났다. 그러나 눈빛과는 달리 그는 깊이 한숨을 쉬었다.

"방위를 파악하기 어렵네!"

"때는 언제입니까?"

"칠칠일!"

원승이 깊이 읍했다.

"대사께서 하루빨리 방위를 알아내시길 기원하겠습니다."

그때쯤 헉헉거리며 달려온 이성기는 두 사람의 선문답 같은 대화에 영문을 몰라 어리둥절했다. 원승이 물러나오자 그가 나지막이 물었다.

"무진이란 무엇이오?"

"상왕 전하의 두통은 무고 때문일 것입니다. 구담 대사의 법진이 지키고 있으니 일반적인 무고라면 벌써 사라지고 도리어 시술자에게 피해를 줘야 마땅하겠지요! 이 때문에 구담 대사와 저는 가장 무시무시한 무고인 무진이라고 추측한 것입니다. 법진으로 무고를 펼치면 그 효과가 어마어마해 방비하기가 몹시 어렵습니다!"

이성기는 놀란 눈빛으로 소리를 죽여 말했다.

"가장 시급한 것은 천하제삼살이라 생각했건만 그렇게 무서운 무진이 있을 줄이야! 천사책은 과연 사악하기 짝이 없구려!"

원승은 한숨을 쉬었다.

"무진의 효력은 나날이 강해지니 천하제삼살보다 빨리 처리해야 합니다."

이렇게 말하고 나자 그는 문득 이런 생각이 들었다.

'이 무진은…… 벽운루의 괴뢰고와도 관계가 있을까?'

3장

꼭두각시 마귀

고인 물처럼 고요한 밤, 이따금 구름을 몰고 일어나는 바람에 길게 자라난 대나무의 검은 그림자가 창 위로 어른거렸다.

작은 방 안을 왔다 갔다 하던 원승은 갑자기 마음이 불안해졌다. 창턱에 놓인 화분 속 괴뢰고는 점점 더 무성하게 자라났고 생김새마저 흉물스러워졌다. 특히 이상한 것은 살짝 물을 뿌릴 때 배어나는 가느다란 향기였다.

원승은 또다시 괴뢰고 한 줄을 집어 살며시 비볐다. 이번에는 더욱 짙은 향기가 났다. 촛대 앞으로 다가가 밝은 불빛에 자세히 비춰보니 괴뢰고 실들이 서로 끈적끈적 달라붙어 박막처럼 변해 있었다. 화르르, 촛불에서 불똥이 튀었다. 촛불 연기가 괴뢰고에 스며들어 향기는 더욱 짙고 달콤해졌다. 그 향기가 오랜 꿈처럼 환상적이고 익숙한 느낌을 선사했다.

잠시 그 속에 빠져들던 원승은 황망히 강기를 끌어올려 급히 황홀경에서 벗어났다. 그제야 손가락이 뻣뻣해진 것을 알아차리고 바라보니 손끝에 묻은 실이 이상한 형태로 변해 있었다. 끈끈하고 질긴 실 몇 가닥이 바늘처럼 뾰족해져 손끝을 찌르고 있었던 것이다. 벌써 살을 파고들어간 듯했는데 뻣뻣하게 마비되는 느낌만 있을 뿐 통증은 없었다.

이것이 괴뢰고의 중독 증상이라는 것을 깨달은 원승은 가슴이 철렁했다. 구전금단(九轉金丹, 도교에서 가장 높은 수련 단계)을 연성한 뒤로 일반적인 고는 그의 몸에 아무런 해를 입히지 못했는데, 어찌 된 까닭인지 평범해 보이는 실 같은 것이 그의 몸속에 슬그머니 독을 집어넣은 것이다.

'촛불이구나!'

이런 생각이 번뜩 뇌리를 스쳤다. 이제 보니 이 괴뢰고는 듣던 대로 해괴하기 짝이 없어 촛불의 연기를 쐬면 쑥쑥 자라나는 성질이 있었다. 그가 밤에 괴뢰고를 살핀 것은 오늘이 처음이었고, 자세히 보려고 가까이 가져간 촛불이 그 성질을 촉발한 것이다.

그는 촛불을 들어 앞뒤로 자세히 살핀 뒤, 여전히 석연찮은 표정으로 내려놓았다. 손끝에 붙은 실조차 살을 파고드는데 사람 뱃속에 들어가면 어떻게 될까?

이로 미뤄보면 등자운이 별안간 미치광이처럼 군 것도 쉽게 설명됐다. 연회는 저녁에 시작됐고, 그리 넓다고 할 수 없는 꼭대기 누각 안에는 큼직한 촛불을 열여섯 개나 켜놓았다. 촛불 연기가 안을 가득 채우자 결국 괴뢰고는 젊은 시인 '등운관해'를 '등운괴뢰'로 만들고 만 것이다.

손끝은 아직도 뻣뻣했다. 원승은 황급히 실을 떼어내고 깨끗이 씻어 약을 바른 다음, 그 괴뢰고 화분을 불태워 없앴다. 그런 연후에야 정좌하고 운기행공으로 독을 몰아내기 시작했다.

그렇게 정신을 집중한 지 얼마쯤 지났을까, 갑자기 쿵쿵 문 두드리는 소리가 났다. 원승이 눈을 떠보니 어느덧 해가 중천에 떠 있었다. 앉아서 운기행공하는 사이 밤이 훌쩍 지나가버린 것이다. 맨 먼저 손가락부터 살펴본 그는 흠칫 놀랐다. 뻣뻣한 느낌은 줄었지만 손끝이 푸르스름하게 변해 있었다. 여섯 시진 가까이 강기로 독을 몰아냈는데도 아무런 효과가 없었다. 괴뢰고라는 이 해괴한 물질은 이렇게나 무시무시했다.

"대랑!"

원승이 대답하기도 전에 오육랑이 사미승 차림을 한 사람을 데리고 허둥지둥 달려 들어와 외쳤다.

"아이고, 크, 큰일 났습니다, 대랑! 아니지, 원 소장군(小將軍)!"

원승이 중랑장이라는 장군의 직책을 받자, 부하들은 그와 아버지인 원회옥을 구분하고자 원회옥을 '원 노장군', 원승을 '원 소장군'이라 불렀다. 하지만 붙임성 좋은 원승의 성격 때문에 오육랑같이 가까운 부하들은 입에 붙은 대로 그를 '대랑'이라 부르곤 했다.

"서둘지 말고 천천히 말해보게!"

"달아났습니다. 놈들이 달아났어요! 아차, 놈이 아니라 등자운과 관임해의 시신 말입니다! 비록 괴상한 모습으로 죽었지만, 원 노장군의 분부에 따라 검시관을 불러 조사한 다음 가까운 자들에게 시신을 수습해가라고 전했지요. 그런데 두 사람 다 이 장안에는 친척 한 명 없이 함께 시를 즐기던 벗들이 전부인지라 신창방에 있는 정혜사에 잠시 안치해뒀습니다. 그런데 바로 어젯밤 자정 무렵에 그만……."

오육랑은 말할수록 속이 타는지 허둥지둥 함께 온 사람을 잡아당기며 말했다.

"이쪽은 정혜사의 사미승입니다. 이리 와서 원 장군께 낱낱이 말씀드리게!"

"소승 요진이 장군께 인사드립니다!"

스무 살쯤 된 사미승은 전전긍긍하면서도 제법 예의를 차려 공손하게 합장했다.

"저희 절은 신창방 변두리에 있는 조그마한 곳입니다. 성벽과 가깝고 후원이 외진 편이라 영구를 잠시 안치하는 역할을 하게 됐지요. 그 후원은 음기가 너무 강해 평소 소승 혼자 관리하고 있습니다. 그런데 어젯밤, 귀신이 관에 든 두 시인의 시신에 주문을 외우는 것을 소승의 눈으로 똑똑히 봤습니다. 주문이 끝나자 놀랍게도 죽은 시인들이 되살아나 이리저리 움직이고 시까지 읊조리더니 그 귀신을 따라 유유히 사라졌습니다."

두서없는 설명이지만 놀라운 목격담이었다. 원승은 온화한 목소리로 황급히 물었다.

"도대체 어찌 된 일인가? 서두르거나 빠뜨리지 말고 소상히 이야기해보게."

맑고 부드러운 그의 눈빛을 대하자 금세 마음이 차분해진 요진은 숨을 돌린 후 다시 말했다.

"어젯밤 소승이 뒷간에 가려고 일어났을 때입니다. 한밤중이었지요, 아마. 관을 안치한 후원을 지나는데 이상한 소리가 들려오기에 무슨 일인가 하고 들여다봤는데 너무 놀라 그만 까무러칠 뻔했습니다. 그 환한 달빛 아래에 귀신 하나가 우뚝 서 있지 뭡니까?"

요진은 몸을 부르르 떨며 말을 이었다.

"귀신이라고 할 수밖에요! 모습이 희끄무레하고 그 주위로 안개가 자욱해 제대로 보이지 않았으니까요. 심지어 남자인지 여자인지도 구분할 수 없었습니다. 귀신이 소승을 발견한 듯 고개를 돌려 흘끗 눈길을 줬는데, 그 눈빛은 그야말로 얼음장이었습니다. 가장 끔찍한 것은 그 눈빛을 보는 순간 마치 나무토막이 된 것처럼 다리가 꽁꽁 얼어붙고 말을 할 수도, 팔을 들 수도 없었다는 것이지요. 그 귀신은 소승을 꼼짝 못하게 만든 다음에는 숫제 신경도 쓰지 않고 손을 휘휘 저었습니다. 그러자 우당탕 쾅 하면서 과, 관 뚜껑이 활짝 열리고 시신 두 구가 유유히 걸어나오는 것이었습니다. 시신들은 달빛 아래 우뚝 서서 주위를 둘러봤습니다. 괴이한 거미줄이 덕지덕지 붙은 얼굴들을 보자 소승은 놀란 나머지 승복에 실례를 할 뻔했지요."

말주변이 좋은 요진은 그 무시무시한 경험을 실감나게 진술했다.

"그때 귀신이 가볍게 소리를 지르며 허연 안개를 두 시신에게 날려 보냈습니다. 시신들은 입을 벌려 그 연기를 꿀꺽 삼켰는데, 놀랍게도 그때부터 말을 하더군요. 시신 하나가 '이렇게 아름다운 꽃을 두고 시가 없으면 쓰나?'라고 말하자, 다른 시신이 시를 읊기 시작했습니다. 소승도 공부를 한 몸입니다만, 그때는 혼이 빠질 듯이 놀라 겨우 두 구절만 기억하고 있습니다. '한 무리 붉은 구름은 노을처럼 찬란하고, 반쪽짜리 외로운 달은 등불처럼 환하구나'라는 구절이었습니다. 시신 두 구가 느릿느릿 고개를 흔들며 쓸쓸한 시구를 읊조리는 장면을 보고 있자니, 흡사 지옥에 떨어진 듯 온몸의 털이 삐죽 솟는 것 같았지요. 얼마 후 시신들은 상대방의 시구가 예술적이지 못하다며 말다툼까지 벌이더군요. 귀신이 나지막이 야단을 쳤는데, 짤막하고 새된 목소리여서 남자인지 여자인지 알 수 없었습니다. 그 후 귀신은 손짓하며 돌아서서 후원을 떠났고, 시신 두

구도 그 발걸음에 맞춰 뒤따라갔습니다."

원승이 다시 물었다.

"시신들의 걷는 자세는 어떠했나? 강시처럼 무릎을 굽히지 않고 움직였나, 아니면 보통 사람처럼 걸었나?"

"보통 사람 걸음걸이와 완전히 똑같았습니다. 처음에는 움직임이 몹시 느렸지만 얼마 안 되어 빨라지더군요. 소승은 기겁해서 그저 관세음보살, 관세음보살, 비는 것이 고작이었습니다. 다행히 귀신이 멀어지자 굳은 몸도 곧바로 풀렸습니다. 소승은 그제야 정신을 차리고 사찰이 떠나가라 소리를 질러 알렸지요. 후원을 가꾸는 승려들이 가장 먼저 달려왔고, 멀리서나마 그들을 보고 소리소리 지르며 쫓아갔습니다. 그런데 웬걸요, 귀신이 뒤를 돌아보며 또다시 안개를 줄기줄기 날려 보냈는데, 선두에서 쫓던 승려들은 그 안개에서 이상한 냄새를 맡고 혼절해 쓰러지고 말았습니다. 귀신은 괴력으로 빗장을 뚝 부러뜨렸고, 세 사람, 아니 세 괴물은 유유히 밖으로 나갔습니다. 저희는 차마 사찰 밖까지 쫓아갈 수가 없어 돌아왔지요. 등불로 관을 비춰보니 아니나 다를까 텅 비어 있더군요. 관에 있던 두 사람에게는 손이 큰 벗이 많은데 이 사실을 알면 사찰로 달려와 추궁할 것이 뻔하기에 급히 금오위에 신고한 것입니다."

요진의 장황한 이야기가 끝나자 오육랑이 말했다.

"요진은 여명이 밝자마자 달려왔습니다. 그 이야기가 도무지 믿기지 않고 수상한 곳이 많아 곧바로 가서 살폈는데 정말로 관이 텅 비어 있더군요. 정원을 가꾸는 승려 일고여덟 명에게도 자초지종을 물었더니 모두 똑같이 대답했습니다. 특히 두께가 사발만 한 그 빗장은 날카로운 검으로 쪼갠 듯 잘린 부분이 깨끗하고 매끈매끈했습니다. 일반적으로 승려들은 칼이나 도끼를 쓰는데 그런 것으로는 그렇게 깔끔하게 자를 수가 없지요. 저희가 보기에도 무척 수상해서 일부러 장군께 말씀드리러 온 겁니다."

원승은 말없이 고개를 들어 창밖을 내다봤다. 중원절이 다가오고 있었다. 당나라 백성들은 조상의 제를 지내기 위해 평소보다 향과 초를 많이 피웠고, 덕분에 장안성은 연기로 부옇게 뒤덮인 듯했다. 원승은 고개를 돌려 요진을 바라봤다.

"불교에서는 중원절을 백중날이라고 하더군. 백중날이 다가오니 정혜사 후원에도 향이나 초를 피우지 않았나?"

"그렇습니다. 두 시인의 벗들이 향과 초를 많이 피워야 한다기에 며칠 동안 계속 피워 연기가 가득했지요!"

"함께 가보세!"

원승은 이렇게 말한 뒤 오육랑에게 분부했다.

"속히 육충을 불러오게. 청영도 있으면 함께."

정혜사는 들은 대로 외진 곳이었고, 특히 후원은 더욱 그랬다. 잡초 무성한 널따란 땅은 대낮인데도 서늘하고 음산한 기운을 풍기고 있었다.

원승 일행은 후원 안에서 한참 조사를 하고 후원 가꾸는 일을 하는 승려들에게도 이것저것 물었는데, 결과는 요진의 진술과 거의 일치했다. 시신의 종적을 추적하던 청영이 이내 돌아와, 발자국이 절의 대나무 숲으로 들어간 뒤로 흔적을 감췄다고 보고했다.

등자운의 관 앞에서 타고 있던 촛불도 마침내 꺼졌다. 타고 남은 초, 텅 빈 관, 무성한 잡초, 음산한 절. 모든 게 너무나도 스산했다.

"과연 괴뢰고였군!"

원승이 손수건으로 관 속을 쓱 닦으니 가느다란 실이 묻어 나왔다. 벽운루 살인 사건에 나타났던 기괴한 거미줄이었다. 한 번 중독된 뒤로 원승은 이 거미줄이 몹시 꺼려져, 잠시 살펴본 뒤 재빨리 손수건을 버렸다. 그리고 더욱 걱정스런 얼굴로 말했다.

"괴뢰고가 변이한 것 같네. 마성(魔性)이라도 띤 것처럼 훨씬 끈적끈적해졌군."

청영이 한숨을 쉬었다.

"요진의 말이 사실이라면 누군가 꼭두각시 노예를 만들 모양이군요!"

"꼭두각시 노예라니?"

육충이 되묻자 청영이 자세히 설명했다.

"촉에 있는 아주 희귀한 도교 문파에 있는 기록이야. 괴뢰고는 쓰임새가 두 가지인데, 개중 고급은 '꼭두각시 신선'이지만 이미 실전됐고, 하급이 '꼭두각시 노예'인데, 괴뢰고에 중독되어 죽은 사람의 시신이 썩지 않고 움직이거나 말할 수 있는 꼭두각시가 되어 주인의 조종을 받는 거야. 가장 단순한 꼭두각시 노예는 실 달린 꼭두각시라고 부르는데, 얼마간 다듬고 훈련하면 꼭두각시 마귀로 진화할 수 있지!"

"꼭두각시 마귀는 또 뭐야?"

"괴뢰고의 실은 사람 피부와 같은 색이기 때문에 저 가늘고 길게 이어지는 실로 사람의 얼굴을 만들 수 있어. 시간만 있으면 다양한 모습으로 얼굴을 바꿔 주인 마음대로 부릴 수 있어."

육충은 눈을 휘둥그레 뜨며 분통을 터뜨렸다.

"미친 짓이야! 부끄러움도 모르는 비열하고 저열한 놈들! 엇, 잠깐, 다양한 모습으로 얼굴을 바꾼다고?"

갑자기 후원 안이 조용해졌다. 원승과 일행 모두 똑같은 생각을 하고 있었다. 천하제삼살!

당나라 자객 가운데 단 한 차례도 실패한 적이 없는 천하제삼살. 그의 모습을 아는 사람은 아무도 없었고, 심지어 남자인지 여자인지도 알려지지 않았다. 천하제삼살은 세상의 그 어떤 사람과도 똑같이 변장할 수 있다고 했다. 천하제삼살이 정말로 꼭두각시 마귀를 만들었다면 허연 안개에 휩싸여 있었다던 그 귀신이 그의 본모습일까?

생각하면 할수록 두려움이 더해갔다. 이융기는 어째서 벽운루 살인 사건의 최대 용의자가 됐으며, 또 어째서 갑작스레 실종됐을까?

육충이 맨 먼저 고개를 저으며 말했다.

"그럴 리 없어. 관임해는 대체 무엇 때문에 식탁 밑에 이융기의 이름을 썼지?"

이런 식으로 추측하다보니 상황은 더욱 복잡해져 오리무중이었다. 원승이 고개를 들고 가라앉은 목소리로 말했다.

"돌아가세. 당장 옥환아를 재심문해야겠네!"

옥환아는 벽운루 살인 사건의 첫 번째 증인이고, 아직은 혐의를 벗지 못했기 때문에 사건이 일어난 뒤 줄곧 금오위에 연금되어 있었다. 원회옥이 그녀를 두 번 심문했지만, 큰 충격을 받은 젊고 아리따운 미녀에게서 거의 아무것도 알아낼 수 없었다. 바깥에서 여러 단서를 모은 원승이 이 아름다운 여인을 재심문하려는 것은 당연했다.

일행은 말없이 금오위로 돌아갔다. 관아 후원의 쪽문에 도착했을 때 그들은 싱글벙글 웃으며 나오는 원회옥과 마주쳤다. 금오위 관아는 앞에 대청이 있고 뒤에는 손님을 맞이하는 객청이 있는 구조로, 귀한 손님들은 보통 후원으로 드나들곤 했다.

원회옥이 배웅하는 사람은 노기등등한 표정으로 걸어나오면서 이렇게 말했다.

"원 노장군, 결국 그 옥환아는 반드시 우리 어사대가 데려갈 겁니다. 금오위가 아무리 버텨봐야 며칠 가지 못할 겁니다."

나지막하지만 우렁찬 목소리였다. 원회옥은 언제나처럼 허허 웃으며 말했다.

"그 이야기는 벌써 끝나지 않았나. 이번 사건은 우리 금오위가 맨 처음 발견했고, 증인을 가장 먼저 확보한 것도 우리 금오위네. 아직 판결이 나지 않았건만 어찌 주요 용의자를 막 신포가 데려가려 하는가?"

막 신포. 낮은 목소리의 그 사람은 바로 경성에서 명성이 자자한 신포 막신기였다. 원승과 육충, 청영은 움찔해 서로를 바라봤다. 자세히 보니 마흔 살가량의 막신기는 날카로운 눈썹의 넓적한 얼굴에, 양어깨는 떡 벌어지고 세모꼴을 한 눈동자에는 싸늘한 빛이 어려 있었다. 키가 큰 편은 아니지만 허리띠를 맨 허리는 붓처럼 곧고, 몸에 걸친 군인용 짧은 고포(股袍, 좌우로 트임이 있는 장포)는 무척 산뜻해 보였다.

막신기는 다시 냉소를 지으며 말했다.

"거리에서 벌어진 사건은 금오위가 맡고, 방 안에서 벌어진 사건은 우리 어사대 순가사 관할입니다. 이 막신기가 다른 사건을 처리하느라 시간을 지체한 덕에 금오위가 선수를 친 것뿐이지요."

"미안하지만 옥환아는 절대 내어줄 수 없소. 우리 퇴마사에서 이 사건을 맡기로 했으니."

원승이 말하며 성큼성큼 앞으로 다가갔다.

"퇴마사? 보아하니 이쪽이 퇴마사의 원 소장군인가보군!"

막신기는 싸늘하게 미소를 흘렸다.

"내 배운 바가 적어 묻소만, 퇴마라니, 대체 마귀가 어디 있으며 물리칠 필요는 또 어디 있소? 그런데도 금오위에서 떠들썩하게 퇴마사를 설치하니 실로 천하가 비웃을 일이지!"

그가 자신을 '원 소장군'이라 칭하자 원승은 예의 바르게 두 손을 모아 예를 올렸고, 비아냥을 다 들은 뒤에도 여전히 온화하게 미소 지으며 말했다.

"퇴마사는 상왕 전하와 태평공주, 안락공주께서 제안하시고 폐하께서 어지를 내려 승인하신 덕에 세워진 관청이오. 천하가 비웃을 일이라니, 누구를 비웃는다는 말씀이오? 상왕 전하신지, 태평공주신지, 안락공주신지? 아니면 폐하신지?"

막신기는 움찔했다. 사건을 해결하고 흉수를 잡는 일에는 정통한 그이지만, 직설적이고 충동적인 언사로 권세가의 심사를 건드려 손해 보는 일이 종종 있었다. 이번에도 공연히 한마디 했다가 꼬투리를 잡히자 '천하가 비웃을 일'이라는 말이 위험천만하다는 것을 깨닫고 황급히 해명했다.

"어허, 그 무슨 말이오? 그, 그런 식으로 남의 말을 곡해하지 마시오."

"아무래도 배운 바가 적어 견식이 얕은 까닭일 것이오."

원승은 여유롭게 그의 말을 끊었다.

"올바름을 도와 사악함을 물리친다는 말은 들어보셨을 것이오. 여기서 올바름을 돕는 것이 곧 퇴마이며, 퇴마는 곧 올바름을 지지하는 것이오. 요즘 같은 태평천하에서는 우리 같은 사람들이 전력을 다함으로써 호연지기를 이룰 수 있소. 그런데 마귀니 뭐니 하는 말씀을 하다니, 너무 앞서 나가신 것이 아닌가 싶소."

사실 당나라 조정은 금오위에 퇴마사를 설치한 일로 고리타분한 유생들이 미주알고주알 따지고 들 것을 미리 짐작하고, 퇴마사의 직무를 거리 치안 유지와 소란 해결로 정했고, 그 수장인 원승도 일찍부터 이런 불평에 대항할 핑계를 마련해뒀다. 하지만 천성이 온화한 그는 날카롭게 항변하면서도 그 태도는 여전히 차분하고 평화로웠다. 막신기는 얼굴이 딱딱하게 굳었지만 반박할 말이 없었다.

그때 말발굽 소리와 말방울 소리가 요란스레 울리며 마차 한 대가 질풍같이 달려왔다.

4장

알현

당나라 때는 아직 가마를 타는 풍습이 없었다. 귀인들은 주로 소가 끄는 우마차를 탔기에 이처럼 말 네 마리가 끄는 화려한 마차는 무척 드물었다. 호화스런 마차 장식은 말할 것도 없고, 마차를 끄는 말들도 하나같이 튼튼하고 힘 좋은 명마였으니 그 기세가 실로 어마어마했다.

화려한 마차는 눈 깜짝할 사이에 금오위 후원으로 달려와 쪽문 앞에 우뚝 멈췄다. 빠르게 질주하던 말을 자연스레 멈춰 세우는 것을 보니 마부의 솜씨도 보통이 아니었다.

사람들이 그 화려하고 놀라운 마차에 넋이 빠져 있는 사이, 가리개가 걷히고 희고 통통한 중년인이 느릿느릿 걸어나오면서 또박또박한 장안 말씨로 말했다.

"이보게, 막 신포, 이 무더운 날씨에 또 누구와 싸우고 있는가? 멀리서도 딱딱대는 자네 목소리가 들리는군."

그자를 본 막신기는 깜짝 놀라 황망히 예를 올렸다.

"화 총관이시군요. 이곳에는 어쩐 일이십니까?"

온화한 웃음을 띤 이 뚱보는 바로 태평공주부의 첫 번째 총관인 화선객으로, 공주부의 중요한 업무를 도맡아 하는 태평공주의 으뜸가는 심복이었다.

'화 총관'이라는 말에 원승과 다른 이들도 다소 놀랐다. 화선객이 탄 마차라면 이렇게 화려한 것도 이상할 것이 없었다. 그런데 태평공주의 심복이 무슨 일로 이곳을 찾아왔을까?

화 총관은 막신기를 내버려둔 채 원회옥을 향해 미소 지으며 아는 척을 한 뒤, 원승에게 돌아서서 그를 샅샅이 훑어본 다음 빙그레 웃으며 두 손을 모았다.

"이분이 바로 원승 장군이시군요?"

태평공주부의 제일인자요, 경성의 신포와 금오위의 사품 장군은 안중에도 없던 그가 원승 같은 젊은이에게 공손하게 인사를 하다니 실로 뜻밖이었다. 원회옥이야 관청에서 뼈가 굵은 사람이고 원승이 그의 친아들이기도 하니 아무렇지 않았지만, 막신기는 살짝 얼굴을 굳혔다.

"예, 그렇습니다."

원승도 정중하게 반례를 했다.

"그렇다면 제가 때맞춰 잘 왔군요. 주인이신 태평공주께서 원 장군을 청하십니다. 폐하께서 금오위 퇴마사를 인견하고자 하시니, 공주께서 원 장군을 모시고 입궁하실 것입니다."

일행은 깜짝 놀랐다. 퇴마사가 설립된 것이 얼마 전의 일이고 특별한 공로도 없는데, 태평공주가 심복 총관을 보내 원승을 청할 뿐 아니라 황제를 알현하게 해주겠다니, 결코 흔히 일어나는 일은 아니었다.

태평공주가 가진 조정의 영향력을 떠올리자, 막신기는 속에서 질투가 부글부글 끓어올랐다. 그제야 화 총관이 그를 흘끗 보고 미소를 지으며 말했다.

"막 신포, 자네도 그리 멍하게 있을 때가 아닐세. 폐하께서 금오위와 퇴마사, 어사대를 긴급히 찾으시니, 어사대 장 대인도 지금쯤 자네를 찾고 계실 걸세. 속히 준비하고 입궁하게."

그 말에 막신기의 표정이 다소 풀렸지만, 똑같은 경성 치안기구 소속이요, 경성을 떵떵 울리는 신포인 자신이 태평공주의 눈에는 한참 어린 원승만도 못하다는 생각에 울적해졌다.

"원 노장군, 노장군도 함께 마차에 오르시구려."

화 총관이 은근하게 원회옥에게 청했지만 원승을 대할 때처럼 공손하지는 않았다.

"고맙소이다."

원회옥은 머뭇거리지 않고 정중하게 반례를 했다.

그들 부자가 마차에 오르려는 순간, 또다시 말발굽 소리가 울리면서 화려한 마차 하나가 달려왔다. 이 마차는 태평공주부의 것보다 크고, 마차를 끄는 네 마리 말도 털이 곱고 힘센 귀한 백룡마였다. 백룡마의 몸은 눈처럼 새하얗고 잡털 하나 보이지 않았다.

"원 장군, 잠시 기다리세요."

백마가 이끄는 마차가 멈추기도 전에 안에서 맑은 목소리가 흘러나왔다. 백마 네 필이 히힝 하며 멈추자, 녹색 옷을 입은 여인이 기다란 치마를 살짝 걷고 총총히 마차에서 내렸다. 스무 살가량의 아름다운 여인으로, 나이는 젊어도 오만하고 쌀쌀한 기운을 풍겼는데 사품 장군이나 경성의 신포를 보고도 눈 하나 깜빡하지 않았다.

원승은 그 여인이 안락공주의 심복 시녀인 설안임을 알아봤다. 그가 안락공주부를 드나들 때 항상 설안이 공주 곁에서 시중을 들었으니, 그녀는 공주의 으뜸가는 심복이라 할 수 있었다.

"설안 낭자, 무슨 일로 이렇게 급히 찾아오셨소?"

그녀와 잘 아는 원승은 인사치레도 생략하고 곧바로 물었다.

"급할 수밖에요. 한 걸음만 늦었어도 공주 전하의 명을 그르칠 뻔한걸요."

설안이 생글생글 웃으며 그를 흘겨보더니 낭랑하게 외쳤다.

"주인이신 안락공주께서 함께 황제 폐하를 뵈옵자고 원 장군을 청하십니다."

막신기의 눈이 휘둥그레졌다. 그의 마음속은 이제 질투와 부러움을 넘어 분노와 호기심으로 가득 찼다. 저 꼬마는 대체 무슨 뒷배를 가졌기에 두 공주가 앞다퉈 청하는 것일까?

화 총관이 황급히 한 걸음 다가섰다.

"안 되오, 설안 낭자. 모든 일에는 순서가 있는 게요. 내 마차가 먼저 도착했고 원 장군도 내가 먼저 청했소."

가장 몸이 단 사람은 바로 원회옥이었다. 권력의 정점에 있는 두 공주가 동시에 아들을 청하다니 조상 묘에 마가 끼지 않고는 있을 수 없는 재앙이었다. 두 대의 마차는 곧 전혀 다른 두 갈래 길을 의미했다. 문제는 저 마차의 배후에 있는 두 사람 중 그 누구에게도 미움을 사서는 안 된다는 것이었다. 원 노장군의 이마에는 식은땀이 송골송골 맺혔다. 차라리 도술에 정통한 아들이 분신을 만들어 두 마차에 나누어 타고 갔으면 싶었다.

그 마음도 모른 채 설안이 냉소를 터뜨리며 반박했다.

"뚱보, 내 앞에서야 순서가 어쩌고 떠들 수 있겠지. 하지만 마차에 계신 공주 전하 앞에서는 어떨까?"

화 총관은 화들짝 놀라 떨리는 목소리로 물었다.

"아, 안락공주께서 친히 오셨소?"

그때 안길 산 비단으로 짠 섬세한 가리개가 홱 걷히고 눈부시게 아름다운 얼굴이 쏙 나와 원승을 향해 미소 지었다.

"원승 장군, 마침 이곳을 지나던 길인데 함께 가요."

상냥하고 아름다운 얼굴이 환하게 웃음을 짓자 천하 모든 중생이 그 매력에 빠져 픽픽 쓰러질 것만 같았다. 막신기와 화 총관도 정신이 아득해져 황급히 고개를 숙였다. 공주가 모습을 드러내자 위세를 부리던 화 총관도 예를 갖출 수밖에 없었다. 원회옥도 급히 예를 올렸고, 겨우 정신을 차린 막신기 등 다른 사람들도 마찬가지였다.

"됐어요, 됐어. 나는 고모처럼 꼬장꼬장하게 규칙을 따지는 사람이 아니라고요."

안락공주는 그들은 안중에도 없는 듯 원승을 향해 투정 부렸다.

"뭘 하는 거예요. 타지 않을 거예요?"

장난스런 이 한마디는 심통을 부리는 것 같기도 하고 원망하는 것 같기도 했다. 애교가 철철 넘치는 그녀의 목소리가 마치 천상의 소리 같아서, 막신기는 멍하니 이런 생각을 했다.

'이렇게 아름다운 공주가 내게 저런 미소를 보내준다면 당장 이 자리에서 죽어도 여한이 없겠구나.'

원승은 어쩔 수 없이 두 손을 모으며 대답했다.

"그러시다면 폐를 끼치겠습니다."

그는 허리를 숙이고 백마가 끄는 마차에 올랐다. 백마들이 가볍게 울부짖자 마차는 빠른 속도로 사라지고, 마차 안에서 흘러나온 진귀한 용연향만 그 자리에 남아 사람들의 코끝을 간질였다.

막신기는 뽀얗게 먼지를 일으키며 달려가는 마차를 무력한 눈길로 넋 놓고 바라봤다. 다행히 때맞춰 누군가 말을 채찍질하며 나는 듯이 달려왔다. 다름 아닌 어사대의 아역이었다.

"막 신포, 역시 이곳에 계셨군요. 어사대 장 대인께서 안절부절못하고 기다리고 계십니다. 황제 폐하께서 당장 입궁하라는 조서를 내리셨다 합니다."

아역이 외치자 막신기는 주저 없이 그 말을 빼앗아 타고 채찍을 휘둘렀다.

이렇게 되자 원회옥은 놀랍기도 하고 부럽기도 하고 두렵기도 하여 황급히 화 총관에게 읍하며 말했다.

"화 총관, 일이 참 공교롭게 되었구려. 이 늙은이라도 함께 가는 것이 어떻겠소?"

화 총관 역시 뾰족한 수가 없어 고개를 끄덕였다.

"예…… 그럼 타시구려."

화려한 마차가 멀어지자 금오위 후원 쪽문도 마침내 고요함을 되찾았다. 육충은 의아하고 놀란 얼굴이었지만, 역시 부럽기도 한 듯 한숨을 푹 쉬었다.

"암, 대장부라면 저래야지!"

청영이 냉소를 흘리며 물었다.

"두 공주가 마차까지 보내 청하는 것을 보니 부러워 죽겠지?"

"그럼, 당연하지. 옥에 티라면 태평공주의 나이가 너무 많다는 거야. 둘 다 이팔청춘 절세미녀였다면 아주 완벽했을 텐데!"

청영이 너스레를 떠는 그의 발을 힘껏 밟았고, 육충은 아파서 끙

끙거리며 말했다.

“실은 좀 이상해. 우리 황제 폐하께서 무슨 일로 이렇게 급하게 사람을 찾으실까?”

“재미있죠?”

향기로운 마차 안에서, 안락공주는 원승을 향해 매혹적인 웃음을 지어 보였다. 원승은 눈을 찡그렸다. 그는 안락공주의 성품을 무척 잘 알았다. 오늘 일은 외향적이고 불처럼 정열적인 그녀의 성품과 꼭 맞았다.

하지만 그는 싫었다. 당나라에서 가장 아름답고, 황제의 사랑을 듬뿍 받는 공주가 보잘것없는 자신을 청하려고 몸소 행차해 태평공주부, 금오위, 어사대 사람들이 지켜보는 앞에서 그를 마차에 태운 것이다. 이렇게 과시적인 행동은 원승의 성격과는 전혀 맞지 않았다. 하지만 겉으로는 호방해 보이는 안락공주도 때로는 연약할 때가 있다는 것을 알기에 대답 없이 빙그레 웃어 보일 수밖에 없었다.

“묻고 있잖아요. 화났어요?”

별안간 안락공주가 그의 손을 붙잡고 살랑살랑 흔들었다. 마차 안은 무척 넓어 마주 보고 붙어 앉으면 여섯 명이 들어와도 비좁게 느껴지지 않을 정도여서, 원승과 안락공주 역시 어깨를 나란히 하고 약간 떨어져 앉아 있었다. 하지만 그녀가 대담하게 손을 잡으리라고는 생각지도 못한 일이었다. 맞은편에 앉은 설안은 눈치도 빠르게 때마침 벽에 기대 꾸벅꾸벅 졸고 있었다.

안락공주의 손은 너무나도 부드럽고 뜨거웠다. 뾰족하게 다듬은 손톱이 손등을 가볍게 긋자 원승의 심장이 제멋대로 뛰기 시작했다. 그녀는 원승을 놀리는 것이 재미있는지 그 과정을 매우 즐겼다.

"아시겠지만, 저는 이런 방식을 좋아하지 않습니다."

마침내 참다못한 원승이 빙그레 웃으며 대답했지만, 그 순간 얼마 전 육충이 했던 말이 불쑥 떠올랐다.

'솔직하게 말할 테니 용서해줘. 안락공주는 자네를 놀리고 있는 거야. 자네를 바보처럼 가지고 노는 거라고!'

그때 그는 알고 있다고 대답했다. 하지만 마음속 깊은 곳에서는 안락공주가 단순히 자신을 놀리기만 하는 것은 아니라고 굳게 믿고 있었다.

"꼭 그래야 했어요. 당신이 내 사람이라는 것을 모든 사람에게 똑똑히 알리고 싶으니까요."

안락공주가 고집스레 그를 바라보며 말했다. 그녀의 눈빛은 여전히 활활 불타오르고 있었다. 원승은 속으로 가만히 한숨을 쉬었다. 이 한마디만으로 자신의 판단에 확신이 들었기 때문이다. 안락공주는 정치에 푹 빠져 있지만 정치 싸움의 경험은 부족한 사람이었다.

"하지만 이번 일로 제가 태평공주의 미움을 사게 됐으니 너무 지나치지 않습니까? 두 분은 친고모와 조카 사이니 어찌해도 상관없겠지만, 저는 일개 도사에 불과합니다."

안락공주가 까르르 웃었다.

"겁낼 것 없어요. 어마마마가 계시잖아요. 이게 다 어마마마의 뜻이에요."

그녀가 환하게 웃자 눈동자에 빛이 넘실거리고 고운 머리카락이 찰랑거려, 원승은 마치 눈앞에서 빛이 반짝반짝하는 기분이 들었다. 바라보지 않으려고 애썼지만, 그녀의 광채는 언제나 눈앞에서 그를 비췄고, 그녀의 몸에서 나는 우아하고 그윽한 향기도 코끝에 어른거려, 마치 보이지 않는 손이 그의 영혼 깊은 곳을 쓰다듬는 것 같았다.

마차 안의 정다운 대화는 원승에게 더욱 확신을 줬다. 안락공주는 이상이 높으면서도 심계가 거의 없는 사람이라는 것, 그 때문에 위 황후가 앞세운 깃발에 불과할 뿐이라는 것을.

그는 곧 진정한 정치가에게는 친딸도 언제든 버릴 수 있는 저울추에 불과하다는 사실을 떠올렸다. 무측천은 제 손으로 딸을 목 졸라 죽이고, 아들에게 죽음을 내린 적이 있었다. 시어머니인 무측천을 본보기로 삼은 위 황후가 그 도리를 모를 까닭이 없었다. 그 때문에 위 황후가 꾸미는 여러 음모에 이 단순한 딸은 빠져 있었다. 위 황후의 지시를 받은 사람이 안락공주를 황태녀로 삼으라는 상소문을 올린 것은 딸을 내세워 사람들을 떠보는 것에 불과했다. 사람들이 황태녀를 인정하면 훗날 위 황후가 여황제의 자리에 오르기가 순조로워지기 때문이었다.

그래서 원승은 속으로 안도의 숨을 쉬었다. 그가 추측한 대로 이 과아는 생각이 단순한 소녀이고, 지난날 그가 엽주에 당한 것처럼 어머니에게 현혹당한 것뿐이었다. 그는 제때 깨어났지만, 그녀는 언제쯤 깨어날 수 있을까?

"이번 알현에 부황께서 무엇을 하문하실지 알아요?"

안락공주가 그에게 더욱 바짝 다가왔다.

"맞아요, 내 사촌 아우 이 삼랑 문제예요. 그 애가 실종됐다면서요. 들리는 풍문에는 이융기가 등운관해라 불리는 젊은 시인들과 술을 마시며 시를 즐겼다고 하던데 갈수록 듣기 흉한 소문이 떠돌더군요. 처음에는 천하의 미녀인 옥환아를 두고 싸움이 벌어졌다고 했지만, 나중에 들어보니 옥환아는 눈가리개일 뿐, 그 젊은 시인 둘이 모두 미남자이고 이융기가 그들에게 깊이 빠진 나머지 끝내 사랑이 미움으로 변해 죽였다고 하더군요."

"그…… 그게 무슨 말씀입니까?"

원승은 대당나라 장안성 백성들의 날조 솜씨에 혀를 내두를 지경이었다.

"나는 그 아우를 잘 알아요. 당연히 그럴 리가 없죠."

안락공주도 쿡쿡 웃음을 터뜨렸다. 이런 이야기를 하면서도 그녀의 웃음은 순진한 어린아이 같았다.

"하지만 또 모르죠. 그 아우는 호방하고 풍류를 좋아하기로 유명하잖아요. 아무튼 요 이틀간 백관들이 이융기의 단수(斷袖, 동성애를 의미함)를 비난하기 시작했는데, 그 창끝은 숙부인 상왕 이단을 향하고 있어요."

원승은 마음속으로 깊이 탄식했다. 상왕 이단은 때를 기다리며 몸을 숙이고 있었지만, 아무래도 조정 내 이씨파의 핵심인물이기 때문에 위 황후 측에서는 어떻게든 그를 쓰러뜨리려 혈안이었고, 결국 행동을 개시한 모양이었다.

"그렇다면 황제 폐하께서 금오위와 형부, 어사대를 급히 부르신 까닭은 단순히 벽운루 괴사건 때문만은 아니겠군요?"

"똑똑하기도 해라."

안락공주가 그의 손바닥을 톡톡 두드렸다.

"벽운루 사건도 신기하기는 하지만 죽은 두 시인은 부황에게는 아무 의미도 없어요! 부황께서 신경 쓰는 사람은 역시 숙부인 상왕이고, 그 때문에 이융기의 안위와 행방이 걱정되시는 거예요."

두 시인의 죽음을 태연하게 말하는 그녀의 태도에 원승은 마음이 무거웠다. 어쩌면 황친과 귀족 눈에는 경성을 떠들썩하게 한 문단의 신예도 하찮은 개미나 다를 바 없을지도 몰랐다.

"당신에게는 좋은 기회예요. 원승, 당신이 가장 먼저 이융기를 찾아야 해요!"

안락공주가 그를 뚫어지게 응시하며 말했다.

"대당나라 퇴마사의 첫 임무니 반드시 승리해야 해요. 나는 당신을 믿어요. 당신은 틀림없이 할 수 있어요!"

불타오르는 아름다운 눈동자를 마주하자 원승의 눈동자도 함께 빛을 냈다. 이유야 어쨌든 이렇게 진지하고 기대에 찬 그녀의 눈빛을 보면 그의 마음은 어쩔 수 없이 훈훈하게 데워지곤 했다.

"어머, 벌써 다 왔네."

안락공주가 창 가리개 틈으로 끝없이 이어지는 황궁의 담벼락을 발견하고 놀란 듯 소리를 질렀다.

"큰일을 깜빡할 뻔했어."

원승도 깜짝 놀랐다. 지금까지 나눈 이야기가 큰일이 아니라면 그녀를 이렇게 초조하게 만든 큰일이란 또 무엇인가?

"자, 받아요!"

안락공주가 소매 속에서 뭔가를 꺼내 원승의 손에 밀어 넣었다. 거무죽죽한 물건인데 향기가 배어 있었다. 자세히 살펴보니, 뒷짐 지고 하늘을 올려다보며 웃을 듯 말 듯한 표정인 서생을 과장된 모습으로 깎은 나무 조각상이었다.

"이것이 말씀하신 큰일입니까?"

원승은 손바닥만 한 조각상을 빙그르르 돌리며 의아해 물었다.

"당연히 큰일이죠. 조정에서 벌어지는 일이야 늘 보지만 당신은…… 도무지 날 찾아오지 않으니까요."

그녀의 맑은 눈동자가 또다시 어린아이처럼 반짝였다.

"남해에서 조공으로 바친 최상품 침향목이에요. 가장 중요한 것은 그걸 만든 조각가죠. 서역의 신비한 장인인데 우리 당나라 서생들만 조각한다는군요. 바보처럼 헤실헤실 웃는 모습이 꼭 당신을 닮지 않았어요?"

침향목은 우아하면서도 짙은 향기를 뿜어냈고, 손에 닿는 부분은 매끈매끈했다. 원승은 감동해 저도 모르게 나지막이 중얼거렸다.

"거친 듯해도 솜씨가 매우 좋군요. 서역의 기풍은 우리 중원과는 다르지만 색다른 운치가……."

"그만해요, 중얼중얼 무슨 말을 하는 건지, 참. 내가 물은 것은 이 조각상이 당신을 닮지 않았느냐고요."

그녀가 아이처럼 그를 꼬집었다.

솔직히 그는 조각상이 자신을 별로 닮지 않았다고 생각했다. 웃는 표정이 너무 즐거워서였다. 어쩌면 좀 더 즐겁게 살라는 육충의 말이 옳은지도 몰랐다. 자신이 즐거워하면 바로 이런 모습이겠지. 문득, 어쩌면 그녀의 마음속에 있는 자신은 이렇게 즐거운 모습이 아닐까 하는 생각이 들었다. 그렇다면 당연히 즐거워해야 했다.

그가 고개를 끄덕이며 말했다.

"무척 닮았군요. 저보다 약간 더 바보스럽긴 하지만 말입니다."

"이제 보니 당신 자신도 바보스럽다는 것을 알고 있었군요! 하지만 난 당신의 바보스런 모습이 좋아요!"

안락공주는 그의 품에 거의 기대다시피 하고 까르르 웃어댔다.

'그래, 그녀에게 큰일이란 바로 이것이었어.'

원승은 저도 모르게 서생 조각상을 꼭 쥐었다.

마차는 황성 태극궁 북쪽에 있는 궁문으로 곧장 달려갔다. 안락공주의 마부가 요패를 달고 있었기 때문에 마차는 멈추지 않고 우뚝 솟은 현무문 안으로 덜커덕거리며 들어갔다.

당시 당나라 경성에는 태극궁과 대명궁이라는 두 개의 황궁이 있어 각기 서내와 동내라고 불렸다. 고조 이연과 태종 이세민, 고종 이치는 서내 태극궁에 머물며 정무를 봤고, 당금 황제 이현도 마찬가지였다. 십여 년 전 무측천의 주나라 때는 신도(神都) 낙양에 권력이 집중됐지만, 당나라가 중흥한 후 장안이 다시 세상에서 가장 중요한 성시가 됐다. 그리고 이곳, 장안 서내 태극궁은 세상에서 가장 강한 권력이 모여 있는 건물이었다.

천하에 유명한 이 서내 황궁에 들어온 것은 원승도 처음이었다. 태극궁의 면적은 후세 명청 시대 고궁의 세 배가량이나 되는 실로 어마어마한 크기였다. 현무문으로 들어가면 태극전과 양의전 등 조회를 하는 대전을 지나지 않고 곧바로 내원(內苑)으로 갈 수 있고 맞은편에는 '사대 해지(海池)'라 불리는 넓은 호수가 펼쳐져 있었다.

안락공주는 상사전을 지나 응음각 앞에 마차를 세운 뒤, 원승을 데리고 응음각으로 올라갔다. 장안의 여름은 견디기 어려울 만큼 더웠기 때문에 황제는 한가할 때마다 호수로 둘러싸인 응음각을 찾아 더위를 식혔다.

안락공주는 황제와 위 황후의 사랑을 독차지하는 딸이지만, 황실의 규칙도 있고, 황제가 형부와 금오위 등 사건 담당 관원들을 소집한 자리기도 하니 무턱대고 원승을 데리고 들어갈 수는 없었다. 따라서 그녀는 원승에게 아쉬운 눈길을 보내며 먼저 전각 안으로 들어갔다.

원승은 바깥의 회랑에서 어지를 기다렸다. 응음각은 위치가 매우 좋아 회랑에서도 멀리 북해와 서해, 남해 등 세 호수의 물빛과 푸르른 산을 볼 수 있었다. 회랑 안에 서자 시원한 바람도 솔솔 불어왔다. 그 말고도 기다리는 사람이 있었는데, 다름 아닌 금오위 대장군 위윤과 형부시랑 주방행 등이었다. 얼마 지나지 않아 어사대를 관장하는 좌어사대부 장열이 신포 막신기를 데리고 바삐 달려왔다.

당시 당나라 관제에 따르면, 어사대에는 각 방의 치안을 맡은 순가뿐 아니라 대부 이하의 관원을 잡아들여 심문하고 판결을 내리는 감옥도 있었다. 어사대는 좌우 두 곳으로 나뉘는데, 그중 좌어사대가 경사의 관리 및 군관을 감찰했기 때문에 이 자리에도 좌어사대부 장열이 유능한 부하인 막신기를 데려온 것이었다.

형부 쪽에서는 감찰 사건을 주로 다루는 형부시랑 주방행만 호출됐다. 천자가 내원의 편전에서 비공식적으로 하문하는 자리였기 때문에 각 곳 관리들은 각자 심복을 데려왔고, 주방행이 데려온 사람은 여섯 명이나 됐다. 이들은 막신기만큼 신통하지는 못했지만 각자 특기가 있어 '형부육위'라 통칭됐다.

세 관청에서 온 사람 중 가장 마음이 편한 인물은 바로 금오위 대장군 위윤이었다. 위 황후의 먼 친척인 그는 대단한 재주는 없지만 출신 덕분에 높은 자리를 차지했다. 위 황후가 그를 이 자리에 밀어 넣은 것도 집 지키는 개처럼 금오위의 중요한 권한을 꽉 물고

놓지 않기를 바라서일 뿐, 이 중요하고 어려운 일을 해결하기를 기대한 것은 아니었다. 중요한 일은 원회옥이나 그 아들인 원승 같은 부하들이 맡아 처리하면 될 것이었다.

이 때문에 위윤은 원 씨 부자가 다가와 예를 차리자 사람 좋게 인사를 나누고, 원승의 어깨를 툭툭 치며 격려까지 건넨 뒤 마음 편히 장열과 수다를 떨었다.

상사인 장열이 위 대장군의 손에 끌려가자 신포 막신기도 한가해졌다. 멀찌감치 서 있는 원승이 눈에 들어오자 부아가 치민 그는 참지 못하고 냉소를 흘리며 말했다.

"아니, 이게 누구시오? 원 장군 아니오? 원 장군은 젊고 준수해서 공주 전하의 호의를 두루 받고 있으니 앞날이 창창하겠소. 한데 어찌 공주 전하와 함께 폐하를 알현하지 않고 여기 있는 게요?"

'젊고 준수'하다는 말에 잔뜩 담긴 비아냥에 원승은 살짝 눈을 찌푸렸지만 상대할 마음이 나지 않았다.

형부시랑 주방행과 그 부하인 형부육위 또한 원승이 당금 조정에서 가장 사랑받는 미모의 공주와 함께 온 것을 보고 부러움과 시샘을 금치 못했다. 막신기의 말을 들은 형부육위의 맏이인 청풍위 소목이 두 손을 모으고 허허 웃으며 말했다.

"막 신포께서 말씀하시지 않았다면 모를 뻔했소. 이분이 바로 최근 경성에서 떠들썩한 원승 장군이시구려. 훌륭하신 이름은 익히 들었는데 과연 출중하고 신위가 넘치시오."

맏이가 입을 열자 다른 사람들도 잇달아 나섰다. 그들 모두 사건을 해결하고 흉수를 잡는 데 유능한 인물들로, 본래는 신포 막신기와 팽팽히 대립하던 사이지만 원승같이 단숨에 높은 자리로 뛰어오른 별종이 등장하자 시샘이 미움으로 변한 나머지 기회를 놓칠세라 한마음 한뜻으로 조소를 쏟아부었다.

그러나 그들은 곧 원승이 전혀 화를 내지 않는다는 것을 알아차렸다. 화를 내기는커녕 부끄러워하거나 슬퍼하지도 않았다. 신위 넘치고 준수한 원 소장군은 마치 환술공연장에서 곡예를 구경하는 사람처럼 시종일관 태연하고 편안한 얼굴이었다.

형부육위의 둘째인 판기위 리명소는 심통이 나서 일부러 모르는 척 물었다.

"퇴마사라니 참으로 기괴한 관청이군요. 저는 아는 바가 전혀 없는데, 큰형님께서는 그곳이 무엇을 하는 데인지 아십니까?"

맏이 청풍위 소목은 고개를 가로저었다.

"이름으로 보아 귀신을 잡는 곳이겠지!"

사람들이 왁자그르르 웃음을 터뜨렸다. 그들과 조금 떨어진 곳에 있던 장열과 주방행도 웃음을 참지 못했다.

그때 차가운 목소리가 시끄러운 웃음소리를 뚫고 울려 퍼졌다.

"퇴마사가 귀신을 잡는 곳이라니, 누가 그런 말을 하는가?"

여자 목소리지만 중성적인 느낌이 강하고 음침한 기운이 담겨 있어 짧은 한마디일 뿐인데도 위압감이 대단했다. 막신기와 형부육위는 원승을 비웃는 일에 몰두하느라 뒤쪽을 신경 쓰지 못하다가 그 소리를 듣고서야 돌아봤다. 그곳에는 머리에 진주며 비취를 주렁주렁 단 귀부인이 서 있었다. 우아하고 점잖으면서도 위엄어린 눈빛을 가진 여인, 바로 태평공주였다. 막신기와 형부육위는 깜짝 놀라 허둥지둥 예를 갖췄다.

태평공주가 냉랭하게 말했다.

"퇴마사의 '마'는 곧 간사한 무리를 뜻하고, 퇴마사에서 다루는 것은 바로 그 간사한 자들일세! 원 소장군은 아직 젊으나 벽화 살인 사건과 칠보일월등 도난 사건을 낱낱이 파헤쳐 지용을 겸비한 유능한 인물임을 증명했네. 퇴마사의 존재는 간사한 자들의 담을 서늘하게 만들 것인바, 그대들이 이토록 비웃는 것은 그대들의 마음이 간사하기 때문이 아닌가?"

그녀는 이 당나라에서 권세로 둘째가라면 서러울 공주였다. 안락공주처럼 말 한마디로 황제를 좌지우지할 수는 없지만, 오랫동안 정치판에서 모략을 부리며 능신들을 쥐락펴락해온 만큼 그 힘은 안락공주보다 훨씬 무서웠다. 그러니 태평공주가 한마디 하는 순간 회랑에 있던 뭇 관리는 즉각 입을 다물었다.

막신기와 형부육위는 더더욱 열심히 고개를 주억일 뿐 한마디도 덧붙이지 못했다. 물론 그들 모두 속으로는 매우 이상하게 생각했다. 안락공주가 데려온 사람이 태평공주의 지지까지 받는 일은 분명 극히 보기 드문 상황이기 때문이었다.

이 일에 가장 만족스러워한 사람은 내내 태평공주 뒤에 서 있던 원회옥이었다. 아들이 안락공주와 같은 마차를 타고 황궁에 들어왔을 뿐 아니라 태평공주의 도움까지 받았으니 실로 가문의 영광이 아니겠는가.

원승은 태평공주에게 공손히 예를 갖추면서 속으로 놀람을 금치 못했다. 태평공주는 과연 소문대로 노련하고 영명하며 심계가 깊은 인물이었다. 그 몇 마디를 하는 동안 원승 쪽은 쳐다보지도 않았지만 그 짧은 말로 교묘하게 그를 구슬린 것이다.

선비는 자신을 알아주는 사람을 위해 죽는 법. 태평공주의 깔끔하면서도 적절한 칭찬에 원승 역시 마음 한구석에서 그런 열정이 피어오를 뻔했다. 안락공주가 그의 마음속에서 그 누구도 대체할 수 없는 자리를 차지하고 있지 않았다면 아마도 기꺼이 태평공주부에 투신했을 것이다.

예를 마치고 고개를 들던 그는 우연히 형부시랑 주방행의 얼굴을 봤다. 교활해 보이는 야윈 얼굴에 떠오른 표정은 예상 밖이었다. 놀란 것도 아니요, 부러운 것도 아니요, 답답한 것도 아닌 다른 표정, 의혹, 깊고도 깊은 의혹이었다.

관료계의 늙은 여우가 어째서 저런 이상한 표정을 짓고 있을까? 원승이 움찔하는 사이 주방행의 얼굴에 떠오른 의혹은 어느새 깨달음과 감탄으로 바뀌었다.

한 가지 이상한 생각이 원승의 머릿속으로 스며들었다. 주방행은 본래 골수 태평공주 지지자니 오늘 이 장면은 태평공주가 미리 준비한 것인지도 모른다. 그녀가 주방행에게 미리 언질을 줬고, 이에 주방행은 부하인 형부육위를 시켜 원승을 비웃게 했다. 그런데 태평공주가 나타나 꾸짖었으니 주방행과 형부육위로선 매우 뜻밖이었고, 노련한 형부시랑도 저도 모르게 의혹에 찬 표정을 드러낸 것이리라.

태평공주의 본뜻은 관료계에 새로 입문한 원승을 따끔하게 혼내 군율을 잡은 뒤 몸소 나서서 구슬리는 것이었다. 벼슬길은 역시 바다같이 깊고 심오했지만 아랫사람을 부리는 태평공주의 솜씨는 그보다 더욱 깊었다.

그때 내시가 나와 어지를 전했고, 사람들은 황제를 알현하기 위해 태평공주를 따라 회랑을 지나 응음각으로 들어갔다. 응음각에 들어서자 원승은 훨씬 더 시원해진 것을 느꼈다. 대전의 네 귀퉁이에 인공 폭포를 만들어놓은 덕분에 물줄기가 콸콸 흐르고 물방울이 톡톡 튀면서 시원한 기운을 흩뿌리고 있었다.

이제 보니 응음각은 단순히 물가에 세워진 것이 아니라 당시에는 유일하게 자연적인 냉기 순환 설비를 갖춘 전각이었다. 전각 한가운데에 설치한 거대한 부채가 빙빙 돌면서 북해에서 끌어온 호수를 지붕 위로 옮겼다가 처마를 따라 떨어지게 함으로써 온도를 낮춰주는 물의 장막을 만들고 있었다.

이번 알현은 비교적 가벼운 자리였지만, 당금 황제인 이현의 기분은 전혀 그렇지 못했다. 뒷짐을 지고 초조하게 전각 안을 서성이는 그의 마른 얼굴에는 수심이 가득했다. 천자와의 거리가 지난번 현원관 개관식에서처럼 가까워졌을 때, 원승은 몇 달 사이 황제가 무척 늙었다는 것을 깨달았다.

위 황후는 보이지 않았다. 황제는 비공식적으로 신하들을 부르면서 어찌 된 영문인지 위 황후에게는 알리지 않았다. 대신 안락공주가 황제 곁에 서 있다가 원승을 향해 무슨 의미가 있는 듯이 눈을 깜빡여 보였다.

전각 안에는 낯이 익은, 키 크고 마른 남자가 있었다. 바로 위 황후의 골수 지지자 중 하나인 종초객이었다. 그의 안색은 다소 어두웠는데, 아마 황제의 안색이 나쁘기 때문일 것이다. 황제를 보좌하는 으뜸 대신으로서, 종초객은 모든 방면에서 황제와 똑같이 하는 것을 대단히 중요하게 생각했다.

"간단히 말해보라. 대체 언제쯤 사건을 해결할 수 있겠는가?"

주방행과 원회옥이 벽운루의 괴사건에 관해 번갈아 설명하는 것을 참을성 있게 듣던 황제 이현이 마침내 귀찮은 듯 손을 내저으며 냉랭하게 물었다.

"아니면 언제쯤 실종된 이융기를 찾아낼 수 있겠는가?"

전각 안은 순식간에 조용해졌다. 황제가 이렇게 직접적으로 물을 줄 아무도 예상하지 못했기에, 태평공주마저 아미를 찡그렸고 원승을 바라보는 안락공주의 두 눈에도 걱정스런 빛이 반짝였다.

사건 해결에 유능하다는 뭇 관리는 늦가을 매미처럼 입을 꾹 다물었다. 황제의 말투로 볼 때 친조카의 안위를 몹시 중요하게 여기는 것 같은데, 이융기가 그 괴이한 살인 사건에서 무슨 역할을 했는지는 그 누구도 알지 못했다. 막신기와 형부육위는 각자의 상사에게 남몰래 눈짓을 보내, 이 격류에 선불리 뛰어들지 않는 것이 최선이라는 뜻을 전했다.

사람들이 말이 없자 황제는 더욱 불쾌한 듯 어두워진 시선을 가까이 있는 형부시랑에게 던지며 묵직하게 입을 열었다.

"형부 생각은 어떤가?"

"성인(聖人, 당나라 때에는 천자를 '성인'이라 불렀음 – 작가 주), 부디 깊이 살펴주십시오."

주방행은 한껏 정중하고 엄숙한 표정을 지으며 곰곰이 생각하듯 눈을 찌푸렸다.

"벽운루 사건은 괴이하기가 이루 말할 수 없습니다. 신의 생각에는 결코 소홀히 해서는 아니 되며, 주도면밀하게 계획해 다방면으로 살펴야……."

"짐은 얼마나 걸리는지를 묻고 있느니."

주방행의 이마에 땀방울이 송골송골 솟아났다. 공연히 황제 가까이 선 것을 내심 후회하던 그는 잠시 머뭇거리다가 하는 수 없이 대답했다.

"빠르면 서너 달, 늦으면 반년이 걸릴 것입니다. 신이 무능하여…… 아니, 기실 신이 무능한 것이 아니라 이번 사건이 너무도 괴이한 탓에……."

황제가 두 번째로 그의 말을 끊었다.

"어사대는 어떤가?"

장열이 한 걸음 다가가 허리를 숙였다.

"성인, 통촉하여주십시오. 신 또한 주 대인의 말이 옳다 생각합니다. 이번 사건은 너무도 괴이합니다. 우리 어사대가 맡으면 마땅히 반년이나 끌지는 않을 것이나 다섯 달 정도는 걸릴 것입니다."

실로 교묘한 말솜씨였다. 듣기에 따라서는 한 달 앞당긴 것 같지만 사실은 형부가 제시한 가장 이른 시일보다 기한이 한 달이나 늦은 것이다.

"금오위는?"

황제의 목소리가 더욱 높아졌다.

위윤은 자연스레 원회옥을 돌아봤다. 이런 쪽에서는 원회옥도 잔뼈가 굵은 인물인지라 자연히 앞선 사람들을 따라 이맛살을 찌푸리며 대답했다.

"신 또한 주 대인, 장 대인과 같은 의견입니다. 몹시 기괴한 사건이니 최소한 몇 달은 필요합니다!"

황제 이현은 분노에 차서 발을 굴렀고, 전각 안에는 순식간에 먹구름이 내려앉았다. 만승지존이 격노하자 사람들은 고개를 푹 숙인 채 찍소리도 내지 못했다.

정적이 장내를 좀먹어 들어가던 바로 그때 누군가가 말했다.

"폐하, 외람되지만 신이 이 사건을 이레 안에 해결하겠습니다!"

"원승." 황제의 눈이 환하게 빛났다. "짐도 알아보겠구나. 얼마 전 퇴마사에 취임한 현원관주가 아니더냐? 그래, 이레 안에 해결하겠다고?"

사람들의 시선이 원승에게 집중됐다. 질투하는 사람, 무시하는 사람, 그럴 리 없다고 생각하는 사람은 물론이고, 꼴좋게 당해보라고 비웃는 사람도 있었다. 오로지 안락공주만이 아름다운 눈동자에 찬탄의 빛을 반짝이며 바라봤을 뿐, 아버지인 원회옥마저 너무 놀라 부들부들 떨었다.

"폐하." 원승은 천천히 앞으로 나아가 말했다. "이 사건은 몹시 괴이한 데다 수많은 변고와 위험이 도사리고 있기에 전력을 다해 서둘러 해결해야 한다고 생각합니다."

"좋다!"

황제 이현의 안색이 처음으로 누그러졌다. 황제는 고개를 끄덕이며 말했다.

"실로 군주의 수심을 걷어내는 충성스런 말이로다. 정말로 이레만 필요하더냐? 넉넉히 보름을 줄 수 있다."

"성인의 관대함에 깊이 감사드립니다. 하나 신의 생각에는 위험하고 후환이 많은 사건인 만큼 오래 끌수록 불리합니다. 따라서 이레 안에 해결하는 것이 최선입니다!"

황제 이현은 그를 뚫어지게 응시하더니 마침내 연신 고개를 끄덕였다.

"좋다, 네 충심을 보아 이 사건에 대한 전권을 맡기겠다. 금오위의 모든 인마를 동원해 이레 안에 반드시 사건을 해결토록 하라."

"신, 명을 받들겠습니다!"

원승은 진지한 표정으로 어지를 받았지만 옆에 선 아버지의 얼굴이 종잇장처럼 하얗게 질리는 것은 보지 못했다.

안락공주가 다급히 말했다.

"부황, 원승이 이토록 충성스러우니 이 사건을 해결하면 큰 상을 내리셔야 해요!"

"그래, 잊을 뻔했구나."

이현은 이마를 두드리며 빙그레 웃었다.

"그 충성만으로도 상을 받을 자격이 있지. 하나 아직 젊으니 교만하게 만들고 싶지는 않구나. 이렇게 하자꾸나. 이 일이 성공하면 정사품하에서 '하' 자를 떼어주겠다."

이 말을 듣자 막신기와 형부육위는 고소해하던 마음이 싹 사라지고 후회가 밀려왔다. 원승이 젊은 혈기로 경솔하게 나섰다가 운좋게 황제의 호감을 얻는 것을 보니, 이럴 줄 알았으면 먼저 나서서 모험을 해봤을 텐데 하며 안타까운 마음이 들었다.

그때 내내 어두운 얼굴로 말이 없던 종초객이 헛기침으로 분위기를 환기한 뒤 무겁게 말했다.

"성인께서는 통촉하여주십시오. 패기 있게 나서 성인의 근심을 덜어주려는 원승의 태도는 확실히 칭찬받아 마땅합니다. 하나 모든 일에는 절제가 필요한데, 이대로 뒀다가는 무모하게 공을 탐하는 자들이 생겨날 것입니다. 원승이 이레 안에 사건을 해결한다면 큰 상을 내리시되, 해결하지 못한다면 허풍을 떨어 군주를 속인 것으로 판단해야 한다고 사료됩니다."

조심스럽고 어느 쪽도 편들지 않는 듯한 말이었지만, 가만히 들어보면 원승을 옭아매려는 수작이었다.

안락공주는 불쾌한 듯 종초객을 노려봤다. 하지만 파벌로 따지면 이 키 크고 마른 우아한 남자는 그녀와 같은 위씨파이기 때문에 공공연히 반박할 수 없었다. 다행히 만에 하나 사건을 해결하기가 어렵더라도 그저 잘못으로 '판단한다'는 것뿐이니 그때 부황에게 간청하면 별다른 문제는 없을 것 같았다. 그녀답게 '판단한다' 전에 종초객이 말한 '허풍을 떨어 군주를 속인 것'이 얼마나 무서운 일인지는 깊이 생각해보지 않은 것이 분명했다. 종초객의 말대로라면 심각한 경우 원승은 군주 기만죄를 지은 것이 될 수도 있었다.

이현은 귀가 얇은 황제였기 때문에 그 말을 듣자 옳다는 듯이 고개를 끄덕였다.

"종 경의 말이 옳다. 원승이 이레 안에 사건을 해결하면 자연히 상을 내릴 것이요, 그렇지 못하면 벌을 내리겠다."

천하를 다스리는 만승지존은 언제 어느 때건 균형을 유지하는 것이 중요했다. 그의 마지막 말은 금오위 퇴마사와 어사대, 형부 세 관청의 균형을 잡기 위한 것이었다. 예상대로 막신기와 형부육위는 후회를 거두고 다시금 원승의 불행을 기뻐하기 시작했다.

뭇 관리 가운데 가슴이 찢어지도록 괴로운 사람은 원회옥뿐이었다. 그는 아들의 경솔한 태도에 화나고 걱정되어 당장이라도 쓰러질 것 같은 몸을 억지로 곧추세우고 있었다. 내원을 나간 다음에야 참다못한 원회옥은 아들에게 주절주절 불평을 늘어놓았다.

하지만 원승은 미소를 지은 채 듣고만 있다가 아버지의 말이 끝나자 태연자약하게 말했다.

"때가 됐으니 가서 옥환아를 심문하시지요!"

원회옥은 그런 아들을 어찌할 방도가 없어 한숨을 쉬며 나지막이 말했다.

"어디 말해보아라. 어찌 열흘도 아니고 보름도 아닌 이레더냐?"

먹구름 한 줄기가 원승의 얼굴 위로 떠올랐고 그의 안색도 어둡게 변했다. 하지만 그는 천천히 고개를 가로저으며 무겁게 말했다.

"지금은 말씀드릴 수 없습니다."

"오냐, 좋다!" 원회옥은 울상을 지은 채 나지막이 말했다. "어디서부터 조사를 할 생각이냐? 의심스런 자가 있느냐?"

"한 명 있습니다만, 경솔하게 처리할 일은 아닙니다."

원회옥의 미간은 더욱 깊이 주름 잡혔다.

"그렇다면 이레 안에 사건을 해결하는 데에는 얼마쯤 자신이 있느냐?"

"자신은 삼 할도 되지 않습니다. 하지만 어찌 됐든 해봐야지요!"

원회옥은 또다시 쓰러질 뻔했다. 하지만 원승은 그런 줄도 모르고 두 눈을 잔뜩 찌푸린 채 골똘히 생각에 잠겼다. 핏발이 가득 선 이융기의 눈동자가 다시 한 번 떠올랐다.

'천'상이 '사'특하니 천상을 바꿔야 하리!

세상을 깜짝 놀라게 한다는 '천사책'이 발동되면 정말로 함정이 잇달아 터져 막을 수 없게 될까? 어쩌면 그 신비한 계책이 벌써 이융기라는 황실의 신예에게 효과를 발휘한 것은 아닐까?

5장

잡으려면 풀어주라

원회옥이 볼 때 황제 앞에서 이레 안에 사건을 해결하겠다고 약속한 것은 죽음을 자초하는 행동이었지만, 결과적으로 퇴마사가 전권을 얻었으므로 원승이 전력을 쏟아부을 수 있게 됐다.

가장 먼저 할 일은 바로 옥환아를 심문하는 것이었다. 원승도 예상하지 못한 일은 신포 막신기가 심문 장면을 보러 찾아온 것이었다. 더욱이 단순한 구경꾼으로서가 아닌 어사대 대표라는 신분으로 찾아왔다. 막신기는 엄숙하게 어사대 장열 대인의 위임장을 들고 나타나, 어사대의 본분을 지키기 위해 직접 참석해 심문을 지켜봐야 한다고 주장했다.

"이 몸은 다년간 사건을 맡아 해결하면서 다소의 경험을 쌓았소. 어쩌면 힘이 될 수도 있을 게요."

막신기는 태연하게 웃으며 말했다. 그는 '신포'라는 자신의 별명이 가진 힘을 잘 알고 있었다. 심지어 나이도 한참 어린 원승이 예의 바르게 허리를 숙이며 심문이 벌어질 대청으로 안내하리라 기대했다.

그러나 원승은 그보다 더 태연하게 미소를 지으며 말했다.

"그리 원한다면 들으시오. 하지만 듣는 것은 허락해도 말을 하는 것은 허락할 수 없소."

막신기의 얼굴이 벌겋게 달아올랐지만 원승은 모른 척 돌아서서 심문 준비를 했다.

옥환아는 취화루에서 한창 인기 있는 여인인지라 그녀가 억류된 동안 취화루 주인은 적지 않은 돈을 뇌물로 썼다. 평강방에서 최고급 가무방을 운영하는 만큼 발이 넓은 주인은 권세가들에게 옥환아를 구명해달라고 청했고, 덕분에 옥환아는 연금만 당했을 뿐 별다른 고초를 겪지 않았다. 특히 요 며칠 옥환아를 잘 봐달라는 권세가들의 기세가 갈수록 강해져 금오위를 크게 압박하고 있었다.

오늘도 옥환아가 다시 심문을 받는다는 소식을 어디서 들었는지, 금오위 정문 밖에 수많은 사람이 몰려들었고 누군가에게 매수된 듯한 한량들은 입을 모아 "연약한 여인이 무슨 죄가 있소", "무고한 가인을 괴롭히지 마오" 하고 구호를 외쳐댔다. 박자 딱딱 맞는 그 구호가 퍽 선동력이 있어서 더 많은 사람이 감염이라도 된 양 따라 외치기 시작했다.

이 소란스런 외침에 막신기도 정신이 들어 폭발할 것 같던 분노를 가라앉히고 냉소를 지으며 원승을 따라 공당으로 들어갔다.

금오위 공당에서 옥환아를 다시 마주하자 원승도 기분이 남달랐다. 이 총명한 여인은 안면이 있는 그를 보고도 구원군을 만난 것처럼 울며불며 매달리기는커녕 전혀 모르는 사이인 척했다.

그녀의 아름다운 눈동자에서 흘러나오는 빛은 한겨울 온천의 고요한 쪽빛 물처럼 시종일관 맑고 부드러웠다. 맑음은 곧 쌀쌀함이었다. 다소 오만하고 무관심한 쌀쌀함. 그리고 부드러움은 곧 우울함이었다. 그 우울함 때문에 속세의 사람 같지 않은 몽롱한 아름다움이 느껴질 정도였다.

"지난번 원 노장군께서 이미 소녀를 심문했습니다. 이번 일은 소녀와는 아무 관계가 없습니다. 그들은 술을 마시다 변고를 당했고, 끔찍한 모습으로 죽었습니다. 저 역시 너무 놀라 죽을 뻔했고요. 혹시 그들이 마신 술에 독이 있었던 것이 아닐까 생각합니다."

이렇게 말하는 동안 그녀의 눈동자에도 마침내 소녀다운 놀람과 두려움이 떠올랐다.

원승은 푹 빠질 것처럼 아름다운 그 눈동자를 응시하며 천천히 말했다.

"금오위에서 그들이 마시다 남은 술을 가져와 여러 차례 살펴봤지만 아무 문제가 없었소. 낭자의 진술서를 읽어봤는데 불명확한 부분이 많더구려. 예를 들면, 낭자와 함께 술을 마시던 사람 중 임치군왕 이융기가 무엇을 했는지는 언급이 거의 없었소!"

옥환아는 얼굴이 종이처럼 하얗게 질린 채 중얼거리듯 대답했다.

"너무 갑작스럽게 벌어진 일이라 놀라고 당황해 기억이 분명하지 않습니다."

원승은 살짝 눈을 찡그렸다. 이토록 아름답고 가냘픈 여인이 '너무 놀라서 도무지 기억이 나지 않아요'라고 하소연하면 원승처럼 점잖은 군자는 어쩔 도리가 없을 만도 했다.

참다못한 막신기가 냉소를 터뜨리며 끼어들었다.

"아주 간덩이가 부었구나. 사람 목숨에 관한 일을 어찌 잊는단 말이냐? 필시 생각나는 대로 주워섬기는 중이렷다! 원 장군, 저 교활한 여자를 좀 더 엄히 다루는 것이 좋겠소. 호된 형벌을 맛보여주는 것이 가장 좋겠소!"

신포라는 이름으로 경성을 떠들썩하게 하던 그의 한마디에는 위엄이 철철 흘러넘쳤다. 덕분에 대청에 늘어선 아역들마저 안색이 싹 변했고 옥환아의 얼굴 역시 더욱 하얘졌다.

원승은 고개를 돌려 막신기를 바라보며 온화하게 웃음 짓더니 천천히 말했다.

"막 신포, 이곳은 금오위 퇴마사지 어사대가 아니오. 또다시 허락 없이 소리를 친다면 쫓아내겠소."

그 말에 막신기는 머리 뚜껑이 열릴 만큼 화가 나서 탁자를 걷어차고 벌떡 일어나 나가버리고 싶었다. 하지만 본디 인내심이 강한 성품이라 얼굴이 시뻘겋게 달아오르는데도 꾹 참고 입을 다물었다.

원승은 그를 무시하고 다시 옥환아에게 물었다.

"그날 밤 연회의 주최자는 누구며, 무슨 일로 연회를 베풀었소?"

"삼랑의 생각이었습니다."

눈처럼 하얀 옥환아의 얼굴은 몹시 연약하고 무고해 보였다.

"그분은 무척 호방한 분이시지요. 상왕부의 준일림에서 등운관해를 파직했는데, 삼랑은 두 사람과 잘 아는 사이여서 일부러 술자리를 만들어 담소를 나누면서 사과의 뜻을 전하려 했습니다."

"그렇다면 어찌하여 낭자를 함께 청했소?"

원승의 목소리는 침착했지만 말로는 표현할 수 없는 날카로움이 담겨 있었다.

옥환아는 움찔했지만 곧 슬픈 미소를 띠며 대답했다.

"여러분도 아시겠지만 등운관해 두 사람은 저에게 푹 빠져 있었습니다. 종종 취화루를 찾아와 제 연주를 들었고 그때마다 시를 써줬지요. 제 연주를 들으려면 비용이 많이 들기 때문에 완곡하게 그만 오시라고 권한 적도 있지만 들으려고 하지 않았습니다. 서로 경쟁이 붙기도 했고요."

원승은 저도 모르게 이맛살을 찌푸렸다. 옥환아가 이런 일을 솔직하게 털어놓을 줄은 예상 못했기 때문이다.

"임치군왕은 그 사실을 알고 있었소?"

"압니다."

옥환아의 아름다운 얼굴에 고통스런 표정이 떠올랐다.

"하지만 신경 쓰지 않았습니다. 저는 몹시 괴로웠지만 그분은 전혀 신경 쓰지 않았어요. 신경 쓰지 않는다는 것은 곧 그분 마음속에 제가 없다는 뜻이겠지요. 삼랑을 잃는다면 저는 정말이지 죽고 싶을 거예요."

그녀의 목소리는 마치 입술 사이로 흘러나오는 실낱같이 가느다래서 듣기만 해도 눈물이 뚝뚝 떨어질 만큼 애처로웠다. 원승 역시 마음이 아팠다. 처음 봤을 때 그녀가 농담 삼아 한 말이 떠올랐다.

'장군, 부디 제게 도술을 가르쳐주세요. 삼랑이 저 한 사람만 좋아하게 만들고 싶어요.'

그는 한숨을 쉬며 말했다.

"그렇다면 그날의 일을 좀 더 자세히 떠올려보시오. 우리가 당신에게 삼랑을 찾아주겠소!"

그 순간 막신기는 듣기에는 평범하고 온화한 원승의 질문이 사실은 이 여인을 눈치채지 못하게 각본 속으로 끌어들이는 것임을 깨달았다.

과연 옥환아가 아련하게 탄식하며 말했다.

"그냥 평범한 술자리였습니다. 원 노장군께서 심문하실 때 상세히 말씀드린 것처럼요. 그러다가 등운관해가 다투기 시작했습니다. 등자운은 관임해의 인기작 <장안회고>가 너무 궁상맞다고 했고, 관임해도 질세라 등자운의 <출새곡구수>는 양만 많고 제대로 된 부분은 반절도 안 된다고 비웃었습니다. 두 사람은 제 앞에서 늘 그렇게 말다툼을 하곤 했지요!"

여인의 입술이 보기 좋게 호를 그렸다.

"그래서 저도 처음에는 별생각이 없었는데, 뜻밖에도 관임해가 벌떡 일어나 등자운의 뺨을 힘껏 후려쳤습니다."

그 뒤는 원회옥에게 진술한 것과 똑같았다. 뺨을 맞은 등자운이 발작하듯 이상한 모습으로 변하고 참극이 잇따라 벌어졌다.

"등자운의 모습에 저는 너무 놀라 쓰러질 뻔했습니다. 그런 다음 관임해가 저에게 다가와 거미줄을 마구 토해냈고, 저는 그 거미줄에 꽁꽁 묶였습니다. 소리를 지를 수도 없었고 구역질이 나서 견딜 수가 없었어요. 그리고 허공에 매달렸지요. 죄송하지만 이 부분은 나중에 여러분이 알려준 거예요. 저는 허공으로 떠오르는 동안 정신을 잃고 말았으니까요. 그 후 일어난 일은 전혀 알지 못합니다."

"그렇다면 당시 이융기는 어디에 있었소?"

"삼랑이라면 관임해가 소란을 피울 때 나서서 말리던 모습이 확실히 기억납니다. 제가 거미줄에 묶이자 그분은 노성을 터뜨리며 검까지 뽑았지만, 거미줄이 그분에게 날아들어 입을 꽁꽁 틀어막았습니다. 확실해요. 저는 항상 그분만 바라보고 있었으니 절대 틀렸을 리 없습니다."

"그 말은 이융기 역시 그 거미줄에 묶여 누군가에게 납치됐다는 것이오?"

"물론입니다. 그런데…… 그분은 어디로 끌려갔을까요?" 여인이 조바심을 냈다. "제발 부탁드립니다. 한시바삐 그분을 구해주세요."

원승은 말없이 고개만 끄덕였다.

"대인." 옥환아가 조용히 그를 불렀다. "소녀는 언제…… 취화루로 돌아갈 수 있습니까?"

원승은 여전히 말이 없었다. 곁에 있던 막신기는 분통이 터져, 형을 받지 않은 것도 고마워해야 할 판국에 어디 감히 돌아갈 생각을 하느냐고 소리소리 지르고 싶었지만, 놀랍게도 원승은 또다시 막신기의 머리 뚜껑이 활짝 열릴 말을 꺼냈다.

"지금도 가능하오. 지금 당장 취화루로 돌아가도 좋소."

"정말인가요, 대인?"

옥환아가 살짝 눈을 들었다. 그 순간, 원승은 여인의 눈동자에 기쁨은커녕 뼛속 깊이 새겨진 우울함만 담긴 것을 알아차렸다. 혹시 이융기를 걱정해서일까?

"그렇소."

원승은 막신기를 흘끗 곁눈질하며 따뜻한 웃음을 지어 보였다.

"황제 폐하께서 우리 금오위에 벽운루 사건을 맡기셨소. 그러니 금오위에서 다른 의문점을 발견하지 않는 한, 다른 관청은 내가 내린 결정에 간섭할 수 없소. 오늘부터 낭자는 자유의 몸이오. 낭자가 지녔던 물품도 종잇조각 하나 남기지 않고 모두 돌려줄 것이오."

그가 지나가듯이 말한 '종잇조각 하나'라는 말에 옥환아는 눈을 반짝 빛내며 황급히 고개를 숙였다.

"소녀, 대인께 감사드립니다!"

원승의 심문은 간단했고, 분위기는 평화로웠으며, 아무런 성과도 없었다. 하지만 그 결과는 실로 놀라웠다. 그는 그 자리에서 옥환아를 석방했다. 옥환아뿐 아니라 벽운루 사건에 연루된 주루 점원 두 사람도 곧바로 풀어줬다. 특히 막신기가 옥환아를 찾아가 귀찮게 굴 것을 짐작한 듯, 금오위가 벽운루 사건을 맡아 다른 관청에는 권한이 없다는 것을 분명히 밝힘으로써 옥환아를 완전히 자유롭게 해줬다.

하지만 막신기는 조금도 화내지 않고 잇새로 냉소만 흘렸다. 화가 나기는커녕 원승이 스스로 죽을 길을 찾아가는 것을 지켜보는 게 즐겁기만 했다. 경쟁자인 자신을 골탕 먹이려고 중요한 증인을 석방해버리다니, 역시 어리고 경험 없는 아이는 별수 없었다.

'오냐, 이제 네가 무슨 수로 이레 안에 사건을 해결하는지 두고 보자. 이레라…… 흐흐흐, 오늘도 벌써 날이 저물지 않았느냐?'

금오위의 대문을 나선 막신기는 서쪽으로 기우는 해를 바라보며 입가에 미소를 그렸다.

옥환아를 응원하기 위해 취화루에서는 몹시 공을 들였다. 가장 눈에 띄는 것은 바로 가루 제일 미녀를 영접하려는 듯 금오위 정문 앞에 떡하니 버티고 선 정교하고 화려한 우마차였다. 유모(帷帽, 둘레에 천을 달아 얼굴을 가리는 머리쓰개)를 쓴 옥환아는 천천히 대문을 나가 말없이 마차에 올랐다.

정문 앞에 모여 있던 한량들이 일제히 소리쳤다.

"원 소장군은 참으로 영명하시구나!"

"원 소장군은 백성들을 생각하시는 분이야!"

어떤 사람은 '경성 제일가는 옥, 달 속 꽃도 울고 갈 환'이라는 옥환아의 별명을 외치면서 마차에서 나와 고운 얼굴을 보여주기를 청했다. 하지만 마차는 잠시도 머무를 뜻이 없는 듯, 마부의 채찍이 허공을 가르는 동시에 달리기 시작해 점점 짙어져가는 황혼 속으로 사라졌다.

그때 육충은 한량들 틈에 섞여 있었다. 머리에는 큼직한 삿갓을 써 얼굴을 반쯤 가린 채였다. 화려한 마차가 길모퉁이로 돌아가는 순간 그는 삿갓을 푹 눌러쓰고 살그머니 뒤를 밟았다.

옥환아를 풀어준 것은 본디 원승의 계략이었다. 그는 이 여인에게 의심스런 점이 너무 많다고 느꼈지만, 형틀을 동원해 우격다짐하는 것은 성격에 맞지 않았다. 더군다나 여인의 배후 세력이 복잡하게 얽혀 있어 섣불리 건드렸다가 일을 그르칠까 두렵기도 했다. 그래서 늘 쓰던 수법을 택해 몰래 옥환아에게 신아주를 걸었다.

육충은 순조롭게 우마차 뒤를 쫓았다. 옥환아는 몹시 피곤한지 취화루 후원에 있는 방으로 들어가 아무도 만나지 않았다. 취화루 주인이 기생 어미를 데리고 들어가 사정을 듣고 잠시 위로한 다음 바삐 물러나왔을 뿐, 그 뒤로 안부를 물으러 온 자매들은 모두 발길을 돌려야 했다.

취화루 간판 미녀가 돌아왔다는 소문에 가무방을 들락거리는 방탕아들이 떼 지어 몰려왔다. 벽운루 괴사건이 불난 집에 부채질하듯 부풀어올라 사방으로 전해지면서 옥환아는 대당나라 국도에서 가장 주목받는 사람이 되어 있었다. 덕분에 취화루는 수많은 풍류

객으로 북적거렸지만, 그들 역시 예외 없이 만남을 거부당했다.

밤이 깊어지고 각지에서 온 방탕아들이 일찌감치 흩어졌을 무렵, 취화루 후원의 비밀스런 쪽문이 열리더니 두 흑의인이 유모를 쓴 여인을 에워싸고 총총히 밖으로 나와 문 앞에 대기하던 쌍두마차에 올랐다.

"역시, 저 여자가 무슨 꿍꿍이가 있었군. 어디로 가려는 거지? 원승의 욕금고종(欲擒故縱, 병법 삼십육계 중 하나로, 완전히 잡으려고 일부러 풀어주는 것) 계책이 딱 들어맞았어."

토박이 유지로 변장한 육충이 가산 뒤에서 머리를 쑥 내밀고 나지막이 중얼거렸다.

"옥환아는 마차에 오르기 전에 반항하는 것 같았어. 저 흑의인들이 그녀를 포위하듯 에워싸고 나온 것이 조금 이상해."

청영은 눈동자를 반짝이며 느릿느릿 움직이는 마차를 주시했다. 그녀는 가무방 시녀로 변장했지만 안으로 들어가지 않고 줄곧 옥환아의 방 밖을 염탐하는 중이었다.

두 사람은 신행술을 펼쳐 뒤를 쫓았다. 컴컴한 밤중을 내달리는 마차는 딱히 눈에 띄지 않았지만, 준마가 이끄는 덕분에 속도는 나는 듯이 빨랐다. 물론 아무리 빨라도 신행술을 펼친 사람보다 빠를 수는 없었으나, 육충과 청영은 발각될 것이 두려워 지나치게 거리를 좁히지는 못했다.

어리석게도 마차가 곧장 방문을 향해 달려가는 것을 보자 청영은 어이가 없어 냉소를 터뜨렸다.

"한밤중에 마차를 달리다니, 대당나라 국도에서는 야간 통행이 금지라는 걸 모르나봐?"

그사이 마차는 방문 앞에 도착했다. 문지기 병사들이 뭐라고 외치는 소리가 아득하게 들려왔지만, 마부가 무엇을 보여줬는지 뜻밖에도 문이 활짝 열리고 마차는 쏜살같이 방을 벗어났다.

"이런, 빌어먹을." 육충은 그제야 깨달은 듯 속삭였다. "저건 상왕부의 마차야!"

"어쩐지, 그러니 통금 시간 후에도 거리를 질주하고 방에서 나갈 수 있었지! 설마…… 상왕부 사람이 옥환아를 납치한 걸까?"

청영은 소스라치게 놀란 얼굴이었다.

"맙소사! 어떻게 이런……."

좀 더 가까이 다가간 육충이 비로소 마차를 자세히 확인하고 외쳤다.

"전하의 전용 마차!"

그는 그 마차를 너무나 잘 알고 있었다. 며칠 전 영광스럽게도 상왕과 함께 저 마차를 타고, 영광스럽게도 '감쪽같이 사라진' 자객 사건을 목격하지 않았는가.

"혹시 누군가 훔쳐온 것이 아닐까?"

청영도 충격을 받았는지 떨리는 목소리로 물었다.

"그럴 리 없어!"

육충은 단호하게 반박했다.

"저 마차는 노곽이라는 총관이 직접 관리하고, 상왕 전하 외에는 아무도 사용하지 못해."

상황은 점점 더 미궁으로 빠져들고 있었다. 두 사람은 서둘러 마차 쪽으로 달려갔다. 둘 다 금오위 퇴마사의 요패를 차고 있었기 때문에 방문을 지키는 병사들도 막지 않았다. 하지만 등롱을 높이 매단 방문 앞에서 잠시 머물며 이야기를 나누는 동안 앞서가던 마차가 뭔가 눈치챈 듯 속도를 올리기 시작했다. 두 사람은 미적거릴 새도 없이 서둘러 쫓아갔다.

"살려주세요, 사…… 살려주세요!"

별안간 마차에서 울부짖는 소리가 들려왔다. 옥환아의 목소리였다. 하지만 누군가 입을 틀어막았는지 그 소리는 금세 뚝 그쳤다.

"공격하자!"

육충이 망설임 없이 팔을 쳐들자 비검이 허공을 가르며 날아갔다. 자화열검이 노린 곳은 마차가 아니었다. 마차 안은 꽁꽁 가려져 실수로 옥환아를 해칠 수도 있기 때문이었다. 자화열검은 하늘 높이 솟구쳤다가 홱 방향을 바꿔 달리는 말들을 내리찍었다. 공기를 가르며 떨어지는 철검에서 스산한 광채가 번뜩였다. 끌채에 묶인 두 말은 명마였기에 저 강력한 힘을 피할 수 없다는 것을 알아차리고 슬피 울부짖었다.

무시무시한 철검이 말의 목에 닿으려는 순간, 마차 안에서 총채 하나가 쑥 튀어나와 허공을 슬쩍 쓸었다. 한가롭고 여유로운 움직임이었지만, 그 총채는 놀랍게도 백발백중에 가까운 육충의 비검을 손쉽게 가로막았다. 단순히 막기만 한 것이 아니라 심지어 기괴한 흡인력까지 뿜어냈다.

멀리 떨어져 있던 육충은 그 괴상한 흡인력에 자화열검이 자신의 통제를 벗어나려는 것을 느꼈다. 다급해진 그가 전력을 다해 검을 거두려 하자, 자화열검은 날카롭게 비명을 질러대며 하늘 높이 솟았다가 가까스로 방향을 바꿔 그에게 돌아왔다. 그러는 동안에도 말들은 미친 듯이 질주하고 있었다.

마차에 저렇게 무시무시한 고수가 타고 있을 줄이야! 육충은 분노를 터뜨렸다. 곁에 있던 청영은 그의 성품을 너무나 잘 알기에 더는 숨어 있지 않고 신행술을 최대로 끌어올렸다. 손가락으로 법결을 짚자 그녀의 몸은 번개처럼 앞으로 돌진했다. 신행술을 펼친 고수가 큼직한 마차 하나를 쫓는 것은 결코 어려운 일이 아니어서, 청영은 눈 깜짝할 사이에 마차에 접근했다.

그런데 어찌 된 셈인지 마차에서 한 장 정도 떨어진 곳에 이르자 보이지 않는 힘이 갑작스레 그녀를 덮쳤다. 청영은 보이지 않는 벽에 부딪힌 것처럼 쓰러질 듯 비틀거렸다. 마차가 바로 지척에 있는데 아무리 애를 써도 다가갈 수가 없었다.

바로 그때 날카로운 여자의 비명과 함께 마차 뒷문이 홱 열리며 검은 그림자가 튀어나왔다. 눈썰미 좋은 청영은 그 그림자가 다름 아닌 옥환아라는 것을 알아챘다. 강기를 듬뿍 실어 던진 탓에 옥환아는 찢어지는 비명을 지르며 길 옆 잡목 숲으로 날아갔다.

"내가 구할 테니 당신은 마차를 쫓아!"

청영은 재빨리 결단을 내리고 신행술을 최대한 끌어올려 번개처럼 옥환아 쪽으로 날아갔다. 하필이면 그때 마차가 빙그르르 방향을 틀어 갈림길 쪽으로 달려가기 시작했다. 육충은 급히 대답한 뒤 허공에서 훌쩍 뛰어올라 다시금 마차를 쫓았다.

숲 쪽에서는 옥환아가 빠른 속도로 추락하고 있었다. 청영의 손에서 날아오른 오색 띠가 옥환아의 가녀린 허리를 정확하게 휘감아 잡아당겼다. 옥환아는 비명을 지르며 청영의 품으로 축 늘어졌다.

"잠깐, 당신 누구야?"

놀란 청영이 소리를 질렀다. 옥환아의 얼굴은 딱딱해졌다가 점점 이상한 변화를 일으키기 시작했다. 불길한 예감이 엄습했다. 청영은 눈빛을 굳히며 오색 띠를 홱 잡아당겼고, 여인은 빙그르르 돌며 바닥으로 쓰러졌다.

"누구의 지시를 받고 옥환아를 납치했지?"

여인은 대답이 없었다. 달빛에 비친 여인은 뻣뻣한 자세로 쓰러져 있었고, 얼굴 위로는 뭔가가 흘러내리고 있었다.

거미줄. 기괴한 거미줄이 그녀의 얼굴에서 말 그대로 '흘러내리고' 있었다. 옥환아를 쏙 빼닮은 얼굴이 쓱쓱 갈라져 피부째 줄줄 흘러내리더니 이윽고 바짝 야윈 또 다른 얼굴이 나타났다. 낯선 남자의 얼굴이었다. 그 남자의 눈동자는 이미 뻣뻣하게 경직됐고, 곧이어 몸 전체가 뻣뻣하게 굳었다.

"또 거미줄이군."

청영은 놀라고 화가 났다.

"괴뢰고의 거미줄일까?"

적이 지독한 상대라는 것을 깨닫자 청영은 육충이 걱정스러워지기 시작했다. 그녀는 고개를 들고 짙게 가라앉은 밤의 가장 깊은 곳을 바라봤다. 마차가 달려간 쪽이었다. 저쪽, 육충이 아직 저쪽에 있었다!

가짜 옥환아를 내던진 마차는 즉시 속도를 올렸다. 짐승이 끄는 마차라고는 믿을 수 없을 정도의 속도여서, 마치 무형의 힘이 마차를 밀고 있는 것 같았다. 육충은 욕설을 내뱉으며 신행술을 최대로 끌어올렸다.

며칠 전 한가하게 노닥거릴 때 원승, 청영과 함께 신행술을 시합한 적이 있었는데 결과는 뜻밖이었다. 신행술이 가장 빠른 사람은 청영이었고, 원승이 꼴찌였다. 2위에 안착한 육충은 우승한 것보다 더욱 의기양양해하며 연인에게 일부러 져줬다고 너스레를 떨었다.

진나라 때 갈홍이 쓴 《신선전》에는 '비장방(費長房, 동한 시대의 도사)에게는 신비한 술법이 있으니, 지맥을 축소해 천 리 떨어진 곳에 있다가도 술법을 풀면 원래대로 돌아올 수 있다'고 기술되어 있다. 청영이 익힌 신행술은 비장방에게서 전해진 것이지만, 천 리를 뛰어넘는 신통력은 신행술 최고의 경지였기 때문에 구결뿐만 아니라 천부적인 재능도 필요했다. 청영의 재능은 비장방에 비할 바가 못 되지만 원승쯤은 따돌리기에 충분했다.

육충의 신행술은 평범한 수준이지만, 영허문의 기재인 원승을 이길 수 있었던 것은 모두 청영에게서 배운 비장방의 구결 덕분이었다. 그래서 비장방의 신행술을 최대한으로 끌어올리자 육충의 몸은 광풍처럼 날아가 순식간에 마차 뒤에 따라붙었다.

보이지 않는 벽이 또 한 번 위력을 드러냈다. 하지만 육충은 이미 대비가 되어 있는 데다 옥환아가 마차에 없다고 생각했기 때문에 망설이지 않고 왼쪽 소매를 떨쳤다. 현병술이 폭우처럼 쏟아지면서 연자창이며 유성추같이 부드러움과 단단함을 겸비한 온갖 병기들이 보이지 않는 벽을 두드려 부수고 마차 뒷문을 때렸다. 두꺼운 느릅나무 문이 순식간에 박살나고 마차가 시커먼 입을 벌렸다.

육충은 곧바로 그 어두컴컴한 입속으로 몸을 날리려 했다. 그런데 어두운 마차 안에서 괴상한 눈동자 한 쌍이 그를 뚫어지게 노려보고 있었다. 그 눈동자는 마차 안이 주는 느낌과 똑같이 공허하고 고요했고, 심지어 연민까지 담겨 있었다. 강호를 종횡하며 수없이 싸움을 치르고 자신보다 고강한 고수와도 여러 번 싸워본 육충이지만 이런 상대는 처음이었다. 그 눈빛은 숫제 그를 싸울 상대로 여기지도 않는 것 같았다.

육충은 노기가 치솟아 양손을 동시에 뻗었다. 왼쪽 소매에서 길이가 제각각인 병기들이 수없이 쏟아져 나오더니 눈발같이 새하얀 날빛이 빙글빙글 돌면서 방패를 이뤄 검은 그림자로 부딪쳐갔다. 검은 그림자는 그래도 태산처럼 꿈쩍하지 않았다. 절세 고수다운 기백이었다.

돌연, 빙글빙글 돌던 날 방패가 확 사라지고, 육충의 오른손에서 자화열검이 쑥 튀어나가 검은 그림자의 목을 겨눴다. 예상치 못한 성공에 육충도 흠칫했지만 곧 껄껄 웃음을 터뜨렸다.

"빌어먹을 놈, 깜짝 놀랐잖아! 앗, 너는……."

"네 패배다!"

마차에서 부드럽고 아리따운 웃음소리가 흘러나왔다. 안에 앉은 검은 그림자가 아니라 줄곧 앞에서 마차를 몰던 마부가 낸 소리였다. 육충의 현병술에 공격을 받아 마차 뒷문과 앞쪽 벽이 모조리 부서졌기 때문에 육충 역시 앞에 앉은 마부의 뒷모습을 볼 수 있었지만 전혀 관심을 두지 않았다. 절세 고수의 풍모를 한 검은 그림자에 온 정신을 쏟고 있었기 때문이다.

마부가 웃음을 터뜨린 지금에서야 육충은 속았다는 것을 깨달았다. 전혀 눈에 띄지 않던 저 마부야말로 진짜 고수였다. 맑은 웃음소리와 함께 뿌연 안개가 피어올랐다. 셀 수 없이 많은 가느다란 실오라기가 허공에서 넘실넘실 춤을 추며 만들어낸 것인데, 눈발 같기도 하고 안개 같기도 했다.

최후의 순간, 육충은 그 진짜 모습을 확실히 볼 수 있었다. 그 실은 바로 웃음을 터뜨린 여인의 은빛 머리카락, 바람에 흩날리는 긴 머리카락이었다. 양쪽 팔목이 옥죄어오는가 싶더니 어느새 그 머리카락이 팔목을 친친 감았다. 머리카락에 기괴한 힘이 담겨 있는지 달라붙는 순간부터 더는 팔에 힘이 들어가지 않았다. 이 단순한 공격만으로도 육충은 적의 도술이 자신보다 훨씬 위라는 것을 알았다. 도술만 높은 것이 아니라 교활하기까지 했으니 패해도 할 말이 없었다.

육충의 두 눈은 여전히 딱딱하게 굳어 있는 검은 그림자를 향해 있었다. 그가 떨리는 소리로 물었다.

"옥환아?"

옥환아는 여전히 연민이 담긴 눈길로 그를 바라봤지만, 무슨 수에 당했는지 말을 하지도, 움직이지도 못했다. 육충은 엉엉 울고 싶은 마음이었다.

어쩐지, 그러니까 그런 눈으로 나를 봤구나. 차라리 눈물이 좀 나더라도 눈을 깜빡여 신호를 주지 그랬어? 빌어먹게도 절세 고수 흉내가 너무 그럴듯했잖아!

"귀하는 누구요?"

육충은 호방하게 백발의 여인을 향해 웃으며 물었다.

"보다시피 방금 나는 옥환아를 당신 부하라고 여겼지만 검을 겨누기만 하고 죽이지는 않았소. 그 정을 생각해서라도 말로 잘 풀어보는 것이 어떻겠소?"

"안 돼!"

백발 여인이 쌀쌀하게 대꾸했다. 목소리는 차가웠지만 타고난 매력과 아름다움이 넘쳤다.

"이상한 일이군. 원승이 정말 너 같은 덤벙이만 보냈느냐?"

그날 밤 청영의 비밀 보고를 받은 원승이 가장 먼저 한 생각은 '역시 곽 총관이군!'이었다. 비밀 보고는 청영이 직접 보낸 것이 아니라 방문을 지키던 금오위 암탐이 보낸 것으로, 밀봉된 대나무 관에 들어 있었다. 대나무 관은 금오위 암탐 간에 소식을 전할 때 사용하는 것인데, 뚜껑에 특수 처리를 해서 한 번 열면 표식이 남아 누군가 훔쳐봤다는 것을 알 수 있었다. 대나무 관에는 다급하게 찢어낸 천 조각이 들어 있었고, 천에는 날림 글씨로 이렇게 쓰여 있었다.

옥환아가 납치됨. 적은 상왕부의 마차를 탔음. 총관 노곽.

소식을 가져온 금오위 암탐은 청영이 무척 서두르느라 옷을 찢어 글을 휘갈긴 뒤 다급하게 마차를 쫓아갔다고 보고했다. 암탐이 한마디 덧붙였다.

"참, 그리고 육충과 함께 추적해 조사할 테니 아무리 빨라도 내일에나 돌아오겠다고 했습니다."

상왕부의 마차가 옥환아를 납치하다니 실로 놀라운 소식이었다. 마차를 탄 자는 대관절 누가 보낸 사람일까?

암탐을 내보낸 뒤, 원승은 또다시 천 조각의 마지막 네 글자에 시선을 던졌다.

총관 노곽.

총관 노곽은 청영이 다급한 와중에 영감을 받고 떠올린 것이 아니라, 원승이 상왕부 자객 사건을 분석해 내린 결론이었다. 원승은 상왕의 마차가 변고를 당했을 때부터 왕부의 마차를 관리하는 하인들에게 의심을 품었고, 상왕부를 잘 아는 육충과 심도 있게 이야기를 나눈 결과 총관인 노곽을 주시하게 됐다.

총관 노곽은 상왕부의 마차를 관리했는데, 부적을 설치한 상왕의 마차는 그의 주요 관리 대상이었다. 그런데 상왕이 자객의 습격을 받은 날 마차의 끌채가 느닷없이 부러졌다. 끌채가 부러진 시점은 너무도 공교로워, 자객의 습격에 맞춰 부러졌다고 해도 이상하지 않을 정도였다.

물론 마부인 홀아비 장 씨도 그 마차에 접근할 수 있었지만, 상왕부는 이 부분에서 엄격한 규칙을 적용해 마부 일을 돌아가면서 맡겼다. 그렇다면 그 사건에 책임이 있는 자는 마차 관리 권한을 쥔 총관 노곽이었다.

상왕을 노린 이유를 알 수 없는 자객 사건과 그 아들이 연루된 벽운루 살인 사건 간에는 도대체 무슨 음모가 숨겨져 있을까?

원승은 육충과 청영에게조차 확실히 말하지 않았다. 더욱이 상왕부 자객 사건은 어사대의 신포 막신기가 맡았으니 금오위에서 대놓고 조사할 수도 없었다. 이 때문에 그는 육충과 청영을 불러 심도 있게 이야기만 나눴고, 청영에게는 남몰래 노곽의 자금 흐름을 조사하라고 명했다.

바로 그 일 때문에 청영은 창졸간에 노곽을 떠올린 것이었다. 찢어진 천 조각에 다급하게 써 갈긴 네 글자를 보면서 원승은 깨달았다. 그자가 나타났다는 것을.

칠흑 같은 어둠. 그리고 밝은 빛.

어둠과 빛이 무한히 반복되더니 마침내 맑고 싸늘한 달빛이 어둠 속으로 새어 들어왔다. 천천히 눈을 뜬 육충은 순간 까무러칠 듯 놀랐다. 끔찍하게도 그의 몸은 땅에 깊숙이 묻히고 머리만 밖으로 빼죽 나와 있었다. 허둥지둥 둘러보니 주위는 고요하고 쓸쓸했으며 울창한 수풀 사이로 정교하게 만들어진 정자 하나가 우뚝 서 있었다. 백발의 여인이 그를 때려 혼절시킨 뒤 이곳에 데려다놓은 모양이었다.

이곳은 외진 구석에 자리한 뜰 같았다. 이상한 점은 그의 옆에 커다란 꽃나무가 서서 향기를 솔솔 풍기며 무성한 가지를 머리 위로 늘어뜨리고 있다는 것이었다. 특히 나무에 핀 큼직한 꽃 한 송이는 밤바람에 한들한들 흔들리며 그윽한 향기를 퍼뜨리고 있었다. 자세히 보고 싶었지만, 애석하게도 육 검객 어르신께서는 유술을 익힌 적이 없고 땅속에 묻혀 고개를 돌리는 데도 한계가 있었기 때문에 진기하고 커다란 꽃의 전체 모습은 볼 수 없었다.

별안간 정수리가 축축해졌다. 누군가 머리 위로 찬물을 끼얹은 탓이었다. 이어서 부드럽고 쌀쌀한 웃음소리가 들려왔다.

"이 아이는 세상에서 보기 드문 별종 모란이다. '화요'라고 불리지. '모란꽃 아래 죽음을 맞이하면 죽어 귀신이 되어도 사시 풍류로다'라고 했으니 너도 그리되겠구나!"

몹시도 낯익은 웃음소리였다. 아름다우면서도 냉혹한, 다름 아닌 백발 여인의 웃음소리였다. 여인은 그의 뒤에 서 있었는데, 위치가 절묘해서 육충이 아무리 고개를 돌려도 바람에 팔락이는 하얀 치맛자락밖에 볼 수 없었다.

"이 모란꽃, 아주 멋지구려."

육충은 여전히 속없는 사람처럼 웃으며 말했다.

"이곳이 어디인지나 알려주시오. 그러면 적어도 궁금해 죽은 귀신은 되지 않을 것 같소만?"

"안 돼."

차갑지만 부드러운 손 하나가 윤곽이 뚜렷한 육충의 네모진 얼굴을 살며시 쓰다듬었다. 가볍게 탄식하는 소리가 들려왔다.

"네 몸은 참 보기 좋구나. 아주 튼튼해!"

"아하, 선배께서는 채음보양(采陰補陽, 남자가 여자를 이용해 건강을 유지하는 방중술), 아니지, 채양보음이 필요하시오?"

육충은 아주 반갑다는 투로 물었다.

"내 기억이 맞다면 그 술법은 규방의 향기로운 침상 위에서 펼쳐야 한다던데! 이 몸은 동정이라 남들과는 결코 견줄 수 없는 순수함과 강인함을 지니고 있소."

"부질없는 생각은 집어치워라."

차갑고도 부드러운 손이 그의 뺨을 호되게 갈겼다.

"네 몸을 칭찬한 것은 네가 이 화요의 인간 비료가 될 수 있기 때문이다."

"비료? 선배께서도 꽃을 가꾸는 것을 좋아하다니, 이 몸과 취미가 같구려. 이 몸은 꽃에 대해 어느 정도 알고 있소. 최고의 비료라 하면 사람의 몸에서 양식이 순환한 결과물, 간단히 말해 똥만 한 것이 없소. 내 보장하건대, 이 몸을 잘 먹고 마시게만 해주면 매일 알

맞은 때에 정확한 양의 양질의 똥 비료를 제공하겠소."

"흥, 아직도 농담할 정신이 있구나. 애석하게도 네가 기르던 화초는 모두 평범한 것들이지만, 내가 기르는 것은 별종의 화요다. 화요가 가장 좋아하는 것은 인간 비료인데, 만드는 방법은 무척이나 복잡하지. 서역에서 전해졌다는 방법에 따르면, 인간 비료는 몸이 튼튼해야 하고 산 채로 땅에 묻어야 한다. 화요는 맨 먼저 인간 비료의 순도를 판단한 뒤 마음에 들면 짙은 향을 풍기지. 흠, 보아하니 화요는 네가 마음에 들었구나. 이제부터는 매일 살아 있는 물고기와 새우를 먹여주겠다. 서역 사람들은 참 재미있어. 생생한 물고기와 새우에는 독특한 감칠맛이 있어서 배가 고파 죽을 때면 아주 맛있게 먹을 수 있지."

육충은 궁금함을 참지 못하고 물었다.

"어째서 꼭 살아 있는 걸 먹어야 하오?"

"요괴는 본래 신선한 것을 좋아하니까. 이 별종 모란은 화요라고 불리지만 아무래도 진짜 요괴가 아니니 인간 비료인 네가 대신 먹어줘야 한다. 그렇게 한 달 동안 먹이면 너는 피둥피둥 살이 찔 것이고, 땅속에 묻힌 네 몸은 화요가 가장 좋아하는 비료가 될 것이다. 그리되면 화요의 뿌리가 네 등을 뚫고 오장육부로 들어가 네 몸속의 정기를 마구 빨아들이지."

"그때쯤 이 몸은 살아 있소?"

육충은 구역질이 나는 것을 꾹 참으며 물었다. 이 여자가 술법이 고강하고 수완이 좋을 뿐 아니라 심계도 악독하다는 것을 인정하지 않을 수 없었다. 방금 내뱉은 말 몇 마디에도, 차라리 죽는 편이 낫겠다는 생각이 들 만큼 지옥 같은 공포심이 스멀스멀 피어올랐다.

"아마도 살아 있겠지. 인간 비료가 튼튼해야 하는 이유가 그것이다. 네가 오래오래 살아남을수록 좋아!"

육충은 하마터면 큰 소리로 욕지거리를 내뱉을 뻔했다. 몰래 강기를 끌어올려봤지만, 백발 여인이 무슨 짓을 했는지 강기를 모으기가 몹시 어렵고 팔다리에도 힘이 들어가지 않았다.

"하지만 네 몸속에 모인 독소는 언젠가는 폭발할 것이니, 한 달이 지나면 끝내 독이 발작해 죽겠지. 그때쯤 땅속에 묻힌 몸은 뼈만 남을 테지만, 네 얼굴은 껍질 벗긴 달걀처럼 희고 토실토실하고, 오관에서는 균사가 흘러나올 것이다. 흠, 네 얼굴에서 흘러내린 균사는 기묘한 고술을 위한 보조재가 되지."

육충은 목까지 올라온 구역질을 억지로 누르며 착 가라앉은 목소리로 말했다.

"그게 바로 괴뢰고겠지! 당신이 괴뢰고의 주인이었어!"

"너무 많이 아는 것은 좋지 않다. 때로는 멍청이가 되는 것이 좀 더 빨리 환생하는 데 유리하지."

여인은 킥킥 웃으며 이렇게만 말할 뿐 공공연히 인정하지는 않았다.

육충의 심장은 싸늘하게 식어갔다. 백발 여인이 비웃는 척 내뱉는 말투로 볼 때 그녀가 바로 괴뢰고의 진짜 주인 같았다. 나아가 더 대담한 추측이 머릿속에 떠오르기 시작했다. 이 신비한 여인은 어쩌면 강호인들이 이름만 들어도 덜덜 떤다는 바로 그 인물일지도 모른다.

천하제삼살!

몇 번이고 운기행공을 해봤지만 아무 소용이 없자 육충의 마음은 점점 더 무거워졌다. 이제 그에게 남은 유일한 바람은 추적술로는 따를 사람이 없는 청영이 무슨 일이 있어도 이곳까지 쫓아오지 않는 것이었다.

하필이면 그때 희미한 달빛 아래로 아리따운 그림자 하나가 먹구름처럼 빠르게 날아들었다.

'청영, 저 바보 같은 여자가 어쩌자고 이렇게 빨리 쫓아온 거야!'

육충은 너무 놀라 눈알이 튀어나올 것 같았다.

"저 계집이 네게 어떤 사람이기에 그렇게 긴장하지?"

백발 여인은 단박에 이상을 눈치채고 가볍게 물었다.

"네 마누라냐, 아니면 연인이냐?"

육충은 하는 수 없이 고개를 가로저으며 코웃음을 쳤다.

"흥, 헛소리하지 마시오!"

"그렇게 관심어린 눈빛을 하고서 부인하려고?"

백발 여인은 생글생글 웃으며 꽃밭 속으로 몸을 숨겼다.

"흠, 솜씨가 아주 훌륭하구나. 천부적인 자질도 뛰어난 것 같으니 인간 비료로 쓰기에 딱 맞겠군."

느껴질락 말락 한 압력이 육충의 머리를 눌렀다. 육충이 소리를 내지 못하게 백발 여인이 강기로 그의 얼굴을 휘감은 것이다. 이제 방법이 없었다. 점점 가까워지는 청영의 다급한 모습을 지켜보는 동안, 육충의 마음속에서는 깊은 무력감과 괴로움이 솟아올랐다.

'청영은 좋은 여자야. 항상 내게 잘해줬지. 하지만 나는 양심도 없는 멍청이였어. 어째서 그동안 청영의 좋은 점을 알아차리지 못했을까?'

이렇게 생각하자 육충은 뜨거운 눈물이 왈칵 솟구쳤다. 내내 그의 표정을 감시하던 백발 여인은 그 모습에 깜짝 놀란 듯했다.

"당당한 검객이 여자 하나 때문에 눈물을 흘려? 오냐, 그렇다면 좋은 소식을 알려주지. 인간 비료가 되기에는 여자가 더 낫다. 여자는 꽃과 같은 음기에 속하고 오행이 꼭 들어맞기 때문에 만들어내는 균사도 효험이 훨씬 뛰어나니까. 그러니 네가 소리만 내지 않으면 저 여자는 곧 이곳에 도착할 것이고, 저 여자가 순조롭게 붙잡혀 내 기분이 좋아지면 너를 풀어줄 수도 있다."

스르르 한기가 느껴지는가 싶더니 백발 여인이 가늘고 긴 검을 꺼내 육충의 목을 눌렀다. 벌써 십여 장 밖에 도착한 청영은 빠르게 그들이 숨어 있는 방향을 찾아내 아무런 의심도, 망설임도 없이 바람처럼 달려왔다. 육충의 종적을 찾아 쫓아오면서 원기를 크게 소모했지만 그녀는 또다시 강기를 모두 끌어올렸다. 달빛 아래 긴 머리카락을 춤추듯 휘날리며 달려오는 그녀의 모습은 육충이 평생 본 것 중에서 가장 아름다운 장면이었다.

"이 멍청한 여자야! 오지 마! 어서 도망쳐!"

갑자기 육충이 목청껏 소리소리 질렀다. 그 처절한 부르짖음은 육충이 평생 소리친 것 중에서 가장 커다란 외침이었다.

뒤에서 백발 여인의 탄식이 들려왔다.

"너도 정에 푹 빠진 자였구나!"

이어서 육충은 뒤통수에 지독한 통증을 느꼈다. 순식간에 눈앞이 깜깜해졌다. 정신을 잃기 전 마지막으로 본 것은 환한 달빛 아래에서 여전히 바람에 머리카락을 흩날리며 달려오는 청영의 모습이었다.

6장

모선재

날이 환히 밝은 후에도 원승은 청영과 육충이 돌아오는 것을 보지 못했다. 그러나 별로 걱정하지는 않았다. 공수를 겸비한 두 사람이기에 이 장안성 안에서는 혜범 같은 종사급 고수를 만나지 않는 한 우려할 필요가 없었다. 더욱이 두 사람 모두 원승보다 신행술이 뛰어나, 위험한 순간이 닥치면 멀리 줄행랑을 놓을 수 있을 터였다. 신행술 대결에서 참패한 일을 떠올리자 원승은 울적하게 쓴웃음을 지었다.

이제 그는 상왕의 마차에 손댈 수 있는 총관 노곽을 조사하러 가야 했다. 하지만 더 큰 문제가 있었다. 노곽은 비록 상왕부의 총관에 불과하지만, 그래도 당나라에 유일무이한 상왕부 소속이고 원승의 손에는 그가 죄를 지었다는 증거가 전혀 없었다.

그는 잠시 고민하다가 오육랑을 불렀다. 원승의 분부를 듣자, 본래부터 근심어린 얼굴이던 오육랑은 더욱더 수심에 잠겨 물었다.

"원 소장군, 이런 판국에 손님을 모시고 밥이 넘어가십니까?"

"이런 판국이라니, 이레 안에 사건을 해결하기로 한 약속 말인가? 아직 엿새나 남아 있지 않나."

원승은 태연자약했다.

"예, 알겠습니다."

오육랑은 자신이 이 귀하신 공자님의 생각을 완전히 이해할 수 없다는 사실을 깨달았다.

"지난번 명령하신 대로 청영 낭자가 저희를 이끌고 상왕부 총관 노곽의 행적과 재산을 조사했습니다. 노곽이라는 자는 요즘 꽤 바쁜 것 같더군요. 그자를 불러내려면 잔꾀를 좀 써야겠습니다."

오육랑은 중얼중얼하며 나가더니 얼마 지나지 않아 잔뜩 흥분한 얼굴로 달려와 낯 두껍게 말을 꺼냈다.

"원 소장군! 희소식입니다! 며칠 전 대기 낭자를 청하려다 거절당하셨죠? 방금 대기 낭자가 만나주겠다는 소식을 전해왔습니다."

'대기'라는 이름을 듣는 순간 원승은 저도 모르게 벌떡 일어났으나, 곧 다시 자리에 앉으며 웃을락 말락 하는 표정으로 물었다.

"알겠네. 드디어 만나주는군. 그렇다면 역시 모선재에서 만나야겠군!"

"또 모선재라고요?"

오육랑은 못 볼 것이라도 본 눈빛으로 원승을 바라보더니 곧 고개를 끄덕였다.

"알겠습니다, 명대로 하겠습니다!"

모선재는 서시에서 아주 유명한 주점이었다. 규모로 따지면 벽운루 같은 대주루와 비교도 되지 않지만, 그럼에도 불구하고 유명한 까닭은 독특함 덕분이었다. 일례로, 더위가 차차 사그라질 무렵이면 모선재는 색다른 맛을 내는 다양한 '빙락'을 내놓곤 했다. 빙락이란 얼음을 섞은 달콤한 유제품이다. 요즘의 아이스크림 같은 빙락이 당시 당나라에서 얼마나 혁신적이고 독특한 간식이었을지 충분히 짐작할 일이다.

"이게 당신네 당나라 사람들이 고심 끝에 만들어낸 새로운 간식이군요? 빙락이라는?"

대기는 그릇에 든 빙락을 요리조리 저으며 흥분한 목소리로 말했다.

"서역 사람들 입맛에 딱 맞아요. 이렇게 더운 날씨에 어쩜 이리 차갑게 만들 수 있죠?"

원승은 그녀의 그릇에 과즙을 뿌려주며 설명했다.

"겨울에 얼려 땅굴에 보관해둔 식용 얼음이오. 도중에 약간의 실수라도 하면 먹고서 배탈이 날 수 있기 때문에 만드는 과정이 아주 까다롭소."

"그렇군요. 장안성의 이 많은 주루 가운데 이런 빙락을 파는 곳이 몇 군데 없는 것도 당연해요. 당나라의 도술처럼 비방을 알아야 하는군요."

"검은 낙타 극단의 환술도 비방이 있지 않소?"

"물론이에요. 모두 이 마나님과 아버지가 가진 비방이고, 우리 검은 낙타의 목숨줄이기도 해요. 그러니까 어떻게든 이 나를 꼬드길 생각은 말아요. 그 안마사인지 뭔지 하는 곳에 오라는……."

"퇴마사요."

원승이 진지하게 바로잡았다.

"아무튼 간에요. 이번에도 그 이야기를 하려고 이 마나님을 부른 거잖아요?"

원승은 고개를 저었다.

"내가 뭣 하러 싫다는 사람을 강요하겠소? 인재를 아끼는 뜻에서 몇 차례 권하기는 했지만, 검은 낙타 극단의 일등 배우인 당신이 딸린 식구들을 버리고 공직에 몸담을 수야 없지. 어떻소? 당신이 한 말은 줄줄 꿰고 있소."

"알면 됐어요!"

대기는 만족스럽게 빙락을 쭉쭉 빨았다.

"하지만 참으로 아쉽구려. 이렇게 묻지도 따지지도 않고 인재를 초빙하는 관청은 퇴마사가 유일할 거요. 이 당나라를 통틀어 단 한 곳뿐이지."

"또 그 소리. 남녀 불문, 출신 불문, 나라 불문, 다 내가 노력한 결과다."

대기는 도톰한 입술을 삐죽 내밀고 코웃음을 쳤다.

"맞죠? 나도 당신이 한 자랑을 줄줄 꿰고 있다고요. 아주 청산유수죠."

"축하하오. 나와 가까이하면서 최소한 사자성어는 정확하게 쓸 수 있게 되었구려."

"당신 앞에서 못난 꼴 보이지 않으려고 특별히 훈장님을 모셨거든요."

이렇게 말하던 그녀는 갑자기 뺨을 발그레 물들이며 재빨리 정정했다.

"아니, 그러니까 설화꾼의 옛날이야기를 종종 들어서 그래요. 당나라 이야기는 참 재미있어요. 귀신 잡는 이야기라든지 신선 만난 이야기라든지…… 그런 이야기를 듣다보면 자연스레 사자성어를 배우게 돼요."

당나라 백성들은 기이한 전설을 아주 좋아했고, 그로 인해 거리에서 이야기를 해주는 사람이 생겨났다. 이렇게 전문적으로 이야기를 해주는 사람을 '설화꾼'이라 불렀고, 당시의 전설 이야기를 '설화'라고 했다. 다만 당시만 해도 유형이 단순해서 설화꾼들 입에서 나오는 대부분이 귀신 이야기였다.

"그렇다면 고술이라는 말도 들어봤겠구려?"

원승은 천천히 왼손을 내밀며 가볍게 한숨을 쉬었다.

"나도 중독됐소. 마침 고의 독인데 치료약도 없는 것 같소. 할 수 있는 것이라곤 독이 발작하는 것을 최대한 미루는 것뿐이오."

대기는 반사적으로 비명을 지르더니 편안하고 즐겁던 표정을 싹 지우고 놀란 목소리로 물었다.

"그럼 어떡해요? 어쩌다 그랬어요? 의원은 찾아갔어요?"

원승은 고개를 저었다.

"내가 바로 최고의 의원이오. 하지만 속수무책이지. 더 끔찍한 것은 이 고독은 뇌까지 침입할 수 있다는 것이오. 다행히 아직까지는 잘 억제하고 있소."

"그렇게 지독하다니…… 이제 어떡하죠?"

여인은 무척 관심이 가는 표정이었다.

"퇴마사로 오시오."

"그럼 그렇지. 당신 지금 고육계를 쓰고 있는……."

대기는 다시 소리쳤지만 맑고도 우울한 원승의 두 눈을 보자 저도 모르게 한숨이 나왔다.

"좋아요, 독이 정말 위험해 보이니 내가 도움이 된다면 퇴마사에 들어가겠어요."

"당신이 온다고 해독에 도움이 되지는 않지만, 당신은 남들보다 원신이 강하기 때문에 강력한 영력을 주입해줄 수 있지 않소? 지난 번 내가 엽주에서 풀려나게끔 해준 것처럼 말이오. 그 힘으로 이 괴뢰고가 뇌까지 번지지 않도록 도와줄 수는 있소. 고술은 독과는 달라 진행이 더디니 그 진행을 막을 수만 있다면 물리칠 방법도 있을 것이오."

"좋아요. 생각해볼게요. 아, 아니, 그러니까, 돌아가서 정리를 좀 하고 당신을 찾아갈게요."

"최근 퇴마사가 신비한 사건을 하나 맡았는데 궁금하지 않소? 퇴마사가 설립된 후 처음 맡은 사건이오."

"그럼 설화꾼 이야기를 듣는 셈 치고 들어보죠."

대기는 작심한 듯 눈을 크게 떴다.

"원 장군의 명령에 귀를 기울이는 충성스런 부하답게요. 당신 이야기가 재미있으면 좀 더 들어보고요."

이렇게 해서 원승은 대기에게 '설화'를 들려주기 시작했다. 그의 맛깔난 설명에 대기도 흥미진진한 듯 귀를 기울였다.

한참 후, 점원이 문을 두드리고 들어와 원승에게 인사했다.

"나리, 2호 방 손님이 도착하셨습니다."

원승은 고개를 끄덕이고는 동전 열 닢을 점원에게 쥐여준 뒤 내보냈다.

"이야기는 이만하면 충분하겠구려. 깊이 생각할 필요는 없고, 오늘부터 퇴마사 사람이 됐다고만 알고 계시오."

"네? 오늘부터요?"

"당장 아주 중요한 일이 있소. 지금 온 사람은 상왕부 총관인데,

내가 혼자 가면 무척 긴장할 것이오. 하지만 당신이 함께 가면 좀 더 편하게 대답할지도 모르오."

"아니, 지금 당장 말이에요?"

대기가 이상한 눈빛으로 원승을 바라봤다. 원승은 그 눈빛을 어디선가 본 듯해 가만히 기억을 더듬으니 조금 전 오육랑도 저런 눈빛으로 바라보던 것 같았다. 하지만 원승은 자신이 무엇을 잘못했는지 도무지 알 수 없었다.

"그렇소, 지금 당장."

그는 고개를 숙여 자신의 왼손을 바라보며 한숨을 쉬었다.

"까닭은 알 수 없지만 당신이 곁에 있으면 훨씬 차분해지는 느낌이오."

"아하!"

바싹 타들어가던 꽃송이가 빗방울을 흠뻑 머금은 것처럼 대기의 표정이 순식간에 부드러워졌다. 그녀는 꼬치꼬치 따지지 않고 잠자코 원승의 뒤를 따랐다.

노곽은 겨우 마흔다섯 살이지만, 십 년 전부터 '노(老)'곽이라고 불렸다. 그의 머리는 얼굴과 다름없이 원숙하고 약삭빨랐다. 최근 들어 노곽은 계속 부업을 해왔다. 저 잘난 줄 아는 사람들이 다 그렇듯, 그 역시 자신이 아주 똑똑하다 여겼고 상왕부에서 받는 돈은 제 능력과 비교하면 너무 적다고 생각했다. 부업을 한 뒤로 이민족 사찰에 만든 궤방의 잔액은 점점 늘어났다. 새 주인은 항상 그렇게 손이 컸다.

다만 어젯밤에는 큰 사건이 있었다. 기실 시작은 마차의 차축이었다. 차축은 내내 말썽이었다. 값비싼 마차를 수리하려면 전문가가 여럿 필요한데 그만한 전문가가 있는 곳은 동시에 있는 손노차 마차점밖에 없었다.

큰돈을 벌게 되자 노곽은 남몰래 평강방에 집을 사서 아리따운 가희 자매를 한꺼번에 들여놓았다. 이제 겨우 열일곱에서 열여덟 살이 된 두 자매 중 언니는 노래를 잘했고 동생은 춤이 뛰어났다. 두 자매가 사는 평강방 집은 동시에서 길 하나 떨어져 있었다.

어제 노곽은 손수 마차를 몰아 일찌감치 그 집으로 향했다. 그런데 뜻밖에도 사고가 났다. 아침이 밝아 유유자적 일어나서 마차를 수리하러 가려고 보니, 귀한 마차는 여전히 뜰 안에 있었지만 포장은 망가지고 바퀴는 온통 진흙투성이인 데다 말들이 녹초가 되어 있었던 것이다.

한밤중에 누가 이 마차를 훔쳐 장안성 안을 질주하다가 쥐도 새도 모르게 다시 돌려놓기라도 한 걸까? 어떤 빌어먹을 놈이 그런 헛짓거리를 하고 다닌담?

노곽은 숫제 미쳐버릴 지경이었다. 물론 관아에는 신고하지 못하고 서둘러 손노차 마차점으로 달려갔다. 한참을 떠든 다음에야 손노차는 귀한 마차를 복원해주기로 했다. 그는 망가진 마차를 바라보며, 어딜 다녀왔는지는 모르지만 이렇게 함부로 다뤘으니 차축이 망가지고도 남을 만하다고 험상궂게 투덜거렸다.

노곽은 놀라면서도 기뻐 황급히 말했다.

"손노차, 원하는 대로 수리하고 값도 원하는 대로 부르게. 상왕부에 남아도는 것이 돈 아닌가."

바로 그때 그는 오육랑과 마주쳤다. 금오위 퇴마사라는 이름에 노곽은 화들짝 놀랐다. 지금 그에게 가장 무서운 상대가 바로 관리인데, 하물며 신통방통한 금오위는 말할 것도 없었다. 그래서 가장 먼저 거절할 생각부터 들었다.

오육랑은 그럴 줄 알았다는 듯이 싱글벙글 웃으며 한마디만 던졌다.

"당신네 평강방 집에서 오는 길이오. 자매가 당신이 이곳에 있다고 하더군."

노곽은 안색이 싹 변한 채 기필코 원 소장군을 만나야 한다는 것을 깨달았다. 하지만 금오위는 도적을 체포하는 기관으로 명성을 떨치고 있으니 여전히 불안감을 떨칠 수 없었다. 심지어 은근히 불길한 예감마저 들었다. 혹시 좋은 말로 불러놓고 느닷없이 뒤통수를 치지는 않을까? 더럭 겁이 난 그는 심복을 불러, 정오에 찾아가기로 한 모선재 위치를 윗선에 보고하라고 일렀다.

부업으로 큰돈을 벌어들인 것은 모두 그 윗선이 마련해준 장사 덕분이었다. 윗선의 배후가 누구인지는 모르지만, 어마어마한 신통력과 재주를 지닌 것은 틀림없었고, 그 능력은 죽은 듯이 움츠리고 있는 상왕 나리보다 훨씬 뛰어날 터였다.

'만일에 대비해야지. 아무래도 상대는 금오위에, 또 그 뭐라더라…… 퇴마사니까!'

정오가 되자 노곽은 일부러 조금 늦게 약속 장소에 도착했다. 조용한 2호 방에 발을 들여놓고 보니 환경은 만족스러웠다. 빛이 적게 들어와 방이 다소 어두웠기 때문이다. 그때 점원이 초를 들고 들어와 탁자 머리맡에 세웠다.

"훤한 대낮에 뭐 하러 초를 켜?"

노곽이 눈살을 찌푸렸다.

"귀빈이 오셨을 때 이 특제 초를 켜는 것이 우리 주점 규칙입니다. 연기에 향이 나서 정신을 맑게 해주고 모기나 벌레를 쫓는 데도 효과가 있지요."

점원은 공손하게 허리를 숙이고 대답한 다음, 모선재만의 독특한 빙락을 듬뿍 가져다줬다.

초는 과연 향기로웠다. 코를 벌름거리며 향을 맡자 몸이 시원해지는 것이, 마치 온몸의 모공이 활짝 열리는 것 같았다. 노곽은 만족스럽게 고개를 끄덕이고, 뒤에 있는 서양식 의자에 기대앉았다.

"귀하가 곽 총관이시오?"

바로 그때 원승이 대기와 함께 천천히 걸어 들어와 노곽의 맞은편에 앉았다.

"이 몸은 원승이라 하오."

노곽은 흠칫 놀라 상쾌함에서 깨어났다. 그는 경계어린 눈빛으로 원승을 주시하며 억지웃음을 지었다.

"예, 소인이 바로 노곽입니다. 원 소장군께서는 얼마 전에 왕부를 다녀가신 것으로 기억합니다. 그때 멀리서 뵈었지요."

원승도 웃음을 지어 보이고는 손짓을 해 대기를 자리에 앉혔다. 그런 다음 노곽의 잔에 술을 가득 채워주며 미소 띤 얼굴로 말했다.

"곽 총관은 상왕부의 원로이시더구려. 주나라가 일어났을 때부터 왕부에서 일하지 않으셨소?"

아무래도 처음 만나는 자리니 상투적인 말부터 오갔다. 그러는 사이 노곽도 비로소 안정을 되찾고 웃으며 대답했다.

"물론이지요. 소인이 상왕 전하를 모신 것은 신도 낙양에서부터였습니다. 당시는 주나라의 천하였지요."

원승도 빙긋 웃으며 말했다.

"상왕부라면 크고 작은 총관이 예닐곱은 있을 것이오. 곽 총관은 상왕 전하를 오래 모셨으나, 직위에 한계가 있다보니 은상이 충분치 않았겠구려."

노곽은 난감한 표정을 지었다. 상왕부의 총관직은 우두머리인 이세화가 맡은 대총관을 빼면 딱히 짭짤한 자리가 아닌 데다, 마차를 관리하는 그는 개중에도 최말단직이었다. 그런 이야기를 뭐 하려고 묻는지 참 무례한 자였다.

"요즘 곽 총관께서 전답을 알아보고 새집도 사려 한다 들었소만?"

뜻밖에도 원승은 단도직입적으로 물었다.

노곽은 얼굴을 뻣뻣하게 굳혔다.

"원 장군과는 상관없는 일일 텐데요?"

"최근에 미녀 둘을 사들이고 남몰래 집까지 장만했더구려. 그 자매들은 평강방에서 데려왔으니 적잖은 돈이 들었을 텐데, 왕부에서 받는 삯으로는 감당이 되지 않았을 것이오."

노곽은 눈을 부라리며 화를 냈다.

"뭘 안다고 그러십니까? 상왕 전하께서는 자주 은상을 내려주십니다."

"아무리 은상을 내려도 한 사람에게 그리 집중될 수는 없지! 내가 조사해보니 궤방 두 곳에 적잖은 돈이 있던데 대부분 최근 몇 달 안에 저축한 것이었소. 돈을 주는 사람이 아주 손이 큰 모양이오. 그래서 시원시원하게 상왕 전하의 마차를 빌려준 것이 아니오?"

"상왕 전하의 마차라고요? 아니, 그걸 어찌 아셨……."

노곽은 숨을 헉 들이켜며 반사적으로 묻다가 흠칫 놀라 꿀꺽 삼키고는 허겁지겁 말을 바꿨다.

"무…… 무슨 말씀이십니까?"

노곽은 잔뜩 흥분해 거칠게 숨을 몰아쉬었다. 문득 촛불 향기가 이상하게 느껴지기 시작했다. 향기를 느끼는 순간 무엇인가 모공을 뚫고 나오는 것처럼 온몸이 근질근질하고 특히 눈 코 입이 미칠 듯이 가려웠다. 말을 하려고 입을 열자 놀랍게도 입에서 괴상한 거미줄이 쏟아져 나왔다.

즉각 이상을 감지한 원승이 바람같이 왼손을 뻗어 노곽의 목 아래 경맥 두 곳을 누르면서 오른손으로 품에 든 부적을 꺼냈지만 이미 늦었다. 노곽이 입을 쩍 벌리자 입에서는 거미줄이 뭉텅이로 튀어나오고, 곧이어 귀와 눈, 콧구멍에서도 실이 흘러내리기 시작했다.

"어떻게 된 일이에요?"

이런 괴현상을 처음 본 대기는 놀란 나머지 얼굴에서 핏기가 싹 가셨다.

"절대로 손대지 마시오! 저 실에 독이 있을 것이오!"

황망히 그녀의 손을 잡고 물러나던 원승은 그제야 노곽의 뒤쪽 창턱에 놓인 초를 발견하고 소리를 질렀다.

"초! 누가 저 초를 가져왔지?"

마침 음식을 날라 오던 점원은 눈 코 입에서 끈적거리는 실을 뿜어내는 노곽을 보자 비명을 지르며 머리를 감싸고 달아났다.

"요괴다! 사람이 강시 요괴로 변했다!"

노곽은 비틀비틀하다가 결국 바닥에 벌렁 나자빠졌다. 괴상한 거미줄은 멈출 줄 모르고 그의 몸에서 쏟아져 나오고 있었다. 문밖에서는 목이 터져라 질러대는 비명과 분주한 발소리, 의자가 뒤집히고 잔이 떨어져 깨어지는 소리가 한데 뒤섞여 야단법석이었다.

누군가 큰 소리로 외쳤다.

"당황하지 말라! 어사대 순가사가 왔다. 막 신포가 여기 있다!"

"막 신포께서 오셨군요! 저, 저 안에 요괴가 있습니다. 누군가 요술을 부려 사람을 죽였어요!"

이어서 예상대로 막신기의 굵직한 목소리가 들려왔다.

"시끄럽게 굴지 마라. 대체 무슨 일인데 그러느냐? 정말 사람이 죽었느냐?"

정말 막신기였다!

원승은 흠칫했다. 맨 먼저 든 생각은 어째서 막신기가 때맞춰 이곳에 나타났을까 하는 것이었다.

"어서 가요!"

막신기의 명성과 솜씨를 아는 대기가 떨리는 목소리로 말했다.

"어쨌거나 당신은 여기서 저 사람을 만났고 또 저 사람이 느닷없이 죽었으니, 막신기와 어사대가 봤다간 해명하기 어렵잖아요!"

문밖에서 또다시 막신기의 목소리가 들려왔다.

"사고가 난 곳이 어디냐? 앞장서라!"

기지가 뛰어난 원승도 이런 상황이 벌어질 줄은 꿈에도 생각지 못했다. 막신기와는 겨우 몇 번 마주친 사이지만 그의 사람됨은 익히 짐작이 갔다. 지금 이 상황을 보면 막신기는 필시 묻지도 따지지도 않고 그를 잡아 가둘 것이다.

물론 현장 상황만으로 범인으로 단정하지는 않겠지만, 혐의가 있다며 억류하고 며칠 질질 끌 수는 있었다. 겨우 며칠이라지만 이삼

일만으로도 그에게는 몹시 치명적이었다. 돌이켜보면 그가 이레 안에 사건을 해결하겠다고 장담했을 때 막신기의 눈빛은 불처럼 활활 타오르는 것 같았다.

"어서, 어서 저 창문으로 나가요!"

대기는 여전히 초조해하며 외쳤다.

"나는 아무것도 모르는 척할게요. 저자들도 이 마나님을 어쩌지는 못할 거예요!"

원승은 무의식적으로 반쯤 열린 창문을 바라봤다. 머릿속에서 수천수만 가지의 목소리가 외쳐댔다.

어서 가! 어서! 어서!

그때 또 하나의 생각이 퍼뜩 떠올라 원승은 마치 술법에 걸린 사람처럼 그 자리에 얼어붙었다.

"당신, 왜 그러는 거예요?"

대기는 초조해서 울음이 터질 지경이었다.

쾅! 별로 두껍지 않은 문짝은 막신기의 발길질에 굉음을 내며 활짝 열렸다. 예상대로 어수선하게 어질러진 방 안에서 막신기는 한눈에 끔찍하게 죽은 시신을 발견했다. 저자가 바로 그 상왕부의 총관 노곽인가? 저렇게 끔찍한 몰골로 죽다니!

두 번째로 막신기의 눈에 들어온 사람은 원승이었다. 실로 아쉬운 노릇이었다. 저놈은 왜 창밖으로 달아나지 않았지?

이상한 사실은, 이런 상황에서도 원승의 눈빛에 그가 예상한 당황함이나 놀라움이 비치지 않는다는 것이었다. 원 소장군은 뜻밖에도 뒷짐을 지고 깊이 생각에 잠긴 표정을 하고 있었다. 마치 막신기

자신처럼 방금 소식을 듣고 현장에 도착한 사람이라도 되는 양. 반면 곁에 있는 아름다운 이민족 여자는 제가 살인이라도 저지른 양 혼비백산한 얼굴이었다.

'일부러 아무렇지 않은 척 배짱을 부리시겠다!'

막신기는 속으로 코웃음을 치며 차가운 얼굴로 외쳤다.

"원승, 제대로 사고를 쳤구나! 뭐라고 하건 이번 사건의 최대 용의자는 너다!"

원승은 그제야 조용히 그를 바라보며 살짝 고개를 끄덕였지만, 여전히 생각에 잠긴 듯 미간을 찡그린 채였다.

"기어코 모르는 척하려는 게냐!"

막신기가 흉악하게 웃으며 그에게 바짝 다가섰다.

"사실대로 털어놓으시지. 대체 어찌 된 일이냐?"

바락 화가 치민 대기가 허리에 두 손을 척 올리고 원승의 앞을 막아섰다.

"무슨 근거로 이 사람이 용의자라는 거지? 이 사람이 연루됐다는 증거가 어디 있어? 이렇게 꼭 맞춰 온 것을 보면 당신이 미리 노곽에게 독을 쓰고 원승을 졸졸 쫓아다니다가 함정에 빠뜨린 것일 수도 있잖아? 왜, 노려보면 어쩔 건데? 꼬락서니를 보니 십중팔구 아픈 데를 찔려서 미친개처럼 펄펄 날뛰는 게 분명해!"

이 페르시아 여인은 원승같이 점잖은 군자가 아니었다. 말을 하지 않았으면 모를까, 한번 말하기 시작하자 가감 없이 분노와 욕설을 쏟아냈다.

"이런 간덩이 부은 계집을 봤나!"

화가 머리끝까지 난 막신기가 버럭 소리를 지르며 왼손을 떨쳤다. 그의 손아귀에서 쇠사슬이 튀어나와 마구 삿대질하는 대기의 손목을 휘감았다. 이렇게 손을 떨쳐 범인을 붙잡는 것은 치안을 담당하는 공직자에게 필수적인 기술이고, 신포라 불리는 막신기는 도가에서 전해진 이 비술에다 다년간 수련한 동자공(童子功)까지 더해져 손을 떨쳤다 하면 잡지 못하는 것이 없었다.

여전히 막신기를 노려보며 큰 소리로 욕을 퍼붓는 대기의 아름다운 눈동자에 반짝 이채가 떠올랐다. 휙 하고 막신기의 쇠사슬이 되돌아왔지만 쇠사슬 끝에 감긴 것은 미녀의 손목이 아니라 그녀 옆에 있던 서양식 의자였다.

"허, 신포께서 나서면 귀신도 달아나지 못한다더니, 오늘 보니 꼭 그렇지도 않군!"

왁자그르르 웃음소리와 함께 입구 쪽에 그림자 몇 개가 모습을 드러냈다. 뚱뚱한 사람과 마른 사람이 뒤섞이고 외양도 괴상야릇하지만 하나같이 관복을 입은 자들이었다. 형부육위가 나타난 것이다. 웃음을 터뜨린 사람은 그들 중 넷째인 쇄풍위 유정일이었다. 쇠사슬로 사람을 잡는 솜씨가 뛰어난 그는 신포라고 불리는 자의 실수를 목격하자 기회를 놓칠세라 비웃어준 것이다.

막신기는 짜증이 치솟았다. 저 똥강아지들이 어디서 냄새를 맡고 달려왔지? 대기의 눈빛이 심상치 않다 싶었지만 경쟁자인 형부육위가 보는 앞에서 물러서는 추태를 보이기 싫어, 언제든 날릴 수 있도록 쇠사슬을 바짝 움켜쥐었다.

형부육위의 첫째 청풍위 소목이 한숨을 푹 쉬며 말했다.

"막 형, 할 말이 있으면 천천히 말로 하시오. 저기 계신 분은 바로 명성 쟁쟁한 원 장군이 아니오? 어사대는 대부 이하의 관원을 체포할 권한이 있지만, 아무리 그래도 원 장군은 높으신 사품 관리라오."

그 형제들이 옳다구나 맞장구를 치자 막신기는 얼굴을 붉으락푸르락하면서도 이미 호랑이에 올라탄 형국이라 어쩔 수 없이 냉소를 지으며 말했다.

"원승, 너는 사품 장군이니 내게 체포할 권한은 없다. 하지만 반드시 어사대로 가서 이번 사건을 상세히 진술해야 할 것이다. 저 여자는 혐의가 있으니 내가 데리고 가겠다."

원승은 가만히 그를 응시하더니 이윽고 고개를 저으며 말했다.

"안 되오! 이 사건은 우리 금오위가 처리할 것이고, 이 낭자 또한 막 신포를 따라가지 않을 것이오."

막신기의 눈빛이 싸늘하게 식었다.

"네 마음대로 되지는 않을 것이다."

그가 노한 목소리로 내뱉자 쇠사슬이 질풍같이 여인을 향해 날아들었다. 은은히 강기가 느껴지는 것이 곤선삭이라는 도가의 술법이 분명했다. 휙 소리를 내며 날아든 쇠사슬이 어느새 대기의 목을 휘감고 그녀를 꽉 붙잡았다.

붙잡힌 미녀가 품 안으로 날아드는 순간 막신기는 눈앞이 아찔해 온몸을 부르르 떨었다. 쇠사슬 끝에 묶인 것은 아름다운 이민족 여인이 아니라 눈 코 입에서 실을 쏟아내며 쓰러져 있던 시신이었다. 잡아당기는 힘이 워낙 강한 탓에 시신 얼굴을 뒤덮은 거미줄이 그에게 날아들어 끈적끈적하게 달라붙었다.

"장안법(障眼法)이구나!"

막신기는 구역질을 참으며 시신을 홱 집어던졌다. 그사이 원승은 대기를 붙잡고 창문 밖으로 뛰쳐나갔다.

형부육위 가운데 가장 심계 깊은 판기위 리명소가 목청을 높여 외쳤다.

"원 장군, 죄가 두려워 달아나는 것이오? 형부와 어사대가 모두 지켜봤으니 이대로라면 도둑이 제 발 저려 달아나는 것으로 생각할 수밖에 없소!"

기운을 잔뜩 실어 또랑또랑하게 외치는 품이 꼭 원승을 죄짓고 겁나서 달아나는 범인으로 선포하는 것 같았다. 신행술을 펼쳐 대기와 함께 그곳에서 멀찌감치 벗어난 원승은 거리의 인파를 요리조리 헤쳐나가며 대답했다.

"이 원승에게 죄가 있는지 없는지는 여러분께서 마음 쓰실 일이 아니오. 이 사건은 금오위가 알아서 판단할 것이오."

청풍위 소목이 버럭 화를 냈다.

"우리 형부육위 앞에서 그리 쉽게 달아날 수 있을 거 같소?"

그의 몸이 번쩍하더니 순식간에 창문 밖으로 튀어나갔다. 그런데 밖으로 나가는 순간 눈앞으로 시꺼먼 것이 휙 날아들었다. 무시무시한 구렁이 하나가 처마에서 툭 떨어져 세숫대야 같은 시뻘건 입을 쩍 벌리자, 소목은 화들짝 놀라 재빨리 옆으로 피했다. 구렁이 몸통은 족히 물통만 했지만 움직임이 어찌나 빠른지 허공에서 몸을 뒤집으며 그림자처럼 뒤를 쫓았다. 동료들 앞에서 짐승과 싸우는 꼴을 보이기 싫은 소목은 훌쩍 몸을 뒤집어 다시 주점 안으로 돌아갔다.

찌는 듯 무더운 날씨에 정오가 막 지난 시점이라 거리는 붐비지 않았다. 대기는 원승에게 꽉 붙들려 인파 속을 이리저리 뚫고 달렸다. 손바닥에서 뜨거운 기운이 느껴졌지만 원승의 도술 때문인지 아니면 그 손바닥 열기 때문인지 알 수 없었다. 그녀의 마음도 절로 뜨겁게 달아올랐다. 그는 그녀를 안은 적이 있었고, 심지어 입을 맞춘 적도 있었다.

"우리…… 어디로 가는 거죠?" 그녀가 숨을 헐떡이며 물었다. "금오위 안마사인지 뭔지 하는 곳으로 가는 거예요?"

"퇴마사로 갈 수는 없소! 막신기가 그리로 쫓아오면 관청 대 관청으로 맞서야 하는데, 그렇게 되면 관청의 절차를 따라야 하니 그들에게 발이 묶일 거요. 단 며칠만 끌어도 사건 조사할 시간을 빼앗겨 군주 기만죄를 짓게 될 수 있소."

"아하."

문득 그녀는 이대로 그를 따라 어디로든 가고 싶다는 생각이 들었다. 이렇게 세상이 끝날 때까지 달리기만 해도 상관없었다.

원승이 갑자기 콜록콜록 기침을 했다.

"왜 그래요?"

대기가 놀라 물었다.

"별일 아니오. 신행술을 모르는 당신을 데리고 너무 빨리 달려서 그렇소. 중독된 뒤로는 강기를 최대로 끌어올릴 수가 없소."

"그러게 무엇 때문에 이렇게 빨리 달리는 거예요?"

대기는 뒤를 돌아봤다.

"당신이 만들어 보낸 구렁이가 그자들을 가로막았으니 이제 아무도 쫓아오지 않을 거예요."

"그 구렁이는 정교한 장안법에 불과하오. 무슨 수로 그 노련한 자들을 속일 수 있겠소?"

원승은 도리어 더욱 속도를 올렸다.

"저들은 일부러 시간을 끌고 있는 것이오. 우리를 쫓아오더라도 어사대와 형부의 권한으로는 나를 체포할 수 없소. 시간을 끌어 각 관청 사람들이 점점 더 모여들어야 내가 정말로 죄가 두려워 달아났다고 판결하기가 수월할 것이오."

"당나라 사람들은 정말 교활하다니까!"

대기는 여우같은 당나라 관리들을 도저히 이해할 수 없었다.

"막신기의 신행술은 경성에서 손에 꼽을 정도이고, 형부육위 가운데 추풍위와 쇄풍위도 추적술에 뛰어나오!"

그는 어두워진 하늘을 올려다봤다.

"진상을 밝혀내지 못하면 결국엔 곤란해질 거요!"

원승은 대기를 데리고 외진 골목으로 꺾어 들어갔다. 보는 사람이 없어 들킬 염려도 없는 곳에 이르자 신행술을 최대로 끌어올렸다. 얼마 지나지 않아 두 사람은 상락방을 통과해 남쪽으로 방향을 돌렸고, 선평방을 지난 뒤에도 계속 남쪽으로 갔다. 가는 동안은 반드시 외진 길만 고집했다. 청룡방에 도착해 좀 더 달리자 멀리 곡강이 보이고, 앞에 펼쳐진 관도 남쪽으로 드문드문한 잡목 숲이 나타났다. 원승은 숨을 헐떡이며 달려가 숲 앞 커다란 청석에 앉았다.

대기가 긴장한 목소리로 중얼거렸다.

"싸워야 할까요?"

원승은 웃으며 고개를 끄덕였다.

"당신은 도술이나 무공을 모르니 싸움이 벌어지면 숨는 것이 좋겠소."

이렇게 말한 그는 춘추필을 꺼내더니 바위 앞에 웅크리고 앉아 그림을 그리기 시작했다. 물론 진짜 그림은 아니지만 허공에 대고 기다란 붓을 흔들자 바위에는 자연스레 붓질한 자국이 생겨났다. 용 한 마리가 서서히 모습을 드러냈다. 용의 몸에 비늘과 뿔이 갖춰지고 네 발톱이 삐죽삐죽 자리를 잡자 바위 위로 구름이 뭉실뭉실 일어났다.

대기는 그림에 열중하는 그를 가만히 바라봤다. 원기를 크게 소모한 듯 종잇장처럼 창백해진 그의 안색을 보자 그녀는 한숨을 푹 쉬고는, 두 손으로 그의 이마를 살며시 누르며 원신의 영력을 주입했다.

원승은 눈동자를 환하게 밝히며 그녀를 올려다봤다. 본래 늘씬한 그녀지만 아래에서 올려다보자 더욱 크고 늘씬해 보였고, 짙은 구름 사이로 희미하게 새어드는 햇살이 백옥 같은 여인의 얼굴을 비춰 신성하고 고상한 분위기를 더해줬다.

그는 별안간 심장이 뜨거워지는 것을 느끼고 입을 열었다.

"대기, 고맙소."

어찌 된 영문인지 여인은 그가 이렇게 정중하게 감사를 표하자 도리어 부끄러워져 톡 쏘았다.

"쓸데없는 말 말고 그림이나 그려요."

이 아름답고 평화로운 장면 속으로 느닷없이 냉소가 섞여들었다.

"이 빌어먹을 연놈들, 언제까지 달아날 셈이냐?"

말이 떨어지기 무섭게 몇 장 떨어진 곳에 막신기의 우람한 몸이 불쑥 나타났다. 원승은 그를 흘끗 바라봤을 뿐 대답 없이 계속 그림을 그렸다. 그사이 추풍위와 쇄풍위 등 형부육위도 속속 도착했다. 판기위 리명소 등 신행술을 수련하지 않은 자들은 숨이 찬지 헉헉

거리고 있었다.

첫째인 청풍위 소목이 숨을 고르면서 사람 좋은 척 말을 건넸다.

"원 장군, 이렇게 달아나는 것은 참으로 어리석은 짓이오. 이 넓은 세상에 왕토(王土)가 아닌 곳이 없거늘 어디로 달아날 참이오? 아니, 지금 무얼 하시오?"

그제야 젊은 남녀의 심상치 않은 자세가 눈에 들어온 것이다. 원승은 바위 앞에 웅크려 앉아 그림을 그리는 데 열중하느라 그들을 쳐다보지도 않았고, 페르시아 여인은 뒤에 서서 가느다란 두 손을 뻗어 그의 이마를 누르고 있었다. 팔만 놀릴 뿐 꼼짝하지 않는 두 사람의 옷자락이 바람에 팔락팔락 휘날리는 모습은 진주와 옥을 한데 모아놓은 듯 말할 나위 없이 아름다웠다. 바위에는 서늘한 위엄을 뽐내는 창룡 한 마리가 부르면 튀어나올 것처럼 생생하게 그려져 있었다.

추풍위가 비꼬았다.

"원 장군, 이런 판국에 그림을 그릴 여유마저 있으시구려. 우리 당나라에 위대한 유작이라도 남기려는 게요? 그깟 어린아이 장난 같은 장안법으로 망신당할 짓은 일찌감치 그만두시오!"

눈치 빠른 판기위 리명소가 위험을 깨닫고 소리쳤다.

"장안법이 아닙니다! 가벼이 보아서는 안 됩니다!"

막신기가 눈동자를 수축하며 외쳤다.

"저자를 막아라!"

우렁찬 외침과 함께 그의 몸이 날아올랐다. 신포가 한번 움직이자 그 기세는 과연 산악처럼 웅장하고 맹렬했다. 그는 허공에 몸을 띄운 채 곤선삭을 발동하기 위해 두 손을 번쩍 쳐들었다. 곧바로 가느다란 밧줄 여섯 개가 질풍같이 원승의 몸을 옭아맸다.

"곤선삭! 곤선삭을 여섯 개나?"

그 밧줄은 거의 보이지 않을 만큼 가늘어 마치 여섯 줄기 안개구름 같지만 날카롭게 바람을 가르는 소리를 냈다. 덕분에 쇄풍위는 그것이 도가의 술법인 곤선삭임을 단박에 알 수 있었다.

사실 곤선삭이라는 술법은 세상에 두루 퍼져 있는 흔한 도술이고 입문하기도 어렵지 않았다. 하지만 보통 사람은 한두 개 정도만 쓸 수 있고, 그 이상 수련하는 것은 하늘에 오르기만큼 어려웠다. 이 술법을 극한까지 수련하면 곤선삭을 아홉 개나 만들어낼 수 있어 요괴건 마귀건 세상에 잡지 못할 것이 없다고들 했으나, 기재라고 자부하는 쇄풍위 자신도 겨우 네 개까지만 수련했고, 다섯 개 이상을 수련한 사람은 이 세상에 없을 것이라 여겨왔다. 그런데 뜻밖에도 신포 막신기는 단번에 여섯 개를 쏘아낸 것이다. 조금 전 주점에서는 맛만 조금 보여줬을 뿐 지금에서야 전력을 다한 것이 분명했다.

그때쯤 원승이 마지막 붓질을 끝내고 고개를 들었다. 그의 눈빛은 호수처럼 잔잔했다. 그와 시선이 마주치자 막신기는 이유 없이 가슴이 철렁했지만 곧 흉악한 웃음을 지어 보였다. 곤선삭 여섯 개가 허공에서 어지러이 변화하더니 두 줄은 이무기처럼 굵직해져 좌우에서 원승을 덮치고, 나머지 네 줄은 가랑비처럼 가느다래져 살그머니 대기에게 돌아갔다.

바로 그 순간, 막신기의 눈앞에서 놀라운 이변이 벌어졌다. 마치 뚝뚝 떨어진 물방울이 종이를 적시는 것처럼 바위가 까맣게 변하기 시작한 것이다. 곧이어 바위에 그려진 그림에 출렁출렁 파문이 일었다. 흔들리고, 용솟음치고, 넘실대던 바위 표면에서 불쑥, 용의 발톱 하나가 튀어나왔다. 그다음에는 거대한 꼬리가 흔들흔들 바위 위로 솟아났다.

지독히 현란하고 지독히 다양한 변화였다. 더군다나 속도도 매우 빨라, 그 무수한 변화들이 마치 눈 깜짝할 사이에 벌어진 것 같았다. 틀림없이 막신기 앞에 서 있던 원승과 대기는 그 이변과 함께 감쪽같이 모습을 감췄지만 막신기와 형부육위는 그들을 찾아볼 틈조차 없었다. 눈앞에 진짜 용이 나타났기 때문이다!

어마어마한 위엄을 뿜어대는 진짜 검은 용이었다. 보일락 말락 흔들리는 꼬리는 오래된 나무처럼 굵고, 활짝 편 몸은 하늘을 반이나 덮을 만큼 큼직했다. 바로 그 순간, 짙게 깔린 구름 속에서 빗방울이 툭툭 떨어지더니 금세 비바람이 몰아쳤다.

"환술이다!"

막신기는 무력하게 깨달았다. 허실을 잘 섞어 운용한 자신의 곤선삭도 저 거대한 용 앞에서는 너무나도 작고 가소롭다는 사실을. 온몸이 부르르 떨려와, 용기를 북돋우기 위해 목청껏 소리를 지르는 수밖에 없었다.

산처럼 커다란 용은 아직도 웅크린 몸을 펴는 중이었다. 보기에는 느릿느릿하지만 실제로는 무척 빨라서 순식간에 막신기 및 그보다 약간 앞에 있는 추풍위를 에워쌌다. 크기가 마차만 하고 날카롭기 짝이 없는 발톱이 막신기의 머리를 짓눌렀다. 장대비가 쏟아졌다. 강력한 위압감에 신포라는 막신기조차 숨이 턱턱 막혔다. 인간 세상의 그 어떤 힘도 신룡 앞에서는 너무도 미미했다.

"저건 환술일 뿐이다! 모두 눈속임이야!"

막신기는 미친 듯이 소리를 질러대며 허공으로 몸을 솟구쳤다. 곤선삭 여섯 개가 일제히 날아올라 용의 발을 휘감았다. 그러나 그 결과에 기뻐하기도 전에 가슴팍에 찌릿한 통증이 느껴지며 강력한 힘이 그를 내리쳤다. 보일락 말락 하는 용의 꼬리였다. 꼬리는 그의 가슴을 때린 뒤 유유히 구름 속으로 사라졌다.

"환상 속의 실체!"

사실 원승은 줄곧 그 자리에 서 있었다. 산처럼 거대한 용의 몸이 가로막아 보이지 않았을 뿐. 그는 가볍게 한숨을 쉬었다.

"막 형, 조심하시오! 저 신룡 전부가 환상은 아니오! 환상과 실체가 섞여, 환상 속에 실체가 있고 거짓으로써 사실을 만든 것이오!"

원신 수련법을 깊이 연구한 명기위 조경이 별안간 목이 터지도록 소리를 질러댔다.

"다 함께 공격하자!"

위험을 깨달은 둘째 리명소가 몸을 허공으로 날리면서 빙백응설창과 패왕칠살창을 양손에 각각 거머쥐고 힘껏 찔렀다. 쇄풍위도 열염삭 네 줄을 동시에 휘둘렀고, 추풍위는 음양비도 열두 자루를 날렸다.

거대한 용은 여전히 나른하고 게으른 동작으로 몸을 펴고 있었지만, 그러는 와중에도 두 발톱을 교묘히 휘둘러 각종 법보와 암기를 모조리 튕겨냈다. 꼬리가 휙 날아들자 동작이 느린 편인 쇄풍위가 왼쪽 어깨를 두드려 맞고 비명을 지르며 나동그라졌다. 추풍위의 아랫배에는 튕겨 나온 비도 하나가 박혔다. 그의 비도는 음양이기를 깨뜨리는 능력을 갖췄는데, 제 손으로 연성한 법보에 맞자 그 역시 놀라고 당황해 싸울 힘이 싹 사라졌다. 판기위 리명소의 쌍창은 마지막 순간에 용의 발톱에 부러졌다.

"무공이다! 무공으로 우리를 상대하고 있으니, 저 용은……."

리명소는 두 눈을 빛내며 외쳤다. 말을 하느라 정신이 흐트러진 사이 짙은 구름 속에서 불쑥 튀어나온 꼬리가 그를 후려쳤고, 그는 볏짚처럼 힘없이 날아가 조그마한 나무 두 그루를 부러뜨리며 바닥에 나뒹굴었다. 날아가면서 피를 토한 리명소는 그 자리에서 혼절하는 바람에 '저 용은 원승의 원신으로 움직이는 것'이라는 뒷마디는 삼켜지고 말았다.

안개처럼 부옇게 쏟아지는 빗줄기 속에서, 원승은 여전히 커다란 바위 앞에 선 채 억지로 버텼다. 리명소가 짐작한 대로 거대한 용의 모습으로 적을 휩쓰는 것은 사실 원승이 원신의 힘으로 조종하는 환상과 실체가 뒤섞인 신룡이었다. 대기가 강력한 영력으로 뒤를 받쳐주지 않았다면 홀로 일곱 명을 맞아 싸우기는 역부족이라 일찌감치 쓰러졌을 것이다.

첫째인 청풍위 소목은 여태 나서지 않고 있었다. 그의 장기인 '경뢰' 비술은 천둥번개를 빌려 적을 기습하는 것인데, 장대비가 줄기줄기 쏟아지는 지금은 적의 종적을 발견하기 어려워 쓸 수 없기 때문이었다. 청풍위라고 불리는 만큼 '바람 소리도 듣는다'고 일컬어지는 그의 놀라운 청력으로도 신룡의 진위를 파악할 수가 없었다.

눈 깜짝할 사이 명성이 자자한 신포가 낭패한 꼴을 당하고, 형부육위 중 셋은 중상을 입고 쓰러졌다. 분노한 용이 구름을 마구 토해내고 천둥번개를 일으키며 또다시 덮쳐오는 것을 보자 소목은 간담이 서늘해졌다. 그는 재빨리 머리를 굴렸다.

명을 받아 여기까지 쫓아온 것은 원승을 몰아붙이기 위함이었고,

이제 원승이 죄를 짓고 달아났다는 소식이 장안성에 짜하니 그만 물러가도 할 일은 다 한 셈이었다. 계속 싸워봤자 얻을 것도 없는데 구태여 여기 남아 목숨을 걸 필요가 어디 있을까?

이렇게 해서 형부육위의 첫째는 주저 없이 소리를 질렀다.

"후퇴하라!"

지기위와 명기위가 황급히 달려가 상처를 입은 리명소 등을 부축해 나는 듯이 달아났다. 허둥지둥 달아나는 와중에 문득 막신기를 떠올린 소목이 그가 쓰러진 쪽을 바라봤지만 억수같이 쏟아지는 빗속에서 신포의 모습은 이미 어디론가 사라지고 없었다.

'빌어먹을 늙은 여우 같은 놈!'

소목은 속으로 욕을 퍼부으며 형제들과 함께 낭패한 몰골로 멀리멀리 달려갔다.

7장

천당환경

구름이 걷히고 비가 그쳤다. 기운 해가 흩어진 구름 사이로 찬란한 노을빛을 뽐내자, 서쪽 하늘은 마치 불꽃같이 빨간 비단을 걸어 놓은 듯했다.

원승은 지친 몸을 고목에 기대고 멍하니 하늘가를 올려다봤다. 불꽃같은 노을 속으로 새까만 용의 무시무시한 그림자가 차츰차츰 사라지고 있었다.

"우산도 하나 그리지 그랬어요?"

대기가 축축해진 옷을 비틀어 짜며 말했다.

"그럼 이렇게 물에 빠진 생쥐 꼴은 되지 않았을 텐데!"

"당장은 쫓아오지 않을 것이오."

원승은 그제야 막신기와 형부육위가 달아난 방향을 아득하게 바라보며 말했다.

"폭우로 온통 진흙탕이니 제아무리 뛰어난 추적술도 소용없을 것이오. 이제 탈출하기가 수월해졌소."

이윽고 그는 몸을 일으키고 숨을 가다듬었다.

"자, 이제 갈 때가 됐소. 내 추측이 틀리지 않았다면 저들은 금오위로 가서 따질 것이오. 그다음에는 국도의 각종 관청은 물론 어사들까지 우리를 귀찮게 하려 들겠지."

"원 대장군을 귀찮게 하겠죠, 이 연약한 페르시아 여자가 아니라. 하지만 이 연약한 페르시아 여자는 원 대장군 때문에 공범이 되고 말았다고요! 아니, 지금 뭐 하는 거예요? 그건 누구 머리카락이죠?"

원승은 소매에서 비단 주머니를 꺼내고 그 안에서 고운 머리카락 두 줄을 빼내 살살 꼬는 중이었다.

"몰래 사람을 시켜 옥환아의 머리카락을 잘라냈소!"

그는 머리카락을 청석에 올려놓았다. 청석에는 여전히 그가 그려 놓은 신룡의 형상이 남아 있었고, 머리카락이 놓인 곳은 바로 용의 입 쪽이었다. 머리카락이 바위에 닿는 순간, 용이 입을 우물우물하는 듯하더니 놀랍게도 머리카락을 단단히 머금었다.

마침내 대기가 알았다는 듯이 말했다.

"옥환아에게 신아주를 걸었군요? 어쩐지 너무 쉽게 놓아주더라니."

원승은 고개를 끄덕였다.

"옥환아를 납치한 고수는 정말 대단한 자요. 신아주까지 막아놨기 때문에 지금껏 몇 번 신아주를 불러봤지만 아무 소득이 없었소. 다행히 우리 영허문 비전 신아주의 독특한 점은 바로 화룡술과 함께 운용할 수 있다는 것이오. 화룡술이 더해지면 신아주를 막을 방법이 없소. 다만 화룡몽공은 원신을 너무 많이 소모하는데, 이번에는 당신이 도와줘서 다행이었소. 이제 용이 완성됐으니 신아주를 부를 때가 됐소."

그가 법결을 짚자 바위에 그려진 용이 슬그머니 움직이기 시작했다. 대기는 자신의 눈을 의심했다. 용의 움직임이 몹시 독특했기 때문이다. 용의 몸은 단단한 바위가 아니라 깊은 못 속에 잠긴 것처럼 자유로이 움직이고 있었다. 정신을 가다듬고 자세히 바라보니 움직이는 것은 오로지 용의 머리뿐이었다. 머리카락을 문 용의 머리가 빙그르르 돌고 있었다. 잠시 후 용의 머리가 이상한 위치에서 딱 멈췄다.

"그곳이었다니!" 원승은 눈썹을 잔뜩 찡그렸다. "갑시다!"

그가 돌아서며 가볍게 손을 훔치자 청석 위의 용은 흔적도 없이 사라지고 바위는 본래의 평범하고 반질반질한 모습을 되찾았다. 그는 다시 신행술을 펼쳤고, 금방 목적지에 도착했다. 바로 청룡방의 외진 골목이었다.

원승은 대기를 데리고 어느 작은 집 대문 앞으로 가더니 익숙하게 자물쇠를 따고 안으로 들어갔다. 앞뜰에는 아무도 없었지만 방 안은 말끔하게 정돈되어 있고 궤짝에는 갖가지 남녀 옷과 동전 꾸러미 몇 개가 들어 있었다. 이곳은 금오위의 비밀 암탐 거점으로, 계급이 높은 암탐들만 사용할 수 있었다. 주로 추적 중이거나 적에게서 달아날 때 잠시 머물며 쉬는 용도지만, 특정한 위치에 암호를 남겨 비밀스런 소식을 전할 수도 있었다.

깨끗한 옷으로 갈아입은 두 사람은 한기를 가시게 하는 대추생강탕을 마셨다. 대기는 주점에서 본 끔찍한 광경을 떠올리고 다시금 몸을 부르르 떨었다.

"정말 무시무시했어요. 노곽은 대체 어떻게 된 거죠? 놀라 죽을 뻔했다고요."

"노곽은 그 전에 괴뢰고에 당한 것이 확실하오. 그리고 누군가 모선재에 괴뢰고를 촉발하는 초를 가져다놓았고, 덕분에 괴뢰고가 발작해 돌연사한 것이오!"

원승의 눈동자가 번쩍였다.

"모선재 사건을 겪고 나니 한 가지는 확실해졌소. 이융기 역시 벽운루에서 나와 똑같은 일을 당한 것이 분명하오. 상대방이 느닷없이 눈 코 입에서 거미줄을 쏟아내며 죽자 그 역시 놀라고 당황했고, 이 끔찍하고 기괴한 사건 현장에서 멀리 달아나야 한다는 생각이 가장 먼저 들었을 것이오."

대기는 모선재에서 원승에게 들은 벽운루 사건을 떠올리고, 호기심을 참지 못해 물었다.

"그날 이융기가 벽운루에서 달아났을 가능성이 크다는 말이에요? 누군가에게 납치된 것이 아니라? 하지만 어떻게 달아났을까요? 계단 아래에 있던 점원들은 그를 보지 못했다고 했잖아요?"

"그건 어려운 일이 아니오. 어려운 것은 오히려 누각을 벗어난 뒤 어디로 갔느냐 하는 것이지."

원승은 생각에 잠겼다. 대기는 입을 삐죽이며 '뜸은 그만 들이고 어서 말해봐요. 대체 무슨 수로 누각에서 달아났느냐고요?' 하고 재촉하려다가 갑자기 매우 중요한 일이 떠올라 걱정스런 표정으로 물었다.

"이봐요, 정작 내가 가장 궁금한 것은 당신이 삶에 미련을 잃고 죽을 생각만 하게끔 만든 게 대체 뭔가 하는 거예요."

"죽을 생각만 하다니? 내가 언제 그랬소?"

"죽을 생각이 아니라면 뭐 때문에 황제 앞에서 이레 안에 사건을 해결하겠다고 약속한 거예요?"

대기는 씩씩거리며 화를 냈다.

"어디서 그런 자신감이 났어요? 설마 정말 아무도 모르는 묘책이라도 있는 거예요?"

원승은 빙그레 웃었다.

"그건 페르시아 식 농담이오? 좋소, 왜 그렇게 장담했는지 알려주리다! 벽운루 괴사건에서 가장 혐의가 짙은 사람이 누구라고 생각하오?"

"그야…… 이융기죠!"

여인은 이렇게 말해놓고는 곧바로 고개를 저었다.

"아니지, 그곳에 있던 사람 모두 혐의가 짙어요. 죽은 두 사람까지도요! 참, 그렇지. 당신은 옥환아를 가장 의심했군요. 그렇지 않고서야 일부러 풀어주고 신아주를 썼을 리가 없잖아요!"

"점원 두 사람도 풀어줬소. 그들도 똑같이 금오위 암탐들이 엄히 감시했지만 이상한 점은 없었소. 하지만 옥환아는 누군가에게 납치됐지. 그리고 그녀를 납치한 마차가 제2의 괴뢰고 살인 사건을 일으켰소. 벽운루와 모선재 모두에 기괴한 거미줄이 나타났고, 두 사건에 모두 연루된 사람은 오직 옥환아뿐이오. 내 추측과 정확히 일치하오."

"내원에서 황제를 만날 때부터 옥환아를 의심하고 있었어요?"

"그보다 좀 더 빨랐소. 상왕 전하의 두통을 진맥했을 때부터일 것이오."

원승은 품에 손을 넣어 종이쪽지 하나를 꺼냈다.

"그때 나와 구담 대사는 상왕 전하의 두통이 기괴한 무진에 의한 것이라는 데 의견을 같이했소. 하지만 그 무진이 대관절 어디에 있는지, 누가 펼친 것인지는 알아내지 못했는데, 그 후에야 문득 깨달았소. 상왕 전하께서 침향나무 정자에서 쓴 〈모란방〉이라는 글 말이오. 그 글은 옥환아의 향낭에 들어 있던 필체와 아주 똑같았소."

그 종잇조각은 옥환아의 향낭에 들어 있었고, 시 같은 구절이 적혀 있었다.

불러라 눈을, 구태여 깊이 감출 까닭이 무엇인가.

움츠려라 코를, 향기 맡음을 두려워할 까닭이 무엇인가.

"그러니까, 상왕이 직접 쓴 글을 옥환아가 몰래 숨기고 있었다는 거예요?" 대기는 어리둥절했다. "뭐 하려고요?"

"답은 하나뿐이오. 그녀와 상왕 전하께서 당한 무진에 중요한 관계가 있다는 것."

원승의 눈동자가 형형하게 빛을 발했다.

"우리가 이미 자세히 조사를 해뒀소. 그 종잇조각은 필시 상왕 전하의 어느 그림에서 찢어낸 것이고, 훔친 사람은 등자운일 것이오. 등운관해가 준일림에서 해고된 진정한 이유 중 하나가 그것이었소. 무진을 펼칠 때는 일반적으로 사주팔자와 머리카락, 옷가지 같은 물건을 사용하지만, 그와 달리 저주 대상의 친필을 사용하는 곳도 있소! '선현의 글은 귀신도 놀라게 한다'는 말이 있듯이 글에는 천지사방의 오묘함이 담겨 있소. 그 종잇조각이 특별한 까닭은 눈, 코 등 신체의 중요한 부분을 의미하는 글자가 포함되어 저주하기에 더없이 훌륭한 무기가 될 수 있기 때문이오. 다행히 그 종잇조각은 아직 무진에 들어가지 않았소. 그렇지 않았다면 상왕께서는 일찌감치 눈이 멀고 정신이 혼미해지셨을 것이오."

듣고 있던 대기가 퍼뜩 생각난 듯 물었다.

"방금 당신이 그러지 않았어요? 관아에서 옥환아의 물건은 종잇조각 하나 남기지 않고 모두 돌려주겠다 선포했다고요."

"물론 돌려줬소. 하지만 돌려준 종잇조각은 내가 그 필체를 모방해 만든 가짜였소."

원승은 평소와 달리 교활하게 웃어 보였다.

"오랫동안 그림을 연구했더니 그런 잔재주쯤은 손쉽게 부릴 수 있소."

대기는 한숨을 푹 쉬었다.

"머리가 참 잘 돌아가는군요. 아무리 봐도 전혀 상관없어 보이는 벽운루 괴사건과 상왕의 두통을 한데 엮어서 생각하다니."

원승도 마음속으로 깊이 탄식했다.

'물론 전혀 관련 없어 보이는 사건이지만 천사책이라는 대국에서 바라보면 일목요연한 일이야. 적은 상왕 부자에게 동시에 손을 쓴 것이 분명해.'

그는 페르시아 여인에게는 천사책에 관해 상세히 말하지 않고, 중독된 손가락을 퉁기며 화제를 돌렸다.

"그것이 내가 이레 안에 사건을 해결하겠다고 한 이유요. 벽운루 괴사건이 벌어진 후, 나는 이융기가 괴뢰고에 조종당하고 있을 가능성이 크다고 추측했소. 내가 아는 바로는 보통 사람이 괴뢰고에 당하면 엿새에서 이레밖에 버티지 못하오."

그는 차분하게 말을 이었다.

"그리고 무진의 저주 역시 사십구 일이면 효력이 나타나오. 구담 대사께서 '칠칠일'이라고 말씀하신 까닭이오. 상왕의 두통이 발작한 지 벌써 한 달이 넘었으니 헤아려보면 사십구 일까지는 겨우 이레도 남지 않았소. 그래서 구담 대사도 그토록 초조해하신 것이오."

"그렇다면 상왕과 임치군왕을 구하는 일은 요 며칠에 달렸군요."

대기는 그렇게 말하며 다시 분통을 터뜨렸다.

"그럴수록 그 위험한 일에 당신까지 밀어 넣지는 말았어야죠. 황제 앞에서 다 해결하겠소 하며 잘난 체를 했으니 그게 죽으려는 사람이 아니면 뭐예요!"

"잘난 체하기 위함이 아니라 자책 때문이었소. 이융기는 본디 내게 도움을 청했지만, 원망스럽게도 내가 그 요청을 가볍게 여기는 바람에 친구를 위험에 처하게 했소."

말을 끝낸 원승은 묵묵히 입을 다물었다가 문득 고개를 들며 말했다.

"다행히 막신기 때문에 폭우를 쏟아붓느라 힘을 쓴 일을 제외하면 나머지는 모두 나의 예측대로요."

대기는 눈앞에 있는 옥처럼 곱고 온화한 남자를 빤히 바라봤다. 안색이 창백하고 고에 중독된 데다, 그 자신도 곧 국도 전체가 혈안이 되어 붙잡고자 하는 용의자가 될 터였다. 하지만 그는 아직도 두 눈을 환하게 빛냈고, 예측할 수 없는 기괴한 상황에 부닥쳐서도 여전히 침착하기 짝이 없었다.

모든 것이 예측대로!

별처럼 반짝이는 그의 눈동자를 들여다보자 대기의 마음도 평온하게 가라앉았다. 그녀는 고개를 끄덕이며 말했다.

"옥환아의 행방부터 추적할 거예요? 육충에게 옥환아를 뒤쫓게 했다고 그랬죠?"

"육충은 적의 시선을 빼앗기 위한 허초일 뿐이오. 청영이 전한 소식에 따르면 옥환아를 납치한 사람은 여간내기가 아닌 데다 신아주를 막은 솜씨도 훌륭하오. 화룡술을 함께 펼쳤는데도 대강의 위치를 나타내는 글만 얻었을 뿐이니 말이오. 숭화 동남, 환상 비경! 숭화방 동남쪽에 환상의 비경이라는 곳이 있는 모양인데, 도무지 짐작이 가지 않는군."

"환상의 비경이요? 어쩌면…… 내가 아는 곳일지도 몰라요!"

대기가 두 눈을 반짝였다.

"세상에나! 날짜를 계산해보니 오늘이 바로 천당환경(天堂幻境)의 시합이 있는 날이에요!"

대당나라 장안성에는 동시와 서시 두 곳의 시장이 있었는데, 동시는 권세가들 거주지와 가까워 사치품을 주로 팔았고, 실제 생활에 필요한 다양한 물건이 모이는 곳은 서시였다. 장안에 불법으로 들어온 외국 상인들도 서시에서 장사를 했기에 수나라 이래로 서시를 중심으로 하는 외국인 거주 지역이 형성됐다. 서시 남쪽은 회원방에 맞닿아 있는데, 그 회원방과 거리 하나를 두고 마주 보는 숭화방은 유명한 외국 상인 집결지였다.

해가 서쪽으로 기울고 경고가 울리기 전, 원승과 대기는 숭화방에 도착했다. 대기는 영혜여인으로, 청영에 비견할 만한 페르시아의 역용술을 알고 있었다. 비밀 저택 안에 각양각색의 옷가지와 변장에 필요한 물건이 있는 덕분에, 그녀는 요리조리 손을 놀려 피부가 불그스름한 페르시아의 뚱보 상인으로 변장하고 입술 위에 곧게 뻗은 콧수염 두 조각을 붙였다. 그리고 원승은 잘생긴 외국 청년 상인으로 변장시켰다.

대기는 이곳에서 극단과 함께 공연한 적이 있어 부근 지리를 잘 알았다. 원승을 데리고 이리저리 골목을 통과해 숭화방 동남쪽으로 갔더니, 과연 외국인들이 점점 늘어나기 시작했다.

잠시 후, 야간 통금을 알리는 경고가 울리고 방문이 닫혔지만, 눈앞에 펼쳐진 거리는 가지각색의 등롱을 매달아 낮처럼 환하고 활기가 넘쳤다. 이 숭화방은 다른 곳과는 사뭇 달라서, 길 양쪽으로 외국 풍치가 물씬 나는 건축물이 즐비하고 큰길 저 끝에는 별로 눈에 띄지 않는 배화교 사원이 서 있었다.

수당 시대에는 수많은 외국 상인이 배화교를 믿었는데, 불을 광명의 상징이라 여겼기 때문에 배화교라는 이름이 붙었다. 당나라 백성들은 습관적으로 배화교 사원을 '호사(胡寺)'라고 불렀다. 수완 좋은 가짜 호승 혜범이 주지로 있는 서운사를 비롯해 장안에서 유명한 외국인 사찰은 모두가 배화교 사원이었다.

원승이 둘러보니 화려하고 비싼 옷을 입은 외국 상인들이 삼삼오오 모여 걷거나 준마를 타고 배화교 사원으로 향하고 있었다. 덩치가 산만 한 곤륜노(崑崙奴, 고대 중국에서 인도네시아 등 동남아에서 데려온 종복)의 어깨에 앉아 가는 사람도 있었다.

"이 많은 사람이 어디로 가는 것이오?"

원승은 호기심을 참지 못하고 물었다.

"오늘은 배화교의 대시합날이라 모두 '천당환경'이라고 부르는 곳으로 가는 거예요. 당신 용이 알려준 '환상의 비경'과 이름이 맞아떨어지는 곳은 그곳밖에 없을걸요."

대기는 그의 손을 잡아끌고 앞서가는 외국 상인 무리를 비집고 들어갔다. 독특한 차림을 한 외국 상인들은 몹시 격앙된 표정으로 재잘재잘 이야기를 늘어놓았다. 어려서부터 총명하기가 남달랐던 원승은 페르시아 말을 조금이나마 알고 있어, 그들의 대화에서 몇 가지 소식을 들을 수 있었다. 가장 놀라운 소식은 바로 이번 시합에 태평공주가 왕림한다는 것이었다.

대기가 소리 죽여 속삭였다.

"대시합날은 이틀 밤 계속돼요. 첫 번째 밤에는 만국 제일 미녀를 선발하고, 두 번째 밤에는 그 제일 미녀가 분위기를 띄우는 동안 만국 제일 보물 시합이 벌어져요. 두 번째 밤에 태평공주가 온다고 하는데, 한 번도 없던 일이에요."

저 앞의 배화교 사원처럼 생긴 기괴한 건축물에는 문이 없었다. 가까이 다가가니 안이 보이지 않는 컴컴한 어둠이 펼쳐져 있었는데, 독특한 복장을 한 외국 상인들은 그 어둠 속으로 들어가 곧바로 모습을 감췄다.

"법진을 펼쳐놓았군?"

원승이 의아해하는 사이 대기가 먼저 앞으로 나아가 페르시아의 주문을 읊조리고 나지막이 읊었다.

"우리의 빛 마즈다께서 세상 만물을 두루 비추노라."

우르릉 하는 소리가 난 것 같기도 하고 아닌 것 같기도 했지만, 아무튼 평범하기 짝이 없던 좁은 골목이 훤히 트이면서 희미한 어둠이 눈부신 빛으로 바뀌었다.

눈앞에 펼쳐진 풍경도 밝고 환하게 변했다. 널따란 거리가 펼쳐지고, 괴상한 건물들이 우뚝 솟고, 오색찬란한 등불이 거리와 건물을 환히 비췄다. 제각각 특색이 있는 등불은 갖가지 색상으로 이 신비한 공간을 다채롭게 물들였다.

원승은 믿을 수 없는 표정으로 두 눈을 휘둥그레 떴다. 별안간 길 저편에서 이와 발톱을 드러낸 수사자 한 마리가 나타났기 때문이다. 이민족 남자가 사자 등에 타고 있었는데, 반쯤 벗은 상반신에 중원에서 보기 드문 갑옷을 걸치고 몹시 거만한 표정으로 거들먹거리며 길을 지나는 중이었다.

이어서 하얀 피부에 약간 불그스름한 기운을 띤 키 크고 마른 괴인이 용을 타고 공중에서 날아왔다. 괴인이 탄 용은 원승이 어려서부터 늘 보던 중원의 용이 아니라 서방에서 말하는 날개 달린 용이었다. 저런 모습을 한 용은 혜범이 가지고 있던 희귀하고 기괴한 서방의 조각 문양에서 본 적이 있는데, 서방의 전설에 나오는 흉포하고 신비한 짐승이라고 했다.

그런데 지금 그 용이 그의 눈앞을 날아서 지나치고 있었다. 정신을 차리고 자세히 보니 용을 탄 괴인은 페르시아 사람도 아니었다. 당나라 사람과는 판이한 하얗고 발그레한 얼굴을 볼 때, 아마도 대진국(大秦國, 당나라 때 동로마제국을 부르던 이름 – 작가 주) 사람 같았다.

원승은 꿈이라도 꾸는 것 같았다. 길거리를 이리저리 지나는 외국 상인 중에 별의별 기괴하고 진기한 짐승을 탄 사람이 꽤 많았다. 다리가 여섯 개인 말을 탄 사람, 몸이 물통만큼 굵은 이무기를 탄 사람은 물론, 호랑이나 코끼리를 탄 사람도 있었다.

다급히 정신을 가다듬고 다시 봤더니, 그들이 탄 짐승은 진짜와 가짜가 섞였다는 사실을 알 수 있었다. 호랑이와 코끼리는 진짜지만 날개 달린 용은 환술이었고, 다리 여섯 개 달린 말과 굵직한 이무기는 진짜에 덧붙여 꾸민 것이었다.

"이곳이 바로 천당환경이에요!"

대기의 목소리가 귓가에 울렸다.

"이곳에는 진짜도 있고 환상도 있어요. 매년 한차례씩 장안성 또는 전국의 유명한 외국 상인들과 각지에서 온 환술사들이 이곳에 모여 이틀 동안 시합을 벌여요. 이날을 '대시합날'이라고 하죠. 그래요, 저 사람들이 탄 용이나 말은 대부분 환술이에요. 조금 있으면 저들이 시합에 나가 환술과 보물을 겨룰 거예요."

그러는 사이 커다란 그림자 하나가 머리 위를 휭 지나갔다. 어마어마하게 큰 공작이었는데, 등에는 왜소한 난쟁이가 타고 있었다. 이 거대한 공작의 모습은 확실히 이목을 집중시켰다. 아름답고 기다란 깃털이 거리에 줄줄이 달린 등불에 비쳐 오색빛깔로 반짝여, 팔랑팔랑 날갯짓을 할 때마다 거리 여기저기에서 환호성과 갈채가 터져나왔다. 흥이 난 난쟁이는 일부러 공작을 몰고 길 끝에서 끝까지 두 번이나 날아다녔다.

"이렇게 흥겨운 장면을 보게 될 줄은 몰랐소."

원승이 득의양양해하는 이민족 난쟁이를 올려다보며 말했다.

"이곳이 천당환경이라 불리는 까닭을 알겠구려. 아마도 신비한 법진을 펼쳐 평범한 장소와는 다른 규칙이 적용되기 때문이겠지."

"맞아요. 소문에는 삼 년 전 장안에서 가장 유명한 환술사 열 명이 어느 신비한 배화교 제사장의 주도 아래 다 함께 원신의 영력을 모아 이곳을 만들었대요. 당신 추측대로 이곳은 법진이에요. 무슨 규칙이 적용되는지는 나도 모르지만, 이곳에서는 환술을 펼치기가 아주 쉬워요. 아무튼 간에 그 신비한 배화교 제사장의 바람대로 이곳은 당나라 전국에 퍼져 있는 걸출한 환술사의 집결지가 됐죠!"

원승은 사방을 둘러봤다. 페르시아와 소그드 상인들과 천축국 및 남해 각 나라의 상인들은 물론, 덩치 큰 대진국 사람과 동영의 왜인도 있었다. 그는 저도 모르게 한숨을 쉬며 말했다.

"숭화 동남, 환상 비경…… 분명 이곳이오! 이곳은 신비한 환술사들의 천국이나 마찬가지요."

"그나저나 당신이 찾는 옥환아는 어디에 있을까요?"

"이왕 이곳까지 왔으니 즐겨야 하지 않겠소? 우선 저들의 시합부터 구경합시다."

원승은 이렇게 말하다가 갑자기 눈을 크게 떴다. 큰길 쪽 높은 대문 앞에 주점을 나타내는 남색 깃발이 꽂혀 있었다. 그 위에 수놓인 페르시아 글자는 알아보지 못했지만, 큼직하게 적힌 한자, '장안성 만국 제일 미녀 대회'라는 글은 알아볼 수 있었다.

대기가 알았다는 듯이 외쳤다.

"당나라 국도에는 아름다운 가희를 선발하는 곳이 무척 많아요. 하지만 최근 이 년 동안은 대시합날 첫 번째 밤에 열리는 만국 제일 미녀 대회가 가장 인기죠. 이곳에 오는 서역의 대상인들은 씀씀이가 시원해서 한 번에 천금을 쓰기도 하는 데다, 매년 제일가는 미녀 한 명만 선발하기 때문에 승자는 만국을 통틀어 첫손꼽는 미녀로 인정받거든요."

"옥환아는 납치됐지만 본디 취화루 대표 미녀였소."

원승의 눈빛이 환해졌다.

"어쩌면 저 미녀 선발 대회에 나올지도 모르겠군!"

그때쯤 잡다한 환술로 거리에서 푼돈을 버는 가난한 곡예사 십여 명을 제외하고는 대부분의 외국 상인들과 기인들이 남색 깃발을 세운 대문 앞으로 차츰차츰 몰려들고 있었다.

대문 앞은 어깨가 떡 벌어진 덩치 큰 곤륜노 두 명이 지키고 있었다. 그 안으로 들어가는 외국 상인들은 곤륜노의 손에 뭔가를 쥐여줬는데, 바로 금은보화 같은 것들이었다. 곤륜노는 그 물건이 마음에 들면 그 사람을 들여보냈다. 대기는 으스대며 다가가 조그만 금덩이 두 개를 시원스레 던져주고는 원승을 끌고 자신 있게 안으로 들어갔다.

원승은 쓴웃음을 지었다.

"장안성 전국의 유명 환술가들이 모이는 자리인데, 환술로 속임수를 쓸 용기가 다 있구려. 자칫하면 끌려나갈 수도 있지 않소?"

대기가 까르르 웃음을 터뜨렸다.

"이곳에는 쓸 만한 불문율이 있죠! 환술사들이 모여드는 곳이기 때문에 그 자리에서 속임수를 파악하지 못하면 나중에 알아차린들 따지지 못한다고요."

이국적인 반달 모양 돌문을 지나자 눈앞이 확 트였다. 그 안쪽에는 서양식 제례에서 쓰는 높은 단상이 놓여 있는데 매우 크고 널찍했다. 단상 주위로 장식된 각종 진귀한 꽃들이 아름다움을 뽐내는 가운데 외국 상인들과 귀빈들이 바닥에 앉아 단상을 올려다보고 있었다.

단상 한가운데에 키 크고 마른 괴인이 서서 침을 튀겨가며 떠들었다.

"이번에 나올 사람은 멀고 먼 대진국에서 온 미녀입니다! 참, 그 나라의 정식 명칭은 바로 '위대한 로마제국'이지요! 이곳 대당제국과 똑같이 위대한 곳입니다. 이 미녀는 리사라고 하며, 에페소스란 곳에서 왔습니다. 저 풍만한 가슴과 엉덩이를 보십시오. 허리는 또 어찌나 나긋나긋한지요! 리사는 여러분 모두가 지금껏 한 번도 보지 못한 에페소스의 춤을 보여줄 것입니다. 혼이 쏙 빠져나가지 않도록 조심하십시오!"

장내가 시끌벅적해지고, 사방에서 터져나오는 환호성과 박수 소리 속에 코가 높고 눈이 움푹 들어간 서방의 미녀 한 명이 사뿐사뿐 단상에 올랐다. 이 여인은 가느다란 허리, 풍만한 엉덩이에, 피부는 양지옥처럼 희디희었다. 그녀의 춤은 에페소스 지역에서 유행하는 것인데, 허리와 배를 흔드는 동작 위주의 춤으로 몹시도 아름답고 요염하기 짝이 없었다.

소개를 맡은 키 크고 마른 괴인은 환술사였는데, 때를 보아 소리를 지르며 손을 흔들자 반주를 하던 북소리가 고조되면서 공중에 길이가 수 장에 달하는 미녀의 그림자가 나타났다. 바로 춤추는 여인의 환영이었다. 하지만 환영이라기에는 너무도 선명했다. 피부는 눈처럼 희고 영롱했고, 두 눈은 보는 사람의 영혼을 앗아갈 듯 매혹적이며, 마구 흔들리는 가녀린 허리와 풍만한 가슴은 장내를 열광의 도가니로 몰아갔다.

대진국 미녀 리사 다음으로 각지에서 온 서방 미녀들이 차례차례 올라와 재주를 뽐냈다. 미녀들 뒤에는 항상 환술사가 동행해 온갖 듣기 좋은 묘사로 칭찬을 하고, 동시에 꼬리에 꼬리를 무는 기괴한 환술로 분위기를 띄웠다. 미녀의 모습을 건물 높이만큼 크게 확대해 보여주는가 하면, 미녀의 분신을 너덧 개 만들어 장내를 이리저리 돌아다니게 하기도 했고, 미녀를 천녀처럼 변신시켜 공중에서 나풀나풀 날게 만들기도 했다. 미녀 한 사람이 공연을 마칠 때마다 관객들은 손에 든 금화(金花)를 단상으로 던지며 응원했다.

대기가 소리 죽여 원승에게 설명했다.

"이것이 만국 제일 미녀 대회의 첫 번째 순서인 미녀 선발이에요. 미녀가 퇴장할 때 받은 금화 수로 올해 최고의 미녀를 선발하는 거죠! 그다음은 보물 선발인데, 누가 누가 진귀한 보물을 가졌는지 겨룬 뒤 가장 진귀한 보물이 미녀에게 주어져요. 그러면 제일 미녀는 보답으로 보물을 준 상인과 사흘을 보내는 거예요."

원승은 고개를 끄덕였다. 이제 단상에는 당나라 미녀 두 사람이 사뿐사뿐 올라오고 있었는데, 전보다 더한 환호성과 금화가 쏟아졌다. 그는 저도 모르게 물었다.

"이곳 손님은 외국인이 많은데도 당나라 미녀가 인기가 좋은 모양이오?"

"맞아요. 당나라의 풍물이 세계에서도 유명하기 때문이에요. 외국 상인들 마음속에는 '당나라 물건은 세계 최고'라는 생각이 자리하고 있어서 중원의 미녀가 나오면 늘 저렇게 박수갈채를 받아요."

대기는 다소 원망스런 목소리로 대답했다.

과연 서방 미녀들과 환술사들이 가지각색 이채로움을 뽐내는 것과 달리, 당나라 미녀들은 피리를 불고 쟁을 켜며 고운 목소리로 노래를 불렀고, 심지어 서방의 춤도 서방 미녀 못지않게 춰서 관객들에게 셀 수 없이 많은 금화를 받았다.

단상 왼쪽 끝에는 거대한 금패가 세워져 있었는데, 그 위에 지금까지 가장 많은 금화를 받은 세 사람의 이름이 계속 경신중이었다. 이름 앞에는 장원, 방안, 탐화(각각 과거 시험 1위에서 3위까지의 이름)라는 표시가 덧붙여져 있었다. 요염한 대진국 미녀 리사는 공연이 끝나자마자 장원에 올랐지만 평강방 유명 청루에서 온 명기에게 밀려 방안으로 내려앉았다. 덩치 큰 곤륜노가 높다란 사다리를 올라가 세 명의 이름을 바꿀 때마다 장내에서는 탄성과 휘파람 소리가 끊임없이 터져나왔다.

또다시 한 무리의 미녀가 나왔다가 들어간 뒤 당나라 미녀가 3위인 탐화를 차지했다. 사방에서 관객들이 휘파람을 불어대는 와중에 별안간 단상에서 구성진 금 소리가 들려오기 시작했다. 그 소리가 산속에서 퐁퐁 솟구치는 맑은 샘물처럼 사람들의 마음을 깨끗이 씻어 내린 듯 장내는 순식간에 조용해졌다. 미녀 하나가 장식 없는 소박한 금을 안고 나릿나릿 걸어나왔다.

"옥환아!"

원승이 놀란 소리로 외쳤다. 예상대로 옥환아가 나타난 것이다.

어느새 밤이 깊어 단상 사방에는 등불이 더욱 환하게 이채를 뿌려대고 있었다. 휘황찬란한 등불에 비친 옥환아의 티 하나 없는 얼굴은 더욱더 환하게 빛을 냈고, 그 모습은 인간 세상의 여인이라고는 도무지 믿기지 않을 만큼 아름다웠다.

"저 여인이 바로 당신이 찾던 옥환아로군요. 정말 아름다워요!"

대기도 절로 탄성을 터뜨렸다. 원승 역시 밤빛을 받고 선 옥환아가 무척이나 아름답다고 느꼈다. 비록 옅은 화장에 소박하게 차린 모습이지만 반짝반짝 빛나는 아름다운 눈동자와 자연스럽게 둥글린 고운 눈썹은 인간 세상에 내려온 선녀라고 해도 이상하지 않을 듯했다. 하지만 무슨 까닭인지 그 맑고 아름다운 얼굴에서 무엇으로도 감출 수 없는 한 줄기 슬픔이 느껴졌다. 지난번 금오위에서 심문을 받을 때처럼 그녀의 눈동자에는 가을비 같은 근심이 어려 있었다. 어쩌면 저 애처로운 분위기가 보통 사람과는 다른 아름다움을 자아내는지도 몰랐다.

그녀는 두 손으로 금을 가볍게 쓰다듬으며 단상을 이리저리 거닐었는데, 무슨 환술을 부렸는지 금은 내내 그녀 앞에 둥둥 떠 있었다. 금 소리는 꿈처럼 환상적이고, 그녀의 가벼운 걸음걸이 역시 환상적이었다. 그녀의 움직임 하나하나마저 연주곡의 기승전결과 알맞게 어우러져 시기적절하게 다양한 아름다움을 선보였다.

다른 미녀들은 하나같이 환술사가 나와 쉴 새 없이 떠들어댔지만, 금을 타며 하늘하늘 걷는 옥환아의 무대에는 다른 소리는 전혀 끼어들지 않았다. 심지어 환호성이나 휘파람 소리마저 훨씬 줄었다. 외국 상인들마저 넋이 나간 채 단상을 뚫어지게 바라보기만 했다. 휘파람을 불면 인간 세상에서 보기 드문 이 절세미녀에게 모욕이라도 되는 것처럼.

금 소리는 끊어질락 말락 이어지다가 점차 잦아들었고, 옥환아의 아리따운 움직임도 멈췄다. 관객들이 갈채를 보내려는 순간, 갑자기 그녀의 몸에서 가느다란 가지 네 줄기가 솟아나고 어깨 위로 머리 두 개가 튀어나왔다. 다름 아닌 머리 셋에 팔 여섯 개를 가진 관음보살의 모습이었는데, 그 얼굴은 하나같이 애처로운 아름다움을 띤 옥환아였다. 그보다 더 기괴한 일은 따로 있었다. 높은 단상에서 짙은 향기가 그윽하게 퍼져나가 관객들의 정신을 몽롱하게 만들기 시작한 것이다.

외국 상인들이 깜짝 놀란 사이, 옥환아의 몸에서는 점점 더 많은 팔이 뻗어 나왔고 그녀의 몸은 마치 스스로 신성한 빛을 뿜어내기라도 하듯 점점 더 환하게 빛났다. 그쳤던 금 소리가 갑작스레 다시 빽빽하게 이어지기 시작했고, 솟아난 팔 위로 장식 없는 금이 하나씩 나타났다. 수많은 손이 금을 쓰다듬고, 수많은 금이 일제히 노래하고, 수많은 향기가 사방으로 퍼졌다.

옥환아의 세 얼굴은 화난 것 같기도 하고 원망스런 것 같기도 한 표정을 짓고 있었는데 그 모습이 더욱더 애처로워 보여 혼이 쏙 빠질 지경이었다. 미녀의 아리따운 자태와 아련하게 퍼지는 향기, 환하게 비치는 등불, 사랑스런 귀밑머리, 이 모든 것이 마치 꿈이나 환상처럼 아름답기 짝이 없었다. 옥환아가 파르르 날아 단상에서 내려간 뒤에야 장내에서는 우레 같은 박수갈채가 터졌다.

"괴뢰고!"

원승이 갑자기 소리를 치며 코를 막았다. 대기는 화들짝 놀랐다.

"뭐라고요?"

"맡으면 정신을 몽롱하게 하는 향기요. 이건…… 괴뢰고 향기와 똑같지만 그보다 백배는 더 짙소!"

한때 무서운 줄 모르고 괴뢰고를 키워본 원승은 그 특성을 매우 잘 알고 있었다.

"괴뢰고는 사람을 죽음으로 몰고 가는 거미줄 외에 마음을 흘뜨리는 향기도 지니고 있소!"

예상대로 옥환아는 다른 미녀들을 물리치고 장원 자리를 차지했다. 제일 미녀가 정해졌지만, 진정한 볼거리는 지금부터였다. 잠시 후 옥환아가 새롭게 치장을 하고 나타났다. 금박을 두르고 여덟 가지 보물을 박은 봉황관을 쓰고 고운 옷을 걸친 채 사뿐사뿐 걸어나오는데, 온몸에서 번쩍이는 휘황찬란한 보광에 눈이 부실 정도였다. 보석 전문가인 외국 상인들은 한눈에 그녀의 관과 치마의 값어치를 알아보고 약속이라도 한 듯 환호성을 질렀다.

"야명주 한 알을 내놓지. 대진국 산 야명주인데, 당나라를 통틀어 이런 야명주는 열 개도 되지 않을 것이오!"

맨 먼저 나선 사람은 상의를 반쯤 벗은 대진국의 환술사로, 손에는 환하게 빛을 내는 구슬이 들려 있었다. 윤기가 자르르 흐르는 구슬 위로 아롱아롱 광채가 어려, 척 보기만 해도 보통 물건이 아님을 알 수 있었다. 외국 상인들이 웅성거리는 사이 일찌감치 단상에 올라가 있던 보석 감정사가 다가가 공손하게 야명주를 받아 들고 자세히 살핀 다음 높이 외쳤다.

"몹시 보기 드문 야명주요! 값어치는 동전 삼백 관!"

단상 아래에서 박수 소리가 요란하게 울렸고, 옥환아는 그 상인을 향해 감사 인사를 올렸다.

원승은 믿기지 않아 바보처럼 입을 떡 벌렸다. 당나라 시대의 물가에 따르면 동전 이삼십 관이면 좋은 말 한 필을 살 수 있고, 일반적인 주나 군에서 이십여 칸짜리 큼직한 가옥도 이백 관을 넘지 않았다. 그런데 야명주 하나가 적어도 삼백 관은 나간다고 하니 얼마나 진귀한 보물인지 짐작할 만한데, 저 상인은 단지 제일 미녀인 옥환아와 사흘 함께하는 대가로 그만큼의 대가를 치르려는 것이었다.

외국 상인들은 천성적으로 보물을 좋아해 희귀한 보물을 볼 때면 잔뜩 흥분하곤 했다. 대진국의 상인이 높은 가격으로 장을 열자, 호승심 많은 상인들은 곧바로 질세라 보물을 내놓기 시작했다.

대기가 소리 죽여 설명했다.

"보물 선발은 양으로 승부하는 것이 아니고 진귀할수록 점수가 높아요. 누가 십만 관을 냈다고 나는 백만 관을 내겠다 하며 금액만 올려봤자 아무 재미도 없잖아요? 그렇지만 오늘처럼 저렇게 달려드는 것은 보기 드문 일이에요. 저 중 몇 사람은 이 대회 주최자에게 값을 올려달라는 부탁을 받은 것 같아요."

"그리고 그 향기도 의심스럽소. 그 속에 괴뢰고가 섞였을 거요!"

원승은 이렇게 말하며 사방을 훑어봤다. 단상 주변에는 가지각색의 구리 향로가 놓여 있는데 안에서 뭔지 모를 향이 타고 있었고, 모락모락 피어오르는 짙은 연기가 의심할 바 없이 상인들을 더욱 흥분시키고 있었다.

"서역의 청금석을 현무 모양으로 깎은 향로요! 형태가 독특하고 절묘하니 값어치는 삼백오십 관!"

"적옥마노로 만든 구봉조양 옥패 한 쌍! 옥질이 드물게 훌륭하니 값어치는 사백 관!"

보석 감정사의 외침 속에 각종 보물이 꼬리를 물고 나타났고, 그때마다 탄성이 울려 퍼졌다. 보물 시합 규칙에 따라 값어치가 높은 보물이 나오면 앞서 나온 값어치 낮은 보물은 본래 주인에게 돌려주게 되어 있었다. 보물을 돌려받은 상인들은 크나큰 망신으로 여겨 하나같이 울상을 지었다. 그렇지만 보물의 가치가 올라가면 올라갈수록 다른 물건을 내놓기가 쉽지 않았다.

시끌벅적하던 싸움이 차차 잦아들 즈음, 왜소한 외국 상인 한 명이 일어나 큰 소리로 외쳤다.

"옥환아 낭자는 이 세상에서 비할 데 없이 아름다운 사람이니, 이 세상에서 비할 데 없이 귀중한 보물이 어울린단 말이지! 우전옥(于闐玉, 고대 신강 우전 지방에서 나는 옥)을 조각해 만든 육선녀 술잔 한

벌을 내놓겠다!"

그가 손을 휘두르자 커다란 공작 한 마리가 훨훨 날아왔다. 기다란 공작 꼬리 끝에 매달린 비단 상자가 단상에 놓인 서양식 탁자로 내려앉았다. 비단 상자가 탁자에 닿는 순간, 공작이 펑 하고 폭발을 일으켜 수천수만의 빛줄기로 변해 사방으로 퍼져나갔다.

관객들은 일제히 휘파람을 불며 갈채를 보냈다. 멋진 환술을 칭찬하는 의미도 있지만, 그보다는 비단 상자에 든 보물 때문이었다. 공작이 남긴 빛줄기가 사그라진 뒤, 단상에는 비단 상자에 든 보물의 크고 선명한 환영이 떠올랐다. 그 보물은 색다른 양식으로 깎아 만든 옥잔으로, 겉에는 여섯 선녀의 형상이 새겨져 있었다. 춤을 추거나 노래를 하며 천천히 하늘로 날아오르는 모습인데 흠잡을 데 없이 절묘하고 아름다웠다.

보석 감정사가 앞으로 나아가 살펴보더니 놀라고 기쁜 얼굴로 외쳤다.

"과연 극상품의 우전옥이요! 옥질은 말할 것도 없고 조각 솜씨도 독특하니 값어치는…… 일천 관!"

산사태라도 일어난 듯 탄성과 박수갈채가 장내가 떠나가라 울렸다. 보물을 향한 열정은 일찍부터 외국 상인들의 핏줄에 녹아들어 있었기에, 이런 극상품의 보물을 볼 때마다 그들은 부러움과 놀라움을 넘어 진심으로 탄복하곤 했다. 이만한 보물을 지닐 수 있는 재력과 물건을 보는 눈, 그리고 투지에 대한 감탄이었다.

그러나 옥환아는 넋이 나간 듯 멍하니 서 있을 뿐이었다. 마지막 승자가 난쟁이가 될 줄은 예상 못한 것 같았다. 난쟁이 상인의 역겨운 얼굴을 보자, 새롭게 탄생한 당나라 국도의 제일 미녀는 웃어야 할지 울어야 할지 판단이 서지 않았다.

별안간 단상 아래에서 껄껄거리는 웃음소리가 들려왔다.

"그 정도 우전옥이 무슨 극상품이겠소?"

발음이 또박또박한 장안 말씨였다.

"자, 이 늙은이가 무엇이 진정한 극상품 우전옥인지 여러분께 보여드리리다. 옥환아 낭자는 경국지색이니 존경의 뜻으로 우전옥 화장대를 바치겠소!"

그 웃음을 듣는 순간 원승의 몸은 팽팽하게 긴장했다.

"혜범!"

너무도 익숙한 목소리, 혜범이었다. 혜범, 그 늙은 여우가 나타났다!

길게 늘어지는 웃음소리와 함께 신룡 한 마리가 허공에서 유유히 내려왔다. 신룡이 어찌나 큰지 하늘을 뒤덮다시피 한 구름 같아서, 그에 비하면 난쟁이 상인이 보여준 공작은 어린아이 장난처럼 느껴질 정도였다. 뭇 상인이 탄성을 지르는 사이, 신룡은 입에 물고 있던 옥 화장대를 조심조심 단상에 내려놓았다. 이어서 용의 눈동자에서 환한 빛 두 줄기가 쏘아지자 화장대의 큼직한 환영이 허공에 나타났다.

장내의 수많은 전문가는 그 화장대가 보기 드물게 뛰어난 우전옥으로 만든 데다, 일부는 옥덩이 하나를 통째로 사용한 것임을 한눈에 알아봤다. 우전옥은 후세에 화전옥이라 불린 것으로, 당나라 때는 발굴을 시작한 지 얼마 되지 않았고 운송 능력에도 한계가 있어 거의 보기 힘든 귀한 보물이었다. 난쟁이 상인이 내놓은 육선녀 옥잔은 옥질이 투명하다는 장점밖에 없어서, 커다란 옥 한 덩어리를 통째로 깎아 만든 이 화장대에 비교하면 공작과 신룡처럼 큰 차이가 있었다.

더욱 신기한 것은 화장대 끝에 사용된 커다란 우전옥이 자연적으로 봉황의 모습을 하고 있었고, 그 형태 또한 당장이라도 튀어나올 것처럼 생생하다는 사실이었다. 이 천연의 봉황 조각만으로도 그 값어치는 성 하나에 맞먹을 정도였다.

신룡의 눈에서 쏟아져 나오는 빛은 점점 더 환해져 옥 화장대 구석구석을 비췄다. 그와 동시에 산처럼 거대한 신룡의 몸통이 점점 줄어들더니, 마지막에는 신룡이 모습을 감춘 대신 옥 화장대의 환영만 작은 언덕처럼 커다랗게 늘어났다. 크기를 마음대로 조종하는 이 환술도 조금 전 난쟁이가 보여준 공작의 환술보다 백배는 더 훌륭했다.

순간적으로 장내에 정적이 감돌았다. 너무나 놀라운 광경에 상인들이 손뼉을 치거나 휘파람을 부는 것마저 잊은 탓이었다. 방금까지 득의양양해하던 난쟁이 상인도 그 자리에 얼어붙었다.

잠시 후, 보석 감정사가 떨리는 목소리로 말했다.

"이…… 이 우전옥 화장대는 성 하나는 거뜬히 살 수 있는 보물이라 저…… 저로서는 값어치를 매길 수 없습니다. 옥환아 낭자, 진심으로 축하드립니다!"

관객들은 잠시 어리둥절했지만 곧바로 세상이 떠나가라 휘파람을 불고 손뼉을 쳐댔다. 혜범은 천천히 단상으로 올라갔다. 원승은 깜짝 놀랐다. 저 노인네는 행적이 드러나도 상관없는지 변장조차 하지 않은 채였다. 보물 선발전의 승리자가 나타나자 박수 소리는 더욱 열렬해졌다. 외국 상인들에게 이토록 어마어마한 재력을 가진 사람은 존경받아 마땅한 신이나 다름없었다.

혜범은 히죽히죽 웃으며 사방을 향해 고개를 끄덕였다. 마치 막 등극한 새 황제가 군신들의 하례를 받는 듯한 모습이었다. 원승을 더욱 놀라게 한 것은, 호승으로 변장한 저 노인네가 단상에 오르는 것을 보고서도 옥환아가 전혀 싫은 내색을 하지 않은 것이었다. 아니, 싫어하기는커녕 아리따운 얼굴에 옅은 미소마저 지어 보였다.

미녀 선발 대회는 이렇게 끝났다. 혜범은 왕후장상이라도 되듯 옥환아의 손을 잡고 천천히 내려갔다. 단상 아래에는 이미 독특하게 생긴 마차가 준비되어 있었고, 끌채에는 놀랍게도 기린(麒麟, 전설에 나오는 신수) 한 쌍이 묶여 있었다.

'저자가 바로 이 법진의 주인이었구나. 그 신비한 제사장이 바로 저자였어!'

원승은 정신이 번쩍 들었다. 혜범 저자 외에 이토록 비범한 두뇌와 솜씨를 지닌 자가 또 어디에 있겠는가?

옥환아를 껴안다시피 하고 마차에 오르던 혜범이 문득 고개를 돌렸다. 번개 같은 그의 시선이 인파에 묻혀 멍하니 서 있는 원승의 얼굴에 정확하게 꽂혔다. 혜범은 그를 향해 신비한 미소를 지어 보였다. 바닷가 모래알처럼 수많은 사람 속에서 한눈에 그를 알아본 것이다. 원승은 혜범의 그 시선에 온몸이 꽁꽁 묶인 기분이었다.

저 노인네는 무엇 때문에 저런 의미심장한 미소를 지은 것일까? 설마 그가 이곳에 와 있다는 것을 일찍부터 알았을까?

그는 온 힘을 다해 마음을 가라앉히려 애썼다. 이곳에는 수많은 사람이 북적였고, 원승 자신은 외국 상인으로 변장하고 있었다. 혜범이 정말로 그를 알아본 것은 아닐지도 몰랐다.

"저자가 바로 당신이 말한 그 무시무시한 호승이에요?"

원승의 외침을 들은 대기도 놀란 듯 물었다.

"이 모든 것이 저자가 꾸민 짓일까요?"

"말하지 않았소. 모든 것이 내 예측대로라고."

원승은 정신을 집중하면서 한껏 숨을 들이쉬었다.

"우리는 이곳에서 옥환아를 찾았고, 혜범이 이곳에 나타난 것도 봤소. 그 무진은 멀지 않은 곳에 있을 가능성이 높소."

그때 혜범은 점잖게 옥환아를 마차에 태운 뒤, 앞쪽으로 걸어가 천축인 차림을 한 환술사와 촌티가 물씬 나는 동영의 무사에게 뭐라고 말했다. 두 사람이 곧 원승 쪽으로 시선을 던졌다. 순간 천축 환술사의 눈동자는 기이한 초록색으로 반짝였고, 동영 무사는 살벌한 눈빛으로 허리에 찬 칼을 반쯤 뽑았는데 칼날에서 번갯불 같은 정광이 번뜩이며 서늘한 살기를 뿜어냈다.

멀리서 그들의 시선과 마주친 원승은 천축 환술사와 왜인 무사가 결코 쉬운 상대가 아니라는 사실을 알 수 있었다. 반짝이는 등불 아래에서 동영 무사는 어수선한 사람들 틈을 비집고 질풍처럼 그를 향해 달려왔다. 천축 환술사는 초록빛 눈동자를 번쩍번쩍하다가 별안간 인파 속으로 쑥 들어가 바다에 흘러 들어간 물방울처럼 순식간에 종적을 감췄다. 혜범은 만족스럽게 웃으며 마차 안으로 들어갔다.

원승은 머리카락이 삐죽 솟는 것 같았다. 동영 무사가 뿜는 살기는 육충보다 훨씬 강력했고, 천축 환술사의 신출귀몰한 움직임은 신비롭기 짝이 없었다. 몸속에 침입한 괴뢰고를 치료하지 못한 지금 두 사람의 손에 잡히면 무슨 사달이 날지 모를 일이었다. 다행히 대회가 막 파해 각지에서 온 손님들과 환술사들이 소란스레 돌아다니고 있어 뜰 안은 몹시 어수선했다. 원승은 재빨리 대기를 붙잡고 사람이 많은 곳에 섞여들었다.

사람이 많은 곳에서는 미녀 선발 대회에 나왔던 아름다운 가희들이 부자 상인들과 홍정을 하는 중이었다. 순위가 높은 여인일수록 상인이 많이 몰려들었는데, 개중에는 술을 마신 사람도 많아 공공연히 음흉한 눈빛을 번뜩였다. 대기는 혼란한 틈을 타서 한 가희를 놓고 경쟁하는 술 취한 상인 두 명에게 한 대씩 주먹을 먹여 싸움을 붙였다. 곧이어 더욱 많은 사람이 소리를 지르고 주먹을 휘둘러대는 통에 주위는 삽시간에 아수라장이 됐다.

원승과 대기는 교묘하게 그 가운데를 통과해 사잇문을 열고 밖으로 빠져나갔다. 외국 상인이 모여 있는 길옆에 배화교 사원이 두 채 서 있었는데, 두 사람은 두 사원 틈에 자리한 조그마한 골목으로 달려 들어갔다.

원승은 혜범의 화려한 마차가 사라진 방향을 기억하고 있어서, 속으로 방향을 가늠한 뒤 골목을 돌아 옥환아의 뒤를 쫓기로 했다. 그런데 골목을 통과하는 순간 뼈가 시릴 정도의 한기가 엄습하더니, 앞쪽 모퉁이에 천축 환술사의 독특한 옷자락이 나타났다. 그의 어두운 초록빛 눈동자가 어둠 속에서 도깨비불처럼 번쩍이며 날렵하게 그들이 있는 쪽으로 날아들었다. 과연 놀라운 추적술이었다!

원승은 가슴이 덜컥 내려앉았다. 마침 왼쪽 끝에 반쯤 열린 문이 하나 보여 그는 주저 없이 문을 열고 안으로 들어갔다. 사원으로 들어서자마자 천축 환술사의 휘파람 소리가 울려 퍼졌고, 그에 응답하듯 동영 무사의 거친 휘파람이 들려왔다.

배화교 사원 안은 바깥처럼 오색빛깔 화려한 등롱이 없어 훨씬 어두웠다. 원승과 대기는 우뚝 걸음을 멈췄다. 눈앞에는 셀 수 없이 많은 길이 뻗어 있었는데 또 어찌 보면 길이 전혀 없는 것처럼 느껴졌다. 더욱이 모든 길이 구불구불 휘어진 것 같다가도 한참을 보다 보면 끝없이 쭉 뻗은 것 같기도 했다.

대기는 그 길을 슬쩍 본 것만으로도 온 세상이 뱅글뱅글 도는 것 같아 비명을 지르며 휘청거렸다. 원승은 다급히 그녀를 붙잡으며 두 눈을 빛냈다. 법진!

천하의 도술은 정신과 기운, 법진, 부적으로 나뉘며, 그중에서 법진은 가장 변화가 많은 학문이었다. 하지만 눈앞에 펼쳐진 법진은 그가 익숙하게 아는 도교의 법진 같았다. 순간, 그는 뭔가를 깨닫고 떨리는 목소리로 말했다.

"옥환아…… 혜범…… 외국인이 모이는 이 장소에 중원의 도교 법진이 있다니…… 아마도 이 진을 펼친 자는 혜범일 것이오! 우리가 열심히 찾던 그 무진도 이 부근에 있을지 모르오!"

그때 문밖에서 동영 무사의 외침 소리가 들려왔다.

"안에서 소리가 들린다!"

찰거머리 같은 두 사람이 곧 쫓아올 것이 틀림없었다. 원승은 이 법진을 알고 있으니 그 이점을 이용해 두 고수와 싸워보기로 했다. 그는 대기를 꽉 붙잡고 앞으로 달려갔다. 뒤에서는 천축 환술사의 휘파람 소리가 끊임없이 들리고, 동영 무사도 쫓아오는 중이었다.

대기는 원승에게 붙잡힌 채 나는 듯이 달렸다. 한 걸음 한 걸음 내디딜 때마다 눈앞의 길이 빠르게 확장되며 사방팔방으로 훤히 뚫렸다. 모든 걸음걸음이 혼란스럽고 모든 걸음걸음이 어지러웠다. 그녀가 현기증을 이기지 못하고 혼절하기 직전에 눈앞에 깊고도 높은 전각이 불쑥 나타났다.

전각에는 창문이 있었지만 어두컴컴했고, 반쯤 닫힌 전각문 틈으로 희미하게나마 빛이 어른거려 밖으로 나가는 뒷문이 있어 보였다. 스산한 휘파람 소리가 울리면서 동영 무사가 귀신처럼 몇 장 뒤에 나타났다. 번갯불 같은 칼 빛이 멀리서 원승의 등을 내리찍었다. 원승은 뒤도 돌아보지 않고 곧장 전각 안으로 뛰어들었다.

'쐐액' 하고 뭔가 스치는 소리가 들려왔다. 마치 엇갈려 지나간 마차가 순식간에 멀어지는 듯한 소리였다. 동영 무사의 그림자와 칼 빛이 훌쩍 멀어지고, 허공으로 날아올라 공격하던 천축 환술사도 아무도 없는 텅 빈 공간만 때렸다. 예상대로 법진이 펼쳐진 이 길은 겉으로는 가까워 보이지만 실제로는 무척 멀었다. 뒤쫓던 두 고수도 그것은 알아차리지 못했다.

"당황하지 마시오. 저 앞 대전이 바로 무진이오."

원승의 목소리가 묵직하게 울려 퍼졌다.

"또 이 법진의 눈이기도 하오. 진의 눈을 점거하면 절대 패할 일은 없소."

마지막 말이 끝나기도 전에 대기는 자신이 어느새 대전 안에 들어와 있는 것을 깨달았다. 주위가 갑자기 조용해지고, 어지러이 뻗어 있던 길도 사라졌다. 어지러움이 씻은 듯 가시고, 천축의 환술사도 사라졌다. 오로지 고요함과 아늑함, 그리고 있을락 말락 한 기묘한 느낌만이 몸을 감쌀 뿐이었다. 이상하리만큼 우울한 느낌이었다. 저 어둠 속에서 원망이 담긴 외눈 하나가 증오에 가득 찬 눈길로 그들을 노려보는 것 같았다.

“이런!” 갑자기 원승이 두 눈을 휘둥그레 뜨며 외쳤다. “어서 나갑시다!”

원승의 목소리가 귓속으로 파고들었지만 휑한 느낌이었다. 대기는 그 소리가 꽉꽉 틀어막힌 산골짜기에서 들려오는 고함 같았다. 바로 그 순간, 대전에 있던 모든 창문과 문이 송두리째 닫혔다.

8장

원한의 진

“역시, 이 대전에 펼쳐진 무진은 기괴하군.”

원승도 속으로는 표현할 길 없이 놀랐으나 가능한 한 차분하게 말하려고 애썼다. 이 끔찍한 공포를 대기에게 전염시키고 싶지 않아서였다.

“이게 당신이 찾던 무진이에요? 어디가 그렇게 위험한 거죠?”

대기가 느릿느릿 물었다. 그녀 역시 이상을 눈치챘다. 순식간에 문과 창문이 닫힌 후로 드넓은 전각 안에 뭔가 변화가 일어나고 있었다. 육안으로는 그 변화를 판별할 수 없지만, 영력이 뛰어난 대기는 감지하기가 수월했다. 말로 표현하기 힘든 공포의 숨결이 부글부글 끓어오르고 있었다. 그것은 원한의 감정이었다. 수천 또는 수만의 원한에 찬 여인들이 귓가에 대고 통곡하는 것 같았다.

“나는 억울해, 억울하다고! 복수할 테야! 복수하고 말 테야!”

이어서 발밑에서도 변화가 느껴졌다. 바닥이 마치 푹신푹신한 풀을 밟고 선 것처럼 부드러워지기 시작했다. 그녀는 곧 발에 밟히는 것이 무성하고 두툼한 머리카락이라는 것을 깨달았다. 사람의 머리카락.

머리카락은 몹시도 두툼하고 빽빽하게 널리 퍼져 있었다. 그 길

디긴 머리카락이 덮은 머리가 너무나 큰 까닭이었다. 거대하기 짝이 없는 커다란 머리가 그녀가 선 바닥에서 서서히 솟아오르자 대기의 몸은 어지러이 흔들렸다. 그녀는 결국 중심을 잃고 그 거대한 머리에서 미끄러져 떨어졌다. 그제야 머리의 얼굴을 볼 수 있었다.

그 얼굴을 보는 순간, 그녀는 참혹한 비명을 질렀다. 멀끔하고 창백한 젊은이의 얼굴은 높이가 한 장은 족히 될 정도로 컸고 솟아오르면서 계속 변하고 있었다. 커다란 눈 코 입에서 피가 줄줄 흐르고, 특히 눈구석과 눈꼬리에는 온통 굵직굵직한 핏자국이 그려져 보기만 해도 끔찍했다.

"원승!"

대기가 처량하게 소리소리 질렀다. 하지만 대답은 들려오지 않았다. 원승은 어디론가 사라지고 그녀 곁에는 아무도 없었다. 피를 뚝뚝 흘리는 커다란 눈만 그녀를 굽어보고 있을 뿐인 데다 그 눈동자에는 원망과 실망, 분노가 가득했다. 지독한 한이 서린 그 눈빛은 수많은 검으로 변해 대기의 심장을 깊숙이 찔러댔다.

"복수할 테야! 복수하고 말 테야!"

별안간, 찢어지는 듯한 외침 소리가 그 거대한 얼굴의 피 흘리는 입술 사이로 터져나왔다. 이로 물어뜯고 피를 빨면서 내는 것처럼 답답하게 꽉 막힌 소리였다.

"죽일 거야! 이 배배 꼬인 세상을 모조리 없애버릴 거야!"

별안간, 또 다른 외침이 뒤에서 들려왔다. 대기가 황급히 돌아보니 언제부터인지 또 하나의 거대한 머리가 바닥에서 솟아오르고 있었다. 이 머리의 얼굴은 살점이 군데군데 떨어져 나가 더욱 끔찍한 상태였지만 젊은이의 얼굴이라는 것은 알아볼 수 있었고, 처절한 두 눈도 남아 있어서 분노를 담고 그녀를 내려다봤다.

곧이어 처량하게 외치는 소리와 함께 세 번째 머리가 솟아났다. 똑같이 눈 코 입에서 피를 뚝뚝 흘리는, 똑같이 젊고 창백한 얼굴이었다. 살점이 떨어져 나가 백골이 반쯤 드러난 모습도, 흉악하고 한 서린 두 눈과 끝없이 질러대는 고통에 찬 외침도 똑같았다.

"정신을 집중하시오! 모두 환상이오!"

따스한 손 하나가 다가왔다. 그 손은 마치 다른 공간에서 공간의 벽을 뚫고 들어온 것처럼 느닷없이 나타나 그녀의 손을 붙잡았다. 원승의 목소리에도 약간의 떨림이 묻어 있었지만, 대기의 마음속에 한 줄기 따스함을 불러일으키기에는 충분했다.

"저들을 보지 마시오. 저들은 무시하고 기운을 가다듬고 정신을 집중하시오."

대기는 서둘러 그 말을 따랐다. 심장이 밖으로 튀어나올 것처럼 미친 듯이 쿵쾅거렸다. 다행히 남들보다 훨씬 강력한 영력을 지닌 그녀였기에 원승이 이끌어주자 마침내 눈앞의 환상이 차차 옅어지기 시작했다. 거대한 머리 세 개는 엷디엷은 연기처럼 서서히 흩어져갔다. 주위 풍경도 차차 본래 모습을 회복해, 널따란 전각이 나타나고 발밑도 튼튼한 벽돌로 돌아왔다. 마지막으로 원승의 창백한 얼굴이 보였다.

대기는 울고 싶었다. 그의 품으로 뛰어들어 마구 소리쳐 울고 싶었다. 방금 그 광경이 너무나 갑작스럽고 끔찍했기 때문이다. 그러나 그녀는 즉시 마음을 가다듬었다. 아직도 위험에서 벗어나지 못했으니 조금이라도 정신을 흐트러뜨려서는 안 되었다. 그 한 서린 외침이 아직도 귓가에 맴도는 것 같았다.

"이곳은 지살(地煞)이 이상하고, 바깥에 펼쳐진 도교의 법진도 지살의 힘을 모조리 이곳으로 불러들였소."

원승은 깜깜한 창문을 올려다보며 말했다.

"심지어 천당환경 전체 법진의 힘마저 이곳으로 모여들고 있소."

대기는 오싹 소름이 끼쳤다.

"이 무진이 장안 환술사 열 명의 영력으로 만든 법진의 핵심이라면 우리가 무슨 수로 이곳을 벗어나죠?"

"대기, 미안하오! 무진을 찾는 데만 열중하는 바람에 당신까지 위험에 빠뜨릴 수 있다는 생각은 못했소."

원승은 무겁게 한숨을 쉬었다.

"내 추측이 틀리지 않았다면 당신이 말한 그 제사장은 필시 혜범일 것이오. 배화교 사원 밖에 펼쳐진 법진은 그가 영허문 비전 구결을 사용해 펼친 것이오. 그는 내가 이곳에 와서 낯익은 법진을 보면 옳다구나 하고 진을 깨뜨리며 나아갈 것을 알고 있었소. 그리고 나는…… 그 예상대로 제 발로 이곳에 뛰어들고 말았소."

그의 심장이 천천히 무겁게 가라앉았다. 이곳이 정말 상왕을 해친 무진이라면 이 법진은 일찍부터 이곳에 존재했을 것이다. 혜범의 명을 받고 쫓아온 천축 환술사와 동영 무사는 일부러 허장성세를 부려 그를 이곳으로 몰아넣고, 그가 제 똑똑함만 믿고 미리 준비해둔 거대한 함정에 스스로 뛰어들게끔 만든 것이다.

대전 안은 여전히 음침했다. 잠시 생각에 잠긴 사이 끔찍하고 음산한 원한의 숨결이 또다시 짙어지고 있었다. 그 숨결은 내내 이곳에 쌓인 채 터질 순간만 기다리는 둑처럼 더욱 무시무시하게 몰아칠 터였다.

"원흉은 저쪽이오!"

원승이 두 눈을 반짝 빛내며 대기의 팔을 잡고 앞으로 걸어갔다. 걸음걸이가 무척 느리고 입으로 뭔가를 중얼중얼하는 것이 한 걸음 내디딜 때마다 셈을 하는 모양이었다.

대기의 눈에는 저 앞도 그저 텅텅 빈 어둠의 공간이지만, 원승을 따라 앞서거니 뒤서거니 하며 잠깐 걷다보니 느닷없이 괴상한 제사상 하나가 나타났다. 원승이 만년촉에 불을 붙이자 제사상에 놓인 물건 하나와 위패가 드러났다. 위패에는 커다란 글씨로 이렇게 쓰여 있었다.

대당나라 은태자 이건성.

"이건성? 이건성이 누구죠?"

대기는 아직도 영문을 알 수 없었다.

그러나 원승은 등골을 훑는 오싹한 한기에 몸을 부르르 떨었다. 지금 사람들에게는 거의 잊혔을 테지만, 수십 년 전만 해도 혁혁한 위명을 날리던 이름이었다.

이건성은 당나라 개국 황제 이연이 세운 태자이자 당태종 이세민의 큰형으로, 당나라를 건국할 때 수많은 공을 세웠다. 그러나 더 눈부신 공을 세운 진왕 이세민이 현무문의 변을 일으켜 제 손으로 이건성을 쏘아 죽이고 황위를 빼앗았다.

당시 태자였던 이건성은 죽어서 은태자가 됐다. 이건성이 죽은 후 그 가족과 옛 부하들은 모두 이세민에게 몰살당했는데, 어째서 이 사원이 그의 위패를 모시고 있을까?

위패에 손을 대는 순간, 사나운 기운이 용솟음치듯 밀려왔다. 처절한 싸움 소리, 목이 터질 듯한 울부짖음, 분노에 찬 외침, 그리고 화살과 칼이 끊임없이 쌩쌩 공기를 가르는 소리가 불러일으킨 기운이었다.

"이것은…… 원한의 진?"

원승은 짚이는 데가 있었다. 그는 대기의 손을 꽉 잡고 계속해서 방위를 헤아리며 오른쪽으로 향했다. 얼마 지나지 않아 그들은 칠흑같이 어두운 대전 안에서 또 다른 제사상 두 개를 발견했다. 제사상에 놓인 두 개의 위패에는 두 사람의 이름이 쓰여 있었다.

이승건, 그리고 이중준.

세 제사상은 서로 삼각형을 이루고 서서 오싹하리만큼 잔혹한 기운을 뿜어내고 있었다. 그러나 원승은 마음이 매우 아팠다. 세 제사상은 당나라 개국 이래 가장 유명한 태자들을 위한 것이었다. 그들에게는 공통점이 하나 있는데, 바로 정변을 주도하거나 정변에 휘말려 폐위되고 죽었다는 것이다.

이건성은 고조 이연이 세운 태자였지만, 현무문의 변으로 둘째 이세민의 손에 죽었다. 이승건은 태종 이세민의 태자였지만, 한왕 이원창, 대장 후군집 등과 결탁해 모반을 일으켰다가 실패한 뒤 서인으로 강등됐고, 금주로 유배 가서 젊은 나이에 울적하게 세상을 떴다. 이중준은 당금 황제인 이현의 태자였다. 위 황후와 안락공주에게 괴롭힘을 당하다 못해 경룡정변을 일으켰고, 이것이 실패하자 부하의 손에 살해당했다.

세 위패는 대당나라의 화려한 영광 뒤에 숨겨진 피비린내 나는 모습을 담고 있었다. 가장 최근에 죽은 이중준의 위패가 가장 크고 그 아래에서 연기가 모락모락 피어오르는 것을 보면 지금껏 누군가 제사를 지내준 것이 분명했다.

"방금 뭐라고 그랬어요? 워…… 원한의 진이라고요?"

"이곳은 역시 우리가 찾던 그 무진이오. 하지만 안타깝게도 원한의 진이었소!"

원승의 목소리에서 무엇이라 형용할 수 없는 낙담과 안타까움이 고스란히 묻어났다.

"원한의 진은 무진 중에서도 가장 지독한 종류요. 비전 구결을 통해 원한의 기운을 끌어모아 만들어서 비할 데 없이 강력한 힘을 발휘하오. 이 대전 안에 모신 세 사람은 폐위되거나 살해당한 당나라의 태자들이오. 본디 천자가 되어 천하를 호령해야 할 몸이었지만 일이 실패해 황위에서 멀어졌고, 끝내 붙잡혀 참혹한 죽음을 맞았소. 그러니 세 사람은 이 당나라에서 가장 원한이 강한 사람들이오. 이런 원한의 진은 들어갈 수는 있어도 빠져나갈 수 없소."

"들어갈 수는 있지만 나갈 수는 없다고요? 정말 우리도 나갈 수 없는 거예요?"

대기가 놀라 소리를 질렀다.

"저 위패를 망가뜨리면요? 그래도 안 돼요?"

"절대 그래서는 안 되오!"

원승의 목소리가 떨어지기 무섭게 괴상한 원한의 진이 반응했다. 산이 통째로 밀려오는 듯한 강력한 위압감이 몸을 짓눌러오자 두 사람은 심장을 칼로 난도질하는 것 같은 고통을 느꼈다.

"우리는 이 법진의 원리를 알지 못하니 이 안의 물건들을 선불리 건드려서는 안 되오. 그렇지 않으면 강력한 반서(反噬)를 입게 될 것이오."

고통을 눌러 참으며 하던 말을 힘겹게 끝내자, 원승의 몸은 말로 표현할 수 없는 잔혹한 힘에 꽁꽁 휩싸인 듯하고 어깨는 태산을 얹은 것처럼 묵직해졌다. 심지어 무릎을 꿇고 머리를 조아리며 살려달라고 애원하고픈 마음이 간절했다.

대기는 눈앞의 제사상이 갑자기 훌쩍 높아진 것을 느꼈다. 그 제사상 위쪽 끝없는 허공에서, 조금 전에 본 커다랗고 창백한 젊은이의 얼굴이 불쑥 튀어나와 싸늘한 눈길로 자신을 굽어봤다. 화를 내는 것 같기도 하고 웃는 것 같기도 한 그 얼굴은 피를 뚝뚝 흘리는 눈 코 입을 살짝 뒤틀며 온 세상을 저주하는 듯했다. 대기는 몸에 힘이 쭉 빠져 바닥에 꿇어앉을 뻔했다.

원승이 그녀를 꽉 붙잡아 일으키며 숨 가쁜 소리로 말했다.

"무릎 꿇지 마시오. 굴복하는 순간 당신 역시 이 법진의 부속물이 될 것이오."

"부속물이라뇨?"

"산송장처럼 저 제사상의 진정한 제물이 되오."

그 말을 끝내자 원승은 갑자기 왼쪽 어깨가 저릿저릿해지는 것을 느끼고 다급히 숨을 들이켰다.

"하필이면 이럴 때…… 더는 괴뢰고를 억누를 수가 없소."

그는 대기를 붙잡고 두어 걸음 물러난 뒤 천천히 바닥에 앉아 쓴웃음을 흘렸다.

"역시 혜범의 헤아림이 맞았소. 그자는 내가 전각 밖에 펼쳐진 법진에는 익숙하나 이 원한의 진은 깨뜨리지 못할 것을 벌써 짐작하고 있었소. 나 스스로 그물에 뛰어들 것은 물론이고, 이 진에서 벗어나지 못할 것까지 헤아린 것이오."

어쩌면 법진의 위력이 너무 강해 몸속의 독소를 억누르지 못하는 것일지도 몰랐다. 괴뢰고의 독이 왼손에서부터 서서히 팽창해, 헤집고, 꿰뚫고, 활활 불태우며 그의 왼팔과 좌반신으로 느릿느릿 번져갔다.

"대기, 우리가…… 이곳에서 죽을 것 같소?"

그는 정말로 죽음이 다가왔음을 느꼈다.

"터무니없는 소리 말아요!"

대기가 흐느끼는 소리로 외쳤다.

"당신은 죽지 않을 거예요. 당신이 죽으면 나도 죽어요. 그러니까 당신은 죽을 수 없단 말이에요. 나까지 연루시킬 수는 없잖아요, 안 그래요?"

"그래, 당신까지 해를 입게 할 수는 없지. 이상하군. 어째서 당신 눈은 아직도 이렇게 맑은 걸까?"

"몰라요. 방금 당신 말을 듣고 꿇어앉지 않았더니 정신이 환해지는 것 같았어요. 당신이 옆에서 손을 잡아줬기 때문에 그리 두렵지도 않았고요."

"아무래도 혜범 그 노인네의 헤아림은 빈틈이 없었지만 당신만큼은 빠뜨렸던 것 같소!"

원승의 눈동자도 환하게 빛을 내기 시작했다.

"이 법진이 공격하는 주요 목표는 사람의 정신이오. 하지만 당신은 원신의 영력이 아주 강한 사람이지."

그는 대기의 손을 와락 움켜쥐었다.

"어쩌면 그 덕분에 이 진을 깨뜨릴 수 있을지도 모르오!"

"나더러 다시 영력을 주입해달라는 거예요?"

대기의 고운 눈동자가 반짝 빛났다. 원승은 얼굴을 살짝 붉히고 고개를 저었다.

"바위 앞에서 했던 일반적인 주입법은 먹히지 않을 것이오. 지난 번 내 수련 별원에서 했던 방식으로……."

당시 원승의 수련 별원에서 대기는 사주를 받고 그에게 페르시아의 미혼술을 펼쳤지만, 나중에는 마음의 문을 활짝 열고 영력을 주입해 원승이 단풍과 혜범의 사술을 깨뜨릴 수 있도록 도와줬다. 다만, 그때 두 사람은 서로의 정신세계로 들어가기 위해 끌어안고 뜨거운 입맞춤까지 나눠야 했다.

그때를 떠올리자 대기의 얼굴도 발그레하게 물들었다.

"당신, 지금 이 마나님더러 마음의 문을 열라고 일부러 아픈 척하는 거죠?"

원승이 쓴웃음을 지었다.

"차라리 아픈 척하는 상황이었으면 좋겠소. 그리고 우리가 그렇게 한다고 해서 정말 진을 깨뜨릴 수 있을지는……."

그의 말은 도중에 뚝 끊겼다. 어느새 대기가 그를 끌어안고 불타듯이 뜨거운 입술을 가져다 댔기 때문이다. 달콤한 감각이 밀어닥치고, 이어서 한 줄기 환한 빛이 솟구쳐 올랐다. 성스러우면서도 밝은 빛은 삽시간에 그의 온 정신을 환하게 비췄다.

그것은 정이 담뿍 담긴 눈빛이었다. 그러나 그러한 청영의 눈빛이 닿은 곳에는 분노의 불길이 이글거리는 육충의 눈동자가 있었다. 두 사람의 처지는 낭패하기 짝이 없었다. 둘 다 커다랗고 요기

서린 꽃나무 아래에 머리만 빼꼼 내놓은 채 묻혀 있었다.

"이 멍청한 여자야, 귀가 먹었어? 어르신께서 오지 말라고 그렇게 소리소리 쳤는데 어쩌자고 꾸역꾸역 달려온 거야?"

아직도 화가 가라앉지 않은 육충이 씩씩거리며 말했다.

"검이 이 어르신네의 목덜미를 누르고 있었다고. 내가 뭐 때문에 목숨까지 팽개치고 소리를 질렀는지 알기나 해? 당신, 정말 미쳤어? 아직도 그렇게 헤실헤실 웃음이 나와? 정신 나갔어?"

육충의 예상대로였다. 아무리 도술이 뛰어나고 눈치가 빠른 청영이라지만 훤히 드러난 곳에 있었던 반면, 백발 여자는 도력이 깊을 뿐 아니라 어두운 곳에 숨어 기습할 수도 있었기 때문에 몇 초식 만에 청영을 제압했다. 이렇게 해서 가엾은 한 쌍의 원앙은 쌍쌍이 모란꽃 밑에 묻히고 말았다.

청영은 좌우를 둘러봤다. 신비로운 백발 여인이 어디론가 사라진 것을 확인하자 그녀는 한숨을 쉬며 말했다.

"그 백발 마녀가 떠나기 전에 이렇게 말했어. '좋은 남자를 고른 것을 축하해야겠구나. 저자는 제 목숨을 던지면서까지 너를 구하려 했지'라고 말이야. 그 말을 들으니 정말 기뻤어."

육충은 웃어야 할지 울어야 할지 알 수가 없었다.

"이 검객 어르신께서 네게 진심이라는 것을 여태 몰랐어? 그런 것까지 백발 마녀가 알려줘야 해?"

"당신은 여자의 마음을 몰라. 다른 사람 입으로 듣는 편이 훨씬 와닿을 때도 많아."

"아, 그럼 백발 마녀에게 고맙다고 해야겠군."

"쓸데없는 소리 말고 생각 좀 해. 백발 마녀가 떠나기 전에 마지막으로 했던 말, '너희를 마귀로 만들 생각이었지만 서로를 소중히 하는 마음을 봐서 신선이 될 기회를 주마'라고 했던 말 말이야. 그게 무슨 뜻이겠어?"

"뜻은 무슨 뜻? 마귀가 되건 신선이 되건 결국 죽는다는 소리지. 우리 둘 다 모란꽃 밑에서 죽어가게 생겼는데 그래도 그렇게 즐거워?"

청영은 뾰로통해졌다.

"아무튼 쓸데없는 소리밖에 할 줄 모른다니까! 그 여자 입에서 마귀니 신선이니 하는 말을 들으니까 꼭두각시 노예, 꼭두각시 마귀, 꼭두각시 신선이라는 괴뢰고의 세 가지 쓰임새가 떠올랐어. 듣자니 꼭두각시 노예는 죽은 사람으로 강시를 만드는 저급 술법이고, 꼭두각시 노예를 극한으로 연성하면 꼭두각시 마귀가 된다고 해. 하지만 꼭두각시 신선은 살아 있는 사람으로 만들어야 하고, 연성하기가 무척 어렵다지."

"그 말이 사실이라면 저 백발 마녀가 벽운루 괴사건의 진짜 범인이겠군. 대체 뭐 하는 사람이지?"

육충은 몸서리를 치며 중얼거렸지만 전혀 짚이는 데가 없어 하릴없이 머리 위 하늘을 올려다봤다. 애석하게도 하늘은 보이지 않고 큼직하고 아름다운 모란꽃만 시야에 들어왔다. 모란의 짙은 향기가 바람을 타고 너울너울 퍼지고 있었다.

"저 요사한 꽃은 어쩜 저렇게 클까!" 청영이 투덜거렸다. "상왕부에 있던 모란 같은데?"

"틀렸어. 젠장맞을 상왕부에 있는 꽃보다 훨씬 크다고!"

고요하고 달 밝은 밤이었다. 매혹적인 모란과 시원한 바람, 황홀한 꽃향기는 본디 꽃구경하는 밤에 꼭 어울리는 아름다운 풍경이지만, 아쉽게도 두 연인은 땅속에 묻혀 정답게 마음을 주고받을 수도 없었다.

"점점 더 커지고 있어. 어떻게 저렇게 클 수가 있지?"

청영이 먼저 이상한 점을 감지했다.

"커지고 있는 게 아니야! 저건 화요라는 건데……."

육충은 백발 여인이 한 말을 떠올리려 애썼다.

"저 향기가 환각을 일으키는 데다 지금 우리는 저 녀석의 비료라고. 조심해, 저 녀석이 꽃 즙을 떨어뜨리고 있어. 독이 있을 테니 피부에 닿지 않도록 해."

그의 말대로 흐드러지게 핀 아름다운 꽃송이에서 이슬방울 같은 즙이 또르르 굴러 떨어지고 있었다. 세상에서 가장 아름다운 꽃이지만 세상에서 가장 사악한 꽃이기도 했다. 꽃 즙 몇 방울이 짙은 향기를 싣고 육충의 머리로 똑똑 떨어졌다. 육충은 필사적으로 머리를 이리저리 흔들어 피했다. 귓가에 청영이 곱게 투덜거리는 소리가 들려왔다.

"조심 좀 해. 당신 수염이 날 찌르잖아."

육충은 저도 모르게 한숨을 푹 쉬었다.

"이제 아무도 듣는 사람이 없으니 어디 말해봐. 요즘 왜 나만 보면 자꾸 시비를 걸고 피하는 거야? 당신에게 원수가 있고, 쉬운 상대가 아닌 것도 알아. 하지만 어째서 내게 알려주지 않는 거지? 원수를 찾아낼 방법은 있어?"

청영은 말없이 고개를 외로 꼬아 눈부시게 아름답고 요기 넘치는 꽃만 응시했다.

"요 몇 년간 환술극단에 섞여 있던 것도 그 일을 조사하기 위해서였지? 원수가 너무 강한 인물이라 나까지 위험에 빠뜨리기 싫은 거야?"

"그래, 싫어. 이건 내 일이야."

마침내 청영이 입을 열었다. 어두운 밤하늘 아래 울려 퍼지던 육충의 목멘 외침이 떠올랐고, 백발 여인이 내쉬던 한숨 소리도 떠올랐다. 어느새 그녀의 눈가에 눈물이 맺혔다. 정말 그 원수가 아무도 함부로 건드리지 못하는 태평공주라면 어떻게 육충을 그런 위험에 빠뜨릴 수 있단 말인가?

"어차피 이제 둘 다 죽게 생겼으니 말해줘도 되잖아. 이 어르신께서 귀신이 되어 대신 복수를 해줄게."

"죽긴 누가 죽어? 조금 이상할 뿐이지 저 꽃이 진짜 요괴는 아니잖아. 비검술은 뒀다 뭐 할 거야? 검을 뽑아 꽃을 베어버려."

"비검술을 쓸 수가 없어."

육충은 쓴웃음을 지으며 몸속의 힘을 끌어올렸다. 마침내 어깨가 묻힌 곳에서 빛 한 줄기가 서서히 지면을 뚫고 솟아올랐다. 현병술이 만들어낸 비조였다. 하지만 비조는 지면으로 겨우 몇 치 정도 솟아난 뒤로 더는 꼼짝도 하지 않았다. 육충이 힘겹게 숨을 헐떡이며 말했다.

"조금만 더 움직이면 되는데 저 꽃이 자꾸 정신을 흩뜨려……."

"내가 해볼게! 명심해, 절대 소리를 내면 안 돼."

청영이 입술을 모으고 나지막이 소리 내자, 어디선가 '찍찍' 하는 소리가 나더니 얼마 지나지 않아 검은 그림자 두 개가 그들에게 다가왔다.

"짐승 소환술!"

육충은 기쁘면서도 놀라워 숨소리조차 죽인 채 나타난 쥐 두 마리를 가만히 바라봤다.

쥐 두 마리는 청영의 휘파람 소리에 불려왔지만, 요사하고 아름다운 꽃이 두려운 듯 가까이 오지 못하고 두 사람 주위를 뱅뱅 돌기만 했다. 청영은 쥐들이 꽃줄기를 갉아 먹도록 계속해서 휘파람을 불며 재촉했다. 견디다 못한 쥐들이 살금살금 다가왔지만 여전히 꽃에 다가가지는 못했다.

하필이면 그때 코가 간질간질해진 육충이 참다못해 세상이 떠나갈 듯 "에취!" 하고 재채기를 했다. 깜짝 놀란 쥐들은 허둥지둥 달아나려다가 그만 방향을 잃고 꽃을 향해 달려들었다. 꽃잎에 맺혀 있던 즙 한 방울이 뚝 떨어져 쥐의 몸을 적셨다. 그러자 꽃 즙에서 가느다란 실이 수없이 솟아나 쥐를 꽁꽁 옭아맸다. 그런데도 쥐는 술에 잔뜩 취한 주정뱅이처럼 눈을 가늘게 뜬 채 꼼짝도 하지 않았다.

"괴뢰고!"

청영과 육충은 꾸물꾸물 움직이는 가느다란 실을 보고 안색이 싹 변했다. 저 괴상한 실은 전에 본 괴뢰고의 거미줄과 매우 비슷했다. 이 깊고도 무시무시한 밤, 숨겨진 여러 가지 진상이 희미하게 모습을 드러내기 시작했다.

별안간 어디선가 족제비 한 마리가 홱 튀어나와 실에 꽁꽁 묶인 쥐를 덥석 물었다. 그 족제비는 너무 서두르다가 꽃줄기에 부딪혔고, 그 바람에 커다란 꽃줄기가 기우뚱하며 가지와 잎이 이리저리 흔들렸다.

그 짧은 순간, 육충의 현병술이 힘을 얻었다. 비조 두 개가 흙바닥을 뚫고 튀어나와 하늘 높이 솟았다가 힘차게 떨어져 흙을 파고 들었다. 비조는 마치 거대한 손처럼 육충과 청영의 겨드랑이를 잡고 힘껏 끌어올렸다.

낭패한 몰골로 엉금엉금 기어 멀리 달아난 뒤에야 두 사람은 놀라운 사실에 눈을 휘둥그레 떴다. 쥐와 족제비는 끊임없이 떨어지는 거대한 모란의 즙에 완전히 둘러싸였고, 즙에서 나온 가느다란 실에 꽁꽁 묶여 꼼짝도 못했다. 그럼에도 불구하고 짐승들은 부드럽게 찍찍 소리를 내며 자못 즐거운 듯했다.

저 요사한 모란꽃이 먹거리에 몹시 만족한 탓인지 꽃밭에서 나는 향기가 점점 더 짙어졌다. 이 광경을 본 육충은 모골이 송연해져 버럭 소리를 질렀다.

"저 빌어먹을 꽃을 없애버리겠어!"

그런데 이상하게도 그 말을 하는 순간 짙디짙은 향기가 그들에게 날아들어 머리가 어질어질해졌다.

청영이 황급히 말했다.

"경솔하게 움직이지 마. 저 꽃은 사람 마음을 읽을 수 있어. 숙주와 교감하는 건 말할 것도 없겠지. 백발 마녀가 쫓아오기 전에 어서 빨리 달아나는 것이 상책이야."

주위를 둘러보니 그곳은 인적 드문 곳에 자리한 저택의 후원이었다. 이런 곳에 오래 머물 마음이 전혀 없는 그들은 황급히 그곳을 빠져나왔다.

저택 바깥의 풍경은 두 사람을 더욱더 놀라게 했다. 이곳은 말 그대로 기괴한 환상의 세계였다. 주위는 온통 어른어른한 빛에 뒤덮여 있고, 거리는 온갖 독특한 복장을 한 외국인으로 가득했다. 외국 상인들이 코끼리나 사자, 심지어 날아다니는 용이나 공작 같은 짐승을 타고 거리를 누비는 등 신기하고 괴상한 광경에 눈이 뱅뱅 돌 지경이었다.

청영은 퍼뜩 깨달았다.

"이곳이었구나. 여긴 장안에서 가장 독특한 곳이라는 천당환경이야!"

"천당환경?"

육충은 멍하니 되묻고는 아차 싶어 자기 머리를 콩 때렸다.

"나도 들어보긴 했어. 국도에 사는 외국 상인들이 가장 동경하는 곳이라고 하던데 그 백발 마녀가 우리를 이런 곳에 숨겨놨을 줄이야. 그나저나 저 외국 상인들은 어디를 가는 거지?"

주변에 상인들이 점점 늘어나 두 사람은 어쩔 수 없이 인파에 섞여들었다. 다행히 외국 상인들과 환술사들은 하나같이 독특한 복장을 하고 있었기 때문에, 머리부터 발끝까지 흙을 뒤집어쓴 두 사람의 몰골도 그다지 눈에 띄지 않았다.

청영은 높다란 금색 모자를 쓴 외국 상인에게 다가가 나지막이 물었다.

"오늘은 아주 시끌벅적하군요. 모두 어디로 가는 건가요?"

오랫동안 환술극단과 일하면서 페르시아 인들과 교류해온 그녀는 페르시아 말도 유창하게 했다. 높은 모자를 쓴 외국 상인은 그녀를 흘끗 바라봤다.

"새로 왔나보군요. 오늘은 대시합날 두 번째 밤 만국 보물 대회가 있는 날이에요. 존귀하신 태평공주께서 오늘 밤 대광명사에 친히 납시어 대회를 구경하신답니다. 재상인 종초객도 함께 온다죠!

아, 그리고 새로 선발된 만국 제일 미녀도 광명 성녀로서 보물 대회의 흥을 돋울 거예요!"

태평공주가 이곳에 온다고? 더군다나 종초객과 함께?

청영과 육충은 가슴이 철렁했다.

태평공주는 과연 심계가 남달랐다. 아무 의미도 없는 양 한가롭게 이곳을 한번 다녀가면 주머니 두둑한 외국인들을 쉽게 끌어모을 수 있을 터였다. 하지만 어째서 재상 종초객까지 청했을까? 불구대천의 정적(政敵)인 그와 함께 떼돈을 벌고 싶어서?

"어젯밤 만국 제일 미녀 선발에서는 누가 우승했나요?"

청영이 다시 물었다.

"허, 그것도 몰라요? 취화루의 옥환아예요! 이제 그녀는 당나라, 아니지, 전 세계에서 가장 아름다운 여인이 됐죠."

"태평공주, 종초객, 옥환아!"

청영은 저도 모르게 두 눈을 반짝이더니 소리 죽여 육충에게 말했다.

"이번 구경거리는 절대 놓치면 안 되겠어."

원승은 가볍게 숨을 내쉬었다. 대기가 주입해준 강력한 영기 덕택에 머리가 훨씬 맑아졌다. 비록 몸은 원한의 진이 펼쳐진 깊숙한 대전 안에 있었지만, 밖에서 벌어지는 모든 일을 예민하게 느낄 수 있었다.

두 번째로 하늘이 밝아오고 있었다. 그렇다면 그는 이 진 안에서 최소한 두 밤을 보낸 것이다. 이 법진 속에서는 시간도 비틀려 있는지 고작 한 시진 남짓밖에 지나지 않았다고 느꼈는데 실제로는 수십 시진이 훌쩍 지나가 있었다.

어쩌면 이 진을 깨뜨리고 나가더라도 주어진 시간이 얼마 없을지도 모른다. 이제는 목숨을 걸고 찾는 수밖에 없었다. 이건성 등 폐위된 세 태자의 위패에 관해서는 이미 생각을 마쳤다. 필시 그보다 더 중요한 뭔가가 있을 터였다. 원한을 끌어모으되 직접적으로 진을 움직이지는 않는 그 뭔가가 바로 이 원한의 진 핵심이었다.

"대기, 이 진에서 빠져나간 다음에 우리 퇴마사에 들어오겠소?"

그는 팔괘의 방위를 밟으며 일부러 가벼운 화제를 꺼냈다. 어둠 속에서 대기가 웃는 듯했다. 하지만 쓴웃음이었다.

"당신 곁에 있어봤자 뭘 하겠어요. 이번에도 나는 그 사람을 봤어요. 당신 마음속에서 그녀는 아직도 무척 중요한 자리를 차지하고 있군요."

원승은 몸이 살짝 굳었지만 곧 길게 숨을 토해내며 말했다.

"당신도 알다시피 그분은 당나라의 공주요. 그분에 대한 내 감정은 염려와 걱정이오. 그분의 처지는 무척 위험하오."

"그녀는 당나라의 공주죠, 천하에 유일무이한 안락공주 말이에요. 그런 사람이 대체 뭐가 위험하다는 거예요?"

대기는 도무지 이해가 가지 않았다.

원승은 대답하지 않고 허리를 숙여 바닥을 더듬더니 갑자기 나지막하게 외쳤다.

"이곳이오!"

깊디깊은 우물 속에서 쇠사슬로 꽁꽁 묶인 교룡을 끌어올리기라도 하듯 '좌르르' 하는 괴상한 소리가 들리더니, 원승이 바닥의 벽돌 아래에서 뭔가를 끄집어냈다. 이번에는 좀 더 큰 위패였다. 어른

어른한 촛불이 그 위에 적힌 기괴한 글자를 비췄다.

“이건 뭐예요?”

대기는 어리둥절했다.

“글이 쓰여 있네. 아, 알았어요. 당신네 당나라 사람들이 쓰는 육십갑자라는 거군요?”

“누군가의 사주팔자요!”

원승이 찬 숨을 들이켜며 말했다.

“이것이 이 원한의 진의 마지막 비밀이오! 그림에서 찢어낸 제서를 때맞춰 바꿔치기해서 다행이오. 그렇지 않았다면…….”

그는 천천히 위패를 뒤집었다. 위패 뒤에는 과연 너무나도 낯익은 이름이 쓰여 있었다.

상왕 이단.

그 이름을 보는 순간, 원한의 진이 들끓기 시작했다. 한스럽고 분노한 외침 소리와 참혹한 비명, 씽씽 하는 화살 소리와 칼부림 소리가 귀 따갑도록 들려왔다.

원승은 애써 정신을 바로잡으며 무겁게 말했다.

“준비됐소? 우리에게는 찰나의 시간밖에 없소!”

대기는 고개를 끄덕이고 몹시 긴장한 채 그의 손을 꽉 잡았다. 원승은 갑자기 힘을 끌어올려 위패를 뒤쪽으로 확 잡아당겼다. 위패에 달린 쇠사슬이 홱 늘어졌다. 우르릉 하는 굉음이 수천수만의 번갯불처럼 그의 심장을 마구 두드리며 울려댔고, 이어서 꽉 닫힌 대전의 문이 활짝 열렸다. 열린 문틈으로 참으로 오랜만에 신선한 빛이 새어 들어왔다. 연보라색 생명의 빛이었다. 그 빛은 빠른 속도로 대전을 훑으며 안에 있던 원한의 숨결을 희석시켰다.

"갑시다!"

원승은 남은 힘을 끌어올려 대기를 붙잡고 미친 듯이 그 빛을 향해 질주했다. 늘어졌던 쇠사슬이 빠르게 수축하면서 끝에 매달린 커다란 위패 역시 본래 자리로 돌아갔다.

우르릉 쾅 하는 굉음과 함께 문이 또다시 굳게 닫혔다. 그와 동시에 원승과 대기는 환한 빛 속으로 뛰어들었다.

오랜만에 풀 내음을 한껏 맡으며 원승은 진심으로 세상이 몹시도 아름답다는 것을 느꼈다. 대전 밖의 뜰은 찍찍거리는 벌레 소리를 빼면 무척이나 고요하고 평화로우며, 지금은 그 벌레 소리조차 아름답게 느껴졌다.

은은한 보라색을 띤 햇빛을 바라보던 원승은 그제야 깨달았다. 바깥의 하늘은 점점 밝아오는 것이 아니라 점점 어두워지고 있었다. 그랬다, 지금은 황혼이었다. 자신과 대기가 원한의 진에서 또다시 반나절을 허비했다는 뜻이었다.

"어머, 그 괴상한 자들이 사라졌네."

대기가 주위를 둘러보며 말했다.

"혹시 어딘가에 숨어 있는 건 아니겠죠?"

그녀의 말대로 천축 환술사와 동영 무사는 어디로 갔는지 보이지 않았다. 원승은 저도 모르게 쓴웃음을 지었다.

"아닐 것이오. 그들의 임무는 우리를 원한의 진으로 들여보내는 것이었소. 혜범의 계산에 따르면 우리 두 사람, 특히 나는 이미 저

원한의 진에 갇혀 산송장이 되어 있어야 하오."

"흥, 이번에도 이 마나님께서 도와준 덕분에 저 진에서 빠져나온 거라고요!"

말은 그렇게 했지만 대기는 아직도 심장이 떨리는지 재빨리 말했다.

"어서 가요, 어서. 어서 빨리 당신네 안마사로 돌아가야죠. 이곳은 너무 괴상해요. 그자들이 어디서 툭 튀어나올지 누가 알아요?"

"아직 날이 저물지 않았소. 무작정 나가다가는 도리어 호승들에게 발각될 것이오. 원한의 진 때문에 사원에 있는 호승들도 여긴 함부로 접근하지 않을 테니 오히려 이곳이 안전하오."

어둑어둑해지는 하늘 아래 그의 눈동자가 빛을 발했다.

"혜범과 그 부하들은 우리가 저 안에서 죽었다고 생각해 더는 경계하지 않을 것이오. 쉽게 오지 않는 기회지. 옥환아가 이 부근에 있을 수도 있소!"

"무슨 방법이라도 있어요?"

대기도 두 눈을 환하게 빛내며 물었다.

"모든 것이 내 예측대로요. 무진도 찾아내지 않았소?"

원승은 어두컴컴한 대전 쪽을 고갯짓했다.

"옥환아도 곧 찾아낼 것이오."

"하지만 옥환아는 혜범 그 못된 늙은이가 데려가버렸잖아요!"

원승은 빙그레 웃었다.

"거꾸로 생각해보면 쉽게 풀리는 일도 많소. 생각해보시오. 혜범이 나타났소. 그는 생각이 깊고 나를 잘 아니 내가 영허문의 화룡술과 신아주로 추적해올 것을 어찌 몰랐겠소? 내가 옥환아를 찾아 여기까지 올 것을 아는 이상, 그의 머릿속에는 한 가지 방법밖에 떠오르지 않았을 것이오. 나를 유인해 저 원한의 진 속에 가둬 죽이는 것 말이오. 혜범은 나를 이미 죽은 사람으로 알고 있소. 그렇다면 내력이 불분명한 옥환아를 숨기기에 가장 알맞은 곳은 어디겠소?"

"아무도 접근하려 하지 않는 곳이겠죠." 대기가 두 눈을 반짝이며 대답했다. "설마…… 이 진 부근에?"

원승은 따스한 미소를 지어 보였다.

"그렇소! 다행히 나는 아직 살아 있을뿐더러 우리에게는 유용한 무기까지 있소. 화룡술과 신아주!"

"하지만 몸에 있는 고독은 어쩌고요?" 대기는 비로소 가장 마음 쓰이던 질문을 던졌다. "억지로 술법을 펼쳤다가 명만 재촉하지 않을까요?"

원승의 얼굴이 살짝 굳었다. 그 역시 왼팔이 점점 뻣뻣해지는 것을 너무나도 분명하게 느끼고 있었다. 독이 발작하기 전에 괴뢰고를 쓴 사람을 찾아내 해독해야 했다. 하지만 대기를 걱정시키고 싶지 않아 이렇게 말했다.

"당신의 영력 덕분에 억눌러놓았소! 더욱이 혜범이 부근에 있으니 미리 방비해야 하지 않겠소?"

대기는 그가 말하는 '방비'와 화룡술을 펼치는 일이 무슨 관계가 있는지 이해할 수 없었지만, 그는 어느새 청석 바위를 찾아내 붓질하기 시작했다. 앞서 한번 펼친 덕분에 신아주를 재차 발동시키기는 훨씬 순조로웠다. 청석에 그려진 용이 사라지기 전, 글자 한 줄이 나타났다.

"역시, 그녀는 이곳에 있소!"

원승은 점점 어두워지는 하늘을 올려다보고는, 다시 눈을 감았다가 잠시 후 반짝 뜨며 나지막하게 말했다.

"갑시다!"

그는 이 기묘한 배화교 사원의 길을 완전히 파악했는지, 대기를 데리고 온갖 괴상한 관목들과 바위 더미를 지나 눈 깜짝할 사이 외딴집 앞에 도착했다.

어느덧 노을이 흩어지고, 바위 더미며 수풀의 윤곽은 자욱한 저녁 안개에 휩싸여 희미하게 흐려져 있었다. 눈앞의 집도 그 안개에 깊숙하게 잠긴 양 희끄무레하게 보였다가 흐려지기를 반복했다. 접근을 막는 어떤 법진이 펼쳐져 있는 것이 분명했다. 다행히 배화교 사원의 길에 있던 진과 같은 종류였기에 원승은 조심스레 진을 깨뜨리며 대기와 함께 앞으로 나아갔다.

가는 길은 몹시도 괴이하고 곡절이 많았다. 한 치 앞도 보이지 않을 만큼 짙은 안개에 휩싸였다가도 어느 순간 꽃이 만발한 후원이 나타나는 등 갑작스럽게 바뀌곤 했다. 눈속임용 장안법이 깨어지는 순간, 두 사람의 눈앞에 짙은 보라색의 저녁 빛에 뒤덮인 조그마한 꽃밭과 오솔길과 그 끝에 선 사각 처마를 가진 정교한 정자가 나타났다.

정자 안에는 두 사람이 있었는데, 한 사람은 앉아 있고 다른 한 사람은 서 있었다. 그들을 보는 순간, 원승은 그 자리에 얼어붙고 말았다. 악몽을 꾸는 것 같았다.

9장

나만의 낭군, 꼭두각시 신선

정자에 앉아 있는 사람은 이융기요, 서 있는 사람은 옥환아였다. 엷게 깔린 저녁 빛 아래, 이융기는 차분하게 앉아 있고 옥환아는 그런 그에게 앙증맞게 밥을 먹이는 중이었다.

옥환아의 행동은 그를 몹시 아끼는 듯했고, 눈동자에도 애정이 철철 흘렀다. 그러나 이융기는 시종일관 꼿꼿이 앉은 채 그녀에게는 거의 눈길조차 주지 않았다. 움직임이라면 가끔 고개 숙여 손에 쥔 옥피리를 바라보는 것이 전부였다. 하얗고 윤나는 그 옥피리는 바로 얼마 전 원승이 그에게 선물한 정신 수양에 쓰는 법기였다.

"저…… 저 사람 넋이 나간 것 같은데요?"

그가 바로 모두가 찾아 헤매던 이융기라는 말을 듣자, 대기는 참지 못하고 중얼거렸다.

그랬다. 이융기의 표정은 몹시 부자연스러워 결코 정상적인 사람 같지 않았다. 숫제 남의 손에 요리조리 움직이는 꼭두각시 같았다.

"역시 나의 예측대로군. 하지만 정말로 이런 최악의 결과를 보게 될 줄은 몰랐소. 이융기는 납치당했을 뿐 아니라 괴뢰고의 조종을 받고 있소."

원승은 조용히 한숨을 토해냈다.

"그러니까 저 사람도 등운관해 같은 강시가 됐다는 거예요?"

대기의 목소리가 떨려 나왔다.

"그렇지는 않을 것이오. 그 두 사람은 정말로 죽었지만 이융기는 아직 죽지 않았소. 괴뢰고에 제압됐을 뿐이지."

원승은 저릿하게 굳어가는 왼팔을 주무르며 말을 이었다.

"내가 직접 괴뢰고를 시험하면서 체득했는데, 이융기가 정말 중독됐다면 늦어도 이레 안에는 해독해야 하오. 그렇지 못하면 진짜 꼭두각시가 될 것이오."

"이제 어쩌죠? 달려가서 구할까요?"

대기는 이융기와 생면부지지만 원승보다 더 초조해했다.

"우리는 그 고를 해독할 방법을 모르오."

원승은 암담하게 고개를 저었다. 심지어 자신의 몸에 들어간 미량의 독도 풀어내지 못하는 그였다. 지금 이융기를 구해 달아난들 산송장을 데려가는 것이나 마찬가지고, 도리어 독의 발작을 재촉하는 꼴이 될 수도 있었다.

"어쩌면 사랑의 힘인지도 모르겠소. 한 사람을 사랑하는 마음이 저 지경에 이르다니!"

그는 고통스레 한숨을 내쉬었다.

"그게 무슨 말이죠?"

"예전에는 그렇게 바라면서도 얻지 못한 이융기지만, 이제는 언제까지나 그녀만의 것이 됐잖소."

원승은 옥환아의 눈동자에 떠오른 깊은 근심을 발견했다. 도대체 무슨 근심이 있는 것일까? 자신을 향한 것일까, 아니면 자신이 사랑하는 이융기를 향한 것일까?

대기는 소스라치게 놀랐다. 이 얼마나 깊고도 잔인한 사랑인가?

"누군가 오고 있소. 조심하시오!"

원승은 말로는 표현할 수 없는 위험을 감지하고, 황급히 대기를 붙잡아 울창한 대나무 숲 뒤로 몸을 웅크렸다.

아리따운 그림자 하나가 저녁 어스름을 가득 걸치고 나릿나릿 걸어왔다. 늘씬하고 우아한 기품을 지닌 부인인데, 외모가 무척 아름다워 나이를 알아보기 힘들었다. 특히 눈에 띄는 것은 눈송이 같은 은빛의 긴 머리카락이었다. 하얀 머리카락은 그녀를 늙어 보이게 하기는커녕 오히려 남다른 매력을 더해줬다.

"사부님!"

백발 여인을 본 옥환아가 가볍게 외쳐 불렀다.

'옥환아의 사부라고?'

그제야 원승은 옥환아가 갖춘 절세의 자태가 저 백발 여인에게서 이어받은 것임을 알 수 있었다. 다만 옥환아는 부드러운 아름다움을 갖춘 데 반해 백발 여인의 아름다움은 차가움에서 비롯된 것이었다.

"우리 아가, 이제 만족하니?"

백발 여인이 옥환아의 얼굴을 쓰다듬으며 말했다.

"이제 너만의 낭군과 밤낮으로 함께하게 됐구나!"

'그렇다면 저 백발 여인이 바로 고술을 펼친 사람이란 말인가?'

원승은 무럭무럭 일어나는 의혹에 숨소리조차 내지 못하고 귀를 쫑긋 세웠다.

"하지만 그가 이런 모습인 건 정말 싫어요!"

옥환아의 목소리에는 원망이 가득했다.

"먹여줄 것 없다. 내 손으로 먹을 수 있다."

이융기가 불쑥 말했다. 그 한마디에 대나무 뒤에 숨은 원승은 겨우 마음이 놓였다. 저렇게 말하는 것을 보면 적어도 생각하는 힘은 남아 있는 모양이었다. 다만 무엇이 그를 통제하고 있는지 알 수가 없었다.

"삼랑, 말을 하는군요!"

옥환아 역시 몹시 기뻐하며 이융기의 손을 꼭 붙잡았다.

"사부님, 역시 그가…… 그가 점점 좋아지고 있어요."

백발 여인은 음울한 미소를 지었다.

"꼭두각시 신선, 꼭두각시 마귀, 꼭두각시 노예 가운데 오로지 꼭두각시 신선만이 산 사람을 필요로 하고 성공하기도 무척 어렵단다! 신선과 마귀는 종이 한 장 차이니 약간의 실수로도 마귀가 될 수 있어!"

이융기는 말없이 손에 든 옥피리에 시선을 던질 따름이었다. 옥환아는 눈물을 뚝뚝 흘리며 말했다.

"그래요, 어째서 이분을 이 지경으로 만드셨어요? 이런 모습은 싫어요. 전 그저 함께 있기만을 바랐을 뿐이에요. 그럴 수 없다면 멀리서 보기만 해도…… 만족해요!"

"그만! 배짱도 없는 것 같으니라고!"

백발 여인이 노해 꾸짖었다.

"너는 촉 지방의 종주 설고의 전인이야. 네가 이융기 따위보다 못한 것이 어디 있지? 그런 못난 꼴은 네 아비를 꼭 닮았구나!"

"예, 잘못했어요." 옥환아는 천천히 고개를 숙이며 말했다. "저는 사부님의 제자이니 당연히…… 이분을 얻을 자격이 있어요."

"자격뿐이겠느냐, 천생연분, 꼭 어울리는 한 쌍이지!"

설고는 그녀를 똑바로 응시하며 조용히 웃음을 지었다. 원승의 귀에 그 웃음소리는 유난히도 음산하게 들렸다.

"하지만…… 혜범 그 늙은 여우는 어쩌죠? 그날 제게 삼랑은 귀한 상품이니 자기가 데려가야 한다고 했어요. 지난번에 상왕이 그린 그림의 제서를 찢어오라고 하기에 그렇게 했는데 무슨 짓을 꾸미는지 모르겠어요."

여기까지 들은 원승과 대기는 약속이나 한 듯 서로를 바라봤다. 두 사람 다 '역시 그랬군' 하는 눈빛이었다.

설고는 코웃음을 쳤다.

"이 사부가 있는데 그자가 감히 무슨 수작을 부리겠느냐? 게다가 우리는 단순히 괴뢰고를 써서 이융기가 너만 바라보도록 만들었을 뿐이야. 너는 너 자신만 잘 지키면 된다. 주인이 있으면 손님은 절로 편안한 법이니 무슨 일이 생겨도 손볼 틈은 있다."

"주인이 있으면 손님은 절로 편안하다…… 하지만 꼭두각시 신선은 연성하기가 몹시 어렵고 자칫하면 진짜 백치가 될 수도 있다고 했어요."

옥환아는 이융기의 매끄러운 얼굴을 쓰다듬다가 갑자기 결심한 듯 말했다.

"사부님, 그 방법을 쓰면 이분을 원래대로 되돌릴 수 있는 거죠?"

"손님이 주인이 되는 법 말이냐? 미쳤구나!"

설고는 단호하게 외쳤지만 이융기가 들고 있는 옥피리를 보는 순간 흠칫 놀랐다.

"벌써 그 방법을 썼느냐? 저, 저자가 어떻게 피리를?"

옥환아는 처연하게 미소를 지었다.

"그는 늘 피리 부는 걸 좋아했어요. 이곳에 와서도 항상 저 피리를 들고 있었죠. 아아, 암튼 저는 그의 이런 모습을 원치 않아요."

설고는 성가신 듯 손을 내저었다.

"됐다, 그만해. 너는 이제 너만의 낭군을 얻었고, 당나라의 만국 제일 미녀라는 영광도 차지했다. 대시합날 두 번째 밤인 어제도 만국 보물 대회에서 제일 미녀의 신분으로 마음껏 재주를 뽐냈지. 종초객 그 늙은 여우는 벌써 네게 혼이 쏙 빠졌을 거야."

'주인이 있으면 손님은 편안하다'느니 '손님이 주인이 된다'느니 하는 이야기는 원승도 전혀 알아들을 수 없었지만, 괴뢰고의 술법이라는 것만은 짐작할 수 있었다. 그리고 마지막 한마디를 듣는 순간, 이번에도 약속한 듯 대기와 마주 봤다. 그들이 원한의 진으로 들어갔을 때만 해도 대시합날 첫 번째 밤이었는데, 벌써 두 번째 밤이 끝났다니 놀라운 일이었다. 역시 두 사람은 원한의 진이 만든 그 기괴한 공간에서 밤을 두 번이나 보낸 것이었다.

설고의 말이 이어졌다.

"이제 이 사부 말대로 해라. 잠시 후에 대광명사로 가서 목숨처럼 색을 밝히는 종초객이라는 자를 완전히 홀려놓아라! 사흘 후에는 종상부에 들어가야 하니까."

"종초객……."

옥환아의 안색이 금세 하얘졌다.

"그, 그 노인네는 예순이 넘었잖아요. 가지 않으면 안 되나요?"

"안 돼!"

설고의 목소리가 어둡고 차가워졌다.

"너를 만국 제일 미녀로 만들기 위해 얼마나 많은 돈을 들였는지 모르느냐?"

그 말에 원승은 바짝 긴장했다. 설고가 온갖 수단을 동원해 옥환아를 종초객에게 바치려는 까닭은 무엇일까?

"착한 아가, 이 사부는 오랫동안 너를 친딸처럼 대해왔단다. 내가 언제 네게 박하게 한 적이 있었느냐?"

설고가 다시 부드럽게 말했다.

"그저 종상부에 한번 다녀오는 것뿐이다. 너는 신비한 술법을 지닌 몸인데 그래도 그깟 늙은이가 두렵니?"

옥환아의 안색은 눈처럼 창백했다. 그녀는 이융기의 손을 힘껏 움켜쥐었지만 그래도 몸이 바르르 떨렸다. 시종일관 멍하니 옥피리만 바라보던 이융기는 더욱더 깊이 고개를 숙였다.

설고는 조용히 한숨을 쉬었다.

"이 사부가 하산한 까닭은 오로지 귀인을 위해 큰일을 처리하고 복수를 하기 위함이다. 그 일이 끝나면 너와 함께 조용한 곳으로 가서 전심전력으로 고술을 연구할 생각이야. 그러면 너의 삼랑도 원래대로 되돌릴 수 있다!"

"복수요?"

옥환아는 다시 수심에 잠긴 표정을 지었다.

"혜범의 말은 믿을 수가 없어요. 홍강 국사께서 정말 그 때문에 돌아가셨을까요? 그 복수는…… 너무 위험해요."

"내가 무엇이 두렵겠느냐? 지난날 괴로운 마음을 안고 신도 낙양을 떠난 뒤로 내게는 더는 가엾은 일도 두려운 일도 없어."

설고는 고개를 들고 나지막이 웃었다. 몹시 악독한 웃음이었다.

"이 사부가 원하는 것은 홍강 그 못된 놈의 복수만이 아니다. 내 원수는 따로 있다. 이 국도에 있는 수많은 자들!"

돌연, 그녀는 바람 속에서 사냥감의 냄새를 맡는 맹견처럼 예민하게 뭔가를 느낀 듯, 얼음 같은 시선을 원승이 있는 쪽으로 홱 던졌다. 맹렬한 위압감이 대나무 숲을 쓸어왔다. 원승은 재빨리 숨을 참고 온 힘을 다해 기척을 가리려 애쓰면서 슬그머니 춘추필을 손에 쥐었다.

바로 그때 정원 바깥이 시끌벅적해지고 굵고 묵직한 목소리가 들려왔다.

"무척 괴이한 곳이군. 어째서 이곳에 법진이 펼쳐져 있지? 그 용의자들은 반드시 이곳에 숨어 있을 것이다!"

원승은 깜짝 놀랐다. 막신기가 이곳까지 쫓아올 줄이야!

"막 신포예요!"

옥환아도 그의 목소리를 알아듣고 놀란 얼굴로 외쳤다.

"선기가 자랑하는 그 제자 말이니?"

설고가 냉소를 지었다.

"내가 만나보마. 너는 이곳에서 기다려라."

하얀 치맛자락이 펄럭이더니 백발 여인이 마침내 그곳을 떠났다.

이번이 유일한 기회일지도 몰랐다. 원승은 두 눈을 빛내며 대기에게 나지막하게 몇 마디 속삭였다. 페르시아의 여인은 눈을 잔뜩 찌푸렸지만 말없이 시킨 대로 따랐다. 여전히 페르시아 거상으로 변장하고 있던 그녀는 대나무 숲을 벗어나 잔뜩 홀린 표정을 지어내며 옥환아를 향해 껄껄 웃었다.

“아니, 만국 제일 미녀 옥환아 낭자 아니오? 하하하, 내 친구 혜범이 우리를 이리 데려왔는데 입구에서 막 신포인가 뭔가 하는 자에게 붙잡혀 불려갔지 뭐요. 잠시 기다리라고 했지만 그 유명한 제일 미녀가 이곳에 있다고 생각하니 참을 수가 있어야지. 이곳은 참 신기한 곳이구려. 길을 잃었는데 도무지 나갈 수가 없으니…….”

대기는 오랫동안 환술극단에서 공연을 하면서 색이 동한 외국인을 수없이 봐왔기 때문에 그 흉내가 제법 그럴듯했고, 유창한 장안 말씨에 가끔 페르시아 말을 섞어 더욱더 자연스러웠다. 게다가 원승이 알려준 대로 혜범과 막신기를 들먹이고, 길을 잃었다며 너스레를 떨면서 후원에 펼쳐진 법진까지 거론하자 옥환아도 의심하지 못했다.

“한데 이렇게 존귀하고 아름다운 만국 제일 미녀를 만나게 될 줄이야…… 그런데 곁에 있는 그놈은 누구요? 그런 놈은 멀찌감치 버려두고 저쪽으로 가서 이야기합시다!”

대기는 자신의 연기에 푹 빠진 듯 선물할 보석을 찾는 것처럼 몸을 뒤적이기까지 했다.

물론 옥환아는 다른 사람이 이융기를 보는 것은 더욱 원치 않았다. 이 뚱뚱한 페르시아 상인은 몹시 혐오스러웠지만 혜범이 데려왔다고 하니 무례하게 대할 수 없었고, 무엇보다 배화교 사원에서도 금지구역인 이곳에서는 하인을 부를 수도 없었다. 그래서 그녀는 눈을 찌푸린 채 별수 없이 이융기를 내버려두고 대기와 함께 대나무 숲을 돌아 다른 곳으로 갔다.

지금이야말로 기회였다. 원승은 마침내 이융기 앞으로 달려갔다. 일찌감치 얼굴에 썼던 가면을 벗은 그가 소리 죽여 말했다.

"삼랑, 저를 알아보시겠습니까?"

이융기의 눈동자가 흐리멍덩해졌다가 어렴풋하게 의심스런 빛을 떠올렸다. 그 눈빛을 본 원승은 도리어 마음이 편해졌다. 이는 곧 이융기가 아직 생각을 할 수 있다는 의미이자 애써 그를 떠올리려고 한다는 뜻이기도 했다.

원승은 함께 갈 수 있겠느냐고 묻고 싶었지만 불가능하다는 것을 깨달았다. 백발 여인의 감시를 피해 넋이 나간 이융기를 데리고 나갈 재주도 없거니와, 설사 데리고 갈 수 있다 해도 그의 병세만 악화시킬지도 몰랐다.

"유감스럽지만 제게도 중독된 고를 처리할 방법이 없습니다. 더욱이 지금은 삼랑을 데려갈 수도 없습니다."

그는 천천히 몸을 웅크리며, 당나라 황친 가운데 가장 인망 높은 이 청년 인재가 자신을 불러 도움을 청하던 모습을 떠올렸다. 하지만 그는 돕지 않았다. 그 일을 생각하면 심장 한쪽을 쥐어짜는 듯이 괴로웠다. 뜻밖에도 이융기는 고개를 끄덕였다. 눈동자에서 무엇인가 반짝이는 것 같았다.

"좋습니다!"

원승은 갑자기 힘이 나 허둥지둥 부적 한 장을 꺼내 이융기의 품에 집어넣었다.

"이 부적을 몸에서 떼지 마십시오. 이 부적이 정신을 보호해줄 것입니다. 피리 부는 것을 잊지 않아서 다행이군요. 원신의 영력으로 〈청심곡〉을 마음에 새겨드릴 테니 틈날 때마다 부지런히 부십시오. 어쩌면 정신이 돌아오는 데 도움이 될지도 모릅니다."

그 말과 함께 그는 양손으로 이융기의 이마를 살짝 누르고 천천히 영력을 주입했다.

“이 곡 외에 더 중요한 것이 있습니다. 칠석날 밤, 청심탑! 반드시 기억했다가 옥환아에게 전해주십시오. 모든 것은 삼랑에게 달렸습니다.”

영력을 주입하자 이융기는 좀 더 밝아진 눈빛으로 중얼중얼 따라 했다.

“칠석날 밤, 청심탑?”

원승은 기뻐하며 한 글자 한 글자 힘줘 말했다.

“그렇습니다. 꼭 기억하셔야 합니다!”

좀 더 이야기하려는데, 대나무 숲 뒤에서 옥환아의 짜증 섞인 목소리가 들려왔다.

“참 교양 없는 분이군요. 이제 그만 가주세요. 자꾸 미적거리면 금오위를 불러 일 년 동안 감옥에 가둬버리겠어요.”

옥환아가 곧 돌아오리라는 것을 짐작한 원승은 황급히 가면을 다시 쓰고 돌아서서 그쪽으로 향했다. 그리고 옥환아를 잡고 늘어지는 대기를 향해 껄껄 웃으며 말했다.

“허허, 둘째, 혜범 그 노인네가 내 보물을 꿀꺽하더니 어찌 나는 쏙 빼놓고 자네만 이곳으로 데려왔나? 아니, 이 계집은 누군가? 곱구나, 정말 고와!”

옥환아는 더욱 치를 떨었다. 이융기가 여전히 정자 아래 멍하니 앉아 있는 것을 확인한 그녀는 겨우 안심하고 차갑게 대꾸했다.

“당신들은 예의라고는 모르는군요. 썩 꺼져요. 어사대의 막 신포가 문밖에 계시는 것을 모르나요?”

바로 그때 점점 가까워지는 설고의 웃음소리가 들렸다.

"그 막신기라는 자는 아주 대담무쌍하더군. 원승을 쫓는다는 핑계로 이곳을 뒤지려고 하다니! 혜범, 당신이 제때 오지 않았더라면 내 저 아이를 혼쭐내줬을 거요."

이어서 혜범의 낮은 웃음소리가 들렸다.

"허허, 막신기 그놈의 운이 좋았던 것이지요. 태평공주부의 화 총관이 옥환아 낭자를 대광명사로 모셔가기 위해 몸소 마중을 간다기에 제가 이렇게 앞질러 왔습니다."

"막 신포가 왔다고? 둘째, 우리…… 어서 가세!"

원승은 화들짝 놀란 척하며 대기의 손을 잡고 바깥으로 달려갔다. 옥환아는 속으로 안도의 숨을 쉬었지만, 원승이 법진이 펼쳐진 오솔길을 무인지경 가듯 달리는 것을 보자 더럭 의심이 들었다.

"멈춰요! 당신들 대체 누구예요?"

물론 원승이 멈출 리 없었다. 그는 뒤도 돌아보지 않고 신행술을 펼쳐 전력을 다해 달아났다.

"환아, 누구와 이야기를 하는 거니? 앗, 거기 서라!"

화난 목소리와 함께 설고가 새하얀 빛줄기처럼 쏜살같이 뒤를 쫓았다. 함께 온 혜범도 이상한 것을 눈치챘다. 조금 전까지 태평공주와 함께 있다가 화 총관이 옥환아를 데리러 간다기에 황급히 설고와 옥환아를 보러 온 그는, 어둑어둑한 하늘 아래로 순식간에 사라져가는 그림자가 원승임을 한눈에 알아보고 황급히 공력을 끌어올려 쫓아가려 했다.

그런데 설고를 보는 순간, 그녀 앞에서 본래 솜씨를 드러내서는 결코 안 된다는 사실이 떠올랐다. 그는 속으로 한숨을 푹 쉬며 하릴없이 몸을 돌려 다른 길로 돌아갔다.

후원이 조용해지자 옥환아는 황급히 이융기에게 돌아갔다.

"방금 그 사람이 당신에게 뭐라고 했나요?"

그렇게 묻던 그녀는 퍼뜩 생각난 듯이 고개를 저었다.

"참, 미안해요. 당신이 지금은 말을 못한다는 것을 깜빡했어요."

"아무도 없다."

이융기는 고개를 숙이고 피리를 만지작거리며 중얼거렸다. 뭔가 골똘히 생각하는 것 같았다.

"다, 당신 정말 말을 하는 거예요?"

옥환아는 놀라고 기뻐서 물었다.

"칠석날 밤, 청심탑!"

이융기는 여전히 고개를 숙인 채로 천천히 일곱 글자를 내뱉었다. 순간, 옥환아의 두 눈동자가 반짝 빛났다.

"뭐라고요?"

원승은 전력을 다해 질주했지만 등 뒤에서는 점점 살기가 짙어지고 백발 여인의 냉소 또한 점점 또렷해지고 있었다. 저 앞은 바로 그가 그림을 그린 청석 바위가 있는 곳이었다. 그는 곧바로 붓을 꺼내 허공에 휘둘렀다.

허공에 우르릉 하고 우레가 울리더니 거대한 용 한 마리가 어두컴컴한 하늘에 모습을 드러냈다. 세찬 바람이 몰아치고 천둥번개가 하늘을 쩍쩍 갈랐다. 조금 전 원신의 힘을 아끼지 않고 또다시 화룡술을 펼쳐 미리 대비해둔 까닭은 오로지 지금 이 순간 때문이었다. 본래는 혜범에게 쓰려던 것이지만, 뜻밖에도 혜범의 도술에 비해 전혀 손색이 없는 신비한 여인을 맞닥뜨리게 된 것이다. 오랫동안 이곳에 웅크려 있던 신룡이 자유롭게 풀려나자 그 기세는 실로 놀라울 정도였다.

"못된 짐승 같으니!"

백발 여인은 버럭 호통을 쳤으나 별수 없이 걸음을 멈추고 맞서 싸웠다. 거대한 용이 머리 위를 덮쳐왔다. 발톱이 날아들기도 전에 입에서 노도와 같은 물기둥이 뿜어져 나와 다짜고짜 설고에게 날아들었다. 까마득히 높은 선배 입장에서 환상과 실체가 뒤섞인 신룡에게 물벼락을 맞는다는 것은 결코 있을 수 없는 일이었기에 설고는 재빨리 손을 휘둘러 막았다.

총채가 수천 가닥의 은실로 변해 춤추듯이 뻗어나갔다. 허공을 가르던 은실은 갑자기 몸집을 불리며 거대한 은빛 못으로 변했다. 은빛 못은 위로 솟구쳐 기세도 흉흉하게 용의 발톱에 부딪혀갔다. 이 저돌적인 충돌에 용의 몸이 격렬하게 뒤흔들렸다. 막신기와 형부육위를 상대로 싸울 때 보여준 기세는 온데간데없었다.

원승의 몸도 따라서 부르르 떨리고 머릿속에서는 굉음이 울렸다. 신룡을 부르는 것은 원신의 소비가 몹시 큰 술법이었기에 지금 그의 기력은 거의 고갈 상태였다. 다행스럽게도 이런 상황을 예측하고 있던 그는 신룡의 거대한 꼬리로 자신과 대기의 허리를 휘감아 멀리 집어던졌다. 신룡이 가진 힘을 모조리 쏟아부은 동작이었다.

도주. 가능한 한 멀리멀리 달아나는 것이야말로 그의 진정한 목적이었다. 원승은 대기의 가느다란 허리를 꽉 껴안았다. 몸이 구름을 탄 듯 솟아올랐다가 휭휭 앞으로 날아갔다. 아래쪽에서는 길길이 날뛰는 설고의 모습이 점점 작아지고 또 작아지다가 마침내 작은 점이 됐다.

귓가에 씽씽 바람 소리가 울리며 몸이 빠른 속도로 떨어져 내리기 시작했다. 원승은 재빨리 끌어올린 강기로 신행술에 힘을 몰아넣어 참담하게 나동그라지는 것만은 겨우 피했다. 그런데 몸을 제대로 가누기도 전에 저 멀리 희미한 그림자가 하나 보였다. 한 줄기 연기 같던 그림자가 순식간에 큼직해졌다. 혜범이었다.

저 늙은 여우는 무슨 이유에선지 설고 앞에서 술법을 보이고 싶지 않아 길을 돌아서 쫓아왔는데, 하필이면 그 길이 원승이 달아난 방향과 맞아떨어진 것이다. 혜범의 모습이 점점 가까워지고, 음침한 얼굴은 빠른 속도로 커졌다. 원승은 잠시도 쉬지 못하고 대기를 붙잡아 나는 듯이 물러났다. 쾅 소리와 함께 두 사람은 어느 사잇문을 뚫고 힘차게 안뜰로 굴러 들어갔다. 혜범은 다리가 얼어붙기라도 한 듯 멀리서 우뚝 걸음을 멈췄다.

"누가 감히 영허문에서 소란을 피우느냐?"

안에서 낮은 호통 소리가 들려왔다.

"아니, 열일곱째!"

제자 몇 명을 이끌고 보강진법을 훈련하던 능염자가 대경실색해서 달려와 원승을 부축해 일으켰다.

"누구냐? 누가 너를 쫓고 있느냐?"

원승은 쓴웃음을 지을 뿐이었다. 이곳에 들어오자 다소 긴장이 풀렸는지 대답할 기운조차 없었다. 그가 크게 다치지 않은 것을 확인한 능염자는 겨우 마음을 놓고 사잇문 밖으로 나갔다. 사잇문에서 멀찌감치 떨어진 길모퉁이에 누군가가 서 있다가 휙 사라지는 것이 보였다. 낯이 익은 것 같지만 누구인지는 생각나지 않았다.

"원승, 네가 이겼다!"

혜범은 모퉁이를 돌아간 뒤 사잇문과 그 문 뒤로 높이 솟은 도관의 푸른 기와와 붉은 담장을 향해 달갑지 않은 시선을 던졌다. 그곳까지 쫓아가고 싶지는 않았다. 그곳은 휘황찬란하던 과거요, 돌이킬 수 없는 과거요, 그가 헌신짝처럼 버린 과거였다. 그곳에는 그에게 지극정성이던 제자들이 있었고, 평생 다시는 마주하고 싶지 않은 세계가 있었다.

고요한 단방 안에서 원승은 지친 몸을 앉혔다. 죽 한 그릇에 술 한잔을 곁들여 달라고 청했다. 벌써 이틀이나 굶었기 때문이다. 법진에서의 시간은 바깥의 시간과는 달랐지만, 그곳에서 벗어난 뒤부터 체력이 급격히 떨어졌다. 대기 역시 허기로 몸을 가눌 수 없는 지경이어서 일찌감치 어린 도사들의 부축을 받아 식사하러 갔다.

능염자는 허겁지겁 죽을 넘기는 원승을 바라보며 한숨을 쉬었다.

"열일곱째, 어쩌다 이리됐느냐? 지난번에 와서 퇴마사가 큰 사건을 맡았다고 하더니, 며칠 전에는 네가 큰 사건에 휘말렸다는 소식을 들었다. 형부와 어사대에서 너를 찾아다니고, 퇴마사 앞은 날마다 소란스럽더구나."

"모두 예측한 일이니 너무 괘념하지 마십시오, 대사형."

원승은 쓴웃음을 지으며 대답하다가 문득 생각난 듯이 물었다.

"한데 대사형, 대사형께서는 사부님을 가장 오래 따르셨지요. 혹시 사부님의 벗 중에 설고라는 여자가 있었습니까?"

"설고?"

능염자는 고개를 저었다.

"사부께서는 점잖으신 분이다. 그런 여자의 이름은 한 번도 들은 적이 없다."

"어쩌면 이름을 바꿨을지도 모릅니다. 곰곰이 생각해보십시오. 대략 이십여 년 전이고 머리카락 색이 남다른 여자였습니다. 아, 촉 지방 출신이라고 했습니다."

"촉?"

능염자의 눈빛이 아련하게 흐려지더니 어두운 얼굴로 물었다.

"열일곱째, 어찌 그런 것을 묻느냐?"

영허문에서 한숨 푹 잔 원승은 다음 날 퇴마사로 돌아갔다가 대사형이 말한 '소란'이 어느 정도인지 알게 됐다. 관청 대문을 들어서자마자 오육랑이 후다닥 달려나와 어서 빨리 달아나는 것이 좋겠다며 호의 섞인 귀띔을 해줬다. 조정에서 원승을 문책하려는 무리가 들고일어났는데, 놀랍게도 그 배후에서 선동하는 사람이 태평공주와 종초객이라는 것이었다.

오육랑은 분통을 터뜨렸다.

"종초객이 막신기의 보고를 받고 어사대에 명해 장군의 죄를 물으라고 했답니다. 원 노장군께서 전력을 다해 보호하려 하셨지만 힘이 약하니 어쩌겠습니까? 아무리 애를 써봐도 무용지물이지요. 다행히 종초객도 안락공주 전하의 체면을 보아 대놓고 장군께 손을 대지는 못할 겁니다. 차라리 안락공주부에 숨으시지요. 그리로 가면 아무도 장군을 잡지 못할 겁니다."

"당당한 대당나라 금오위 퇴마사의 수장더러 공주부로 달아나 살려달라고 애걸복걸하라니 무슨 소리야!"

차가운 코웃음 소리와 함께 육충이 성큼성큼 걸어 들어왔다.

"아니, 자네 언제 돌아왔나?"

육충과 청영이 무사한 것을 보자 원승은 무척 기뻐했다.

"자네보다 하루 빨리 왔지."

육충은 아무렇지 않은 척 대답했지만 안색은 어두웠다.

"원 장군, 우리 머리를 맞대고 상의를 좀 해야겠어."

퇴마사 사람들은 조용한 방에 모여 당면한 난제에 관해 이야기를 나눴다.

그 첫 번째는 조정의 문제였다. 말할 것도 없이 총관 노곽의 죽음은 크나큰 말썽을 일으켰다. 막신기가 그 일을 크게 떠벌리고 다녔고, 그의 엄포와 회유를 받은 점원들은 원승이 몰래 도술을 펼치는 것을 본 데다 노곽을 저주해 죽인 것 같다는 진술까지 했다. 그뿐이면 좋으련만, 건넛방에 있던 손님도 벽 너머로 원승이 노곽을 협박하는 소리를 들었다고 증언했다. 원승이 노곽에게 이융기가 살인범임을 인정하고 직접 고발하라고 협박했지만, 노곽이 듣지 않자 술법을 펼쳐 죽였다는 것이다. 무엇보다 귀찮은 일은 막신기와 형부육위가 원승이 달아나는 것을 직접 목격했다는 사실이었다. 그들은 원승이 벌이 두려워 현장에서 달아나 몸을 숨겼다고 주장했다.

증인이 여럿인 데다 태평공주마저 그에게 오해를 품었다. 어쩌면 그 오해는 한참 전부터 생겨났을지도 모른다. 그가 안락공주의 마차에 올라타던 순간부터. 태평공주 밑에는 어사가 많이 있었고, 그 외의 어사들은 종초객이 장악하고 있었다. 그리고 그 양쪽의 어사들이 서슬 퍼렇게 원승을 공격하고 있는 것이다.

공자는 '이단을 공격하면 그 해로움을 물리칠 수 있다'고 말씀하시지 않았던가! 도사인 원승은 유학자 출신인 어사들 눈에는 크나큰 이단아였고, 그를 공격하는 것은 곧 정통 유학을 수호할 뿐 아니라 주인을 기쁘게 하는 일이었다. 더군다나 정치적으로 위험한 일도 아니니 어사들은 춘약이라도 마신 듯 흥분했다.

조정에서 원승을 지키려는 사람은 안락공주 한 사람뿐이었다. 하지만 거센 풍랑이 몰아치자 안락공주의 힘도 크게 위축됐다. 안락공주의 가장 큰 후견인인 위 황후는 종초객 쪽으로 기운 것 같았다. 안락공주가 힘껏 변론한 덕분에, 결국 황제는 내키지 않는 얼굴로 원승에게 준 기한까지는 지켜보겠다고 약속했다.

"사흘이야. 최대한으로 잡아도 딱 사흘 남았다고! 자네 아버지는 벌써 인질이 되어 형부에 끌려가셨어."

하루 일찍 돌아온 육충은 이미 조정의 상황을 자세히 수소문해 놓고 있었다.

"장군, 걱정하지 마십시오."

오육랑이 차갑게 얼어붙은 원승의 표정을 보고 황급히 다독였다.

"원 노장군께도 인맥이 있고, 또 안락공주께서 남몰래 보호해주고 계십니다. 소인이 여기저기 물어봤는데 아무 탈 없이 지내고 계신다 합니다. 아, 그리고 여기……."

그가 뭔가를 내밀며 말했다.

"장군께 직접 전해달라고 하셨습니다."

"무엇인가?"

원승은 오육랑이 조심스럽게 내민 조그마한 금패를 받아 들었다. 도금한 요패인데, 몹시 정교하게 만들어졌고 위에는 단정한 예서체로 이렇게 쓰여 있었다.

안락공주부.

"안락공주께서 심복 시녀인 설안에게 친히 들려 보내신 겁니다. 공주 전하께서는 장군께서 돌아오시면 언제든 와서 공주부에 숨어도 좋다고 전하셨습니다. 설안 낭자 말로는 공주께서 벌써 달아날 길까지 마련해놓으셨다더군요. 최악의 경우에는 종남산에 들어가 수련하면서 잠시 풍파를 피하면 된답니다."

단숨에 이야기를 전한 오육랑은 그제야 다른 사람들의 표정이 이상하게 변한 것을 알아차렸다. 특히 대기는 무슨 말을 하고 싶은 듯 눈동자를 반짝였지만 결국 입을 다물었다.

"그토록 신경 써주시다니 고마운 일이오."

원승은 속으로 깊이 한숨을 쉬었다.

관직에 올라 처음 맡은 사건이 이런 국면으로 흘러갈 줄은 전혀 예상하지 못했다. 이는 어떻게 흘러갈지 아무도 예측할 수 없는 현 당나라 조정 상황에서 비롯된 일이었다.

원승은 상왕부에서 추천한 사람이니 따지자면 태평공주가 속한 이씨파였으나, 안락공주와의 관계 때문에 안락공주 사람이라는 딱지도 붙어 있었다. 하지만 안락공주와 한편인 종초객과 위 황후는 줄곧 그를 믿지 못했고 심지어 하루빨리 처치하려 들었다. 이제 일이 이리저리 꼬인 끝에 마침내 그는 철저한 안락공주 사람이 되고 말았다.

그보다 더 우스운 것은, 본래 그는 야심만만한 안락공주를 위험에서 구하기 위해 관직에 올랐는데 도리어 안락공주가 그를 구하게 됐다는 사실이다. 그는 저도 모르게 품에 손을 넣어 반질반질한 나무를 어루만졌다. 안락공주가 선물한 바보같이 웃는 서생의 조각상이었다. 그녀가 가장 큰일이라며 준 선물.

그는 조각상을 만지작거리기만 할 뿐 끝내 꺼내지 않고 품에 깊숙이 갈무리한 뒤 눈을 치켜뜨고 말했다.

"사면초가에 처했으니 우리도 이제 필사적으로 반격할 수밖에 없겠군."

한숨을 쉬고 나자 새로운 난제가 떠올랐다. 이제 와 혜범을 체포할 수도 없다는 것이다!

이융기와 옥환이는 지금쯤 멀리 피했을 것이 뻔하고 어디로 갔는지 짐작할 수조차 없었다. 증거도 없는 마당에 무작정 혜범을 체포하면 태평공주의 적의만 높아질 터였다.

육충은 버럭 화를 냈다.

"이것도 안 된다, 저것도 안 된다, 그럼 어쩔 거야? 이게 다 막신기 그놈 때문이야! 이 어르신께서 한밤중에 가서 단칼에 그놈을 베어버리겠어."

"더 소란을 일으키고 싶어?" 청영이 화를 내며 말했다. "가장 시급한 문제는 바로 배화교 사원인 대광명사야."

육충이 코웃음을 쳤다.

"이제 와서 천당환경에 있는 대광명사로 병사를 보내봤자 아무것도 없을걸."

"아뇨." 오랫동안 말이 없던 대기가 돌연 입을 열었다. "최소한 그 무진은 남아 있겠죠. 원한의 진 말이에요!"

"그렇군, 원한의 진!"

원승이 조용히 한숨을 내쉬었다.

"우리가 마지막에 찾아낸 위패는 상왕 전하의 것이었네. 그 원한의 진이 궁극적으로 노리는 것은 바로 상왕 전하일세. 그곳에 모인 원한의 기운으로 상왕 전하를 저주하려는 것이지. 다행히 상왕부 안에 법진을 펼쳐놓아 대부분 위력은 막아줬지만, 그럼에도 불구하고 상왕께서는 아직 두통을 앓고 계시네."

"그랬군!" 육충은 이를 갈았다. "혜범 그 늙은이가 아주 간이 부었군. 어서 가서 그 썩어질 곳을 쑥대밭으로 만들어놓자고!"

"그럴 수는 없네! 우리가 제때 그 위패를 망가뜨렸으니 그 진은 다시는 상왕 전하를 해치지 못할 거야. 하지만 결코 원한의 진을 건드려서는 안 되네!"

원승의 눈이 번쩍번쩍 빛났다.

"그 진은 우리가 가진 마지막 반격 무기일세!"

"좋은 생각이라도?"

육충과 대기, 청영이 입을 모아 물었다.

"내일 오후 병력을 보내세. 오육랑, 즉시 가서 정예들을 불러 모아주게. 금오위에서 가장 충성도가 높은 암탐들이어야 하고, 머릿수보다는 능력에 우선을 두게. 명심할 것은 반드시 은밀하게 준비해야 한다는 걸세. 용병은 신속함과 기밀이 으뜸이라고 했으니, 무슨 일이 있어도 새어나가서는 안 되네."

"명을 받들겠습니다. 한데…… 어디로 보내실 겁니까?"

"천당환경!"

오육랑은 신속함이 으뜸이라면서 무엇 때문에 내일 오후까지 기다려야 하는지 의아했지만, 평소 남들의 생각을 뛰어넘는 행동을 많이 하는 원승의 방식을 잘 알기에 캐묻지 않고 명을 수행하러 나갔다.

"내일이 바로 칠석이군."

원승은 무겁게 내려앉은 밤빛을 바라보며 나지막이 탄식했다.

"칠석? 부인네들이나 좋아하는 날이잖아. 걸교(乞巧)라느니, 견우와 직녀의 만남이라느니…… 다 큰 남자가 그런 건 왜 따져?"

육충이 투덜거렸다. 대기도 더욱더 이상한 눈빛으로 원승을 바라보다가 끝내 원망 섞인 목소리로 툭 내뱉었다.

"차라리 안락공주부에 숨어 있는 게 어때요? 그 김에 공주와 함께 달을 보며 걸교도 하고."

청영이 재빨리 헛기침하며 화제를 바꿨다.

"사실 장안성 여자들이 칠석을 좋아하게 된 건 요 몇 년 사이의 일이에요. 하지만 우리 도교의 설법에 따르면 7월 7일은 귀절(鬼節)의 첫날이지요."

그러나 원승은 두 사람의 말을 듣지 못한 듯 여전히 창밖의 어두운 하늘만 바라보며 말했다.

"장생각 안에 있는 청심탑의 전설을 들어본 적이 있소? '청심탑에서 첫눈에 반하면 장생각에서 삼생을 함께하리니'라는."

사람들은 어리둥절해하며 서로를 바라봤다. 육충이 눈살을 찌푸리며 물었다.

"어이, 어이, 원 공자, 원 장군! 자네…… 괜찮은 거지?"

청영이 또다시 흠흠 헛기침을 했다.

"물론 들어봤지요. 하지만 그게 우리 퇴마사가 처한 곤경이나 이 사건과 무슨 관계가 있다는 건가요?"

그때 대기가 뭔가 깨달은 듯 앵두 같은 입술을 꽉 깨물면서 골을 냈다.

“삼생을 함께하리니? 그러니까, 당신, 그 소중하신 안락공주와 함께 거기 가서 이생에는 어려우니 내생…… 그다음 생까지 함께하게 해달라고 빌고 싶다는 거예요, 지금?”

10장

칠석날 장생각

다음 날 오후, 오육랑은 금오위의 열혈 충성 암탐들을 모아 원승의 분부대로 곧장 숭화방으로 달려갔다. 이상한 일이지만, 금오위의 이 움직임은 몹시 은밀하게 진행됐는데도 일주향(향 한 자루 탈 시간, 약 30분)도 지나지 않아 형부 및 어사대 사람들이 귀신같이 알고 나타났다. 막신기와 형부육위 등 유능한 인물들이 몸소 심복들을 데리고 숭화방 동남쪽 천당환경을 찾아온 것이다.

천당환경은 각지의 환술사가 모여 숭화방 안에 정성껏 만든 법진이었다. 하지만 이 법진은 원한의 진이나 진원정처럼 사람을 해치는 것은 아니었고, 해질 무렵에만 효용이 있었다. 지금은 오후여서 천당환경도 외국 상인 점포가 비교적 많은 외국인 집결지에 불과했다.

어사대와 형부에서 온 이들 중에는 암탐 복장을 한 사람, 관리 복장을 한 사람 등 다양했는데 각자 명을 받고 이리저리 흩어졌다. 막신기와 형부육위는 우뚝 솟은 주루로 들어가 창가에 자리를 잡고 아래에서 벌어지는 상황을 바라다봤다.

'시간이 되면 그놈은 끝이다.'

막신기는 잔에 든 술을 천천히 홀짝이며 마음속으로 헤아려봤다.

오늘 이 일이 끝나면 옥여아를 살 수 있겠지?

옥여아 생각을 하면 또 다른 여자가 떠올랐다. 십여 년 전의 일이었다. 그녀의 이름은 조취미, 신도 낙양 여의각의 인기 절정 가희였다. 그는 그녀를 '미아'라고 부르는 것을 좋아했다. 미아 같은 여자를 좋아한 적은 그때껏 단 한 번도 없는 그였다. 그러나 애석하게도 출사한 지 얼마 안 된 그는 봉록이 변변치 못했고, 애초에 그녀의 매신계(賣身契, 청루나 홍루에서 일하는 여자들의 매신 계약서)를 사는 것은 꿈도 꾸지 못할 일이었다.

막신기를 고통 속에 새롭게 태어나게 한 날은 어느 비 오는 밤이었다. 공무로 멀리 떠나게 된 그는 출발 전 갑자기 미아가 보고 싶어졌다. 하지만 깊은 밤 찾아간 미아는, 어젯밤만 해도 그와 굳은 언약을 했던 미아는 반라의 몸으로 어느 잘생긴 공자의 품에 안겨 깔깔 웃으며, 설 공자라는 그에게 매신계를 사달라고 아양을 부리고 있었다. 막신기는 차가운 빗속에서 한참 동안 바보같이 서 있었고, 이윽고 방 안에서 흘러나오는 신음에 결국 독한 마음을 먹었다. 그는 즉각 결단을 하고 미아를 찔러 죽인 뒤, 밀폐 공간에서의 살인 사건으로 꾸민 다음 설 공자를 혼절시켜 데려갔다.

아름다운 가희가 발가벗은 채 피살된 사건으로 낙양 전체가 발칵 뒤집힌 것은 당연했다. 막신기는 '소식을 들은' 후 방성통곡하며 소란을 피웠고 한동안 술로 슬픔을 달랬다. 형부와 어사대에서 실마리조차 찾지 못해 상부에서 문책이 내려오고 마침내 누군가 막신기에게 나서줄 것을 청하자 그는 그제야 정신을 차리고 전력을 다해 조사에 나섰다. 사흘 후, 그는 겨우 숨만 붙어 있는 '진짜 흉수' 설 공자를 체포했고, 경성 사람들 입에서 처음으로 막신기의 이름이 오르내리게 됐다.

그 후 막신기는 빠르게 승진하는 기술을 터득했다. 심지어 그의 앞길을 가로막던 어사대 좌어사대부 손 대인도 똑같은 방식으로 구워삶았다. 손 대인이 가장 총애하던 첩의 아버지를 제 손으로 죽인 것이다. 이번에도 밀폐 공간에서 벌어진 살인 사건이었고 아무런 증거가 없어 동료들은 속수무책이었다.

하필이면 그때 지난번 귀신같이 사건을 해결한 막신기는 병이나 두문불출하고 있었다. 첩은 매일같이 손 대인에게 펄펄 뛰며 화를 냈고, 밤낮없이 죽네 사네 울어댔다. 손 대인은 미치기 일보 직전이 돼서야 막신기를 찾아와 사건 해결을 부탁했고 승진도 허락했다. 막신기는 병을 무릅쓰고 일어나 흉수를 찾아 나섰고, 이틀 밤낮을 꼬박 쫓은 끝에 며칠 전 실종된 총관의 짓임을 밝혀내 법대로 처벌했다. 오래지 않아 막신기는 바라던 대로 승진해 육품 순가사가 됐다.

순식간에 몇 년이 지나 세상은 무측천의 주나라에서 당나라로 되돌아갔다. 그의 상사 역시 교활하고 무능한 손 대인에서 또 다른 교활하고 무능한 장 대인으로 바뀌었다. 그동안 막신기의 출셋길은 한 치의 진전도 없었다. 비록 사부로 모신 선기 진인이 국사가 되어 명성이 하늘을 찌를 듯하고, 선기 진인 역시 도중에 입문한 제자를 끔찍하게 아꼈지만 출세에는 큰 도움이 되지 않았다.

다행스럽게도 최근 들어 높은 사람과 친분을 맺게 됐다. 대권력자 한 사람이 그를 끌어들인 것이다. 그 권력자는 현 조정에서 앞길이 훤한 인물이었고 돈도 듬뿍 집어줬다. 막신기는 줄을 제대로 탔다고 믿었다. 비록 그 권력자를 직접 만나는 일은 거의 없었지만.

일반적으로는 연락을 맡은 윗선 한 사람이 대신 명령을 하달했고, 임무가 끝나면 돈을 건네줬다.

그런 그에게 요즘 두 가지 걱정거리가 생겼다. 하나는 옥여아였다. 옥여아는 최근 들어 좋아하게 된 절세미녀로, 옥환아가 등장하기 전까지 취화루 대표 가희였다. 그녀의 눈빛이며 웃음은 지난날의 미아를 꼭 빼닮았다. 아름다운 만큼 질투도 많은 그녀가 눈엣가시처럼 여기는 사람이 있었는데, 다름 아닌 옥환아였다. 옥환아가 취화루에 온 뒤로 그녀의 자리를 빼앗은 까닭이었다. 막신기도 명성을 몹시 중요하게 생각하는 사람인지라 적이 이해가 갔다.

그런데 옥환아가 사건에 연루됐을 때 그는 상왕부 사건에 발이 묶여 있었다. 전력을 다해 권력자가 시킨 대로 일을 마무리 짓고 벽운루를 찾아갔을 때 사건은 이미 원승이 맡은 후였고, 원승은 심문을 끝낸 뒤 곧바로 옥환아를 석방했다. 막신기는 거의 미칠 지경이었다.

두 번째 걱정거리는 바로 원승이었다. 처음으로 황제를 알현하던 그날, 누구보다 먼저 나서서 며칠 안에 사건을 해결하겠다고 호언장담하지 못한 일이 생각할수록 화가 났다. 당시 그는 그 사건이 뒤를 봐주고 있는 권력자와 무슨 관계가 있지 않을까 하는 의심을 품어서 망설일 수밖에 없었다. 기회는 순식간에 지나갔다. 그의 나이 벌써 마흔이었고, 그런 기회는 다시는 오지 않을 것이다. 그는 마음 속 깊이 원승을 질투했지만 그 용기에는 탄복하지 않을 수 없었다.

'역시 요즘 젊은이들은 마음 가는 대로 행동할 줄 안단 말이야. 하지만 이 막신기를 만난 이상 너도 여기까지다.'

오늘 밤이 지나면 원승이 약속한 기한은 단 하루밖에 남지 않는

다. 오늘은 바로 칠석이었다. 도교의 풍습에 따르면 칠석은 귀절의 첫날이지만, 장안성의 아리따운 여인들은 그런 것에는 관심이 없었다. 언제부터인가 그들은 칠석을 무척 좋아하게 됐고 걸교인가 뭔가 하는 풍습도 생겨났다.

'옥여아도 지금쯤 내가 칠석 선물을 들고 찾아오기를 바라고 있겠지?'

속 터지는 술자리는 한참 동안 이어졌다. 누각 아래에서는 오육랑이 직접 금오위 암탐들을 데려와 대광명사 밖에 집결시키고, 금오위가 배화교 사원을 물샐틈없이 포위하고 있었지만, 수장인 원승은 나타날 기미가 없었다. 소집령을 내릴 때만 해도 원승은 병사를 움직일 때에는 신속함이 으뜸이라고 했지만, 어찌 된 일인지 이 비밀스런 움직임은 진작 새어나갔고, 그도 금오위의 계획을 늦출 수밖에 없었다.

해가 서쪽으로 기울 때쯤에야 원승이 어슬렁어슬렁 모습을 드러냈다. 배화교의 호승 두 명이 바깥에 나와 끝없이 읍하며 애원하자, 원승은 마치 결심이 서지 않는 양 뒷짐을 진 채 왔다 갔다 했다. 그러나 결국에는 결심을 내린 듯 부하들에게 손을 휘저어 보였다. 호랑이같이 용맹한 금오위가 즉시 사원으로 들이닥쳤다.

곧이어 우당탕 쾅쾅 혼란스런 수색이 벌어졌다. 요 며칠 어사대와 형부 같은 형제 관청에 멸시를 당해 화가 머리끝까지 난 금오위는 이번 수색에 목숨을 건 것처럼 아주 샅샅이 뒤져댔다.

호승들은 울고불고 난리를 피웠다. 어사대 밀탐으로부터 마음껏 울고 있으면 곧 와서 후원해줄 것이라는 말을 들은 그들은 금오위가 샅샅이 뒤지고도 아무것도 찾아내지 못하자 더욱더 큰 소리로 떠들며 소란을 피웠다.

"하늘이 두렵지 않으십니까!"

"광명신께서 두 눈 크게 뜨고 지켜보실 것입니다!"

"위대한 지혜를 가지고 세상에 모르는 것이 없는 마즈다시여, 저 모습을 보십시오!"

대성통곡이 울려 퍼지는 가운데 막신기와 형부육위가 부하를 이끌고 달려왔다.

"원승, 또 네놈이냐!"

막신기가 음침한 얼굴로 외쳤다.

"태평공주 전하께서 친히 다녀가신 이 사원에 제멋대로 침입해 외국인들의 종교를 능욕하고 신령을 모독하다니! 순가사로서 좌시할 수 없다. 지난번 모선재 살인 사건도 마무리되지 않았으니 나를 따라 어사대로 가자."

원승이 대답하기도 전에 오육랑과 육충이 와락 달려들었다. 육충은 대뜸 욕부터 퍼부었고, 청영도 금오위 십여 명을 데리고 그들을 에워싸는 바람에 양쪽의 인마가 팽팽하게 대치했다. 미꾸라지 같은 막신기가 평소와 달리 앞장을 서자, 형부육위는 굿이나 보고 떡이나 먹자 싶어 막신기의 뒤에 서서 실속 없이 소리만 질러댔다.

한바탕 소란이 지난 뒤 비로소 원승이 앞으로 나와 막신기와 마주 섰다.

"우리 두 사람 일이니 우리끼리 상의해 해결하는 것이 어떻겠습니까?"

그가 낮은 소리로 말하자 막신기는 흉악한 웃음을 지었다.

"어떻게 상의하자는 것이냐?"

"단둘이 상의하는 겁니다. 그럴 용기가 있습니까?"

원승은 일부러 그의 가슴께를 흘낏 보며 말을 이었다.

"막 신포의 부상은 좀 나았는지 모르겠군요. 내게 타박상에 좋은 약이 있습니다만."

막신기의 얼굴이 싸움닭처럼 벌겋게 달아올랐다. 눈까지 시뻘겋게 충혈된 채 그가 말했다.

"네놈이 또 줄행랑을 칠까 걱정이다!"

"여러분, 흥분하지 말고 여기서 기다리십시오. 나와 막 신포 단둘이 의논하고 오겠습니다."

원승은 제각각 다른 표정을 짓고 있는 사람들을 쭉 둘러본 뒤 돌아서서 배화교 사원의 후원으로 향했다. 유유자적한 걸음걸이지만 두어 걸음 만에 그의 모습이 희미하게 흐려지더니 사잇문이 있는 곳으로 스르륵 사라졌다.

"또 신행술을 겨루자는 것이냐? 아주 공자님 앞에서 문자를 쓰는구나!"

막신기의 동공이 확 줄어들었다. 발에 힘을 주자 그의 몸이 휭 하고 밖으로 사라졌다. 지난번에는 방심한 나머지 원승이 펼친 술법에 상처를 입어 형부육위와 나란히 볼썽사나운 꼴로 물러나야 했다. 그런데 선기 국사의 가장 유명한 제자가 홍강 국사가 자랑하는 제자에게 힘 한 번 써보지 못하고 당했다는 소문이 온갖 양념이 곁들여져 경성의 골목골목으로 퍼져나갔다.

그 일로 막신기는 울화통이 터져 견딜 수가 없었다. 그는 나이도 많고 도력도 깊지만 몸에 지닌 심오한 도술을 펼치기도 전에 교활한 원승이 미리 준비하고 있다가 기습했으니, 누가 뭐라 해도 승복할 수가 없었다. 여태껏 선기 진인 문하에서 으뜸가는 제자로 자처해온 그였으니, 이 상황을 뒤집어놓지 못하면 훗날 사부 앞에서 고개조차 들 수 없는 입장이었다.

이런 연유로 그는 망설이지 않고 신행술을 최대로 끌어올려 번개처럼 원승의 뒤를 쫓았다. 그와 동시에 사원 밖에서 익숙한 북소리가 들려왔다. 야간 통금을 알리는 경고 소리였다. 북소리에 맞춰 저녁 어스름이 무겁게 내려앉았다.

"막 신포, 하룻밤 시간을 줄 수 없겠습니까?"

원승은 이렇게 말하면서도 한시도 멈추지 않고 나는 듯이 발을 놀렸다.

"어쩌면 이 몸이 벽운루 괴사건을 해결할 수 있을지도 모릅니다. 모선재의 일도 협조하겠습니다."

"물론 주마!" 막신기가 험상궂은 웃음을 지었다. "하지만 먼저 나와 같이 어사대로 가야 한다!"

원승은 더 말하지 않고 표표히 몸을 날려 이리저리 방향을 틀다가 사잇문을 통해 사원 밖에 도착했다. 신행술로만 따져볼 때 이 장안성에서 청영을 제외하고는 막신기의 적수가 될 사람은 거의 없었고, 당연히 원승은 그에 견줄 상대가 아니었다. 원승은 민첩한 몸놀림을 이용해 좌우로 왔다 갔다 하며 외국 상인들이 집결해 있는 골목 사이사이를 누볐다.

그사이 어스름이 점점 짙어지고, 천당환경 거리에는 차츰차츰 법진의 효과가 나타나기 시작했다. 오색찬란한 등롱에도 불이 켜졌다. 하나, 둘…… 등롱 하나가 켜질 때마다 법진이 만든 공간에는 신비로움과 이상야릇함이 점점 더해지는 것 같았다.

원승의 신행술은 막신기보다 못하지만 그는 막신기보다 이 거리를 잘 알고 있었고 신법도 표홀했다. 그는 큰길로는 가지 않고 오로지 골목길만 달렸다. 막신기가 몇 번이나 그를 따라잡아 포박술까지 펼쳤지만 그때마다 옷자락만 살짝 스치고 아슬아슬하게 놓치곤 했다.

막신기의 얼굴은 점점 더 차갑게 굳었다. 그는 우선 일 할의 도력만 써서 포박술을 펼쳤다. 단숨에 일을 끝내기보다는 외국 상인들이 모여 있는 큰길에서 선기 진인의 제자 막신기가 홍강 진인의 제자 원승을 상갓집 개 쫓듯 하는 모습을 좀 더 많은 사람에게 보여주고 싶어서였다.

"묶어랏!"

막신기가 노성을 터뜨리자 곤선삭 두 개가 화살처럼 쏘아져 나갔다. 원승은 신음을 터뜨렸다. 신법이 제아무리 표홀해도 어디로 튈지 모르는 곤선삭을 피하기란 쉬운 일이 아니어서 결국 등을 세게 두드려 맞은 것이다. 아직 낫지 않은 상처에 새 상처까지 더해져 그는 참지 못하고 뜨거운 피를 울컥 토했다.

"끝이 다가왔군!"

막신기는 죽음 앞에서 발버둥 치는 원승의 모습에 매우 흡족해했다.

"네 이놈, 백배로 갚아주마!"

막신기가 손을 번쩍 들자 남은 곤선삭 네 개가 흉포하게 날아올랐다. 이제 꼼짝없이 잡혔다고 생각한 찰나, 뜻밖에도 원승은 몸을 훌쩍 날려 거의 눈에 띄지 않던 옆에 난 조그만 문으로 쏙 들어갔다. 곤선삭이 문짝을 거칠게 내리치자 불꽃이 파팍 튀었다.

"법진!"

막신기는 멈칫했지만, 비틀거리던 원승의 뒷모습이 뇌리에 떠올랐다. 그는 퉁기듯이 몸을 날려 번개처럼 뒤를 쫓았다. 신비한 사원 안으로 뛰어드는 순간, 막신기는 눈앞에 펼쳐진 길이 진을 이룬 것처럼 몹시 복잡하게 얽혀 있다는 것을 깨달았다. 하지만 앞서간 원승 역시 진에 갇힌 것이 분명했으니 그리 빨리 달아나지는 못할 터였다. 그자는 혼란에 빠졌을 것이고, 더군다나 피까지 토하며 달아나는 입장이었다.

원승은 정사품하의 장군이고 막신기보다 지위가 높았기 때문에 상급자를 체포할 권한이 없는 막신기로서는 꺼려야 할 상대였다. 하지만 지금 두 사람의 대결은 관청의 일이라기보다는 강호의 대결에 가까웠고, 심지어 막신기는 선기 진인 문하의 명예를 되찾는 데 혈안이 되어 있었다. 그는 주저 없이 원승이 밟고 간 길을 따라 쏜살같이 앞으로 나아갔다.

원승 앞에는 그다지 눈에 띄지 않는 대전이 서 있었다. 반쯤 열린 대전 문을 통해 살펴보니 앞뒤로 문이 있는 전각이었다. 저곳을 통과하면 원승이 달아날 길은 더욱 많아질 것이다. 절대로 저 전각을 통과시킬 수는 없었다!

신포 막신기는 남은 힘을 모조리 끌어올렸다. 곤선삭 여섯 개가 화난 용처럼 빙빙 회전하며 원승을 덮쳤다. 곤선삭이 원승의 옷자락에 닿으려는 순간, 원승은 느닷없이 바닥을 뒹굴어 반쯤 열린 대전의 문을 향해 방향을 틀었다. 막신기의 입가에 잔혹한 웃음이 떠올랐다. 이미 예상한 움직임이었다. 그는 빠른 신행술을 이용해 한 발 먼저 그 문 안으로 들어갔다.

'내가 이겼다!'

막신기는 미친 듯이 웃음을 터뜨리고 싶었다. 그는 벌써 원승의 앞을 단단히 틀어막고 있었고, 며칠 전 내원에서 천자의 칭찬을 듬뿍 받고 두 공주가 서로 마차에 태워가려던 조정의 신예 원승은 입가에 피를 흘리며 강아지처럼 바닥을 구르고 있었다. 그런데 갑자기 이상한 기분이 온몸을 휘감았다.

'저놈 눈빛이 왜 저렇게 이상하지?'

원승의 눈동자에는 실패한 자의 괴로움이나 놀라움, 두려움 같은 것은 없고, 오히려 흐뭇한 만족감이 흐르고 있었다. 심지어 저건…… 연민?

뒤이어 그는 더욱 이상한 것을 느꼈다. 이상하고 괴이한 숨결, 음울하고, 서늘하고, 말로 표현하기 힘든 원한이 담긴 숨결이었다.

순간, 귓가에 쾅 하는 굉음이 들리더니 대전의 문과 창문이 송두리째 닫혔다. 앞뒤로 훤히 트였던 대전은 순식간에 칠흑의 세상으로 변했다. 다음 순간, 막신기는 견디기 힘든 위압감을 느꼈다. 만승지존의 행차가 눈앞에 있는 듯, 삼군을 통솔하는 원수가 말을 몰아 달려오는 듯 어마어마한 위압감에 그의 몸은 뻣뻣하게 굳고 차갑게 식었다.

'청심탑에서 첫눈에 반하면 장생각에서 삼생을 함께하리니.'

이는 장안성 서쪽 풍읍방에 있는 장생각 청심탑에 얽힌 전설이었다. 풍읍방은 숭화방에 붙어 있는 구역이며, 장생각은 그 서북쪽에 자리한, 찾는 사람이 별로 없는 도관이었다. 하지만 자칭 불교와 도교를 함께 모시는 사원인 데다 수나라 시대의 진귀한 오층탑이 남아 있는 곳이기도 했다. 그 탑이 바로 청심탑이었다.

언제부터인가 어느 호사가가 '청심(清心)'이라는 단어가 마음을 준다는 의미인 '경심(傾心)'과 발음이 같다는 데 착안해 지어낸 '청심에 오르면 경심이 일고, 장생에 절하면 삼생을 함께한다'는 덕담이 퍼졌다. 본디 장생각은 순수하게 도를 닦는 장소는 아니었기에, 이 덕담 역시 그 가짜 도사들이 선남선녀를 끌어들이기 위해 지어낸 이야기일 가능성이 농후했다. 그러나 세상에는 왕왕 이런 허망한 이야기가 유행하곤 했으니, 이 이야기도 이 사람 저 사람 입을 타면서 장안 청춘 남녀들 사이에 널리 유행하게 됐다.

이렇게 해서 매년 상원절과 칠석날부터 중추절까지 쌍쌍이 남녀들이 청심탑에 올랐다. 다만 이 년 전 칠석날 밤, 사랑을 이루지 못하게 된 남녀가 오층짜리 청심탑에서 뛰어내려 저승의 짝이 된 뒤로 장생각은 송사에 휘말렸다. 그 후 그곳에서 종종 귀신이 출몰해 점차 찾는 사람이 줄더니, 이제는 칠석날 밤 그 탑에 올라 기도를 올리는 사람은 아무도 없었다.

하지만 오늘 저녁 장생각은 사람들로 북적였다. 어디서 왔는지 모를 호걸들이 이 외지고 쓸쓸한 도관을 빙 둘러싼 것이다. 특히 청심탑 위는 호화롭게 치장을 하고 층층이 처마마다 오색 등롱을 잔뜩 걸어서, 멀리서 보면 마치 눈부시게 반짝이는 유리 탑 같았다.

"아무래도 올 칠석은 다르겠구나. 어쩐지 달이 저리도 밝더라니!"

장생각의 관주는 감정이 격해져 눈물까지 글썽였다. 이번에 찾아온 귀빈은 실로 돈이 넘쳐나는 부자였다. 주최자는 어느 호승이라고 들었는데, 역시 재물이라면 페르시아의 거상을 따를 자가 없었다. 오층짜리 청심탑에 내건 각양각색 정교한 궁등만 해도 눈이 핑핑 돌

정도인데, 그것도 부족한지 탑 계단에 서역 특산 융단을 깔고, 층마다 진귀한 침향과 용연향, 소합향 등을 넣은 향로를 피워 탑 안에 향기가 그윽했다. 게다가 이 모든 준비를 마치는 데 겨우 반나절밖에 걸리지 않았다. 이것이야말로 진정한 사치 중의 사치였다.

청심탑 꼭대기 층에는 단 네 사람뿐이었다. 가장 눈에 띄는 사람은 아리따운 옥환이였다. 그녀는 연분홍 반소매 적삼에 완화유수금(浣花流水錦, 꽃이 개울에 떠내려가는 모습에 착안해 만든 무늬가 있는 비단)으로 지은 허리선 높은 주름치마를 입었는데, 치마에는 각양각색의 꽃 수백 송이가 잔뜩 수놓여 있었다. 이 차림은 매력이 뚝뚝 떨어지는 보조개며 열은 수심이 담긴 눈동자와 몹시도 잘 어울렸고, 덕분에 휘황찬란한 등불을 받아 눈부시게 빛나는 그녀의 모습은 마치 활짝 핀 모란을 연상시켰다.

그녀는 구공침(九孔針, 고대 중국 여인들이 칠석날 사용하던 바늘)과 오색실을 손에 들고, 이따금 하늘 한가운데 떠오른 둥그런 밝은 달을 올려다보거나 옆에 있는 이융기의 어깨를 톡톡 두드리며 소곤소곤 말을 걸곤 했다.

"삼랑, 바느질 솜씨를 좋게 해달라고 저 달에 빌었어요. 당신도 소원을 빌겠다고 했잖아요. 무슨 소원이에요? 우리가 다정한 비익조(比翼鳥)가 된다면 얼마나 좋을까요. 그래요, 오늘은 견우와 직녀가 만나는 날이지요. 하늘에 사는 신선들인데도 밤낮 함께하는 새들만 못하다니……."

당시 풍습에 따르면, 칠석날 밤에 여자들은 달을 바라보며 오색실을 구공침에 끼우는데 이를 걸교라 불렀다. 칠석날 밤은 견우와 직녀가 만나는 날이기 때문에 소녀들은 걸교를 하면서 소원을 빌었고, 그 소원은 대부분 연정에 관한 것이었다.

어젯밤 이융기가 '칠석날 밤, 청심탑'이라는 말을 계속 중얼거리자, 옥환아는 곧장 이곳을 떠올렸다. 이융기의 상태가 호전되리라는 희망에 가슴이 두근거렸고, 특히 칠석이라는 특별한 날도 마음에 들었다.

설고는 새로이 만국 제일 미녀가 된 이 제자를 종초객에게 보낼 마음에 요 며칠은 제자가 하자는 대로 해줬다. 옥환아가 낭군을 데리고 외지고 사람이 찾지 않는 도관에서 결교를 하겠다고 하자, 호승 혜범 역시 별반 의아해하지 않고 어마어마한 재물을 들여 반나절 만에 이곳을 완벽하게 꾸며줬다. 혜범과 설고는 멀지 않은 곳에서서 한 쌍의 젊은이를 걱정스레 바라보고 있었다.

설고가 가만히 한숨을 쉬었다.

"혜범 장로, 덕분에 저 아이가 꿈을 이뤘소. 준비하느라 돈을 많이 썼겠군."

"성 하나 살 돈이 있다 한들 옥환아의 경국지색에 비교할 수 있겠습니까?"

혜범은 복잡한 눈빛으로 설고를 흘끗 바라봤다.

"종주, 이곳에서 소원을 빌면 효험이 아주 좋다 들었습니다. 칠석날 밤이고 달도 환한데, 종주의 소원은 없으신지요?"

설고도 그를 똑바로 응시했다.

"내 소원은 장로도 알고 있을 것이오! 귀인께 은혜를 갚으면 홍강 그 작자의 복수를 할 것이오. 그렇게 허무하게 죽어버리다니! 문하 제자들이 셀 수 없이 많은데도 누구 하나 입도 벙긋 못하더군."

"그에게는 제자가 많지만, 재주 있는 자는 몇 없지요. 능염자는 노련하지만 어수룩하고, 능지자는 겁이 많습니다. 막내 제자인 열아홉째는 재주는 쓸 만하나 줄곧 폐관 수련 중이지요. 아, 홍강 진인의 제자 이야기가 나와서 말입니다만, 가장 재기가 빼어난 자는 역시 원승입니다. 안타깝게도 빈승이 알아낸 바로는 원승이 실수로 홍강을 찔러 죽였을 가능성이 아주 높지요."

설고는 서늘한 목소리로 말했다.

"원승이든 선기 국사든, 절대 가만두지 않을 것이오."

"종주께서 성공하시기를 기원하지요."

혜범의 눈동자가 반짝이더니 별안간 옥환아의 뒷모습에 시선을 던지며 물었다.

"빈승은 관상을 아주 잘 봅니다. 저 아름다운 낭자는…… 종주의 딸이겠지요. 어찌하여 사실대로 말해주지 않으십니까?"

설고는 코웃음을 쳤다.

"그리 관상을 잘 본다면 저 아이의 아비가 누군지 맞혀보시오."

혜범의 얼굴에 한 줄기 괴로움이 떠올랐지만, 그는 냉큼 표정을 감추고 태연자약한 척 미소를 지었다.

"국사의 명예가 달려 있으니 섣불리 말할 수는 없지요."

"역시 늙은 여우답군. 그 무엇도 속일 수가 없으니."

설고는 웃으며 말했지만 그 웃음은 몹시 쓸쓸하고 힘이 없었다.

난간 앞에 있던 이융기가 갑자기 빙그레 웃으며 똑똑히 말했다.

"이리 오너라. 피리를 불어주마."

"삼랑, 당신…… 당신 정말 좋아졌군요!"

옥환아의 눈동자에 눈물이 반짝였다.

"그보다, 나를 따라 말해봐요. 하늘에서는 비익조가 되고 땅에서는 연리지(連理枝)가 되게 해주세요!"

이융기는 고통스런 생각에 잠긴 양 물끄러미 그녀를 바라봤지만, 결국 천천히 그 말을 따라 했다.

"하늘에서는 비익조가 되고 땅에서는 연리지가 되게 해주세요!"

하늘에서는 비익조, 땅에서는 연리지…… 이는 당나라의 청춘 남녀들이 소원을 빌 때 늘 입에 올리는 말로 어디서나 들을 수 있는 흔한 구절이었다. 하지만 무엇 때문일까. 준수하지만 다소 멍해 보이는 이융기의 입에서 한 자 한 자 흘러나온 그 말은 무슨 말로도 설명할 수 없을 만큼 묵직하고 뜨거웠다.

떨 듯이 기뻐하는 옥환아를 바라보던 설고가 와락 눈물을 쏟았다. 지난날 그녀 역시 이곳 장안에서 한 남자와 똑같은 말을 나눈 적이 있었다. 당시 그 남자도 저렇게 긴장했다. 다만 그는 임치군왕 이융기에 비하면 훨씬 더 무시 못할 신분이었다.

인생은 기나긴 밤이요, 약속은 그 밤에 드문드문 떠 있는 별이었다. 그날의 뜨겁던 약속을 그 누가 기억할 것인가? 참으로 애석한 일이었다. 그녀는 고운 이를 악물며 심장을 쥐어짜는 듯한 통증을 견뎠다.

'일단은 저 아이가 원하는 대로 해주자. 그다음에 이 세상에 복수하는 것이다.'

설고는 무의식적으로 맑은 눈동자를 옆으로 돌리다가 뜻밖에도 혜범의 화려한 장포 자락이 미미하게 떨리는 것을 발견했다. 저 늙은 호승도 뭔가를 억누르기 위해 몹시 애쓰는 것이 분명했다.

"장로, 왜 그러시오?"

"아무것도 아닙니다. 젊은이들을 보니 지난 일이 떠오르는군요."

혜범은 옅은 미소를 지으며 자연스럽게 대답했다. 조금 전의 이상한 떨림도 씻은 듯 사라졌지만, 설고는 그리 쉽게 의심을 풀지 않았다. 그녀가 냉소를 지으며 말했다.

"공주 전하께서 당신더러 우리를 보살피라고 분부하셨지만, 당신이 이렇게까지 살뜰하게 살필 줄 몰랐소. 하지만 내내 이상한 생각이 드는군. 당신에게서 풍기는 기운이 무척 이상한 느낌을 준단 말이오."

그녀가 천천히 혜범에게 다가가자 강력한 기운이 늙은 호승을 짓눌렀다. 혜범은 쓴웃음을 지은 채 가만히 그녀를 바라볼 뿐, 말을 하지도 않았고 피하려 하지도 않았다.

11장

통탄의 탑

바로 그때 계단이 삐걱삐걱 소리를 내더니 침착한 발소리와 함께 누군가 천천히 탑으로 올라왔다.

"원승?" 그쪽을 돌아본 설고가 서늘한 목소리로 말했다. "이곳을 찾아내다니!"

원승은 총채를 부르쥔 그녀의 하얀 손을 바라보며 담담하게 입을 열었다.

"종주, 나를 죽여 입을 막을 생각이오? 청심탑 아래에서부터 장생각 밖까지 우리 금오위의 정예 암탐들이 포위하고 있소. 아, 그리고 끈질기게 나를 뒤쫓던 형부와 어사대 사람들도 곧 도착할 것이오. 임치군왕을 내놓으시오. 그러면 이야기는 들어주겠소."

"이제 와서 이융기를 내어준들 무슨 소용이 있을까?"

설고는 냉소를 터뜨렸다.

"저자는 괴뢰고에 중독되어 돌이킬 수 없다!"

원승은 어두워진 눈빛으로 옥환아를 돌아봤다.

"당신이 이 삼랑을 무척 사랑한다는 것을 아오. 당신은 괴뢰고의 해독법을 알고 있을 것이오!"

옥환아는 슬픈 얼굴로 대답했다.

"나도 몰라요. 괴뢰고는…… 해독할 수가 없어요."

그때 탑 아래에서 외치는 소리와 말발굽 소리가 요란하게 울리고, 등불과 횃불이 빨갛게 타올랐다. 어사대 암탐과 형부 사람들이 도착한 것이다. 막신기가 빠진 어사대 암탐들은 어수선한 반면, 형부는 유명한 형부육위가 이끌고 있어 기세가 제법 드셌다.

형부육위의 첫째 청풍위 소목이 목청을 높여 외쳤다.

"장생각을 포위하라! 반드시 중대 사건 용의자 원승을 체포해야 한다!"

청심탑 아래에 있던 오육랑 휘하 금오위 암탐들은 이 말을 듣고 홧김에 욕을 퍼부으며 흉흉하게 모여들었다. 아무래도 국도의 치안을 담당하는 금오위는 사람이 많았기 때문에 금세 형부의 병졸들을 에워쌌다. 양쪽의 인마는 한 치의 양보도 없이 당장이라도 싸움을 벌일 것처럼 팽팽하게 맞섰다.

갑자기 원승이 탑 아래로 몸을 내밀며 크게 외쳤다.

"원승은 성지를 받들어 이곳에서 사건을 조사하고 있다. 한 시진 안에 해결할 것이니, 그사이 누구든 함부로 소란을 피우면 천자를 기만한 대죄로 다스릴 것이다!"

날카롭고 엄숙한 외침이었고, '천자를 기만한 죄'는 너무도 부담스런 낙인이었다. 왁자지껄 떠들어대던 어사대와 형부의 병졸들은 그 위세에 벙어리처럼 조용해졌다. 형부육위도 어쩔 수 없이 서로 눈짓을 주고받았다.

둘째인 판기위 리명소가 나지막하게 말했다.

"막신기 그놈은 기어코 나타나지 않는군요. 그 여우같은 놈이 또 무슨 꿍꿍이를 부리고 있을지 모르니 조용히 상황을 지켜보는 것이 좋겠습니다!"

그러자 청풍위 소목이 고개를 쳐들고 껄껄 웃었다.

"오냐, 고작 한 시진이 아니냐. 기다려주마!"

탑 위에서는 설고가 냉소를 터뜨렸다.

"원승, 너를 천재라고 해야 할지 바보라고 해야 할지 모르겠구나. 한 시진 안에 무엇을 할 수 있겠느냐? 하긴, 너와 이융기가 죽기에는 충분한 시간이지. 괴뢰고는 본래 해약이 없다! 이융기는 이제 옥환아의 인형일 뿐이야. 다행히 정신이 차차 돌아오고 있지만, 완전히 회복되더라도 옥환아가 부리는 꼭두각시 신선이 되어 평생 그 지시를 받을 것이다. 얼마나 아름다운 결말이냐!"

문득 옥환아가 쓸쓸하게 한숨을 쉬며 말했다.

"사부님, 사실 저는 그를 꼭두각시로 만들고 싶지는 않았어요. 그가 예전처럼 위풍당당한 이 삼랑이었으면 좋겠어요. 어째서…… 어째서 이렇게 됐을까요?"

"그것은 당신의 존사가 바로 이십 년 전의 설무쌍(雪無雙)이기 때문이오!"

원승이 한 걸음 앞으로 나서며 차갑게 말했다.

"이십 년 전, 촉의 절세미녀 설무쌍은 처음으로 낙양을 찾아와 신비한 술법으로 비를 빌어 세상 사람들을 깜짝 놀라게 했소. 하지만 곧 소식이 끊겼지. 그 후의 일을 아는 사람은 거의 없고 귀한 분의 명예가 달려 있어 나 또한 상세히 말할 수는 없소. 하지만……."

그의 차가운 시선이 옆에 선 혜범을 침착하게 훑었다.

"끝내 숨길 수 없는 일도 있는 법이오."

어젯밤 그는 대사형 능염자와 한밤중까지 이야기를 나눴다. 대사형이 세세한 이야기까지는 하지 않았지만, 원승은 설무쌍이라는 여인이 존사와 연분이 있었다는 것을 어렴풋이 느꼈다. 다만 당시 존사는 국사의 자리에 있어 속세의 정에 휘말릴 수는 없었다. 소문이 날 기미가 보이자 존사는 즉각 결단하고 도교와 다소 인연이 있는 태평공주에게 그녀를 소개했고, 설무쌍은 놀라운 술법으로 남몰래 태평공주를 위해 수많은 일을 했다.

그 후, 태평공주에게 상왕 이단과 연락을 맡아줄 심복이 필요해지자 설무쌍은 여도사로서 이단의 첩에게 도 닦는 것을 가르쳐준다는 명목으로 상왕부에 들어갔다. 능염자의 기억에 따르면, 그 기간에도 그녀는 여전히 홍강 진인과 왕래를 했다.

그런데 무슨 까닭인지 일 년 후, 설무쌍은 신도 낙양에서 완전히 자취를 감췄고 다시는 돌아오지 않았다. 능염자가 얼버무리면서 들려준 이야기에는 놀라운 소식이 담겨 있었다. 사부인 홍강 진인의 곁을 떠날 때 설무쌍은 아이를 가진 몸이었다는 것이다.

설고는 차갑게 코웃음 칠 뿐 아무 말도 하지 않았다. 원승은 그녀의 두 눈을 똑바로 응시하다가 갑자기 도교의 술법인 전음술로 말했다.

"그 후 설무쌍은 짧은 기간 상왕부에 머물렀소. 나는 오늘 아침에 일부러 상왕의 큰 공자 이성기를 찾아가 물어봤소. 세자는 어려서부터 총명한 분이고 당시 나이도 열 살이 넘었으니 기억하고 있었소. 지금 와서 생각해보니 설무쌍은 아름답고 정이 많아 남몰래 상왕에게 연정을 품었던 것 같다고 했소."

"무슨……." 설고의 안색이 싹 변했다. "허튼소리 마라!"

"하나 떨어지는 꽃은 유정해도 흐르는 물은 무정하듯, 상왕께서는 전혀 관심이 없으셨소. 당신은 사부님을 원망하고 상왕 전하를 원망했소. 지금 이곳에 다시 나타난 것은 지난날 은혜를 베푼 태평공주를 돕기 위해서기도 하지만, 진짜 목적은…… 상왕께 복수하는 것이오!"

마침내 설고의 맑고 하얀 얼굴에 잔혹한 웃음이 서서히 번졌다.

"오냐, 내가 복수하지 못할 까닭이 무엇이냐? 내게는 복수할 자격조차 없느냐? 홍강은 고집스럽고 우둔하고, 이단은 위군자야! 그자는 내게 사랑을 맹세해놓고도 일이 끝나자 친구의 아내라며 나를 억지로 내쳤다. 그자는 홍강보다 백배 천배 밉살스런 놈이야!"

이렇게 외친 그녀는 고개를 쳐들고 깔깔 웃어댔다.

"복수할 테다! 더러운 남자와 위군자에게 똑같이 갚아줘 평생토록 괴로움에 발버둥 치도록 만들겠다!"

두 사람은 그때까지 전음술로 이야기를 나눴지만, 설고는 이 마지막 말을 할 때 발작적으로 광소를 터뜨리며 소리 내어 외쳤다. 혜범은 생각에 잠긴 양 시종일관 나무토막처럼 묵묵히 서 있을 뿐이었다.

"사부님, 그…… 그게 무슨 말씀이세요?"

옥환아가 눈물범벅이 된 채 물었다.

"어째서 복수 때문에 절 평생 후회하도록 만드신 거예요?"

"닥쳐!"

설고가 고함을 쳤다.

"어릴 적부터 패기라고는 없더니 아직도 이 모양이구나! 그렇게 해야만 영원히 저자와 함께할 수 있다! 이루지 못할 소원을 두고 다시는 괴로워할 필요가 없는데 후회가 다 무슨 말이냐?"

원승이 끼어들었다.

"옥환아 낭자, 평생 후회하고 싶지 않다면 우리와 함께 떠나는 것이 어떻소? 괴뢰고는 '주인이 있으면 손님은 편하다'고 들었소. 우리 영허문에는 귀신이 붙어 혼이 나간 증상을 치료하는 청심세혼술이라는 것이 있으니, 우리 두 사람이 함께 연구하면 이 삼랑을 원래대로 돌려놓을 수 있을지도 모르오!"

"정말인가요?" 옥환아의 두 눈이 환하게 빛났다. "삼랑만 좋아진다면 당장 죽으라 해도 나는…… 기꺼이 하겠어요."

"그만두지 못해!" 설고가 눈을 치켰다. "감히 한 발자국이라도 움직이면 네 꼭두각시부터 베어버리겠다."

어느새 원승이 춘추필을 뽑아 거꾸로 들었다. 붓끝에 달린 엄일검이 날카롭게 튀어나왔다.

"이융기는 이미 회복됐으니 두 사람을 데려가게! 형부 쪽은 내가 맡겠네."

그가 뒤를 향해 외치자 청영과 육충이 휙휙 튀어나왔다.

"내게 한 번 패했던 너희 둘만으로 나를 막겠다고?"

설고가 냉소를 지으며 말했다.

"종주, 창칼은 거두고 예전처럼 꽃 기르는 이야기나 하는 것이 어떻소?"

육충이 눈살을 잔뜩 찌푸리며 대꾸했다.

"아무래도…… 내가 해야겠군!"

별안간 차갑고 딱딱한 목소리가 들려왔다. 넋이 나간 사람처럼 앉아 있던 이융기가 느닷없이 한광을 번뜩이는 단검 한 자루를 뽑아 옥환아의 심장을 푹 찔렀다. 날카롭고도 단호한, 그리고 아무런 예고도 없는 움직임이었다. 더욱이 이융기는 줄곧 옥환아 옆에 굳은 듯이 서 있었기 때문에 그가 마지막 한 글자를 뱉는 순간까지도 혜범이나 설고 같은 고수조차 그의 손이 움직이는 것을 보지 못했다. 사람들이 한광을 발견했을 때 예리한 칼날은 이미 옥환아의 가슴을 꿰뚫은 뒤였다.

탑 꼭대기에 있던 모든 사람이 그 자리에 얼어붙었다. 옥환아가 나약하고 처량하게 비명을 질렀을 때에야 정신을 차린 설고가 펄펄 뛰며 소리소리 쳤다.

"이 쳐 죽일 놈!"

그녀가 미친 듯이 이융기를 덮쳤다.

"막아야 해!"

원승이 소리쳤다.

"궂은일은 내게 맡겨!"

육충이 주저 없이 검을 휘두르며 설고의 앞을 가로막았다. 뜻밖에도 며칠 전까지 위풍당당하던 설고도 지금은 손발에 힘이 빠져 자화열검이 찍어 내리는데도 총채를 휘두를 힘조차 없었다. 신기묘산의 혜범조차 마음이 어지러워 입만 쩍 벌린 채 그 자리에 못 박혀 있을 뿐이었다.

"삼랑."

옥환아는 이융기의 품에 쓰러져 슬픈 눈으로 그를 바라봤다.

"당신…… 깨어났군요?"

이융기는 대답하지 않고 다시 한 번 단검을 뽑았다가 힘껏 찔렀다. 사람들이 비명을 질렀다. 옥환아의 새하얀 옷자락으로 시뻘건 피가 배어나왔지만 이융기의 눈은 맑디맑았고 약간의 고통만이 떠올랐다. 그가 천천히 말했다.

"이것이 바로 네가 말한…… 손님이 주인이 되는 법이냐?"

설고는 맥없이 바닥에 주저앉으며 쉰 목소리로 외쳤다.

"옥환아, 미쳤느냐? 손님이 주인이 되는 법은 괴뢰고를 깨뜨리는 유일한 방법이다. 설마 그것을……?"

그녀는 그 추측이 너무 황당하고 이해할 수가 없어 차마 말을 잇지 못했다.

"손님이 주인이 되는 법?"

혜범이 비참한 목소리로 중얼거렸다.

"그렇군, 이융기가 괴뢰고의 손님으로서 주인을 잡아먹으면 괴뢰고를 깨뜨릴 수 있겠지!"

"그래요, 당신을 되돌려놓기로 했을 때부터 이런…… 결말은 예상했어요……."

옥환아의 목소리는 이미 가느다란 실처럼 힘이 없었지만 눈빛은 여전히 정을 담뿍 담은 채 이융기의 얼굴에서 떨어지지 않았다.

별안간 이융기가 쩔쩔매다가 옥환아의 가슴에 박힌 단검에서 손을 떼고 떨리는 목소리로 말했다.

"그래, 네가 명령했구나. 네가 이렇게 하라고……."

그는 큰 소리로 울부짖었다.

"네가 시키지 않았느냐, 네가! 어째서, 대체 왜 그런 것이냐?"

옥환아가 미소를 지었다.

"두려워 말아요, 삼랑. 이것이 유일한 방법이었어요. 하지만…… 당신이 이렇게 빨리 움직일 줄은 몰랐어요. 그래도 당신만 낫는다면 나는…… 기꺼이 죽을 수 있어요."

원승은 마치 얼음물을 뒤집어쓴 기분이었다. 그는 단둘이 있는 틈을 타 이융기의 머리에 영력을 주입했는데, 그 영력에는 영허문 청심세혼술의 기본 술법인 〈청심곡〉과 함께 옥환아에게 전할 일곱 글자가 담겨 있었다.

칠석날 밤, 청심탑!

그는 이융기가 이 말을 꺼내면 옥환아는 사랑에 빠진 소녀답게 반드시 칠석날 밤 이곳으로 올 것으로 추측했고, 확신이 있었기 때문에 금오위의 병력을 통째로 동원했다. 그의 예측은 거의 정확했다. 하지만 그 역시도 옥환아가 이융기를 본래대로 되돌리기 위해 줄곧 힘써왔다는 사실은 알지 못했다. 더욱이 그녀가 이토록 단호하면서도 참혹한 방법을 선택하리라고는 꿈에도 생각지 못했다.

'당신만 낫는다면 나는 기꺼이 죽을 수 있어요.'

원승은 심장이 쥐어짜듯이 아파왔다.

'설사 내가 미리 이 결과를 알고 있었더라도…….'

원승은 만국 제일 미녀 대회에서 본 아름다우면서도 슬픈 그녀의 웃음이 눈앞에 떠올랐다. 아마 그때부터 그녀는 결심했을 것이다. 이어 더욱더 커다란 의혹이 가슴속에 솟구쳤다. 아무리 원승이 영력을 주입해주긴 했어도 이융기가 이렇게 짧은 시간 안에 깨어난 것은 그의 심지가 남들보다 강하기 때문일 것이다. 그런데 단검을 찌르던 그 순간에는? 이융기는 생각이 없는 꼭두각시처럼 오로지 옥환아의 지시만을 따랐던 것일까, 아니면 〈청심곡〉의 도움으로 정신을 차린 뒤에도 단호하게 검을 휘두른 것일까? 차마 더 생각할 수가 없었다. 어느 쪽이건 그 답은 너무나도 가혹했다.

"역시…… 기억하고 있었어……." 옥환아가 숨을 할딱이며 말했다. "삼랑, 당신은 줄곧 날 사랑했죠?"

"사랑한다." 이융기가 고개를 끄덕이며 대답했다. "하지만 알다시피 나는 널 맞아들일 수가 없어."

다른 이들은 멀거니 서서 이 가엾은 연인들을 빤히 응시하고 있었다. 꾀 많은 혜범도, 스승인 설고도, 술법의 달인 원승도, 지금 옥환아의 목숨이 경각에 달려 신선이 와도 구할 수 없다는 것을 알았다. 그들이 할 수 있는 것은 아무것도 없었다. 그래서 그들은 차마 두 사람을 방해하지 못했다. 심지어 말을 하거나 조그마한 소리조차 내고 싶지 않았다.

"비밀을 알려줄게요. 나도 본래는 좋은 가문의 딸이에요. 그저 당신에게 가까이 가고 싶어서 그런 곳으로 간 거예요. 하지만 당신은 항상 높디높은 군왕이었죠!"

숨이 막혀오기 시작했지만 그녀는 억지로 미소를 지으며 가볍게 말했다.

"약속해줘요. 내생에서는 반드시 나를 아내로 맞이하겠다고요!"

이융기의 눈에도 마침내 눈물이 맺히기 시작했다.

"그래, 약속하마."

"삼랑, 드디어 나를 위해 울어주는군요."

그녀는 그의 뺨을 어루만지며 속삭였다.

"두려워 말아요. 모든 죄는 내가 지고 갈게요!"

옥환아는 생긋 웃더니 갑자기 가슴에 꽂힌 단검을 쥐고 힘껏 자신의 심장으로 밀어 넣었다.

"환아!"

설고는 처량하게 비명을 질렀다. 그녀는 사랑하면서도 원망하고, 아끼면서도 못마땅해하던 제자를 넋 나간 사람처럼 바라봤다. 그제야 깨달았다. 지금까지 오랜 시간을 저 아이와 의지하며 살아왔다는 사실을. 자신이 저 아이를 이토록이나 사랑했다는 사실을.

하지만 옥환아는 이융기만 바라보며 말했다.

"그리운 내 지난날…… 버드나무 바람에 흩날리네. 내생에서도 나를 기억해줘요……."

그녀는 마침내 그의 품에서 눈을 감았다. 성을 주고도 바꾸지 않을 절세미녀의 마지막이었다.

원승이 왈칵 시커먼 피를 토했다. 옥환아가 죽자 손님이 주인이 되는 술법이 완성됐고, 원승의 몸속에 있던 괴뢰고도 사라진 것이다. 이융기의 반응은 더욱더 격렬해서 입에서 끊임없이 피를 쏟아냈다.

'팍팍' 하는 가벼운 소리가 들려왔다. 청풍위 소목 등 형부육위가 형부의 병졸과 금오위가 대치하고 있는 틈을 타 사람이 없는 청심탑의 반대쪽 측면으로 살그머니 올라온 것이다. 휘영청 밝은 등불 아래에 펼쳐진 참혹한 장면을 보자 형부육위는 화들짝 놀랐다.

"임치군왕?"

소목은 양손에 피 칠갑을 한 이융기를 뚫어지게 보며 외쳤다. 그 앞에 쓰러진 옥환아의 시신이 눈에 띄자 그는 또 한 번 놀랐다.

"사…… 사람을 죽였습니까?"

"무슨 소리요? 임치군왕께서 죽였다고 누가 그랬소?"

청영이 두어 걸음 나서며 낭랑하게 말했다.

"칠석날 밤이라 제일 미녀 옥환아가 임치군왕과 소원을 빌기 위해 탑에 올랐는데, 옥환아는 임치군왕에게 시집갈 수 없다는 사실에 슬픔과 원망을 이기지 못해 자결했소. 마침 우리가 때맞춰 왔다가 똑똑히 봤소."

원승과 육충은 하릴없이 고개를 끄덕였다. 탑 한쪽에 쓰러진 설고는 실의에 빠져 넋이 나갔고 혜범은 씁쓸하게 돌아섰기 때문에 반박하는 사람은 아무도 없었다. 바닥에 쓰러진 옥환아는 두 손으로 단검을 움켜쥔 상태였고 얼굴에도 미소가 떠올라 있어 청영이 한 말과 꼭 맞아떨어졌다.

"원 장군, 임치군왕을 찾아낸 것을 축하하오."

소목은 하는 수 없이 차선책을 취했다.

"하나 폐하께서 이레 안에 해결하라 하신 것에는 임치군왕을 찾는 것뿐 아니라 벽운루 사건의 진짜 흉수를 찾는 일도 있잖소?"

청영이 차갑게 코웃음을 쳤다.

"벽운루 사건은 낱낱이 밝혀졌소. 옥환아가 임치군왕에게 시집가기 위해 정인이던 두 시인을 죽인 것이오. 하지만 이토록 마음을 보였는데도 임치군왕께서 뜻이 없으시니, 옥환아는 부끄러움을 견디다 못해 오늘과 같은 일을 벌인 것이오. 하물며 벽운루 사건에 관해서는 성인께서 친히 하문하실 일인데, 어찌 감히 당신이 묻는 것이오?"

청영이 날카롭게 힐문하자 소목은 부끄럽다 못해 화가 치밀었다.

"내가 벽운루 사건을 물을 자격이 못 된다면, 모선재 사건은 어떻소? 원 장군이 그 사건에 연루됐고 겁이 나서 달아나는 것을 모두 똑똑히 봤소. 막 신포가 직접 조사한 일인데, 무슨 할 말이라도 있소?"

"모선재 사건은 내 입으로 세상 사람들에게 밝히겠소."

원승은 피곤한 듯 한숨을 내쉬며 말했다.

"그런데 내가 죄를 지었다고 주장하는 막신기는 지금 어디에 있소? 그를 데려와 대질시켜주시오."

그 한마디에 형부육위는 말없이 서로를 바라봤다. 단순하고 충동적인 추풍위 철점이 발을 쿵쿵 구르며 투덜거렸다.

"그러게나 말이야. 이렇게 긴요한 순간에 막신기 그 여우는 어디로 간 거지?"

청영이 냉소를 흘리며 말했다.

"막신기의 행동이 수상쩍군. 우리 퇴마사의 원 장군께서 대질을 신청하셨는데, 아무래도 그자는 내세울 말이 없으니 슬그머니 모습을 감춘 모양이오. 그자가 어디로 갔는지 누가 알겠소?"

그때 육충이 머리를 긁적이며 말했다.

"막 신포라면 조금 전에 본 것 같은데…… 부근의 어느 배화교 사원으로 슬그머니 들어가더군."

리명소가 눈빛을 싸늘하게 바꾸며 중얼거렸다.

"배화교 사원? 그런 곳에는 무엇을 하러 간 거지?"

줄곧 쓸쓸하게 고개를 숙이고 있던 혜범이 그제야 번쩍 고개를 들고 원승을 바라봤다. 두 사람의 시선이 마주쳤지만 아무도 말이 없었다.

"지난번에는 우리 퇴마사의 원 장군께서 벽운루 괴사건을 조사하시느라 막 신포에게 사정을 설명할 틈이 없었을 뿐인데 막 신포는 공연히 트집을 잡아 모함한 것이오. 이제는……."

청영의 목소리가 조금 더 높아졌다.

“그자가 어디에 있건 원 장군과 퇴마사의 명예가 달린 일이니 반드시 찾아내어 소상히 밝혀야겠소.”

육충이 나지막하게 말했다.

“그 배화교 사원이 이곳에서 멀지 않으니 차라리 다 같이 가보는 것이 어때?”

원승과 막신기가 싸우면 형부가 판결을 맡게 될 터이니, 누가 이기든 형부에는 좋은 일이라 생각한 소목이 히죽 웃으며 고개를 끄덕였다.

“그렇게 하지!”

우르릉 소리와 함께 묵직한 대전의 정문이 마침내 열렸다. 이상하게도 정문이 열림과 동시에 이 전각의 다른 문과 창문도 일제히 활짝 열렸다. 마치 깊은 잠에 빠졌던 괴수가 깨어나 눈을 뜨고 입을 쩍 벌리고 귀를 쫑긋 세우는 것 같기도 하고, 또는 지옥으로 통하는 저승의 문이 활짝 열려 어두컴컴하고 셀 수 없이 많은 구멍이 뻥뻥 뚫린 것 같기도 했다.

사람들이 느낀 첫인상은 대전이 너무 어두컴컴하고 음산하다는 것이었다. 그보다 더 끔찍한 것은 안에서 들려오는 소름 끼치는 울음소리였다. 공포와 주눅이 가득한 그 울음소리는 흡사 신에게 애걸복걸 기도를 올리는 것 같았다. 갑작스레 이 소리를 들은 사람들은 그 음산한 기운에 온몸의 털이 올올이 곤두서는 듯했다.

형부 병졸 몇 명이 황급히 횃불을 들어올렸다. 환한 불빛 아래 대전 한가운데에 꿇어앉아 양어깨를 바들바들 떨고 있는 막신기가 보였다. 그의 앞에는 크지도 작지도 않은 위패 하나가 놓여 있었다.

대당나라 태자 이중준.

위패에 적힌 까만 글자가 아른거리는 불빛을 받아 눈에 확 들어왔다. 사람들은 그 자리에 우뚝 멈춰 섰다. 이런 와중에 모반을 일으켰다가 주살당한 대역무도한 태자 이중준의 위패 앞에 공공연히 제사를 지내다니! 그것도 보란 듯이 무릎 꿇고 흐느끼면서!

예상 밖의 사태에 잠시 넋이 빠졌던 소목이 정신을 차리고 버럭 소리를 질렀다.

"뭣들 하느냐! 막신기는 공공연히 역당 이중준의 제사를 올렸으니 그 죄를 용서받을 수 없다. 속히 이중준의 잔당을 잡아들여라!"

목이 터져라 외치는 품이, 소리가 작으면 저 역당들과 한패라는 오해를 사게 될까 두려운 모양이었다. 어사대 순가사들도 그 자리에 와 있었지만 이 괴이한 장면을 친히 목격했기에 합죽이가 된 양 입을 꾹 다물었고, 막신기의 심복들도 찍소리조차 내지 못했다.

추풍위 철점이 병졸들을 이끌고 달려가 밧줄을 내밀자, 무시 못 할 재주를 지닌 막신기는 뜻밖에도 반항 한 번 하지 않고 포박을 받았다. 더구나 포박된 뒤에도 연신 이렇게 중얼거리기만 했다.

"태자 전하, 살려주십시오. 제가 잘못했습니다. 잘못했습니다."

그때 그림자 하나가 귀신처럼 전각 밖에 내려앉았다. 호승 혜범이었다. 원승이 대기를 데리고 천당환경으로 피신한 것을 발견했을 때 그는 자연스레 원한의 진으로 원승을 가둬 죽이려는 계책을 세웠다. 원한의 진 밖 조그마한 오솔길에는 도교의 법진을 펼쳐놓았으니, 그의 영리한 제자였던 원승은 그가 바란 대로 제 발로 원한의 진으로 뛰어들 것이 분명했다.

이는 스스로 무덤을 파게 만드는 절묘한 계책이었다. 그런데 뜻밖에도 원승과 함께 있던 페르시아 여인의 영력이 무척 강력해 원승이 진을 깨뜨리도록 도와줬다. 이 원한의 진은 배치가 몹시 복잡해서 제거하려면 적잖은 시간이 필요했고, 이 때문에 혜범은 즉각 폐태자 세 사람의 위패를 망가뜨려 훗날 관청에서 조사를 나오더라도 아무런 실마리도 찾아내지 못하도록 손을 써뒀다.

그런데 원승은 완전히 망가지지 않은 이 진을 이용해 막신기를 가뒀다. 정신을 공격하는 이런 법진은 한 번 깨뜨리면 면역력이 생기기 마련이었다. 그러니 다시 나타난 태자 이중준의 위패는 필시 원승이 미리 준비해뒀다가 때를 보아 대전 안에 넣은 것이 분명했다. 어찌 보면 몹시 위험한 일인데, 원승은 참으로 대담무쌍한 녀석이었다.

혜범은 어두운 밤하늘 아래에서 묵묵히 원승과 마주 봤다. 그 눈동자에 담긴 감정이 기쁨인지 슬픔인지는 알 수 없었다. 선기 국사가 아끼는 제자를 제거했으니 기뻐해야 할 일인지도 몰랐다. 그러나 스승과 제자의 겨룸에서 제자가 또다시 승리하고, 스승의 힘을 빌려 강적까지 제거했으니 개탄스럽기 짝이 없었다.

"저쪽을 보시오, 불이오! 청심탑 쪽인데……."

일행이 넋이 나간 막신기를 천당환경으로 압송할 때 청심탑 쪽에서 불길이 치솟았다. 청심탑과 천당환경은 숭화방과 풍읍방이라는 서로 다른 지역에 있었지만 그래봤자 길 두 개 정도 떨어졌다. 금오위와 여러 관청의 병졸들이 황급히 불을 끄러 달려갔지만 어떤 신비한 힘이 그들을 가로막았다.

사람들이 올려다보니, 활활 타오르는 불길에 휩싸인 오층탑 위에 백발 여인 한 명이 울적한 얼굴로 서 있었다. 다름 아닌 설고였다. 저 설산파의 종주는 모든 계획이 무너지자 낙담 끝에 탑에 불을 질러 분신이라도 할 생각인 듯했다.

12장

뒷공론

불길은 장장 하룻밤을 타올랐다. 수나라 때의 유물인 오래된 오층탑의 주자재는 벽돌이지만 각 층의 문이나 창문, 장식물은 모두 목재였기 때문에 뜨거운 불길에 휩싸이자 금세 잿더미로 변했다.

이른 아침이 되자 사람들은 아직도 연기가 솔솔 나는 폐허로 달려들었지만 옥환아의 시신은 찾을 수 없었다. 신비한 설고 역시 오리무중이었다. 이융기는 원승이 진맥하고 큰 무리가 없다는 것을 확인한 뒤 한밤중에 상왕부 사람들이 와서 데려갔다.

아침 해가 또다시 여명을 가져오면서 사건 해결 기한인 이레째 날이 찾아왔다. 원승은 일찌감치 오육랑을 데리고 형부 감옥을 찾아가 아버지 원회옥에게 기쁜 소식을 전했다. 원 노장군은 인맥 덕분에 감옥 안에서도 큰 고초를 겪지 않았고, 비록 아직 풀어주라는 명은 내리지 않았지만 사건이 해결된 마당이라 형부 사람들도 선불리 괴롭히지 못했다.

아버지를 찾아뵙고 나자 원승도 마음이 편해졌다. 금오위로 돌아온 그는 억압을 털어버린 동료들의 홀가분한 표정과 자신을 향한 진심어린 감탄을 깊이 느꼈다. 이토록 기괴한 사건을 이토록 짧은 시간 안에 풀어낸 덕분에 금오위 사람들은 지위고하를 막론하고 뛸 듯이 기뻐해 마지않았다.

그러나 원승은 성공을 축하할 겨를이 없었다. 오후가 되자 그는 또다시 육충, 청영, 대기와 함께 장생각으로 달려갔다. 마지막으로 폐허를 뒤진 끝에 네 사람은 비로소 이곳에서 아무 단서도 찾아낼 수 없다는 것을 확인하고, 속절없이 돌아서서 장생각 관주의 방으로 향했다. 잠시 쉬면서 상의를 하기 위해서였다.

까닭 없이 끔찍한 재앙을 당한 장생각 관주는 울상이 되어 있었다. 권력자인 원승이 나타나자 그는 이때다 싶어 울먹이는 얼굴로 하소연하면서 차를 대접했다. 최근 장안성 귀족들 사이에서는 도사와 승려의 영향으로 차를 마시는 것이 유행하고 있었다.

재잘재잘 말이 많은 관주를 내보낸 뒤에야 네 사람은 이 기괴하고도 색다른 사건에 관해 이야기를 나눴다.

"이융기는 찾았지만, 이번 사건에는 여전히 의심스런 부분이 많네. 해결했다고 할 수도 없을 정도지."

흥분을 감추지 못하는 육충과는 달리, 원승의 얼굴에는 아직도 먹구름이 드리워져 있었다.

"이융기를 찾았고 그에게 괴뢰고를 쓴 못된 자들도 죽거나 달아났는데 해결하지 못했다니 무슨 말이야?"

육충이 머리를 치켜들며 외쳤다.

"그야 물론 이상한 점이 있긴 하지만. 예를 들면 벽운루에서 이융기가 어떻게 감쪽같이 모습을 감췄느냐 하는 것이라든지."

"그건 쉽게 설명할 수 있네. 나도 이융기와 똑같은 일을 겪었으니까. 술자리에 동석한 사람이 괴이한 모습으로 급사하면 그 누구라도 놀라고 당황해 어쩔 줄 모를 것이네. 그때 이융기는 옥환아의 제안대로 일찌감치 현장을 떠났을 가능성이 높네. 그는 군왕 정도 되는 자신이라면 옥환아를 제때 구해내는 것은 식은 죽 먹기라고 여겼고, 그렇기 때문에 영문을 정확히 알 수 없는 그 상황에서는 한 시바삐 현장에서 벗어나는 것이 상책이라고 생각했던 것일세."

원승은 천천히 말을 이었다.

"이융기는 잔꾀를 썼네. 그는 문 뒤에 숨어 점원을 불렀고, 첫 번째 점원이 들어와 끔찍한 상황에 놀라 넋이 빠졌을 때 설산파 종주의 친딸이자 제자인 옥환아가 가벼운 술법으로 점원을 혼절시켰지. 그런 다음 이융기는 점원의 옷으로 갈아입었네. 나는 그때 이융기가 이미 꼭두각시 신선이 발동된 상태였으리라 믿네. 그래서 옥환아가 시키는 대로 따랐던 것이지. 귀찮은 점원 둘을 따돌리고 누각을 내려가자 다른 점원들은 눈코 뜰 새 없이 바빠서 점원 차림을 한 그가 나가는 것에 전혀 주의하지 않았네. 이융기는 도술이나 요사한 술법을 써서 감쪽같이 사라진 것이 아니라 당당하게 누각을 빠져나간 거야. 본 사람도 있었지만 평범하기 짝이 없는 점원이 나가든 말든 누가 신경이나 썼겠나? 밖으로 나간 이융기는 설고가 미리 준비해둔 마차에 올랐겠지. 그렇게 하면 골칫거리가 해결되리라 생각했지만, 사실은 훨씬 큰 골칫거리를 찾아 들어간 셈이었네."

대기가 그제야 알겠다는 듯 입을 열었다.

"이 모든 것이 설고 그 못된 여자의 계략이었군요. 애석하게도 그 여자는 이미 불바다 속에서 재가 돼버렸으니 증명할 방법이 없어요. 그런데 어째서 등운관해와 노곽까지 죽였을까요?"

"등운관해를 죽인 까닭이야 쉽지. 두 사람은 옥환아의 숭배자였고 끊임없이 뒤를 쫓아다녔으니 그들 때문에 계략이 틀어질 수도 있었어. 설고같이 지독한 여자라면 당연히 화근을 제거하려 했을 거야."

육충의 추리에 원승은 고개를 저었다.

"얼핏 들으면 일리가 있는 말이지만 자세히 들여다보면 빈틈이 많네. 설고가 화근을 제거하기 위해 등운관해를 죽이려 했다면, 구태여 옥환아와 이융기 앞에서 손을 쓸 필요는 없지 않겠나? 이융기를 납치하는 김에 손을 썼다고 말할 수도 있겠네만, 군왕이라는 신분 높은 인물을 납치하려면 신중에 신중을 거듭해 가능한 한 눈에 띄지 않게 움직여야 하는데, 어째서 그토록 소란스런 사건을 일으켰겠나? 더욱이 설고는 정혜사에 나타나 등운관해의 시신까지 훔쳤네. 마치 두 시인을 꼭두각시 노예로 만들려는 것 같았지. 지금쯤 그 꼭두각시 노예들은 어떻게 됐을까? 그들은 무슨 임무를 받았을까? 어젯밤 청심탑에서 느닷없이 불이 난 것도 이상하네. 설마 설고가 정말로 분신자살을 하려 했다고 믿나?"

그의 말에 방 안은 순식간에 고요해졌다. 원승은 뒷짐을 지고 천천히 거닐며 말을 계속했다.

"그것 말고도 이상한 점이 있네. 괴뢰고를 써서 사람을 죽인 수법으로 볼 때 모선재에서 피살된 노곽 역시 설고가 죽인 게 틀림없네. 그런데 대기의 말대로 설고는 무엇 때문에 노곽을 죽였을까?"

"혹시……." 육충이 승복하지 못하고 나섰다. "자네에게 죄를 뒤집어씌우려던 것이 아닐까?"

"그랬다 해도 너무 손이 많이 가는 일이었네. 예를 들면 그때 노곽이 어느 주루에서 나를 만나기로 했는지 알아내야 하고, 때맞춰 초를 가져다놓아야 했지. 설마 그녀가 노곽의 일거수일투족을 감시하고 있었을까?"

청영이 망설이며 말했다.

"혹시 막신기가 한 짓은 아닐까요? 그렇지 않고서야 그자가 가장 먼저 모선재로 달려왔을 리 없잖아요?"

"아니오. 노곽의 재산은 종상부에서 나온 것이고, 막신기 역시 종초객의 사람이오. 두 사람은 같은 편이니 막신기는 결코 노곽을 죽일 리 없소. 설사 죽이려 했다 해도 막신기는 괴뢰고를 쓸 수 없소. 그렇다면 막신기가 때맞춰 달려온 것은 같은 편인 노곽에게서 소식을 듣고 일부러 도우러 왔다고 해야 맞을 것이오."

원승은 혼자 계속해서 질문을 던졌다.

"이런 생각은 해봤소? 노곽의 일거수일투족을 그토록 정확하게 아는 사람이 누구일 것 같소? 설고? 절대 불가능한 일이오! 옥환아? 막신기? 모두 그만한 능력은 없소. 답은 오직 하나, 상왕이오!"

"상왕?"

방 안에 있던 사람들이 거의 비명을 지르다시피 외쳤다. 육충의 반응은 더욱 격렬해서 아예 자기 머리를 마구 때려댔다.

"으악, 미쳐버리겠군! 이 검객 어르신께서 자네 때문에 아주 멍청이가 된 것 같다고!"

"상왕이나 상왕부의 사람만이 노곽의 일거수일투족을 감시할 수 있다는 말일세. 그렇게 생각하면 다른 일도 쉽게 풀리지. 등운관해와 노곽에게는 두 가지 공통점이 있네. 첫째, 모두 갑작스레 재산이 늘어났다는 것. 그리고 둘째, 상왕부를 배반한 것."

육충은 오싹 소름이 돋았다.

"그…… 그러니까 괴뢰고는 상왕 자신이 상왕부를 배반한 자들을 벌하기 위해 쓴 것이었다고?"

"그랬을 가능성이 있지!"

원승은 여기까지만 말한 뒤 불쑥 물었다.

"자네와 청영 낭자는 그 요사한 꽃에 먹힐 뻔한 위험에서 탈출해 천당환경으로 들어갔고, 태평공주가 혜범과 밀담하는 것을 목격했다고 하지 않았나?"

육충은 안색을 굳히며 고개를 끄덕였다.

"그래, 분명히 그 비밀스런 장면을 봤지. 태평공주가 혜범 그 늙다리와 천당환경의 배후자 같았어. 게다가 듣던 대로 심계가 뛰어나더군. 대시합날 그곳에 나타나 외국 상인들의 마음을 얻고 재물을 긁어모았으니까. 혜범 그 늙다리가 워낙 위험인물이라 너무 가까이 갈 수가 없어서 두 사람의 밀담도 드문드문 들었는데, 대부분은 쓸데없는 한담이었어. 가장 중요한 부분은 딱 한마디였지. '내 말을 전하게. 무슨 대가를 치르더라도 종상부에 들어가야 한다고.' 누구에게 전하라는 것인지는 모르겠지만, 태평공주가 종상부에 첩자를 심으려던 것일까?"

원승은 고개를 저었다.

"두 사람이 그 말을 엿들었을 때는 대시합날 둘째날 밤 만국 보물 대회가 시작되기 전이었지. 관례에 따르면 첫날 밤 선발된 만국 제일 미녀 옥환아가 둘째날 밤 대회에서 흥을 돋우게 되어 있네. 그날 저녁 나절 나와 대기도 배화교 사원 후원에서 설고와 옥환아의 대화를 엿들었는데, 두 이야기를 종합하면 태평공주는 옥환아를 보물 선발 대회에 내보내 종초객을 홀린 뒤 사흘 후 종상부로 보내라고 설고에게 명령한 것일세."

육 검객 어르신은 그제야 무릎을 탁 쳤다.

"그랬군. 그렇다면 옥환아와 설고도 태평공주 쪽 사람인가? 특히 옥환아는 종초객을 상대하기 위해 준비한 태평공주의 승부수고? 독고에 기이한 술법까지 익힌 여자니 종상부에 들어가면 아주 끝장이겠군. 그런데 어쩌다 그렇게 죽었을까?"

원승은 한숨을 쉬었다.

"정과 미움이 컸기 때문에 그 승부수에 약간 문제가 생긴 것이지. 하지만 자네가 엿들은 이야기 중에서 내가 가장 놀라고 의아한 부분은 혜범이네. 그 늙은 여우는 줄곧 양다리를 걸치고 있었는데, 태평공주의 말을 들어보면 이번 사건에서는 태평공주 쪽에 붙은 것 같았지. 그는 이번 일에 얼마나 깊이 연루됐을까? 단순히 만국 제일 미녀 대회에서 옥환아를 도운 정도일까? 그렇다면 그 원한의 진은 어떻게 된 걸까? 태평공주일까, 아니면 또 다른 인물이 벌인 걸까?"

그는 잠시 말을 끊었다가 다시 외쳤다.

"하지만 그건 시급한 문제가 아닐세!"

원승의 눈빛은 더욱 어두워졌다.

"천하제삼살을 잊어서는 안 돼. 그자야말로 진짜 위협일세. 살기가 아직 가시지 않았어!"

일행은 또다시 가슴이 철렁했다. 천하제삼살의 위협은 모선재 사건이 벌어지기 전, 벽운루 사건조차 벌어지기 전부터 존재한 것이었다. 하지만 두 가지 사건이 터져 사태가 복잡해지고 파란이 일자 퇴마사 사람들의 신경은 오로지 그 두 사건에만 쏠렸다. 이제야 그들의 머릿속에도 신비하고 음침한 자객 천하제삼살이 다시금 떠올랐다. 그자는 투명한 물건처럼 존재하지 않는 것 같으면서도 어디에든 존재하는 듯했다.

"장군, 귀빈이 찾아오셨습니다!"

똑똑 문 두드리는 소리가 나더니 금오위 암탐 한 명이 허겁지겁 들어와 말했다.

"원 장군, 모두 한집안 사람이나 마찬가지인지라 통보도 없이 이렇게 찾아왔소."

회랑에서 저음의 목소리가 들리고 낯익은 그림자가 성큼성큼 방으로 들어섰다. 바로 임치군왕 이융기였다.

모두 깜짝 놀랐고, 육충은 숫제 소리를 질렀다.

"아니, 전하, 왕부에서 쉬시지 않고 어찌 여기까지 오셨습니까?"

"오지 못할 까닭이 무엇이오?"

이융기의 얼굴에는 쓸쓸함과 피로가 고스란히 묻어 있었다.

"밤새 잠들지 못했소. 이곳에 오면 마음이 편할까 해서."

그는 몹시 지쳐 있었지만 지난날의 호방함과 예의는 잃지 않았다. 원승이 청영과 대기를 소개하자 그는 두 사람에게도 미소를 지어 보였다.

"원 장군은 과연 인재를 가리지 않는군. 두 사람 모두 수려하면서도 지혜를 갖춰 남자 못지않소."

총명하고 눈치 빠른 청영은 이융기가 급히 찾아온 데에는 중요한 일이 있기 때문이라 짐작하고, 이융기에게 손수 차를 따라주면서 대기에게 눈짓한 뒤 때를 보아 물러났다. 이융기의 근신인 육충은 눈치 없이 남으려고 했지만, 결국 영리한 청영에게 끌려나갔다.

방 안이 갑자기 조용해졌고, 탁자에 놓인 도자기 잔에서 진한 차향이 솔솔 풍겼다. 당시 당나라 사람들이 마시던 것은 '차탕'으로

차에 귤피와 대추, 생강, 박하, 수유 등을 넣어 끓인 것이었다. 차탕을 큰 잔으로 한잔 마시자 이융기의 얼굴에도 혈색이 돌았다.

원승은 다시 한 번 이융기의 맥을 짚어본 후 빙그레 웃었다.

"축하드립니다. 남은 독도 완전히 사라졌군요. 무릇 어려움을 겪으면 얻는 것이 있다고 했으니, 이번 사건으로 삼랑께서도 진일보하실 것입니다."

"내가 찾아온 것은 원 형에게 내 몸을 봐달라 청하기 위해서가 아니오."

이융기는 다소 지친 얼굴로 눈을 들어 창밖의 탑을 바라봤다. 불길에 타버린 청심탑은 형편없이 망가졌지만 아직도 완고하게 버티고 서 있었다.

"몸이 아니라 마음의 병을 진맥해줬으면 하오. 마음이 불안해 한시도 안정을 찾을 수가 없소."

이융기는 두 눈을 크게 떴다. 핏발이 더욱 짙어져 있었다.

원승은 고개를 끄덕였다.

"삼랑의 마음이 불안한 까닭은 옥환아에게 깊이 죄책감을 느끼시기 때문이겠지요."

이융기는 말이 없었다. 방 안이 갑자기 정적에 잠겼다. 원승은 한숨을 쉬고는 왼손 식지를 내밀며 말했다.

"괴뢰고는 실로 위험천만한 독입니다. 골수에 깊이 스며드는 힘이 있어 저도 실수로 살짝 물렸을 뿐인데 제거하기가 몹시 어려웠지요. 그날 저녁 후원에서 만났을 때는 창졸간이라 모시고 갈 수 없어서, 원신의 영력을 주입하면서 '칠석날 밤, 청심탑'이라는 말에 기대를 걸었습니다. 한데 삼랑께서 그렇게 빨리 깨어나실 줄은 몰랐습니다. 완전히 예상 밖이었지요. 심지어 이런 생각도 했습니다."

그는 핏발이 가득 선 이융기의 눈을 똑바로 들여다보며 천천히 힘줘 말했다.

"옥환아의 괴뢰고에 당한 것이 아닐지도 모른다고!"

"그렇소……."

이융기는 느릿느릿 숨을 내쉬었다.

"그날 벽운루에서 사건이 벌어지자 나는 창졸간에 그곳에서 빠져나와 그들이 준비한 마차에 올라탔고, 마차에 오르자마자 혼절했소. 벽운루에서 옥환아는 내게 고를 썼지만 괴뢰고가 아니라 정신을 잃게 만드는 미혼고였소. 깨어나보니 설고의 손아귀였지. 미친 여자지만 나를 손에 넣었을 때는 아직 나를 어떻게 처리할지 결심하지 못하고 있었소. 옥환아가 석방되자 설고는 그녀가 내게 정이 매우 깊은 것을 알고 나를 꼭두각시 신선으로 만들려는 악랄한 마음을 품었소. 하지만 세심한 옥환아는 내가 처음으로 괴뢰고에 당한 날 눈치를 채고 다른 수작을 부렸소. 꼭두각시 신선 연성법에는 '아홉 번 만에 신선이 된다'는 구결이 있는데, 이는 고를 아홉 차례 써야 한다는 뜻이오. 하지만 나는 단 한 번밖에 당하지 않았소. 그 후로 나는 옥환아가 시킨 대로 넋이 나간 사람 흉내를 냈소."

그는 한숨을 쉬며 말을 이었다.

"그렇소, 나는 괴뢰고에 당했지만 그리 심각하지는 않았소. 모두 옥환아의 보호 덕분이었지. 하지만 그 지독한 고는 단 한 번 중독돼도 원 형의 말처럼 골수 깊이 스며드는 힘이 있었소. 그 때문에 내가 넋을 잃고 한 행동 중 반은 가장이었지만 반은 독이 발작했기 때문이오. 나는 진짜처럼 흉내 내며 옥환아가 해약을 주도록 압박했지만, 옥환아는 괴뢰고에는 해약이 없다고 울먹였소. 내게는 달아날 기회도 없었지. 그 정원 오솔길에 펼쳐놓은 법진을 파악할 수가 없었기 때문이오. 원 형을 만난 날도 마찬가지였소. 원 형도 어려운 상황이라 나를 데리고 갈 수도 없을뿐더러 괴뢰고를 해독할 방법도 없으니 달아난다 한들 무슨 소용이 있겠소. 하지만 원 형이 다녀간 날, 옥환아는 결심을 하고 손님이 주인이 되는 법을 알려줬소."

원승은 잠자코 듣기만 했다. 슬픔에 찬 그 장면이, 어스름한 석양 아래의 두 사람 모습이 어렴풋하게 떠올랐다. 일부러 정신이 나간 척하던 이융기와 눈물을 글썽이던 옥환아. 그는 본래 그녀를 사랑했고, 그녀는 그에게 일편단심이었다. 하지만 신분 차이가 너무 컸고, 그녀에게는 고집스런 어머니가 있었다. 고집쟁이 어머니는 복수를 바랐다. 하지만 복수는 복수를 낳는 법. 몽둥이로 강물을 내리쳐봤자 물이 튀어 자기 옷만 흠뻑 젖는 것과 같은 이치였다. 결국 속수무책이던 아름다운 여인은 사랑하는 낭군에게 잔혹한 방법을 일러줬다. 불길로 뛰어드는 봉황과 같이 단호하고도 결연한 방법을. 원승은 깊은 밤 잠 못 이루고 달밤을 이리저리 거니는 옥환아의 모습이 눈앞에 선명하게 떠오르는 것 같았다.

"그녀는 나를 꼭 끌어안고 끊임없이 흐느끼며 물었소. '영원히 나를 기억해줄 거죠? 영원히 기억해줄 거죠?'라고."

이융기의 호리호리한 몸이 별안간 부들부들 떨리기 시작했다.

"그리고 '두려워 말아요. 모든 죄는 내가 지고 갈게요'라던 그 말…… 아직도 나는 모르겠소. 누구를 위해 죄를 대신 짊어진다는 것인지. 상심해 미쳐버린 설무쌍을 위해서일까?"

"죽기로 결심한 그녀가 죄를 혼자 지겠다고 했다니!"

원승도 가슴이 찢어지는 것 같아 저도 모르게 한숨을 푹 쉬었다.

"그때 군왕께서는 손님이 주인이 되는 방법이란 군왕께서 친히 그녀를 죽여야 한다는 것임을 아셨겠군요? 더욱이 그것은 그곳에서 완전히 달아날 수 있는 방법이었지요."

"그 외에는 방법이 없었소!"

이융기는 숨을 깊이 들이쉬었다.

"손님이 주인이 되는 것이 나의 유일한 방법이자 유일한 희망이었소. 하지만 옥환아가 내 의도를 간파하고도 전혀 막지 않을 줄은 생각도 못했소. 그녀는 기꺼이…… 내 손에 죽었소. 심지어 마지막에는 모든 죄를 지고 가겠다고까지 했소."

갑자기 이융기가 방성통곡했다. 오랫동안 꾹꾹 눌러 참은 울음은 비분과 함께 폐부에서부터 터져나와 영혼까지 뒤흔들어놓을 만큼 격렬했다. 원승도 코끝이 시큰해졌다. 어젯밤 청심탑의 참극이 다시금 눈앞에 떠오르고, 처량하던 맹세가 귓가에 스쳤다.

'그리운 내 지난날…… 버드나무 바람에 흩날리네. 내생에서도 나를 기억해줘요…….'

그는 꼼짝하지 않고 가슴 아프게 울음을 쏟아내는 남자를 가만히 바라보기만 했다. 이것이 그의 마음을 조금이나마 편안하게 해주는 유일한 방법이었다.

"기억하오? 옥환아는 내가 앞으로 그녀 한 사람만 사랑했으면 좋겠다고 했소. 그때 나는 웃으며 어리석다고 놀렸지만 결국…… 그녀가 이겼소!"

이융기는 천천히 고개를 들어 거미줄 가득한 천장을 올려다보며 탄식했다.

"어젯밤 뒤로 나는 다시는 다른 여인을 사랑하지 못할 것이오. 매순간 그녀만을 그리워하겠지, 끝없이……."

원승은 퍼뜩 떠오른 생각에 움찔했다. 옥환아는 그녀의 어머니인 설무쌍과 마찬가지로 지극히 고집스런 사람이었다. 어쩌면 이것이야말로 그녀가 가장 바란 결과인지도 모른다.

문득, 이융기가 입은 옷이 눈에 들어왔다. 새하얗고 목둘레가 둥글게 파인 소매 좁은 장포였는데 자세히 보니 소맷부리에 옅은 꽃무늬가 찍혀 있었다. 이융기가 흰옷을 입은 까닭은 옥환아 때문이라는 짐작이 갔지만, 그 진실한 사랑이 떠났는데 꽃무늬를 고른 까닭은 무엇일까? 좀 더 살펴보니 그 희미한 무늬는 다름 아닌 모란이었다. 원승은 그제야 깨닫고 가만히 탄식했다.

"삼랑께서는 세심하시군요. 입는 옷까지 그녀의 취향을 따라 고르시다니요. 옥환아도 모란을 좋아한 모양이군요?"

"그녀는 모란을 좋아했소. 부왕께서도 좋아하시고."

이융기는 소맷부리의 무늬를 만지며 쓸쓸히 말했다.

"어쩌면 둘 다 설무쌍의 영향을 받았기 때문인지도 모르지."

원승은 저도 모르게 침향나무 정자에서 상왕 이단과 나눈 대화를 떠올렸다. 노인이 손수 기른 모란을 흐뭇하게 바라보던 장면이 생각나자 슬며시 웃음이 났지만, 별안간 그가 했던 한마디가 뇌리를 스쳤다.

'시기는 비슷한 것 같네만 분명 두통이 먼저 찾아왔고, 이 모란은 사흘 뒤에나 옮겨왔네.'

그 말은 마치 번개같이 갑작스레 그의 머릿속에 떠올랐다.

"천사책의 천하제삼살!"

그는 저도 모르게 와락 소리를 질렀다.

이융기가 눈썹을 치켰다.

"무슨 말이오?"

원승의 눈빛이 환하게 반짝였다.

"삼랑, 아셨습니까? 천하제삼살을 상대하기 위해 상왕부에서는 구담 대사를 모셔와 '수요(囚妖)'라는 방어책을 마련했습니다."

"어젯밤 왕부에 돌아갔을 때, 왕부에서 마부 한 명이 죽었는데 자객은 나타나지 않았다고 들었소. 형님께 듣자니 그 수요라는 방어책에는 고모이신 태평공주께서도 참여하신 모양이더군!"

원승은 숙연히 몸을 일으켜 잠시 생각에 잠겼다가 천천히 입을 열었다.

"그렇군요, 태평공주께서도 수요에 참여하셨군요. 그랬군요, 역시 그리된 것이군요."

원승이 추측한 바를 간략히 설명하자 이융기의 안색은 점점 굳었다.

"그야말로 함정 속의 함정이요, 수수께끼 속의 수수께끼였군! 이제야 알았소. 고모님은 나를 무척 아껴주셨는데, 참 이상한 일이오. 어째서 유독 나를 눈엣가시처럼 여기셨을까?"

"이유가 무엇이건, 어서 가서 수요 방어책이 어떻게 마무리되는지 보시지요!"

13장

수요의 싸움

7월 초열흘, 귀절이 다가왔다. 때는 정오에 가까웠고 날씨는 다소 흐렸다.

상왕부의 녹을 가장 오래 먹은 정원사 노손은 습관적으로 모란의 명승지인 서명사를 찾아 한 바퀴 둘러본 뒤 늘 들르는 술집으로 어슬렁어슬렁 걸어갔다. 서명사 뒤쪽 길은 무척 후미진 곳인데, 노손은 갑자기 앞이 어두워지는 것을 느끼고 번쩍 고개를 들었다. 머리 위에 '그림자' 하나가 보였다.

정말 말 그대로 그림자였다. 눈, 코, 입의 생김생김이나 입은 옷까지 자신과 똑같았기 때문이다. 노손은 대낮에 귀신을 봤나 싶어 제 뺨을 힘껏 꼬집었다. 몹시 아팠다.

한낮이지만 하늘에는 납덩이같은 먹구름이 무겁게 내려앉아 있었다. 악 침왕은 자택 후원에서 천천히 몸을 풀며 여느 때처럼 오금희 연습을 했다. 하늘은 구름 때문에 어두컴컴했지만 그의 기분은 무척 상쾌했다. 최근 갑자기 상왕의 두통이 호전되어, 오래지 않아 그의 신묘한 침술이 경성 사람들 입에 오르내릴 터였다.

"움직이지 말고 소리 내지도 마라. 나는 사람을 잘 죽이지 않는

다. 특히 의원은."

갑자기 부드러우면서도 느린 소리가 들려왔다. 몹시 귀에 익은 목소리였다.

"알았소."

악 침왕은 천천히 고개를 돌리다가 그 자리에 얼어붙었다. 처음에는 혹시 거대한 거울을 세워놓은 것이 아닌가 싶었다. 그만큼 눈앞의 사람이 그와 똑같은 모습을 하고 있었던 것이다. 차림새도 똑같고, 외양이나 수염, 안색까지 똑같았다. 심지어 목소리마저도…….

그랬다. 방금 그 목소리가 왜 그리 익숙한지 알 수 있었다. 자신의 목소리이기 때문이었다. 문득 악 침왕은 상왕부에 퍼져 있던 무시무시한 소문을 떠올렸다. 침착함을 유지하려 애썼지만 그의 두 다리는 속절없이 덜덜 떨렸다.

"앉아도 좋다. 몇 가지 물을 것이 있다."

가짜 악 침왕이 떨리는 그의 다리를 보며 사람 좋게 말했다.

"너…… 너는 대체 누구냐?"

"너무 많은 것을 알면 좋을 것이 없다. 상왕부에는 주로 저녁나절에 찾아가던데, 상왕 이단을 보면 보통 무슨 이야기를 하느냐?"

황혼이 질 무렵, '악 침왕'은 약상자를 짊어지고 정확한 시각에 상왕부 대문에 도착해 문 앞을 지키는 시위들에게 웃으며 인사했다. 진짜 악 침왕을 오랫동안 관찰해왔기 때문에 표정이나 자세, 심지어 걸음걸이의 보폭이나 박자까지 한 치의 오차도 없이 똑같이 따라 할 수 있었다.

얼마 안 있어 왕부의 집사가 웃으며 달려와 그를 안으로 안내했다. 의심스러워하는 구석이 전혀 없는 집사의 웃음을 보자 그는 속으로 마음을 놓았다. 집사는 그를 어느 난각에서 기다리게 한 뒤 말했다.

"잠시만 기다리십시오. 가서 전하께 말씀 올리겠습니다."

한참을 기다린 뒤에야 집사가 돌아와 그를 후원으로 데려갔다. 상왕은 후원 침향나무 정자에서 그를 기다리고 있었다. 노인은 언제나처럼 팔각정 가운데 놓인 단향목 침상에 엎드려 있다가 악 침왕이 들어오는 것을 보자 나른하게 미소 지으며 말했다.

"자자, 어서 오게. 두어 번만 더 맞으면 끝이 나겠지."

"모두가 전하의 홍복 덕분입니다."

악 침왕도 허리를 숙여 대답하고는 긴 흑발을 잡아 묶고 한쪽에 섰다. 침과 뜸에 사용할 도구는 모두 상왕부에서 준비했다. 왕부의 장 의원이 섬세한 침 상자를 바쳤고, 그 안에는 악 침왕이 요청한 길고 짧은 은침이 들어 있었다.

악 침왕은 미소를 띤 채 상자를 받으며 가만히 주위 환경을 살폈다. 정자 밖에는 꽃밭이 있고 그 안에는 온갖 진귀한 꽃들이 가득했다. 이상한 점은 7월 중순인데도 진노랑 모란이 아름다움을 뽐내며 흐드러지게 피어 있다는 것이었다. 정자 주위에는 법진이 펼쳐져 있었다. 조금 전 집사의 안내를 받아 들어오면서 몰래 조사해봤는데 깨뜨리기가 어렵지 않은 법진이었다.

"긴장 푸셔도 됩니다, 전하. 이번에는 다섯 군데 혈자리에만 침을 놓으니 오래 걸리지 않을 것입니다."

그는 먼저 악 침왕의 상징이라고도 할 수 있는 긴 수염을 쓰다듬는 동작을 한 다음, 가장 긴 은침 몇 개를 들어 살짝 비볐다. 손가락에 있던 강기가 침 속으로 스며들었다.

"편안하게 하게. 이 늙은이야 그저 자네가 하란 대로 해야지."

상왕은 편안히 엎드려 사지를 활짝 벌렸다. 악 침왕은 천천히 다가가 침을 살짝 들어올리고 상왕의 뒤통수를 바라봤다. 뾰족한 침 위로 거의 알아차리기 힘든 서늘한 빛이 흘러나왔다. 이 침을 천천히 찔러 넣기만 하면 상왕 나리께서는 다시는 말을 하지 못하게 될 터였다.

세상에서 가장 유명한 자객 중 하나인 그는 당연히 의술에서 말하는 경락에 대해 속속들이 알고 있었다. 물론 자신의 침술이 악 침왕보다 훨씬 못하다는 것을 잘 알기에 장 의원에게 발각되지 않도록 다섯 군데만 침을 놓겠다고 한 것이다.

그가 선택한 혈자리는 모두 치명적인 요혈이었다. 평소 의원들이 하는 것보다 훨씬 깊이 침을 찌르고 강력한 강기를 주입하면 이단은 반드시 목숨을 잃게 되어 있었다. 그것도 소리 소문도 없이 조용하게. 겉에서 보면 마치 깊이 잠든 사람처럼 보일 것이다. 그때 그는 옆에서 대기하고 있는 장 의원에게 고개를 끄덕이면서 이렇게 말하면 그뿐이었다.

"일주향이 지난 후에 침을 뽑겠소. 푹 주무시도록 해드립시다……."

그런 다음 재빨리 물러나면 암살은 아무런 흔적도 남기지 않고 무사히 끝나리라.

그런데 긴 침을 들어올리는 순간 갑자기 이상한 기운이 느껴졌다. 서늘한 독기였다. 이 기운은 그의 앞에 가만히 선 장 의원에게

서 흘러나오는 것 같기도 하고, 정자 바깥에 있는 어느 시위에게서 나오는 것 같기도 했다. 숫제 꽃밭에 있는 노란 모란에서 흘러나오는 것처럼 느껴지기까지 했다.

어느 쪽이든, 그 짧은 순간 아름답고 평온하던 석양에도 변화가 일었다. 음산하고 차갑고, 살기등등한 빛으로 바뀐 것이다. 그가 홱 몸을 돌리자 눈앞에 찬 빛이 번뜩이며 괴상한 무기들이 날아들었다. 금사용린섬전벽과 한광빙백도, 상문삼첨검, 등간구겸 등이 어지럽게 얽혀 눈부신 빛을 뿜어냈다. 육충의 현병술이었다. 악 침왕은 무시무시한 상대라는 것을 알아차리고 황급히 옆으로 몸을 피하며 번개같이 꽃밭으로 날아갔다.

일찌감치 봐둔 곳, 법진의 효력이 가장 약한 곳이었다. 몸을 날리는 순간에도 그는 자신의 진짜 목적을 잊지 않고 손을 홱 쳐들었다. 은침 십여 개가 일제히 그의 손에서 벗어나 침상에 누운 상왕에게 쏘아졌다. 돌처럼 서 있던 장 의원이 갑자기 그 앞을 가로막으며 손에 든 비단 상자를 휘둘렀다. 활짝 열린 상자는 천연의 방패라도 되는 양 날아든 은침을 모조리 막아 떨어뜨렸다.

하지만 그와 동시에 누워 있던 상왕이 비명을 질렀다. 상투에 은침이 하나 박혀 있었다. 악 침왕이 맨 처음 뽑은 침이었다. 으스스한 기운을 느끼는 순간 그는 그 은침을 날림과 동시에 몸을 피했던 것이다. 천하제삼살은 실수하는 법이 없다더니, 겹겹이 포위된 상황에서도 치명적인 일격을 완수한 것이다.

"전하!"

장 의원이 혼비백산해 상왕에게로 달려갔다. 다행스럽게도 창졸간에 던진 덕분인지 상왕은 숨을 헐떡이며 몸을 비틀기만 할 뿐 목숨에는 지장이 없어 보였다.

"천하제삼살, 달아날 생각 마라!"

꽃밭에서 묵직한 노성이 터지더니, 법진에서 가장 약한 부분이던 이곳에 불같이 빨간 수염을 기른 천축의 승려가 모습을 드러냈다. 노승의 외침과 함께 사방에서 네 개의 그림자가 휙휙 튀어올라 악 침왕을 에워쌌다. 그들의 신법은 몹시 기이해서, 연기처럼 가벼우면서도 말처럼 빠르고, 산처럼 듬직하면서도 검처럼 날카로웠다.

"뇌(雷), 운(雲), 전(電), 우(雨), 상왕부의 사대 고수가 모두 나섰구나!"

악 침왕의 얼굴에 흉악한 미소가 떠올랐다. 그는 사람이라고는 생각할 수도 없는 각도로 몸을 이상하게 구부렸다가 또다시 침향나무 정자로 달려들었다. 신행술을 극한까지 끌어올린 그의 몸이 푸른 빛줄기가 되어 날아갔다.

"상왕 전하를 보호하라!"

또다시 소란스런 외침이 터지고, 정자 바깥에 우뚝 서 있던 그림자들이 일제히 단향목 침상으로 날아갔다. 그 그림자에는 시위도 있고, 집사도 있었다. 심지어 정원사나 시녀로 변장한 고수들도 있었다.

"발동!"

빨간 수염을 한 천축의 승려가 단호하게 명령했다. 그 명령이 떨어지자 침향나무 정자 안의 상황이 급변했다. 악 침왕은 마치 늪 속에 뛰어든 양 두 발이 묵직해져 한 걸음 떼어놓기조차 버거워졌다.

그와 동시에 상왕부 사대 고수 '뇌운전우'가 보물 병기인 진천고, 능운자, 투룡검, 벽광참을 일제히 내리찍었고, 악 침왕도 부득불 손을 들어 막을 수밖에 없었다. 그의 손바닥에서 푸르른 빛이 솟아나 네 무기의 협공을 가로막았다.

순간, 악 침왕이 숨 막힌 비명을 질렀다. 날카로운 검이 어깨를 꿰뚫어 그를 기둥 위에 힘껏 못 박은 것이다. 육충이 정자를 돌아 나오며 '휴' 하고 숨을 내쉬었다.

"역시 중요한 순간에는 이 검객께서 나서야 한다니까."

"천하제삼살, 너는 졌다!"

세자 이성기도 정자에서 천천히 걸어나가며 말했다.

"억울해할 것 없다. 이 수요 방어책을 세우기 위해 우리는 고생 끝에 네가 접근할 만한 자 열두 명의 대역을 구했다. 그들 모두 상왕부의 열사들이지. 네가 최근에 납치한 악 침왕까지도. 내 말하지 않았느냐! 상왕부의 초목 하나까지 너를 기다리고 있노라고!"

"수요 방어책?"

천하제삼살은 쓴웃음을 지었다.

"어떻게 나를 알아봤느냐?"

"열사 열두 명은 왕부에 들어오기 전에 은밀한 동작을 하기로 되어 있다. 악 침왕의 경우에는 옷소매를 살짝 걷었다가 내리는 것, 그것이 신호다. 그 동작을 하지 않으면 왕부의 시위들이 곧바로 보고해 수요 방어책이 발동한다."

"그랬군. 멀리서 관찰하느라 단순히…… 옷을 터는 줄로만 알았건만! 하지만 나는 결코 실수하는 법이 없다!"

말을 마친 천하제삼살은 갑자기 입을 동그랗게 오므렸다. 그 입에서 날카로운 빛이 튀어나왔다. 눈처럼 새하얗고 작은 검이었다. 검은 침상에 앉아 숨을 헐떡이며 냉소 짓고 있는 상왕을 향해 질풍같이 날아들었다. 그 누구도 예상 못한 일이었다.

육충이 황급히 현병술을 발동해 방패 십여 개를 연달아 날렸지만 기어코 한 발 늦고 말았다. 새하얀 검은 번개처럼 모든 이의 방어를 뚫고 기세 좋게 이단에게 날아들었다. 그 짧은 찰나에 누런빛이 번쩍하더니 키 크고 야윈 그림자 하나가 침상 앞을 가로막았다. 빨간 수염의 천축 승려 구담달이었다.

그의 출현은 너무 갑작스러워 마치 땅에서 불쑥 솟아오른 것 같았다. 그는 벌써 자객이 이렇게 나올 것을 헤아린 듯했다. 새하얀 검은 천축 승려의 아랫배를 향해 힘차게 날아갔지만 그는 쌍장을 한데 모아 가볍게 잡아챘다. 경악한 사람들이 겨우 안도의 숨을 내쉬는데, 별안간 또 다른 그림자가 번뜩이며 재차 이변이 일어났다.

사람들의 시선은 모두 자객에게 쏠려 있었고, 심지어 법진을 펼친 구담 대사마저 상왕의 침상 앞에 있었기 때문에 아무도 그 이변을 알아차리지 못했다. 상왕의 침상 옆에 있던 정원사가 느닷없이 움직인 것이다. 그는 누구에게나 낯익은 정원사 노손이었다. 조금 전 자객이 갑작스럽게 공격을 퍼부으며 침향나무 정자로 달려들 때, 그 역시 다른 호위들과 마찬가지로 상왕을 지키기 위해 달려갔다. 다만 정원사라는 신분 때문에 너무 가까이 갈 수는 없었다.

그리고 지금 이 순간, 마침내 기회가 온 것이다. 그는 땅 파는 곡괭이를 쳐들었다. 곡괭이 끝에서 차가운 빛이 번뜩이더니 자루가 쩍 갈라지고 단검이 튀어나왔다. 노손은 그 검을 힘껏 휘둘렀다. 단검은 무지개 같은 검기를 뿌리며 잔인하게 상왕의 몸을 찔렀다.

사람들이 일제히 비명을 질러댔고, 천하제삼살은 울음소리 같은 웃음을 터뜨렸다. 정원사 노손은 동작이 몹시 재빨라 눈 깜짝할 사이에 일고여덟 번이나 검을 찔러댔다. 이단은 목과 등, 뒤통수 등 수많은 급소를 찔렸다. 피가 사방으로 튀자 육충 등은 놀라 비명을 질렀고, 가장 가까이 있던 시위들은 힘이 빠져 바닥에 털썩 쓰러졌다. 상왕 이단의 목숨이 열 개라 해도 저 검 아래 목숨을 잃을 것은 자명했다.

"삼살이 출수하면 실수란 없다!"

자화열검으로 기둥에 못 박힌 악 침왕이 고개를 쳐들고 미친 듯이 웃어댔다.

"삼살이 출수하면 실수란 없……."

갑자기 그의 웃음이 뚝 그쳤다. 정자 안 사람들의 표정이 무척 이상했기 때문이다. 육충과 시위들은 경악했지만, 이성기나 구담 대사는 도리어 냉소를 짓고 있었다. 심지어 마구잡이로 검을 찌르던 정원사 노손마저 움찔해 동작을 멈췄다. 검 아래 일곱 번은 더 죽었어야 할 상왕 이단이 놀랍게도 허허 웃고 있었던 것이다.

길게 늘어지는 웃음소리지만 몹시 거칠어서 마치 늙은 소가 캑캑대는 것 같았다. 곧이어 이단이 고개를 들었다. 얼굴은 피투성이지만 고통스런 표정은 찾아볼 수 없고 도리어 몹시 통쾌하고 기분 좋은 웃음이 떠올라 있었다.

"젠장맞을, 대체 어떻게 된 일이야?"

육충조차 영문을 알 수 없었다. 이성기를 돌아보니 이미 예상했다는 듯 득의양양한 얼굴이어서 튀어나올 뻔한 심장이 겨우 제자리를 찾았다.

갑자기 상왕이 입을 크게 벌렸다. 그러자 놀랍게도 입에서 괴상한 거미줄이 흘러나오기 시작했다. 이 기괴한 상황을 본 노손은 주저 없이 검을 거두고 '악 침왕'을 향해 몸을 날렸다. 비스듬하게 찔러 들어간 단검이 악 침왕의 어깨를 꿰뚫은 자화열검을 사정없이 뽑아냈다.

"가자!"

그는 악 침왕의 손을 잡으며 도약할 것처럼 몸을 잔뜩 웅크렸다. 그러나 신행술을 펼치기도 전에 침향나무 정자의 법진이 재차 발동해 두 사람의 발은 또다시 늪에 빠진 것처럼 무거워졌다. 다음 순간, 노손은 끊임없이 이어지는 끈적끈적한 거미줄이 기세 좋게 자신들에게 밀려드는 것을 목격했다.

그 거미줄 속에서 흰옷을 입은 날씬한 여인이 모습을 드러냈다. 그녀의 얼굴은 무척 아름답지만 머리카락은 온통 눈처럼 새하얗고, 냉혹하고 절망적인 눈빛은 소름 끼치도록 끔찍했다. 곧이어 노손은 자신이 상왕의 품에 꼭 끌어안겼다는 사실을 깨달았다. 상왕은 여전히 딱딱하고 이상한 웃음을 지은 채 수많은 거미줄을 입에서 토해내고 있었다.

"어떻게 된 일이냐?"

노손과 악 침왕은 절정의 자객이지만 법진에 갇히고 선수를 칠 기회를 잃자 순식간에 거미줄에 돌돌 휘감기고 말았다.

"어떻게 된 일이냐고? 이 어르신께서 묻고 싶은 말이다!"

육충이 훌쩍 몸을 날리자 검이 빙그르르 돌며 날아갔다. 검기가 닿는 곳마다 노손과 악 침왕의 얼굴에서 변장이 하나둘 떨어져 나갔고, 마침내 비쩍 마른 본래의 모습이 나타났다. 두 중년인은 더없이 평범해서 인파에 섞이면 결코 눈에 띄지 않을 얼굴이었다. 단 한 가지 놀라운 것은 비쩍 마른 두 얼굴이 판에 박은 듯 똑같다는 것이었다. 강호를 뒤흔든 천하제삼살은 사실 쌍둥이 형제였다.

"진짜 상왕은 어디 있느냐?"

중상을 입은 악 침왕은 노손의 부축을 받으며 억지로 버티고 있다가 숨찬 목소리로 물었다.

"알 필요 없다."

이성기가 고개를 저었다.

그때 가산과 오래 묵은 측백나무에 가려진 정교한 누각 안에서는 원승이 상왕 이단과 함께 창가에 앉아 침향나무 정자에서 벌어지는 장면을 모두 지켜보고 있었다.

원승은 오늘 육충과 급히 상왕을 만나러 왔다가 수요 방어책이 발동하는 신호를 알게 됐다. 상왕부의 유인계는 주도면밀했지만, 그래도 원승은 만일에 대비해 상왕의 곁을 지키라는 명을 받았다.

악 침왕과 노손으로 변장한 자객 형제가 붙잡히자 원승도 비로소 길게 안도의 숨을 내쉬었다.

"이것이 바로 수요 방어책이군요. 경하드립니다, 전하. 천하제삼살이 마침내 현장에서 붙잡혔습니다."

그러나 상왕은 원승의 말을 듣지 못했는지 표표히 멀어져가는 아름다운 흰옷을 바라보며 중얼거렸다.

"갔구나, 갔어. 역시 다시는 나를 만나려 하지 않는구나!"

그 말을 들은 원승은 속으로 생각했다.

'전하께서도 설고에게 마음이 있으셨던가?'

그렇게 생각하자 문득 짚이는 데가 있었다.

'지난번에 왔을 때 상왕께서는 평생 두 명의 여인을 사랑했고 둘

다 모란을 좋아했다고 하셨지. 혜비 외에 또 한 사람은 지난날의 설무쌍, 지금의 설고였구나.'

"사람이란 참으로 천박하구나. 놓친 것일수록 자꾸만 떠올리게 되니."

그렇게 중얼거리는 이단의 얼굴에는 칼날에 심장을 베이는 듯한 고통이 떠올라 있었다.

그 감정이 전해졌는지, 새하얀 그림자가 우뚝 멈추더니 갑자기 누각의 조그마한 창을 바라봤다. 하얀 그림자는 마침내 천천히 몸을 돌려 이쪽으로 한들한들 날아왔다. 움직임이 무척 느렸지만 망설임은 없었다. 눈에 익은 아리따운 모습이 점점 가까워지자 이단의 얼굴은 환하게 빛났다.

원승이 그랬던 것처럼, 법진에 둘러싸인 이 조그마한 누각에 다가서자 설고 역시 가장 쉬운 방법인 가산을 택했다. 원승이 다녀간 뒤로 가산 위의 법진이 보강되어 올라오는 데 무척 힘을 들여야 했지만, 나풀나풀 오르락내리락하는 하얀 그림자는 그녀를 활짝 피어난 새하얀 모란처럼 보이게 했다.

"원 공자, 먼저 가서 쉬고 있게. 혼자서 무쌍과 이야기를 나누고 싶네."

이단은 이렇게 말하는 순간에도 오로지 그 하얀 모란만 뚫어지게 바라봤다.

원승이 잠시 망설이는 사이, 설고의 나풀거리는 백의가 창과 높이가 엇비슷한 가산에 올라섰다. 새하얀 백발이 타는 듯한 석양에 비쳐 애처로운 아름다움을 흩뿌리고 있었다.

원승은 한숨을 쉬며 천천히 밖으로 물러났다. 하지만 상왕의 안전을 책임진 몸이고 설고는 변덕이 심한 사람이기 때문에 너무 멀리 갈 수는 없었다.

"당신과 이야기 따위는 하고 싶지 않다."

설고가 무심하게 웃으며 말했다.

"단 한마디 주고받는 것도 싫군. 내가 하고 싶은 말은 모두 이 서신에 쓰여 있다."

하얀 손을 살짝 휘두르자 서신 한 통이 둥실둥실 이단의 손으로 날아들었다. 상왕이 서신을 붙잡자 귓가에 희미한 탄식 소리가 들려왔다. 고개를 들었을 때 설고는 이미 돌아서서 하얀 안개처럼 표표히 떠나가고 있었다.

이단은 순식간에 멀어지는 그 그림자를 바라보며 망연자실하다가 한참만에야 겨우 더듬더듬 손에 든 서신을 펼쳤다. 그 속에 적힌 글을 보는 순간, 상왕은 마치 진흙으로 빚은 조각상처럼 그 자리에 뻣뻣이 굳어버리고 말았다.

14장

마지막 대연회

7월 16일, 귀절의 마지막 날이었다. 괴뢰고에 얽힌 사건이 해결되고 천하제삼살이 체포됨에 따라 국도 장안을 뒤덮은 먹구름은 마침내 깨끗이 걷혔다.

정오 즈음, 곡강지 북쪽에 자리한 호화로운 별장의 높은 누각에서는 성대한 연회가 열렸다. 죽다가 살아난 상왕의 아들 이융기를 위로하는 자리이자, 퇴마사가 문을 연 후 맡은 첫 번째 사건을 깔끔하게 처리한 것을 축하하는 자리였다. 영광스럽게 출옥한 원회옥도 원승을 비롯한 퇴마사 정예들을 데리고 당당하게 연회에 참석했다.

이 누각은 위치가 절묘해서, 이층짜리 누각 안에서도 벽옥 같은 곡강의 맑고 고요한 물을 실컷 볼 수 있었다. 이 별장은 태평공주의 것이지만 곧 안락공주의 것이 될 터였다. 당나라에서 최고의 권력을 가진 두 공주가 굉장한 내기를 했기 때문이다. 그 내기는 바로 퇴마사가 첫 번째 사건을 기한 내에 처리할 수 있을까에 관해서였다.

언제나 그랬듯 무조건 원승을 좋게 생각하는 안락공주는 그가 기한 내에 해결한다는 것에 수십 무의 별장을 걸었고, 태평공주도 질세라 곡강 옆에 자리한 경치가 독보적인 이 저택을 걸었다. 당연하게도 경성을 한바탕 뒤집어놓은 어마어마한 내기였다. 그렇다보니 내기가 일단락되자, 두 공주도 오늘 이렇게 손을 맞잡고 손님들을 청한 것이다.

당분간 사람들 입에 오르내릴 것이 뻔한 이 성대한 연회가 끝나면 호사스런 저택은 주인이 바뀔 예정이었다. 두 공주가 주최한 자리였기에 위 씨와 이 씨 양대 당파의 수많은 관료가 무리를 이끌고 찾아왔고, 오로지 종초객만 병을 핑계로 빠졌다. 상왕 이단 역시 병 때문에 오지 못했지만, 상왕부의 다섯 군왕과 여러 군주는 한 사람도 빠짐없이 참석했다.

이 성대한 연회의 주인공은 바로 이융기였다. 짧디짧은 며칠 동안 이융기는 조야에 널리 이름을 알리게 됐고, '풍류 하면 이 삼랑'이라는 별명까지 얻었다. 만국 제일 미녀가 이융기의 사랑을 얻기 위해 무고술로 앞날이 창창한 청년 시인 둘을 죽인 것도 부족해 저주를 이용해 이융기를 조종하려 했고, 결국 그 사랑을 얻지 못하자 기꺼이 자진할 줄 그 누가 상상이나 했을까? 더욱이 영준하고 빼어난 젊은 군왕은 그 사건 이후로 사랑을 저버린 응보를 받아 종종 두통이 나고 뭔가를 깜빡깜빡 잊는 맹꽁이가 됐다는 소문이 짜했다.

안락공주가 대대적으로 이토록 호화로운 연회를 연 데에는 또 다른 뜻도 있었다. 그간 원승과 퇴마사는 조정에서 여러 세력의 규탄을 받아 몹시 불안한 상태였고, 그들의 편을 든 사람은 오로지 안락공주 한 사람뿐이었다. 다행히 원승과 퇴마사는 결국 대세를 뒤집어 벽운루 괴사건을 해결하고 임치군왕을 구해냈을 뿐 아니라, 폐태자 이중준의 잔당인 막신기를 잡아들이고 상왕을 암살하려던 자객을 체포하는 데에도 큰 공을 세워 모든 이를 깜짝 놀라게 했다.

힘껏 변호하던 사람이 이런 어마어마한 공을 세우자 가장 기뻐한 사람 역시 안락공주였다. 이번 연회에 위 씨와 이 씨 양쪽 관료를 모두 부른 것도 원승에게 명예를 되찾을 기회를 주기 위해서였다.

몹시도 유쾌하고 즐거운 연회였다. 태평공주부의 아리따운 가희들이 나와 호선무(胡旋舞, 고대 중국 북서부 유목민에게서 전해진 민간 무용)와 궁정무를 차례차례 선보였고, 술자리에서는 귀족과 신료들이 잔을 주고받으며 담소를 나눴다. 조당에서는 서로 싸우느라 숨 쉴 틈도 없던 위씨파나 이씨파도 술자리에서는 화기애애했다.

덕분에 승리자인 원승은 무척 힘에 부쳤다. 상왕의 세자 이성기를 시작으로 여러 사람이 다가와 술을 권했기 때문이다. 상왕의 심복대환을 없애줘 고맙다는 사람, 큰 공을 세운 것을 축하하는 사람, 황제 폐하의 눈에 들어 앞길이 쭉 뻗게 됐다고 축하하는 사람 등등 셀 수 없이 많은 사람이 오갔다. 높은 도력과 술법이 아니었다면 일찌감치 고주망태가 되어 뻗었을 것이다.

평생 큰 공이라고는 세워본 적 없는 원 노장군은 사람들의 축하와 아부에 기분이 좋아져 이미 잔뜩 취해 있었다. 술이 몇 순배 돈 뒤 열성적인 노선비 몇 명이 원회옥에게 다가가 축하 인사를 하고 아들 한번 잘 가르쳤다고 칭송한 뒤 슬그머니 속마음을 드러냈다. 아드님이 저토록 젊고 뛰어난데 어찌 아직 성혼하지 않았느냐, 모 상서의 딸이 덕스럽고 현숙하고, 모 후작 나리의 딸은 재능과 미모를 겸비했으니 우리가 기꺼이 중매를 서주겠노라 하는 이야기였다.

그 말을 들은 원승은 골치가 아프기 시작했다. 주인석에 있던 태평공주와 안락공주, 이융기 등이 자리를 뜬 것을 확인하자 그는 곧 핑계를 대고 육충 등과 함께 술 냄새를 풀풀 풍기는 대청에서 도망치듯 나와 정원을 거닐었다. 이 별장은 조그마한 산에 기대듯이 지어져 정원의 풍경은 그윽하면서 특별했다. 시원한 바람이 불어온 덕에 술기운도 조금 가셨다.

"따끈따끈한 새 소식이에요. 어젯저녁 천하제삼살 형제가 형부 감옥에서 자결했다는군요."

청영이 조용한 목소리로 보고했다.

"에라, 멍청한 놈들 같으니라고. '왕을 암살하려 했으니 보통 일이 아니다'라며 기어코 두 사람을 형부로 데려가더니 결국……."

육충이 이를 갈며 분해했다.

"예상한 대로일세."

원승은 고개를 가로저으며 말했다.

"두 사람이 죽지 않으면 무슨 말을 할지 모르니까. 이 사건 배후에 있는 비밀이 하나라도 새어나가면 좀 더 빨리 피바람이 불게 될 걸세. 조정의 그 어떤 세력도 원치 않는 바지."

그는 고개를 돌려 여전히 흥청망청 시끄러운 누각을 올려다보며 탄식했다.

"저들도 아직은 준비가 되지 않았네. 그래서 저 가식적인 화목을 깨뜨리고 싶지 않은 거야. 호승 혜범이 추궁당하지 않고 쉽사리 빠져나간 것도 그 때문일세. 당연한 일이지. 그 늙은 여우의 약점을 잡기란 쉬운 일이 아니니까. 막신기가 붙잡힌 배화교 사원의 주지는 혜범이 아니고, 그곳 주지는 벌써 독을 먹고 자결했네. 게다가 죽기 전에 유서를 남겨 그 대전은 위 황후의 복을 빌던 곳이라며 결백을 주장했지."

별안간 대기가 끼어들었다.

"이 이상한 사건에는 아직도 우리가 이해 못하는 부분이 많아요. 원 장군, 귀찮겠지만 이 부하들에게 상세히 설명 좀 해줘요!"

"알겠소!"

원승은 지끈거리는 머리를 문지르며 이야기를 꺼냈다.

"국도에서 벌어진 이 연쇄 사건은 사실 상왕의 정적이 상왕에게 펼친 필살의 '천사책'에서 시작됐소. 어쩌면 그 정적은 오늘 저녁 연회에 참석하지 않았을 수도 있고, 심복을 보내 이융기와 술잔을 나누며 친밀하게 굴었을 수도 있소. 그 정적은 종초객일 가능성이 가장 높고, 그가 바로 이 수수께끼 같은 사건을 추진했소."

그는 말을 하면서 육충을 바라봤다.

"육충, 자네가 가장 잘 알겠지. 자네가 명을 받고 그자 부중에 잠입한 까닭도 바로 천사책의 비밀을 캐내기 위해서였으니까. 그리고 발각되자 용신묘에서 큰 싸움을 벌였지."

육충이 쓴웃음을 지었다.

"확실히 그랬지. 종초객이라는 작자는 정말이지 심계가 깊은 무서운 적이야."

원승이 다시 말했다.

"시간의 흐름으로 보아 종초객은 몇 달 전에 천사책을 발동해 천하제삼살에게 필살령을 내렸소. 가장 먼저 그 밀명을 알아챈 사람은 진중하고 꾀 많은 태평공주였을 것이오. 하지만 신비롭기 짝이 없는 천하제삼살 앞에서는 태평공주도 상왕도 속수무책이라 수동적으로 대응할 수밖에 없었지. 그래서 두 남매는 판이한 평소의 성품대로 판이한 방식을 취하게 됐소. 상왕은 수요 방어책을 발동해 함정을 파고 천하제삼살이 빠지기만을 기다린 반면, 태평공주 측은 지난날의 심복이던 설무쌍이 때맞춰 나타나자 그녀의 정묘한 고술을 이용해 더욱더 신비로운 괴뢰고 사건을 터뜨린 것이오. 괴뢰고의 주목적은 꼭두각시 마귀를 기르는 것이었소. 그녀는 무엇이든 할 수 있는 꼭두각시 마귀를 상왕과 똑같은 모습으로 만들어 상왕의 방패막이를 시킬 생각이었소. 천하제삼살은 크고 작은 암살을 마흔 번 넘게 맡았고, 가장 유명한 곤륜파 종주 포무극 암살 건을 포함해서 단 한 번도 실패한 적이 없는 자객이오. 신중한 태평공주는 고작 수요라는 보잘것없는 방어책으로는 결코 그자를 막을 수 없다고 여겼소."

청영의 백옥 같은 얼굴이 파르르 떨렸다.

"태평공주의 추측이 맞았군요. 그날 자객이 악 침왕으로 변장해 몰래 습격했을 때 그 꼭두각시 마귀가 없었다면 분명 암살에 성공했을 거예요. 그들이 쌍둥이 형제일 줄 누가 알았겠어요!"

육충은 깊은 생각에 잠긴 듯 이상한 눈빛으로 청영을 흘끗 보더니 나지막이 물었다.

"그때 상왕으로 변장한 꼭두각시 마귀가 사실은 등운관해 중 하나였다는 건가?"

"등자운이었지. 정혜사의 사미승은 죽은 두 사람이 관을 깨고 나와 시를 짓고 이야기 나누는 것을 목격했다고 했는데, 그때 두 사람은 이미 설무쌍의 꼭두각시 노예가 되어 있었네. 최종적으로 상왕과 몸집이 비슷한 등자운이 선택되어 노예에서 마귀로 올라섰지."

원승이 한숨을 쉬며 말을 이었다.

"괴뢰고의 다음 목적은 신기막측한 고술을 이용해 상왕의 적을 제거하는 것이었소. 상왕 곁에는 정적이 심어놓은 첩자가 있어서 그들을 제거하지 않으면 상왕은 나날이 위험해질 뿐이었소. 예를 들면, 총관 노곽은 종초객에게 매수당해 상왕의 일거수일투족을 세세히 보고했고, 등운관해 역시 사실은 상왕의 죄목을 지어낼 목적으로 준일림에 들어갔고 아마 거의 실마리를 찾아냈을 것이오. 청영을 보내 몰래 조사해보니, 그들은 종초객이 운영하는 궤방에 거액의 돈을 저축해뒀소."

"정말 그렇다면……." 대기가 아름다운 눈썹을 살짝 추켜세우며 입을 열었다. "등운관해나 노곽 모두…… 죽어도 싼 자들이군요?"

"국법으로 따지면 물론 아니오!"

원승은 찬탄하는 눈빛으로 페르시아 여인을 바라보며 말했다.

"하지만 그들을 남겨두면 더 많은 사람이 해를 입었을 것이오. 조정 두 당파의 싸움이니 비밀을 전하거나 거짓으로 무고를 할 수도 있었겠지. 배후의 주인이 고개만 끄덕이면 그들은 언제든 상왕이 불측한 마음을 품었다고 고발했을 것이고, 그리되면 백여 명이 넘는 사람이 목을 잘리고 수천 또는 수만 명이 노예가 됐을 것이오. 그들 셋을 죽이기란 어렵지 않지만, 문제는 흔적을 남기지 않고 죽이는 것이었소. 상왕부나 태평공주가 연루됐다는 흔적 말이오. 그래서 괴뢰고가 등장한 것이오."

육충은 분통을 터뜨렸다.

"내가 가장 이해가 안 되는 건 말이야, 등운관해를 죽이더라도 왜 하필이면 벽운루에서, 그것도 이융기 앞에서 그랬느냐는 거야."

"태평공주의 일거양득 계책이었을 것이네. 그녀는 이런 말을 한 적이 있네. '상왕의 오군 중에 세 번째만 용.' 그 말인즉슨, 그녀가 다섯 군왕 가운데 셋째 이융기를 가장 꺼린다는 뜻이지. 그래서 괴뢰고를 쓰면서 굳이 이융기를 끌어들여 이씨파의 청년 인재에게 쓴 맛을 보여주고 미녀를 탐낸 호색한이라는 이름을 덧씌워 앞길을 막은 것일세. 그런 까닭에 호문 탁자 밑에 피로 '이융기'라는 글을 써 둔 거야. 아마 설무쌍이 옥환아를 시켜서 한 일이겠지. 알다시피 상왕은 태평공주의 친오라버니지만, 무측천의 잔혹함을 쏙 빼닮은 그녀에게 평범한 오라버니는 도구에 불과하네. 도구란 이용할 수는 있되 주인을 찔러서는 안 되지. 그래서 태평공주는 도구의 날카로운 부분을 미리 뽑아낸 것이라네. 물론 설무쌍의 사심도 섞였겠지. 그녀의 딸은 줄곧 이융기와의 사이를 숨겼지만 벽운루 괴사건으로 경성이 발칵 뒤집히면서 옥환아가 이융기의 연인이라는 것을 모르는 사람이 없게 됐네. 마음먹은 일은 무슨 수를 써서든 반드시 해내는 것이 설산파 종주의 성품이지. 하지만 설무쌍 모녀는 누가 뭐래도 장안행이 처음이라 기반이 없었고, 해서 태평공주는 심복인 혜범을 보내 두 모녀를 돕게 했네. 설무쌍 모녀는 사람을 죽이거나 고술을 쓰는 등 왕법을 어기는 일을 하고 있으니 태평공주가 직접 만나기는 불편했을 테고, 혜범이 양쪽을 오가며 말을 전하는 역할을 한 것일세. 그렇게 우연한 이유로 설무쌍은 첫 번째 연인이던 홍강진인, 혜범을 만나게 됐지."

원승은 천천히 말을 이었다.

"물론 태평공주의 눈에 혜범은 재산 불리는 일이나 도와주는 호승에 불과했으니, 신중한 태평공주의 성격상 그런 혜범에게 괴뢰고의 비밀을 자세히 말하지는 않았을 것이네. 덕분에 태평공주 쪽에서 하는 일에 관해서는 혜범도 어느 선까지만 알고 있었네. 신분을 알 수 없는 돈 많은 호승으로서 혜범은 그저 그들 모녀를 잘 안내하고 잘 숨겨주기만 하면 충분했지. 또 하나 중요한 것은, 태평공주의 강직한 성품상 결코 수세만 취할 리가 없다는 거야. 그녀는 종초객에게도 공세를 시작했네. 옥환아가 천당환경에서 만국 제일 미녀 자리를 차지하고 다음 날 만국 보물 대회에서 흥을 돋우며 호색한 종초객을 유혹한 것은 그 때문이었네. 본래 그녀는 사흘 뒤에 종상부로 갈 예정이었으니, 계획대로 그녀가 종초객의 몸에 독고를 주입했다면 모든 일이 끝났을 거야. 하지만 비할 데 없이 영리한 태평공주도 설무쌍이라는 바둑돌이 제멋대로 방향을 틀 줄은 몰랐겠지. 설무쌍은 상왕과 마무리 짓지 못한 정분이 있었기 때문에 이융기를 꼭두각시 신선으로 만들어 평생 딸의 인형으로 삼으려 했네."

"그게 정말인가? 혜범이 정말로 괴뢰고에 관해 거의 몰랐다고?"

육충은 그래도 의심을 풀 수가 없었다.

"그렇다면 원한의 진은 어떻게 설명하지? 그 늙은 여우가 직접 펼친 법진인데 대체 지시한 자는 누구야?"

청영이 나지막하게 말했다.

"그 노인네는 양다리를 걸치고 있었어. 그자의 또 다른 비밀 신분은 바로 위 황후의 심복이라는 거야. 그 사원 주지가 자결하면서 남긴 유서에 그 대전이 위 황후의 복을 비는 곳이라고 쓰여 있었으니 명확하잖아? 원한의 진은 혜범이 위 황후의 밀명을 받고 만든 게 틀림없어. 종초객의 공격도 그 배후에는 필시 위 황후의 지원이 있었을 거야. 원한의 진과 자객이라는 두 사건은 바로 권력을 가진 재상과 간악한 황후의 합작이야."

원승이 빙그레 웃으며 말했다.

"사건 초기에는 나도 그렇게 생각했소. 하지만 지금 상황을 보면 그렇지 않은 것 같소!"

"아니라고요?"

대기를 비롯한 사람들이 눈을 동그랗게 뜨고 되물었다.

혜범에게 원한의 진을 펼치라고 명한 사람이 위 황후가 아니라면 남은 사람은 태평공주밖에 없었다. 이씨파에서 가장 중요한 인물 중 하나인 태평공주가 역시 이씨파 주요 인물이자 자신의 친오라버니인 상왕을 죽이려 했다는 말인가?

원승은 눈을 찡그린 채 말이 없었다.

네 사람은 이야기를 나누면서 꽃나무가 빽빽하게 자란 오솔길을 돌아 조그마한 산 앞에 와 있었다. 산 사이로 정자가 들쭉날쭉 늘어서고, 구불구불한 회랑이 날아갈 듯한 처마를 인 팔각 침향나무 정자를 둘러싸고 있었다. 정자 안에서는 비단 장포를 입은 남녀 몇이 권커니 잣거니 하는 중이었다. 바로 안락공주와 이융기, 이성기, 그리고 태평공주의 자녀 등 황족의 피가 흐르는 사촌 남매들이었다.

신분 높은 그들은 누각 위의 신료들이 늘어놓는 뻔한 인사말이 지겨워져, 술이 세 순배 돈 후에 조용한 이곳으로 자리를 옮겨 신나게 술을 마시고 있었다. 원승 등 네 사람은 저도 모르게 걸음을 멈추고 멀리서 그 모습을 바라봤다.

한 항렬 높은 태평공주는 그 자리에 없었고, 젊은 금지옥엽들은 흠뻑 취할 정도로 마셔 깔깔거리면서 취기를 빌미로 온갖 말을 늘어놓고 있었다. 보아하니 안락공주 등이 이융기를 두고 풍류 많고 다정하다고 놀리는 것 같았다.

가장 아름다운 대당나라 공주 이과아가 한 살 적은 사촌 동생 이융기를 다그쳤다.

"셋째 아우, 그 아름다운 만국 제일 미녀가 정말 다음 생에 네게 시집오기로 약속했니?"

이융기는 얼근하게 취한 목소리로 대답했다.

"물론, 약속했지요. 이 아우는 이번 사건 이후로 항상 머리가 아프고 뭔가 잊어버리곤 합니다. 그러니 깜빡 잊고 약속을 어기지 않도록 십오 년 후쯤에 반드시 최대한 많이 금옥장교(金屋藏嬌, 한무제가 첫 번째 황후인 진아교에게 금으로 된 집을 지어주겠다고 한 말에서 비롯된 고사로, 남자가 여자에게 사랑을 맹세하는 의미)를 할 겁니다. 부인이 열 명, 스무 명이면 어떻습니까, 그녀를 놓치면 안 되니 몇 사람이든 맞아들여야지요."

정자에서 폭소가 터졌다. 원승 일행은 멀리 떨어져 있었지만 모두 도를 닦은 사람이라 그들의 대화를 똑똑히 들을 수 있었다. 원승의 눈앞에 며칠 전 이야기를 나눌 때 이융기의 공허하던 눈빛이 떠올랐다. 그때 그는 자신이 매일매일 시시각각 옥환아를 그리워한다고 말했다. 그때의 다정하던 남자와 저 방탕한 공자는 같은 사람이라고는 생각할 수도 없을 만큼 완전히 달랐다.

원승은 저도 모르게 한숨을 내쉬며 중얼거렸다.

"이 삼랑이 장계취계를 하는군. 괴뢰고 사건이 벌어지기 전에 그와 상왕은 위 황후 일파의 눈엣가시였네. 하지만 이제 위 황후와 안락공주 같은 주요 인물들은 청루에서 쓴 경험을 한 방탕한 왕자를 다시는 거들떠보지 않을 거야. 임치군왕은 웃음거리가 됐고, 그 아비인 상왕도 따라서 웃음거리가 됐으니까."

문득 청영이 갑자기 생각난 듯 입을 열었다.

"자객이 붙잡히던 날 설무쌍이 결국 상왕을 만났다고 들었어요.

하지만 그녀가 떠난 날 밤 상왕은 수차례나 피를 토했다더군요. 대관절 어찌 된 일일까요? 설마하니 상왕이 그녀를 향한 마음을 내려놓지 못해 상사병이라도 난 걸까요?"

원승은 고개를 저으며 나지막하게 말했다.

"상왕께서는 평생 사랑한 두 여자가 모두 모란꽃을 좋아했다고 말씀하신 적이 있소. 지난날 핏덩이를 낳고 요절한 혜비 말고 다른 한 명이 바로 설무쌍인 것 같소. 하지만 그녀와 이뤄지지 못했다고 해도 그 연세에 피를 토할 정도로 괴로워하시진 않았을 것이오. 그날 설무쌍이 그분께 무슨 말을 했는지 알 수가 없소."

육충이 한숨을 푹 쉬며 말했다.

"조정이 미쳐 돌아가는데 이번 일로 상왕께서는 몸져누우시고 이 삼랑은 웃음거리가 됐으니 앞으로는 위 황후의 질시를 받지 않겠지. 아마 그 점이 상왕 부자에게는 가장 큰 수확일 거야."

안락공주의 만족스런 웃음을 바라보던 원승은 마음이 복잡했다. 그녀의 눈에 이융기는 이미 신경 쓸 가치도 없는 꼭두각시일까?

하지만 인생이란 꿈과 같은 것이다. 다른 누군가를 꼭두각시로 생각할 때, 알고 보면 그 자신도 다른 누군가의 눈에는 실에 묶여 조종당하는 꼭두각시일지도 모른다!

"원 소장군, 여기 계셨군요!"

얼굴이 하얀 뚱보가 허둥지둥 달려왔다. 태평공주부의 화 총관이었다. 그는 멀리서부터 두 손 모아 예를 차리며 싱글벙글 웃었다.

"공주 전하께서 찾으십니다!"

원승은 살짝 눈을 찡그렸다. 연회의 주최자 중 한 명이 단독으로 그를 부를 줄은 예상 못한 일이었다. 하지만 태평공주가 어떤 사람인데 감히 거절할 수 있겠는가?

그는 생각에 잠긴 눈길로 육충을 흘끗 보고는 화선객을 따라갔다. 산에 기대어 세워진 이 별장은 들쭉날쭉한 배치로 독특한 풍치가 있었다. 두 사람은 언덕을 돌고 대나무 숲 몇 군데를 지나 섬세하게 지어진 난각 앞에 이르렀다. 화 총관은 웃는 얼굴로 원승 혼자 들어가라는 듯이 손을 내밀어 보였다.

고요한 난각 안으로 들어선 원승은 난향인지 사향인지 모를 우아하고 그윽한 향을 맡을 수 있었다. 도금한 봉황 향로에서 모락모락 향이 피어오르고, 훤칠하고 기품 있는 그림자가 향로 옆 긴 의자에 비스듬히 기대앉아 있었다. 구름 같은 머리를 높이 올리고 봉황 같이 번쩍이는 눈동자를 가진 사람, 바로 태평공주였다.

"향에 관해 잘 아느냐?"

태평공주는 인사말도 없이 옆에 놓인 향로를 가볍게 두드리며 물었다.

"용연향과 사향 위주에 장미 이슬과 영릉향, 백합향을 섞었을 것입니다. 나머지는 잘 모르겠습니다."

당나라 귀족들 사이에는 향이 유행해 대부분의 세가가 향을 쬐거나 피우는 데 익숙했다. 향이란 상류사회의 학문이었다. 원승의 스승이던 홍강 진인은 무엇이든 정통하지 못한 것이 없었고, 향에도 깊이 빠져 있었다.

"과연 총명하구나. 향에도 정통하다니. 안락 그 아이가 홀딱 반한 것도 이상하지 않아."

원승이 황급히 대답했다.

"농이 과하십니다. 안락공주께서는 혜안을 지니시어 소장을 알아봐주신 것뿐입니다."

"나는 너를 알아봐주지 않았더냐? 지금 네가 있는 그 영광스런 자리는 나와 상왕이 가장 먼저 추천한 덕에 얻은 것이다. 안락 그 아이는 나중에 나선 것에 불과해. 애석하게도 지난날 두 마차가 네 앞에 나타났을 때 너는 내 마차에 오르지 않았지. 하지만 지금 한 번 더 기회를 주려 한다."

"알아봐주셔서 감사합니다, 공주 전하. 하지만 지난번 안락공주의 마차를 탄 것은 이 원승의 몸이었을 뿐 마음은 아니었습니다. 저의 마음은 앞으로도 그 누구의 마차에도 오르지 않을 것입니다."

"그 누구의 마차에도 오르지 않겠다…… 참으로 유감스럽구나!"

태평공주의 목소리가 어둡고 차가워졌다.

"고집이 센 사람은 왕왕 오래 살지 못한다. 고집이 세고 재주를 뽐내는 사람은 더욱더 사고를 만나기 십상이지."

그 담담한 한마디와 함께 난각 안은 어둡고 무겁게 가라앉았다. 그녀 곁에 놓인 향로에서는 여전히 향이 모락모락 피어올랐지만 그 어슴푸레한 연기는 한층 괴상해져 있었다. 태평공주의 늘씬한 몸이 살짝 움직이는가 싶더니, 어지러이 맴돌던 연기가 그녀를 휘감는 바람에 그녀의 모습이 뿌옇게 흐려졌다.

하지만 원승은 태평공주를 바라보고 있을 틈이 없었다. 강력하고 서늘한 기운이 난각 사방에서 휘몰아쳤기 때문이다. 귀신같은 잿빛 그림자 하나가 난각에 나타났다. 불빛이 번쩍이는가 싶더니 그림자가 초에 불을 붙였고, 촛불이 나무로 만든 위패 하나를 환히 비췄다. 이어서 두 번째, 세 번째 위패가 차례로 나타났다. 낯익은 위패에는 각각 심장을 벌렁거리게 만드는 이름이 쓰여 있었다.

이건성, 이승건, 이중준.

그 위패는 원한의 진 안에서 밤낮으로 지살의 기운을 받던 법기였다. 원승이 그 대전에서 달아나며 원한의 진의 비밀이 드러나자 저 법기는 곧바로 치워졌지만, 전각 안에 남은 날카로운 원한의 힘은 전혀 방비하지 않은 막신기의 정신을 완전히 무너뜨릴 만큼 강력했다.

그리고 지금, 원한의 기운을 잔뜩 머금은 법기 세 개가 다시 이곳에 모여 있었다. 스산한 기운이 순식간에 짙게 퍼지고, 수많은 원귀와 원혼이 처절한 비명을 질러대면서 수만 개의 바늘처럼 원승의 정신을 찔러댔다.

"원 소장군은 축하연에서 기쁨에 취한 나머지 술을 과하게 마셨고, 채 가시지 않은 몸속의 독이 발작해 죽음에 이르렀다!"

표표한 연기 속에서 태평공주가 느긋하게 몸을 일으켜 주렴 뒤로 걸어가더니 유유히 탄식했다.

"아아, 젊은 나이에 그렇게 가다니 실로 안타깝구나. 유감스럽게 생각하는 사람도 몇 명 있을 것이고, 안락 역시 너를 위해 눈물 몇 방울은 흘려주겠지. 하나 조정의 그 누구도 그 일에 크게 신경 쓰지 않을 것이다. 그래, 이 저택은 곧 안락 그 아이의 것이 될 테니 네 혼백도 영원히 이곳에 머물러라. 내가 안락에게 주는 의외의 선물이 되겠구나."

탄식 소리가 점점 멀어지며 태평공주는 난각을 떠났다. 난각 안의 독기는 순식간에 백배로 불어났다. 끔찍한 몰골을 한 머리 세 개가 땅을 뚫고 솟아나 점점 팽창하기 시작했다.

원승은 황급히 정신을 가다듬었다. 원한의 진에서 한차례 갇혔기 때문에 이 정신공격 법진에는 면역력이 생겨야 마땅한데, 어찌 된 셈인지 이 난각 안에 급작스럽게 펼쳐진 원한의 진은 배화교 사원의 법진보다 더욱 강력했다.

"혜범, 나오시오!"

별안간 그가 몸을 홱 돌리며 큰 소리로 외쳤다. 그제야 보일 듯 말 듯한 잿빛 그림자가 스르르 몸을 돌렸고, 더없이 익숙한 온화한 얼굴이 나타났다. 법진의 효력이 어째서 이토록 강력한가 했더니, 놀랍게도 이 늙은 호승이 몸소 나서서 법진을 발동한 것이었다.

"착한 제자야, 너는 늘 예상을 뛰어넘는 행동을 했지만, 이번에는 달아나지 못할 것이니라."

혜범이 유감스런 듯이 고개를 설레설레 저었다.

원승은 숨을 돌리며 말했다.

"상왕께서는 위 황후와 간신 종초객이 손잡고 원한의 진과 천하제삼살을 동원했다고 생각하셨소. 하지만 당신에게 원한의 진을 펼치라고 명한 사람은 바로 태평공주였지!"

혜범은 눈에서 번쩍 빛을 발했지만 아무 말도 하지 않았다.

"그 사원의 주지는 진상을 감추기 위해 일부러 유서를 남겨 위 황후에게 덮어씌우려 했지만, 천당환경은 본시 태평공주가 호상들의 재산을 끌어모을 목적으로 만든 곳인데 어찌 위 황후의 복을 비는 사원을 세우게 했겠소? 그러니 원한의 진은 태평공주가 당신을 통해 꾸민 수작일 수밖에 없소. 물론 당신은 양쪽 다 이득을 취하려 했겠지. 진이 성공한 뒤에는 위 황후 쪽에도 공을 세웠다고 자랑했을 것이오."

혜범이 마침내 빙그레 웃음을 지었다.

"영리한 토끼는 굴을 세 개 판다 하지 않더냐."

"하지만 양쪽에 발을 담근 기분이 썩 좋지는 않을 것이오. 언제든지 양쪽에서 버림받을 수 있다는 생각은 해보지 않았소?"

원승은 전력을 다해 그에게 말을 시킬 생각에 재빨리 냉소를 지으며 대답했다. 진의 주인인 혜범이 말을 하는 동안에는 숨을 돌릴 여유가 생기기 때문이었다.

"그러지는 못할 것이다. 아무도 나를 버리지 못해!"

혜범이 웃음을 터뜨리자 정말 늙은 여우처럼 보였다.

"이 세상에 나만큼 재물 늘리는 재주를 가진 사람이 또 어디 있겠느냐? 위 황후는 대사를 치르기 위해, 태평공주는 사치를 부리기 위해 재물이 필요하다. 그 누구든 나를 버리면 삼 년 안에 자다가도 벌떡 일어나게 될 것이다. 두 사람 모두 내게서 돈맛을 봤으니까. 돈, 돈이야말로 세상에서 가장 크고 강력한 독이지. 그들은 이미 돈에 중독되어 영원히 벗어나지 못해."

혜범은 큰 소리로 외치며 품에서 족자를 꺼냈다.

"이 천서를 기억하느냐? 본디 너를 이 천서의 증인으로 삼으려 했으나, 이제 보니 네게는 그만한 복이 없나보구나. 발버둥 치지 말고 편안히 가거라."

낯익은 정교한 장식, 낯익은 빨간 유리 축. 환한 촛불 아래에서 족자가 펼쳐지자 지난번처럼 연단로가 그려진 첫 장이 나타났다. 그다음에 있던 〈지옥변〉은 그날 그가 태워버렸기 때문에 속지만 남아 있었다. 족자가 계속 펼쳐지면서 세 번째 구역에 살아 있는 듯 생생하게 그려진 아리따운 모란이 모습을 드러냈다.

"이제 이것도 임무를 완수했으니 구천으로 돌아가야지."

혜범은 허리춤에서 붓 하나를 꺼내 꽃 밑에 '원승'이라는 두 글자를 썼다. 주사를 녹인 붉은색 먹물을 묻혀 큼직하고 단정한 해서체로 써내려간 글자는 눈에 확 띄었다. 혜범은 모란이 그려진 종이를 떼어내 촛불로 가져갔다.

"착한 제자야. 너도 이것과 함께 구천으로 돌아갈 것이다."

모란 그림은 불에 닿기 무섭게 누렇게 말려 들어가며 뜨거운 불꽃 속으로 녹아들었다. 이상한 일이지만, 그림 속의 모란이 타들어가는 순간 난각 안에서 슬픔과 비통에 젖은 통곡 소리가 울리는 듯했다.

원승은 온 힘을 다해 심맥을 보호하며 물었다.

"내 이름을 태우면 나를 저승으로 보낼 수 있소?"

"천지 만물은 모두 인연에 기인하는 법, 네 이름이 이 모란 그림과 함께 세상에서 사라질 때 바로 세상에 인연이 싹트는 것이다."

혜범의 늙수그레한 눈에서 어두운 빛이 반짝였다.

"생각해보았더냐? 이 모란 그림이 벌써 두 번째니라. 이 책은 생사부와 같은 것이다. 한 장 한 장에 그려진 일이 일어날 때마다 인연은 더한층 가까워지고, 이 책에 담긴 최종 결말에도 한 걸음 더 다가가게 되지."

"천사책!"

갑자기 원승이 뻣뻣하게 긴장하며 반사적으로 외쳤다.

"이제 보니 천사책(天邪策)은 당신 손에 있는 그…… 그 책이었군! 천사책(天邪冊)!"

그는 달려들어 그 얇디얇은 책자를 빼앗고 싶었지만 법진 때문에 한 걸음 움직이기조차 어려웠다.

"뒤에 무엇이 있는지 보고 싶겠지?"

혜범이 책자를 팔랑팔랑 흔들며 말했다.

"하지만 너처럼 모든 비밀을 꿰뚫어보는 자를 살려둘 순 없다."

파르르 떨리는 종이 위로 보이는 것은 첫 번째 그림인 연단로뿐이었다. 원승은 초조해 죽을 지경이었지만 아무것도 할 수 없었다. 앙상하게 시들어가는 모란을 따라 그 아래 빨갛게 반짝이는 '원승'이라는 두 글자도 날름거리는 불꽃에 삼켜졌다. 갑자기 심장이 불타는 듯 고통스러웠다. 돌연 그에게 좋은 생각이 떠올랐다.

"정말 완벽하게 준비했다고 생각하시오? 모란을 매개체로 괴뢰고 사건을 예측했지만 옥환아의 죽음까지도 예측했소? 자신의 딸이 눈앞에서 비참하게 죽었지만 당신은 아무것도 할 수 없었소. 이 세상에 당신만큼 실패한 인생이 또 어디 있겠소?"

"옥환아가 내 딸이라고 누가 그러더냐?"

혜범은 교활한 웃음을 터뜨리더니 다소 처량하게 말했다.

"설무쌍이 상왕에게 준 서신에 뭐라고 쓰여 있었는지 아느냐? 오냐, 죽더라도 깨끗이 알고 죽도록 얼마간 더 살게 해주마."

그 말이 끝났을 때 모란 그림은 완전히 재가 됐지만 원승이 느끼던 지독한 고통은 조금 사그라들었다.

"이것이 설무쌍이 남긴 서신이다. 그녀는 나를 시켜 태평공주에게 서신을 전한 다음 상왕에게 주려 했지. 그녀가 같은 서신을 한 통 더 써둔 줄은 나도 몰랐다. 떠나기 전에 마음이 바뀌어 직접 상왕에게 전한 모양인데, 덕분에 이 서신은 태평공주에게 전할 필요가 없게 됐고 이 서신을 읽어본 다음 모든 것을 알게 됐지."

그가 손가락을 튕기자 서신이 천천히 원승의 손으로 날아왔다.

필체가 곱고 아름다워 한눈에 여자의 필적임을 알 수 있었다. 서신에 쓰여 있는 것은 고작 몇 줄의 시였다.

동쪽으로 까치 날고 서쪽으로 제비 날아, 견우와 직녀가 만나노라.

탑 위에 진 꽃다운 넋 뉘 집 딸인고, 하루 한 점 진심을 모았네.

남창 북창 골육을 잃어, 비단 휘장에 미인의 눈물 흩뿌렸노라.

춘삼월은 가고 꽃은 지니, 가엾어라 홀로 남아 뉘와 함께할런가.

"소연(蕭衍, 남북조 시절 양나라 무제)의 〈동비백로가〉가 아니오?"

처음 두 구절을 본 원승은 남조의 소연이 제위를 잇기 전에 지은 연시(戀詩)임을 알아봤다. 후세에 전해진 '노연분비(勞燕分飛, 까치와 제비가 따로 날다)'라는 고사성어는 바로 이 시에서 비롯된 것이다. 그러나 그것도 잠시, 가운데 두 구절이 본래 시와 다르다는 것을 깨닫고 멈칫했다. 곧이어 그는 망치로 심장을 내리치는 듯한 충격에 온몸을 부르르 떨었다.

"그녀는 공부를 많이 하지 않았지만 총명한 여자였다. 수수께끼 같은 시지만 알아보기 어렵지는 않을 것이다."

혜범은 지난날 그에게 술법 구결을 설명하던 때처럼 인내심을 가지고 차근차근 이야기해줬다.

"가장 중요한 부분은 바로 '하루 한 점 진심을 모았네'라는 구절이지. 그녀가 젊을 때 즐겨 하던 글자풀이인데, 너도 짐작했다시피 혜[惠, 하루(一日) 한 점(一丶) 마음(心)을 모으면 '혜' 자가 됨] 자를 의미한다."

"'탑 위에 진 꽃다운 넋 뉘 집 딸인고'라면……." 원승이 떨리는 목소리로 입을 열었다. "설마……."

혜범이 싸늘하게 대답했다.

"그래, 바로 혜비의 딸이다!"

"옥환아가 설무쌍의 친딸이 아니라 혜비의……."

얼마 전 상왕부 침향나무 정자에서 상왕의 입으로 직접 들은 혜비가 핏덩이를 낳고 비통에 잠겨 죽었다는 이야기를 떠올린 원승은 눈을 휘둥그레 떴다.

"이제 보니 그 핏덩이는 설무쌍이 몰래 바꿔치기한 것이었군."

혜범이 희미하게 웃었다.

"'남창 북창 골육을 잃어, 비단 휘장에 미인의 눈물'이라. 그해 혜비가 핏덩이를 낳은 사건은 나도 들어서 안다. 이 구절은 설무쌍이 혜비가 낳은 딸을 창을 통해 훔쳐 달아났다는 뜻이지. 설무쌍은 확실히 비할 데 없이 총명한 여자다. 아주 적절한 시를 골랐구나. 첫 번째 구절은 그녀가 마음에 둔 사람과 이별한 것을 의미하고, 두 번째 구절은 견우와 직녀성이 만난 칠석날의 참변을 의미하지! 그래, 이 〈동비백로가〉는 혜비가 가장 좋아한 연시이기도 했다."

그는 그렇게 말하며 허허 웃었다.

"무쌍은 이미 나를 알아봤을 것이다. 그래서 일부러 이 서신을 내게 준 거야. 나를 격앙시켜 고통을 받게 하기 위해서겠지. 하나 홍강은 이미 죽었고 나는 이제 호승 혜범일 뿐이다. 내 마음은 이미 잔잔한 우물이 됐다!"

'설무쌍은 정말로 완전히 미친 여자로구나!'

원승은 속으로 부르짖었다.

그 순간 얽히고설킨 실타래가 단숨에 풀렸다. 상왕이 어째서 설무쌍이 남긴 서신을 보고 비통해하며 피를 토했는지, 설무쌍은 어째서 옥환아를 종상부에 첩자로 보낼 마음을 먹었는지, 그리고 어째서 옥환아가 마음에 둔 남자에게 그토록 잔인할 수 있었는지…… 옥환아가 설무쌍의 딸이 아니기 때문이었다.

혜범이 천천히 말했다.

"하나 무쌍은 옥환아에게 몹시 복잡한 감정을 가지고 있었다. 연적의 딸이라는 생각에 극도로 미워하기도 했지만, 때로는 오랫동안 고난을 함께한 핏줄처럼 여기기도 했지. 그래서 옥환아가 탑에서 죽었을 때 설무쌍도 슬픔을 감추지 못했던 것이다. 그녀의 마음속에 자리한 미움이 더 깊었는지, 아니면 사랑이 더 깊었는지 그 누가 알겠느냐?"

원승은 여전히 몸을 부들부들 떨며 자신의 처지조차 잊고 중얼거렸다.

"그렇소. 그래서 설무쌍은 복수를 하려고 했소. 지난날의 혜비와 지금의 상왕에게 말이오. 심지어 상왕이 자객에게 죽지 못하게 막은 것도 자신의 입으로 이 잔인한 진상을 들려주기 위해서였소."

그의 눈앞에 슬프고 아름답던 옥환아의 눈동자가 나타났다. 바로 그 순간 그는 흠칫 놀랐다. 놀라운 생각이 머릿속으로 흘러들었다.

"옥환아! 옥환아는 이미 그 사실을 알고 있었소!"

원승이 참지 못하고 소리쳤다.

"이제 알았소, 그녀가 죽기 전에 왜 그런 말을 했는지. 모든 죄는 자신이 지고 간다는 말!"

혜범도 눈동자를 번쩍이며 한숨을 쉬었다.

"그럴 가능성이 높다. 설무쌍이 장안을 찾은 것은 옥환아를 종상부의 첩자로 보내기로 태평공주와 약속했기 때문일 터, 하지만 옥환아의 마음은 시종일관 이융기에게 쏠려 있었으니 이를 해결하려면 자신과 이융기가 남매간이라는 사실을 '우연히' 알게 만들어 스스로 포기하게 하는 수밖에 없었지. 잔인한 일이지만, 설무쌍은 그렇게 해야만 했다. 온갖 방법을 동원해 옥환아가 '우연히' 진상을 알아차리게 했지!"

그렇게 말하면서 그는 원승이 들고 있던 서신을 빼앗아 촛불로 가져갔다. 또다시 아름다운 불길이 높이 솟구쳤다.

원승은 머릿속이 윙윙 울리고 정신이 없었다. 혜범이 이런 사실을 알려준 이유가 단순히 감정이 북받쳐서인지, 아니면 그의 정신을 흩뜨리기 위한 술책인지조차 판가름할 틈이 없었다. 그의 머릿속에는 슬프고 애처로운 옥환아의 눈빛이 떠나지 않았다. 그녀가 만국 제일 미녀라는 영광스런 자리에 올랐을 때에도 그토록 우울해하던 까닭이 이제야 이해됐다. 정에 푹 빠진 가련한 여인은 분명히 진실을 알았을 것이다. 그것이 그녀 스스로 죽음을 택한 이유였다.

또다시 아름답고 슬픈 그 장면이 직접 본 것처럼 생생하게 떠올랐다. 눈물을 글썽이는 소녀가 석양 아래, 환한 달빛 아래 홀로 배회하는 모습…… 그 모든 고통과 낙담, 슬픔, 그리고 후회는 잔인한 진실 앞에서 아무런 쓸모가 없었다.

그녀는 그를 사랑했지만 끝내 맺어질 수 없었고 사랑하는 것조차 허락되지 않았다. 그래서 그녀는 봉황이 불 속으로 날아들듯 결연하게 죽음으로 뛰어들었다.

화르르 하며 서신은 마침내 불꽃 속에서 완전히 재가 됐다. 원승은 이번에도 심장을 쥐어짜는 듯한 고통을 느꼈다. 주변의 모든 것이 희미해지고, 혜범의 음침하고 연민에 찬 두 눈만이 점점 더 또렷하고 날카로워졌다. 난각 안 원한의 진의 힘은 재가 되어 날아간 서신과 함께 사방에서 불꽃처럼 그를 향해 밀려들었다. 원승은 새빨간 피를 왈칵 토하며 하릴없이 바닥에 쓰러졌다.

바로 그때였다. 문밖에서 소란스런 취객의 웃음소리가 요란하게 들려왔다.

"고모님, 여기 계십니까?"

방문이 쾅 소리를 내며 열렸다. 이융기가 요염한 여인을 끌어안고 비틀비틀 들어오더니 미친 듯이 웃어댔다.

"소사라고 하는 고모님의 이 가희가 제 옥환아를 쏙 빼닮았더군요. 이 조카에게 선물로 주십사 해서 찾아왔습니다!"

갑작스럽게 문이 열리자 난각 안의 법진도 굳게 잠긴 우리에 빈틈이 생긴 것처럼 순식간에 깨어지고 말았다. 속절없이 죽어가던 원승은 번쩍 정신이 들어 큰 소리로 외쳤다.

"임치군왕! 이쪽입니다!"

문밖을 단단히 지키던 육충이 다급한 원승의 외침을 듣고 재빠르게 몸을 날리며 불렀다.

"원 장군! 어떻게 된 거야?"

사실 원승이 혼자 태평공주에게 불려가자 마음이 불안해진 육충은 태평공주의 별장 안에서 제멋대로 굴었다가는 무슨 일이 벌어질지 몰라 살그머니 이융기에게 도움을 청한 것이다. 전혀 취하지 않은 이융기지만, 일부러 고주망태가 된 척 주사를 떨며 지나가던 가희 하나를 붙잡아 난각의 문을 박차고 들어갔다.

여전히 취한 사람처럼 히죽거리는 이융기를 보자 혜범은 속으로 가만히 탄식했다. 원승이라면 태평공주의 뜻에 따라 상처 하나 남기지 않고 죽일 수 있지만, 아무래도 태평공주의 별장 안에서 이융기를 해칠 수는 없었다. 그 일이 불러일으킬 어마어마한 결과는 아무리 태평공주라 해도 쉽사리 짊어질 수 없었다.

문밖에서 솟구친 검기가 눈 깜짝할 사이 가까워지며 육충이 바람처럼 달려들었다. 혜범은 눈빛을 착 가라앉혔지만, 결국 포기하고 돌아서서 빽빽한 주렴 뒤로 귀신같이 모습을 감췄다. 그와 동시에 원한의 힘이 응집해 있던 세 개의 위패가 일제히 쩍쩍 갈라지더니 순식간에 가루가 됐다.

"원승, 괜찮나?"

육충이 허둥지둥 달려와 원승을 부축했다.

"너무 많이 마신 것뿐이야, 괜찮네."

원승은 입가에 묻은 피를 닦으며 이융기를 향해 씁쓸하게 웃어 보였다.

"임치군왕께서도 술을 많이 드셨군요. 우리 두 사람 다 그만 물러나는 것이 좋겠습니다."

이융기는 고개를 끄덕이더니 아직도 영문을 모르고 어리둥절한 가희를 달래준 뒤 천천히 일어났다. 그가 생각에 잠긴 눈길로 주렴 쪽을 가만히 응시하더니 중얼거리듯 말했다.

"고모님께서도 피로하신 모양이니 방해하지 말아야겠군."

세 사람의 시선은 주렴 뒤쪽을 바라보고 있었다. 주렴 안에서는 숨소리 하나 들려오지 않아 마치 그 속에 깊고도 깊은 세상이 펼쳐져 있는 것 같았다. 어른거리는 촛불에 반짝반짝 빛을 내는 주렴이 점차 흔들림을 멈췄고, 마침내 그 위로 어여쁜 모란꽃 문양이 서서히 모습을 드러냈다.

(2권에 계속)

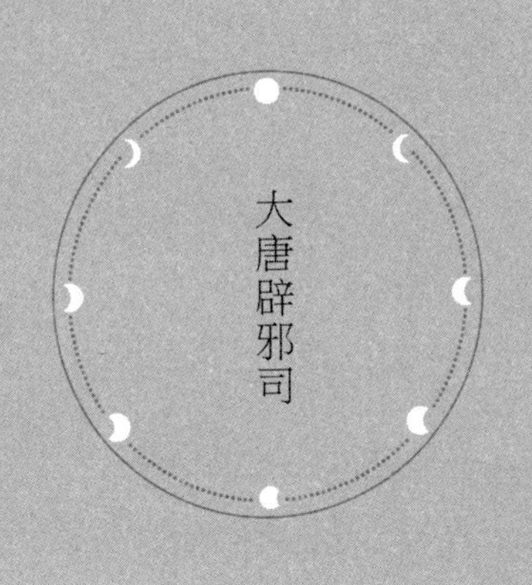
大唐辟邪司

大唐辟邪司 1
당나라 퇴마사 1 장안의 변고

제1판 1쇄 인쇄 | 2020년 8월 6일
제1판 1쇄 발행 | 2020년 8월 13일

지은이 | 왕칭촨
옮긴이 | 전정은
펴낸이 | 손희식
펴낸곳 | 한국경제신문 한경BP
책임편집 | 이혜영
교정교열 | 김명재
저작권 | 백상아
홍보 | 서은실 · 이여진 · 박도현
마케팅 | 배한일 · 김규형
디자인 | 지소영
본문디자인 | 디자인 현

주소 | 서울특별시 중구 청파로 463
기획출판팀 | 02-3604-553~6
영업마케팅팀 | 02-3604-595, 583 FAX | 02-3604-599
H | http://bp.hankyung.com E | bp@hankyung.com
F | www.facebook.com/hankyungbp
등록 | 제 2-315(1967. 5. 15)

ISBN 978-89-475-4617-1 04820

마시멜로는 한국경제신문 출판사의 문학 브랜드입니다.
책값은 뒤표지에 있습니다.
잘못 만들어진 책은 구입처에서 바꿔드립니다.